國家社科基金
GUOJIA SHEKE JIJIN HOUQI ZIZHU XIANGMU
後期資助項目

楊維禎全集校箋 （九）

Notes and Commentary on the Complete Works of
Yang Weizhen

【明】楊維禎 著

孫小力 校箋

上海古籍出版社

卷一百一　鐵崖佚詩下編

贈妙智寺僧一初^{①〔一〕}

　　一初闍黎諸法解，吹得道人雙劍簫〔二〕。大道不如宗北秀〔三〕，看山直欲盡南條〔四〕。探官時着楊梅帽〔五〕，勸客醉傾椰子瓢。輕拂鞭稍踏春雨，紫驑嘶過聖安橋〔六〕。

【校】

① 本詩録自明吳之鯨撰武林梵志卷六外七縣梵刹富陽縣妙智寺，原本題作楊廉夫贈妙智寺仁一初詩，今題爲校注者徑改。

【箋注】

〔一〕本詩贈予妙智寺僧人釋守仁，蓋撰於元、明之交，即公元一三六八年，或稍前。繫年依據：其一，戰亂之前鐵崖游寓富春時，釋守仁從學於鐵崖，尚未出家。紅巾起事之後才遁入佛門，本詩稱之爲“一初闍黎”，可見皈依佛門已有多時。其二，元至正後期釋守仁寓居松江，戰火方熄，即歸返杭州，鐵崖曾撰文送行；本詩末句曰“紫驑嘶過聖安橋”，聖安橋位於杭州，故疑本詩亦爲當時贈行之作。參見東維子文集卷十送蘭仁二上人歸三竺序。釋守仁字一初，號夢觀，富陽人。明初高僧。元末與鐵崖常有詩文唱和。參見東維子文集卷十送蘭仁二上人歸三竺序、送儀沙彌還山序。妙智寺：又名驪峰寺，位於浙江富陽。武林梵志卷六外七縣梵刹富陽縣：“妙智寺在縣西南五十里善政村，永安山之陽。唐太和元年，僧會遇建。舊名驪峰，錢武肅時改名永安。宋大中祥符元年改今額。宣和間，方臘之亂，燬。建炎四年，邑人提刑李軏施財新之。”

〔二〕“吹得”句：六研齋筆記卷三：“元僧仁一初隱富陽妙智寺，楊廉夫與之善。廉夫鐵篴，惟一初能吹。楊贈之詩云：‘一初闍黎諸法解，吹得道人雙劍簫……’”

〔三〕北秀：蓋指唐代佛教高僧神秀。神秀爲北宗禪創始人，提倡“漸修”。

〔四〕南條：泛指南方山脈。語出尚書禹貢。

〔五〕楊梅帽：當指西域僧人習用的一種紅色氈帽。明胡奎斗南老人集卷二次
　　韻王繼學濼河竹枝詞：“番僧箇箇楊梅帽，日暮聞鐘來上方。”
〔六〕聖安橋：蓋即聖安寺橋，後改名安和橋、部院倉橋。位於杭州城內。參見
　　民國杭州府志卷七橋梁一府城內。

題西巖寺①〔一〕

　　何代仙人跨鶴歸〔二〕，至今丹竈倚柴扉〔三〕。黃金布地開華藏，白石
撐空障翠微。海內甲兵民厭久，山中車馬客來稀。僧窗轉午渾無事，
晴雪風鏖木葉飛。

【校】

① 本詩録自明吳之鯨撰武林梵志卷六外七縣梵刹富陽縣慈修護聖禪寺，原本
　　題曰楊廉夫西巖寺詩，今題爲校注者徑改。

【箋注】

〔一〕本詩蓋撰書於元至正十五年（一三五五）前後，鐵崖游寓富陽期間。繫年
　　依據：其一，詩中有“海內甲兵民厭久”一句，可見其時紅巾起事已有多
　　年。其二，西巖寺位於富陽縣，鐵崖任職杭州期間，多次游訪，至正十五
　　年，曾攜友生游寓；次年轉官建德，道過富陽，亦曾逗留。此後則少有機會
　　到訪。西巖寺：位於浙江富陽縣北。武林梵志卷六外七縣梵刹富陽縣：
　　“慈修護聖禪寺，在縣西五十步，唐大中間建，名保寧。元至順間改今額，
　　元末兵毀。洪武元年重建。歸并於此，曰西巖寺（在縣北三十里）……”
〔二〕跨鶴歸：蓋指丁令威化鶴返鄉故事，參見楊鐵崖先生文集全録卷四鶴
　　籟軒志。
〔三〕白居易西巖寺詩：“千古仙居物象饒，道成丹熟畫升霄。巖前寶鏡傳松韻，
　　洞口靈池應海潮。”

題永寧寺①〔一〕

　　香巖一擊忘所知〔二〕，我無所知安可擊。獨愛軒中可避暑，萬竿瘦

玉擁寒碧。切莫伐作仙人杖,亦莫剪作漁子笛。准擬重來倚小窗,細
聽龍吟風雨急。

【校】

① 本詩録自明吳之鯨撰武林梵志卷六外七縣梵刹富陽縣永寧寺,原本無詩題,
著録曰“楊廉夫詩”。今題爲校注者徑爲擬定。

【箋注】

〔一〕永寧寺:位於浙江富陽縣城西。武林梵志卷六外七縣梵刹富陽縣:“永寧
寺在縣西一百五十步坊郭,梁大同三年建,名榮國。宋大中祥符元年改今
額。嘉定壬申,縣令程瑹新之。元末兵燼。洪武九年重建。”

〔二〕“香巖”之“巖”,多作“嚴”,本指河南鄧州香嚴寺,此借指香嚴寺僧智閑禪
師。相傳智閑禪師曾多方參禪,久久不得。一日偶抛瓦礫,擊竹作聲,頓
覺心境空明,忽然省悟而得道。參見五燈會元卷九香嚴智閑禪師。

泛舟入靈隱寺①〔一〕

　　九里松關一徑深〔二〕,修廊千尺②晝沉沉。佛安瑪瑙沉香座〔三〕,僧
住旃檀紫竹林〔四〕。南北高峰天外筆〔五〕,東西流水屋頭琴。冷泉亭畔
閑③盤礴〔六〕,洗盡平④生名利心。

【校】

① 本詩録自清孫治撰、徐增重輯武林靈隱寺志卷八詩詠,康熙錢塘縣志卷十四
寺觀雲林寺、雍正西湖志卷十二寺觀三亦録此詩,據以校勘。雍正西湖志本
題作游靈隱寺,康熙錢塘縣志本無詩題。

② 千尺:雍正西湖志本作“十丈”。

③ 畔閑:雍正西湖志本作“外閒”。

④ 洗:康熙錢塘縣志本作“決”。平:雍正西湖志本作“三”。

【箋注】

〔一〕靈隱寺:位於杭州北高峰下,又稱靈隱禪寺。始創於東晉咸和元年(三二

六），吴越王開拓殿宇。清康熙三十八年(一六九九)，康熙皇帝題名雲林，故此後又稱雲林寺。參見萬曆錢塘縣志紀制、康熙錢塘縣志卷二山川。

〔二〕九里松關：指九里松。唐袁仁敬守杭時，於行春橋至靈隱間植松三行，凡九里。後即以名其地。見周密武林舊事湖山勝概。

〔三〕瑪瑙：指瑪瑙寺，原在孤山，後徙葛嶺之東。見咸淳臨安志卷七十九。

〔四〕紫竹林：西湖志纂卷八北山勝迹下："紫竹林，在雲林寺西，即古祇園房。上接韜光，下接靈鷲，蒼厓左峙，碧澗右繞，竹陰茂密，更名紫竹林。元楊維楨詩有'僧住旃檀紫竹林'之句。"

〔五〕南、北高峰：位於杭州西湖之畔。參見鐵崖先生古樂府卷十西湖竹枝歌之四注。

〔六〕冷泉亭：建於靈隱寺前冷泉之上。

游上天竺①〔一〕

陸海翻鯨浪，香林敞鹿園〔二〕。冥心超湛寂，彈指隔囂煩。東渡漫多事，西來無一言〔三〕。吾將逃火宅〔四〕，難閉六窗猿〔五〕。

【校】

① 本詩録自明釋廣賓撰杭州上天竺講寺志卷十四題詠，原本題作楊廉夫游上天竺。

【箋注】

〔一〕上天竺：指杭州天竺山之上天竺寺。參見東維子文集卷十送蘭仁上人歸三竺序。

〔二〕香林敞鹿園：源出唐人王勃文。王勃梓州通泉縣惠普寺碑："鹿園曾敞，象教旁流。"鹿園：即鹿野苑，相傳爲釋迦牟尼成佛處。位於今印度北部。

〔三〕"西來"句：按：達摩祖師西來傳教，主張心法，多不用或少用語言文字。

〔四〕火宅：佛教用以喻指充滿煩惱痛苦之俗世。詳見妙法蓮華經譬喻品。

〔五〕六窗猿：指身處"六窗"中之"一猿"。佛教經籍中，以六窗喻指所謂"六根"，即眼、耳、鼻、舌、身、意；一猿指人之心識。意爲人心通過六根感知世界，變化倏忽快捷，煩惱亦隨之而來。

獅子峰觀潮^{①〔一〕}

獅子拏雲涌翠巒,我來親拂頂花看。隨潮月上樓閣^②濕,度海雲生鐘磬寒。蓬島未應三萬隔,桑田今有幾回乾^{〔二〕}。大千不究恒沙界^{〔三〕},細問彌天釋道安^{〔四〕}。

【校】

① 本詩録自明釋廣賓撰杭州上天竺講寺志卷十四題詠,校以萬曆錢塘縣志紀勝所録本詩。原本置於楊廉夫游上天竺之後,題作又獅子峰觀潮二首,萬曆錢塘縣志紀勝本題作獅子峰,亦載詩兩首,其中第一首同於鐵崖楊先生詩集卷下獅子峰頂觀海,本詩爲第二首。

② 閣:萬曆錢塘縣志紀勝本作"臺"。

【箋注】

〔一〕獅子峰:在錢塘(今浙江杭州)。參見鐵崖楊先生詩集卷下獅子峰頂觀海。

〔二〕桑田:參見鐵崖先生古樂府卷三夢游滄海歌注。

〔三〕恒沙:即恒河沙,喻指數量無窮。

〔四〕釋道安:晉代高僧。相傳釋道安南下襄陽傳教,習鑿齒前往拜訪,自稱道:"四海習鑿齒。"道安答曰:"彌天釋道安。"世稱名對。詳見梁慧皎撰高僧傳卷五釋道安傳。

登靈峰^{①〔一〕}

靈^②峰何崔巍,絕頂有故剎^{〔二〕}。我來試登高,石路險^③且滑。時維八月秋,西風轉蕭颯。溪深水迂迴,雲净竹周匝。行行過短橋,峭壁直如削。況乃鳥道微,孤猿度猶狹。枯松枝新摧,亂石勢將塌。古碑已無字,空遺綠苔壓。對此神氣清,力行不知乏。中有瀑布泉,兩山競相夾。樵子日負薪,野人時採藥。路遇麻姑仙^{〔三〕},饋我飯一勺。遥聞鐘磬聲,深林起鏜鞳^④。老僧習禪定,口念摩訶薩^{〔四〕}。日暮懇^⑤留予,爲下陳蕃榻[五]。烹茶飯疏食,喜遂浮生樂。夜深月色寒,露逼征衣薄。起來振長嘯,閴⑥然天籟發。明朝輒下山,芒鞋著雙脚。何當駕青鸞[六],乘風人寥廓。

【校】

① 本詩録自乾隆 杭州府志卷十八山川六靈峰山。校以雍正 浙江通志卷十山川二杭州府下富陽縣所録此詩。浙江通志本題作楊維禎秋日游靈峰山詩。

② 靈:浙江通志本作"雲"。

③ 險:浙江通志本作"陰"。

④ 韃:浙江通志本作"鎝"。

⑤ 懇:浙江通志本作"肯"。

⑥ 閴:浙江通志本作"闃"。

【箋注】

〔一〕詩作於元 至正四年(一三四四)前後,鐵崖與富春 馮士頤兄弟交游之時。繫年理由參見鐵崖先生詩集丙集醉歌行寄馮正卿。靈峰:乾隆 杭州府志卷十八山川六:"靈峰山,在(富陽)縣東南四十里,高出衆峰。絕頂平衍,有田數畝,泉源不竭。世傳昔宣氏兄弟三人耕山,得泗州石佛,結庵以奉,至今尚存。歲旱禱雨,無不應,因號靈峰。"

〔二〕絕頂故刹:當指宣氏兄弟所建寺廟。

〔三〕麻姑:女仙名。參見鐵崖先生古樂府卷十小游仙之五注。

〔四〕摩訶薩:菩薩或大菩薩之通稱。

〔五〕陳蕃:東漢末年大臣,以禮賢下士著稱。後漢書徐穉傳:"(穉)屢辟公府,不起。時陳蕃爲太守,以禮請署功曹。穉不免之,既謁而退。蕃在郡不接賓客,唯穉來,特設一榻。去則縣之。"

〔六〕青鸞:青鳥。相傳西王母以青鸞爲信使。

真覺院①[一]

禹②陵雲氣近[二],松③翠護禪關。只有客常到,不知④僧最閑。春風浙江水[三],夜雨富春山[四]。愛此清居趣⑤,長時⑥日暮還。

【校】

① 本詩録自乾隆杭州府志卷三十二寺觀五永寧寺,校以明吳之鯨撰武林梵志卷六外七縣梵刹富陽縣永寧寺、光緒富陽縣志卷十六真覺院所録此詩。原本無詩題,據光緒富陽縣志本補。

② 禹:武林梵志作"禹"。

③ 松:光緒富陽縣志作"柏"。

④ 知:武林梵志、光緒富陽縣志作"如"。

⑤ 趣:光緒富陽縣志作"處"。

⑥ 時:武林梵志、光緒富陽縣志作"歌"。

【箋注】

〔一〕詩作於元至正四年(一三四四)前後,鐵崖與富春馮士頤兄弟交游之時。繫年理由參見鐵崖先生詩集丙集醉歌行寄馮正卿。真覺院:又稱真覺寺,在富陽縣北(或曰縣東)五十步。建於晉開運元年,明洪武二十四年并入永寧寺。參見光緒富陽縣志卷十六勝迹志。又,乾隆杭州府志卷三十二寺觀五富陽縣:"永寧寺,在縣西百五十步。梁大同初建,名國榮。宋大中祥符間改今額。明初重建。"

〔二〕禹陵:即大禹陵。位於今浙江省紹興東南會稽山麓。

〔三〕浙江:即錢塘江。

〔四〕富春山:位於今浙江桐廬縣西。

西巖山〔一〕

一徑入雲林,經行古洞陰。猿聲烟樹晚,虎迹雪泥深。石瘦多生屬,梅枯直到心。吾生真性癖,來①共葛翁吟〔二〕。

【校】

① 本詩録自乾隆杭州府志卷十八山川六富陽,校以光緒富陽縣志卷九地理志山川所録此詩。來:光緒富陽縣志作"未"。

【箋注】

〔一〕詩作於元至正四年(一三四四)前後,鐵崖與富春馮士頤兄弟交游之時。繫年理由參見鐵崖先生詩集丙集醉歌行寄馮正卿。西巖山:光緒富陽縣志卷九地理志山川:"西巖山,在縣北三十里。當筱嶺大路之西,故名西巖。峭壁屹峙,瀑布飛流。其間石室幽奇,巖峰虛朗。"

〔二〕葛翁:又稱葛仙翁,姓葛名玄,字孝先,丹陽句容(今屬江蘇)人。三國吳道士,東晉葛洪之從祖父。光緒富陽縣志卷九地理志山川:"西巖山……吳葛仙翁修道煉丹,白日飛升處,地名白昇鄉是也。今丹井及煉丹鼎迹猶存。"

一指石①〔一〕

一指力可動,萬夫莫能移。

【校】

① 本詩録自乾隆桐廬縣志卷二方輿二山川。僅存殘詩二句,詩題爲校注者徑擬。

【箋注】

〔一〕一指石:乾隆桐廬縣志卷二方輿二山川:"一指石,在縣西北四十里藍田山後。石長一丈,高五尺,突然綴于巖谷間。以一指抵之即動。元楊維禎詩云……"

小隱書室①〔一〕

小隱山中結草堂,道人真與世相忘。掩關默坐蒲龕小,留客清談塵尾長。蕉葉半窗人影亂,松花滿地石泉香。多慚汨没驅馳者,盡日紅塵逐利忙。

【校】

① 本詩録自光緒富陽縣志卷十六勝迹志。

【箋注】

〔一〕詩作於元至正四年(一三四四)前後,鐵崖與富春馮士頤兄弟交游之時。
繫年理由參見鐵崖先生詩集丙集醉歌行寄馮正卿。光緒富陽縣志卷十六
勝迹志:"小隱書室,富陽縣小隱山,謝絳遷居於此,子景初、景温築書室於
山半,又構雙松亭於前。倚山臨江,雜植花果,沼荷稻圩,頗稱幽人之居。
今故基雙松尚存。"按:元末隱居小隱山者亦不少。鐵崖弟子殷奎撰白野
齋記曰:"小隱山者,富春之北山也。去城一里而遠,其中蓋多隱君子焉。"
(載强齋集卷三。)

送人之永嘉兼簡五峰①〔一〕

鳳凰西風吹葛衣〔二〕,雁蕩落月照松扉〔三〕。夢登玉女夜吟句〔四〕,
哭別②金人秋作歸〔五〕。海菜紫芽如蜜脆,山柑黄顆待霜肥。今年預報
李夫子〔六〕,五子峰頭攬夕暉〔七〕。

【校】

① 本詩録自弘治温州府志卷二十二詞翰四,校以萬曆二十九年胡氏刊雁山志
卷四所録此詩。雁山志題作簡五峰。
② 別:雁山志本作"到"。

【箋注】

〔一〕詩當作於元至正三年(一三四三)前後,其時鐵崖服喪期滿,攜妻兒寓居杭
州,等候補官。繫年理由:據詩題可知,李孝光當時在家鄉永嘉。至正八
年,李孝光應召赴京,本詩必作於李氏應召之前。又據"鳳凰西風吹葛衣"
一句,鐵崖當時在杭州。參見後注。而至正八年以前鐵崖寓居杭州,爲至
正二年至四年之間。五峰:李孝光別號。永嘉:郡名,元代改稱温州路。
按:李孝光爲樂清人,樂清縣隸屬於温州路。參見鐵崖先生古樂府卷六芝

秀軒詞、元史地理志。

〔二〕鳳凰：指杭州之鳳凰山，又稱鳳山。

〔三〕雁蕩：山名。雁蕩山在李孝光故鄉，位於今浙江溫州與台州境內。

〔四〕玉女：山峰名。位於今浙江樂清市境內北雁蕩山。

〔五〕金人：指漢武帝於建章宮所建捧露盤之金銅仙人。參見李賀金銅仙人辭漢歌。

〔六〕李夫子：指李孝光。

〔七〕五子峰：指雁蕩五峰山。

暮春沈處士池亭①〔一〕

楊花作絮繚②行路，荷葉流錢蓋野池。黃鳥一聲啼晝寂，不知春去幾多時。

【校】

① 本詩録自萬曆嘉興府志卷二十六藝文嘉興縣，校以光緒嘉興府志卷十五古迹二園宅嘉興縣沈徵士林亭附録此詩。光緒嘉興府志題作沈處士林亭。

② 繚：光緒嘉興府志作“撩”。

【箋注】

〔一〕沈處士：指沈鉉。其池亭位於嘉興（今屬浙江）。光緒嘉興府志卷十五古迹二園宅嘉興縣：“沈徵士林亭，明初寓公沈鉉之居。元楊維楨沈處士林亭詩……明高啟沈徵士林亭詩：‘清時猶在野，獨臥見高情……回首徒相憶，柴車不出城。’”又，元詩選癸集沈鉉：“沈鉉字鼎臣，號曲江，錢塘人。元末，僑寓嘉興。洪武中，薦爲縣學教諭，陞石首知縣。嘉禾十詠，曲江所作也。”

洞天謡①

四明山，二百八十青屠顏〔一〕，天空四牖。金聲聞大地，玉龍吼，勢接碧空雲漢流。道院晝陰微雨集,斗兹秋冷濕雲浮。山翁指點青松外,旁見仙人跨鶴游。

【校】

① 本詩録自萬曆新修餘姚縣志卷二,原本題爲明楊維禎洞天謡。按:鐵崖又有長詩洞天謡,載鐵崖逸編注卷四,起首三句與本詩相同,然其餘全異,故分別録入。

【箋注】

〔一〕"四明山"二句:四明山位於今浙江省東部,相傳有二百八十座山峰。

過龐山湖〔一〕

湖上天①晴畫,雨餘生綠陰。扁舟到城近,曲港入村②深〔二〕。野叟頻相問,郎君不可尋。西庵有分席,吾亦老山林。

【校】

① 本詩録自嘉靖吳江縣志卷三地理志三山水下,校以清鈔本吳都文粹續集卷二十四山水所載此詩。天:吳都文粹續集作"足"。
② 村:原本作"春",據吳都文粹續集改。

【箋注】

〔一〕龐山湖:位於吳江(今屬江蘇蘇州市)。洪武蘇州府志卷三川:"龐山湖在吳江東南,其水上源西接太湖,從甘泉橋出運河;下源自龐山湖出急水港,由白蜆江入澱山湖而注之海。"又,乾隆吳江縣志卷二山水:"龐山湖去縣治東三里……濱湖有龐山村,因名。"
〔二〕"扁舟到城近"二句:意爲舟行曲折於港口之間。嘉靖吳江縣志卷三地理志三山水下:"徹浦橋港去縣治九里,北至南津口,皆石塘,爲竇凡一百三十六。爲橋凡九:一曰徹浦橋,二曰龔家橋,俱西泄東湖水。東過運河,爲十字港,爲尚湖,又東入葉澤湖。三曰通津橋,四曰甘泉橋,五曰三山橋,六曰定海橋,七曰萬頃橋,塘折而西北。八曰仙槎橋,九曰三江橋。自通津以下六橋,同泄太湖之水東流,各有港,東瀦而爲龐山湖。"

游汾湖分得武字^{①〔一〕}

　　至正九年三月十又六日,吳江顧君遜招客游汾湖,客凡七人:會稽楊維禎、甫里陸宣、大梁程翼、金陵孫煥、雲間王佐、吳郡陸恒、汝南殷奎。妓二人:珠簾、金粟也。出武陵溪,過五子灘,詣陸氏翠岩亭,觀百歲棠。出鐵篴一枝,云江南後唐物也。予爲作清江引一弄。抵柳溪,飲鮑氏池亭。過登瀛橋,遂步月歸。用主人"武陵溪上花如錦"之句,分韻賦詩。時期而弗至者:茅山張君雨、界溪顧君瑛也^②。

　　蕩舟武陵溪,朝出五^③子浦。還過西陸家,仙童啟岩户。棠樹大十圍,桃花燦欲語。遺我古鐵枝,色比修月斧^{〔二〕}。爲作古江調,江鳥凌亂舞。攜之謁龍君,湖水吹暮雨。晚飲花石岡,亭臺已無主。瀛橋步月歸,竹枝和銅鼓。道人早歸來,脱冠挂神^④武^{〔三〕}。

【校】

① 本詩録自崇禎嘉興縣志卷五建置志汾湖,校以清鈔本吳都文粹續集卷二十四山水、檇李詩繫卷三十八所載此詩。原本題作楊維禎游汾湖詩,吳都文粹續集作游汾湖得武字,據檇李詩繫改。

② 詩序原本無,據檇李詩繫增補。

③ 五:吳都文粹續集本作"伍"。

④ 神:原本及檇李詩繫皆作"玄",據吳都文粹續集改。

【箋注】

〔一〕詩作於元至正九年(一三四九)三月十六日。此詩序内容,實剪裁游汾湖記而成,相關注釋及本詩有關地名,均參見鐵崖撰游汾湖記(載佚文編)。

〔二〕修月斧:相傳修月户所用斧。參見鐵崖先生詩集甲集玄霜臺爲吕希顔賦注。

〔三〕"道人早歸來"二句:寓作者歸隱之意。參見鐵崖先生詩集甲集題夏伯和自怡悦手卷注。

陶莊^{①〔一〕}

村落成行市井連,日中雲集自年年。刀錐有利圖衣食,貿易無人索稅錢。漁鼓畫橋楊柳外,酒旗茆店杏花前。陶家義塾相聞近^{〔二〕},教子何須孟母傳^{〔三〕}。

【校】

① 本詩録自崇禎嘉興縣志卷五建置志,校以光緒嘉興府志卷四城池、檇李詩繫卷三十八所録此詩。原本無詩題,據光緒嘉興府志、檇李詩繫補。

【箋注】

〔一〕陶莊:光緒嘉興縣志卷四城池:"陶莊鎮,(嘉善)縣西北三十六里,去府城五十四里。本名柳溪。宋紹興中,陶氏居此,易今名。元置巡司……宋紹興中,保義郎陶文幹自蘇徙此,遂名陶莊。初,世家鼎峙,橋亭相望。南曰南陶莊,北曰北陶莊。今民居凋敝,漸成村落。"

〔二〕陶家義塾:崇禎嘉興縣志卷五建置志:"陶氏義塾,在縣東北陶莊鎮。宋紹興中,保義郎陶文幹自姑蘇徙此,遂名陶莊。後有承信郎陶允監鎮江府都茶場門,陶達守福州,(助)教諭陶誠,進士陶大章、陶大猷,陶氏最盛。義塾不知創於何人,今絶響矣。"

〔三〕孟母:指孟軻之母。孟母教子故事,詳見列女傳鄒孟軻母。

圓覺禪院^{〔一〕}

圓覺招提隔市喧,潮音滿座自晨昏。雨來寶地天花墜^①,風動珠林貝葉翻。供養奇花^②憑白鹿,齋分珍果仗黄^③猿。從今結卻淵明^④社^{〔二〕},净土修持禮法門。

【校】

① 本詩録自光緒嘉興府志卷十九寺觀二嘉善縣圓覺禪院,校以檇李詩繫卷三十八所録此詩。花墜:檇李詩繫作"香匝"。

② 花:原本作"方",據檇李詩繫改。

③ 黄:檇李詩繫作"玄"。

④ 淵明:檇李詩繫作"東林"。

【箋注】

〔一〕圓覺禪院:光緒嘉興府志卷十九寺觀二嘉善縣:"圓覺禪院在(嘉善)縣西
北三十六里陶莊鎮。宋景定三年,僧如照建。"

〔二〕淵明社:指陶淵明曾參與廬山惠遠法師所結白蓮社。參見鐵崖先生詩集
丙集題陶淵明漉酒圖注。

晏子城①〔一〕

魯人城小穀,齊卿答私惠〔二〕。如何晏子城,高雄在夷裔〔三〕。元是
齊上卿,老居吳贅婿〔四〕。分茅及外戚,重關司啟閉。至今菱角金,妖
芒掘耕隸〔五〕。我聞平仲賢〔六〕,一裘三十襫〔七〕。家藏千鎰珍,無奈感
妖麗。從如齊景公,千駟不足計〔八〕。

【校】

① 本詩録自同治安吉縣志卷十六藝文下,乾隆安吉州志卷十五藝文下亦載本
詩,多殘闕。

【箋注】

〔一〕詩作於元至正五、六年間,鐵崖授學湖州長興之時。晏子城:乾隆安吉州
志卷六古迹:"晏子城,在州西北二十里晏子鄉。"按:安吉,今屬浙江湖
州市。

〔二〕"魯人城小穀"二句:出自左傳。春秋左氏傳杜預注:"小穀,管仲私邑,今
在濟北穀城。"按:春秋左氏傳謂"魯爲管仲私邑"。後世陸淳曰:"管仲德
及諸侯,魯爲之城私邑,雖非常禮,亦變之正也。"參見宋孫覺撰春秋經解
卷四莊公下。

〔三〕夷裔:此指吳、越地域。吳、越之國本屬蠻夷之地。

〔四〕"元是齊上卿"二句:意爲齊國卿相晏子因娶吳王女而居吳地。

〔五〕“至今菱角金”二句：有關“晏子金”之傳說。天中記卷五十晏子金：“齊晏子娶吳王女，築城於吳興安吉州西北二十里。後耕者每得黃金，狀如四角菱，中有齊字，名晏子金。故其地曰晏子城，鄉名晏子鄉。”

〔六〕平仲：指春秋時齊國晏子。晏子名嬰，字平仲。

〔七〕一裘三十襈：禮記檀弓下：“曾子曰：‘晏子可謂知禮也已！恭敬之有焉。’有若曰：‘晏子一狐裘三十年，遣車一乘，及墓而反。’”

〔八〕“從如齊景公”二句：論語季氏：“齊景公有馬千駟，死之日，民無德而稱焉；伯夷、叔齊餓於首陽之下，民到于今稱之。”

卧冰池〔一〕

城南六十里，冰鯉出方池。忍膾①池中魚，還訂池上碑。侃侃曁三老，純孝天所知。哀哀母已失，繼者苦不慈。寧使母不慈，毋使吾孝虧。一感朱鯉躍，再感黃雀來。吁②嗟生膝下，食羹不見思〔二〕。飲兹③孝池水，錫類歌吾詩。

【校】

① 本詩錄自乾隆安吉州志卷十五藝文下，又載同治長興縣志卷十一水卧冰池，據以校勘。膾：原本作“繪”，據同治長興縣志本及原本小字注改。

② 吁：原本作“呼”，據同治長興縣志本改。

③ 兹：同治長興縣志本作“之”。

【箋注】

〔一〕本詩或作於元至正五、六年間，鐵崖授學湖州長興之時。卧冰池：成化湖州府志卷六：“卧冰池，在長興縣西南六十里。舊志云：故老相傳王祥卧冰之處。”按：同治長興縣志卷十一水有關“卧冰池”一節，則謂此地爲王文殊故居，文殊以孝名，誤傳爲王祥。王祥生平及至孝事，參見陳善學序刊楊鐵崖先生文集卷二王孝子注。

〔二〕“食羹”句：左傳隱公元年：“潁考叔爲潁谷封人，聞之，有獻於公。公賜之食，食舍肉。公問之，對曰：‘小人有母，皆嘗小人之食矣，未嘗君之羹，請以遺之。’”

翠雲亭①〔一〕

小車推過紫薇南，水底烏龍睡正酣。欲向空中吹鐵笛，恐驚風雨出寒潭。

【校】

① 本詩録自嘉慶硤川續志卷三寺院。

【箋注】

〔一〕翠雲亭：位於今浙江海寧。嘉慶硤川續志卷三寺院：“翠雲亭，在南山。今改玉真道院，又名石關院。”同卷又曰：“南山道院，又名玉真道院，在沈山南麓。宋景祐間建。舊有翠雲亭。明永樂初，後建玉宸閣。”

題義門蔣德芳東湖書院①〔一〕

匹士義門名已表〔二〕，學官書院美猶傳〔三〕。范莊未覺師模重〔四〕，蘇譜惟知族屬全〔五〕。況是私恩生萬口，政須吾道計千年。誰家孫子破門户，當日寧無百畝田〔六〕。

【校】

① 本詩録自同治長興縣志卷四學校書院，原本題作元楊維禎題義門蔣德芳東湖書院詩。

【箋注】

〔一〕詩作於元至正四年（一三四四）冬，即鐵崖應邀至東湖書院授學不久。蔣德芳：名克明。蔣德芳於至正初年專程赴錢塘邀請鐵崖，鐵崖遂至東湖書院授學。參見楊維禎撰東湖書院修造田記（載佚文編）。同治長興縣志卷四學校書院：“東湖書院，在縣治東北二十五里蔣村。元里人蔣必勝創立，申請除山長一員。元末兵廢。”

〔二〕義門：蔣德芳家族曾捐田建書院、修義冢，故稱“義門蔣氏”。參見東維子文集卷八送韓奕游吳興序。

〔三〕學官書院：指泰定四年丁卯（一三二七），江浙行省爲東湖書院置山長一員，主持書院教事。參見東湖書院修造田記。

〔四〕范莊：以范仲淹命名。明梁寅范莊廟記：“姑蘇，東南之名郡也。范文正公爲郡之先賢，而獨以忠貞勤勞範模千祀……其地至今號范莊，其廣邀修飭，敬祀靡懈。”（載新喻梁石門先生集卷一。）

〔五〕蘇譜：指北宋蘇洵所創族譜修纂範式。

〔六〕“誰家孫子破門戶”二句：指蔣德芳曾於元順帝至元五年（一三三九）捐田百畝，專供書院修繕之用。參見東湖書院修造田記。

呂山①〔一〕　（殘句）

五馬翩翩呂將山〔二〕。

【校】

① 本殘詩録自同治長興縣志卷十山呂山：“明吳琉蒙山十二景：……三，平岡走馬。云三國時呂蒙、梁吳僧永嘗於此岡走馬，楊鐵崖詩‘五馬翩翩呂將山’即此。”

【箋注】

〔一〕呂山：同治長興縣志卷十山：“呂山，一名程山，在縣東南二十里，高五十丈。吳將呂蒙討嚴白虎，屯營於此。下有張水部祠。”注：“明吳琉蒙山十二景：一，蒙山峙翠。云舊名程山。三國時，呂蒙屯戍於此，因名。或云即蒙讀書處。見大學士陳公吳氏寶善堂記。”

〔二〕呂將山：當指呂山。

南翔寺①〔一〕

三生石上有因依〔二〕，雙鶴偏從石上飛。自笑老禪能事畢，不隨雙去復雙歸。

【校】

① 本詩録自清鈔本明錢穀編吳都文粹續集卷三十四寺院,原詩附録於釋大訢
撰嘉定州南翔寺歲閱藏經記之後,無詩題,今題爲校注者徑擬。

【箋注】

〔一〕南翔寺:位於今上海嘉定南翔鎮。萬曆嘉定縣志卷十八雜記考下寺觀:
"南翔講寺,在縣南二十四里十二都。梁天監中,里人掘地得石,徑丈,常
有二鶴飛集其上。僧行齊即其地作精舍,久之不至。俄見石上書'白鶴南
翔去不歸',因名。宋端平中,丞相鄭清之題其額。元至元間,僧良珦
重建。"

〔二〕三生石:參見鐵崖撰登道場山詩(載佚詩上編)注。

直節軒〔一〕

　西枝林中訪遺直〔二〕,况有文采錦班①如。誰參汝禪到玉版②〔三〕,
自愛此君如史魚〔四〕。彭澤風高印綬解〔五〕,穹③廬雪冷節毛疎〔六〕。道
人詩似春秋筆,大字琅玕節下書。

【校】

① 本詩録自正德姑蘇志卷三十寺觀下,校以清鈔本、文淵閣四庫全書本吳都文
粹續集卷三十四寺院所録此詩。班:吳都文粹續集作"斑"。

② 汝:文淵閣四庫全書本吳都文粹續集作"枯"。版:原本作"板",據吳都文粹
續集改。

③ 穹:吳都文粹續集作"空"。

【箋注】

〔一〕直節軒:又稱勁節軒,蓋其周邊有竹而得名。在嘉定(今屬上海市)西隱
寺中。正德姑蘇志卷三十寺觀下:"西隱教寺在(嘉定)縣西北清境塘上。
元泰定元年僧悦可建,僧圓照記。有寂照觀堂、直節堂、壽樂亭、空翠亭、
勁節軒。"

〔二〕西枝：參見鐵崖佚詩上編題玉山草堂注。

〔三〕玉版：參見鐵崖先生詩集己集題清味齋圖注。

〔四〕此君：喻指竹子。參見鐵崖先生詩集庚集脩竹美人圖注。史魚：即史鰌，
　　　春秋時衛國大夫，以正直著稱。參見論語衛靈公。

〔五〕彭澤風高印綬解：指陶淵明辭去彭澤令。

〔六〕穿廬雪冷節毛疎：謂蘇武堅守節操。

劉龍洲祠①〔一〕

　　讀君舊日伏闕疏〔二〕，喚起開禧無限②愁〔三〕。東江風雨一斗酒，大
地山河百尺樓。龍川狀元曾表怪〔四〕，冷山使者忍包羞③〔五〕。白鶴飛
來作人語，道人赤壁正④橫舟〔六〕。

【校】

① 本詩録自正德姑蘇志卷二十八壇廟下，校以清鈔本吳都文粹續集卷十五祠
　　廟、文淵閣四庫全書本龜巢稿卷三所録此詩。原本無題，據吳都文粹續集
　　補。按：或將本詩當作謝應芳作品，題作寄楊鐵崖，或題作懷楊鐵崖，編入龜
　　巢稿，前者見舊鈔本龜巢稿卷十（四部叢刊三編影印江安傅氏雙鑑樓藏本），
　　後者見常州先哲遺書本龜巢稿卷四，皆誤。又，明沈愚懷賢録（蟫隱廬叢書
　　本劉龍洲詞附録）載此詩，題作追和龍洲先生登多景樓詩就題其墓。

② 無限：龜巢稿作“一段”。

③ “東江風雨一斗酒”以下四句：龜巢稿作“龍川狀元曾表怪，冷山使者忍包
　　羞。東江風雨一斗酒，大地山河百尺樓”。

④ 正：龜巢稿本作“政”。

【箋注】

〔一〕詩作於元至正二十一年（一三六一）十月，即鐵崖歸隱松江兩年之後。繫
　　年依據：其一，鐵崖友人謝應芳有同楊鐵崖吊龍洲墓和劉韻：“排雲閶闔
　　問神州，目極龍沙萬里愁。匡主首陳天下養，和戎深爲國人羞。方期殺賊
　　懸金印，又報修文記玉樓。一代人豪公寂寞，春風掃墓爲停舟。”（載文淵
　　閣四庫全書本龜巢稿卷三。）乃步此詩韻而作。謝應芳至正十五年始交鐵

崖,偕同鐵崖掃墓并和詩,當在至正十五年之後。其二,至正二十一年十
月五日,鐵崖應邀撰龍洲墓表,本詩蓋作於同時。劉龍洲:劉過字改之,
號龍洲道人,廬陵(今江西吉安)人。布衣終身。曾參與開禧北伐,北伐失
利後,航海抵崑山。既死,無子,故人潘友文與崑山主簿趙希梻買山葬之。
其墓、祠在崑山馬鞍山麓。參見鐵崖撰宋龍洲先生劉公墓表(載本書佚文
編)、嘉靖崑山縣志卷二冢墓、卷十二人物流寓。

〔二〕伏闕疏:由於後宮干政,孝宗、光宗父子不睦,孝宗病重之時,光宗有意疏
遠。宋紹熙五年春,劉過爲此伏闕上書。

〔三〕開禧無限愁:劉過曾投身軍中,參與開禧北伐。北伐旋即失利,遂抵崑山。
開禧二年卒於崑山。參見嘉靖崑山縣志卷十二人物流寓。

〔四〕龍川狀元:指陳亮。劉過與陳亮爲摯友,陳亮曾上書孝宗,談恢復大計,劉
過亦有類似奏策。陳亮傳載宋史。

〔五〕冷山使者:指洪皓,宋史有傳。宋高宗建炎年間,洪皓以禮部尚書身份出
使金國,遭扣留,且流放冷山(今黑龍江五常一帶),十餘年後始歸。按:
相傳韓侂冑曾欲派遣劉過出使金國議和,然未成行。或曰由於劉過"以疾
辭",或曰因爲朝廷不久棄用韓侂冑。詳見元殷奎崑山復劉改之先生墓事
狀(强齋集卷三)、宋葉紹翁四朝聞見錄。

〔六〕"白鶴飛來作人語"二句:出自蘇軾後赤壁賦。參見鐵崖先生詩集甲集和
吕希顏來詩注。

白龍廟詩①〔一〕

金碧龍宮岸海坳,海鄉遇旱望雲交。空中白氣俄成練,不比黄旗
滾海蛟。

【校】

① 本詩録自正德姑蘇志卷二十八壇廟下,校以清鈔本吳都文粹續集卷十六祠
廟所録此詩。原本無詩題,據吳都文粹續集補。

【箋注】

〔一〕本詩當作於元至正七、八年間,鐵崖游寓姑蘇、崑山之時。白龍廟:位於
劉家港,今江蘇太倉東瀏河鎮。吳都文粹續集於白龍廟詩題下有小字注:

“在樂智鄉劉家港北。”又,盧熊洪武蘇州府志卷十五祠祀:“白龍廟,在嘉
定縣樂智鄉婁江北岸。”

贈南沙傳神張彥才①〔一〕

　　玉龍倒掛青天閣,大珠小珠光鑿鑿。蓬萊一夜月荒涼,美人不來
清淚落。

【校】

① 本詩録自弘治太倉州志卷十上詩文,原本詩題下署名“楊廉夫”。

【箋注】

〔一〕南沙:又稱沙溪,當時屬於常熟,明代弘治年間創建太倉州,劃歸太倉。
　　張彥才:字號不詳,南沙人。世代以繪畫爲業,尤善肖像畫。傳神:此指
　　肖像畫家。張彥才乃明代太倉著名畫家張凱祖父。弘治太倉州志卷八藝
　　術:“張凱字景南,號南崖,常熟之沙溪人。世善丹青。大父彥才,與鐵崖
　　楊先生以詩畫交,鐵崖嘗主其家,有墨迹可徵。父子安號晚節,伯子明號
　　雲山道人,皆有能畫聲。”又,原本於鐵崖詩後録有張彥才友人張恕長詩一
　　首,蓋張恕爲答謝彥才爲之畫肖像而作,題曰“又”。此詩涉及彥才生平及
　　其畫技,詩曰:“彥才多才能寫神,筆法不減曹將軍。凌烟功臣使之寫,亦
　　可一一摹其真。頻年挾術游京國,曾染丹青繪黃屋……歸來坐愛吳山色,
　　百斛烟螺埽秋碧。太守相迎別駕邀,一像纔成玉雙璧……”

天妃行宮①〔一〕

　　海國神風捷可呼,綠林徽福苦相紆②。片帆尚借周郎力〔二〕,護得
青龍到直沽〔三〕。

【校】

① 本詩録自嘉靖太倉州志卷十寺觀,校以文淵閣四庫全書本、清鈔本吳都文粹

續集卷十六祠廟附録此詩。又，吳都文粹續集卷二十八道觀録鐵崖天妃宮，實即此詩。

② 紆：原本作"污"，據文淵閣四庫全書吳都文粹續集改。

【箋注】

〔一〕本詩當作於元至正七、八年間，即鐵崖游寓姑蘇、崑山之時。繫年依據：天妃宮毁於至正十五年兵燹，故此詩必撰於鐵崖初次游寓崑山期間。吳都文粹續集於詩後有注："天妃宮在劉家港北澄漕口，舊名靈慈宮。"嘉靖太倉州志卷十寺觀："天妃行宮……按蘇州志云，妃莆田人，姓林氏。宋元祐以來，廟食於閩，累著靈驗。元時，每歲漕運，經涉海洋，當驚風怒濤，倉卒無措之際，楫工柁師叫號靈妃，延頸俟命。忽檣桅之顛，有絳炬棲集，則神至而無虞矣。累遣降香致祭，錫護國庇民廣濟明著天妃之號，以靈慈爲額。始自至元二十六年，僧宗坦建於崇明西沙，後□於海。至正三年，坦之嗣孫移建於此。十五年，毁於兵燹，七世孫道暹重建。"

〔二〕周郎力：蓋指周瑜借東風。

〔三〕直沽：當時海運船隻與漕運船隻交會之處，位於今天津市。元時海運船從太倉劉家港出發，北抵直沽。

游秀峰① 即河陽山〔一〕

河陽山色畫圖開，絕壑懸崖亦壯哉。華表不聞仙鶴語〔二〕，醴泉曾引鳳凰來〔三〕。玉魚金盌埋黃土，石②獸豐碑長綠苔〔四〕。獨有桓桓丘隴在，秀峰相對讀書臺〔五〕。

【校】

① 本詩録自嘉靖常熟縣志卷十三集詩，校以清鈔本吳都文粹續集卷二十二山水、清邵松年輯海虞文徵卷二十八詩四所載此詩。海虞文徵本題作游秀峰吊陸狀元。

② 石：原本漫漶，據吳都文粹續集本、海虞文徵本補。

【箋注】

〔一〕詩當作於元至正七、八年間，鐵崖游寓姑蘇、崑山之時。秀峰：即河陽山主峰。河陽山,今稱鳳凰山,位於今江蘇張家港市鳳凰鎮,南接常熟市。
百城烟水卷五常熟:“河陽山一名鳳凰山,又名小山,在縣西北四十五里。
有永慶教寺,梁大同二年侍御史陸孝本捨宅建。宋賜名大福寺,尋改今
額……元毀,惟石井存焉,洪武中僧如海重建。”

〔二〕“華表”句:用丁令威事。參見鐵崖先生古樂府卷十小游仙之十六注。

〔三〕醴泉:莊子秋水:“夫鵷鶵,發於南海,而飛於北海,非梧桐不止,非練實不
食,非醴泉不飲。”百城烟水卷五常熟:“相傳有僧肉身泛海而來,狀貌奇
古,僧徒迎置於(河陽山永慶教)寺,固以膠漆,靈應多驗。山頂有石井,泉
清而甘,大旱不竭,鄉人目爲聖井。”

〔四〕石獸豐碑:指河陽山墓地。按:河陽山永慶寺東,有宋龍圖閣學士丘岳
墓、紹興知府丘耒墓、將仕郎丘璧墓等。參見虞永良河陽山内八景之丞相
墓,文載梁一波主編張家港攬勝一書,鳳凰出版社二〇〇八年十月版。

〔五〕讀書臺:又稱狀元臺。嘉靖常熟縣志卷三選舉志:“唐陸器,狀元,居於河
陽山。”同書卷十名構志:“唐狀元陸器讀書臺,在河陽山中。”

静軒小隱爲薛倫題①〔一〕

　　閒居豈吾志,窮通匪有人。經營別野廬,聊與麋鹿鄰。河流激清
響,槐柏得其真。皋蘭似爲佩,溪芹或前陳。笑歌極良賞,庶足娱
心神。

【校】

① 本詩録自嘉靖重修如皋縣志卷十詩。原本題下有小字注:“楊維禎,會稽人。
　儒學提舉。”

【箋注】

〔一〕静軒:主人爲元末明初人士薛倫。明詩紀事甲籤卷二十七録薛倫静軒夜
坐詩一首,并附其小傳曰:“倫字叔道,如皋人。洪武中舉賢良方正,除萬
安縣丞。有詩文集十卷。”按:如皋,今屬江蘇。

題慧聚寺追和孟郊詩①〔一〕

翠微臨上方〔二〕,坐我石楬牀。藥草雪寶雪,松花香積香。風去火石静,月出龍樹光。題詩孟王後〔三〕,千載屬空場。

【校】

① 本詩録自道光崑新兩縣志卷二山。原本無詩題,今題爲校注者徑擬。

【箋注】

〔一〕元至正八年(一三四八)二月,鐵崖應邀客居崑山多日,曾與顧瑛等游馬鞍山慧聚寺等名勝,本詩及下一首追和張祜詩,即作於此時。參見鐵崖先生詩集丙集游玉峰與崑山顧仲瑛京兆姚子章淮海張叔厚匡廬于彦成吳興鄭九成共六人聯句。慧聚寺,道光崑新兩縣志卷二山:"馬鞍山在城内西北隅(屬崑山縣天玉字圩),形如馬鞍,故名。廣袤三里,高七十丈……其陽舊有慧聚寺。山上下前後,皆擇勝爲僧舍,雲窗霧閣,間見層出。吳人謂真山似假山……唐孟郊馬鞍山上方:'昨日到上方,片霞封石牀。錫杖莓苔青,袈裟松柏香。晴礱無短韻,晝燈含永光。有時乞鶴歸,還訪逍遥場。'"按:孟郊此詩又載孟東野詩集卷五,題作蘇州崑山惠聚寺僧房,文字稍有出入。

〔二〕上方:指慧聚寺。

〔三〕孟王:孟郊與王安石。道光崑新兩縣志卷二山:"……唐孟郊、張祜詩。宋皇祐中,王安石以舒倅被旨來相水利,夜秉燭登山,閲張、孟詩,和之,遂爲山中四絶。"

題慧聚寺追和張祜詩①〔一〕

殿閣層霄起,滄溟萬象吞。地肺浮落景,天柱屹孤根。樵響杪欏樹,人家蟹稻村。老余投鞁冕,深隱約晨門。

【校】

① 本詩録自道光崑新兩縣志卷二山。原本無詩題,今題爲校注者徑擬。

【箋注】

〔一〕詩作於元至正八年（一三四八）二月,鐵崖游寓崑山之際。繫年理由參見本編上一首注。張祜:唐代詩人,南陽人,來寓姑蘇。生平詳見唐才子傳。道光崑新兩縣志卷二山:"張祜馬鞍山慧聚寺:'寶殿依山險,凌虛勢欲吞。畫簾齊木末,香砌壓雲根。遠景窗中岫,孤烟竹裏村。憑高聊一望,歸思隔吳門。'"按:上引張祜詩又載全唐詩卷五百十,題作禪智寺,文字有出入。

<h1 style="text-align:center">徐公坊^①^{〔一〕}</h1>

徐公坊外儀曹園^{〔二〕},孩兒橋頭夜不眠^{〔三〕}。一從藍仙引兒戲^{〔四〕},散作人間盜酒仙。

【校】

① 本詩録自萬曆嘉定縣志卷十七雜記考上徐公坊,原詩無題,今題爲校注者逕補。

【箋注】

〔一〕徐公坊:嘉定（今屬上海）街巷名。萬曆嘉定縣志卷十七雜記考上徐公坊:"宋開禧中,徐公釀酒屢耗,心疑其偷。一夕,坊人露坐月下,見小兒數輩,各持械自坊中出,踵而逐之,至孩兒橋乃滅。始悟橋欄所琢群兒爲祟,遂鑿首斷股,此怪遂息。楊維禎詩云……按:宋時不得私釀,徐疑監酒官也。"據萬曆嘉定縣志卷四營建考下公署,徐公坊在嘉定縣治西二十四里。

〔二〕儀曹園:當爲元人趙儀曹宅園。

〔三〕孩兒橋:萬曆嘉定縣志卷二疆域考下津梁:"孩兒橋,在呈端坊南。（元）致和中,趙儀曹建。"按:趙儀曹,元泰定、致和年間寓居嘉定,其名字生平不詳。

〔四〕藍仙:即藍采和。唐沈汾續仙傳卷上藍采和:"藍采和,不知何許人也……每行歌於城市乞索,持大拍板,長三尺餘。常醉踏歌,老少皆隨看之。機捷諧謔,人問,應聲答之,笑皆絕倒。似狂非狂,行則振靴言曰:踏踏歌,藍采和,世界能幾何……後踏歌濠梁間,於酒樓乘醉,有雲鶴笙簫聲,忽然輕舉,於雲中擲下靴衫腰帶拍板,冉冉而去。”

黄堲①〔一〕

黄堲之土鑿層層,枯骨專車幾劫崩〔二〕。坐斷海塵朝暮事〔三〕,劫灰何必問胡僧〔四〕。

【校】

① 本詩録自光緒寶山縣志卷十四志餘,原本無詩題,今題爲校注者徑擬。

【箋注】

〔一〕黄堲:位於黄白涇西(今屬上海市寶山區羅店鎮)。

〔二〕枯骨:光緒寶山縣志卷十四志餘軼事:“淳祐中,黄白涇西民家掘地,入土四五尺,忽得龍骨,送納諸官。元元貞二年,周巷民家鑿井,亦得龍骨。是知此地舊爲海也無疑矣。楊維禎詩……”專車:參見麗則遺音卷二禹穴。

〔三〕海塵:參見鐵崖先生古樂府卷三夢游滄海歌注。

〔四〕“劫灰”句:參見清鈔鐵崖楊先生詩集卷上雙桂堂席上賦注。

題家藏龔聖與人馬圖①〔一〕

老龔謫②世房星精〔二〕,愛畫先皇照夜真〔三〕。霹靂一聲天上落,鼎湖飛浪白如銀〔四〕。

【校】

① 本詩録自適園叢書本明朱存理編珊瑚木難卷六,校以文淵閣四庫全書本珊瑚木難、趙氏鐵網珊瑚卷十二、式古堂書畫匯考卷四十五所録此詩。原本題作家藏龔聖與人馬,式古堂書畫匯考題作龔制司人馬圖,趙氏鐵網珊瑚題作龔翠巖人馬圖,今題爲校注者徑擬。按:式古堂書畫匯考於龔制司人馬圖題下録有龔開題記,以下依次爲楊維禎、李構、秦約題詩。龔開題記署尾曰“至

元壬辰八月九日淮陰龔開記”。按：至元壬辰即元世祖至元二十九年（一二
九二）。趙氏鐵網珊瑚本作“至正壬辰”，誤。

② 讁：原本誤作“調”，據文淵閣四庫全書本珊瑚木難、式古堂書畫匯考本改。

【箋注】

〔一〕原本題下小字注曰：“今歸白石翁。”龔聖與：南宋末年畫師。圖繪寶鑒卷
　　五元：“龔開字聖與，號翠巖，淮陰人。宋景定間，兩淮制置司監當官。作
　　隸字極古。畫山水師二米，畫人馬師曹霸，描法甚麄。尤善作墨鬼鍾馗等
　　畫，怪怪奇奇，自出一家。”

〔二〕房星：亦曰天駟。爲天馬，主車駕。

〔三〕照夜：即照夜白，唐玄宗座騎。唐代著名畫家曹霸繪有照夜白圖，此以龔
　　開比作曹霸。參見鐵崖先生詩集辛集曹將軍赤馬圖注。

〔四〕“霹靂一聲天上落”二句：指有龍於鼎湖接引黃帝升天。參見鐵崖先生古
　　樂府卷一湘靈操注。按：相傳馬之先祖爲龍，故有此喻。

真樂齋席上作①〔一〕

　　我尋天上張公子〔二〕，新買江南宅一區〔三〕。桂樹小山金作粟〔四〕，
芙蓉秋水錦成株。青龍繞屋瀠三圦②，翠鳳當門銜一珠。世事紛紛何
日了，好將真樂問堯夫〔五〕。

　　至正丙午秋七月四日，放舟龍江，入艾浦訪文湘〔六〕，翼之張侯
留③飲於真樂齋。席上賦詩一解④，率座客子山、德昂兩進士用韻成
什〔七〕。會稽抱遺叟楊維禎明日在任老人讀易齋試新製鐵心穎書〔八〕。

【校】

① 本詩録自明朱存理編珊瑚木難卷八，校以趙氏鐵網珊瑚卷五、式古堂書畫匯
　　考卷十九所録此詩。原本題作楊鐵崖詩一帖，趙氏鐵網珊瑚、式古堂書畫匯
　　考題作楊鐵崖詩帖，今題爲校注者徑爲擬定。

② 圦：原本作“斛”，式古堂書畫匯考作“斗”，據趙氏鐵網珊瑚改。

③ 留：式古堂書畫匯考、趙氏鐵網珊瑚皆無。

④ 解：趙氏鐵網珊瑚本作“律”。

【箋注】

〔一〕元至正二十六年丙午（一三六六）七月四日，鐵崖造訪張翮，於酒宴上作此詩。真樂齋：全名天理真樂齋，主人爲張翮。參見鐵崖先生集卷三天理真樂齋記注。

〔二〕天上張公子：杜甫贈翰林張四學士：“天上張公子，宮中漢客星。”張公子，張翮，字翼之，自號理齋，元季任崇明州同知。參見鐵崖先生集卷三天理真樂齋記、鐵崖撰崇明州学先賢祠堂記、致理齋尺牘（載佚文編）。

〔三〕新買江南宅一區：據詩中“青龍繞屋潴三圩”一句，蓋張翮新買宅居在青龍鎮（位於今上海青浦）。

〔四〕桂樹小山：用淮南小山招隱士典。

〔五〕堯夫：北宋理學家邵雍字。邵雍伊川擊壤集卷八林下五吟之三：“有物輕醇號太和，半醺中最得春多。靈丹換骨還如否，白日升天似得麽。儘快意時仍起舞，到忘言處只謳歌。賓朋莫怪無拘檢，真樂攻心不奈何。”

〔六〕文湘：不詳。

〔七〕子山、德昂兩進士：二人於元末當爲鄉貢進士。子山：疑指林靜。大觀録卷九下楊廉夫草玄閣諸名家和韻大册載有“諸生林靜”詩，元詩選癸集載林靜詩次草玄閣韻一首，同集又有海上張窣次韻謹呈鐵崖尊先生詩一首，二詩韻脚全同，可見林靜與鐵崖確有交往。元詩選癸集林諸生靜：“靜字子山，號愚齋，德清人。三世讀書，髫亂時，即解綴篇什，有外氏趙文敏家法。研窮經史百氏，旁及玄詮釋典，悉掇其芳潤。從金華宋景濂游，爲諸生，郡縣累辟不就。著愚齋集，景濂爲之序。”又據文憲集卷六愚齋集序、卷四玄武石記所述，林靜又號瑤臺玄史，擅長丹青。所著愚齋集二十卷。宋濂稱之曰：“所著文則豐腴雅馴，詩則藻麗典則，誠無媿於作者。求諸倫輩中，不多遇也。”德昂：生平不詳。弘治徽州府志卷六薦辟著録有“陳德昂”，曰：“陳軒字德昂，洪武十七年舉明經，授湖廣荊州府學教授。二十六年滿，以老再任，卒于官。”未知陳軒是否即此“德昂進士”。

〔八〕任老人讀易齋：未詳。

贈宋仲温^①〔一〕

東吳宋仲温工古歌詩，尤工諸家書法。余有所著，必命仲温書之。且扁舟訪余東海角，觴咏數日而別。爲賦長歌一解，酒餘使歌之，余和以鐵龍之嘯，不知人間世復有過余樂者不！余既醉書此歌，復令仲温書遺玉笥、崆峒兩生者而②和之〔二〕。

宋才子，玉雪表，鐵石腸。裔出蘭臺大夫後〔三〕，才似祁、庫大小之雙郎〔四〕。龍伯國〔五〕，長鯨未築，封豕未屠。蚩尤張天天鶻塗〔六〕，白日不照東西隅。東相府，西將府，爭致人才出門下。宋才子，高步野鶴，不嚇腐鼠〔七〕。喏喏耻僕臣，嚶嚶羞妾婦。歸來閉關彈五弦〔八〕，浩歌激裂驚千古。宋才子，莫論秦〔九〕，莫美新〔十〕。城中酒薄不醉人，尋我鐵龍東海濱。鐵龍雄飛雌亦走，鐵仙九招重入手〔十一〕。海水未西傾，扶桑未左紐，倩爾五色毫，飲以酒一斗。不書汝祖九辨吊湘纍〔十二〕，大書鐵龍九招傳不朽〔十三〕。

【校】

① 本詩録自明趙琦美編趙氏鐵網珊瑚卷七宋仲温詩帖，校以式古堂書畫匯考卷二十二所載此詩。原本及校本詩題皆作會稽楊維禎廉夫庚子歲贈，今題爲校注者徑擬。

② 珊瑚網卷十三録此引文，題作宋仲温書鐵崖古歌即爲鐵崖所跋，據以校勘。崆峒之"峒"，原本作"同"，據珊瑚網改。而：原本無，據珊瑚網增補。

【箋注】

〔一〕詩作於元至正二十年庚子（一三六〇），即鐵崖歸隱松江第二年。繫年依據：原本題爲"會稽楊維禎廉夫庚子歲贈"。宋仲温：即宋克（？——一三八七）。列朝詩集甲前集宋侍書克："克，字仲温，吴人。偉軀幹，博涉書傳。少任俠，擊劍走馬，彈下飛鳥。見天下亂，學握奇陣法……工草隸，時賦詩見志。國初，徵爲侍書，出爲鳳翔府同知。家南宫里，高啟作南宫生傳。"又，珊瑚網書品卷二十四吉水解縉書學傳授譜曰："宋克……一字克温……卒官鳳翔府同知，時洪武丁卯。"知宋克於明洪武二十年丁卯（一三八七）謝世。

〔二〕玉笥：指張憲，張憲別號玉笥生。參見楊鐵崖先生文集全録卷四玉笥集序注。崆峒：當爲鐵崖晚年弟子别號，其姓名生平不詳。明郎瑛七修續稿詩文類載鐵崖宋宫觀潮圖詩，附録張仁近、張憲、楊基和詩。郎瑛注曰："仁近，疑爲崆峒生也。"按：張仁近（一三〇四——一三七三）字如心，號拙齋,華亭人。貝瓊清江貝先生文集卷二十一有故拙齋處士張公墓碣銘,未言其號崆峒生。

〔三〕蘭臺大夫:指宋玉。文選宋玉風賦:"楚襄王游於蘭臺之宮,宋玉、景差侍。"李周翰注:"蘭臺,臺名。"

〔四〕祁、庠:指北宋宋庠、宋祁兄弟。宋庠與弟祁同舉進士,禮部奏祁第一,庠第二。宋氏兄弟文雅,節操友愛,著稱於世。

〔五〕龍伯國:列子湯問:"龍伯之國有大人,舉足不盈數步而暨五山之所,釣而連六鼇。"

〔六〕蚩尤張天:相傳蚩尤兄弟八十一人,皆獸身人語,銅頭鐵額,威振天下。黃帝執政之後,降服之。參見史記五帝本紀應劭注。

〔七〕不嚇腐鼠:意爲無心做官,視官位如敝屣。典出莊子秋水。

〔八〕五弦:指古琴。相傳舜作五弦之琴。

〔九〕論秦:蓋指西漢賈誼撰過秦論。

〔十〕美新:指西漢揚雄撰劇秦美新一文。此文指斥秦朝,美化王莽新朝。

〔十一〕九招:樂曲名。史記五帝本紀:"四海之内咸戴帝舜之功,於是禹乃興九招之樂,致異物,鳳皇來翔。"索隱:"招音韶,即舜樂簫韶。九成,故曰九招。"又,或曰九招乃天樂。山海經校注第十六大荒西經:"西南海之外,赤水之南,流沙之西,有人珥兩青蛇,乘兩龍,名曰夏后啟。啟上三嬪於天,得九辯與九歌以下。此天穆之野,高二千仞,啟焉得始歌九招。郭璞云:'皆天帝樂名也,啟登天而竊以下用之也。'"按:原本因漢人避諱,改"啟"作"開",今徑爲改正。

〔十二〕不書汝祖九辨吊湘纍:實寓無心效仿屈原之意。參見史義拾遺卷上屈原論。汝祖:指戰國時人宋玉。宋玉以擅長楚辭著稱,曾撰九辯悼念屈原。

〔十三〕鐵龍九招:指此贈宋仲溫詩。

賴善卿到嘉禾爲予①作金粟道人詩使瀨行曰金粟吟友爲元璞尊者胡爲無詩走筆一解兼柬西白仲銘兩宗匠一笑〔一〕

琦公口有綺語債,年來不誦西胡經。宮詞在古無師利②〔二〕,野史於今有贊寧〔三〕。劫灰何曾燒汲冢〔四〕,世祚時聞語塔鈴〔五〕。林下寧無讀書者,夢中應見伍喬星〔六〕。

　　至正辛丑立秋日,老鐵楨在雲間清唳亭試郭玘墨③〔七〕。

【校】

① 本詩録自趙氏鐵網珊瑚卷七竹林陳氏雜帖,校以式古堂書畫匯考卷二十二、
　　橋李詩繫卷三十八所載此詩。予:原本無,據式古堂書畫匯考、橋李詩繫補。
② 利:式古堂書畫匯考、橋李詩繫誤作"刹"。
③ 尾跋"至正辛丑立秋日,老鐵楨在雲間清唳亭試郭玘墨"凡二十字,橋李詩繫
　　無。老鐵楨:式古堂書畫匯考作"老鋌貞"。

【箋注】

〔一〕詩乃鐵崖贈僧友釋良琦而作,時爲元至正二十一年辛丑(一三六一)六月
　　二十七日(立秋),鐵崖退隱松江未滿兩年。按:其時金粟道人顧瑛寄居
　　釋良琦處,故一并提及。賴善卿:名良,天台人。其生平參見鐵崖撰大雅
　　集叙(載本書佚文編)注。嘉禾:今浙江嘉興。
　　金粟道人:即顧瑛。按:所謂"作金粟道人詩使",當指賴良專程爲顧瑛送
　　詩稿。趙氏鐵網珊瑚卷七載顧瑛次韻劉季章治中邀夏仲信郎中游永安湖
　　詩二首附有跋文,曰:"鄙稿在鐵厓先生處,煩討付從道回,幸幸。思邈二
　　府會間道意,稍涼往見也。六月十八日布衣生顧阿瑛詩帖上子剛判府先
　　生。元璞卧病,弗能作書,囑筆申敬。""思邈二府",即松江同知顧逖,力
　　請鐵崖回松江者。子剛判府:當爲松江府判官。蓋子剛見顧瑛信後,命
　　賴良爲信使,鐵崖遂有此作。參見列朝詩集甲集前編第七元夕與婦飲。
　　元璞尊者:指釋良琦,元璞爲其字。詩中稱之爲琦公。其生平參見東維
　　子文集卷十琦上人孝養序注。
　　西白:釋力金字,其名一作萬金。當時西白居嘉興天寧寺。其生平參見
　　鐵崖楊先生詩集卷上送謙侍者之天寧寺參金西白座下注。仲銘:釋克新
　　字。其生平參見東維子文集卷十雪廬集序注。
〔二〕師利:指宋僧仲殊。宋詩紀事卷九十一仲殊:"仲殊字師利,俗姓張氏,名
　　揮。安州進士,因事出家。住蘇州承天寺、杭州吴山寶月寺。有寶月集。"
　　引東坡志林:"蘇州仲殊師利長老,能文善詩及歌詞,皆操筆立就。予曰:
　　'此僧胸中無一毫髮事,故與之游。'"
〔三〕野史於今有贊寧:蓋以贊寧借指釋良琦,可見當時釋良琦亦傾心於修史。
　　贊寧:北宋僧人。俗姓高,德清(今屬浙江湖州)人。博聞强識,撰有宋高

僧傳、大宋僧史略等。其生平詳見新續高僧傳四集卷六十宋京師左街天壽寺沙門釋贊寧傳。

〔四〕汲冢：指汲冢書。西晉武帝時於汲郡（今河南汲縣）戰國古墓中出土之竹簡。

〔五〕塔鈴：晉書佛圖澄傳：“鮮卑段末波攻（石）勒，衆甚盛。勒懼，問澄。澄曰：‘昨日寺鈴鳴云，明旦食時，當擒段末波。’”

〔六〕伍喬星：宋馬令南唐書卷十四儒者傳：“伍喬，盧江人也。性嗜學，以淮人無出已右者，遂渡江，入盧山國學，苦節自勵。一夕，見人掌自牖隙入，中有‘讀易’二字，倏爾而却。喬默審其祥，取易讀之。探索精微，迨數年，山下有僧夜夢人指大星曰：‘此伍喬星也。’僧與喬初不相知，達旦入國學，訪問得喬，喜甚，勉之進取……喬果第一。”

〔七〕清唳亭：其得名源自陸雲、陸機故事。參見鐵崖先生詩集丙集贈陸術士子輝注。郭玘：著名製墨工匠，南宋理宗時人。參見鐵崖撰巫峽雲濤石屏志注，載本書佚文編。

題劉松年聽琴圖①〔一〕

夷游夷游②夷且愉，滿堂哄耳洗箏竽。游絲着地墮復③起，秋水涵珠有若無。華屋風微春語燕，荒城月落夜啼烏〔二〕。倩君莫鼓荆卿操〔三〕，自是秦嫗④善鹿盧〔四〕。

此予⑤聽大梁劉嘯客琴詩也〔五〕，句曲外史以爲此詩聽穎師長篇弗能過之〔六〕。性初出此圖求題〔七〕，務要得識琴妙句，故爲書之。會稽楊維禎⑥。

【校】

① 本詩録自趙氏鐵網珊瑚卷十一，校以式古堂書畫匯考卷四十四、清河書畫舫卷十上所録此詩。原本題作聽琴圖，式古堂書畫匯考、清河書畫舫皆題作劉松年聽琴圖卷，今題爲校注者徑改。

② 夷游夷游：式古堂書畫匯考作“彝游彝游”。

③ 復：式古堂書畫匯考作“後”。

④ 嫗：式古堂書畫匯考、清河書畫舫作“姬”。

⑤　予：式古堂書畫匯考作“余”。

⑥　禎：式古堂書畫匯考作“楨”。

【箋注】

〔一〕詩作於元至正二年(一三四二)至九年之間。繫年依據：據跋文所謂“句曲外史以爲此詩”云云,本詩當作於句曲外史張雨生前,且當時二人來往比較密切,必爲至正初年鐵崖游寓錢塘、姑蘇、松江期間。原本題下有注：“劉松年真筆。東原鑒定。”鐵崖詩前有“復齋”題詩一首,鐵崖詩後依次爲“方外張雨”、“東原杜瓊”、“有貞”、“仁和夏時正”、“嘉禾周鼎”題詩。劉松年：杭州人。南宋畫家,工畫道釋人物、山水。紹熙年間待詔畫院。寧宗朝進耕織圖,稱旨,賜金帶。圖繪寶鑒卷四、西湖游覽志餘卷十七載其小傳。

〔二〕“游絲”四句：喻指琴聲變化及其感受。即跋文所謂“識琴妙句”。

〔三〕荆卿操：疑指鐵崖所作易水歌,詩載鐵崖先生古樂府卷一。

〔四〕鹿盧：劍名。樂府詩集卷二十八相和歌辭陌上桑：“腰中鹿盧劍,可直千萬餘。”

〔五〕大梁：今河南開封一帶。劉嘯客：蓋元季琴師,名字不詳。

〔六〕句曲外史：張雨別號。聽穎師長篇：指韓愈所作聽穎師彈琴歌。宋俞德鄰撰佩韋齋輯聞卷二：“韓退之聽穎師琴詩,極模寫形容之妙。”又,李賀亦有聽穎師琴歌。

〔七〕性初：疑指劉易。劉易字性初,大名人。元末鐵崖寓居松江時,曾爲撰文。參見鐵崖撰破窗風雨記(載佚文編)注。

高房山滄洲石林圖①〔一〕

　　高秋木落天宇寬,洞庭瀟湘生暮寒。劍氣橫空月在地,老蛟夜護仙都壇。(老鐵)

【校】

①　本詩録自趙氏鐵網珊瑚卷十四,校以御定歷代題畫詩類卷七十八蘭竹類所録此詩。歷代題畫詩類題作房山畫竹。

【箋注】

〔一〕詩當撰於鐵崖晚年歸隱之後,即元至正二十年（一三六〇）以後寓居松江
時期。繫年依據:原本於鐵崖詩後依次録有“金粟道人顧阿瑛”、“扶風馬
庸”、“雲間周谷賓”詩各一首。周谷賓又有跋語,言及鐵崖題詩緣起,曰:
“鐵崖先生在雲間時,朝陽薛真人偕玉峰顧仲瑛氏載酒見之,流連於草玄
閣。酒半,爲真人題舊藏高尚書滄洲石林圖。”按:金粟道人爲顧瑛晚年
別號,而周跋所謂草玄閣,乃鐵崖晚年松江寓所。朝陽薛真人,字廷鳳。
生平事迹不詳,元詩選癸集載其詩一首。高房山:即高克恭。參見東維
子文集卷二十四有元文靜先生倪公墓碑銘注。

題黃景雲林屋山先塋圖①〔一〕

朝游洞庭山〔二〕,暮游洞庭水。七十二峰高入雲〔三〕,聯綿如雲青未
已。竹葉吹下寰瀛圖,銀濤雪浪瀛洲如。林屋道人夜吹笛,飛思恍與
神仙俱。黃公先塋林屋上,兩山勢擁青絲幛。婁東久客胡不歸,春江
幾隔桃花漲。人生誰保百年身,北邙丘土東華塵〔四〕。畫圖張坐②心萬
里,朝朝暮暮湖之濱。鬱鬱佳城間〔五〕,大樹已合抱。子孫讀書光禰
考,一丈豐碑屹神道。

會稽楊維禎③用鄉僧净上人韻〔六〕,題江夏黃景雲林屋山先塋圖
後,時至正八年夏六月七日。

【校】

① 本詩録自趙氏鐵網珊瑚卷十五,校以式古堂書畫匯考卷五十二所載此詩。
原本及式古堂書畫匯考題作題黃氏林屋山圖,今題據詩末署尾逕改。
② 坐:式古堂書畫匯考作“座”。
③ 禎:式古堂書畫匯考作“楨”。

【箋注】

〔一〕詩撰於元至正八年（一三四八）夏六月七日,乃步會稽僧元瀞詩韻而作,其時鐵
崖游寓東滄（今江蘇太倉）。參見草堂雅集卷九姚子章婁東園分韻得四字詩。

林屋山：洞庭山別稱。按：此林屋山圖乃倪宏爲崑山黃氏繪製。明朱存理元倪宏林屋山圖曰：“右佳城圖，觀於玉峰黃應龍氏，應龍蓋先爲林屋山人也，此物遂爲家寶。自鄭東之記而下凡二十人，如楊鐵崖、張句曲、鄭遂昌輩，皆名作也。倪宏作圖，并爲山人寫像。筆法清古可觀。宏字元道，嘗於顧玉山氏文翰中見之。”（佩文齋書畫譜卷八十六録自鐵網珊瑚。）黃景雲：黃原隆。元詩選癸集黃原隆：“原隆字雲卿，其先世居于具區林屋山，父伯川始遷崑山。嘗謂原隆曰：‘揚州之藪爲具區，其川爲三江，其浸爲五湖，其龐厚融淑之氣，皆環乎林屋之趾……得歸葬於彼，無遺恨矣。’伯川葬後，原隆命倪宏繪林屋佳城圖，置之壁間。”又，崑山鄭東林屋山圖記：“黃君雲卿，其先世居于具區林屋山，至其父伯川君始遷于崑山，遂爲崑山人。”（載趙氏鐵網珊瑚卷十五。）按：本詩附鐵崖題跋曰“江夏黃景雲”，蓋黃原隆又字景雲，祖籍江夏。

〔二〕洞庭：指太湖。下同。

〔三〕七十二峰：相傳聳起於太湖之中及其周邊有山峰共計七十二座。

〔四〕北邙：位於今河南洛陽，東漢王侯公卿多葬於此。

〔五〕鬱鬱佳城：西京雜記卷四：“滕公駕至東都門，馬鳴跼不肯前，以足跑地久之。滕公使士卒掘馬所跑地，入三尺所，得石槨。滕公以燭照之，有銘焉……曰：‘佳城鬱鬱，三千年見白日。吁嗟滕公居此室。’”

〔六〕净上人：指釋元潃。釋元潃（一三一二——一三七八）字天鏡，別號樸隱，會稽（今浙江紹興）人。曾從天岸濟法師習天台教，又從元叟、全悟等學。元至正年間，主持會稽長慶寺。明初曾被召入内廷。鐵崖以外，與元代著名文人虞集、黃溍、泰不華、危素等皆有交往，頗得贊許。有詩文集名樸園。生平詳見補續高僧傳卷十四天鏡潃禪師傳。又，鐵崖所步釋元潃原詩，載趙氏鐵網珊瑚卷十五，詩曰：“我從太湖來，日望太湖水。湖水不可停，浩浩逝未已。黃君示我林屋圖，群山天畔游龍如。濕雲不挂樹縣薺，仿佛禽鳥笙簧俱。若翁佳城蔭其上，竹檜青青蠹帷幛。煶蒿悽愴眠食牽，屢欲挐舟渺春漲。承平詩禮可致身，寬衫大帶車馬塵。山林朝市元不間，胡乃遲暮婁之濱。青山真故交，對此散幽抱。某也東西南北人，應接如返山陰道。會稽元潃。”

題柯敬仲畫①〔一〕

其一

翠竹猗猗山石青，慧雲寺近浙江亭〔二〕。明年我亦南屏住〔三〕，林下同繙貝葉經。維禎。

其二

架壑截流安尺宅，客來如入市簹壺。百年身外樗蒲局，四月山中櫻筍厨。雉雛烟叢朝日上，魚潛瓦②影夕涼初。自餘眠食都忘却，更擬求觀後世書。

【校】

① 本詩録自明汪珂玉編汪氏珊瑚網名畫題跋卷八，校以式古堂書畫匯考卷四十九所録此詩。式古堂書畫匯考題作柯博士畫。

② 瓦：式古堂書畫匯考作"花"。

【箋注】

〔一〕詩當作於元至正初年以前。繫年依據：詩中所述乃和平景象，必在戰亂之前。柯敬仲：名九思。參見東維子文集卷二十四亡兄雙溪書院山長墓志銘注。

〔二〕慧雲寺：在杭州城内。參見西湖游覽志卷十八南山分脈城内勝迹佛刹。

〔三〕南屏：山名。位於杭州西湖南。

題馬文璧瀛海圖①〔一〕

山頭朱閣與雲連②，山下長江浪接天。若待桃花春水漲③，美人天上坐樓船④。抱遺叟⑤〔二〕。

【校】

① 本詩録自汪氏珊瑚網名畫題跋卷九，據海外藏中國歷代名畫第四卷遼金西夏元所載馬琬畫作圖像、明郁逢慶編書畫題跋記卷九所載此詩校勘。原本題作楊鐵崖題馬文璧瀛海圖，海外藏中國歷代名畫題爲馬琬春水樓船圖，書畫題跋記題作馬文璧瀛海圖，今題爲校注者徑改。

② 連：海外藏中國歷代名畫作"聯"。

③ 若待桃花春水漲：海外藏中國歷代名畫作"待得桃華春水長"。

④ 船：海外藏中國歷代名畫作"舡"。

⑤ 抱遺叟：海外藏中國歷代名畫署作“鋌厓”，書畫題跋記署作“楊維楨”。

【箋注】

〔一〕詩當作於元至正三年（一三四三）之後。繫年依據：傳世春水樓船圖本録有作畫者馬琬題款曰：“至正三載冬仲廿五日，文璧爲劉本中寫。”知馬琬此畫作於至正三年十一月二十五日，鐵崖題詩必在此後。馬文璧：名琬。參見東維子文集卷十七光霽堂記注。

〔二〕按：各本所録鐵崖署名有所不同，參見校勘記。其中署姓名者，無從斷定題畫時間；而别號鋌厓，至正初年以前使用較多；抱遺叟則爲其晚年别號。設若各本所録皆爲真迹，鐵崖題詩時間必有不同，署名鋌厓者，或題於馬琬作此春水樓船圖之後不久；署名抱遺叟而題此詩於瀛海圖，當在鐵崖晚年。

題黄子久淺絳色山水①〔一〕

曲曲溪流響夕暉，杜鵑喚老落花稀。爲問連朝何處去，篔箕泉下得圖歸〔二〕。風月福人。

【校】

① 本詩録自汪氏珊瑚網名畫題跋卷九，原本題作黄子久淺絳色山水，“題”字爲校注者徑添。

【箋注】

〔一〕詩當題於元至正二十六年（一三六六）前後，其時鐵崖退隱松江。按：原本題下有小字注：“至正九年四月一日，大癡。”然風月福人乃至正二十六年前後鐵崖自稱，參見東維子文集卷九風月福人序。據此推之，鐵崖題詩時，距離黄公望作此畫，已有十餘年。黄子久：參見東維子文集卷二十八跋君山吹笛圖注。

〔二〕篔箕泉：即筲箕泉，位於杭州赤山之北，黄公望晚年在此結廬授徒。參見南村輟耕録卷九割勢。

題倪雲林雙松圖①〔一〕

瀼東雙樹出雲林,曾向維虔畫裏尋〔二〕。風雨滿山秋夢醒,一聲鳴鸛②在山陰〔三〕。鐵篴道人。

【校】

① 本詩録自明人郁逢慶編書畫題跋記卷九,明人汪珂玉編珊瑚網卷三十四、清人卞永譽輯式古堂書畫彙考卷五十亦録此詩,據以校勘。原本題作雲林雙松圖,珊瑚網本題作雙松圖,式古堂書畫彙考本作滄浪漫士雙松圖并題。今題爲校注者徑改。本詩録自明汪珂玉編珊瑚網卷三十四,校以式古堂書畫彙考卷二十畫所録此詩。原本校本皆無詩題,今題爲校注者徑補。

② 鸛:珊瑚網本、式古堂書畫彙考本皆作"鶴"。

【箋注】

〔一〕倪雲林:指鐵崖友人倪瓚。原本起首録有倪瓚自題詩,曰:"松生樗櫪間,山出雲雨外。付與野亭人,儵然静相對。"倪詩後,依次爲鐵篴道人、錢思復、成元章、安雅題詩,各賦一首,皆未署年月。按:鐵篴道人乃至正初年楊維楨常用別號,錢思復、成元章皆其浪迹江浙時結交,故據詩中内容及其所署別號推測,本詩蓋作於元代至正前期。

〔二〕維虔:蓋指唐代畫家王維、隋代畫師展子虔。展、王二人皆擅長山水畫,展子虔擅長青緑山水,而王維偏好水墨。

〔三〕按:末句蓋隱喻東晉高僧支道林放鶴故事。支道林名遁,曾隱居山陰(今浙江紹興)一帶。高僧傳卷四晉剡沃洲山支遁:"既而收迹剡山,畢命林澤。人嘗有遺遁馬者,遁愛而養之,時或有譏之者,遁曰:'愛其神駿,聊復畜耳。'後有餉鶴者,遁謂鶴曰:'爾沖天之物,寧爲耳目之翫乎?'遂放之。"

題無名氏畫①

西門春如東門春,九山鳳凰刺眼新②〔一〕。黄孃人家花似錦〔二〕,白衣參府酒如銀[三]。廉夫題畫。

【校】

① 本詩録自明汪珂玉編珊瑚網卷四十四,校以式古堂書畫彙考卷三十五畫所録此詩。原本校本皆無詩題,今題爲校注者徑補。
② 新:原本空闕,據式古堂書畫彙考補。

【箋注】

〔一〕九山:蓋指松江九峰。鳳凰:山名。參見鐵崖先生詩集己集雲山圖爲鳳凰山人題注。
〔二〕"黄孃"句:杜甫江畔獨步尋花:"黄四娘家花滿蹊,千朵萬朵壓枝低。"
〔三〕"白衣"句:用陶淵明事。參見鐵崖先生古樂府卷八覽古之二十六注。

東坡墨竹①

蘇仙九節青龍杖[一],拄到百花洲上來[二]。昨夜葛陂龍已過[三],尚留清影雪濤堆。楊廉夫。

【校】

① 本詩録自明孫鳳輯孫氏書畫鈔卷下名畫。

【箋注】

〔一〕蘇仙:指蘇軾。
〔二〕百花洲:正德姑蘇志卷三十三古迹:"百花洲在西城下,胥、盤二門之間。"
〔三〕葛陂龍:參見鐵崖先生古樂府卷二簫杖歌注。

寄元鎮①[一]

北窗高卧東皋嘯,鄉里小兒懶折腰[二]。今朝一醉醉未醒,小奚扶過虎溪橋[三]。

晴,春雪始消,覺毫端有春,樂爲之書也。維楨。

【校】

① 本詩録自式古堂書畫匯考卷十九,校以珊瑚網卷十一所録此詩。原本載詩兩首,本詩爲第二首,第一首同十八卷本玉山草堂雅集卷後二寄倪雲林二首之一,故此不録。原本與校本皆題爲楊廉夫寄元鎮詩迹,徑爲删改。

【箋注】

〔一〕元鎮:即倪瓚,其字元鎮。參見東維子文集卷七郯韶詩序。

〔二〕“北窗高卧東皋嘯”二句:以陶淵明不願“爲五斗米折腰向鄉里小兒”借指倪瓚。晉書陶潛傳:“嘗言夏月虚閑,高卧北窗之下,清風颯至,自謂羲皇上人。”又,歸去來辭:“登東皋以舒嘯,臨清流而賦詩。”

〔三〕虎溪:在廬山。此用惠遠與陶淵明、陸脩静過虎溪故事。參見鐵崖先生詩集癸集題嘉定西隱寺注。

題雲林霜柯竹石圖①〔一〕

懶瓚先生懶下樓〔二〕,先生避俗避如仇。自言寫②此三株樹〔三〕,清閟齋中筆已投〔四〕。
老鐵在素軒醉書③〔五〕。

【校】

① 本詩録自式古堂書畫匯考卷五十雲林霜柯竹石圖并題,校以臺北故宫藏畫圖像、珊瑚網卷三十四名畫題跋十又古木竹石圖、清閟閣全集卷十二外紀下所録此詩。原本無詩題,今題爲校注者徑擬。

② 寫:珊瑚網作“寓”。

③ “老鐵在素軒醉書”跋語,清閟閣全集本置於詩前。珊瑚網本跋語僅署“老鐵”二字。

【箋注】

〔一〕雲林:倪瓚别號。參見東維子文集卷七郯韶詩序注。

〔二〕懶瓚：倪瓚別號。

〔三〕寫此三株樹：鐵崖又有詠倪瓚三樹圖詩，參見鐵崖先生詩集庚集題倪元鎮雲林三樹圖。

〔四〕清閟齋：或稱清閟閣。倪瓚齋名。

〔五〕素軒：疑其主人爲鄭洪。元詩選二集鄭□□洪："洪字君舉，號素軒。有詩一卷，爲秀水曹侍郎溶家藏本，題其簡端，云是永嘉人，蓋本諸賴良大雅集也。而朱檢討彝尊云，嘗見鮮于伯機題趙子固水仙卷，稱元貞二年正月同餘杭盛元仁、三衢鄭君舉觀於困學齋，則君舉乃三衢人也。未詳孰是，俟更考之。"今按元詩選輯録鄭洪詩選，其中有和楊廉夫贈海東雲韻、和謝雪坡太守詠新城、寄周茂卿兼簡蔡彦文葉德新，以及洪武己巳所作周玄初來鶴詩等，可知元代末年鄭洪寓居吴地，與鐵崖確有交往，且結交張士誠屬官，明洪武二十二年己巳（一三八九）仍在世。又，設若上述諸作確實出自鄭洪之手，則朱彝尊所謂元貞二年（一二九六）觀賞趙子固水仙卷之"三衢鄭君舉"，必非鄭洪。

題宋趙伯駒蓮舟新月圖①〔一〕

三尺錦雲雲拂水，地縮鑑湖三百里〔二〕。無極老人八葉孫〔三〕，至今尚愛花君子〔四〕。有酒滿壺書滿船，水空月落天蒼然。蓮葉真人在何處〔五〕，與君共勘先天年。

鐵篴道人在乍川虹月舫試郭玘墨〔六〕。

【校】

① 本詩録自石渠寶笈卷三十二貯。原本題爲宋趙伯駒蓮舟新月圖一卷，今題爲校注者徑改。

【箋注】

〔一〕趙伯駒：南宋初年畫師。圖繪寶鑒卷四宋："趙伯駒字千里，善畫山水花禽竹石，尤長於人物，精神清潤，能別狀貌，使人望而知其詳也。高宗極愛重之。仕至浙東兵馬鈐轄。"

〔二〕鑑湖：又稱鏡湖，位於今浙江紹興。

〔三〕無極老人八葉孫：僅知周氏爲周敦頤之八世孫，乍浦（今屬浙江）人。元季在世，家藏此趙伯駒所畫蓮舟新月圖。其生平不詳。無極老人：指北宋周敦頤。周敦頤曾極力闡發“無極”二字深蘊，故後人有此稱呼。參見性理群書句解卷三朱熹感興詩“珍重無極翁”注。

〔四〕花君子：指蓮花。周敦頤愛蓮説稱蓮爲花之君子。

〔五〕蓮葉真人：指太乙真人，其所乘爲蓮葉舟。參見鐵崖先生古樂府卷十小游仙之六注。

〔六〕乍川：即乍江，又稱乍浦。位於今浙江平湖。郭玘：南宋著名製墨工匠。參見鐵崖撰巫峽雲濤石屏志（載佚文編）注。

題顧安竹圖①〔一〕

迂訥老漁久不見。醉中畫竹如寫神。金刀翦得蒼龍尾〔二〕。寄與成都賣卜人〔三〕。鐵戲筆。

【校】

① 本詩録自石渠寶笈卷三十八貯所録此詩，校以臺北故宮藏顧安、倪瓚合作古木竹石圖畫迹（紙本水墨）。石渠寶笈本題作元顧安倪瓚合作古木竹石一軸，今題爲校注者徑擬，蓋因鐵崖題詩之時，畫面僅有顧安所繪竹，倪瓚石尚未補畫。參見注釋。

【箋注】

〔一〕按：此畫今存，藏臺北故宮博物院。鐵崖詩題於畫面上方，其詩左下方有雲門山樵張紳題跋，曰：“通玄以此紙求定之翁墨君。余以木丈爲友。詩曰：白沙翠竹天新雨，古屋疎林道少人。季主不來徐庶□，與誰同卜歲寒鄰。雲門山樵紳。”畫面右上方、鐵崖題詩左側，倪瓚題詩曰：“雲門古木龍蛇走，迂訥琅玕朔風吼。鐵厓健筆老縱橫，萬卷□胸隨所取。張公僵臥玉山岑，楊顧騎箕上南斗。我來東園梅未花，凍木戟立森槎枒。半醒半醉住一月，柳眼漸碧草欲芽。雲門屢約來看竹，未聞拄杖拖冰玉。開門一笑如夢中，便應襆被從兹宿。癸丑初月廿一日，雪齋示此幅。并爲添作一石，又賦此詩，以贈通玄隱士。倪迂。”據上引詩文可知，此畫并非成於一時，鐵崖題詩之時，畫面僅有顧安應通玄之請而作竹，無木石，故此稱竹圖。

此後張紳補畫古木，并附題跋。明洪武六年癸丑正月廿一日，倪瓚又爲補添一石，并題詩。倪瓚題詩之時，張紳老病，楊維禎、顧安均已辭世，故倪瓚題詩曰“張公僵臥玉山岑，楊顧騎箕上南斗”。張紳，乾隆歷城縣志卷四十文苑傳：“（明）張紳字仲紳，一字士行，自稱雲門山樵，亦曰雲門遺老，濟南衛人。少從事戎馬間，洪武中，禮部主事劉康薦其明經老儒，達於治體，可備顧問，十五年，驛召至京，授鄠縣儒學教諭。十七年十二月，以通政使蔡瑄薦，擢都察院右僉都御史。十八年，授浙江左布政使。紳有才幹，不屑屑於世事，慷慨激烈，詞辯縱橫，終日亹亹不休。工大小篆，精於賞鑒，法書名畫，多所品題。撰法書通釋一卷。詩格清健，若不經意而自成一家，朱彝尊明詩綜謂齊東自周公謹後，復有此人。”按：或謂張紳又號雲門山道人，齊郡（山東登州）人。明洪武十五年冬薦授陝西鄠縣儒學教諭時，已七十餘歲。參見鐵崖先生詩集壬集題倪雲林寫竹石寒雨贈錢自銘時爲虞子賢西賓、石渠寶笈續編乾清宮藏六張雨自書詩帖、明太祖實錄卷一百五十。顧安：顧安字定之，自號迂訥居士，吳（今江蘇蘇州）人，祖籍淮東（今江蘇北部）。其父曾任松江府判官。以父蔭任蘭溪（今屬浙江）、龍岩（今屬福建）等地巡檢。至正五年（一三四五），調任常州錄事司判官，不久丁憂還鄉，服闋後，於至正十年前後游大都。調任福建泉州同安縣尉，官至泉州路判官。至正二十一年尚居福建，辭世當在元末明初。顧安以寫竹馳名，郯韶題其畫曰：“天下幾人能畫竹，風流只數顧參軍。”顧安傳世竹石多幅，故宮博物院和臺北故宮博物院等單位收藏。參見元詩選癸集顧判官安、朱德潤送顧定之如京師序（載存復齋文集卷五）、陳高華編著元代畫家史料。

〔二〕金刀：借指金錯刀，即南唐後主李煜所創書法用筆。後人多用金錯刀筆法畫竹。

〔三〕成都賣卜人：本指漢代高士嚴遵。參見鐵崖先生古樂府卷八覽古之十四注。

題倪瓚桐露清琴圖①〔一〕

古木寵嵸鴻爪，細篠參差鳳翎。尚憶雲林堂下，幾株蒼石苔青。老鐵題。

【校】

① 本詩録自石渠寶笈卷三十八貯。原本題爲元倪瓚桐露清琴圖一軸,鐵崖詩
書於畫上,無題,今題爲校注者徑擬。

【箋注】

〔一〕詩撰書於元至正二十一年(一三六一)以後,其時鐵崖寓居松江。繫年依
據:本詩詩末鐵崖自署"老鐵",而迄今所見鐵崖署名"老鐵"而又有明確
時間記載者,爲湘竹龍詞贈杜清,至正二十一年八月十六日撰書。據此推
之,本詩撰書時間當在至正二十一年,或以後。倪瓚:參見東維子文集卷
七郊韶詩序注。

題歲寒圖①〔一〕

潭底老龍呼不起,雷火鏗轟燒秃尾。千年寶劍入延平〔二〕,神物無
繇②見其似。朝來持贈爲何人,陳玄③毛穎齊策勛〔三〕。山中之人臥病
起,筆梢④黄龍飛爲雲。
　　鐵篴道人爲耐堂先生畫于⑤淞之璜溪〔四〕。

【校】

① 本詩録自石渠寶笈卷三十八貯,校以臺北故宫博物院藏歲寒圖畫迹、清吴其
貞撰書畫記卷二有關著録。原本題作元楊維楨歲寒圖一軸,書畫記本著録
爲"楊鐵崖松樹圖小紙畫一幅",今題爲校注者徑爲删改。
② 繇:原本作"由",據畫迹改。
③ 玄:原本作"元",據畫迹改。
④ 梢:原本作"掃",據畫迹改。
⑤ 于:原本作"中",據書畫記改。

【箋注】

〔一〕詩當作於元至正九、十年間,其時鐵崖寓居松江,於璜溪吕良佐私塾授學。
繫年依據:其一,署尾所謂"淞之璜溪",乃當時鐵崖授學寓居之地;"鐵篴

道人”，爲元至正前期鐵崖常用別號。其二，石渠寶笈卷三十八著録元楊
維禎歲寒圖一軸，曰：“素箋本，墨畫。款題云……下有‘廉夫’、‘邊梅’二
印。左方上吕心仁隸書題云：‘鐵篴仙人鐵石肝，篴聲驚起老龍蟠。倭麻
寫得蒼髯影，寄與高人耐歲寒。諸生吕心仁書于鐵厓先生詩尾。’右方中
有徐大和題云：‘雙璜溪頭三月輝，道人袖劍月中歸。石池夜半風雨作，化
得蒼龍擘峽飛。門生徐大和。’右方下有‘蒼巘子’、‘蕉林居士’二印。又
一印存‘漢陽’二字，左方下有‘張□之印’一印。軸高三尺，廣一尺。”按：
邊梅爲鐵崖早年別號。又，吕心仁爲當時鐵崖東家吕良佐侄子；徐大和自
稱“門生”，蓋其時從學於鐵崖。參見鐵崖先生詩集甲集五月五日潤齋吕
老仙開宴於樂餘間堂注。

〔二〕寶劍入延平：參見鐵崖先生古樂府卷四古憤注。

〔三〕陳玄：指墨。毛穎：指筆。皆韓愈毛穎傳中虛構人物。

〔四〕耐堂先生：待考。

題春山圖①〔一〕

巨然不作惠崇景〔二〕，秀遠最愛春山圖。危峰戴出若孤弁②，大樹
林立如千夫。杖藜誰行天姥道〔三〕，酒船間出賀家湖〔四〕。道人自指讀
書處〔五〕，文璧③峰前宅一區〔六〕。鐵篴。

【校】

① 本詩録自石渠宝笈卷四十元人春山圖一軸，校以臺北故宮博物院藏春山圖
　　畫迹。題目爲校注者徑擬。

② 弁：原本脱闕，據畫迹補。

③ 璧：原本作“壁”，據畫迹改。

【箋注】

〔一〕詩作於元至正七、八年間，其時鐵崖寓居姑蘇，授學爲生，不時浪游崑山、
　　太倉等地。繫年依據：按石渠宝笈卷四十元人春山圖一軸：“素箋本，墨
　　畫。上方有楊維禎題，云……右方下有‘元□珍藏’一印，左方上有‘棠村
　　審定’、‘蕉林’二印。軸高二尺二寸七分，廣一尺三寸二分。”今據春山圖

圖像,詩末"鐵篴"署名下鈐有二朱文印,一爲"廉夫",二爲"邊梅"。本詩描述境況,當爲太平年景所有;所鈐"邊梅"、所署"鐵篴",又爲鐵崖中年浪游吳中時所用別號,且詩中所謂"文璧峰",或即崑山文筆峰。故疑本詩題於至正七、八年間。又,美籍學者高居翰懷疑春山圖乃鐵崖畫作:"他的題跋雖然没有説明畫的作者是誰,但是這幅玩票式的作品很可能就是他的作品。"(隔江山色——元代繪畫第二章山水畫的保守潮流第四節李郭派的傳人。)

〔二〕巨然:五代畫家,其畫意畫風鐵崖頗爲欣賞。參見鐵崖撰題巨然晚岫寒林圖(載佚文編)。惠崇:北宋僧人畫師。圖繪寶鑒卷三宋:"建陽僧惠崇,工鵝雁鷺鷥,尤工小景。善爲寒汀遠渚、瀟灑虚曠之象,人所難到也。"

〔三〕天姥:山名。李白、杜甫皆曾賦詩吟詠。參見鐵崖先生詩集辛集天姥行送僧端公東歸注。

〔四〕賀家湖:即鏡湖,唐玄宗時,秘書監賀知章乞爲道士還鄉,敕賜"鏡湖一曲",故又名賀老湖。位於今浙江紹興。

〔五〕道人:鐵崖自稱。鐵崖中年以前,即有梅花道人、鐵笛道人等別號。

〔六〕文璧峰:未詳在何處。或謂即崑山文筆峰,參見顧工撰臺北故宮藏元人春山圖研究一文(載名作欣賞中旬刊二〇一二年第八期)。文筆峰,位於崑山馬鞍山西南。參見鐵崖先生詩集丙集游玉峰與崑山顧仲瑛京兆姚子章淮海張叔厚匡廬于彦成吳興郯九成共六人聯句注。

題趙孟頫畫汀草文鴛圖①〔一〕

樂意相關處,鴛鴦出水花。遲遲貪暖日,兩兩睡平沙。雨過留春沫,泥融漾霉華。雙飛綵禽倦,一夢夕陽斜。

鐵篴叟楊維楨在清真之竹洲館題趙承旨鴛鴦圖〔二〕。

【校】

① 本詩録自石渠宝笈續編乾清宮藏六趙孟頫畫汀草文鴛(一軸),校以臺北故宮博物院藏汀草文鴛畫迹。原詩無題,今題爲校注者逕擬。

【箋注】

〔一〕石渠宝笈續編乾清宮藏六趙孟頫畫汀草文鴛(一軸):"(本幅)宋牋本,縱一尺四寸,橫一尺一寸四分。水墨。畫塘際蒲茸,雙鴛并宿。款:‘至大三年九日,寫生於漚窟。子昂。’鈐印一:‘趙氏子昂’。有趙巖等題……(玉池)楊維楨題詩……鈐印三:‘廉夫’、‘鐵笛道人’、‘維楨’。”趙孟頫:參見鐵崖先生詩集乙集題松雪雙松圖注。

〔二〕清真之竹洲館:位於崑山。參見本卷晚節堂詩爲竹洲仙母賦注。

題趙葵杜甫詩意圖二首①〔一〕

其一

甲刃摐摐十萬夫,揚州翦伐已應無〔二〕。不知還有揚州鶴〔三〕,大嚼相看十萬圖。

其二

何處江南水竹村,萬竿烟雨似淇園〔四〕。此君若問夷陵癖〔五〕,不似君家也足軒〔六〕。

西隱中吉師出此圖於兵火之餘〔七〕,揚州篠簜斬伐殆盡,不能無“萬丈②夫”之感。爲賦詩二解。末解又以中吉也足軒作一轉語,試質於竹院老師〔八〕,以爲何如。老鐵在西隱書〔九〕。

【校】

① 本詩録自石渠寶笈續編重華宮藏五宋趙葵畫杜甫詩意圖,校以上海博物館藏趙葵杜甫詩意圖畫迹。詩題爲校注者逕擬。

② 丈:原本作“大”,據畫迹本改。

【箋注】

〔一〕詩撰書於元至正二十六年丙午(一三六六)前後,其時鐵崖寓居松江。繫年依據:其一,鐵崖跋尾自稱“老鐵”,又曰“中吉師出此圖於兵火之餘”,可見此二詩爲其晚年所題,時爲元末戰亂。其二,鐵崖友人鄭元祐、王逢、張昱、錢思復皆曾題詩於此畫,王逢詩末跋文曰:“至正丙午秋八月十有七日,席帽山人王逢題於無作上人四無維室。”據此推之,鐵崖題詩時間蓋亦相距不遠。趙葵:字南仲,號信庵,趙方之子。南宋咸淳二年授少師、武安軍節度使,進封冀國公。贈太傅,謚忠靖。蘇州虎丘寺有其墨梅石刻。

宋史有傳。參見乾隆御製詩五集卷三十一題趙葵杜甫詩意圖跋文。

　　又,馬承源主編上海文物博物館志第二章館藏珍品著録南宋趙葵杜甫詩意圖卷,曰:"引首有弘曆丙午(乾隆五十一年,公元一七八六年)詩跋。卷後有元代張翥、鄭元祐、楊維禎、王逢、張昱、錢思復,明代李東陽、王穉登等人詩跋。根據張翥跋'此畫自趙府來,末書"信庵"',當是趙葵南仲筆。現在信庵款已失去。石渠隨筆提到原來有竹谿消夏圖題簽,乾隆在畫幅上題名杜甫詩意圖……根據詩跋和印鑒,此卷曾爲元釋普明藏(據張翥詩跋),釋中吉藏(據楊維禎詩跋);明沈巽坦藏(據王穉登詩跋);清梁清標藏(據印鑒),内府藏(據印鑒),汪令聞藏(據印鑒)。著録於石渠寶笈續編。現藏上海博物館。"按:趙葵此畫實曾題名萬竿烟雨,參見清吳其貞撰書畫記卷六趙信庵萬竿烟雨圖絹畫一卷。

〔二〕"甲刃摐摐十萬夫"二句:源出唐杜牧詩賦。樊川文集卷一晚晴賦:"竹林外裏分,十萬丈夫。甲刃摐摐,密陣而環侍。豈負軍令之不敢囂分,何意氣之嚴毅。"按:杜牧曾在揚州爲官,詩文多寫揚州。

〔三〕揚州鶴:參見鐵崖先生詩集丙集題錢選畫長江萬里圖注。

〔四〕淇園:先秦衛國苑囿,竹篠茂盛。參見史記河渠書引晉灼注。

〔五〕夷陵癖:指嗜好幽居。宋蔡正孫編詩林廣記卷十:"李涉再葺夷陵幽居:'負郭依山一徑深,萬竿如束翠沉沉。從來愛物多成癖,辛苦移家爲竹林。'晉王徽之字子猷,時吳中一士大夫家有好竹,欲觀之,即出坐輿造竹下。嘗借居空宅中,便令栽竹。或問之,子猷但嘯詠,指竹曰:'何可一日无此君邪?'李涉之愛,亦子猷之愛云。"

〔六〕也足軒:山谷別集卷十一題也足軒:"簡州景德寺覺範道人種竹於所居之東軒,使君楊夢覭題其軒曰'也足',古人所謂'但有歲寒心,兩三竿也足'者也。"按:中吉禪師也足軒之題名蓋源於此。

〔七〕西隱:當爲寺廟名,地址不詳。鐵崖晚年游處之地,有兩西隱,一在嘉定,一在松江。前者見鐵崖先生詩集癸集題嘉定西隱寺:"我愛叢林西隱西,時時醉墨寫新題。"後者見嘉慶松江府志卷七十六名迹志寺觀:"西隱庵,在(青浦縣)泰來橋。乾道三年僧智思建。中有古柏古桂、天圓地方池。"中吉師:元末僧人。據"不似君家也足軒"一句,中吉俗姓黃,黃庭堅後人。

〔八〕竹院老師:不詳。

〔九〕按:石渠寶笈續編重華宮藏五宋趙葵畫杜甫詩意圖:"鈐印四:'李麟榜第二甲進士'、'楊維楨印'、'鉄笛道人'、'九山白雲居'。"按:畫迹所鈐姓名印實爲"楊維禎印"。

題李贊華射騎圖①〔一〕

歇馬長楸間，黄顛老契丹〔二〕。手撚白羽箭，雕血帶斕斑。廉夫。

【校】

① 本詩録自石渠宝笈三編 延春閣藏三十七五代宋人集繪（一册）。

【箋注】

〔一〕石渠宝笈三編 延春閣藏三十七五代宋人集繪："（本幅）九對幅，右皆絹本……三：縱八寸四分，横一尺五寸四分。籤題李贊華射騎圖，（左）。絹本，縱横如右。原題：氈帳雪花寒，單于夜不還。分弓傳令肅，明日獵天山。敬仲題。鈐印三：'柯敬仲氏'、'丹邱生'、'錫訓堂章'。又題……廉夫。鈐印三：'楊維禎印'、'廉夫'、'鐵笛道人'。"李贊華：原名突欲，契丹天皇王之弟，擅長人物畫。參見東維子文集卷二十一讀書堆記注。

〔二〕契丹：少數族名，位於我國東北。唐末崛起并建國，後改稱遼。

題米芾林岫烟雲圖①〔一〕

醉素軒中留妙翰〔二〕，烟雲深處有蒼苔。揮毫那讓董北苑〔三〕，層巒疊巘山之限。酒酣擊劍神逾舞，解衣盤礴精氣來〔四〕。古人有作當把臂〔五〕，幽巖邃谷相追陪。我披斯圖辭莫贊，恍如置身清風臺。一日不厭百回看，泠然而善真快哉。老鐵書。

【校】

① 本詩録自石渠宝笈三編 延春閣藏三十七宋元集繪（一册）。原詩無題，今題爲校注者徑擬。

【箋注】

〔一〕詩題於鐵崖晚年歸隱松江時期，元 至正二十一年（一三六一）以後。繫年依據參見題倪瓚桐露清琴圖(載佚詩編)。石渠宝笈三編延春閣藏三十七宋元集繪:"(本幅)十二對幅,右幅畫……二:繭紙本,紙(當作"縱")一尺六寸二分,橫一尺一寸。水墨,畫林岫烟雲。款:'襄陽芾'。鈐印一:'米芾'。左幅,縱九寸,橫一尺一寸。原題……老鐵書。鈐印三:'小蓬臺'、'楊廉夫'、'鐵笛道人'。"米芾:宋代書畫家,宋史有傳。

〔二〕醉素軒:當爲此林岫烟雲圖藏室,其主人不詳。按:穰梨館過眼録卷一著録黄山谷書唐賢詩卷,有元末明初人士題跋,依次爲顧瑛(至正二十二年閏月初吉書)、范致大(未署撰期)、四明山人包彦孝(明洪武二十一年戊辰八月書)。其中顧瑛、包彦孝文中皆提及藏家爲醉素軒主人,顧瑛稱之爲醉素公,包彦孝譽之爲"賞識家"。據此推之,醉素軒主人乃元末松江、崑山一帶收藏家。

〔三〕董北苑:即董源,或作董元。五代畫家。南唐時曾任北苑副使,故稱。

〔四〕解衣盤礴:典出莊子田子方。

〔五〕把臂:挽持手臂。指與之結交。

題米芾雲山圖①〔一〕

濕雲猶繞溪邊樹,脩竹還生緑玉枝。正欲憑樓問眺覽,鷓鴣聲裏雨如絲〔二〕。

笙叟楨在雲間舒眉處試生温鐵心穎②〔三〕。

【校】

① 本詩録自壬寅消夏録。原詩無題,今題爲校注者逕擬。按:雲山圖乃北宋米芾畫作,壬寅消夏録題作米元章雲山圖卷,著録曰:"畫幅:紙本,高八寸,寬七尺七寸五分。水墨。"卷末乃壬寅消夏録編者按語,曰:"按米元章雲山圖卷,系崇寧三年六月所繪,自爲之跋。有元遺山、楊鐵崖兩詩。式古堂畫考載元章雲山圖共四種,此卷不在内。元、楊兩詩亦遺山、東維子兩集所不收。而梁蕉林、曾賓谷曾鑒藏之,書畫亦純乎米派,不得以未見著録少之。"

② 生温:疑爲"老温"之訛寫。參見注釋。又,詩後著録印章三枚:"會稽楊維楨印",朱文;"楊廉夫",白文;"鐵笛道人",朱文。

【箋注】

〔一〕壬寅消夏録米元章雲山圖卷之題跋部分,首録元好問詩,曰:"雲合雲開山有無,雲山吞吐雨模糊。誰人識得雲山趣,却把雲山作畫圖。<u>正大</u>二年歲次乙酉上巳之吉,<u>遺山老人</u>書。”元詩以下,即録本詩。按:本詩署尾曰“在<u>雲間</u>”書,可見其時<u>鐵崖</u>寓居<u>松江</u>。具體歲月俟考。<u>米芾</u>:字<u>元章</u>。<u>宋史</u>有傳。參見<u>東維子文集</u>卷十一<u>圖繪寶鑑序</u>。

〔二〕“<u>鷓鴣</u>”句:意爲其時乃梅雨時節。<u>鐵崖先生詩集</u>庚集<u>寄康子中</u>:“梅子雨來啼<u>鷓鴣</u>,梅子雨歇啼<u>胡廬</u>。”

〔三〕生<u>温</u>:當作老<u>温</u>,蓋指<u>吳興</u>筆工<u>温國寶</u>。舒眉處:蓋<u>元</u>末<u>松江</u>某人館舍。詳情俟考。參見佚文編<u>跋宋白玉蟾尺牘</u>、<u>鐵崖楊先生詩集</u>卷上<u>題竹</u>。

題馬琬春雲曉靄圖^①〔一〕

　　樹色蒼蒼鎖暮烟,水聲汩汩流寒泉。幽人慣聽閒來往,謂道山居日似年。<u>鐵叟</u>^②。

【校】

① 本詩録自<u>清</u>人<u>葛嗣浵</u>撰<u>愛日吟廬書畫續録</u>卷一。原本題作<u>元馬文璧春雲曉靄圖軸</u>,今題爲校注者徑改。原本於題下附小字注曰:“紙本。高四尺六寸,闊一尺六寸七分。”又著録曰:“春雲曉靄(篆書),<u>文璧</u>爲<u>叔端</u>作。印二:<u>馬文璧</u>(朱白文方印),<u>魯鈍生</u>(白文方印)。”

② 原本於詩後又有著録曰:“印二:<u>廉夫</u>(朱文方印),<u>鉄笛道人</u>(朱文方印)。”以下又録有<u>朱吉</u>題詩一首,以及收藏者數人印記。

【箋注】

〔一〕<u>馬琬</u>:字<u>文璧</u>,號<u>魯鈍生</u>。參見<u>東維子文集</u>卷十七<u>光霽堂記</u>。按:據詩末題名“<u>鐵叟</u>”推測,本詩蓋撰書於<u>鐵崖</u>晚年退隱<u>松江</u>時期。

題趙孟頫長林絶壑圖^①〔一〕

　　前峰後峰相對高,芙蓉朵朵刺青霄。松風滿林如雨至,人在<u>南陵</u>第一橋。<u>維禎</u>。

【校】

① 本詩録自清人吳升撰大觀録卷十六。原本題作趙文敏長林絶壑圖,今題爲
校注者徑改。原本於題下附小字注曰:"絹本。長五尺,闊三尺。絹素輕薄。
元題在本身。思翁二跋,一書邊,一書玉柱……"董其昌(即思翁)二跋以外,
録有張雨、楊維禎、倪瓚、張紳題詩各一首。董其昌題跋曰:"元趙文敏畫長
林絶壑圖,張雨、張紳、倪瓚、楊維禎。董其昌題。"又題曰:"初藏予家,己巳
中秋,越石以設色倪迂畫易歸,皆元畫神品也。玄宰重題。"

【箋注】

〔一〕趙孟頫:元史有傳。按:原本録有題詩四首,其作者依次爲張雨、張紳、倪
瓚、楊維禎。其中倪瓚乃步張紳詩韻而作,且署有日期,爲"辛亥冬日"。
此"辛亥"當指明初洪武四年辛亥。而張紳詩末曰"外史已仙鐵史死,却
笑山心索我詩",可見張紳詩必賦於洪武三年五月鐵崖仙逝以後,洪武四
年冬季倪瓚和詩之前。據此可見,上述四詩之先後排列順序,當爲張雨、
楊維禎、張紳、倪瓚。至於楊維禎題詩時間,俟考。

題黄公望九珠峰翠圖①〔一〕

九珠峰翠接雲間,無數人家住碧灣。老子嬉春三日醉,夢回疑對
鐵崖山〔二〕。鐵篴。

【校】

① 本詩録自中國書法全集第四十六册一〇一頁九珠峰翠圖圖像,校以石渠寶
笈卷十七元黄公望九珠峰翠圖一軸所録此詩。

【箋注】

〔一〕詩當作於元至正九、十年間,鐵崖授學松江璜溪吕氏私塾之時。繫年依
據:其一,當時鐵崖與黄公望多有來往唱和,別號鐵篴亦其時常用。其
二,詩中"老子嬉春三日醉"二句,説明當時鐵崖無官無職,逍遥江湖,必在
至正十年歲末赴任杭州四務提舉之前。黄公望:參見東維子文集卷二十

八跋君山吹笛圖注。九珠峰：蓋指松江九峰。石渠寶笈卷十七元黄公望九珠峰翠圖一軸：“宣和綾本，墨畫。未署款，姓名見題識中。上方有王逢題云：‘……梧溪王逢爲草元道人題大癡尊師畫。’又楊維禎題云……”按：王逢所謂草元道人之“元”，當爲避諱而改，指草玄道人楊維禎。

〔二〕鐵崖山：位於鐵崖家鄉浙江諸暨。鐵崖中舉前於此山中讀書，其父爲建書樓。參見鐵崖文集卷三鐵笛道人自傳。

晚節堂詩爲竹洲仙母賦[一]

許姥塘東余姥宅[二]，高年七十見孤①鳳。半生閉户機杼老，二子讀書燈火同。大兒學仙類耽②子[三]，小兒力仕如終童[四]。瑶池春酒介眉壽，阿母蟠桃千歲紅[五]。

至正辛丑春三月十有二日，鐵篴道人在清真之竹洲館試奎章賜墨書[六]。

【校】

① 本詩録自中國書法全集第四十六册載墨迹圖片，校以珊瑚木難卷八所録此詩。孤：珊瑚木難本作“仙”。

② 耽：珊瑚木難本作“老”。

【箋注】

〔一〕詩作於元至正二十一年辛丑（一三六一）三月十二日，爲崑山道士余善七十老母祝壽而作。其時鐵崖退隱松江已一年有餘，此際再游崑山。竹洲仙母：指竹洲館主人余善之母。余善乃元季崑山清真觀道士，鐵崖詩友。參見鐵崖先生詩集辛集續青天歌注。光緒崑新兩縣續修合志卷十一寺觀清真觀：“先是放生池北偏有竹洲館，爲觀中幽勝處，久廢莫考。正德九年，太常司樂楊承秀重建。黄雲重建竹洲館記：‘崑山清真觀，在前代住觀者多高道，而名人多所游歷。舊有竹洲館……至正辛丑，會稽楊公廉夫爲其侄子曰性者二母壽，見其先世命牒故物，書於清真竹洲館。由是知館名竹洲者，觀之勝處也。意其廢在洪武初年，百五十年矣。’”按：至正二十一年辛丑，鐵崖於竹洲館所書詩文不少，墨迹遺存亦非止一二。據上引黄雲重建竹洲館記,楊性乃鐵崖侄子輩。又,楊性亦曾從學於鐵崖,萬曆重修崑山縣志卷四薦舉:"楊性,字秉中。博聞强記。早從楊維楨游,才思敏贍,超出行輩,人以小鐵呼之。嘗構一亭,扁曰草玄,日鼓琴觴詠其中,若將終身。洪武中由秀才舉,授奉訓大夫,知祁州。"又,鐵崖爲楊性二母所書壽文或壽詩,涉及楊氏譜牒,或與本詩無關。

〔二〕許姥塘東余姥宅:指晚節堂(即余善之母所居)位於許姥塘東。按:余善别號崑丘外史,蓋爲崑山本地人士,則許姥塘亦當在崑山。

〔三〕大兒學仙類耽子:指余善。可見余善爲家中長子。耽子:指蘇耽。參見鐵崖先生古樂府卷六醫師行贈袁煉師注。

〔四〕終童:西漢終軍。參見鐵崖先生古樂府卷五征南謡注。

〔五〕阿母:借指西王母。

〔六〕清真:清真觀在崑山縣治西北一里。早在至正九年,鐵崖就曾應邀爲撰碑記。參見鐵崖撰清真觀碑記(佚文編)。

題鄒復雷春消息圖①〔一〕

鶴東煉師有兩復〔二〕,神仙中人殊不俗。小復解畫華②光梅〔三〕,大復解畫文仝竹〔四〕。文同龍去擘③破壁,華光留得春消息。大樹仙人夢正甘,翠禽叫夢東方白〔五〕。

　　余④抵鵓砂,泊洞玄丹房,主者爲復雷⑤煉師。設茗供後,連出清江楮⑥三番,求東來翰墨。師與其兄復元皆能詩畫,既見元竹,復見雷梅。卷中有山居老仙品題"春消息"字〔六〕,遂爲賦詩卷之端。時至正辛丑秋七月廿有七日,老鐵貞在蓬蓽居試陳有墨〔七〕,尚恨乏聿⑦。

【校】

① 本詩録自中國書法全集第四十六册載墨迹圖片(原本藏美國弗利爾美術館),校以趙氏鐵網珊瑚卷十四鄒復雷畫梅所録此詩。今題爲校注者徑擬。

② 華光之"華",趙氏鐵網珊瑚作"花"。下同。

③ 擘:趙氏鐵網珊瑚作"劈"。

④ 余:趙氏鐵網珊瑚作"予"。

⑤ 復雷:原本作"雷復",據趙氏鐵網珊瑚改。

⑥ 楮:趙氏鐵網珊瑚作"紙"。

⑦ 聿：趙氏鐵網珊瑚作"筆"。

【箋注】

〔一〕詩作於元至正二十一年辛丑（一三六一）七月二十七日，鐵崖東游松江下
　　沙之時。其時鐵崖退隱松江未滿兩年。鄒復雷：元季松江道士，與其兄
　　復元皆能詩善畫。趙氏鐵網珊瑚於鐵崖詩前録有鄒復雷詩："蓬頭何處索
　　春回，分付寒蟾伴老梅。半縷烟消虛室冷，墨痕留影上牕來。庚子仲秋復
　　雷。"又，元詩選癸集鬻東鍊師鄒復雷："復雷號雲東，□□人。爲洞玄丹房
　　主，齋居蓬蓽，琴書餘興，又以寫梅爲樂。其兄復元，亦善畫竹。楊鐵崖贈
　　詩云……"又，佩文齋書畫譜卷五十四畫家傳十元二："道士鄒復雷……以
　　寫梅自樂，得華光老人不傳之妙。（鐵網珊瑚）"
〔二〕鶴東：指鶴沙之東。鶴沙又名下沙，即下文"鬻砂"。參見東維子文集卷
　　二十四元故中奉大夫浙東尉楊公神道碑注。兩復：指鄒復元、鄒復雷
　　兄弟。
〔三〕華光：指北宋釋仲仁。參見十八卷本玉山草堂雅集卷二題王元章梅注。
〔四〕文仝：宋畫家，以畫竹聞名。參見東維子文集卷十五文竹軒記。
〔五〕"大樹"二句：用羅浮梅花典，參見鐵崖先生古樂府卷三羅浮美人注。
〔六〕山居老仙：即鐵崖友人楊瑀。楊瑀字元誠，號山居。生平詳見東維子文集
　　卷二十四元故中奉大夫浙東尉楊公神道碑注。按：趙氏鐵網珊瑚卷十四
　　鄒復雷畫梅著録楊瑀品題："春消息。山居。"
〔七〕陳有：當爲製墨工匠。待考。

題楊竹西高士小像卷①〔一〕

　　汝豈無相漢之籌，而遽從赤松之游〔二〕。汝豈無霸越之策，而自理
鴟夷之舟〔三〕。仙蹤寄乎葛杖〔四〕，勁氣吞乎吳鈎。集車轍於②户外，登
歌吹於西樓。不識者以爲傲世之叔夜〔五〕，識者以爲在鄉之少游〔六〕。
　　抱遺叟在雲間小蓬臺書〔七〕。

【校】

① 本詩録自中國書法全集第四十六册一三五頁載墨迹圖片，校以明汪砢玉輯

珊瑚網古今名畫題跋卷十楊竹西高士小像所録此詩。

② 於：珊瑚網作“乎”。

【箋注】

〔一〕詩當作於元至正二十三年（一三六三）之後，其時鐵崖隱居松江。繫年依
　　據：其一，楊竹西小像繪於至正二十三年癸卯，珊瑚網古今名畫題跋卷十
　　楊竹西高士小像：“嚴陵王繹寫。句吴倪瓚補作松石。癸卯二月。”其二，
　　本詩跋語有所謂“抱遺叟”、“小蓬臺”，抱遺叟爲鐵崖晚年別號，小蓬臺乃
　　鐵崖晚年松江居所，參見清江文集卷五小蓬臺志。楊竹西：即楊謙。生
　　平參見東維子文集卷十九不礙雲山樓記注。

〔二〕“汝豈無相漢之籌”二句，指西漢張良。參見東維子文集卷十三知止堂
　　記注。

〔三〕“汝豈無霸越之策”二句，指春秋范蠡。參見鐵崖先生古樂府卷三五湖
　　游注。

〔四〕葛杖：參見鐵崖先生古樂府卷二簫杖歌注。

〔五〕叔夜：嵇康字。晉書有傳。

〔六〕少游：東漢馬援從弟。曾自稱平生無大志：“但取衣食裁足，乘下澤車，御
　　款段馬，爲郡掾吏，守墳墓，鄉里稱善人，斯可矣。”參見後漢書馬援傳。

〔七〕小蓬臺：鐵崖晚年退隱松江後所居，約建於至正二十年。參見鐵崖先生詩
　　集癸集禁酒。

題龔開駿骨圖卷①〔一〕

誰家瘦馬鐵色驄，稜稜脊骨如懸弓。吁嗟恐②是百戰後，主將乘③
之大澤中。毛色模糊雪點黑，瘡瘢斑駁土花紅。天寒歲晏道里遠，野
秣幾時秋草豐。吾聞天閑十二皆真龍〔二〕，太僕品豆蚤莫供，五花如雲
肉如峰。生平不試汗血功〔三〕，秖立閶闔生雄風。豈知驊騮在野食不
充，生有伯樂無奇逢〔四〕。嗚呼，相馬貴骨不貴肉，開也畫圖無乃同，令
我展圖三嘆心忡忡。

鐵篴叟在清真之竹洲館試郭玘墨〔五〕。

【校】

① 本詩録自中國書法全集第四十六册一七五頁載墨迹圖片,校以石渠寶笈續
　編淳化軒藏四龔開駿骨圖。今題爲校注者徑擬。

② 恐:石渠寶笈續編作“想”。

③ 乘:石渠寶笈續編作“棄”。

【箋注】

〔一〕詩當題於鐵崖晚年退隱松江之後,至正二十一年(一三六一)三月再游崑
　山之際。繫年依據:石渠寶笈續編淳化軒藏四龔開駿骨圖著録鐵崖所鈐
　印章四枚:“李黼榜第二甲進士”、“廉夫”、“抱遺老人”、“東維子”,其中抱
　遺老人、東維子皆鐵崖晚年別號。又,署尾提及“清真之竹洲館”,據以推
　之,本詩蓋與晚節堂詩爲竹洲仙母賦(載佚詩編)作於一時。龔開:宋末
　元初著名畫師。參見本卷家藏龔聖與人馬注。

〔二〕天閑十二:周禮注疏卷三十三校人:“天子十有二閑,馬六種。”

〔三〕汗血:即汗血馬,又稱天馬。參見鐵崖先生古樂府卷七佛郎國進天馬
　歌注。

〔四〕伯樂:春秋時人,以善於相馬著稱。參見鐵崖先生詩集丙集正面黃注。

〔五〕清真之竹洲館:參見本卷晚節堂詩爲竹洲仙母賦注。郭玘:參見鐵崖撰
　巫峽雲濤石屏志(佚文編)。

題張子政垂楊雙燕圖①〔一〕

　今日江南風,高枝照眠□,何如疏柳樹,安穩可容身。鐵龍仙伯。

【校】

① 本詩録自周積寅、王鳳珠撰中國歷代畫目大典 遼至元代卷影印垂楊雙燕圖
　軸。原詩無題,今題爲校注者徑擬。按周積寅、王鳳珠著録垂楊雙燕圖軸
　曰,此畫作於元至正十二年壬辰,紙本,水墨。鈐印二:“一村”“張氏子政”。
　日本大阪市立美術館收藏。

【箋注】

〔一〕本詩當題於鐵崖晚年退隱松江初期,即元至正二十年(一三六〇)前後。
繫年依據:今按此垂楊雙燕圖軸影像,題跋滿幅,題跋者共計二十人,自
上而下、從右到左,依次爲范公亮、天台林右、鐵龍仙伯、丁子木、海叟凱、
華亭管時敏、葉見泰、廬陵朱京、貝翱、崑山林宗一、雲霄、雲間顧文昭、迁
生、花倫、中山焦伯誠、樗散生、張子政、東吴余季約、吴郡顧謹中、公祐。
其中署有明確題款時間者,唯有作畫者張子政本人,題曰"至正壬辰閏三
月十七日,張子政畫"。"至正壬辰"即至正十二年,其時鐵崖在杭州任四
務提舉。然上述題識者,多爲鐵崖晚年重返松江以後所交;且詩末自署
"鐵龍仙伯",詩中所述又爲隱逸思想,其時當已退隱。鐵崖曾於至正二十
年爲張子政撰寫堂記,本詩蓋一時之作。張子政:名中,松江人。參見東
維子文集卷十六野政堂記。

致天樂大尹詩帖①〔一〕

鞠所老人醼余嘯傲東軒〔二〕,座客陳君章〔三〕、林子山〔四〕、任叔
達、任孟舉〔五〕,主者仲氏千里〔六〕,子仲行、季文,高第弟子任衡、張
師周〔七〕。席上賦詩一解,率諸客用韻成什。

寄傲先生不乞靈〔八〕,遥瞻江水接天青。未隨漢使槎横斗〔九〕,自愛
郝郎書滿庭。破鏡飛來開月殿〔十〕,洗車過去勒雲軿〔十一〕。君看天上雙
星會〔十二〕,不似人間聚德星〔十三〕。

明日書此紙。會乩抱遺叟楊維楨再拜。天樂大尹見此,聊發一
盧胡也〔十四〕。

【校】

① 本詩録自故宫博物院藏品大系書法編八所載楊維禎墨迹圖像,原本題作元
楊維禎行書宴嘯傲東軒詩帖册頁。

【箋注】

〔一〕詩當作於鐵崖晚年退隱松江時期,即元至正二十年(一三六〇)以後。繫年

依據：鐵崖跋尾自稱抱遺叟,同時座客又有林静、任叔達等晚年弟子。天樂
　　大尹：生平不詳。當爲元末張士誠屬官。清安岐墨緣匯觀録卷二法書下楊
　　維楨詩帖:"淡黄紙本,草書二十一行,字大二寸及寸許者。書法豪邁,體勢
　　奇崛。前序後又七律一首。款書'明日書此紙,會乩抱遺叟楊維楨再拜。天
　　樂大尹見此,聊發一盧胡也'。後押'楊廉夫'白文印、'鐵笛道人'朱文印。"
　　故宫博物院藏品大系本著録曰:"紙本,縱三四·一釐米,横七一·二釐米。"

〔二〕鞠所老人:不詳。嘯傲東軒:其名源自陶淵明飲酒之七:"嘯傲東軒下,聊
　　　復得此生。"

〔三〕陳君章:待考。

〔四〕林子山:名静。參見本卷真樂齋席上作注。

〔五〕任叔達:叔達當屬其字,其名不詳,青龍鎮(位於今上海青浦區)人。任仁
　　　發曾孫。王逢題任叔達母俞姊俞婦雙節堂卷其曾祖開吳有功:"龍江任孝
　　　友,母姊重雙金。寒月斜銀櫛,晴霓卷素衾。旨甘今日養,節苦半生心。
　　　後大毋勞卜,吳淞祖澤深。"(載知不足齋叢書本梧溪集卷五。)所謂"其曾
　　　祖開吳有功",當指任仁發。任孟舉:叔達同輩兄弟。

〔六〕千里:鞠所老人兄弟。待考。

〔七〕任衡、張師周:鐵崖高足。

〔八〕寄傲先生:以陶淵明借指鞠所老人。陶淵明歸去來兮辭:"倚南窗以寄
　　　傲,審容膝之易安。"

〔九〕漢使槎横斗:指張騫乘槎。參見鐵崖先生古樂府卷三望洞庭注。

〔十〕破鏡:喻指新月。玉臺新詠古絶句:"何當大刀頭,破鏡飛上天。"

〔十一〕洗車:"洗車雨"之略稱。參見佚詩上編秋日班恕齋招飲湖上注。

〔十二〕雙星:牛、女二星。

〔十三〕聚德星:南朝宋劉敬叔異苑卷四:"陳仲弓從諸子姪造荀季和父子,於
　　　　時德星聚。太史奏:五百里内有賢人聚。"

〔十四〕盧胡:大笑,嘲笑。

橘洲燕集詩^{①〔一〕}

主□院落春遲遲,列坐海樹珊瑚枝。□鳥雙飛入雲舞,吳蠶八
繭繰冰絲〔二〕。小姬戴燭舞瑶席,一弓香月澹無迹〔三〕。錦哀爛醉鐵

仙人，乘月歸來吹玉簫。

　　鐵史書橘洲燕集，壺春堂效溫體②〔四〕。

【校】

① 本詩録自網絡二〇〇七年五月二十四日發佈之“保利二〇〇七春季拍賣古代書畫：元代楊維禎草書詩軸”。原詩無題，今題爲校注者徑擬。保利之拍賣説明曰：“最新發現的此件楊維禎草書詩軸是傳世的第十一件作品，最爲難得的是：該作品爲現今存世三件立軸楊書作品中尺寸最大，品相與作品份量最重的唯一一件巨作。此作品之前曾經著名大收藏家朱光發現并收藏，之前係民國四公子之一袁寒雲、著名學者羅振玉收藏。曾經已故著名鑒定家張衡鑒定。該作品著録于有當代國寶檔案之稱的國寶沉浮録（二六五頁）（一九九一年上海人美出版）”。又曰：“該作品紙本立軸，縱五八釐米，橫一三三釐米，約七·一平呎。作品全文内容：‘主家院落春遲遲，列坐海樹珊瑚枝。鳳鳥雙飛入雲啼，吳蠶八橘緑冰係。小姬戴燭午瑶席，一片香雲淡無迹。錦里爛醉鐵仙人，乘月歸來吹玉遂。鐵史書橘洲燕集，壺春堂效溫體。’”按：原圖多處辨識困難，保利拍賣説明文字中雖有釋文，不敢盲從。所録釋文凡以方框圍繞者，均屬不能確定。

② 原本以下鈐有二印：一爲白文方印“廉夫”，二爲朱文方印“鐵笛道人”。

【箋注】

〔一〕本詩當作於鐵崖晚年退隱松江時期，大約爲元至正二十年（一三六〇）以後，至正二十七年正月松江守臣依附朱元璋之前。繫年依據：其一，鐵崖自稱“鐵史”，乃其晚年自號。其二，詩中描述“鐵仙人”逍遥奢侈之情狀，只能是元末所有。橘洲：疑指松江陸伯讓居所。陸伯讓居於松江楊溪，與鐵崖友人貝瓊交好。貝先生文集卷六橘隱記：“楊溪距華亭五十里，地廣而夷，水清而駛。人之業廢居者，至而成聚，蓋有橘洲之勝焉。友人陸伯讓氏居之，題其游息之所曰橘隱，且求予爲之記。”

〔二〕八繭：蓋指八繭蠶。齊民要術卷五種桑柘第四十五養蠶附：“俞益期牋曰：‘日南蠶八熟，繭軟而薄。椹採少多。’永嘉記曰：‘永嘉有八輩蠶……凡蠶再熟者，前輩皆謂之珍。養珍者，少養之。’”又，唐李賀詩南園十三首之二：“長腰健婦偷攀折，將喂吳王八繭蠶。”（載李長吉歌詩匯解卷一。）

〔三〕一弓香月：喻指“三寸金蓮”。澹無迹：形容“小姬”身輕如燕。參見鐵雅先生復古詩集卷五芳塵春迹。

〔四〕壺春：堂名。按：今知鐵崖松江友人以壺春名其堂室齋所者，僅有何天祥
　　之壺春丹室。未知壺春堂是否與之有關。參見楊鐵崖先生文集全録卷四
　　壺春丹室志。温：指晚唐詩人温庭筠。温庭筠詩風濃艷，與李商隱齊名。
　　其生平詳見傅璇琮主編唐才子傳校箋。

題王蒙畫惠麓小隱①〔一〕

　　東方誇言隱市朝〔二〕，山公出山仕非仕〔三〕。左倉②更反招隱詩，尤
爲秘書尤不是〔四〕。孟家浩然去上書，卻取放棄南山廬〔五〕。不如聞孫
真解事，年未六十騎黃牯。松江恩官答美解，西神家山無用買〔六〕。舊
書萬卷尋善穌，寶墨三朝掛妙楷。杖藜按行某水止，喬松瘦竹皆麋
裘。老緇招提闢精舍，先王墳土沾新抔。墳家舊物談笑了，瀧江一石
光千秋〔七〕。於戲圖畫傳小隱，我更落筆歌營丘〔八〕。

　　　進士會稽楊維楨廉夫避③。

【校】

① 本詩録自張珩撰木雁齋書畫鑒賞筆記繪畫二上，原詩鈔録於王蒙惠麓小隱
　圖之跋紙。無題，今題爲校注者徑擬。
② 左倉之"倉"，疑有誤。參見注釋。
③ "避"字下當有殘闕。

【箋注】

〔一〕王蒙：趙孟頫外孫。參見鐵崖先生詩集丙集題王叔明畫渡水僧圖注。惠
　　麓：指惠山之麓，故王蒙題詩提及"第二泉"。惠山位於今江蘇無錫。按：
　　原本於惠麓小隱題下，録有王蒙題款題詩，曰："黃鶴山樵王蒙爲愚嬾翁
　　畫。"詩曰："白頭學種邵平瓜，四百年前墳將家。第二泉頭春夢醒，洞庭烟
　　水接天涯。王蒙爲叔敬尊契家題。"鐵崖詩後，則依次録有吳克恭寅夫、雲
　　林倪瓚元鎮、金華柳貫道傳、義興岳榆季堅、姑蘇錢良右翼之、曹睿新民、
　　丹丘柯九思敬仲、惠山惠鑑仲明、游詹景南、雲間孫華孫元寔、越季節清
　　叔、永嘉高明則誠、吳郡周南、吳人王鳴吉、里人朱昇、錢逵凡十六人詩，人
　　各一首。又據木雁齋書畫鑒賞筆記作者張珩按語，謂鐵崖此詩屬投贈之

作,錢逵鈔録於跋紙,或非此圖題詩。

〔二〕東方: 指漢人東方朔。史記滑稽列傳:“(東方)朔行殿中,郎謂之曰:‘人皆以先生爲狂。’朔曰:‘如朔等,所謂避世於朝廷閒者也。古之人,乃避世于深山中。’時坐席中,酒酣,據地歌曰:‘陸沈於俗,避世金馬門。宫殿中可以避世全身,何必深山之中,蒿廬之下。’”

〔三〕山公: 指晉人山簡。山簡乃山濤之子,有其父之風尚。曾任征南將軍,駐守襄陽,然“優游卒歲,惟酒是耽”。晉書有傳。參見鐵崖先生古樂府卷十漫興七首之二注。

〔四〕“左倉更反招隱詩”二句: 蓋指左思言行不一。左思曾作招隱詩述其隱逸之志,卻又移居洛陽,受朝廷任命爲秘書郎。左倉,當指左思,左思有招隱詩二首傳世。生平見晉書文苑傳。

〔五〕“孟家浩然去上書”二句: 出自孟浩然詩歲暮歸南山,詩曰:“北闕休上書,南山歸敝廬。不才明主棄,多病故人疏。”按: 相傳唐玄宗時,孟浩然再游京師,王維欲薦舉,玄宗詠此詩而不快,放還。詳見唐摭言卷十一無官受黜。

〔六〕“不如聞孫真解事”四句: 蓋指王蒙年未六十致仕,來到松江隱居。西神家山: 當指神山。所謂“家山”,蓋神山部分爲王蒙私家擁有,據本詩“先王墳土沾新抔”等句,當爲其家墳塋墓地。按: 惠麓小隱并非王蒙寓所。鐵崖此詩亦非爲惠麓小隱圖所撰,而是“投贈”之作,故述及王蒙近況。參見清鈔鐵崖楊先生詩集卷上雪龕壁注。

〔七〕瀧江一石: 蓋以歐陽修所撰瀧岡阡表借指王蒙祖先墓碑。按: 瀧岡阡表乃歐陽修紀念先父所撰,頗著名。

〔八〕歌營丘: 用齊太公吕望故事,意爲不忘家鄉,不忘本。參見鐵崖先生詩集丙集題馮推官祖塋圖注。

套數

【雙調】夜行船①

吊古②

霸業艱危,歎吴王端爲〔一〕。苧羅西子,傾城處,妝出捧心嬌媚〔二〕。奢侈,玉液金莖③〔三〕,寶鳳雕龍,銀魚絲鱠。游戲,沉溺在翠紅鄉,忘卻④卧薪滋味〔四〕。

【前腔】⑤乘機,勾踐雄徒⑥〔五〕。聚干戈,要雪會稽羞恥〔六〕。懷奸計,越賂私通伯嚭〔七〕。誰知,忠諫不聽⑦,劍賜屬鏤⑧,靈胥空死〔八〕。狼狽⑨,不想道請行成,北面稱臣不許〔九〕。

【鬥哈蟆】⑩堪悲,身國俱亡。把烟花山水,等閒無主。歎高臺百尺〔十〕,頓遭烈炬。休覷,珠翠總劫灰,繁華只廢基。惱人意⑪,叵耐范蠡扁舟⑫,一片太湖烟水〔十一〕。

【前腔】聽啟,檇李亭荒〔十二〕,更夫椒樹老〔十三〕,浣花池廢。問銅溝明白〔十四〕,美人何處?春去,楊柳水殿攲,芙蓉池館摧。動情的⑬,只見綠樹黄鸝,寂寂怨誰無語。

【錦衣香】館娃宮〔十五〕,荆榛蔽。響屧廊〔十六〕,莓苔翳。可惜剩水殘山,斷崖高寺,百花深處一僧歸。空遺舊迹,走狗鬥雞。想當年僭祭,望郊臺⑭淒涼雲樹,香水鴛鴦去。酒城傾墜,茫茫練瀆〔十七〕,無邊秋水。

【漿水令】採蓮涇紅芳盡死〔十八〕,越來溪吳歌⑮慘悽〔十九〕。宮中鹿走草萋萋,黍離故墟,過客傷悲〔二十〕。離宮廢,誰避暑?瓊姬墓冷蒼烟⑯蔽。空原⑰滴,空原滴,梧桐秋⑱雨。臺城上,臺城上,夜烏啼。

【尾聲】越王百⑲計吞吳地,歸去層臺高起,只今亦是鷓鴣飛⑳處〔二十一〕。

【校】

① 本套散曲及校勘記,皆録自隋樹森全元散曲。按:隋樹森以明三徑草堂編刊新編南九宮詞八卷本(鄭振鐸影印)爲底本,校以萬曆刊明周之標輯吳歈萃雅四卷本(元集)、天啟刊明許宇輯詞林逸響四卷本(風卷)。隋樹森校勘記曰:"新編南九宮詞題作吊古,注'楊鐵崖詞'。王伯良曲律亦以爲鐵崖作,兹從之。吳歈萃雅、詞林逸響題俱作吳宮吊古,注'楊升庵作'。但不見陶情樂府,似不足據。"夜行船:吳歈萃雅作"曉行序"。

② 吊古:吳歈萃雅、詞林逸響皆題爲吳宮吊古。

③ 玉液金莖:吳歈萃雅、詞林逸響作"玉燕金鶯"。

④ 忘卻:吳歈萃雅作"那管"。

⑤ 前腔:原本未標,據吳歈萃雅、詞林逸響補。下同。

⑥ 徒：吳歈萃雅、詞林逸響作“圖”。

⑦ 聽：詞林逸響作“從”。

⑧ 屬鏤：原本作“囑髏”，吳歈萃雅、詞林逸響作“蠋鏤”，據史記改。

⑨ 狼狽：吳歈萃雅、詞林逸響作“兵起”。

⑩ 鬥哈蟆：吳歈萃雅、詞林逸響作“黑麻序”。

⑪ 惱人意：吳歈萃雅、詞林逸響作“動情的”。

⑫ 叿耐范蠡扁舟：吳歈萃雅、詞林逸響作“不見范蠡乘舟”。

⑬ 動情的：吳歈萃雅、詞林逸響作“惱人意”。

⑭ 臺：詞林逸響作“原”。

⑮ 歌：詞林逸響作“宮”。

⑯ 烟：詞林逸響作“苔”。

⑰ 空原：吳歈萃雅、詞林逸響作“空圜”。下同。

⑱ 秋：吳歈萃雅、詞林逸響作“夜”。

⑲ 百：吳歈萃雅、詞林逸響作“得”。

⑳ 飛：吳歈萃雅、詞林逸響作“啼”。

【箋注】

〔一〕吳王：指闔閭與夫差。其生平事迹詳見史記吳太伯世家。

〔二〕“苧羅西子”三句，指西施。相傳西施原爲諸暨縣苧蘿山鬻薪女。參見吳
　　　越春秋卷五勾踐歸國外傳。

〔三〕玉液金莖：漢武帝之金人承露盤。此處借指吳王奢侈。

〔四〕卧薪：本指越王勾踐卧薪嘗膽。此處借指創業艱苦。

〔五〕勾踐：生平詳見史記越王勾踐世家。

〔六〕會稽羞恥：指越國兵敗，勾踐領殘兵退守會稽山，屈辱求和，獻西施與吳王
　　　夫差。

〔七〕伯嚭：春秋時吳國太宰。收受越國重賂，促使吳王接受求和而導致吳國
　　　滅亡。

〔八〕靈胥：指伍子胥。伍子胥諫言，吳王夫差不聽，遂自刎而死，詳見史記伍
　　　子胥列傳。

〔九〕“不想道請行成”二句：謂未曾想吳王夫差求和稱臣，越王勾踐不允。史
　　　記吳太伯世家：“越敗吳。越王勾踐欲遷吳王夫差於甬東，予百家居之。
　　　吳王曰：‘孤老矣，不能事君王也。吾悔不用子胥之言，自令陷此。’遂自
　　　剄死。”

〔十〕高臺百尺：指姑蘇臺。參見鐵崖賦稿卷上姑蘇臺賦。

〔十一〕"叵耐"二句：相傳范蠡攜西施泛舟遁游於太湖。參見鐵崖先生古樂府卷二昭君曲之二注。

〔十二〕檇李亭：蓋指禦兒亭。或誤以禦兒作語兒。明方以智撰通雅卷十三地輿："語兒亭，當爲禦兒。雟里地縣南有語兒亭，言蠡與西施通，生一子。此附會最可笑者……按吳語曰：'吾用此禦兒臨之。'韋昭注：'禦兒，越北鄙，在今嘉興。言吳邊兵若至，吾以禦兒之民臨敵之。'"

〔十三〕夫椒：山名。吳王夫差"悉精兵以伐越，敗之夫椒"。或謂夫椒即洞庭西山，在太湖中。參見史記吳太伯世家。或謂夫椒即包山。參見吳郡圖經續記卷下往迹。

〔十四〕銅溝：銅鑄溝渠。明王鏊撰姑蘇志卷三十三古迹："姑蘇臺，一名胥臺，在姑蘇山……（吳王）日與西施爲嬉，作海靈館、館娃閣，皆銅溝玉檻，飾以珠玉。"

〔十五〕館娃宮：相傳吳王專門爲西施構建。參見鐵崖賦稿卷上姑蘇臺賦之一。

〔十六〕響屧廊：在姑蘇靈巖山寺。相傳吳王令西施等步屧，廊虛而響，故名。參見宋范成大撰吳郡志卷八古迹。

〔十七〕練瀆：在太湖。相傳吳王所開，用以練兵。參見范成大撰吳郡志卷十八川。

〔十八〕採蓮涇：范成大吳郡志卷十八川："採蓮涇在城內東南隅，運河之陽也。今可通舟，兩岸皆民居。亦有空曠爲蔬圃，此種蓮舊迹也。"

〔十九〕越來溪：宋范成大吳郡志卷八古迹："越來溪在越城東南，與石湖通。溪流貫行春及越溪二橋，以入橫塘，清澈可鑒。越兵自此溪來入吳，故以名。"

〔二十〕"宮中鹿走草萋萋"三句：意爲見故國廢墟而有亡國之痛。鹿走，用伍子胥諫吳王事，參見鐵崖先生古樂府卷一金臺篇注。黍離，本爲詩經篇名，詩人見故國宗廟宮室盡爲禾黍而傷感抒情。

〔二十一〕按：明人王驥德對此套曲曾頗加指責，其曲律卷四雜論下曰："一日，復取鐵崖詞諦觀之，殊不勝指摘。此詞出入三韻。起語'霸業艱危'句，便腐而迂……蓋此曲之病，用韻雜出，一也；對偶不整，二也；塵語、俗語、生語、重語疊出，三也。此老故以詞曲自豪，今其伎倆乃止如此。"

卷一百二　鐵崖佚文編之一辯論説賦

卷一百二　鐵崖佚文編之一辯論説賦

三史^①正統辨^{〔一〕}

　　至正二年壬午春三月十有四日,上御咸寧殿^{〔二〕},中書右丞相脱脱等奏命史臣纂修宋、遼、金三史^{〔三〕},制曰:"可。"越二年甲申春三月,進遼史本紀三十卷、志三十一卷、表八卷、列傳四十六卷。冬十一月,進金史本紀一十九卷、志三十九卷、表四卷、列傳七十三卷。又明年乙酉,冬十一月,進宋史本紀四十七卷、志一百六十二卷、表三十二卷,列傳、世家二百五十五卷。初,會稽楊維禎嘗進正統辨,可謂一洗天下紛紜之論,公萬世而爲心者也。惜三史已^②成,其言終不見用。後之秉史筆而續通鑑綱目者^{〔四〕},必以是爲本矣。維禎字廉夫,號鐵崖,人咸稱之曰鐵史先生,泰定丁卯李黼榜相甲及第^{〔五〕},以文章名當世。表曰:

　　至正三年五月日,伏覩皇帝詔旨,起大梁張瑾^③、京兆杜本等,爵某官職,專修宋、遼、金三史^{〔六〕}。越明年,史有成書而正統未有所歸^{〔七〕}。臣維禎謹撰三史正統辨凡二千六百餘言,謹表以上者右。

【校】

① 本文録自元刊本南村輟耕録卷三,以文淵閣四庫全書本作校本,參校貝瓊清江貝先生文集卷二鐵崖先生傳(四部叢刊影烏程許氏藏明初刊本)。三史:原本無,據文内鐵崖自述增補。

② 已:原本作"以",據文淵閣四庫全書本改。

③ 瑾:原本脱,據元史順帝本紀補。參見注釋。

【箋注】

〔一〕本文約撰於元至正四年(一三四四)春末至夏秋之間,其時鐵崖攜妻兒寓居錢塘,補官不果,授學爲生。繫年理由:其一,據文中所述,本文撰於至正三年之明年,且爲"史有成書"之後。而至正四年三月,遼史成書。故本文之撰寫,必在至正四年三月之後。其二,貝瓊鐵崖先生傳謂鐵崖著正統辯,“欲獻不果,去游吳興”,而據東維子文集卷二十五蔣生元冢銘,至正四年十一月,鐵崖赴吳興蔣氏書院授學。可見三史正統辨撰成,必在至正四年三月以後、十月以前。

〔二〕咸寧殿:大都宮殿。創建於元英宗至治二年。參見元史王伯勝傳。

〔三〕脱脱:字大用,至正元年任中書右丞相。元史有傳。

〔四〕通鑑綱目:即資治通鑑綱目,南宋朱熹歷時三十餘年撰成。此書主旨之一在於“辨正統”,參見後注。

〔五〕泰定丁卯:泰定四年(一三二七)。李黼:泰定四年左榜狀元。生平見元史忠義傳。

〔六〕“至正三年五月日”五句:謂當時朝廷徵召隱逸文人進京修史。據元史順帝本紀,至正三年十二月,“徵遺逸脱因、伯顔、張瑾、杜本。本辭不至”。張瑾:大梁(今河南開封一帶)人。至正三年以隱逸之士徵召,授予翰林待制,參與宋史編撰。參見元史順帝本紀、圭齋文集卷十三進宋史表。杜本:參見東維子文集卷十四生春堂記。按:鐵崖撰此三史正統辨,希冀薦召亦是動機之一。

〔七〕正統未有所歸:指史官有關宋、金正統之爭,并無結果。危太僕續集卷八上賀相公論史書:“素游京師最晚,頗聞議者曰:傳天下者必有正統。今主宋者,曰宋正統也;主金者,曰金正統也。史官盧公摯、太常徐公世隆、集賢王公約,以及張樞、修端之説,紛然而不一。”

　　伏以歷代離合之殊,固繫乎天數盛衰之變,萬年正閏之統,實出於人心是非之公。蓋統正而例可興,猶綱舉而目可備。前代異史,今日兼修,是非之論既明,正閏之統可定。奈三史雖云有作,而一統猶未有歸。恭惟世祖皇帝,以湯、武而立國[一];皇帝陛下,以堯、舜而爲君。建極建中[二],致中和而育物;惟精惟一[三],大一統以書元。嘗怪遼、金史之未成,必列趙宋編而全備。芸臺大啓,草澤高升,宜開三百載之編年,以垂千萬代之大典。豈料諸儒之謙筆,徒爲三國①之志書[四]。春秋之首例未聞,綱②目之大節不舉[五]。

　　臣維楨素讀春秋之“王正月”,公羊謂大一統之書。再觀綱目之紹春秋,文公有“在正統”之説[六]。故以始皇二十六年而繼周統[七],高祖成功五年而接秦(亡)[八]。晉始於平吳,而不始於泰始③;唐始於滅盜,而不始於武德。稽之千古,證之於今,況當世祖命伯顏平江南之時,式應宋祖命曹彬下江南之歲[九]。親傳詔旨,有"過唐不及漢"之言[十];確定統宗,有繼宋不繼遼之禪。故臣維禎敢痛排浮議,力建公言,挈大宋之編年,包遼、金之紀載。置之上所,用成一代可鑒之書;傳之將來,永示萬世不刊之典。冒干天聽,深懼冰兢,下情無任瞻天望闕、激切屏營之至。辯曰:

【校】

① 國:原本作"局",據文淵閣四庫全書本改。
② 綱:原本作"編",據文淵閣四庫全書本改。
③ 泰和之"和"當作"始"。泰始爲晉武帝年號,泰和乃金章宗年號。徑改,下同。

【箋注】

〔一〕"恭惟世祖皇帝"二句:意爲元世祖如同商湯王、周武王,順應天命,推翻前朝,建立大元。參見易革。世祖:即忽必烈。其生平詳見元史世祖本紀。
〔二〕建極建中:即建中立極,語出書洪範。
〔三〕惟精惟一:語出書虞書。
〔四〕"豈料諸儒之謙筆"二句:實指當時虞集等人主張暫時擱置矛盾,不辨正統,宋、遼、金三史分別修纂。道園學古錄卷三十二送墨莊劉叔熙遠游序:"間與同列議三史之不得成,蓋互以分合論正統,莫克有定。今當三家各爲書,各盡其言而覈實之,使其事不廢可也。乃若議論,則以俟來者。諸公頗以爲然。"按:此建議爲當時朝廷所採納。
〔五〕"春秋之首例未聞"二句:意爲春秋、資治通鑑綱目辨明正統之撰史原則,未能貫徹執行。
〔六〕文公:指朱熹。朱熹諡"文",故稱。朱子語類卷一百五:"問:'綱目主意?'曰:'主在正統。'問:'何以主在正統?'曰:'三國當以蜀漢爲正。'"
〔七〕始皇二十六年:即公元前二二一年。此年齊國滅亡,秦始皇統一天下。
〔八〕高祖成功五年:指秦朝滅亡之後五年,即漢高祖五年(公元前二〇二年)。此年十二月,項羽敗走垓下,"自殺,楚地悉定"。參見資治通鑑綱目第三。
〔九〕"況當世祖"二句:指宋太祖、元世祖攻佔江南之時間,干支一致。按:兩者皆爲甲戌、乙亥、丙子,其實相距三百年。下文"宋以甲戌渡江,而平江

南於乙亥、丙子之年;而我王師渡江、平江南之年亦同”,即指此。曹彬,字
國華,真定靈壽人。北宋真宗初年官至樞密使。宋史有傳。

〔十〕過唐不及漢:當爲忽必烈攻打南宋時詔書中語。參見下文。又,宋史五
行志四:“宋以周顯德七年庚申得天下。圖讖謂過唐不及漢,一汴,二杭,
三閩,四廣。”

　　正統之説,何自而起乎?起於夏后傳國〔一〕,湯、武革①世,皆出於
天命人心之公也。統出於天命人心之公,則三代而下,曆數之相仍
者,可以妄歸於人乎?故正統之義,立於聖人之經,以扶萬世之綱常。
聖人之經,春秋是也。春秋,萬代之史宗也。首書“王正”於魯史之元
年者,大一統也。五伯之權〔二〕,非不強於王也,而春秋必黜之,不使奸
此統也。吳、楚之號,非不竊於王也〔三〕,而春秋必外之,不使僭此統
也。然則統之所在,不得以割據之地、強梁之力、僭僞之名而論之也
尚矣。先正論統於漢之後者,不以劉蜀之祚促〔四〕、與其地之偏,而奪
其統之正者,春秋之義也。彼志三國,降昭烈以儕吳、魏〔五〕,使漢嗣之
正,下與漢賊并稱〔六〕,此春秋之罪人矣。復有作元經,自謂法春秋者,
而又帝北魏,黜江左,其失與志三國者等耳〔七〕。以致尊昭烈、續江左,
兩魏之名不正而言不順者,大正於宋朱氏之綱目焉。

　　或問朱氏述②綱目主意,曰:“在正統。”故綱目之挈統者在蜀、晉,
而抑統者則秦昭襄、唐武氏也〔八〕。至不得已,以始皇之廿六年而始繼
周;漢始於高帝之五年,而不始於降秦;晉始於平吳〔九〕,而不始於泰
始〔十〕;唐始於群盜既夷之後,而不始於降武德之元〔十一〕,又所以法春秋
之大一統也。然則今日之修宋、遼、金三史者,宜莫嚴於正統與大一
統之辯矣。

【校】

① 革:原本作“章”,據貝瓊鐵崖先生傳、文淵閣四庫全書本改。
② 述:原本無,據貝瓊鐵崖先生傳、文淵閣四庫全書本增補。

【箋注】

〔一〕夏后:指大禹。

〔二〕五伯：指春秋五霸。按：春秋五霸所指何人，史料記載并不統一，其中齊桓公、晉文公、楚莊王，似無異議。

〔三〕"吴、楚之號"二句：意爲吴國、楚國國君，已借稱爲"王"。

〔四〕劉蜀：劉備父子之蜀國。

〔五〕"彼志三國"二句：意爲三國志作者陳壽，貶低蜀國君主之正統地位，居然與吴國、魏國等同并列。昭烈：指劉備，其謚號爲昭烈皇帝。

〔六〕漢賊：指曹操。

〔七〕"復有作元經"五句：元經，王通撰。已佚。四庫全書總目子部儒家類小序述及王通曰："古之儒者，立身行己，誦法先王，務以通經適用而已，無敢自命聖賢者。王通教授河、汾，始摹擬尼山，遞相標榜。此亦世變之漸矣。"

〔八〕秦昭襄：秦武王異母帝，繼武王爲秦王。詳見史記秦本紀。唐武氏：指武則天。

〔九〕平吴：在晉武帝太康元年（二八〇）三月。參見資治通鑑綱目第十七。

〔十〕泰始：晉武帝開國年號，公元二六五至二七四年。

〔十一〕降武德之元：意爲設立武德元年（六一八）。武德：唐高祖開國年號。

自我世祖皇帝立國史院，嘗命承旨百一王公修遼、金二史矣〔一〕。宋亡，又命詞臣通修三史矣。延祐、天曆之間，屢勤詔旨，而三史卒無成書者，豈不以三史正統之議未決乎？夫其議未決者，又豈不以宋渡於南之後，拘於遼、金之抗於北乎？

吾嘗究契丹之有國矣〔二〕，自"灰牛①氏"之部落始廣〔三〕。其初枯骨化形，戴豬服豕，荒唐怪誕，中國之人②所不道也。八部之雄，至於阿保機③披其黨而自尊〔四〕，迨耶律光而其執寖盛〔五〕。契丹之號，立於梁貞明之初〔六〕；大遼之號，復改於漢天福之日〔七〕。自阿保機訖于天祚〔八〕，凡九④主，歷二百一十有五年。夫遼固唐之邊夷也，乘唐之衰，草竊而起。石晉氏通之，且割幽、燕以與之〔九〕，遂得窺覦中夏，而石晉氏不得不亡矣。而議者以遼承⑤晉統，吾不知其何統也！

【校】

① 灰牛：文淵閣四庫全書本作"呼紐"。

② 人：原本無，據貝瓊鐵崖先生傳、文淵閣四庫全書本增補。

③ 阿保機: 文淵閣四庫全書本作"按巴堅"。下同。

④ 九: 文淵閣四庫全書本作"七",誤。

⑤ 承: 原本作"乘",據貝瓊鐵崖先生傳改。

【箋注】

〔一〕承旨百一王公: 指王鶚。王鶚字百一,東明人。金正大元年中進士第一。
元世祖即位,首授翰林學士承旨。制詔典章,皆所裁定。元史有傳。又,
元史世祖本紀:"(中統二年七月)癸亥,初,立翰林國史院。王鶚請修遼、
金二史……乞以右丞相史天澤監修國史,左丞相耶律鑄、平章政事王文統
監修遼、金史,仍採訪遺事。并從之。"

〔二〕契丹: 少數族名,位於我國東北。唐末崛起并建國,後改稱遼。

〔三〕灰牛氏: 指契丹。宋葉隆禮撰重訂契丹國志卷首契丹國初興本末:"古昔
相傳有一男子乘白馬,浮土河而下,復有一婦人乘小車,駕灰色之牛浮潢
河而下,遇於木葉之山,過合流之水,與爲夫婦。此其始祖也,是生八子,
各居分地,號八部落……立(始祖及八子)遺像於木葉山,後人祭之必刑白
馬、殺灰牛,用其始來之物也。"

〔四〕阿保機: 指遼太祖。遼太祖耶律億字阿保機,生平見遼史太祖本紀。

〔五〕耶律光: 即遼太宗耶律德光,阿保機次子。生平見遼史太宗本紀。

〔六〕"契丹之號"二句: 謂契丹國建立於後梁貞明初年。貞明,五代後梁末帝
朱瑱年號,公元九一五至九二一年。

〔七〕"大遼之號"二句: 意爲遼人改契丹爲大遼,在後漢天福之年。天福,原爲
五代後晉石敬瑭年號,後漢高祖劉暠登基後繼續採用,稱天福十二年,即
公元九四七年。

〔八〕天祚: 指天祚帝耶律延禧,乃遼國末代皇帝。

〔九〕"石晉氏"二句: 謂五代後唐末年石敬瑭起事,遭唐軍圍困,遂求救於契
丹,奉表稱臣,主動割讓燕、雲十六州。

　　再考金之有國矣,始於完顏氏,實又臣屬於契丹者也。至阿
骨打①苟逃性命於道宗之世〔一〕,遂敢萌人臣之將而篡有其國,僭
稱國號於宋重和之元〔二〕,相傳九主,凡歷一百一十有七年。而議
者又以金之平遼尅宋,帝有中原,而謂接遼、宋之統,吾又不知其
何統也! 議者又謂完顏氏世爲君長,保其肅慎〔三〕。至太祖時,南
北爲敵國,素非君臣;遼祖神册之際,宋祖未生,遼祖比宋前興五

十餘年^[四]。而宋嘗遣使卑辭以告和,結爲兄弟,晚年且遼爲翁而宋爲孫矣^[五]。此又其説之曲而陋也。漢之匈奴,唐之突厥,不皆興於漢、唐之前乎? 而漢、唐又與之通和矣;吳、魏之於蜀也,亦一時角立而不相統攝者也。而秉史筆者,必以匈奴、突厥爲紀傳,而以漢、唐爲正統;必以吳、魏爲分繫,而以蜀漢爲正統^[六],何也? 天理人心之公,閲萬世而不可泯者也。

【校】

① 阿骨打:文淵閣四庫全書本作“阿固達”。

【箋注】

〔一〕阿骨打:即金太祖。生平見金史太祖本紀。道宗:指遼道宗耶律洪基。

〔二〕重和之元:即重和元年(一一一八)。重和爲宋徽宗年號。按:本文謂完顔阿骨打於重和元年“僭稱國號”;然據金史太祖本紀,則謂阿骨打於收國元年(一一一五)正月登基,國號大金。

〔三〕“議者又謂完顔氏世爲君長”二句:意爲有人認爲完顔氏淵源有自,君臣分明,乃古國之延續。肅慎,古國名,位於今我國東北地區。金史世紀:“金之先,出靺鞨氏。靺鞨本號勿吉。勿吉,古肅慎地也。”參見史記孔子世家、太平寰宇記卷一百七十五東夷四勿吉國。

〔四〕“遼祖神册之際”三句:語出元人王惲。玉堂嘉話卷八:“延及唐末,朱温篡唐,四方幅裂,遼太祖阿保機……改元神册,與朱梁同年即位……方遼太祖神册之際,宋太祖未生。遼祖比宋前期五十餘年已即帝位,固難降就五十年之後,包於宋史爲載記。其世數相懸,名分顛倒,斷無此法。”神册,遼太祖首個年號,公元九一六至九二二年。

〔五〕“而宋嘗遣使”三句:根據澶淵之盟,宋、遼結爲兄弟之國。遼聖宗稱宋真宗爲兄,宋稱遼承天后爲叔母。按:“議者又謂完顔氏世爲君長”以下十一句,皆王惲主張,詳見玉堂嘉話卷八。

〔六〕按:鐵崖有關宋、金正統之辨,清乾隆皇帝曾予以支持。乾隆四十六年命館臣録存楊維楨正統辯諭:“今館臣編輯四庫全書,謂其持論紕繆,并輟耕録内所載者亦與刪除。且言隋先代周,繼乃平陳,未聞唐、宋諸儒謂隋承陳不承周也。此語似是而非……館臣之刪楊維禎正統辯者,其意蓋以金爲滿洲,欲令承遼之統,故曲爲之説耳。不知遼、金皆自起北方,本無所承繼,非若宋、元之相承遞及,爲中華之主也。”

議者之論五代,又以朱梁氏爲篡逆,不當合爲五代史。其説似矣,吾又不知朱晃之篡,克用氏父子以爲仇矣〔一〕。契丹氏背唐兄弟之約,而稱臣於梁,非逆黨乎?春秋誅逆,重誅其黨,契丹氏之誅爲何如哉?且石敬瑭事唐,不受其命而篡其國〔二〕,亦非正矣。契丹氏虜出帝,改晉爲遼〔三〕。漢興而人心應漢①,謂之承晉又可乎?縱承晉也,謂之統可乎?又謂東漢四主,遠兼郭周,宋至興國四年始受其降,遂以周爲閏,以宋統不爲受周禪之正也〔四〕。吁,苟以五代之統論之,則南唐李昇嘗立大唐宗廟〔五〕,而自稱爲憲宗五代之孫矣〔六〕。宋於開寶八年滅南唐〔七〕,則宋統繼唐,不優於繼周繼漢乎?但五代皆閏也,吾無取其統。

【校】

① "漢"字以上"其國亦非正矣契丹氏虜出帝改晉爲遼漢興而人心應"凡二十二字,原本及文淵閣四庫全書本皆脱,據貝瓊鐵崖先生傳補。漢,文淵閣四庫全書本作"唐",誤。

【箋注】

〔一〕"吾又不知朱晃之篡"二句:意爲朱晃篡唐,李克用父子以之爲仇敵。朱晃,本名温,即梁太祖。生平詳見舊五代史梁書太祖本紀。克用氏父子,指後唐武皇李克用及其子莊宗李存勖。其生平詳見舊五代史唐書武皇本紀與莊宗本紀。明何喬新椒邱文集卷十八跋大事記續編:"李克用父子在唐雖未爲純臣,然唐亡猶稱天祐年號,以討賊爲辭,名義甚正,故綱目紀年,先晉而後梁。"

〔二〕"且石敬瑭事唐"二句:謂石敬瑭身爲後唐重臣,卻起兵造反,奪權篡位。石敬瑭,後晉高祖。生平詳見舊五代史晉書高祖本紀。

〔三〕"契丹氏虜出帝"二句:指契丹攻打後晉,將後晉出帝石重貴擄往契丹,後晉遂亡。

〔四〕"又謂東漢四主"五句:亦爲元人王惲語。玉堂嘉話卷八:"請以五代周、漢之事方之。漢隱帝乾祐三年遇弒……四帝二十九年,至宋太祖(按:當作宋太宗)興國四年歸宋。依今日所論,閔系劉高祖母弟,在位四年,其子承鈞嗣位,改元天會。五年,郭周已絶。(郭周三主九年。東漢四主二十九年。)東漢四主,遠兼郭周,郭亦不當稱周,固當爲閏。宋太祖不曰受周禪,傳至太宗,方承東漢之後。”東漢,即北漢。郭周,五代後周太祖郭威,故稱後周爲郭周。興國四年,即宋太宗太平興國四年(九七九)。此年宋太宗率軍親征北漢,亡之。

〔五〕李昇:大吳丞相徐温養子,原名知誥,南唐開國君主。生平見舊五代史僭偽列傳。

〔六〕自稱爲憲宗五代之孫:謂李昇自稱唐憲宗五世孫。按:唐憲宗乃順宗長子,玄宗第三子蕭宗李亨後裔,兩唐書皆有傳。然舊五代史李昇列傳曰:“昇自云唐玄宗第六子永王璘之裔。”

〔七〕開寶八年:公元九七五年。

　　吁,天之曆數自有歸,代之正閏不可紊。千載曆數之統,不必以承先朝、續亡主爲正,則宋興不必以膺周之禪、接漢接唐之閏爲統也。宋不必膺周接漢接唐以爲統,則遂謂①歐陽子不定五代爲南史、爲宋膺周禪之張本者[一],皆非矣。當唐明宗之祝天也,自以夷虜②不任社稷生靈之主,願天早生聖人,以主生靈,自是天人交感而宋太祖生矣[二]。天厭禍亂之極,使之君主中國,非欺孤弱寡之所致也。朱氏綱目於五代之年,皆細注於歲之下,其餘意固有待於宋矣。有待於宋,則直以宋接唐統之正矣,而又何計其受周禪與否乎?中遭陽九之阨,而天猶不泯其社稷,瓜瓞之系在江之南,子孫享國又凡百五十有五年。金泰和之議,以靖康爲“游魂餘魄”,比之“昭烈在蜀”[三]。則泰和之議,固知宋有遺統在江之左矣,而金欲承其絶爲得統,可乎?好黨君子遂斥紹興爲偽宋[四],吁,吾不忍道矣!張邦昌迎康邸之書曰[五]:“由康邸之舊藩,嗣宋朝之大統。漢家之厄十世而光武中興,獻公之子九人而重耳尚在[六]。兹惟天意,夫豈人謀?”是書也,邦昌肯以靖康之後爲游魂餘魄而代有其國乎?邦昌不得革宋,則金不得以承宋。是則後宋之與前宋,即東漢、前漢之比耳,又非劉蜀、牛晉族屬疎遠、馬牛疑迷者之可以同日語也[七]。論正閏者,猶以正統在蜀③,正朔相仍在江東,紉嗣祚親切,比諸光武、重耳者乎?而又可以偽斥之乎?此宜不得以南渡爲南史也明矣。

【校】

① 謂:原本作“爲”,據貝瓊鐵崖先生傳、文淵閣四庫全書本改。

② 夷虜：文淵閣四庫全書本作“德薄”。

③ 蜀：原本作“屬”，據貝瓊鐵崖先生傳、文淵閣四庫全書本改。

【箋注】

〔一〕“謂歐陽子”二句：乃王惲之論。玉堂嘉話卷八：“以五代之君，通作南史。內朱梁名分，猶恐未應……歐陽公作史之時，遼方全盛，豈不知梁、晉、漢、周授受之由？故列五代者，欲膺周禪，以尊本朝，勢使而然。”歐陽子，指歐陽修。新五代史爲歐陽修所撰。

〔二〕“當唐明宗之祝天也”五句：概述有關宋太祖出生之神奇傳説。受命録：“唐明宗登極，每夕於宮中焚香祝天，曰：‘某胡人，因亂爲衆所推，願天早生聖人，爲生民主。’明年丁亥二月十六日，宋太祖生於洛陽夾馬營。初，太祖母杜氏夢日入懷而孕，生之夕，神光照室，胞如菡萏，體被金色，三日不變，異香馥郁，經月不散。人因號其地爲香孩兒營。”（天中記卷十二誕聖引。）唐明宗，指後唐明宗李亶，代北人。生平詳見舊五代史唐書明宗紀。

〔三〕“金泰和之議”三句：指金章宗泰和年間（一二〇一——一二〇八），南宋遣方信孺等赴金國議和。“游魂餘魄”等語，乃金臣勸和之辭。詳見元王惲撰玉堂嘉話卷八。

〔四〕紹興：南宋高宗年號，公元一一三一至一一六二年。此借指宋高宗政權。

〔五〕張邦昌迎康邸之書：此書又稱隆祐太后告天下手書，乃宋臣汪藻所撰。詳見建炎以來繫年要録卷四、高步瀛選注唐宋文舉要乙編卷四汪彦章。康邸，康王趙構寓所。借指宋高宗。

〔六〕“漢家之厄十世”二句：隆祐太后告天下手書作“漢家之厄十世，宜光武之中興；獻公之子九人，惟重耳之尚在”。漢家之厄十世，意爲王莽篡漢之禍，釀成於西漢第十世成帝。光武，指東漢開國皇帝劉秀。獻公，春秋時晉獻公。獻公有子九人，紛爭不斷，最終重耳登基，晉國重興。重耳，即晉文公，春秋五霸之一。

〔七〕劉蜀、牛晉族屬疎遠馬牛疑迷：蜀帝劉備是西漢景帝子中山靖王後裔，屬於“族屬疎遠”；東晉開國皇帝元帝司馬睿實爲牛氏之子，故稱“馬牛疑迷”。又，晉書元帝紀：“太安之際，童謡云：‘五馬浮渡江，一馬化爲龍。’……初，玄石圖有‘牛繼馬後’，故宣帝深忌牛氏，遂爲二榼，共一口以貯酒焉，帝先飲佳者，而以毒酒鴆其將牛金。而恭王妃夏侯氏竟通小吏牛氏而生元帝，亦有符云。”

再考宋祖生於丁亥,而建國於庚申[一];我世①祖之降年與建國之年亦同[二]。宋以甲戌渡江,而平江南於乙亥、丙子之年;而我王師渡江、平江南②之年亦同[三]。是天數之有符者不偶然,天意之有屬者不苟然矣。故我世祖平宋之時,有"過唐不及漢"、"宋統當絶,我統當續"之喻。是世祖以曆數之正統歸之於宋,而以今日接宋統之正者自屬也。當時一二大臣又有奏言,曰:"其國可滅,其史不可滅也。"是又以編年之統在宋矣。

【校】

① 世祖之"世",原本作"太",誤,徑爲改正。參見注釋。
② "於乙亥丙子之年而我王師渡江平江南"凡十六字:原本脱,據文淵閣四庫全書本補。

【箋注】

〔一〕"再考宋祖生於丁亥"二句:謂宋太祖趙匡胤生於丁亥年,即公元九二七年;建立宋朝在庚申年,即九六〇年。
〔二〕我世祖:指忽必烈。忽必烈生於公元一二一五年,此年干支爲乙亥。公元一二六〇年登基,此年爲庚申年。與宋太祖生於亥年、建國申年能够吻合。按:原本世祖誤作太祖。今按元史太祖本紀,成吉思汗生年與建國之年,其干支與宋太祖完全不同,當屬誤寫。
〔三〕"宋以甲戌渡江"三句:參見前注。

論而至此,則中華之統正而大者,不在遼、金,而在於天付生靈之主也昭昭矣。然則論我元之大一統者,當在平宋,而不在平遼與金①之日,又可推矣。夫何今之君子昧於春秋大一統之旨,而急於我元開國之年,遂欲接遼以爲統,至於咈天數之符,悖世祖君臣之喻,逆萬世是非之公論而不恤也! 吁,不以天數之正、華統之大屬之我元,承乎有宋,如宋之承唐,唐之承隋、承晉、承漢也,而妄分閏代之承,欲以荒夷非統之統屬之我元,吾又不知今之君子待今日爲何時,待今聖人爲何君也哉!

於乎,春秋大統②之義,吾已悉之,請復以成周之大統明之於今日也[一]。文王在諸侯凡五十年,至三分天下有其二,遂誕膺③天命,以撫方夏。然猶九年而大統未集,必至武王十有三年,代商④有天下,商命始革,而大統始集焉。蓋革命之事,間不容髮,一日之命未絶,則一日之統未集;當日之命絶,則當日之統集也。宋命一日而未革,則我元之大統亦一日而未集也。成周不急文王五十年,武王十三年而集天下之大統,則我元又豈急於太祖開國五十年〔二〕,及世祖十有七年而集天下之大統哉〔三〕!

【校】

① 金:原本作"今",據貝瓊鐵崖先生傳、文淵閣四庫全書本改。
② 大統:貝瓊鐵崖先生傳作"大一統"。
③ 膺:貝瓊鐵崖先生傳作"受"。
④ 代商:貝瓊鐵崖先生傳作"伐紂"。

【箋注】

〔一〕成周:此指西周王朝。
〔二〕太祖開國:指成吉思汗於金泰和六年丙寅(一二〇六)建立大蒙古國,登基稱帝。參見元史太祖本紀。
〔三〕世祖十有七年:元世祖忽必烈於中統元年(一二六〇)即皇帝位,十七年後即至元十三年,乃南宋德祐二年(一二七六),此年元軍攻陷臨安,南宋滅亡。

　　抑又論之:道統者,治統之所在也。堯以是傳之舜,舜以是傳之禹、湯,禹、湯傳之文、武、周公、孔子。孔子没,幾不得其傳百有餘年,而孟子傳焉。孟子没,又幾不得其傳千有餘年,而濂、洛周、程諸子傳焉〔一〕。及乎中立楊氏〔二〕,而吾道南矣,既而宋亦南渡矣。楊氏之傳,爲豫章羅氏〔三〕,延平李氏〔四〕,及於新安朱子〔五〕。朱子没,而其傳及於我朝許文正公〔六〕。此歷代道統之源委也。然則道統不在遼、金而在宋,在宋而後及於我朝,君子可以觀治統之所在矣。

【箋注】

〔一〕濂、洛周、程:即濂周、洛程,指周敦頤,程頤、程顥。參見楊鐵崖先生文集全録卷四真樂堂記注。

〔二〕中立楊氏：指北宋楊時。宋史紀事本末卷八十道學崇黜：“楊時，字中立，將樂人。初舉進士得官，聞二程之學，即往從之。程顥見時甚喜，每言曰：‘楊君最會得容易。’及歸，送之出門，謂坐客曰：‘吾道南矣。’時歸，閒居累年，沈浸經書，推廣師説，窮探力索，務極其趣，涵畜廣大，而不敢輕自肆也。學者稱爲龜山先生。”

〔三〕豫章羅氏：指羅從彦。宋史紀事本末卷八十道學崇黜：“羅從彦，字仲素，南劍人。初爲博羅主簿，聞楊時得程氏之學，慨然慕之。及時爲蕭山令，從彦徒步往學。”

〔四〕延平李氏：指李侗。宋史紀事本末卷八十道學崇黜：“李侗，字愿中，劍浦人。初受學於羅從彦……退居山中，謝絶世故，凡四十年。其接後學，答問不倦。嘗云：‘學問之道不在多言，但默坐，澄心體認，天理自見。’學者稱爲延平先生。”

〔五〕新安朱子：即朱熹。

〔六〕許文正公：指許衡。傳見元史。又，元史紀事本末卷十六諸儒出處學問之概：“世祖至元十八年三月，許衡卒……後贈司徒，封魏國公，謚文正。虞集曰：‘南北未一，許衡先得朱子之書，伏讀而深信之，持其説以事世祖。儒者之道不廢，衡實啓之。’”

　　於乎，世隔而後其議公，事久而後其論定。故前代之史，必修於異代之君子，以其議公而論定也。晉史修於唐，唐史修於宋，則宋史之修，宜在今日而無讓矣。而今日之君子，又不以議公論定者自任，而又諉曰：“付公論於後之儒者。”吾又不知後之儒者又何儒也？此則予爲今日君子之痛惜也。今日堂堂大國，林林鉅儒，議事爲律，吐辭爲經，而正統大筆不自竪立，又闕之以遺將來，不以貽千載綱目君子之笑爲厚恥，吾又不知負儒名於我元者，何施眉目以誦孔子之遺經乎〔一〕！

　　洪惟我聖天子，當朝廷清明、四方無虞之日，與賢宰臣親覽經史，有志於聖人春秋之經制，故斷然定修三史，以繼祖宗未遂之意，其盛典也。知其事大任重，以在館之諸賢爲未足，而又遣使草野以聘天下之良史才。負其任以往者有其人矣，而問之以春秋之大法、綱目之主意，則概乎其無以爲言也。於乎！司馬遷易編年爲紀傳，破春秋之大法，唐儒蕭茂挺能議之〔二〕。孰謂林林鉅儒之中，而無一蕭茂挺其人乎？此草野有識之士之所甚惜，而不能倡其言於上也。故私著其説，爲宋遼金正統辯，以佇千載綱目之君子云。若其推子午卯酉及五運之王，以分正閏之説者，此日家小技^①之論，王勃兒輩之佞其君者爾^{②〔三〕}，君子不取也，吾無以爲論。

【校】

① 技：原本作“枝”，據貝瓊鐵崖先生傳、文淵閣四庫全書本改。
② “王勃兒輩之佞其君者爾”一句十字：原本無，據貝瓊鐵崖先生傳增補。

【箋注】

〔一〕孔子之遺經：指春秋。
〔二〕“司馬遷易編年爲紀傳”三句：謂唐人蕭穎士批評司馬遷史記之體例。蕭穎士字茂挺，潁川人。新唐書文藝中蕭穎士傳：“嘗謂：‘仲尼作春秋，爲百王不易法，而司馬遷作本紀、書、表、世家、列傳，叙事依違，失襃貶體，不足以訓。’乃起漢元年訖隋義寧編年，依春秋義類爲傳百篇。”
〔三〕王勃：詩負盛名，爲初唐四傑之一，尤精推步曆算。舊唐書王勃傳：“勃聰警絶衆，於推步曆算尤精，嘗作大唐千歲曆，言唐德靈長千年，不合承周、隋短祚。其論大旨云：‘……自黄帝至漢，并是五運真主。五行已遍，土運復歸，唐德承之，宜矣。魏、晉至于周、隋，咸非正統，五行之沴氣也，故不可承之。’”

鄧郭論^①

愛子忘親者，鷄行也；愛親滅子者，亦豈人道哉！郭巨埋雛^{〔一〕}，鄧攸繫子^{〔二〕}，皆非孝弟之道也。慈、孝非二理，父子兄弟皆天性。二子者，獨明於母弟之天，而暗於子天，何耶？推其忍，去啜羹不遠^{〔三〕}，則其愛母念弟，亦豈得爲孝弟之純哉！往史謂天絶攸嗣，爲天有知。其説是已。

或有難曰：“天絶攸嗣，是已。巨非孝道，天何錫之金？”曰：“天賜巨金，是天之慈於巨兒，而資其孝於母也。母得資其養，而子得全其生，是天不欲以逆爲孝也。”

　　吁,天不欲以逆爲孝,則豈欲以逆爲弟也耶!

【校】

① 本文録自鐵崖先生古樂府卷一繫子詞詩後,原爲楊維禎弟子吳復跋語引録。

【箋注】

〔一〕郭巨埋雛:搜神記卷十一:"郭巨,隆慮人也。一云河内温人。兄弟三人,
　　早喪父。禮畢,二弟求分。以錢二千萬,二弟各取千萬。巨獨與母居客
　　舍,夫婦傭賃,以給公養。居有頃,妻産男。巨念與兒妨事親,一也;老人
　　得食,喜分兒孫,減饌,二也。乃於野鑿地,欲埋兒。得石蓋,下有黄金一
　　釜,中有丹書,曰:'孝子郭巨,黄金一釜,以用賜汝。'"
〔二〕鄧攸繫子:詳見鐵崖先生古樂府卷一繫子詞。
〔三〕啜羹:指樂羊啜子之羹,參見史義拾遺卷上樂羊自訟魏文侯書注。

議畫眉①〔一〕

　　情勝禮者,閨②閫之常。敞畫婦眉,情勝禮也。雖然,視如罤卧
庭〔二〕,畫眉殆未過也。抑余有疑敞者。敞與廣漢、延壽齊名稱〔三〕,而
敞獨能自全。惲黨之奏亦危矣,獨寢不下〔四〕。吁,何以得此於寡恩之
主哉! 當有司奏憮眉事,敞復何恃? 曾不效宋大夫遷諱之辭過〔五〕,畫
眉之對,誠而不欺,婉而中理。況甚乎曰斥鴻寶〔六〕,議美陽之鼎〔七〕,剛
正風操,足以重漢。上獨惜敞,良有以夫。

【校】

① 本文録自鐵崖先生古樂府卷一眉憮詞詩後,原爲楊維禎弟子吳復跋語引録。
　　題目爲校注者徑擬。
② 閨:原本作"閣",據陳善學刊本改。

【箋注】

〔一〕畫眉:指西漢張敞畫眉事。參見鐵崖先生古樂府卷一眉憮詞注。
〔二〕如罤:即如皋。左傳昭公二十八年:"昔賈大夫惡,娶妻而美,三年不言不

笑，御以如皋，射雉獲之，其妻始笑而言。”注：“爲妻御之皋澤。”卧庭：當
亦指男女私情之事，不詳。

〔三〕廣漢、延壽：指趙廣漢、韓延壽，皆西漢高官，俱被處死。二人傳見漢書卷
七十六，與張敞傳同卷。

〔四〕“惲黨”二句：謂因皇帝偏愛，故張敞免於“惲黨”牽連。惲，指楊惲。漢書
張敞傳：“爲京兆九歲，坐與光禄勳楊惲厚善，後惲坐大逆誅，公卿奏惲黨
友，不宜處位，等比皆免，而敞奏獨寢不下。”師古注曰：“天子惜敞，故留所
奏事不出。”

〔五〕宋大夫：當指墨翟。墨子書中有辭過篇。

〔六〕斥鴻寶：漢書郊祀志下：“大夫劉更生獻淮南枕中洪寶苑秘之方，令尚方
鑄作。事不驗，更生坐論。京兆尹張敞上疏諫曰：‘願明主時忘車馬之好，
斥遠方士之虚語，游心帝王之術，太平庶幾可興也。’後尚方待詔皆罷。”

〔七〕議美陽之鼎：漢書郊祀志下：“是時美陽得鼎，獻之。下有司議，多以爲宜
薦見宗廟，如元鼎時故事。張敞好古文字，按鼎銘勒而上議曰：‘……不宜
薦見於宗廟。’制曰：‘京兆尹議是。’”師古曰：“美陽，扶風之縣也。”

有餘閒説①〔一〕

歐陽子詩曰：“得朋爲樂偶偷閒〔二〕。”閒僅得於偷，則不得謂之有
餘矣。東坡詩曰：“因病得閒殊不惡〔三〕。”閒得於不獲已之疾病，則又
不得謂之有餘矣。鄙哉晚宋人之詩曰：“賸買田園准備閒〔四〕。”閒必以
田園之廣置，則又適以害吾之閒，而閒且日不足矣，謂之有餘又可乎？

淞之青龍有杜隱君者〔五〕，内有良子弟爲家督，下有勤臧獲爲生
産，而外有賢姻友爲守望，君得以安居飲食，優游以卒歲，則其閒也，
不偷於得朋，不出於因病，不損於田園之廣置，閒曰“有餘”，豈誣
我哉！

君介吾友生張夢臣徵説〔六〕，爲之説如此，而工詩者爲歌之如左
云〔七〕。至正庚子二月初吉，東維子書。東維者，泰定丁卯榜進士、奉
訓大夫、江西等處儒學提舉會乩②楊維禎也。

【校】

① 本文録自鐵崖墨迹圖像（日本鈴木敬編中國繪畫總合圖録第一卷影印），校

以石渠寶笈卷三十三元姚廷美有餘閒圖一卷。

② 乩: 石渠寶笈本作"稽"。

【箋注】

〔一〕文撰於元至正二十年庚子(一三六〇)二月一日,其時鐵崖自杭州退隱松江未滿半年。按: 本文附於元人姚氏有餘閒圖傳世,石渠寶笈卷三十三著録"元姚廷美有餘閒圖一卷"曰:"素箋本,墨畫。款題并識云:‘至正廿年春正月(闕)日作此,并系鄙語於尾: 地偏人遠閉柴關,滿院松陰白晝閒。眼底風塵渾忘却,坐看流水卧看山。吳興姚廷美書。’"又,清吳其貞撰書畫記卷三則著録爲"姚彥卿有餘閒圖"。據此推斷,蓋姚廷美字彥卿。參見東維子文集卷二十九聯句書桂隱主人齋壁、鐵崖詩題元姚彥卿瘦蹇寒林(載佚詩編)注。

〔二〕歐陽子: 即歐陽修,其答子華舍人退朝小飲官舍:"與世漸疏嗟已老,得朋爲樂偶偷閒。"

〔三〕東坡詩: 蘇軾病中游祖塔院:"因病得閒殊不惡,安心是藥更無方。"

〔四〕賸買田園准備閒: 南宋張宗尹詩句。詩話總龜卷十五留題門上:"張宗尹爲長安令,時鄭州陳相尹京兆。宗尹嘗以事忤公意。公有別業在鄠、杜間,宗尹書一絶於壁云:‘喬松翠竹絶纖埃,門對南山盡日開。應是主人貪報國,功成名遂不歸來。’有人録以告,公覽而善之,待之如初。宗尹嘗有詩云:‘大書文字堤防老,剩買田園准備閒。’亦佳。(倦游録)"

〔五〕青龍: 鎮名。位於今上海青浦。杜隱君: 名字生平不詳。

〔六〕張夢臣: 參見東維子文集卷十七邵氏有竹居記注。

〔七〕工詩者爲歌之: 此卷所録有萬鎰、張俊德、昂吉、徐士全、高玉、李明復、吕麟、張謙、陶唐文、吳元圭、包炯、馬處議、林以莊、顧舜舉、王經、林壽昌、高志道、林珣、孟維城、孟之冀凡二十人題詩,其中孟維城題詩署有明確時間,爲至正十九年七月。

匡復辨

春秋討賊之義,急於其將,故曰:"人臣無將,將則必誅〔一〕。"武后殺君鴆母〔二〕,篡唐天下,非特有今將之心矣,此天地所不容,人人之所得討也。論者以賊未革命,謂李敬業之匡復廬陵〔三〕,爲發之太早,徒取狂狡之誅；孝逸、知十爲唐討賊[四]，元忠、知柔爲唐設謀[五]。爲此論者，無恩於君父也甚矣。

　　孫萬榮移檄朝廷[六]，曰：“何不歸我廬陵王？”突厥默啜罵武延秀曰[七]：“我欲以女嫁李氏，安用武氏兒？我世受李氏恩，聞李氏盡滅，惟兩兒在。我今當輔立之。”夫賊徒尚知匡復大義，獨二李輩不知乎！

　　趙瓌①之妻嘗言於越王曰：“隋文篡周，尉遲能舉兵討賊，功雖不成，足爲忠烈。況復諸王先帝之子，豈得不以社稷爲心！今猶豫不發，尚何須耶！大丈夫當爲忠義鬼，無爲徒死[八]。”此言亦發於周未②革唐之先。曾謂二李爲宗臣，魏、劉爲儒輩[九]，而不及一婦人之高見卓識爲得春秋之旨乎！

　　論至此，則仁傑、柬之輩未敢討賊者[十]，雖以一時禍福計成敗，然猶豫不發，逗賊於朝，坐視天樞黜唐頌周[十一]，不犯瓌妻之戒而叛春秋之義乎！夫見賊不急於討，譬猶義鶻之見惡梟而不逐，謂之義禽可乎？況賊不討，而又仕賊之朝，此梁公之姑之子不使之仕女朝者[十二]，亦有見也，亦所以激梁公也哉！雖然，二公逗賊固可罪，終於復子明辟，反周爲唐，謂社稷之臣非乎！

【校】

① 本文録自青照堂叢書本楊鐵崖詠史匡復府詩後。瓌：原本誤作“環”，據舊唐書改。下同。

② 未：原本作“末”，徑改。

【箋注】

〔一〕“人臣無將”二句：公羊傳莊公三十二年作“君親無將，將而必誅焉”。

〔二〕武后：指武則天。殺君鴆母：語出唐駱賓王撰徐敬業以武后臨朝移諸郡縣檄。參見史義拾遺卷下五王失討唐賊辯注。

〔三〕李敬業之匡復廬陵：詳見舊唐書李敬業傳、陳善學序刊楊鐵崖先生文集卷三匡復府注。廬陵，指廬陵王，即唐中宗李顯。

〔四〕孝逸、知十爲唐討賊：李孝逸曾任揚州道行軍大總管，李知十爲副帥，奉武則天命，率軍三十萬征討李敬業。參見陳善學序刊楊鐵崖先生文集卷三匡復府注。

〔五〕元忠、知柔爲唐設謀：魏元忠奉武則天命，在李孝逸軍中任監軍，與行軍管記劉知柔設謀獻策,火攻李敬業而勝之。

〔六〕孫萬榮:爲契丹首領,武則天執政時起兵造反。

〔七〕默啜:或作"嘿徹"。當時淮陽王武延秀入突厥,欲納默啜女爲妃。參見史義拾遺卷下擬斬傅游藝檄。

〔八〕趙瓌:唐高祖女婿,時任駙馬都尉。越王:唐太宗第八子李貞。舊唐書越王貞傳:"初,貞將起兵,作書與壽州刺史、駙馬都尉趙瓌……瓌甚喜,復許率兵相應。瓌妻常樂長公主,高祖第七女,和思皇后之母也,謂其使曰:'爲我報越王,與其進不與其退。爾諸王若是男兒,不應至許時尚未舉動。我常見耆老云,隋文帝將篡奪周室,尉遲迥是周家外甥,猶能起兵相州……夫爲臣子,若救國家則爲忠,不救則爲逆。諸王必須以匡救爲急,不可虛生浪死,取笑於後代。'及貞等敗,瓌與公主亦伏誅。"

〔九〕二李:指李孝逸、李知十。魏、劉:指魏元忠、劉知柔。

〔十〕仁傑、柬之:指狄仁傑、張柬之。狄仁傑封梁國公,故下文稱之爲梁公。按:武則天當政時期,狄仁傑官至宰相,説服武則天立廬陵王爲皇嗣,又舉薦張柬之等人,爲張柬之等復辟、廬陵王登基奠定基礎。

〔十一〕天樞:武三思主持建立。資治通鑑卷二百五唐紀二十一則天后延載元年:"武三思帥四夷酋長請鑄銅鐵爲天樞,立於端門之外,(端門,洛陽皇城正南門。)銘紀功德,黜唐頌周。"

〔十二〕梁公之姑:或謂狄梁公堂姨盧氏。太平廣記卷二百七十一婦人二盧氏:"狄仁傑之爲相也,有盧氏堂姨居於午橋南別墅。姨止有一子,而未嘗來都城親戚家。仁傑每伏臘晦朔,修禮甚謹……仁傑因啓於姨曰:'某今爲相,表弟有何樂從,願悉力從其旨。'姨曰:'相自貴爾。姨止有一子,不欲令其事女主。'仁傑大慚而退。"

論正人妖不敢近①

昔武三思置一妾〔一〕,絶色,士大夫皆訪觀。狄梁公往焉〔二〕,妾遁逃不見。三思搜之,在壁隙中。語曰:"我乃花月之妖,天神遣我奉君談笑。梁公,時之正人,我不可以見。"蓋端人正士,精爽清明,鬼魅魑魅亦不敢近,所謂"德重鬼神欽〔三〕"。鬼妖之所以狐媚者,皆由人之心術不正,精爽不足故耳。

【校】

① 本文録自青照堂叢書本楊鐵崖詠史卷末附録。

【箋注】

〔一〕武三思：武則天從侄。生平見舊唐書外戚傳。下引武三思侍女事,見唐
袁郊甘澤謡素娥。

〔二〕狄梁公：指狄仁傑。封梁國公,故稱。新、舊唐書皆有傳。

〔三〕鬼神欽：春秋左傳正義卷十一：“鬼神非人實親,惟德是依。”又,宋衛湜撰
禮記集説卷一百二十八：“(新定顧氏曰：)吾人但當正心誠意,戒謹恐懼,
到得德重鬼神欽田地也。”

鄉飲酒賦①

按周禮大司徒：“以鄉三物教萬民,而賓興之〔一〕。”鄭氏
注〔二〕：“諸侯之鄉大夫,正月吉日,受法於司徒,退而頒於鄉吏。
及三年大比,而興其賢者能者,以賓禮禮之,獻於王庭,曰鄉飲
酒。”是禮也,用之有三〔三〕：正歲十二月以禮屬民,而飲之於庠,
謂之鄉飲酒;州長春秋以禮屬民,會民於庠,亦謂之鄉飲酒〔四〕;鄉
老及卿大夫,三年大比,飲國中賢者,亦謂之鄉飲酒。飲雖不同,
同歸於禮。漢永平,晉太始,唐貞觀、開元,宋淳化、紹興,皆嘗舉
而行之〔五〕。然求其如周官之法度〔六〕,則概乎其相遼矣。秋闈以
“鄉飲酒”命題,知今日卿大夫,且將採是禮而追周官司徒之懿
矣。遂爲賦曰：

客有以德行爲輿,道藝爲蓋,冠以玄端,佩以緇帶。素韠端方,白
履貞大。慕西周之禮文,歷東南之都會,揖江浙先生而追問曰〔七〕：“先
生知吾所以禮服而趨,而謀賓分乎? 抑知鄉飲之禮,昉於三五之
化〔八〕、成周之大比乎?”先生曰：“未也。抽子古思,騁子高辭,蓋爲我
言之。”

客曰：“唯唯。原夫皇風既邈,孰紀孰綱? 不有斯禮,孰賢孰良?

輕重適均,如萬物之有權衡;氾濫不潰,如橫流之有堤防。兹成周之制作,實教養之大方。爾乃鄉國有飲,賓主有握,三揖而至,三讓而升。拜至,拜既,拜受,拜迎。于以明君子相接之道,于以鄉民務本之情。賓天主地,介②陰僎陽。三賓參列,三光宣精。賢能環坐,法四時之象;仁義交輯,別八方之形〔九〕。六十者坐,五十者立,而尊卑之分白。或以三豆,或以五豆,而養老之義明〔十〕。於斯時也,兩壺在内,五脯在俎,玄酒斯傾,揚觶斯舉。樂正先升,工人西佇。鹿鳴、四牡、皇華,非堂上之升歌乎?南陔、白華、華黍,非堂下之笙吹乎?魚麗、嘉魚、南山歌於前,由庚、崇丘、由儀笙於後,非彼此相間之偶乎?關雎、葛覃、卷耳歌於前,鵲巢、采蘋、采蘩笙於後,非彼此相合之趨乎?歌樂三終,工告備矣〔十一〕。司正洗觶,賓斯去矣〔十二〕。先生亦喜聞乎?”

先生曰:“子知鄉飲之所以興賢能,抑知賢能之所以興鄉飲乎?禮非人不行,人非禮不立,故禮實爲人文而設,而非徒從事於飲食之末也。故知王道之易行,微孔氏則不識也〔十三〕。迨乎漢明崇祀,在黌宇而涣頒〔十四〕。晉武幸臨,就辟雍而萃習〔十五〕。貞觀、開元,僅相繼而維新〔十六〕;淳化、紹興,徒粗用於秋棘〔十七〕。是皆習虛儀於一時,而無實行於平日,求其遺意於關雎、麟趾之復見,又可得乎!方今嘉賓燕饗,大比舉行,制復周官,詩歌鹿鳴。杏園講同年之會,瓊林被錫燕之榮。方將隆俎豆,備管弦,俾子大夫輩,奔走於就長謀賓之役,曾不知目之邇而信耳之僻乎?”

客聞而喜,喜而歌曰:“三物賓賢,飲於鄉兮。千載墜典,舉於庠兮。方於成周,其有光兮。”先生起而賡歌曰:“嘉賓既醉,歌太平兮。匪徒養老,實賓興兮。嗟爾嘉賓,拔彙征兮。修之於鄉,用之天子之庭兮。”

【校】

① 本文録自永樂大典卷一萬二千七十二酒鄉飲酒儀,原本於此文前有“楊鐵崖集”四字,蓋指據楊鐵崖集收録。

② 介:原本誤作“价”,徑改。參見注釋。

【箋注】

〔一〕鄉三物:周禮注疏卷十地官大司徒:“以鄉三物教萬民,而賓興之。一曰六德：知、仁、聖、義、忠、和。二曰六行：孝、友、睦、婣、任、恤。三曰六藝：
禮、樂、射、御、書、數。"按：所謂"三物"，即"三事"，指六德、六行、六藝。

〔二〕鄭氏：指東漢鄭玄。按：鄭玄注文，釋"賓賢能"之鄉飲酒。參見通典卷七
十三鄉飲酒。

〔三〕用之有三：意爲鄉飲酒禮用於三種場合。

〔四〕"州長春秋"三句：謂州長在鄉校召集百姓，施行禮儀，謂之鄉飲酒。通典
卷七十三鄉飲酒則曰："又按州長春秋習射於序，先鄉飲酒之禮，亦謂之鄉
飲酒。"

〔五〕"漢永平，晉太始，唐貞觀、開元，宋淳化、紹興"二句：參見後注。

〔六〕周官：周禮別名。

〔七〕江浙先生：蓋鐵崖自擬。

〔八〕三五之化：指三皇五帝之文教所化。

〔九〕"爾乃鄉國有飲"十八句：述鄉飲酒禮之程式及其象征意義。鄉飲酒義
曰："主人拜迎賓於庠門之外，入三揖而後至階，三讓而後升，所以致尊讓
也。盥洗揚觶，所以致潔也。拜至，拜洗，拜受，拜送，拜既，所以致敬也。
尊讓潔敬也者，君子之所以相接也。君子尊讓則不爭，潔敬則不慢，不慢
不爭，則遠於鬥辨矣。……賓主，象天地也。介僎，象陰陽也。三賓，象三
光也。讓之三也，象月之三日而成魄也。四面之坐，象四時也。"（載通典
卷七十三鄉飲酒。）

〔十〕"六十者坐"六句：述尊老之鄉飲酒禮。通典卷七十三鄉飲酒："六十者
坐，五十者立侍，以聽政役。六十三豆，七十者四豆，八十者五豆，九十
者六豆，所以明養老正齒位，此乃黨正飲酒，亦謂之鄉飲酒……又有鄉大
夫飲國中之賢者酒，用鄉飲酒之禮。故王制云：'習射尚功，習鄉尚齒。'并
鄉射黨正飲酒之法也。"

〔十一〕"樂正先升"十四句：述鄉飲酒禮之歌樂場面，以及歌曲內容。通典卷
七十三鄉飲酒："樂正先升，立於西階東。工入，升自西階，北面坐。工
歌鹿鳴、四牡、皇皇者華。（三者皆小雅篇。）笙入，堂下磬南北面立，樂
南陔、白華、華黍。（笙，吹笙者也。以笙吹此詩以爲樂也。南陔、白華、
華黍，小雅篇也，今亡。）乃閒，歌魚麗，笙由庚；歌南有嘉魚，笙崇丘；歌
南山有臺，笙由儀。（閒，代也，謂一歌一吹也。六者小雅篇。）乃合樂周
南：關雎、葛覃、卷耳。召南：鵲巢、采蘩、采蘋。（合樂謂歌樂與衆聲俱
作也。周南、召南，國風篇也。王后、國君夫人房中之樂歌也。）工告於
樂正'正歌備'，樂正告於賓。"

〔十二〕“司正洗觶”二句：詳見通典卷七十三鄉飲酒。

〔十三〕孔氏：指孔子。禮記正義卷六十一鄉飲酒義：“孔子曰：‘吾觀於鄉，而知王道之易易也。’”注：“鄉，鄉飲酒也。易易，謂教化之本，尊賢尚齒而已。”

〔十四〕“迨乎漢明”二句：述東漢明帝之鄉飲酒禮。永平二年，郡縣行鄉飲酒於學校，祀先聖、先師、周公、孔子，牲以太牢。

〔十五〕“晉武幸臨”二句：述西晉武帝之鄉飲酒禮。太始六年十二月，武帝臨辟雍，行鄉飲酒之禮。詔令復講舊典，賜酒物予太常、丞、博士及學生。

〔十六〕“貞觀、開元”二句：述唐太宗、唐玄宗之鄉飲酒禮。唐貞觀六年，詔曰：“比年豐稔，閭里無事。乃有惰業之人，不顧家產，朋游無度，酣宴是耽，危身敗德，咸由於此……可見録鄉飲酒一卷，頒行天下，每年令州縣長官親率長幼，齒別有序，遞相勸勉，依禮行之。庶家識廉耻，人知敬讓。”又，開元六年七月十三日，初頒鄉飲酒於天下，令牧宰每年至十二月行之。至十八年，宣州刺史裴耀卿上疏：“……但以州縣久絶雅聲，不識古樂。伏計太常具有樂器，太常久備和聲，請令天下三五十大州，簡有性識人，於太常調習雅聲，仍付笙竽琴瑟之類，各三兩事，令比州轉次造習。每年各備禮儀，準令式行，稍加勸奬，以示風俗。”其儀具開元禮。詳見唐會要卷二十六鄉飲酒。

〔十七〕“淳化、紹興”二句：謂北宋太宗、南宋高宗之鄉飲酒禮，僅施行於鄉試。按：北宋淳化年間，曾推行鄉飲酒禮；南宋紹興十三年，比部郎中林保乞修定鄉飲儀制，然僅用於學校貢舉。詳見宋史禮志十七鄉飲酒儀。

卷一百三　鐵崖佚文編之二序

概浦楊氏續譜序[①][〔一〕]

余嘗按古傳記所載,聖賢之生,或蛟龍繞電[〔二〕],或本出自空桑[〔三〕],而履大人迹者有之[〔四〕]。審是數者,皆爲生人之始。而數者之外固多,三代以還,人能究之而不紊者,蓋亦寡矣。余未嘗不重爲歎息,而有感于族屬之疏遠而枝蔓也。

今觀概浦族譜[〔五〕],其源遡于春秋黎來[〔六〕],至漢倪寬[〔七〕]、唐若水[〔八〕],暨宋處州牧浦[〔九〕]、尚書公思[〔十〕],世以儒學顯,迄于今,雖久而不紊,殊可嘉也。推其所始曰盈公者[〔十一〕],歷今三百餘年,而子孫已傳數千人。嗚呼,何其茂衍而繁庶若是哉!蓋樹德有本,猶木之有根。德既厚而根深,故枝葉蔽天,而歷世滋久焉。雖然,是亦在其後之能灌溉者何如耳。

嘗聞漢之霍氏[〔十二〕],唐之房、杜[〔十三〕],功名冠世。蓋非不種德也,而其子孫不一二傳,遂至於凌替,而或無噍類者,是不唯不能灌溉,抑且動搖而傾覆之也。

然則灌溉之道當若何?曰:是唯讀書而循禮耳!今改倪爲楊之後[〔十四〕],其子孫冠瑜森然,讀書而循禮者固不少矣。觀于今而驗于昔者既若是,則後之源源而來者,蓋未可量也。

余非好爲誇大之言以誣世人,特以理之所必至者直言之。何則?霍氏與房、杜,當其功名之盛,而不能以理裁其所過,故其後至於傾覆而凌替焉。若能如寬也,若水也,浦與思也,咸稱廉雅君子也,其所遺于子孫者,清白耳。故其後人恂恂而純粹,以至衆且多乃若是焉。嗟乎,世之人孰不欲如霍氏、房杜之功名冠世,而苟能裁抑其過以爲戒,寧不如倪楊氏之子孫乎!

今其世孫惟孝請識數語于篇[〔十五〕],故特書此以爲楊氏後人勸,而更勸世人云。至元丁丑黃鐘中浣之吉[〔十六〕],楓川鐵崖楊維禎撰[〔十七〕]。

【校】

① 本文録自上海圖書館藏清光緒二十五年己亥(一八九九)重修楊永成總纂暨陽十都楊氏宗譜卷首。

【箋注】

〔一〕本文撰於元順帝至元三年丁丑(一三三七)十一月十一日,其時楊維禎任錢清鹽場司令一職。概浦:位於今浙江諸暨。按:概浦楊氏:又稱倪楊氏。參見後注。

〔二〕蛟龍:指炎帝出生故事。相傳炎帝"母曰任姒,有蟜氏女,登爲少典妃,游華陽,有神龍首,感生炎帝"。繞電:黄帝出生之神話。相傳黄帝"母曰附寶,之祁野,見大電繞北斗樞星,感而懷孕,二十四月而生黄帝於壽丘"。詳見史記五帝本紀之正義。

〔三〕本出自空桑:有關伊尹出生之傳説。參見史義拾遺卷下務光辭。

〔四〕履大人迹:相傳姜嫄因踏大人迹而懷孕,生后稷。參見鐵崖賦稿卷上蒿宮賦。

〔五〕概浦族譜:按上海圖書館藏清楊永成總纂暨陽十都楊氏宗譜卷首,置於楊維禎序文之前,也是全書撰寫時間最早的兩篇序文,分別是南宋紹熙元年(一一九〇)楊柏年所撰倪楊氏世系叙,以及次年錢維賢應楊柏年之邀所撰暨邑楊氏宗譜序。此處所謂"概浦族譜",當指楊柏年等所撰暨邑楊氏宗譜。

〔六〕黎來:春秋時人。宋楊柏年撰倪楊氏世系叙:"楊氏之先,本倪姓,裔出曹叔振鐸。其曾孫曰夷父顔,有功於周天子,封附庸國于倪。夷父顔裔孫曰黎來者,見春秋魯莊公十五年,推齊威公爲盟主,伐叛尊周,授以子爵,是爲小邾子國,後爲楚所滅。至漢,改爲蕃縣。隋朝時又改爲滕縣,今徐州滕縣是也。縣東有故邾城在焉。"(文載暨陽十都楊氏宗譜卷首。)按:上引文中"裔出曹叔振鐸",或當作"裔出曹安後人邾挾"。詳見通志卷二十六周異姓國。又,"蕃縣"之"蕃",原本誤作"藩",徑爲改正。

〔七〕倪寬:漢武帝時儒生,事迹見漢書儒林傳。參見陳善學序刊楊鐵崖先生文集卷一伏生受書行注。

〔八〕倪若水:字子泉,恒州藥城(今屬河北)人。唐玄宗時官至尚書右丞。新唐書有傳。宋楊柏年撰倪楊氏世系叙:"唐開元間,倪若水以清望顯,自汴州刺史入爲右丞,累贈金紫光禄大夫。"

〔九〕處州牧浦：宋楊柏年撰倪楊氏世系叙：“倪浦號愛竹先生。擢宋高第，入為八座，出牧處州。功名事業，殆與雪川尚書公倪思者同也。”

〔十〕尚書公思：指倪思。倪思為湖州歸安（今屬浙江）人。南宋寧宗時官至禮部尚書。宋史有傳。

〔十一〕盈公：指倪盈，五代時人。宋楊柏年撰倪楊氏世系叙：“唐末遭亂，子孫南遷，居江浙間。五代時有鄴公者，分居為三：一支雪川，即今之湖州是也。一支婺州，即今之金華是也。一支富春，即今之富陽是也。至晉天福間，倪盈捨地建寺，今浦江縣保安山保安院，蓋始祖基也。”

〔十二〕漢之霍氏：指西漢顯貴霍光家族。詳見漢書霍光傳。

〔十三〕房、杜：指唐太宗時著名宰相房玄齡、杜如晦。唐書皆有傳。

〔十四〕改倪為楊：據暨陽十都楊氏宗譜卷首宋楊柏年撰倪楊氏世系叙、明萬曆十九年（一五九一）楊有孚撰倪楊二宗分派考，宋龍圖閣學士倪炤遷居諸暨概浦，贅於楊氏，生子順。順從母姓，登第後，正式改姓為楊。換言之，宋人楊順乃概浦倪楊氏始祖。

〔十五〕惟孝：生平不詳。據本文可知，楊惟孝乃諸暨概浦倪楊氏族人，元順帝至元前後在世。

〔十六〕至元丁丑：指後至元三年，公元一三三七年。黃鐘：十二律呂之一，此指農曆十一月。按：古人以十二律呂之名，分別對應十二個月以計時。中浣：此指中旬。

〔十七〕楓川：楊維禎故里。位於今浙江諸暨楓橋鎮。

沈氏刑統疏序[①]〔一〕

刑定律有限，情博愛無窮。世欲以有限之律，律天下無窮之情，亦不難哉！漢初，約法三章，未幾九章，遂至三百五十九章〔二〕。後代滋至一千五百三十七章〔三〕。何其所教之多也！然不能以數究情，則凡一千五百三十有七之數，亦甚少耳。唐襲隋律，統為十二〔四〕，乃約武德以來格敕二千八百六十五，為七百一十一條〔五〕。使徒詳律不詳情，則七百一十一與二千八百六十五，孰為多寡哉？

傅霖氏賦刑統〔六〕，設問答，急急於原律究情，君子猶有取焉耳。故五刑〔七〕、十惡〔八〕、八議〔九〕、六贓〔十〕、七殺之法〔十一〕，或輕或重，或減或加，極乎萬變通而者，欲以索天下之情耳。然是賦之出，詩書者薄之而不讀，市井雖讀而不能通其議，苟察大吏且或妄引他比以殺人，則霖之志荒矣。

吳中沈仲緯氏爲郡府掾，獨能盡心於例事，指明霖意，取其則賦，章分句解，又以本朝律款會而通之，辯取其要，無不中隙。待②論厚而詩書者樂聞，演義白而俗胥所共曉，析類例最精，而大吏者取信。書且梓而行矣，求予叙。

吾聞注六經者，誤而不得其意，則其禍萬世。經非不祥，器而設者如此。刑而不祥，可使誤而不得其意乎？仲緯慎於慮是而人之誤，書一出，又烏有妄引殺人之患乎？

吾於仲緯有媿也，學經於筆削而屬比義例，未能如仲緯之明以教人也，吾於仲緯實媿之。至正元年，賜進士會稽楊維禎序。

【校】

① 本文録自枕碧樓叢書本刑統賦疏卷首。
② 待：疑爲“持”之訛寫。

【箋注】

〔一〕文撰於元至正元年（一三四一），其時鐵崖服喪期滿，試圖補官，攜妻兒自家鄉諸暨移居錢塘不久。刑統疏：清沈家本刑統賦疏跋：“刑統賦疏一卷，元沈仲緯撰，江陰繆氏藏鈔本，後有黃蕘夫跋語。其書原本爲黃氏舊藏，今歸常熟瞿氏，此本從黃氏迻寫也。注刑統賦者，今世所傳凡三本：一郄氏韻釋、王氏增注本，一孟奎粗解本，一爲此本。前有俞淖、楊維禎二序，作於後至元五年及至正元年。則沈爲順帝時人也。其書於原賦逐句爲之疏解，并引唐律疏議以證明之。疏之後爲直解，語較簡質。直解之後爲通例，則引元代斷例及案牘以相印證，視韻釋、增注、粗解三家爲詳明矣。”（載寄簃文存卷七。）沈仲緯，吳中人。

〔二〕“漢初”三句：述西漢刑律之變化。漢書刑法志：“漢興，高祖初入關，約法三章曰：‘殺人者死，傷人及盜抵罪。’……三章之法不足以禦奸，於是相國蕭何攈摭秦法，取其宜於時者，作律九章……及至孝武即位……禁網寖密。律令凡三百五十九章，大辟四百九條。”

〔三〕一千五百三十七章：指南北朝時北周武帝宇文邕保定年間所定大律，“大凡定法一千五百三十七條”。詳見隋書刑法志。

〔四〕統爲十二：新唐書刑法志：“律之爲書，因隋之舊，爲十有二篇：一曰名例，
二曰衛禁，三曰職制，四曰户婚，五曰廄庫，六曰擅興，七曰賊盜，八曰鬭
訟，九曰詐僞，十曰雜律，十一曰捕亡，十二曰斷獄。”

〔五〕“乃約武德以來”二句：新唐書刑法志所録稍有不同，曰：“（房）玄齡等遂
與法司增損隋律，降大辟爲流者九十二，流爲徒者七十一，以爲律；定令一
千五百四十六條，以爲令；又删武德以來敕三千餘條爲七百條，以爲格。”
武德：唐高祖李淵年號。

〔六〕傅霖：宋人，撰有刑統賦。四庫全書總目：“刑統賦二卷，宋傅霖撰。霖里
貫未詳，官律學博士。法家書之存於今者，惟唐律最古。周顯德中，竇儀
等因之作刑統，宋建隆四年頒行。霖以其不便記誦，乃韻而賦之，并自爲
注。晁公武讀書志稱或人爲之注，蓋未審也。其後注者不一家，金泰和
中，李祐之有删要；元至治中，程仁壽有直解、或問二書；至元中，練進有四
言纂注，尹忠有精要；至正中，張汝楫有略注，并見永樂大典中。”

〔七〕五刑：五種用刑，各代并不一致。唐代“以笞、杖、徒、流、死爲五刑”。參
見新唐書刑法志。

〔八〕十惡：隋朝在北齊“重罪十條”律法基礎上制定，“一曰謀反，二曰謀大逆，
三曰謀叛，四曰惡逆，五曰不道，六曰大不敬，七曰不孝，八曰不睦，九曰不
義，十曰内亂”。參見隋書刑法志。

〔九〕八議：針對八種享有特權人士的刑法制度，三國曹魏首先制定，指議親、
議故、議賢、議能、議功、議貴、議勤、議賓。後世此類人常以錢財抵罪，又
稱八議論贖。

〔十〕六贓：指六種貪污或非法佔有財物罪，即枉法、不枉法、受所監臨、强盜、竊
盜、坐贓。參見唐律疏議卷四以贓入罪問答。

〔十一〕七殺：唐代刑律之一，即謀殺、鬭殺、故殺、誤殺、戲殺、劫殺、過失殺七種
罪。參見清人宫夢仁讀書紀數略卷四十一人部刑律類七殺。

梅花百詠序①〔一〕

　　予讀石湖范氏梅譜〔二〕，其種類不過十四五。鄉友韋君德圭自吳
下來〔三〕，持梅華詩見視，迺自廿六詠至於百詠，何其多耶？豈非梅爲
□□②草木之魁，稱詩人必以吟□□□□事，雖多而弗厭，故

□□□□□題至百，又將補石湖譜類之缺歟！

　　吾東山公論梅之詩，有所謂寫真、傳神之異。真以形體，神則并有其情性也[四]，與石湖之論墨梅貴韻與格，而不徒貴夫直枝氣條者[五]，其意同。觀百詠之於梅，不獨偏其真，而又得其神，則雖單章隻句，足以流布人口，而況至於什百之多乎！德圭勿自秘，亟寫諸西湖之上，不與老逋八詠并傳[六]，吾不信也，又豈特補石湖之譜之缺者哉！

　　德圭名珪，梅雪其自號也。會稽鐵篆道人楊維禎書於西湖倚梅之窩[七]，時至正五年十一月十又四日也。

【校】

① 本文録自國家圖書館藏元至正刊本梅花百詠卷首。按：宛委別藏本據此本影印。

② 此處兩字殘缺。按：原本此序據鐵崖手迹影刊，鐵崖手迹爲行草書，故所闕字數無法精準計算，此處空格所示字數，屬於推測。下同。

【箋注】

〔一〕本文撰於元至正五年（一三四五）十一月十四日，書於杭州西湖之畔倚梅窩。不久又返回長興。按：至正四年冬，鐵崖應邀至湖州長興東湖書院，授學謀生，爲期約兩年。

〔二〕石湖范氏：指宋范成大。范成大自號石湖，著有范村梅譜。

〔三〕韋君德圭：即韋珪。四庫未收書提要梅花百詠一卷：“元韋珪撰。珪字德珪（當作德圭），山陰人。按四庫全書所收梅花百詠，乃元馮子振、釋明本倡和之詩。德珪此作，始以李仲山之命成詠梅二十六首，繼又摭拾見聞，更成百首。復以梅花未入楚詞，作補騷一章以附於後。又嘗自署其讀書處曰梅雪窩，蓋其平生有嗜梅之癖矣。”（載宛委別藏本梅花百詠卷首。）按：據本文又知韋珪自號梅雪。

〔四〕“吾東山公”四句：指楊東山有關論説。楊東山梅花説：“事事物物莫不皆有其形體性情，林和靖咏梅，‘疏影橫斜水清淺’二句，此爲梅寫真之句也，梅之形體也；‘雪後園林纔半樹’二句，此爲梅傳神之句也，梅之性情也。寫梅形體，是謂寫真；傳梅性情，是謂傳神。”（載明彭大翼撰山堂肆考卷一百九十八形體性情。）東山公，指楊長孺。楊長孺字伯子，秀水人。南宋人，楊萬里之子。以蔭補知湖州。以集賢殿修撰、守中大夫致仕。號東山潛夫,有東山集。傳見明董斯張撰吳興備志卷五官師徵。

〔五〕“石湖之論”二句：范村梅譜後序：“梅以韻勝,以格高,故以横斜疏瘦與老枝怪奇者爲貴。其新接穉木一歲,抽嫩枝直上或三四尺,如醲釀薔薇蘖者,吳下謂之‘氣條’。”

〔六〕老逋八詠：指北宋詩人林逋八首詠梅七律,又稱“孤山八梅”。

〔七〕倚梅之窩：位於杭州西湖之畔,鐵崖暫居地。此齋名疑爲鐵崖臨時所取。

送金華黄先生歸里序①〔一〕

古者大夫七十而致仕,則年未及者,禮所未許乎! 況七十而去者不得謝,而後有几杖安車之賜。今法,大夫之去不限七褭,則以有故,如養疴侍親者是矣。然又必優加以爵秩,俾後之人語之以世,其進爲廷之侍臣始終,何其恩數之至哉!

金華黄先生提舉江浙儒學〔二〕,年考未周,郡以致仕之義去,時於古之引年猶未及也〔三〕。蓋太夫人在里第,春秋且八十有六矣,此其去有義,官不得而留也。明年,朝廷以三史之事遣使聘文墨老臣〔四〕,先生實在聘中,而太夫人逝矣。以爲太夫人借無恙,先生其起乎? 非也。夫先生以忠孝徇己,而又持以教人。事親孝,故忠可移於君,忠孝本非二道也。至聞先生盧親之墓於顏孝子冢傍五里所〔五〕,與乳虎狎於盧南,此非至孝之感天而能動物之不仁者,不能如是也。故觀先生之孝,而知先生之去爲可詠,不以其輕禄於未及之年也。

服既闋,中書以致仕故事,升高秩秘書少監。嗣某,得以八品入官〔六〕。先生終老於家,眠文獻之相禪,穀禄之相仍,與一二同志仕而休者,不在山南,即在水北,胥來胥會,以樂其餘齡於太平之世,非事之至盛者乎! 惜余尚以升斗之食去其故鄉,而未遑追先生後也〔七〕,爲之慨然。時至正五年冬十月廿②三日,會稽楊維禎書。

【校】

① 本文録自清咸豐元年金華陳坡補刊本文獻公全集卷十一附録,校以金華叢書黄文獻公集卷十二附録本。

② 廿：金華叢書本作"二十"。

【箋注】

〔一〕文撰於元至正五年(一三四五)十月二十三日，其時鐵崖暫寓杭州。又，吳克恭送黃秘書歸金華詩原注曰："作於張貞居靈石塢。"(詩載草堂雅集卷三)當屬一時之作。故疑鐵崖當時借住於張雨杭州居所。金華黃先生：指黃溍。參見東維子文集卷二十四故翰林侍講學士金華先生墓志銘。

〔二〕"金華黃先生"句：黃溍出任江浙儒學提舉，始於至正元年。元張雨送黃先生歸烏傷序："至正元年，國子先生黃公提舉江浙儒學，迎侍母夫人來錢唐。"(文載黃文獻公全集卷十二附錄。)

〔三〕"年考未周"三句：指黃溍江浙儒學提舉任期未滿，年亦未及七十，毅然致仕，乃爲返鄉奉養老母。按：其時爲至正三年。張雨送黃先生歸烏傷序曰："先生居官甫逾二載，不俟引年，納禄而去。"

〔四〕"朝廷以三史之事"句：指爲纂修宋史而特聘南方儒士老臣。三史之事，指至正初年朝廷編撰宋、遼、金三史。遼、金、宋三史先後修成於至正四年三月、十一月和至正五年十一月。參見上卷三史正統辨。

〔五〕顏孝子冢：指顏烏墓。大明一統志卷四十二金華府："顏烏墓，在義烏縣東四里，有石碑，刻云'顏烏墓'。縣治東又有顏孝子祠。元黃溍詩：'丹青像設始何年？翁仲遺墟自古傳。'"顏烏，相傳爲秦孝子。萬曆義烏縣志卷五經制考："永慕廟，祀秦孝子顏烏，在縣東四里，孝子墓左……(宋縣令)李補爲之記曰：邑東之三里有丘焉，曰烏傷墓。秦顏孝子氏□親孝，葬親，躬畚畚。群烏啣土助之，喙爲傷。後旌其邑，曰烏傷，曰烏孝，曰義烏，皆以孝子故。"

〔六〕"中書以致仕故事"四句：意爲朝廷援引慣例，黃溍致仕前擢爲秘書少監，而其兒子則授以八品官。按：至正七年，黃溍落致仕，再次召入京城。

〔七〕"惜余"二句：其時鐵崖攜妻兒寓居吳興，授學爲生。發此悵嘆，蓋因生計所迫，不能效仿黃溍隨心悠游。

游張公洞詩序①〔一〕

至正丙戌立春之明日爲人日〔二〕，宿雨早歇，草木秀發，湖上山如畫。余領客駕舟，涉大雷澤〔三〕，將訪洞庭諸峰。風水猝作，不可舟。

易興騎,行香山〔四〕,尋西施氏藝蘭遺迹,遂歷鳳川。晚飯湖㳇〔五〕。乘月至張公山〔六〕,宿天申觀②〔七〕。明日,道士姚致和、周③藏用、丘松潤同登山閱洞〔八〕。

　　洞在張山頂,如覆盂中裂,方廣數十丈,直下無底谷。鉅石閣之,曰隔凡。道士云:昔有長毛仙客從穴入,迤邐東南,行約二百餘里。聞頂上風雷洶湧,及櫓棹乃復得穴出,始知是洞庭林屋山〔九〕。今毛公壇,其遺址④也。洞之石液懸注,皆成物象。象有靈官玉女、錦屏珠幢、藥爐丹竈、果老掌迹、青騾蹄蹤。臺曰香爐,峰曰玉節,田曰芝田。南下小洞曰投龍,宋章獻投金簡玉符〔十〕,獲甘露,故云。歷前堂,轉後突,小罅東漏光,僅容一人。前趾後頂,牽聯出洞口。就石壁題名,鐫歲月〔十一〕。復用杜甫句"洞口經春長薜蘿"分韻賦詩〔十二〕。詩成,復請予序。

　　予感宋歐陽子之言曰:"山川登覽,得於衣冠仕宦者,不老則病矣。非神完氣銳,則有不勝其勞者〔十三〕。"今吾徒六七人於居閑力足之時,江山勝踐,惟意是適。雖神仙所居洞天福地,亦不得深關密閟,非得歐陽之難,而爲吾徒之幸事乎! 是宜紀詠有述也。

　　客爲天台葉尚志〔十四〕,富春吳復〔十五〕,柯山葉文柯⑤〔十六〕,雉城蔣克勤〔十七〕、景元、儀鳳也〔十八〕。余得"洞"字韻⑥。會稽楊維禎叙。

【校】

① 本文録自宛委別藏本游志續編卷下,校以新陽趙氏叢刊本游志續編。
② 觀:原本作"館",據新陽趙氏叢刊本改。
③ 周:原本作"用",據新陽趙氏叢刊本改。
④ 址:新陽趙氏叢刊本作"迹"。
⑤ 柯:新陽趙氏叢刊本作"可"。
⑥ 韻:原本無,據新陽趙氏叢刊本增補。

【箋注】

〔一〕本文撰於元至正六年丙戌(一三四六)正月八日,鐵崖等七人游覽張公洞之後。其時鐵崖在長興陳瀆里蔣氏義塾東湖書院,授學爲生。鐵崖同時所作張公洞詩,見鐵崖先生古樂府卷三,本詩所及地名等未注者均參該詩。

〔二〕人日：指農曆正月七日。

〔三〕大雷澤：位於太湖中大、小雷山之間。參見鐵崖先生古樂府卷九小臨
海曲注。

〔四〕香山：據下文"尋西施氏蓺蘭遺迹"一句，當指蓺香山。同治刊光緒增補
長興縣志卷十山："蓺香山，一名湖陵山。在縣北十五里，高四百五十尺。
山墟名云：昔西施種香之所。"

〔五〕湖㳇：鎮名。嘉慶刊宜興縣志卷一山川："湖㳇渚，一名湖㳇，在縣東南四
十里，匯東南諸山澗，流至湖㳇鎮，始通舟。又東爲罨畫溪，過蜀山，其東
流入太湖，其北流入東溪。"

〔六〕張公山：又稱張山。嘉慶刊宜興縣志卷一山川："張公山在縣東南五十五
里，山巓空穴到底。郭璞注：陽羨有張公山，洞中有南北二堂，故老傳云，
張道陵居此求仙。"

〔七〕天申觀：又名洞靈觀。嘉慶刊宜興縣志卷末雜志："（洞靈觀）在縣東南四
十里，張公洞前……乾道六年，內侍劉能真入道，請陞爲宮，賜額天申萬壽
宮。元末廢。"

〔八〕姚致和、周藏用、丘松潤：蓋皆當時天申觀道士。生平待考。

〔九〕"昔有"六句：參見鐵崖先生古樂府卷九小臨海曲注。

〔十〕宋章獻：指章獻明肅劉皇后。劉氏乃北宋真宗皇后，真宗駕崩後爲皇太
后，一度攝政。生平見宋史后妃傳。

〔十一〕"就石壁"二句：鐵崖石壁題名，清人吳騫輯撰陽羨摩崖記錄張公洞有
記載："至正六年正月八日，會稽楊維禎領客富春吳復□七人來游。"
注："右三行，在前洞口左側，隸書。"（載古學匯刊第一集。）

〔十二〕洞口經春長薜蘿：杜甫峽中覽物詩句。

〔十三〕"山川登覽"五句：化用歐陽修語。歐陽修答郭刑部輔一通："承諭以嵩
少之游，豈勝跂羨？此樂常爲山人處士得之。衣冠仕宦，比其汲汲得如
其志，不老則病矣。雖有登臨之興，勉彊而爲之，已不勝其勞也。若神
完氣銳，惟意所適，如公之樂者，百無一二人也。"

〔十四〕葉尚志：天台（今屬浙江）人。元至正初年在湖州，與鐵崖交往。生平
不詳。

〔十五〕吳復：參見東維子文集卷二十五吳君見心墓銘注。

〔十六〕柯山：位於無錫（今屬江蘇）惠山北，又名舜柯山、歷山。參見洪武無錫
縣志卷二山川。葉文柯：柯山人。生平不詳。

〔十七〕雉城：指長興縣。蔣克勤：鐵崖友人。參見鐵崖先生古樂府卷四雉城

曲注。嘉慶長興縣志卷二十七雜識:"蔣克勤字德敏,長興人。東湖書院,其家之義塾也。克勤爲蔣氏佳子弟,好古喜文,祖父風流,克懷舊觀。其詩俊逸不及,典麗過之。字畫亦秀潤,步追吳興。"

〔十八〕景元、儀鳳:皆爲蔣氏,蓋當時鐵崖授教之蔣氏東湖書院中弟子。參見東維子文集卷八送韓奕游吳興序注。

春秋合題著説序①〔一〕（節録）

維楨自序曰:春秋正變無定例,故闕合無定題;筆削有微旨,故會通有微意〔二〕。初學者不知通活法以求義,場屋中往往不得有司之意。今以當合題凡若干,各題著説。使推其正變無常,縱橫各出,以禦場屋之敵〔三〕。

又曰:學者因是而得其活法,則求經之微,亦無不②出於此,不止決科之計〔四〕。

【校】

① 本文録自四庫全書總目卷三十經部三十春秋類存目一春秋合題著説三卷,原本題下有小字注曰"永樂大典本"。清宣統刊國朝三修諸暨志卷四十六經籍志經部著録春秋合題著説三卷,引録有四庫全書總目此兩段文字,據以校勘。題目爲校注者徑擬。按:此序原文不存,四庫全書總目所録爲節選。

② 不:原本無,據國朝三修諸暨志本補。

【箋注】

〔一〕文當撰於春秋合題著説刊行之際,爲元至正十年(一三五〇)以前鐵崖授學爲生期間。參見東維子文集卷六春秋百問序。春秋合題著説:楊維楨輯撰。此書屬於科舉指南一類,原本卷數不詳。又據四庫全書總目,春秋合題著説輯自永樂大典,可見原本亡佚於乾隆以前,四庫館臣從永樂大典輯得三卷。然此三卷永樂大典輯本,後世又失傳。

〔二〕"春秋正變"四句:針對元代科舉"春秋經義"考試出題特點。元史選舉志:"經義一道,各治一經……春秋許用三傳及胡氏傳……限五百字以上,不拘格律。"

〔三〕"初學者"七句：概述本書主旨及其用途。元季此類科舉輔導書籍較多，四庫全書總目著録元人陳悦道撰書義斷法六卷："書首冠以'科場備用'四字，蓋亦當時坊本，爲科舉經義而設者也。其書不全載經文，僅摘録其可以命題者載之，逐句詮解，各標舉作文之竅要……如今之講章。"

〔四〕"又曰學者"四句：意爲假若從此書悟得"活法"，不僅對於學經有益，而且可以作用於科舉以外。四庫全書總目作者則曰："然其書究爲科舉而作，非通經者所尚也。"

西湖竹枝詞序①〔一〕

予閑居西湖者七八年〔二〕，與茅山外史張貞居、苕溪郯九成輩爲唱和交〔三〕。水光山色浸沈胸次，洗一時尊俎粉黛之習，於是乎有竹枝之聲〔四〕。好事者流布南北，名人韻士屬和者無慮百家〔五〕。道揚諷諭，古人之教廣矣。是風一變，賢妃貞婦興國顯家，而烈女傳作矣。采風謡者，其可忽諸！至正八年秋七月會稽楊維禎書於玉山草堂②。

【校】

① 本文録自明季陳于京刊西湖竹枝詞卷首，校以陳善學序刊楊鐵崖先生文集卷七西湖竹枝歌九首序。

② "至正八年秋七月會稽楊維禎書於玉山草堂"一句：陳善學序刊楊鐵崖先生文集本無。

【箋注】

〔一〕文撰於元至正八年（一三四八）七月，其時鐵崖應邀於崑山顧瑛玉山草堂做客。按：鐵崖撰有兩篇西湖竹枝詞序，鐵崖先生古樂府卷十西湖竹枝歌詩前小引，撰於至正初年，乃鐵崖首倡西湖竹枝詞之際；本文則撰書於西湖竹枝詞結集之時，實爲西湖竹枝詞總集之序。

〔二〕按：所謂"閑居西湖者七八年"，其實并非定居杭州七八年。元至正初年，鐵崖因補官未果，浪迹於杭州、吳興、蘇州、崑山等地，至西湖竹枝詞結集之時，總計有七八年。

〔三〕張貞居：即張雨，參見鐵崖先生古樂府卷二奔月卮歌注。郯九成：即郯韶,參見東維子文集卷七郊韶詩序注。

〔四〕"水光山色"三句：鐵崖竹枝歌與劉禹錫竹枝詞乃一脈相承。劉禹錫竹枝詞引："四方之歌,異音而同樂。歲正月,余來建平,里中兒聯歌竹枝,吹短笛擊鼓以赴節,歌者揚袂睢舞,以曲多爲賢。聆其音,中黃鍾之羽;卒章激訐,如吳聲。雖儜儜不可分,而含思宛轉,有淇、濮之豔。昔屈原居沅、湘間,其民迎神詞多鄙陋,乃爲作九歌。到于今,荆楚鼓舞之。故余亦作竹枝詞九篇,俾善歌者颺之。附于末。後之聆巴歈,知變風之自焉。"

〔五〕屬和者無慮百家：按今傳本西湖竹枝詞,實收一百二十人詩作。

南屏雅集詩卷序①〔一〕

今日余蚤作,啟東窗,見宿陰漏旭□□。蓐食出户〔二〕,約巷東奎鄰翁〔三〕、安②寓子〔四〕、雲唐生〔五〕、汙抔子〔六〕、清逸軒〔七〕,又約巷□瑤池子〔八〕,□攜具作野飲。步出湧金門〔九〕,買舟□湖□,西過施家莊,與亭老話主事,□然而去。抵南屏寺〔十〕,問舊時文墨僧梅屋〔十一〕、復堂,倆人俱不值。出□□趙山人家,山人□就□東戎□□見主人廣莫子〔十二〕。主人□客于草堂。草堂□後瞰野水,左腋霞川〔十三〕③,右帶杏④莊〔十四〕,仰見南峰、雷峰二浮圖〔十五〕,高摩五雲□,如文筆尖吐五花文錦,作主客妍狀。主人輟余野具,出湖水碧酒,酌以五木香瑲。酒半,雲唐生拂雲和琴〔十六〕,作水雲操。汙抔子謂非樂飲具,自取弦鞀,彈白翎鵲調〔十七〕。瑤池起舞,命侍奴傳觴屬客。舞徹,主人移尊馭風臺上〔十八〕,瑤池歌謝東山高卧詞〔十九〕。余興酣,亦呼小鐵龍〔二十〕,倚聲以和之。客有頹然就醉,或散去者。主人復供茗飲於余曰："今日之集,不可無詩。"余遂首倡,主客皆用韻成什,且推予序。

余記十年前住湖上,與靈璧山人張雨〔二十一〕、南園史隱甘立〔二十二〕、苕溪漁者郊韶爲竹枝詞社〔二十三〕,度腔者,康四氏也〔二十四〕,倡和之集流布書肆。靈璧、南園今已隔世,苕溪在海漕萬里外,余淪落杭市官〔二十五〕,謂之火宅。黃塵涴馬,雖日在湖山往返中,而湖山之樂,不復爲吾有矣,況丁朱鬎氏兵燹之後乎〔二十六〕！不意弛職來,朋徒之會復新,湖山之情如舊,追念往去,不啻如夢境,如再世人。吁,是可以無記乎！至正十三年青龍在癸⑤巳春正之六日記。余爲鐵篴道人會稽楊維禎，奎鄰爲番易韓元璧，安寓爲彭城劉儼，雲唐爲括蒼王霖，汙抔爲括蒼王廉，清逸爲大梁范觀善，廣莫爲吳興莫昌，瑤池爲維揚王氏玉。期而不至者：睢陽趙章[二十七]，鉅鹿魏本仁也[二十八]。余詩曰：

六約先生開草堂，草堂渾似百花莊[二十九]。道人吹笛龍泳水，仙客彈琴鶴近牀。杯光灩灩湖水碧，爐烟細細鬱金香。十年詞社已零落，莫遣竹枝歌四孃[三十]。

【校】

① 本文録自故宮博物院藏品大系書法編九。原本抄録規整，顯然不是楊維禎手書。故宮博物院藏品大系著録曰："元，無款。楷書南屏雅集詩卷。紙本，縱二七•八釐米，橫二九八•二釐米。"按：此卷卷首有明人戴進所繪南屏雅集圖，戴氏題識曰："昔元季間，會稽楊廉夫先生嘗率諸故老宴於西湖廣莫子第，以詩文相娛樂，留傳至今蓋百年矣。其宗人季珍進士因輯録成卷，屬余繪圖於卷端，將以垂遠也。後之覽者，亦足以見一時之盛事云。天順庚辰夏，錢唐戴進識。"據此可知，此本輯録者爲莫昌後裔明人莫季珍，抄録時間不遲於天順四年庚辰（一四六〇）。又，原本文前標題爲"正月六日記"，今題爲校注者逕擬。

② 安：原本漫漶，據後文補。

③ 川：原本漫漶，據和詩補。參見注釋。

④ 杏：原本漫漶，據和詩補。參見注釋。

⑤ 原本"癸"字下有一"丑"字，然側旁又有數點，表示刪去。

【箋注】

〔一〕文撰於元至正十三年癸巳（一三五三）正月六日，記述當日杭州南屏山下莫家莊之文人雅集，當時參與者共計十人，包括楊維禎在内。其時楊維禎在杭州任税課提舉司副提舉。

〔二〕蓐食：在牀上吃早飯。意爲早餐時間很早。史記淮陰侯列傳："常數從其下鄉南昌亭長寄食，數月，亭長妻患之，乃晨炊蓐食。"集解："張晏曰：'未起而牀蓐中食。'"

〔三〕奎鄰翁："鄰"或作"璘"，指韓璧，其字元璧，又字奎璘。參見鐵崖撰韓璧墓銘（見本書佚文編）。

〔四〕安寓子：指劉儼。劉儼字敬思，安寓蓋其齋名。原籍彭城（今江蘇徐州），徙居錢唐，遂爲杭州人。元末曾寓居松江，於松江府學執教。參見鐵崖先生集卷二淞泮燕集序注。

〔五〕雲唐生：指王霖。王霖字叔雨，雲唐蓋其別號，括蒼（今浙江麗水一帶）人。元末官江浙行省樞密院都事。至正二十年庚子（一三六〇）春，天台劉仁本集合名士四十二人作續蘭亭會，王霖亦參與其中，賦續蘭亭會補王獻之詩二首。參見元詩紀事卷二十八割據。按：鐵崖稱之爲"雲唐生"，蓋其時從之受學。

〔六〕汙抔子：指王廉。王廉字熙易。參見東維子文集卷六王希暘文集序、卷九送王熙易客南湖序，鐵崖文集卷五汙抔子志注。

〔七〕清逸軒：指范觀善，本姓吳，字思賢，號巢雲子，杭州人。錢塘名醫，尤擅兒科。清逸蓋其齋名。參見東維子文集卷八吳氏歸本序、鐵崖文集卷三東皋隱者設客對、楊鐵崖先生文集全録卷三巢雲子傳注。

〔八〕瑤池子：指王玉。王玉，維揚（今江蘇揚州）女子，當爲樂妓。瑤池蓋其別號。按：王玉能詩，其唱和詩一首，亦載此詩卷。

〔九〕湧金門：杭州城門之一，瀕臨西湖。

〔十〕南屏寺：蓋位於南屏山上。南屏山位於杭州西湖南。

〔十一〕梅屋：疑指僧念常。念常於元順帝至元初年任嘉興大中祥符禪寺住持。參見東維子文集卷二十三大中祥符禪寺重興碑注。

〔十二〕廣莫子：指莫昌。或稱莫昌爲武林（今浙江杭州）人。吳興（今浙江湖州）蓋其原籍。參見東維子文集卷七雲間紀游詩序注。

〔十三〕左腋霞川：意爲霞川位於莫家莊東。王霖和詩之一曰："聞道仙家似玉堂，仙家祇在莫家莊。霞川細路連雲屋，柳巷清陰覆石牀。"

〔十四〕右帶杏莊：指杏園在莫家莊西。魏本仁和詩曰："早春攜酒宴茆堂，路轉霞川到杏莊。"又，王霖和詩之二曰："渴飲杏園花釀酒，醉眠雲屋石支牀。"

〔十五〕南峰、雷峰二浮圖：指南峰塔與雷峰塔。南峰塔當位於杭州西湖之畔南高峰上。雷峰塔又稱黃妃塔，在杭州西湖雷峰，吳越王時修建。參見南巡盛典卷八十六名勝。

〔十六〕雲和琴：相傳仙府所有。漢班固撰漢武帝内傳："王母乃命侍女王子登彈八琅之璈，又命侍女董雙成吹雲和之笙。"

〔十七〕白翎鵲調：參見鐵崖先生古樂府卷七白翎鵲辭注。

〔十八〕馭風臺：莫家莊内景觀建築。

〔十九〕謝東山高臥：當爲戲本。謝東山，指東晉謝安。晉書有傳。

〔二十〕小鐵龍：鐵崖自稱其鐵笛。

〔二十一〕張雨：參見鐵崖先生古樂府卷二奔月卮歌注。

〔二十二〕甘立：字允從，南園史隱蓋其別號。生平參見西湖竹枝集詩人小傳。

〔二十三〕郯韶：苕溪漁者蓋其別號。參見東維子文集卷七郯韶詩序注。

〔二十四〕康四氏：即文末鐵崖詩中所謂“四孃”。當爲歌妓，至正初年在杭州
　　　　　參與鐵崖等人西湖竹枝詞之唱和活動。

〔二十五〕杭市官：指其時所任杭州四務提舉、杭州稅課提舉司副提舉等職。

〔二十六〕朱鬉氏兵燹：指至正十二年（一三五二）七月，杭州遭遇戰火，蘄黄徐
　　　　　壽輝之紅巾軍一度攻陷錢唐。

〔二十七〕趙章：睢陽（今河南商丘）人。生平不詳。本詩卷録其追和詩兩首。

〔二十八〕魏本仁：青門處士魏一愚之子。鐵崖與其父子皆有交往。參見東維
　　　　　子文集卷二十六青門處士墓銘。

〔二十九〕“草堂”句：以莫家莊比附杜甫居所。杜甫懷錦水居止二首之二：“萬
　　　　　里橋南宅，百花潭北莊。”

〔　三十　〕按：當時唱和之詩，皆録於詩卷，置於鐵崖詩後，依次爲：莫昌、韓元
　　　　　璧、劉儼、王霖、王廉、范觀善、趙章、魏本仁、王玉、帖木兒、陸性初、項
　　　　　允信、吴晉、魏瓘、葉森、莫孜、曹淑清、施振、李鎮，共計十九人。其中
　　　　　王廉、范觀善、魏本仁、王玉、帖木兒、陸性初、項允信、吴晉、魏瓘、曹
　　　　　淑清和詩一首，其餘皆和兩首；帖木兒以下十人皆爲追和，并未直接
　　　　　參與南屏雅集。

送吴萬户統兵復徽城序①〔一〕

　　予讀唐張巡傳〔二〕，未嘗不奇巡之才勇忠義，得於天性，非一時流
輩所能及也。當安、史之亂，天下承平日久，士之習文墨議論者，不知
有名節風尚，哥舒翰以潼關降〔三〕，房琯以陳濤敗〔四〕。巡以一書生不勝
其憤，率罷散之卒，保丈尺之城，屹然砥柱中流，以截滔天之勢，非其
才勇忠義得於天性者，能爾乎？至今英風盛烈，萬古猶一日也。

　　方今紅巾起淮、泗〔五〕，蔓延江、浙，不啻安、史之亂也。所過郡縣，
郡縣無不披靡。任閫外之寄者，往往徊撓顛頓，如翰如琯者不少也，

忠義勇烈如巡者,果獨無其人哉!

新安吳克敏氏,去年冬謁予七者寮〔六〕,出其所爲書詩凡若干首,知其有志當世者。予奇其人,猶未識其善武事。適垣府相臣招致名士,講及"三關"之事〔七〕,克敏聞之,慨然有擊楫中流之志〔八〕。無幾,當路者以名薦,相臣素聞其人,遂命統士若干,會諸軍於昱關〔九〕。予聞而益奇之,其才勇忠義,實有得於天性如巡者,則知嚮所爲詩,皆筆牘之餘耳。以克敏之文武才勇,而又遇知己如相臣者,克敏當以古人自期。以古人自期,舍巡奚屬哉! 於其別予而去,予以巡事告之。至正十四年三月十有一日,李齮榜老進士會稽楊維楨在錢塘之抱遺閣寫。

【校】

① 本文録自弘治徽州府志卷十一詞翰。

【箋注】

〔一〕文撰於元至正十四年(一三五四)三月十一日,其時鐵崖任杭州税課提舉司副提舉。吳萬户:指新安吳克敏。弘治徽州府志卷九人物忠節傳。"吳訥字克敏,休寧城南忠孝鄉人。總管禮之子。訥不便於言而負才略,倜儻不肯下人。從父於静江牧五溪蠻洞,學兵法,習騎射。至正末,蘄黄盜破徽州,待制鄭玉、前進士楊維楨薦其才於浙省,授建德路判官兼義兵萬户……丁酉歲,天兵臨郡,訥隨元帥阿魯輝退屯浙西札溪源,巡邏至界首白際嶺,戰敗不屈,引刀自刎死。年二十七。訥詩豪邁不羈,與維楨相出入,有吳萬户詩集五卷。"按:上引傳記所謂"待制鄭玉、前進士楊維楨薦其才於浙省"云云,有誤。據此鐵崖序文,吳訥任建德路判官,實爲"當路者以名薦",舉薦者爲"垣府相臣"。又,吳訥父吳禮,曾參與西湖竹枝唱和,參見西湖竹枝集詩人小傳。

〔二〕張巡:唐代忠烈之將。參見陳善學序刊楊鐵崖先生文集卷三厲鬼些注。

〔三〕哥舒翰:唐朝名將,天寶年間官拜太子太保,兼御史大夫。兵敗潼關後投降。兩唐書皆有傳。潼關:又稱秦關,位於今陝西渭南市潼關縣北。

〔四〕房琯:參見陳善學序刊楊鐵崖先生文集卷三陳濤斜注。

〔五〕紅巾起淮、泗:指至正十一年潁州劉福通、蕭縣李二、老彭、趙君用,至正十二年定遠郭子興等相繼造反,皆樹立"紅巾"旗號。

〔六〕七者寮：此指鐵崖杭州齋名。參見鐵崖文集卷一七客者志。

〔七〕三關：指臨安西北之千秋關、獨松關、昱嶺關，乃皖、浙通道，杭州門户。明
　　　王禕王忠文公文集卷十二昱嶺關銘："昱嶺關在杭、徽之交，因山爲險，與
　　　千秋、獨松稱‘三關’，而‘三關’莫險於昱嶺。國家既奠南服，建江浙行中
　　　書省治於杭，故杭於今爲大藩，視‘三關’蓋要害也。"

〔八〕擊楫中流：此典源自東晉名將祖逖。祖逖曾自募戰士，渡江北征，并於長
　　　江江心擊楫發誓，意欲掃平中原。詳見晉書祖逖傳。

〔九〕昱嶺：指昱嶺關，"三關"之一。參見東維子文集卷二十二俞同知軍功
　　　志注。

思賢録序^{①〔一〕}

　　予讀宋史忠諫傳，至道鄉先生鄒忠^②公浩^{〔二〕}，未嘗不撫卷嘆^③曰：
嗟乎！士必以風節名義而後克士，國必以端人貞士而後能國。宋有
"三舍人"、"五諫官"之號^{〔三〕}，皆炎趙氏藉以立國者。吁！其培養成
就之功，豈一朝一夕之所致哉！

　　公職諫官在元符中^{〔四〕}。時則章惇柄國，椒房之事，言人所不敢
言。惇危殺公，幸其即敗，而公謫萬里外^{〔五〕}。建中靖國召還^{〔六〕}。蔡京
復得政^{〔七〕}，公又以直道不容，再度嶺表^{〔八〕}。然而風節愈堅，名義愈重，
公遂名"五諫"之列。吁！非其人得光嶽之正氣，而又得聖賢之正學
者不能。蓋公嘗從游二程夫子矣^{〔九〕}，宜以所^④學始於事親，而鄉黨稱
其孝；移於事君，而天下後世稱其忠。吁！大節若爾，其著經有解，
其^⑤奏君有議，固知有德者必有言也。後世思其人不見，則讀其文者
可以尚友焉。

　　公之同郡士有謝君應芳者^{〔十〕}，起於二百年之後。完公之墓於既
廢，集公之文於既零。思賢有編，凡若干卷，不遠千里來錢唐，徵予序
文編首。夫以謝君非公之氏族也，非公門人故吏之後也，而爲之始終
經理，不啻其先氏。爲公子孫覆^⑥有叛而去，至鬻墓田、樵墓林者，吾
不知其何心也。吁！忠義之天獨觸感於謝君，則知謝君爲端人貞士，
他日克紹鄒^⑦先生之餘芳者，吾不於謝君望之而誰望？至正十五年三

月三日<u>李黼</u>榜進士<u>會稽楊維禎</u>序^⑧。

【校】

① 本文録自<u>成化</u>二十年刊<u>重修毗陵志</u>卷三十四詞翰二,校以<u>康熙</u>三十四年刊<u>常州府志</u>卷三十三<u>藝文</u>、<u>明 鄒量</u>輯<u>清 道光</u>二十九年<u>詠梅軒</u>刊<u>思賢録</u>、<u>臺灣圖書館</u>藏舊鈔本<u>思賢録</u>。

② 忠:原本無,據<u>康熙 常州府志</u>增補。

③ 嘆:原本無,據<u>康熙 常州府志</u>、<u>臺灣圖書館</u>藏舊鈔本增補。

④ 宜以所:<u>康熙 常州府志</u>作"故其所",<u>臺灣圖書館</u>藏舊鈔本作"故其"。

⑤ 其:原本無,據<u>臺灣圖書館</u>藏舊鈔本增補。

⑥ 爲公子孫覆:<u>臺灣圖書館</u>藏舊鈔本作"以視公之子孫乃"。

⑦ 鄒:原本作"鄉",據<u>康熙 常州府志</u>改。

⑧ <u>至正</u>十五年三月三日<u>李黼</u>榜進士<u>會稽楊維禎</u>序:<u>康熙 常州府志</u>本作"<u>至正</u>十六年三月三日序",<u>詠梅軒</u>刊<u>思賢録</u>、<u>臺灣圖書館</u>藏舊鈔<u>思賢録</u>作"<u>至正</u>十二年三月三日<u>楊維禎</u>序"。按:<u>思賢録</u>之"正録成於<u>至正</u>十五年",故"十二年"必誤。又,"十六年"亦誤。<u>龜巢稿</u>卷三有<u>至正</u>十六年二月二十六日<u>謝應芳</u>於家鄉所賦之詩,卷二又有<u>楊鐵崖</u>先生既爲<u>應芳</u>序<u>思賢録</u>又以<u>應芳</u>上書丞相不報作長詩贈行是用感激賦此留別兼謝詩,曰:"<u>錢唐江</u>上久爲客,<u>光範門</u>前三上書……風塵泓洞人皆恐,冰雪崢嶸歲又除。"丞相,即<u>江浙</u>行省丞相<u>達識帖木兒</u>,<u>至正</u>十五年八月出任<u>江浙</u>左丞。據此推之,<u>謝應芳</u>始客<u>杭州</u>,不遲於<u>至正</u>十五年春。滯留將近一年之後,因"上書丞相不報"而返鄉,其時則爲"冰雪崢嶸"、除舊迎新之際。而<u>鐵崖</u>撰<u>思賢録</u>序,當在<u>達識帖木兒</u>出任<u>江浙</u>左丞之前,<u>謝應芳</u>抵<u>杭</u>不久,即"<u>至正</u>十五年三月三日",原本不誤。

【箋注】

〔一〕本文撰於<u>元 至正</u>十五年(一三五五)三月三日,其時<u>鐵崖</u>任<u>杭州</u>税課副提舉。<u>思賢録</u>:<u>元 謝應芳</u>撰。<u>四庫全書總目 思賢録</u>五卷<u>續録</u>一卷:"是編爲其鄉<u>宋</u>寶文閣直學士<u>鄒浩</u>而作。正録成於<u>至正</u>十五年,分爲五目:曰事實,曰文辭,曰祠墓,曰祠墓廢興,曰古今題咏。有<u>楊維禎</u>、<u>鄭元祐</u>二序。"

〔二〕<u>鄒</u>忠公<u>浩</u>:<u>鄒浩</u>字志完,<u>常州 晉陵</u>人。<u>北宋 哲宗</u>、<u>徽宗</u>朝先後任正言、司諫等職,以直諫敢言著稱。<u>南宋 高宗</u>賜謚忠。<u>宋史</u>有傳。

〔三〕三舍人:指<u>李大臨</u>、<u>宋敏求</u>、<u>蘇頌</u>。<u>宋史 李大臨</u>傳:"神宗雅知其名,擢修起居注,進知制誥、糾察在京刑獄。言青苗法有害無益,<u>王安石</u>怒。會<u>李</u>

定除御史,宋敏求、蘇頌相繼封還詞命,次至大臨,大臨亦還之……世并宋敏求、蘇頌稱爲'熙寧三舍人'云。"五諫官:指常安民、孫諤、董敦逸、陳次升、鄒浩五位言官,皆因忤蔡京而遭貶。參見宋史陳瓘傳。

〔四〕元符:北宋哲宗年號。公元一〇九八至一一〇〇年。

〔五〕"時則章惇柄國"六句:哲宗時,章惇陰附劉賢妃,爭寵專權,鄒浩上書直言不當立劉賢妃爲皇后。"章惇詆其狂妄,乃削官,羈管新州"。詳見宋史鄒浩傳。章惇,生平見宋史奸臣傳。

〔六〕建中靖國:宋徽宗年號,公元一一〇一年。

〔七〕蔡京:生平見宋史奸臣傳。

〔八〕嶺表:即嶺南。

〔九〕二程:指北宋理學家程顥、程頤。

〔十〕謝應芳(一二九六——一三九二):字子蘭,武進人。篤志好學,潛心性理。至正初,構小室白鶴溪上,顏曰龜巢,因以爲號。授徒鄉校。江浙行省舉爲三衢清獻書院長,不就。元至正十六年,避地吳中。明初,歸隱芳茂山。有司徵修郡志。詩文雅麗蘊藉,而所自得者,理學爲深。洪武二十五年卒,年九十七。所著有辨惑編三卷、思賢録五卷、懷古録三卷、毗陵續志十卷、龜巢稿二十卷等。參見明史儒林傳、龜巢稿、萬曆重修常州府志卷十三人物。

劉彦昺集序①〔一〕

賦詩難,而知詩爲尤難。蓋能知者,固不在於必賦;而能賦者,固在於必知也。永嘉李季和氏〔二〕,嘗與予論古今人詩,亦曰:"千里馬常有,而伯樂不常有〔三〕。"信矣哉!

予讀劉彦昺氏春雨軒集,驚喜數日忘倦。觀其長篇短章,體制各殊,非流連光景者所可擬也。若樂府諸題,儼乎漢魏遺②響,殷殷乎金石之聲,悲壯雄渾,古意猶存。安得起吾季和而見之,寧不爲之擊節而起舞乎!

烏乎,大雅希聲〔四〕,寥寥久矣,黃鐘毀棄,瓦釜雷鳴〔五〕,斯所③以謂知詩爲尤難也。千里之姿,可不表而出之! 爲之歌曰:"繫房星兮孕精〔六〕,濯渥洼兮降靈〔七〕。膺④鳳翼兮矯矯,資⑤虎文兮英英。駕鼓車兮康衢,翻浮雲兮上征。遡天風兮萬里,期振鬣兮長鳴。"歌闋,彦昺拜而謝曰:"伯樂一顧,價增十⑥倍〔八〕,吾今知駿骨之不虚售也〔九〕。"

彦昺,鄱陽人〔十〕,先大夫友梧君與吾同事場屋〔十一〕,辱交於王眉叟真人之丹房而觴飲焉〔十二〕,時泰定丙寅之秋也〔十三〕。彦昺於予有通家之契焉,信乎其家學之有淵源也,故爲題其篇首。予愛其詩兼諸體、制作⑦各殊,特爲評點,庶不負其用心之苦,使知詩者覽焉。泰定丁卯進士第、承務郎、建德路總管府推官會稽楊維楨序。

【校】

① 本文録自文淵閣四庫全書本劉彦昺集卷首,以文津閣四庫全書鄱陽五家集卷十二劉彦昺春雨軒集卷首所録此文對校。劉彦昺集:鄱陽五家集本題作春雨軒集。

② 遺:鄱陽五家集本作"之"。

③ 所:鄱陽五家集本作"可"。

④ 膺:鄱陽五家集本作"骨"。

⑤ 資:原本作"脊",據鄱陽五家集本改。

⑥ 十:鄱陽五家集本作"千"。

⑦ 作:原本脱,據鄱陽五家集本補。

【箋注】

〔一〕文撰於元至正十六、十七年間,其時鐵崖任建德路總管府理官。繫年依據:見篇末作者所署官職。劉彦昺(一三三一——一三九九):名炳,字彦昺,以字行,號懶雲翁,鄱陽人。元季政壞兵亂,與弟煜結義旅保鄉里,得免於寇。旋依余闕於安慶,以軍孤城危辭歸。明洪武初獻書言事,授中書典籤,出爲大都督府掌書記,除東阿知縣,閲兩考,引疾歸。享年六十有九。劉彦昺曾自輯所著詩文爲春雨軒集,又名劉彦昺集。或謂其門人劉子昇所編,今存明嘉靖十二年劉氏六世孫劉塾重刊本;又有九卷本劉彦昺集,收入四庫全書。後者所收作品少於前者。其生平參見明史文苑傳、四庫全書總目劉彦昺集、善本書室藏書志卷三五鄱陽劉彦昺詩集九卷、今人黄麗娟撰明劉彦昺生卒年考略(載古籍整理研究學刊二〇〇七年第四期)。

〔二〕李季和:即李孝光。參見鐵崖先生古樂府卷六芝秀軒詞注。

〔三〕“千里馬”二句：韓愈雜説四中語。

〔四〕希聲：老子：“大器晚成，大音希聲。”

〔五〕“黃鐘”二句：楚辭卜居：“黃鐘毀棄，瓦釜雷鳴；讒人高張，賢士無名。”

〔六〕房星：又稱天馬星、天駟星、龍馬星。

〔七〕渥洼：參見鐵崖先生詩集丙集題任月山所畫唐馬卷注。

〔八〕“伯樂一顧”二句：乃蘇代説辭所用故事。詳見戰國策卷三十燕策二。

〔九〕駿骨之不虛售：燕昭王與郭隗故事。參見麗則遺音卷二黃金臺注。

〔十〕鄱陽：縣名。今屬江西上饒市。

〔十一〕友梧君：指彥昺父劉斗鳳（一三〇七——一三三八）。劉斗鳳字友梧，鄱陽人。薦授句容縣學教諭。後至元四年擢翰林應奉，未上，卒，年三十二。詳見青陽先生文集卷六劉府君墓碣。

〔十二〕王眉叟：王壽衍。王壽衍（一二七三——一三五三）字眉叟，號玄覽、溪月，錢塘人。道士陳義高弟子。先後任杭州佑聖觀、玉隆萬壽宮、杭州開元宮住持。元延祐元年授弘文輔道粹德真人，領杭州路道教事。至正十三年歸道山，年八十一。詳見王忠文公集卷十三元故弘文輔道粹德真人王公碑。

〔十三〕泰定丙寅：即泰定三年（一三二六）。是年江浙行省鄉試，鐵崖中舉。按：鐵崖與劉斗鳳結交，當在泰定三年秋試期間，二人同爲江浙行省考生。

送二國士序①〔一〕

至正丁酉，江浙政府以太師移剌公僉樞府事〔二〕，都護方面。公統率牙將凡十有六，控弦之夫無慮數萬，而猶兢兢慎重，求賢乞言如不及。於是有國士者曰湖南鄧林思義、江陰張端希尹，并以參謀在賓介。二士行，會稽楊維禎酌之，贈之言曰：

一方面之安危，寄於一都護之重；一都護之舉動，寄於兩參謀之佐。都護重以位，參謀重以畫。畫者言焉，位者聽焉，聽而行焉。吾見樞相之德日愈崇，威日愈隆，地望日愈重且雄。雖以經略天下其可也，豈直東南一方面而已哉！

宋有國士者尹洙氏〔三〕，當葛懷敏之出帥鄜延也〔四〕，洙言於上曰：

“不患士卒之無勇,患大將之寡謀。”奮身自請參議懷敏行軍事。上如其請。君子惜洙庶幾國士,已而懷敏不能卒用,而自用以僨。今二士之從樞相,出於禮而致,非自售往也。自售者言易詘,而禮致者言易投,此言之行不行辯也。言之行不行,功之成不成辯也。二士行矣,吾將賀樞相之復吳没地,不復於控弦之夫,而復於石畫之士,可指日待也。二士行乎哉!詩曰:

　　桓桓上國將,受鉞奠南邦。貔虎嘯中野,鵝鸛鳴大江。長戈挽日軸,雄棨植天杠。左之排闥噲[五],右之易位逄[六]。將軍意不樂,憤作玉斗撞[七]。匹士能重國,五兵徒鬥鏦。下禮大將壇,聘璧銜金釭。迺獲兩國士,非虎非熊驪。文能七旬格[八],信可三日降[九]。我歌兩國士,南金無足雙[十]。

【校】

① 本文録自嘉靖江陰縣志卷二十一遺文。

【箋注】

〔一〕本文撰於元至正十七年丁酉(一三五七),不遲於當年八月。其時鐵崖任建德路總管府理官。繫年依據:至正十七年九月一日,鐵崖奉江浙行樞密院判官移剌九九之命,祭祀羊公廟。移剌九九開府睦州,邀聘謀士,必在此前。參見鐵崖文集卷四晉太傅羊公廟碑。二國士:指鄧林、張端。鄧林,字思義,湖南人。生平不詳。按:本文既稱“二國士”,疑元至正十七年前後,鄧林、張端官職相同,皆任江浙行樞密院都事。張端(?——一三八三),嘉靖江陰縣志卷十七鄉賢元:“張端,字希尹。博學能文,有詩才,尤精書翰。動止雅飭,有古儒者風度。家於溝南,鄉人重之不名,咸稱爲‘溝南先生’。所著有溝南集。初,用薦起家紹興路和靖書院山長,累官南昌路儒學教授,江浙行樞密院都事,海鹽州判官。”又,元詩選初集載其小傳,謂張端“歷官海鹽州判官、浙江(當作江浙)行樞密院都事”,“所著有溝南漫存稿”。又據龜巢稿卷十五祭張溝南先生文,張端卒於洪武十六年春、夏之交。其文曰:“四月九日,訃音忽傳。無妄之災,網羅正纏。”蓋爲猝死。

〔二〕太師移剌公:即移剌九九。漢姓劉,或稱劉九九。移剌九九於元至正年間任江浙行樞密院判官,至正十七年始爲睦州一帶軍事統帥。按:建德路治在睦州,故建德路政府機構成員亦受移剌九九管轄。參見鐵崖文集卷四晉太傅羊公廟碑、貝瓊鐵崖先生傳。

〔三〕尹洙(一〇〇一——一〇四七):字師魯,河南人。少與兄源俱以儒學知名。內剛外和,博學有識度,尤深於春秋。官至渭州知州,兼領涇原路經略公事。被劾貶官,染病而死。宋史有傳。

〔四〕葛懷敏:宋史有傳。鄜延:路名。北宋設,治所在延州(今陝西延安)。

〔五〕噲:指樊噲。史記樊噲傳:"先黥布反時,高祖嘗病甚,惡見人,臥禁中,詔戶者無得入群臣。群臣絳、灌等莫敢入。十餘日,噲乃排闥直入,大臣隨之。上獨枕一宦者臥,噲等見上,流涕曰……高帝笑而起。"

〔六〕逢:指齊大夫逢丑父。春秋時,齊、晉鞌之戰,齊大敗,晉軍追逐。逢丑父與齊侯在戰車上交換位置,齊侯遂免於被俘。詳見左傳成公二年。

〔七〕"將軍意不樂"二句:指項羽謀臣范增於鴻門宴後,怒極而砸張良所贈玉斗。參見鐵崖先生古樂府卷一鴻門會注。

〔八〕文能七句格:尚書大禹謨:"三旬,苗民逆命……帝乃誕敷文德,舞干羽于兩階。七旬,有苗格。"

〔九〕信可三日降:左傳僖公二十五年:"冬,晉侯圍原,命三日之糧。原不降,命去之。諜出,曰:'原將降矣。'軍吏曰:'請待之。'公曰:'信,國之寶也,民之所庇也。得原失信,何以庇之? 所亡滋多。'退一舍而原降,遷原伯貫于冀。"

〔十〕南金:喻指未盡其才之南方賢士。語出晉人顧榮奏書。詳見晉書顧榮傳、薛兼傳。

潛溪後集序①〔一〕

　　文一也,達而在上者必信,窮而在下者必詘,勢則然也。然今之信者或後詘,詘於今者或大信於後,何也? 理也。勢不勝乎理,文章之器斯定矣。孔子六經之言,塞於春秋之君相,而不能不大行於萬世之長。孟軻、荀況不能與一時談辯②之客爭勝負於細席之上,而千禩之後,兩家之書各數萬言,有不得而鬱也。詘信於勢與理者固如此。

　　金華文章家顯而在上者,自延祐來,凡四三人,人皆知之〔二〕。而在下,人少知而吾獨知者,曰圜谷陳樵氏〔三〕、潛溪宋濂氏也。圜谷吾已録其文而藏於家,潛溪又得其弟子鄭泳傳之於私稿[四]。二子之文奪於衆者勢,而取於吾者理,有不得而詘矣③。

潛溪自弱齡日記書數萬言,又工辨裁②,嘗以春秋經術就程試之文,試不售,則輒棄去,曰:"吾文師古,則今不諧,吾寧不售進士第,毋寧以程試改吾文也。"此其學日古,文日老,非今場屋士之以聲貌襲而爲者比也。吾知潛溪詘於時者,不得如顯顯者四三人,而四三人之信於後者,吾固未知得潛溪如乎④否也。泳以其後集來求余序[五],余既序圖谷,故又樂叙潛溪云。

至正丁酉春二月望,登泰定丁卯進士第、承務郎、建德路總管府推官會稽楊維貞⑤序。

【校】

① 本文録自國家圖書館藏明初刊本潛溪後集卷首,清末孫鏘編刊宋文憲公全集附録潛溪録卷四經籍考全文引録,用作校本。原本題作後序,據潛溪録改。
② 辯:原本作"辨",據潛溪録改。
③ 有不得而詘矣:潛溪録作"有可得而徵者"。
④ 乎:原本作"吾",據潛溪録改。
⑤ 貞:潛溪録作"楨"。

【箋注】

〔一〕文撰於元至正十七年(一三五七)二月十五日,其時鐵崖任建德路理官,自杭州遷居睦州已有半年。按:清人仁和丁立中編輯、奉化孫鏘增補潛溪録卷四經籍考著録曰:"潛溪續集十卷,至正丁酉刊本。"録有楊維楨、王晉、陳秉夷、陳綱所撰序文各一篇,楊氏序文題作潛溪後集序,後三人序文皆題作潛溪續集序。又,潛溪録編撰者丁立中附有按語:"中按續集十卷,爲宋文憲四十後所作。千頃堂書目載前、後、續各十卷,下注'皆前元時所作'。序中亦未言何地何人所刊。當再訪海内之藏公集者,共相考證焉。"潛溪:宋濂祖籍。宋濂字景濂,其先金華潛溪人,至濂乃遷浦江。嘗從學於聞人夢吉、吳萊、柳貫、黃溍諸師。元至正初期,授學於浦江鄭氏義門,築有青蘿山房,讀書撰文,頗爲勤奮。至正二十年後,受朱元璋征聘,步入政壇,爲明初重要文臣。生平詳見明史本傳。

〔二〕"金華文章家"四句：指元代中期已負盛名之金華文人吳萊、柳貫、黃溍等。金華：今屬浙江。延祐：元仁宗年號，公元一三一四至一三二〇年。

〔三〕圓谷陳樵：參見東維子文集卷六鹿皮子文集序注。圓谷，陳樵居圓谷碉，故稱。

〔四〕鄭渙：浦江鄭氏義門子弟，宋濂友人浦江深溪王澄長婿。參見宋濂撰元故王府君墓志銘。（載芝園續集卷九。）

〔五〕按：鐵崖所撰爲潛溪後集序文，然潛溪録卷四經籍考依次著録潛溪集、潛溪後集、潛溪續集，曰："潛溪後集十卷，至正刊本。"又曰："潛溪續集十卷，至正丁酉刊本。"本序文題爲潛溪後集序，卻置於潛溪續集。又於潛溪後集附按語，曰"潛溪後集皆至正十六年以後作也"。頗爲混亂。

貢尚書玩齋詩集序①〔一〕

先輩論詩，謂必窮者而後工，蓋本韓子語〔二〕，以窮者有專攻之佚、精治之力，其極諸思慮者，不工不止，如老杜所謂癖躭佳句、語必驚人者是也〔三〕。然三百篇，豈皆得於窮者哉？當時公卿大夫士，下及閭夫鄙隸，發言成詩，不待雕琢而大工出焉者，何也？情性之天至，世教之積習，風謠音裁之自然也。然則以窮論詩，道之去古也遠矣。

我朝古文，殊未邁韓、柳、歐、曾、蘇、王〔四〕，而詩則過之。郝、元初變〔五〕，未拔於宋。范、楊再變〔六〕，未幾於唐。至延祐、泰定之際〔七〕，虞、揭、馬、宋諸公者作〔八〕，然後極其所摯，下顧大曆與元祐〔九〕，上逾六朝而薄風雅，吁，亦盛矣！繼馬、宋而起者，世惟稱陳、李、二張〔十〕，而宛陵貢公則又馳騁虞、揭、馬、宋諸公之間〔十一〕，未知孰軒而孰輕也。

公以余爲通家弟兄〔十二〕，每令評其所著。如"東南有佳人"、"嶰谷有美竹"，深得比興。"日入柳風息"、"芙蓉生綠水"，遠詣選體〔十三〕。厚倫理如風樹〔十四〕、春暉〔十五〕，樹風操如葛烈女、段節婦、李貞母、陳堯妻〔十六〕，感古如蒼梧、滕閣〔十七〕，紀變如河決、蘇臺〔十八〕。論人物如耕莘〔十九〕、蹈海，游方之外如子虛道人〔二十〕。楊白花、吳中曲有古樂府遺音〔二十一〕，國字②、黃河可補本朝缺製〔二十二〕。其他所作，固未可一二數。此豈效世之畸人窮士，專攻精治而後得哉！

蓋自其先公文靖侯〔二十三〕，以古文鼓吹延祐間。公由胄學出入省臺,其風儀色澤雍容暇豫,不異古之公卿大夫游於盛明,故其詩也,得於自然,有不待雕琢而大工出焉者此也。公年尚未莫,氣尚未衰,而尤嗜問學不止。今爲天子出使萬里外,他日紀録爲風爲騷;入爲朝廷道盛德,告成功,爲雅爲頌,又當有待於公者,豈止今日所見而已!

　　編是集者,爲其高弟子謝肅[二十四]、劉中及朱鑯也[二十五]。別又爲公年譜云。公字泰父③,號玩齋,學者稱爲玩齋先生。至正十九年秋九月九日会稽④楊維禎序。

【校】

① 本文録自乾隆刊玩斋集十卷卷首一卷本,以文淵閣四庫全書本對校。

② 字:文淵閣四庫全書本作“子”。

③ 父:文淵閣四庫全書本作“甫”。

④ “至正十九年秋九月九日会稽”凡十二字:文淵閣四庫全書本無。

【箋注】

〔一〕文撰於元至正十九年(一三五九)重陽日,貢師泰爲漕運事赴閩之前。其時鐵崖寓居杭州,一月之後即退隱松江。貢尚書:即貢師泰。貢師泰(一二九八——一三六二)字泰甫,寧國宣城人。父奎,以文學名家,師泰爲奎之季子。年十六,受業於吳草廬,即見器許。天曆元年改治詩經,中國子選而釋褐出身。至正十九年正月,除户部尚書,轉漕閩中。二十二年,召爲秘書卿,還至海寧,病卒。所著有詩經補注、友迂集、玩齋集、蚓竅集、閩南集等。參見玩齋集附録朱鑯所撰紀年録,元史本傳,嘉靖寧國府志卷八人文紀,以及沈仁國元泰定丁卯進士考(文載元史及民族史研究集刊第十五輯)。

〔二〕“先輩論詩”三句:謂“窮而後工”語出韓愈、歐陽修。參見東維子文集卷七衛子剛詩録序注。

〔三〕“癖躭佳句”二語:出自杜甫江上值水如海勢聊短述:“爲人性僻躭佳句,語不驚人死不休。”

〔四〕韓、柳、歐、曾、蘇、王:分別指韓愈、柳宗元、歐陽修、曾鞏、蘇軾、王安石。

〔五〕郝:指郝經,元史有傳。元:指元好問,其傳附金史元德明傳。元德明乃好問父。

〔六〕范、楊:指范梈和楊載,元史皆有傳。

〔七〕延祐：仁宗年號，公元一三一四至一三二〇年。泰定：泰定帝年號，公元
　　　一三二四至一三二八年。

〔八〕虞、揭、馬、宋：分別指虞集、揭傒斯、馬祖常、宋本，參見楊鐵崖先生文集全
　　　錄卷四玉笥集叙。

〔九〕大曆：唐代宗年號。此指唐代宗時著名詩人錢起、盧綸、李端、司空曙等所
　　　謂“大曆十才子”之詩歌詩風。元祐：北宋哲宗年號。此指元祐年間蘇
　　　軾、黃庭堅、陳師道等爲代表的詩人及其詩風。

〔十〕陳：陳樵。參見東維子文集卷六鹿皮子文集序。李：李孝光。參見鐵崖
　　　先生古樂府卷六芝秀軒詞注。二張：蓋指張雨、張天英，參見東維子文集
　　　卷七郊韶詩序注。

〔十一〕宛陵貢公：指貢師泰。宛陵：宣城（今屬安徽）古名。

〔十二〕公以余爲通家弟兄：泰定四年鐵崖在京考進士，其時貢奎（貢師泰父）
　　　　任殿試讀卷官，故貢奎與鐵崖有師生之誼。參見玩齋集卷四和石田馬
　　　　學士殿試後韻注。

〔十三〕選體：南朝蕭統文選之詩體，多視爲五言詩代表。

〔十四〕風樹：指貢師泰詩題王濟川風樹堂詩，載玩齋集卷一。

〔十五〕春暉：即題上虞謝元公春暉堂，詩載玩齋集卷二。

〔十六〕葛烈女、段節婦、李貞母、陳堯妻：分別指金谿縣葛烈女廟、段節婦吟、當
　　　　塗李伯羽母夫人貞節詩、輓陳堯，均爲七言古詩，載玩齋集卷二。

〔十七〕蒼梧、滕閣：指贈蒼梧縣尹、題滕王閣圖，均爲五言古詩，載玩齋集卷一。

〔十八〕河決：載玩齋集卷一。蘇臺：即姑蘇臺，載玩齋集卷五。

〔十九〕耕莘：指題伊尹耕莘圖，詩載玩齋集卷二。

〔二十〕子虛道人：子虛道人歌，載玩齋集卷二。

〔二十一〕吳中曲：指吳中曲送楊伯幾南游，與楊白花皆載玩齋集卷二。

〔二十二〕國字：或已佚。黃河：今存貢師泰詩集中有兩首與此題相近，一爲河
　　　　　決，載玩齋集卷一；二爲黃河行，載玩齋集卷二。“可補本朝缺製”者，
　　　　　蓋指河決。

〔二十三〕文靖侯：指貢師泰父貢奎。貢奎字仲章，宣城人。天資穎敏，十歲便
　　　　　能屬文。長益博綜經史。仕元，爲齊山書院山長，歷授江西儒學提
　　　　　舉，遷集賢直學士。諡文靖。傳載宋元學案卷九十二。

〔二十四〕謝肅（一三三三——一三八五）：字原功，號密庵，上虞人。學問賅
　　　　　博。元至正末，張士誠據吳，曾投書獻策。後歸隱于越。明洪武中舉
　　　　　明經，授福建按察司僉事，以事被逮，下獄死。謝肅與唐肅齊名，時號

“會稽二蕭”。所著有密庵稿傳世。參見萬曆紹興府志卷四十三儒林
傳、明魏驥南齋先生魏文靖公摘稿卷二書玩齋尚書貢公送原功謝先
生文後、四庫全書總目密庵集提要,以及徐永明、趙素文著明人別集
經眼叙録附録作者生卒年考證。

〔二十五〕劉中:字庸道,天祐孫。先世山東人,徙家錢唐。從學於楊維禎、貢師
泰。參見東維子文集卷八送劉生入閩序、宋元學案補遺卷九十二。
朱鎰:海寧人,至正十九年爲貢師泰門人。貢師泰卒,割地以葬,并
爲撰紀年録。參見玩齋集附録。

山居新話序①〔一〕

經、史之外有諸子,亦羽翼世②教者,而或議之“説鈴”,以不要諸
六經之道也〔二〕。漢有陸生嘗③著書十二篇〔三〕,號新語,至今傳之者,
亦以④善著古今存亡之徵。繼新語者,有説苑、世説〔四〕,他如筆語、艾
説、夷堅、侯鯖、雜俎、叢話、桯史、墨客、夜話、野語等書〔五〕,雖精粗泛
約之不同,亦可備稽古之萬一。若幽冥、青瑣〔六〕,祅詭婬佚,君子不道
之已。

吾宗老山居太史歸田後著書〔七〕,名山居新話,凡若干弓⑤。其備
古訓,類説苑;摭國史之闕文,類筆語;其史斷詩評,繩前人之愆;天菑
人妖,垂世俗之警,視祅詭婬佚敗世教者遠矣,其得以説鈴議之乎!

好事者梓行其書,徵予首引,予故爲之書。至正庚子夏四月十有
六日,李黼榜第二甲進士,今奉訓大夫、江西等處儒學提舉會稽楊維
禎敍。

【校】

① 本文録自知不足齋叢書本山居新話卷首,校以文淵閣四庫全書本、廣陵古籍
刻印社影刊上海進步書局筆記小説大觀印本。

② 世:文淵閣四庫全書本作“聖”。

③ 嘗:原本空闕一字,據筆記小説大觀本補。

④ 以:原本空闕一字,據文淵閣四庫全書本補。

⑤ 弓:筆記小説大觀本作“言”。

【箋注】

〔一〕文撰於元至正二十年(一三六〇)四月十六日,此時鐵崖自杭州歸隱松江
　　已有半年。山居新話:鐵崖友人楊瑀撰。此書多録傳聞,有四卷本傳世。

〔二〕"而或議之説鈴"二句:語出揚雄。揚子法言卷二:"好書而不要諸仲尼書
　　肆也,好説而不見諸仲尼説鈴也。"注:"鈴以喻小聲,猶小説不合大雅。"

〔三〕陸生:指漢人陸賈。陸賈著新語十二篇。

〔四〕説苑:西漢劉向著。世説:即世説新語,南朝宋劉義慶撰。

〔五〕筆語:蓋指北宋李淑所撰。宋史藝文志七:"李淑書殿集二十卷,又筆語
　　十五卷。"按:筆語已佚。李淑小傳見全宋文第二十八册。艾説:即艾子
　　雜説,題宋蘇軾撰。夷堅:即夷堅志,宋洪邁晚年撰。侯鯖:即侯鯖録,宋
　　趙令畤撰。雜俎:蓋即酉陽雜俎,唐段成式撰。叢話:當即苕溪漁隱叢
　　話,宋胡仔撰。桯史:宋岳珂撰。墨客:即墨客揮犀,宋彭乘撰。夜話:
　　即冷齋夜話,宋僧惠洪撰。野語:即齊東野語,宋周密撰。

〔六〕幽冥:當指幽冥録,南朝劉義慶撰。青瑣:當指青瑣高議,宋佚名撰。

〔七〕吾宗老山居太史:指楊瑀。生平詳見東維子文集卷二十四元故中奉大夫
　　浙東尉楊公神道碑。

小游仙辭後序①〔一〕

　　(前闕)遂②啟迪蓬心,而余小游仙辭亦附著編末。余削之,而善持
不可〔二〕,曰:"我朝如虞、揭而下〔三〕,非無仙唱。先生神仙中人也,出
語如太白〔四〕,學仙者誦之熟矣。"余笑③曰:"余何比白哉? 史臣推白
辭千載獨步,王公爲之趨風,列岳爲之結軌。白又何以得此哉? 蓋其
人太白之精,其詩天仙之辭也。今觀其仙謡,如太白、笠澤、五鷁諸
篇〔五〕,臭腐胎骨能道之不④乎? 余實慕之,曷敢比之!"并書爲序,以志
吾愧。至正辛丑花朝丁酉,鐵篴道人會稽楊維楨在竹洲館試老
温筆〔六〕。

【校】

① 本文録自徐邦達古書畫過眼要録元明清書法第一册所附鐵崖墨迹,校以石

渠寶笈續編御書房藏四三元人合卷所録此文。石渠寶笈續編無題,著録曰:
"紙本,趙孟頫二帖,楊維楨、危素各一帖……第三,縱如前(九寸七分),横二
尺七寸。楊維楨書詩序……鈐印三:'李黼榜第二甲進士'、'楊維楨'、'抱
遺老人'。"又,清安岐墨緣匯觀録卷二法書下著録書小游仙辭序帖:"淡黄紙
本,烏絲界欄,草書二十四行。筆法峭拔。首自'遂啟迪蓬心'起,文氣不順,
前必有闕。序後款書'至正辛丑花朝丁酉,鐵篴道人會稽楊維楨在竹洲館試
老温筆'。後押'李黼榜第一甲進士'朱文印,'楊維楨印'、'抱遺老人'一
印,二印皆白文。"按:墨緣匯觀録、石渠寶笈續編著録,與墨迹本有所不合,
墨緣匯觀録本所謂"後押李黼榜第一甲進士"之"一",墨迹本作"二";姓名
印,墨迹本作"楊維楨印"。

② 遂:石渠寶笈續編作"運"。

③ 笑:石渠寶笈續編作"嘆"。

④ 不:石渠寶笈續編作"否"。

【箋注】

〔一〕文撰於元至正二十一年辛丑二月十五日(花朝),其時鐵崖做客崑山竹洲
　　　館。按:鐵崖小游仙辭二十首,爲鐵崖至正九年以前作品,載鐵崖先生古
　　　樂府卷十。

〔二〕善:指余善。余善爲元季崑山清真觀道士,與張雨、鐵崖皆有交往。參見
　　　鐵崖先生詩集辛集續青天歌注。

〔三〕虞、揭:指虞集、揭傒斯。

〔四〕太白:即李白。

〔五〕太白:指登太白峰。笠澤:當指太湖。然今傳李太白詩集中未見有笠澤
　　　詩。五鶴:當指李白古風五十九首之七"五鶴西北來,飛飛凌太清"。

〔六〕竹洲館:參見鐵崖晚節堂詩爲竹洲仙母賦(佚詩編)。老温:蓋指吳興筆
　　　工温國寶。參見元鄭元祐僑吳集卷六贈製筆温生、明童冀撰尚絅齋集卷
　　　四題筆工温國寶詩卷。

練川志序①〔一〕

吳郡東南大都,爲其屬邑有嘉定〔二〕,岸海爲州,與崑山鄰,即古之
疁城也〔三〕。有太伯、季子②之高風〔四〕,言偃氏之文學〔五〕,故其俗重道

義,尚文雅。

　　至正辛丑春,予客祁上〔六〕,邑老儒秦良氏來謁〔七〕,首出其先人道山所編練川志一集〔八〕,載拜曰:"此先人手澤也。其編載一邑古今事實、户口田賦、土風物産、寺觀學校、營砦倉庫、祠廟園亭、奇聞異事,無不畢備。先子没,是書未顯,願先生賜之首序,將梓以新矣。"辭不獲,則爲之序曰:

　　國史者,天下之史。郡乘者,一郡之史也。秉筆者無史材,莫强措一詞。子之先竭精疲神以成是書,殁四十年,而子能繼其志,可爲孝矣。昔石湖范公編姑蘇志〔九〕,功與國史相表裏。道山父子有志於是,參以作者之軌轍,則是志也,可以續石湖氏之筆矣。予聞范書因譖者言,閟四十年使得於其家而後行。今是編亦家藏者四十年,數亦適相符,異③哉!

　　予雖不識道山,閲其所著書,有格物擇善録、易經史斷、棠陰政績、武事要覽,詩有忠孝百詠,可以想見其風采。幸又得見後人如良者以其集請,豈不願厠名其間哉? 故書其編以歸之。

【校】

① 本文録自康熙嘉定縣志卷二十四序,校以嘉慶直隸太倉州志卷六十三舊序所録此文。原本於"志"字上有一"秦"字,據嘉慶直隸太倉州志删。

② 季子:嘉慶直隸太倉州志作"季氏"。

③ 異:原本作"已",據嘉慶直隸太倉州志改。

【箋注】

〔一〕文撰於元至正二十一年辛丑(一三六一)春,鐵崖自杭州歸隱松江一年有餘,其時游寓嘉定、崑山一帶。練川:又稱練祁塘,位於今上海嘉定。此借指嘉定。

〔二〕"吴郡"二句:據元史地理志,嘉定"本崑山縣地,宋置縣,元元貞元年升州",隸屬於江浙行省平江路。

〔三〕婁城:崑山在漢爲婁縣,後避錢鏐諱改崑山。嘉定本屬崑山之婁城鄉,宋嘉定十年,"割崑山縣安亭等五鄉,於練祁市置縣,元元貞二年升州"。參見宋范成大吴郡志卷四十八考證、明王鏊姑蘇志卷七沿革。

〔四〕太伯:吴國開國君主泰伯。季子:指季札。詳見史記吴太伯世家。

〔五〕言偃：孔子弟子，後世稱言子。按：言子墓位於今江蘇常熟虞山。

〔六〕祁上：練祁塘之上。指練祁市，亦指嘉定。

〔七〕秦良：嘉定(今屬上海)人。秦輔之子，習儒業。元至正末年在世。

〔八〕道山：指秦輔之。嘉慶直隸太倉州志卷三十七人物文學三嘉定縣："（元）秦輔之，字道山。隱居行義，博學，善詩文。邑未有志，輔之始撰練川志。又著格物擇善録、易經史斷、武事要覽、忠孝百詠，散佚不盡傳。"按：萬曆嘉定縣志卷二十載明人龔弘重修嘉定縣志序，謂秦輔之於元順帝至元六年(一三四〇)始撰練川志，與本文所謂"今是編亦家藏者四十年"不合，故此略作考辨如下：鐵崖此序撰於至正二十一年辛丑，請序之人秦良，當時已爲"老儒"。又據"是編亦家藏者四十年"一句可以推知，"老儒"之父秦輔之其時辭世已四十年。可見龔弘所謂"秦輔之於元順帝至元六年始撰練川志"，必誤。秦輔之當爲宋末元初人士，其編撰練川志，蓋在元仁宗延祐以前。

〔九〕石湖范公：指南宋范成大，號石湖居士。范成大撰有吳郡志五十卷，即本文所謂姑蘇志。

大雅集叙①〔一〕

客有賴良氏，來謁余七者②寮，致其請曰："昔山谷老人在戎③州，歎曰：'安得一奇士有力者，盡刻杜公東、西川及夔州詩，使大雅之音復盈三巴之耳！'有楊生素者任之，刻石作堂，因以大雅名之〔二〕。先生鐵雅④雖已遍傳海内，而兵變後諸作〔三〕，人未識者有之。識⑤其詩付有力者刻之，亦使大雅之音盈於三吳之耳，不亦可乎！"余曰："東南詩人隱而未白者，不少也。吾詩不必傳，請傳隱而未白者。"

於是去游吳、越間，採諸詩於未傳者，得凡若干人，詩凡若干首。將梓以行，來徵集名。吁，良亦奇士哉！偉其志而爲之出力以錄者，則淞士夫謝履齋氏〔四〕。余因以山谷語名之曰大雅集，蓋良以待我，而我以待諸公。庶人是集者，皆可以續杜之後，而或有慊焉者不入也。良曰："然。"書諸集爲叙。至正辛丑立秋日丙午鐵厓⑥道人楊維禎書。

【校】

① 本文録自洪武刊大雅集(元人選元詩五種影刊)卷首，以文淵閣四庫全書本

對校。

② 者：原本誤作“耆”，據<u>文淵閣</u><u>四庫全書</u>本改。

③ 戎：原本脱，據<u>文淵閣</u><u>四庫全書</u>本補。

④ 雅：原本作“厓”，據<u>文淵閣</u><u>四庫全書</u>本改。

⑤ 識：<u>文淵閣</u><u>四庫全書</u>本作“請”。

⑥ 厓：<u>文淵閣</u><u>四庫全書</u>本作“雅”。

【箋注】

〔一〕文撰於<u>元</u><u>至正</u>二十一年辛丑（一三六一）六月二十七日丙午（立秋）。其時<u>鐵崖</u>自<u>杭州</u>移居<u>松江</u>將近兩年。<u>大雅集</u>：<u>賴良</u>輯撰。<u>元</u>末<u>賴良</u>寓居<u>松江</u>，廣泛搜羅東南文人之詩，直至<u>明</u>初。<u>大雅集</u>所載詩家，大多名不見經傳。<u>錢鼐</u>、<u>王逢</u>、<u>楊維禎</u>皆爲序之。參見<u>大雅集</u>卷首序文、<u>天台縣志稿</u><u>經籍志</u>。<u>賴良</u>，<u>嘉慶</u><u>松江府志</u>卷六十二寓賢傳：“<u>賴良</u>字<u>善卿</u>，<u>天台</u>人。<u>宋</u>名臣<u>好古</u>之裔。以詩鳴。客<u>雲間</u>，<u>楊維禎</u>、<u>王逢</u>、<u>錢鼐</u>相與唱和。嘗采東南詩人詩曰<u>大雅集</u>，一時稱爲盛事。”

〔二〕“昔<u>山谷老人</u>”八句：述<u>黃庭堅</u>弟子<u>楊素翁</u>刊刻<u>杜甫</u>詩之原委，詳見<u>黃庭堅</u>爲<u>楊素翁</u>所撰<u>大雅堂記</u>（載<u>山谷集</u>卷十七）。<u>楊生</u><u>素</u>，即<u>楊素翁</u>，<u>丹稜</u>（今屬<u>四川</u>）人。從<u>黃庭堅</u>游，<u>黃庭堅</u>稱之爲“英偉人”、“俠士”。參見<u>黃庭堅</u>撰<u>與楊素翁書</u>（載<u>山谷別集</u>卷十九書簡）。

〔三〕兵變：指<u>元</u><u>至正</u>十一年後，<u>劉福通</u>、<u>徐壽輝</u>、<u>張士誠</u>等相繼起事。

〔四〕<u>謝履齋</u>：名<u>伯禮</u>。參見<u>東維子文集</u>卷十三<u>知止堂記</u>注。

湘竹龍詞贈杜清①〔一〕

　　<u>真定</u>老伶官<u>杜清</u>氏，善吹洞簫。晚年得“湘竹龍”於<u>金華</u><u>楊簿領</u>家〔二〕，其長三尺許，背負鷗鵠文，囊以貝錦，櫝以文梓，介<u>宋周賓</u>氏攜以謁予〔三〕，且以伎自獻。首作<u>李長吉</u><u>秦樓月</u>調〔四〕，已而令小姪歌予<u>鐵龍引</u>〔五〕，<u>清</u>倚歌而和之，其聲清婉幻妙，抑揚頓挫，輕重疾徐，無不適其節也。

　　予不作<u>鐵龍引</u>久矣，卧其雌雄於床頭〔六〕，時時作風雨聲。秋高氣晶②，予將挾之過<u>洞庭</u>，上<u>瀟湘</u>，蹋七十二翠螺於銀濤淴漾中〔七〕，使二

龍交鳴,作予娥英曲一解後〔八〕,使君山老父出握中三珤以和之〔九〕。小則魚龍叫嘯,次則群仙來庭,大則鈞天大人爲之動色於烟塵晝暝之表,子能從之否? 英娥之曲曰:

　　攬璃茆兮握琅玕,招帝子兮湘之干。山九疑兮鳳舞〔十〕,水三交兮龍蟠。蒼龍兮飛下,挾神雷兮走靈雨。儼遁迹兮箵中,殷秋聲兮欲語。帝子泣兮龍啾啾,滴紅淚兮紅不流〔十一〕。製伶倫兮鳳吹〔十二〕,協天籟兮颭颭。湘之靈兮何許,躑金鰲兮瞰銀渚。倩爾龍兮一鳴,音寥寥兮和予③。

　　老鐵醉書。至正辛丑秋八月十六寫於鶴谷看雲處。

【校】

① 本文録自清人孔尚任撰享金簿(載美術叢書初集第七輯第四册),原本題作楊鐵崖書湘竹龍詞贈杜清,今題爲校注者逕改。按:珊瑚網卷二十二法書題跋、佩文齋書畫譜卷九十三歷代鑒藏、式古堂書畫匯考卷四書等,著録有鐵崖湘竹龍吟,然皆有目無文。

② 畠:原本作“晶”,逕改。

③ 原本以下有“後有馮以默、邵思文、竹西、張樞四人贈詩。款書”凡十八字,逕删。

【箋注】

〔一〕本文撰并書於元至正二十一年辛丑(一三六一)八月十六日。蓋爲鐵崖出游華亭張溪之時。當時參與唱和者,還有馮瀆、邵思文、楊謙、張樞。明王世貞曰:“楊廉夫作湘竹龍吟辭贈老伶杜清,清蓋出所藏鸂鶒文簫壽楊,而侑以其伎,又命小娃歌楊所作鐵龍引,倚而和之,故賦此爲贈。題云‘老鐵醉筆’,末又有馮以默七言律、邵思文長歌、不知名竹西者絶句。其結法小異,而墨色正同,疑皆即席之和也。余謂老鐵心腸如鐵,腕如鑣,正爲小娃一歌軟却耳。彼老伶手三尺竹,何能動之? 然味其調,要須銅將軍鐵著板乃稱耳,又豈區區小娃所能按也。”(弇州山人四部續稿卷一百六十二墨迹跋楊鐵崖真迹)清人孔尚任題識亦曰:“後有馮以默、邵思文、竹西、張樞四人贈詩……墨色印色如一,蓋同日書也。”馮以默,即馮瀆。參見東維子文集卷十七東阿所記注。邵思文,字彦文,河南人。仕爲臺掾。大雅集卷五、卷七皆載其詩。參見御選元詩姓名爵里二。竹西:王世貞所謂“不知名"者,當即楊謙。參見東維子文集卷二十二竹西亭志注。張樞：字夢辰,號書巢生。參見鐵崖楊先生詩集卷上賦書巢生注。杜清：即杜彥清。參見東維子文集卷十一貽杜彥清序注。

〔二〕楊簿領：名字不詳,金華(今屬浙江)人。蓋曾任書史。

〔三〕宋周賓：當爲鐵崖友人。籍貫生平不詳。

〔四〕李長庚：指李白。秦樓月調：指憶秦娥曲。相傳憶秦娥爲李白所創,其詞曰："簫聲咽,秦娥夢斷秦樓月。秦樓月,年年柳色,灞陵傷別。"故又名秦樓月。又稱"秦樓三弄",參見東維子文集卷十一贈杜彥清序注。

〔五〕鐵龍引：至正初年鐵崖授學吳興時所作散曲,以其鐵笛伴奏,故名。參見東維子文集卷十一沈氏今樂府序注。

〔六〕雌雄：蓋指其所謂"大、小鐵龍君"。參見鐵崖文集卷三斛律珠傳注。

〔七〕七十二翠螺：指洞庭七十二山峰。

〔八〕娥英曲：即湘妃曲。相傳堯女娥皇、女英爲舜之二妃,殁於湘水而成湘神。

〔九〕握中三琯：指君山老父三管神笛。太平廣記卷二百四樂二笛："(洞庭賈客呂鄉筠)嘗於中春月夜,泊於君山側……忽見波上有漁舟而來者,漸近,乃一老父鬢眉皤然,去就異常。鄉筠置笛起立……老父遂於懷袖間出笛三管。其一大如合拱,其次大如常人之蓍者,其一絕小如細筆管。鄉筠復拜請老父一吹……老父曰：'其第一者在諸天……若於人間吹之,人消地拆,日月無光,五星失次,山岳崩圮,不暇言其餘也。第二者對諸洞府仙人……合仙樂而吹之。若人間吹之,飛沙走石,翔鳥墜地,走獸腦裂,五星內錯,稚幼振死,人民纏路,不暇言餘也。其小者,是老身與朋儕可樂者,庶類雜而聽之,吹的不妨。未知可終曲否。'言畢,抽笛吹三聲,湖上風動,波濤汹湧,魚鱉跳噴。鄉筠及童僕恐聳慓慄。五聲六聲,君山上鳥獸叫噪,月色昏昧,舟楫大恐。老父遂止。"

〔十〕九疑：指九嶷山,又名蒼梧山,位於今湖南永州市境內。參見鐵崖先生古樂府卷一湘靈操注。

〔十一〕"帝子泣兮"二句：有關斑竹傳說。參見鐵崖先生古樂府卷一湘靈操注。

〔十二〕伶倫：相傳聽令於黄帝,取嶰谷竹,斷而吹之。參見鐵崖先生古樂府卷十春俠雜詞之五注。

可傳集序①〔一〕

老杜曰："新詩句句盡堪傳〔二〕。"作詩不可傳,曾不愈轅下曲②,雖千章萬什③,徒殄④廢人楮筆耳。君子曰:"不作無欠⑤。"唐詩人凡百三十⑥有餘家,其詩見於今,可與杜老相傳者,寧幾人哉? 予徒張憲嘗以筆削唐百廿家〔三〕,請於予,予於各集選其可傳而無媿於君子議者,什不能一二。黃山谷甥四人皆喜詩,龜父者爲最。龜父詩所積凡二千餘首,黃著爲集其詩〔四〕,斤斤不百首。谷因喜之,以爲句句可傳者在此〔五〕。

　　吾鐵門稱能詩者,南北凡百餘人,求其自憲⑦及吳下袁華輩者〔六〕,不能十人。華自二十歲後三十年所積,亦無慮千有餘首,而吾選之得如干首,蓋亦⑧倍於龜父矣,故命其集曰可傳。好事者梓而行之,求予序,故予序之如此。至正廿⑨三年歲次癸卯春閏,會稽楊維禎序。

【校】

① 本文録自適園叢書本珊瑚木難卷六,校以可傳集、文淵閣四庫全書本珊瑚木難所録。

② 曲: 文淵閣四庫全書本作"駒",當從。

③ 什: 原本作"竹",據可傳集、文淵閣四庫全書本改。

④ 殄: 文淵閣四庫全書本作"妄"。

⑤ 欠: 文淵閣四庫全書本作"損"。

⑥ 三十: 文淵閣四庫全書本作"卅",可傳集作"廿"。

⑦ 其自憲: 可傳集作"如張憲"。

⑧ 亦: 文淵閣四庫全書本、可傳集作"又"。

⑨ 廿: 文淵閣四庫全書本作"二十"。

【箋注】

〔一〕本文撰於元至正二十三年癸卯(一三六三)閏三月,其時鐵崖退隱松江三年有餘。

〔二〕"老杜曰"二句: 杜甫解悶十二首之六:"復憶襄陽孟浩然,清詩句句盡堪傳。即今耆舊無新語,漫釣槎頭縮項鯿。"

〔三〕張憲: 參見楊鐵崖先生文集全録卷四玉笥集敍注。

〔四〕黃著: 豫章(今江西南昌)人。與黃庭堅同時。

〔五〕"黃山谷甥"七句: 清陳宏緒江城名迹卷二考古:"百家詩選云:豫章洪氏,山谷四甥,皆以文詞知名。朋字龜父,同郡黃著集龜父詩百篇爲一集,山谷以爲句句可傳也。翌字駒父，殫洽開豁，溢於文詞，擢諫議大夫，爲詩百餘篇，著老圃前後集。炎字玉父，登第元祐之末，試吏紹聖之初，顯於宣和，貴於紹興，著西渡集一卷。羽字鴻父，元符之末，上書入籍，遂終其身。兵火之後，詩文無傳焉。”

〔六〕袁華（一三一六——約一三九一）：字子英，號耕學，崑山人。工詩，爲鐵崖所推重。洪武初，授郡學訓導。其子爲吏，被罪，坐累逮繫，卒於京師。著有耕學齋詩集。按耕學齋詩集卷十贈闕中孚，序曰：“闕中孚，予同年也，至正丙午五十一歲。”詩曰：“同生延祐丙辰年。”又，明代弘治年間創建太倉州，袁華故居位於州城南關，故後世或稱之爲太倉人。弘治太倉州志卷四宅墓：“耕學先生袁華宅在南關木魚橋下。強齋嘗寄詩云：‘木魚橋下城南路，三十年前往復情。’”參見列朝詩集甲集袁華傳、婁水文徵姓氏考略，以及徐永明、趙素文著明人別集經眼叙録附録作者生卒年考證。

友聞録序①〔一〕

雲間陸蒙氏編縹册二帙〔二〕，釐爲若干卷，曰友聞録，取聖人“友多聞”義也〔三〕。携以過草玄閣，求引言。閱其②所録一時薦紳先生，如廣陵蘇公昌齡〔四〕、遂昌鄭公明德〔五〕、泰陵成公居竹〔六〕、毘陵倪公元鎮〔七〕，俱有手墨列其中，可寶而傳也。夫豈若③三家村儕掇拾猥瑣，而遽以自足哉！

昔李氏有師④友談記〔八〕，晁氏有客語〔九〕，涑水有記聞〔十〕，吾先⑤子有聞見録〔十一〕，皆取一時師友賓客，以纂録成書也。予嘗怪今朋徒有會，所談不聞嘉言善行，而私議官寺短長、爵秩陞降、市井庸流之輩，否則談諧調謔而已。奚有飲食談笑之頃，孜孜以紀載爲務，積以成帙，以備他日職史者之資乎！

夫蒙之以“多聞”取友，從知友之有益於蒙而去其損者，又可知矣。然予於蒙尚有諗也：子之取友，得聖門之訓矣，其亦得師於講經討傳之際，尊其所聞，行其所知乎？果爾，則子於聖域將有所造，豈止備見聞事實爲職史者計哉！蒙尚以予言勉之。至正甲辰二月初吉，遺叟會稽楊維禎在小蓬臺試陸拔穎⑥棗心筆書〔十二〕。

【校】

① 本文録自適園叢書本珊瑚木難卷七,以文淵閣四庫全書珊瑚木難本對校。

② 其:原本空闕,據文淵閣四庫全書本補。

③ "寶而傳也夫豈若"七字:原本闕,據文淵閣四庫全書本補。

④ "掇拾猥瑣而遽以自足哉昔李氏有師"十五字:原本闕,據文淵閣四庫全書本補。

⑤ 吾先:疑有訛誤,似當作"邵氏"。參見注釋。

⑥ 維禎之"維"原無,據文淵閣四庫全書本補。拔穎:文淵閣四庫全書本作"貴穎"。

【箋注】

〔一〕文撰於元至正二十四年(一三六四)二月一日,其時鐵崖退居松江,於松江府學任教并"主文之席"。參見鐵崖先生集卷二淞泮燕集序。

〔二〕陸蒙:一名厚,號東園散人,松江人。鐵崖晚年退隱松江之後,與之交往頗多。參見鐵崖文集卷二東園散人録注。

〔三〕友多聞:論語季氏:"孔子曰:'益者三友,損者三友。友直,友諒,友多聞,益矣。友便辟,友善柔,友便佞,損矣。'"

〔四〕蘇公昌齡:蘇大年。參見東維子文集卷二十六蘇先生挽者辭叙注。

〔五〕鄭公明德:鄭元祐。參見東維子文集卷二十四白雲漫士陶君墓碣銘注。

〔六〕成公居竹:成廷珪。參見鐵崖先生集卷二淞泮燕集序注。

〔七〕倪公元鎮:倪瓚。參見東維子文集卷七郟韶詩序注。

〔八〕師友談記:宋李廌撰。是書記其師友蘇軾、范祖禹及黃庭堅、秦觀、晁説之、張耒所談。

〔九〕客語:即晁氏客語,宋晁説之撰。是書乃其札記雜論,兼及朝野見聞。蓋亦語録之流。

〔十〕涑水:北宋司馬光原籍,此指司馬光。司馬光撰有涑水紀聞,雜記宋代舊事,起於太祖,迄於神宗。每條皆注其述説之人,故曰紀聞。

〔十一〕吾先子有聞見録:據此,鐵崖先人撰有聞見録。然鐵崖撰其先父實録,并未提及,亦未見其他記載。故頗疑此處文字有誤,"吾先子"或當作"邵氏子"。北宋邵雍之子邵伯温、伯温之子邵博,皆撰有聞見録,或稱邵氏聞見録,頗著名。參見四庫全書總目。

〔十二〕陸拔穎:蓋即筆工陸穎貴。參見東維子文集卷九贈筆史陸穎貴序注。

静安八詠集序①〔一〕

　　晉②沈約築樓東陽〔二〕,有八詠〔三〕。後人宗之,有瀟湘八景〔四〕、西湖八詠〔五〕。吳淞寧師以古歌詩名東南,今老矣,承編静安八詠成帙,持以見東維叟,曰:"先生用漢、魏樂府辭録古史,寧不敏,先生方外友也,僭以騷人辭成兹八詠,一曰吳碑,二陳檜,三鰕禪,四經臺,五滬瀆壘,六湧泉,七蘆渡,八則續以寧之緑雲洞也。好事者將刻梓以傳,幸先生評而叙之〔六〕。"

　　余於是披閲,諸和章中,如貢宣城滬瀆壘〔七〕,成廣陵經臺〔八〕,鄭遂昌雲洞〔九〕,楊山居陳檜〔十〕,王逢之滬瀆壘〔十一〕,馬弓之鰕禪〔十二〕,韓璧③之滬瀆壘〔十三〕,錢岳之陳檜、湧泉〔十四〕,唐奎之鰕禪〔十五〕、經臺,余寅之滬瀆壘〔十六〕,顧彧之經臺、雲洞〔十七〕,釋蘭之陳檜、滬瀆壘〔十八〕,陸侗〔十九〕、趙覲〔二十〕、孫作〔二十一〕、張昱之蘆村〔二十二〕、滬瀆壘、湧泉,微辭奧旨,皆有起余者。牽聯成集,孰曰不可? 會稽楊維禎廉夫叙。

【校】

① 本文録自藝海本静安八詠集卷首,四庫存目叢書影印明刊静安八詠詩集無序文,蓋因首頁脱落所致。又,臺灣圖書館藏元刊本静安八詠詩集,卷首序文據鐵崖手迹摹刻,與本文差異較大,然漫漶嚴重,闕失較多。

② 晉:有誤。參見注釋。

③ 璧:原本誤作"壁",徑改。參見本文注釋及鐵崖撰韓璧墓銘。

【箋注】

〔一〕元至正二十四年(一三六四)五月二十日,鐵崖爲静安寺方丈釋壽寧撰緑雲洞志,本序蓋作於此後不久,其時鐵崖寓居松江。壽寧,參見楊鐵崖先生文集全録卷二緑雲洞志。又,同治上海縣志卷三十一雜記:"壽寧,字無爲,號一庵,静安寺詩僧也。採輯寺中赤烏碑、陳朝檜、鰕子潭、講經臺、滬瀆壘、湧泉、蘆子渡,并緑雲洞爲八詠,邀群賢爲詩……皆同寧唱和。楊維禎爲序。末附明張紘詩,則後所躡和也。"

〔二〕沈約:南朝時人。歷仕宋、齊、梁三朝。傳見梁書。按:此云"晉沈約",有誤。沈約生於南朝宋,卒於梁。

〔三〕八詠：指東陽八詠。宣和書譜卷十七沈約：“沈約，吳興武康人也。官至
　　尚書令。少家貧，一意書史……後爲東陽太守，至今東陽八詠之作猶著。”

〔四〕瀟湘八景：方輿勝覽卷二十三湖南路形勝：“瀟湘八景。湘山野録：‘本朝
　　宋迪度支工畫，有平沙雁落、遠浦帆歸、山市晴嵐、江天暮雪、洞庭秋月、瀟
　　湘夜雨、烟寺晚鐘、漁村落照，謂之八景。”

〔五〕西湖八詠：未詳確指。宋代已盛傳西湖十題，即：平湖秋月、蘇堤春曉、斷
　　橋殘雪、雷峰落照、南屏晚鐘、曲院風荷、花港觀魚、柳浪聞鶯、三潭印月、
　　兩峰插雲。參見方輿勝覽卷一臨安府。

〔六〕幸先生評而叙之：今按元刊、明刊静安八咏詩集一卷本，題下皆署名曰：
　　“吳淞釋壽寧無爲哀輯，江陰王逢原吉校正，會稽楊維禎廉夫批評。”書中
　　某些詩，附有鐵崖評點。

〔七〕貢宣城：貢師泰，參見鐵崖撰貢尚書玩齋詩集序注。鐵崖評其滬瀆詩曰：
　　“非此老無此言，忠義之氣鬱然動人。”

〔八〕成廣陵：成廷珪。參見鐵崖先生集卷二淞泮燕集序注。鐵崖評其經臺詩
　　曰：“八句得名，非偶然也。”

〔九〕鄭遂昌：鄭元祐。參見東維子文集卷二十四白雲漫士陶君墓碣銘注。

〔十〕楊山居：楊瑀。參見東維子文集卷二十四元故中奉大夫浙東尉楊公神道
　　碑。鐵崖評其陳檜詩曰：“可見此老志節，非與紛紛者同日而語哉。”

〔十一〕王逢：參見東維子文集卷七梧溪詩集序注。

〔十二〕馬弓：列朝詩集甲集前編卷十一馬弓：“弓字本勁，會稽人。以春秋領
　　鄉薦。”按：馬弓乃楊維禎同鄉，亦攻春秋經。明初仍居松江，曾撰文頌
　　揚祝挺救民於刀口。參見弘治上海縣志卷七官守志所録活民碑略。

〔十三〕韓璧：江西詩徵卷三十四元韓璧：“璧字壁翁，饒州人。能詩，爲楊廉夫
　　所賞。”壁，當作“璧”。鐵崖評其滬瀆詩曰“五字老辣”。按：韓璧此時
　　任松江府推官。韓璧生平家世參見鐵崖撰韓璧墓銘（見本書佚文編）、
　　東維子文集卷二十五元故用軒先生墓志銘。

〔十四〕錢岳：列朝詩集甲集前編卷十一錢岳：“岳字孟安，吳興人。元季徙居
　　雲間。任亳縣丞。”鐵崖評其陳檜詩曰：“此章全美。”評其湧泉詩曰：
　　“亦善形容。”又，錢岳別號金蓋山人。參見珊瑚木難卷二破窗風雨圖
　　題跋。

〔十五〕唐奎：字文昌，晉陽人。參見静安八咏詩集所附小傳。鐵崖評其鰕禪詩
　　曰：“鍛句有點丹神奇。”

〔十六〕余寅：字景晨，華亭人。參見静安八咏詩集所附小傳。按：王逢與余寅

交好,曾爲其于山雨濡亭題詩。參見梧溪集卷三題余寅景晨雨濡亭。

〔十七〕顧彧:正德松江府志卷三十人物六文學:"(國朝)顧彧字孔文,上海人。舉明經,爲鄉邑訓導,累官至户部侍郎。詩文豪整奇麗,有古作者風。"又,顧彧由上海縣儒學訓導擢爲户部左侍郎,在洪武十五年十一月。參見明太祖實録卷一百五十。

〔十八〕釋蘭:即釋如蘭。參見東維子文集卷十送蘭仁二上人歸三竺序注。鐵崖評其陳檜詩曰:"僧中此郎不愧鐵門的派,林塘何可到?"評其滬瀆壘曰:"亦釋門中果報也。"

〔十九〕陸侗:正德松江府志卷三十人物六文學:"陸侗字養正。詩莊贍豪偉。其題詠景物,尤善想像,往往出人意表。"

〔二十〕趙覬:字宗弁,澄江人。按:澄江即今江蘇江陰,趙覬爲宋燕冀王十二世孫。參見梧溪集卷五題鄉友趙覬宗弁雲亭舊隱圖。

〔二十一〕孫作:字大雅,以字行,一字次知,江陰人。元至正末,避兵於吳。初受張士誠之招,旋去之松江。明史文苑傳附載陶宗儀傳末。

〔二十二〕張昱:參見東維子文集卷十三一笑軒記注。

圖繪寶鑑序①〔一〕

雲間義門夏氏士良,集歷代能畫姓名,由史皇、封膜而下,訖於有元,凡若干人。釐爲五卷,題曰圖繪寶鑑,介吾友天台陶君九成持其編〔二〕,謂余曰:"鄧椿有言:其爲人也多文,雖有不曉畫者寡矣;其爲人也無文,雖有曉畫者寡矣。先生名能文,賜一言摽其端。"

余曰,書盛於晉,畫盛於唐、宋,書與畫一耳。士大夫工畫者必工書,其畫法即書法所在,然則畫豈可以庸妄人得之乎?宣和中,建五嶽觀,大集天下畫史,如進士科下題揀選,應詔者至數百人,然多不稱上旨。則知畫之積習,雖有譜格,而神妙之品出於天質者,殆不可以譜格而得也。故畫品優劣,關於人品之高下,無論侯王貴戚、軒冕山林、道釋女婦,苟有天質超凡入聖,即可冠當代而名後世矣。其不然者,或事模擬,雖入譜格,而自家所得於心傳意領者,則蔑矣。故論畫之高下者,有傳形,有傳神。傳神者,氣韻生動是也。如畫貓者,張壁而絶鼠;大士者,渡海而滅風;翊聖真武者,叩之而響應;寫人②真者,即能得其精神。若此者,豈非氣韻生動、機奪造化者乎? 吾顧未知寶鑑中事模擬而得名,士良亦能辨之否乎?

雖然,梁武作歷代書③評,米芾作續評,非神識高者不能。士良好古嗜學,風情高簡。自其先公愛閒處士以來〔三〕,家藏法書名畫爲最多。朝披夕覽,有得於中,且精繪事。是編之作,足以起吾品藻者矣,視蕭、米第未足多讓也。是爲序。

士良名文彥,其先爲吴興人云。會稽抱遺老人楊維楨在雲間草玄閣書〔四〕。

【校】

① 本文録自中華再造善本本圖繪寶鑑卷首,此本據上海圖書館藏本影印。按:鐵崖序文載全書之首,乃據楊維楨手迹摹刻,與東維子文集卷十一所載圖繪寶鑑序多有不同,故分别録入。

② 原本脱闕一頁,自“超凡入聖”之“聖”,至“寫入”,凡八十八字,據宸翰樓叢書本補。後者楊序亦據書跡影刻。

③ 書:原本作“畫”,徑改。

【箋注】

〔一〕文撰於元至正二十五年乙巳(一三六五)七月之後,至正二十六年丙午之前。繫年依據:本書卷首有圖繪寶鑑作者夏文彥於至正乙巳七月所撰序文,書末又有“至正丙午新刊”字樣,據此推之,本文必撰於至正乙巳七月圖繪寶鑑成書之後不久,次年(即丙午年)刊行之前。又,東維子文集卷十一載圖繪寶鑑序,稱夏文彥之子大有謁文;本文則謂夏文彥介陶宗儀上門請文,且兩文内容不盡相同,尤其開頭結尾差異頗大。疑當時請序者并非一人,故鐵崖撰有兩稿,兩序皆當撰於圖繪寶鑑成書之時。有關注釋,參見東維子文集卷十一圖繪寶鑑序。

〔二〕天台陶君九成:即陶宗儀。參見東維子文集卷二十四白雲漫士陶君墓碣銘注。

〔三〕愛閒處士:當指夏文彥父親。愛閒蓋其别號。又號止知。參見東維子文集卷十五文竹軒記注。

〔四〕按:文末鈐有印章兩枚,一爲“楊維楨印”,一作“鐵笛道人”。

夢梅華處詩序①〔一〕

　　予友董師程氏,性嗜清,癯質朗氣,不與群俗流,遂揭讀書之所曰"夢梅華處",求予詩。予嘗已詩之,復乞序于其端。求工吟者發諸清響,俾其久不朽焉。

　　予聞世之愛花木者弗一也,蓋鮮聞夢之也。自古上而愛蓮者,廉溪也〔二〕。次而愛菊者,靖節也〔三〕。又次而愛梅者,和靖也〔四〕。斯三子之所愛,各得其趣,非愛之於夢也。取乎蓮,悟性理之妙,出天然之趣,徘徊宇宙,如光風霽月〔五〕,淤泥而不染〔六〕。取乎菊,托節操之風,樂悠然之趣〔七〕,優游丘壑,如春雲秋水,蕭灑而不混。取乎梅,矯高潔之名,得自然之趣,嘯傲山水,如孤猨老鶴,超迥而不凡者也。

　　夫子得天地之清氣,爲人固靈於萬物,讀書吐文章,落落塵俗之表。且梅華之窮清者,冠於百花首,子之所以夢,合子之不與群俗流,是稟天地之清氣,靈於萬物,不凡矣!

　　噫,非子之愛梅也,夢梅也,默然有志於和靖、和靖趣。得和靖之趣,必之靖節、之廉溪之趣,予有所望子矣。儻未造靖節、廉溪之趣,今夜臥花下,霜月襲人,清氣入肺腑,夢或得筆生花,或得水影月香之句〔八〕,予先當與子進才思賀。至正二十有五年冬十月丙寅,李黼榜第二甲晉士會稽楊維禎記,并書于抱遺閣。

【校】

① 本文録自故宮博物院藏品大系書法編八所載鐵崖墨迹圖像。

【箋注】

〔一〕文撰書於元至正二十五年(一三六五)閏十月十二丙寅日,其時鐵崖隱居松江。夢梅華處主人董師程:師程蓋其字,名號籍貫不詳,元至正末年在世。鐵崖友人張昱與之亦有交往,曾賦夢梅花處爲董師程賦、夢梅花處等詩數首,載可閒老人集卷三、卷四。

〔二〕廉溪:指北宋周敦頤。周敦頤晚居廬山蓮花峰下,屋前有濂溪,故稱。其愛蓮説載周元公集卷二。

〔三〕靖節：即陶淵明，其謚號靖節先生。

〔四〕和靖：指北宋林逋，其謚號和靖先生。

〔五〕光風霽月：黄庭堅讚譽周敦頤之人品胸懷。參見東維子文集卷十七光霽
　　　堂記注。

〔六〕淤泥而不染：語出周敦頤愛蓮説。

〔七〕樂悠然之趣：指陶淵明“採菊東籬下，悠然見南山”（飲酒五）之意趣。

〔八〕水影月香之句：指林逋山園小梅二首之一：“疏影横斜水清淺，暗香浮動
　　　月黄昏。”

贈裝潢蕭生顯序①〔一〕

淞之裝潢家無慮百十，類以時艱廢業，且徙於他伎，獨城東蕭生
顯者，守世業不易。余每備其工，優貸以粟，因閔之曰：

唐之秘書省，吏凡六十有七人，而裝潢匠六人者在中〔二〕。則知昔
之業此，有禄養於官，今業於市，又徙於他，世變亦可占也已〔三〕。他業
者皆徙，而顯雖束手饑其身不徙，而業益精，亦有類吾君子之固窮以
俟時者。時向平矣，大夫士將復尚文事，則顯之業復振，又果憂食之
不給虖！士大夫文事，與顯業相關其盛衰，顯之業振，則吾道亦不塞
矣夫。

時歲在丙午夏六月上吉，會乩抱遺老人楊楨②在雲間草玄閣試鐵
心穎書。

【校】

① 本文録自鐵崖墨迹（北京瀚海拍賣有限公司二〇一〇年六月六日公佈於網
　　絡圖像）。

② 按：原本鐵崖自署姓名“楊楨”，然此卷後附清人張之洞跋文，則謂鐵崖“署
　　名作維楨，印文作禎”。故此頗疑當年張之洞所見鐵崖真迹，并非此本。

【箋注】

〔一〕文撰書於元至正二十六年丙午（一三六六）六月一日，其時鐵崖寓居松江。
　　　蕭顯：元季松江書畫裝裱工匠。生平事迹不詳。

〔二〕“唐之秘書省”三句：按鐵崖墨迹後，附有清人張之洞於光緒十四年六月
　　所書長篇跋文，其中有關於唐、宋、元宮廷書畫裝潢機構官吏設置之考録：
　　“舊唐書職官志：史館有裝潢直一人，崇文館有裝潢匠五人，集賢殿書院
　　有裝書直十四人。宋史：少府監屬文思院，掌金采繪素裝鈿之飾。元史
　　百官志：祇應司屬有裱褙局，提領一員，掌諸殿宇裝潢之工。秘書監有辨
　　驗書畫直長一員，正八品，至元九年置。”

〔三〕世變：此指元末動亂。按：僅僅半年之後，張士誠之松江守臣即主動投
　　降，從此松江納入朱元璋統治版圖。

除紅譜序①〔一〕

　　古之君子凡有所撰造，必係以姓氏，使後世知所起也。晉阮咸氏
嘗作月琴〔二〕，世遂謂之“阮咸”。“豬窩”者，朱河所撰也，後世訛其
音，不務察其本始，謂之“豬窩”者非也。朱河字天明〔三〕，宋大儒朱光
庭之裔〔四〕，南渡時，始遷建業，遂世家焉。河少有才望，落魄不羈，仕
至天官冢宰。

　　此書世傳河所作，本名除紅譜。“除紅”者，以除四紅言之也。或
乃謂三么一采爲“豬窩”，又謂之“豬婆龍”。夫“三么”者，本所謂“快
活三”也，於諸采中爲罰采之最，烏有以是目其書者乎？且名不雅馴，
君子醜之。總之，除紅者近是。

　　夫除紅，例以四色觀，法於主耦方圍四也。一紅爲主，而餘三爲
客，取象於徑一圍三也。數之前後皆八，而惟以十爲中，自八以退不
及也，而罰有差；十二以進有餘者也，而賞有差；九之十二，則多寡勝
負，相角而成。其發明四時盈縮、人事怠勤章矣。其所表見，皆不
妄設。

　　予既多冢宰此意，論次其大旨，詳著於篇，而作除紅譜序。大明
洪武元年三月上巳日，鐵龍道人楊維禎書於草玄閣②。

【校】

① 本文録自明刊茅一相輯欣賞續編本除紅譜卷首，以明宛委山堂刻一百二十
　卷本説郛卷一〇二所載除紅譜對校。按：宣統刊國朝三修諸暨縣志卷四十

八經籍志子部著録此書有誤,曰:"除紅譜一卷,元楊維楨撰……陶九成輯有説郛本。"此書作者實爲宋人朱河,鐵崖僅撰此序文。

② 大明洪武元年三月上巳日鐵龍道人楊維楨書於草玄閣: 説郛本作"時洪武元年三月上巳日"。

【箋注】

〔一〕文撰於明洪武元年(一三六八)三月三日。其時鐵崖寓居松江。又,欣賞續編本除紅譜書末附有明人五湖狂客 張長君所撰題除紅譜後,曰:"余嘗覽吳野記,其稱楊提舉 廉夫,元季之亂,避兵吳下,獨與二三游好及妓女小蓉、翠屏、瓊花、珠月等數人,日賭除紅。其負者脱妓鞋觴之,詼諧宴笑以爲常。"

〔二〕阮咸:阮籍侄子,"竹林七賢"之一。晉書有傳。

〔三〕朱河:字天明。朱光庭後裔。原籍河南 偃師,南宋以後,累世皆居建業(今江蘇 南京)。按:本文謂朱河官至"天官冢宰",當爲南宋末年所任官職。然不知何據。

〔四〕朱光庭(一○三七——一○九四):字公掞,偃師(今屬河南)人。光庭與其父朱景,宋史有傳。參見全宋文第九十二册卷二○一○朱光庭小傳。

畫沙錐贈陸穎貴筆師序〔一〕 有詩①

吳興 陸生某②有才學,而隱於筆工,其仲氏穎貴,美髯,善容止,尤有才氣,可仕亂世而識幾,不受聘,則慨然曰:"以弓刀竊禄,孰愈吾世守筆錐之爲貴也?"襲名穎貴。而製之精者,標其號曰"畫沙錐",尖圓遒健,可與古韋昶(晉人)爭絶〔二〕。余用筆喜勁③,故多用之,稱吾心手,吾書亦因之而進。

穎貴亦自貴,雖勢要求之而不可得。別襆之以錦,署曰:"非會稽鐵史先生弗能知。"宣州 諸葛氏云:"柳學士能書,當留其筆,否則退還。"未幾果退還。歎曰:"代無右軍,何以用吾筆〔三〕!"而穎貴欲以吾當右軍,曷當,曷當④! 惜余老矣,所書又⑤不過山經野史,汝錐之功,無以用之以利天下,徒爲祝錐辭⑥。嗚呼! 錐乎,錐乎,其勿取晉典衛之所叱乎〔四〕? 班虎頭之所謫乎〔五〕? 縱弗遇⑦也,其深閟毛先生之囊乎[六]？慎勿爲季鑌兒挾⑧貨以尋寶於王公貴人之門也[七]。

　　穎貴肅然起立，抱襆退拜，爲錐誓⑨曰：“代縱有祖范陽之神鎚[八]，吾錐不得易摧⑩矣。”

　　龍集己酉秋八月初吉甲子，鐵龍道人楊木貞⑪氏在雲間之拄頰樓試畫沙錐染奎章賜墨書[九]。詩八韻在別紙，爲海雪生所奪[十]，再書於龍虎山白籙上素⑫[十一]。

【校】

① 本文録自適園叢書本珊瑚木難卷八，以文淵閣四庫全書本、趙氏鐵網珊瑚、式古堂書畫彙考作校本。題文淵閣四庫全書本作畫沙錐詩序贈陸穎貴。有詩：原本誤作正文大字，據趙氏鐵網珊瑚改。

② 生某：原本無，式古堂書畫彙考小字注“闕二字”，據趙氏鐵網珊瑚增補。

③ 余：文淵閣四庫全書本作“臨晉帖”。用筆喜勁：式古堂書畫彙考作“喜用筆”。

④ 曷當曷當：文淵閣四庫全書本作“愧甚愧甚”，趙氏鐵網珊瑚無此四字，式古堂書畫彙考作“曷當”。

⑤ 又：原本無，據文淵閣四庫全書本補。

⑥ 祝錐辭：文淵閣四庫全書本作“毛錐累”。

⑦ 遇：原本作“過”，據文淵閣四庫全書本改。

⑧ 季鑌：文淵閣四庫全書本、式古堂書畫彙考作“李鑌”。趙氏鐵網珊瑚作“李鑛”。挾：文淵閣四庫全書本作“掩”。

⑨ 誓：原本作“叟”，據文淵閣四庫全書本改。

⑩ 摧：文淵閣四庫全書本、式古堂書畫彙考作“權”。

⑪ 木貞：文淵閣四庫全書本作“維禎”。

⑫ “詩八韻在別紙，爲海雪生所奪，再書於龍虎山白籙上素”凡二十二字：文淵閣四庫全書本無。上素：趙氏鐵網珊瑚、式古堂書畫彙考作“小素”。

【箋注】

〔一〕文撰於明洪武二年（一三六九）八月一日。其時鐵崖寓居松江。陸穎貴：元季湖州筆工。參見東維子文集卷九贈筆史陸穎貴序注。畫沙錐：陸穎貴所制名筆。按：此名稱源於書法用筆。宋姜夔撰續書譜用筆：“用筆如折釵股，如屋漏痕，如錐畫沙，如壁坼，此皆後人之論……錐畫沙者，欲其匀而藏鋒。”

〔二〕韋昶：唐張懷瓘書斷卷下能品：“（晉）韋昶，字文休。誕兄，涼州刺史庾之玄孫。官至潁州刺史、散騎常侍。善古書大篆，見王右軍父子書，云：‘二王未足知書也。’又妙作筆，子敬得其筆，稱爲絕世。”

〔三〕“宣州諸葛氏云”八句：或謂宣州陳氏故事。柳學士：指柳公權。右軍：即王羲之。參見東維子文集卷九贈筆史陸潁貴序注。

〔四〕晉典衛：指後晉史弘肇。新五代史史弘肇傳：“史弘肇字化元，鄭州滎澤人也。爲人驍勇，走及奔馬……以功拜忠武軍節度使、侍衛步軍都指揮使……弘肇曰：‘安朝廷，定禍亂，直須長槍大劍，若毛錐子安足用哉？’三司使王章曰：‘無毛錐子，軍賦何從集乎？’毛錐子，蓋言筆也。弘肇默然。”

〔五〕班虎頭：指東漢班超。參見東維子文集卷二十五馮進卿墓志銘注。

〔六〕毛先生：指戰國時平原君趙勝門客毛遂。毛遂曾自喻錐處囊中，潁脱而出。詳見史記平原君列傳。

〔七〕季鑱兒：或作李鑕、李鑛，未詳。

〔八〕祖范陽：指祖逖異母兄祖納，祖納乃范陽（今北京市與河北保定一帶）人，故稱。晉書祖納傳：“納字士言，最有操行，能清言……時梅陶及鍾雅數説餘事，納輒困之，因曰：‘君汝潁之士，利如錐；我幽冀之士，鈍如槌。持我鈍槌，撾君利錐，皆當摧矣。’陶、雅并稱：‘有神錐，不可得槌。’納曰：‘假有神錐，必有神槌。’雅無以對。”

〔九〕拄頰樓：鐵崖晚年松江居所。參見宋濂撰鐵崖墓志。

〔十〕海雪生：蓋即海雪軒主人馬某。參見鐵崖先生詩集癸集海雪軒注。

〔十一〕龍虎山：道教聖地，位於今江西上饒。

贈相子先寫照序①〔一〕

士大夫寫照，非畫科比，而亦非畫史所能也。杜少陵詠曹將軍，能寫佳士，而不幸遭罹干戈之際，則移其貌佳士者貌常人矣〔二〕。此將軍之寫照，亦畫史科之庸耳，何以爲士大夫②！

錢唐相子先，通文史琴棋，寫照其餘事也。然所交皆海内知名之③士，交之深、敬之至者，輒退而傳其神，并其情性意度得之。非其人耳，其筆雖怵以權貴，誘以金玉，弗與也。則其秉志，與曹將軍者異矣。

余以忘年交子先，子先寫余老狀，人皆異之，曰：“畫史傳老鐵貌，而子先獨得其平日傲兀傑特④之氣、蕭散沖曠之懷。”深出筆墨之外，有間不容髮者，寫照不許畫科比者若是。

抑余聞宋有苔磯老人，落筆有驚人句。交湖海奇士，必傳其神於卷，凡若干人。雖其人在千里外，見于開卷之頃，若親接笑譚，洞見肺腑〔三〕。至今傳爲襃、鄂雅事〔四〕。子先寫余照，不知得奇士凡幾人，儻袤以成帙，吾當一一爲子贊之，俾不下於麒麟題⑤功臣者云〔五〕。

會稽楊維禎著，門人陳文東書〔六〕。

【校】

① 本文録自適園叢書本汪氏珊瑚網法書題跋卷十三，以文淵閣四庫全書珊瑚網、式古堂書畫彙考作校本。原本題作陳文東書楊廉夫贈相子先寫照序，諸校本同，今題徑删“陳文東書楊廉夫”七字。

② 士大夫：珊瑚網、式古堂書畫彙考作“士夫”。

③ 之：珊瑚網、式古堂書畫彙考無。

④ 特：珊瑚網作“峙”。

⑤ 題：珊瑚網作“顯”。

【箋注】

〔一〕本文當撰於鐵崖晚年退隱松江時期，即元至正二十年（一三六〇）以後。繫年依據：相子先家居華亭，且畫鐵崖老態。相子先：名禮，字子先。本文稱錢唐人，明、清畫傳則著録爲華亭人。蓋其先世居錢唐，移居松江。相禮滑稽多智。能詩善畫，畫學黃大癡，頗逼真。尤精于弈，當世無敵。明洪武中召至京，厚賜遣還，誠意伯劉基爲文贈之。參見明朱謀垔畫史會要卷四、佩文齋書畫譜卷五十五畫家傳、梧溪集卷四醉贈相子先。

〔二〕“杜少陵”四句：曹將軍：唐代著名畫師曹霸。杜甫丹青引贈曹將軍霸：“將軍畫善蓋有神，偶逢佳士亦寫真。即今漂泊干戈際，屢貌尋常行路人。”

〔三〕“抑余聞”九句：苔磯老人，指葉元素。葉元素字唐卿，號苔磯。宋陳郁藏一話腴外編卷下：“惟寫照入神，今僅葉苔磯一人而已。蓋苔磯讀唐詩數百家，落筆有驚人句。日與襃、鄂人物游泛江湖。吟人未識則討論之，既識則寫之。今積數卷，每一卷舒，如親與諸吟人談笑觴咏，窮達夷險，洞見肺肝,皆不能隱,真寫心者矣……故曰:寫照非畫科比,寫形不難,寫心惟難,寫之人尤其難者,良有以也。”

〔四〕褒、鄂:指唐代名將段志玄、尉遲恭。唐太宗封段志玄爲褒公,封尉遲恭爲鄂公,曹霸曾爲作肖像。杜甫丹青引贈曹將軍霸:“褒公鄂公毛髮動,英姿颯爽來酣戰。”

〔五〕麒麟題功臣:西漢甘露三年,宣帝詔令於麒麟殿畫功臣像,署其官爵姓名,以示褒奬。參見漢書蘇武傳。

〔六〕陳文東:名璧。鐵崖晚年弟子。參見楊鐵崖先生文集全録卷一壺月軒記注。

説郛序〔一〕

　　孔子述土羵、萍實於童①謡〔二〕,孟子證瞽瞍朝舜之語於齊東野人〔三〕,則知瑣語、虞初之流〔四〕,博雅君子所不棄也。天台陶君九成取經史傳記〔五〕,下迨百氏雜説之書二②千餘家,纂成一百卷,凡數萬條,翦揚子語〔六〕,名之曰説郛,徵余叙引。

　　閲之經月,能補余考索之遺。學者得是書,開所聞、擴所見者多矣。要之③其博古物,可爲張華〔七〕、路段〔八〕;其覈古文奇字,可爲子雲、許慎〔九〕;其索異事,可爲贊皇公〔十〕;其知天窮數,可爲淳風、一行〔十一〕;其搜神怪,可爲鬼董狐〔十二〕;其識④蟲魚草木,可爲爾雅;其紀山川風土,可爲九丘〔十三〕;其訂古語,可爲鈐契;其究諺談,可爲稗官;其資謔浪調笑,可爲軒渠子〔十四〕。昔應中遠作風俗通〔十五〕,蔡伯喈作勸學篇〔十六〕,史游作急就章〔十七〕,猶皆傳世,況是集之用工深而資識者大乎! 其可傳於世無疑也。

　　雖然,揚子謂:天地,萬物郛也;五經,衆説郛也。是五經郛衆説也。説不要諸聖經,徒旁⑤搜泛采,朝記千事,暮博千物,其於仲尼之道何如也? 孟子曰:“博學而詳説之,將以反⑥説約也〔十八〕。”約則要諸道也已。九成尚以斯言勉之。會稽抱樸遺⑦叟楊維禎序。

【校】

① 本文録自明宛委山堂刻一百二十卷本説郛卷首,校以中國書店影印涵芬樓

一九二七年刊説郛本。童：涵芬樓刊本作“僮”。

② 二：涵芬樓刊本無。

③ 之：涵芬樓刊本無。

④ 識：原本作“職”，據涵芬樓刊本改。

⑤ 旁：涵芬樓刊本作“勞”。

⑥ 反：原本作“及”，據涵芬樓刊本改。

⑦ 抱樸遺：涵芬樓刊本作“抱遺”。

【箋注】

〔一〕本文之撰寫，不得遲於明洪武二年(一三六九)，其時鐵崖隱寓松江。繫年
　　依據：其一，鐵崖與説郛編者陶宗儀結識於晚年退隱松江時期，即元至正
　　二十年以後。其二，洪武二年歲末，鐵崖應徵進京，數月後因病返回，不久
　　病卒。故本文必撰於赴京以前。

〔二〕孔子述土羵萍實於童謡：孔子家語卷四辯物：“季桓子穿井，獲如玉缶，其
　　中有羊焉。使使問孔子曰：‘吾穿井於費，而於井中得一狗，何也？’孔子
　　曰：‘丘之所聞者，羊也。丘聞之：木石之怪夔魍魎，水之怪龍罔象，土之
　　怪羵羊也。’”萍實，參見鐵崖先生古樂府卷九小臨海曲注。

〔三〕孟子證瞽瞍朝舜之語：孟子萬章：“咸丘蒙問曰：‘語云：盛德之士，君不得
　　而臣，父不得而子。舜南面而立，堯帥諸侯北面而朝之，瞽瞍亦北面而朝
　　之。舜見瞽瞍，其容有蹙。孔子曰……’孟子曰：‘否！此非君子之言，齊
　　東野人之語也。’”

〔四〕瑣語：晉書束皙傳：“太康二年，汲郡人不準盜發魏襄王墓，或言安釐王
　　冢，得竹書數十車……瑣語十一篇，諸國卜夢妖怪相書也。”虞初：文選張
　　衡西京賦：“小説九百，本自虞初。”注：“小説，醫巫厭祝之術，凡有九百四
　　十三篇。言九百，舉大數也。善曰：漢書曰：虞初周説九百四十三篇。
　　初，河南人也。武帝時以方士侍郎，乘馬，衣黄衣，號黄車使者。”

〔五〕陶君九成：名宗儀。參見東維子文集卷二十四白雲漫士陶君墓碣銘注。

〔六〕揚子：指西漢揚雄。揚子法言卷四問神篇：“大哉！天地之爲萬物郭，五
　　經之爲衆説郛。”

〔七〕張華：晉人。撰有博物志。

〔八〕路段：不詳。

〔九〕子雲：西漢揚雄。揚雄撰有訓纂篇、方言。許慎：東漢許慎著説文。

〔十〕贊皇公：唐李德裕。李德裕撰有次柳氏舊聞。

〔十一〕 淳風、一行：皆唐人。李淳風，岐州雍人。幼俊爽，博涉群書，尤明天文、曆算、陰陽之學。僧一行，姓張氏，先名遂，魏州昌樂人。少聰敏，博覽經史，尤精曆象、陰陽、五行之學。舊唐書皆有傳。

〔十二〕 鬼董狐：指晉人干寶。玉芝堂談薈卷七鬼董狐：“晉干寶撰搜神記，時人稱之曰：‘卿可謂鬼之董狐。’”按：董狐爲春秋時晉國太史，後世成爲良史之代名詞。

〔十三〕 九丘：相傳爲上古書名。

〔十四〕 軒渠子：指宋吕居仁。吕居仁撰有軒渠録，“皆紀一時可笑之事”。載說郛卷三十四。

〔十五〕 應中遠：即應仲遠。仲遠乃漢末應劭字。應劭撰有風俗通義。

〔十六〕 蔡伯喈：名邕。漢末蔡邕撰有勸學篇一卷，舊唐書經籍志納入“小學部”。

〔十七〕 史游：西漢元帝時宦官，任黃門令。所撰急就章，又稱急就篇。

〔十八〕 “博學而詳説之”二句：出自孟子離婁。

潛溪新集序①〔一〕

客有持子宋子潛溪諸集來者〔二〕，曰：“某帙，宋子三十年山林之文也；某帙，宋子近著館閣之文也。其氣貌聲音，隨其顯晦之地不同者，吾子當有以評之。”

余家浙水東〔三〕，去宋子之居不百里遠〔四〕，知宋子之劬學。入青蘿山中〔五〕，不下書屋若干年；得鄭氏所蓄書數萬卷，書無不盡閱，閱無不盡記，於是學成〔六〕，著書凡若干萬言。

其文之師者，性②也；性之師者，道也；道之師者，先王先聖也。而未嘗以某代家數爲吾文之宗，某人格律爲吾文之體。其所獨得者，三十年之心印，律之前人，石不能壓之而鈞，鈞不能壓之而斤者，萬萬口之定價也。昔之隱諸山林者，燁③乎其虎豹烟霞也；今之顯諸館閣者，燦乎其鳳皇日星也。果有隱顯易地之殊哉！不然，以宋子氣枯神寂於山林，以④志揚氣滿於館閣，是其文與外物遷，何以爲宋子？

抑余聞婺學在宋有三氏〔七〕，東萊氏以性學紹道統〔八〕，説齋氏以經世立治術〔九〕，龍川氏以皇帝王霸之略志事功〔十〕，其炳然見於文者，各自造一家,皆出於實踐而取信於後之人而無疑者也。宋子之文,根性道榦諸治術,以超繼三氏於百十年後,世不以歸之⑤柳、黄、吳、張[十一],而必以宋子爲歸。嘻,三十年之心印,萬萬口之定價,於斯見矣。客何以山林館閣歧宋子之文而求之哉!

客韙吾言,録吾言爲子宋子潛溪新集序。洪武庚戌二月初吉,會稽老友楊維楨序⑥。

【校】

① 本文録自明正德九年張縉刊宋學士文集本,校以金華叢書宋學士全集本、清末孫鏘編刊本(載八十三卷本宋文憲公全集附録潛溪録卷四經籍考)。潛溪新集:原本作"翰苑集",據篇末鐵崖語及潛溪録本改。

② 性:潛溪録本作"聖"。下同。

③ 燁:金華叢書本作"煜",潛溪録本作"奕"。

④ 以:潛溪録本作"與"。

⑤ 之:潛溪録本作"於"。

⑥ 洪武庚戌二月初吉會稽老友楊維楨序:金華叢書本作"洪武庚戌二月序於會稽之修竹山房",大誤。其時鐵崖到達金陵不久。參見注釋。

【箋注】

〔一〕文撰於明洪武三年庚戌(一三七〇)二月一日,其時鐵崖應召修禮樂書,從松江來到都城金陵未滿一月。又,潛溪録編者孫鏘於題下注曰:"潛溪新集十卷,洪武三年刊。"

〔二〕宋子:即宋濂。明史有傳。

〔三〕浙水:即浙江,指錢塘江。

〔四〕"余家浙水東"二句:宋濂居浦江(今屬浙江),與鐵崖家鄉諸暨接壤。

〔五〕青蘿山:位於浦江縣(今屬浙江金華市)。嘉靖浦江志略卷一疆域志:"(縣東)三十里曰玄蘿山;曰東明山,有書院,宋景濂講道之所也;曰青蘿山,宋景濂遷居之地也。"又,光緒浦江志略卷二輿地志:"青蘿山,縣東三十里,高五十丈。峰頂圓粹,左側呀谿丈許,名小龍門,南皆平壤。元至正三年,宋濂築青蘿山房,自金華徙居於此。"

〔六〕"得鄭氏所蓄"四句:鄭氏,浦江麟溪之大户人家,世稱義門鄭氏。元順帝元統二年(一三三四),即宋濂二十五歲之際,吳萊授學於浦江鄭氏,金華胡翰邀宋濂前往共學古文辭,宋濂遂至浦江。鄭氏蓄書數萬卷,宋濂苦讀且勤記。詳見清朱子愷、戴襟三撰宋文憲公年譜。

〔七〕婺學：指金華學術圈。明王褘王忠文公文集卷七送胡先生序：“尚論吾婺
　　學術之懿，宋南渡以還，東萊呂成公、龍川陳文毅公、説齋大著唐公，同時
　　并興。呂公以聖賢之學自任，上繼道統之重；唐公之學蓋深究帝王經世之
　　大誼，而陳公復明乎皇帝王霸之略，而有志於事功者也。”

〔八〕東萊氏：呂祖謙。呂祖謙（一一三七——一一八一），字伯恭，尚書右丞好
　　問之孫。自其祖始居婺州（今浙江金華）。學者稱爲東萊先生。宋史
　　有傳。

〔九〕説齋氏：唐仲友。唐仲友（一一三六——一一八八）字與政，號説齋，金華
　　（今屬浙江）人。紹興中登進士第，復中宏詞科。後守台州，爲朱熹所論
　　罷，故宋史不爲立傳。王象之輿地紀勝稱其博文洽識，尤尚經制之學。
　　又，朱右白雲藁有題宋濂所作仲友補傳，謂仲友在台州發粟賑饑，抑奸拊
　　弱，立身自有本末。著作有説齋文集、帝王經世圖譜等。參見四庫全書總
　　目帝王經世圖譜、全宋文第二六〇册唐仲友小傳。

〔十〕龍川氏：陳亮。陳亮（一一四三——一一九四），字同父，學者稱龍川先
　　生，婺州永康（今屬浙江）人。謚文毅。宋史有傳。

〔十一〕柳、黄、吴、張：分別指柳貫、黄溍、吴萊、張樞，元史皆有傳。

卷一百四　鐵崖佚文編之三記

卷一百四　鐵崖佚文編之三記

武林弭災記①〔一〕

　　至正二年四月一日，杭城火災〔二〕，燬民廬舍四萬有畸。明年五月四日，又災，作於車橋〔三〕，火流如烏孛，如桴②衝，所指即炎，勢且偪西湖書院〔四〕。在官工③徒奔走，莫遑救，武守府守雖亢④而無所於用。肅政司在院東〔五〕，於時憲副高昌幹樂公、覃懷李公、憲僉大名韓公，暨⑤知事廣平張公、照磨睢陽張公，齊面火叩首，曰：“火寧焚予躬，勿民災也。”言一脫口，風從西北轉東南，若有神幟⑥煽而返者。鬱攸熖及院北垣，即銷滅沉去，又若金支赤蓋⑦渡河而溺也。繇是院與司皆安堵如故，而城郭郊保賴以安全。院之山長毗陵錢瓊偕城中高年〔六〕，尋余西湖之陰，請紀其事。辭弗獲，則爲之言曰：

　　迅矣哉，天之以火警人也！敏矣哉，人之以心迴天也！當鬱攸之勢卷土而至，雖水犀百萬之兵莫能敵也。而憲府官并心一念，罪及於躬，憂及乎民，而返風滅⑧火之應，捷於影響。昔⑨子產曰：“天道遠，人道邇〔七〕。”人遂以天爲虛無曠邈，不與人接，不知其遠者在其道之邇者耳。故閱釁於災，而知有天道者以此。於乎，吾觀劉昆事而徵於今〔八〕，仁人一念之利，索於無爲者，固優於丈城表道之力夫火者哉！宋璟都督廣州，民居無延燬，且爲立紀頌〔九〕。今風紀者之德，爲出政之本，足以迴天弭變⑩，於是乎知有天道，固宜詳録其官氏，登諸貞石，以風勵有民社者，使知人之感天者至敏，而天之應人者至近不遠也。於是乎書⑪。

　　賜進士出身、承事郎、前台州路天台縣尹兼勸農事楊維楨撰，文林郎、江浙等處儒學副提舉陳遘書〔十〕，奉政大夫、江浙等處儒學提舉班惟志篆蓋〔十一〕。至正三年十二月望日，耆儒朱慶宗〔十二〕、張慶孫〔十三〕，教導葉森〔十四〕、姚潛，儒職葉寶孫〔十五〕、張榮老、盛明德、陳珪、殷弘毅、家鼎孫、范儉孫、陳垍孫、吳槙，直學朱儼、莫維能，學吏葉廷桂，耆老呂大榮、徐永德、沈從善、張燾、劉道隆、顧德潤、程德晉、吳元澤〔十六〕、沈富仁、蕭德誠等立石。

【校】

① 本文録自清倪濤輯武林石刻記卷二,以文淵閣四庫全書本六藝之一録卷一百一十一武林石刻、嘉靖仁和縣志卷十四遺文所録此文對校。嘉靖仁和縣志所録不全。武林弭災記:嘉靖仁和縣志本題作江浙廉訪司弭災記。

② 桴:六藝之一録作"棓"。

③ 工:原本作"正",據嘉靖仁和縣志改。

④ 宄:原本作"庀",據嘉靖仁和縣志改。

⑤ 暨:原本無,據六藝之一録補。

⑥ 幟:原本作"熾",據嘉靖仁和縣志、六藝之一録改。

⑦ 蓋:原本空闕一字,據嘉靖仁和縣志、六藝之一録補。

⑧ 滅:嘉靖仁和縣志作"息"。

⑨ 昔:原本無,據六藝之一録補。

⑩ 變:嘉靖仁和縣志作"災"。

⑪ 嘉靖仁和縣志終止於此。

【箋注】

〔一〕本文撰於元至正三年(一三四三)冬。其時鐵崖服喪期滿已數年,攜妻兒寓居杭州,欲補官而不得,授學爲生。

〔二〕杭城火災:南村輟耕録卷九火災:"至正二年四月一日,杭城火災,昔所未有,且尤盛於去年。數百年浩繁之地,日就凋弊。"

〔三〕車橋:在杭州西河上。參見萬曆杭州府志卷二十山川一。

〔四〕西湖書院:參見東維子文集卷十二重修西湖書院記注。

〔五〕肅政司:此指江南浙西道肅政廉訪司,設於杭州。

〔六〕錢瓊:毘陵(今江蘇常州)人。元至正初年任西湖書院山長。按:錢瓊或至明初尚存。明洪武六年正月,蘇州知府魏觀於郡學行鄉飲酒禮,宴請賓客中有錢瓊。參見王彝鄉飲酒碑銘(載明陳暐編吳中金石新編卷一)。

〔七〕"天道遠"二句:春秋時鄭國丞相子產語。詳見左傳昭公十八年。

〔八〕劉昆:東漢時人。後漢書劉昆傳:"劉昆字桓公,陳留東昏人……建武五年,舉孝廉,不行,遂逃,教授於江陵。光武聞之,即除爲江陵令。時縣連年火災,昆輒向火叩頭,多能降雨止風。"

〔九〕"宋璟都督廣州"三句:舊唐書宋璟傳:"宋璟,邢州南和人……轉廣州都督,仍爲五府經略使。廣州舊俗,皆以竹茅爲屋,屢有火災。璟教人燒瓦,改造店肆,自是無復延燒之患。人皆懷惠,立頌以紀其政。"

〔十〕陳遵:台州臨海(今屬浙江)人。翰林待制陳孚之子,官至江浙行省左右司員外郎致仕。生平附見元史陳孚傳。

〔十一〕班惟志:字彦功,號恕齋,汴梁(今河南開封)人,寓杭州。師事鄧文原。後至元三年,任平江路常熟知州。至正初,提舉江浙儒學。秩滿北上,授集賢待制。後南歸,卒於杭州。博學,工文詞,能制曲,善篆書。參見孫楷第元曲家考略丁稿、全元文第四十六册班惟志小傳。

〔十二〕朱慶宗:杭州人。曾捐田給西湖書院。黃溍西湖書院田記:"朱慶宗以二子嘗肄業其中,念無以報稱,乃捐宜興州泊陽村圩田二百七十有五畝,歸於書院。遵著令,減其租什二,實爲米一百三十有二石,請別儲之,以待書庫之用。"(載文獻集卷七。)至正初年在世。

〔十三〕張慶孫:元泰定元年以前,曾任西湖書院教諭。至正初年在世。參見陳袤撰西湖書院重整書目記(載武林石刻記卷二)。

〔十四〕葉森:乾隆杭州府志卷九十三文苑傳:"葉森,字景修,錢塘人。早從貞白先生吾子行游,古文詩歌咸有法度。"據本文,元至正三年前後,葉森當任杭州府學教導。又按民國杭州府志卷九十藝文志五,著録有葉森撰瓦釜鳴集三卷,然謂其字爲景瞻。

〔十五〕葉寶孫:於元順帝至元年間曾任湖州路安定書院學官,參見吳興金石記卷十五大元湖州路安定書院夫子燕居堂碑銘。

〔十六〕吳元澤:於元順帝至元年間曾在杭州任司吏。參見清王昶輯金石萃編未刻稿卷中西湖書院三賢祠記。

東湖書院修造田記①〔一〕

長興陳濆里蔣義門氏德芳甫來謁余錢唐〔二〕,曰:"克明悼浙大家既贏②,又操狹取贏不止,丁造物者忌,贏與狹并喪,後至亡噍類者,不學過③也。克明承先人之遺休,得以義名門、教立塾。里亡賴兒家有子弟志乎成德達材,皆吾先人之澤也。於是東湖書院名於江浙八十有四之中者,實克明伯父慶元主簿君之始創〔三〕,時至元二十四年丁亥也〔四〕。已捐田隸④之二百五十畝,山地一千七十六畝。至治辛酉〔五〕,

克明從父居仁白於有司〔六〕，轉聞於中書省⑤，得畀書院額。泰定丁卯〔七〕，行中書省置山長一員，至院主教事，從父居仁暨必壽弟尋倡首〔八〕，益以田二百四畝，山地二⑥百八十四畝。由是春秋祀事無闕⑦，庖廩⑧之供、什器之須，與夫摹鋟書板之費，靡不給足。閱歲滋深，殿堂門廡日就摧廢，必加葺理。克明懼費之侵於養也，至元後⑨己卯〔九〕，復輟己田一百畝歸之，別儲其入，顓給修營造之費；仍爲要束，毋以他用弛⑩貸。又懼來者之弗察也，或變其成規，則不可無言者規⑪諸石也。謹已伐石⑫，願先生賜之言。"

余爲之喟然曰："古之書院，禮義出也；今之書院，類出於名。甚至徹旌命，祁世禄，其貿者博矣。不幸一再傳，子孫弗率，則視尺橼寸土爲故家舊物，不能爲小靳，肯又舍所有乎⑬？聞蔣氏之先，修身起家，立大宗法以合乎族屬，斥浮屠教以樹乎喪祀⑭，禮義之宗也，宜其家塾遺制獨去古未遠。子孫如德芳者，又纂承其先志而圖其所弗墜，不惟無所靳，又舍所有以利於人，非敦乎義者不能也。義之所在，既以名其門，又以名其田，又悉之於一井一冢、一舟一梁之及。蔣氏之義推而行之，殆不可勝用。吁，豈惟賢於浙大家而已哉！"

主簿蔣君，諱必勝，字質甫，別號容齋。起身教授高郵、池州，用資格序遷慶元以没。德芳出主簿之嫡後仲氏運⑮〔十〕，尚義而好學，有主簿君之遺風焉。田山步畝鄉落，詳列石陰，此⑯不著。

【校】

① 本文録自崇禎六年刊明董斯張等輯吳興藝文補卷二十八，校以嘉慶十年刊長興縣志卷二十六碑碣、同治十三年修光緒十八年補刊長興縣志卷三十碑碣所載此文。按：長興縣志題下有小字注："石佚，據楊維禎東維子集載文。"然今所見東維子文集未載此文。

② 既贏：原本與同治長興縣志皆作"□既贏止"，據嘉慶長興縣志改。

③ 過：嘉慶長興縣志作"故"。

④ 已捐田隷：嘉慶長興縣志作"原捐田地"。

⑤ 省：原本無，據嘉慶長興縣志增補。

⑥ 二：嘉慶長興縣志作"四"。

⑦ 闕：嘉慶長興縣志作"闕乏"。

⑧ 廩：嘉慶長興縣志作"湢"。

⑨ 後：原本脱，據嘉慶長興縣志補。參見注釋。

⑩ 弛：原本作“賑”，據嘉慶長興縣志改。

⑪ 規：嘉慶長興縣志作“視”。

⑫ “謹已伐石”四字，原本脱，據嘉慶長興縣志補。

⑬ “甚至徹旌命，祁世禄，其貿者博矣。不幸一再傳，子孫弗率，則視尺椽寸土
爲故家舊物，不能爲小靳，肯又舍所有乎”四十四字，原本脱，據嘉慶長興縣
志補。

⑭ 祀：嘉慶長興縣志作“紀”。

⑮ “仲氏運”三字，嘉慶長興縣志無。

⑯ 此：原本脱，據嘉慶長興縣志補。

【箋注】

〔一〕文當撰於元至正四年(一三四四)冬，即蔣克明專程至錢塘聘請鐵崖到東
湖書院授學之時。其時鐵崖寓居錢塘，授學爲生。參見東維子文集卷二
十五蔣生元冢銘。東湖書院：明董斯張吳興備志卷十四書院：“東湖書院
在長興縣東北二十五里，元時邑人蔣必勝創，詔賜額名(續文獻通考)。”

〔二〕蔣義門氏德芳：指蔣克明。蔣克明字德芳，號逸休居士，吳興長興縣安化
鄉人。克明爲必直子，必勝侄。曾捐田建義家，人稱“義門蔣氏”。任宣政
院掾。子元，從學於鐵崖。參見東維子文集卷二十五蔣生元冢銘、嘉慶長
興縣志卷十三陵墓。

〔三〕主簿君：蔣必勝。嘉慶長興縣志卷二十人物：“蔣必勝，字質甫，號容齋。
以明經教授高郵、池州，歷慶元主簿。至元丁亥，創東湖書院，割田地山十
數頃有奇，以供春秋祀事、師生廪餼之用。”

〔四〕至元二十四年丁亥：即公元一二八七年。

〔五〕至治辛酉：即元英宗至治元年(一三二一)。

〔六〕居仁：嘉慶長興縣志卷二十人物：“至治辛酉，(蔣)必勝弟居仁白有司，轉
聞於中書省，得書院額。益以田二百四畝，祀事無闕。立大宗法以合族
屬，斥浮屠教以樹喪紀，設義倉以濟鄉人，置義家以澤枯骨，凡四世同居。
至元乙卯，蔣克明復輟田百畝歸之，由是稱‘義門蔣氏’。”按：乙卯，當作
“己卯”。參見後注。

〔七〕泰定丁卯：即泰定帝泰定四年(一三二七)。

〔八〕必壽：蔣必勝之弟，“好義，善守家法”。參見光緒湖州府志卷七十七
人物。

〔九〕至元後己卯：指元順帝至元五年（一三三九）。

〔十〕仲氏運：指蔣必勝胞弟必直。運：蓋爲蔣必直字。必直乃蔣克明父。按：同治長興縣志卷十三陵墓著録“文學蔣元墓”，謂克明父必直爲慶元主簿。誤將蔣必勝、蔣必直兄弟混爲一談。

游横澤記①〔一〕

至正丁亥三月癸卯朔〔二〕，雨。甲辰，雨。乙巳，雨歇，塗淖，不可馬。丙午，大晴，吴城張景雲買青雀舫蘇臺下〔三〕，約行石湖道。同受約：雲丘張仲簡〔四〕，濮陽吴孟思〔五〕，錫山孟季成〔六〕，四明釋覺元〔七〕，姑胥張習之〔八〕、夏起元〔九〕、張守中〔十〕，上饒謝君用、謝君舉〔十一〕，毗陵張景宜〔十二〕，富春吴近仁〔十三〕，金華周子奇〔十四〕，三山唐明遠也〔十五〕。

是日具酒其舟中。翌旦，舟行出閶門〔十六〕，過虹橋，歷長蕩，即抵横澤。繫舟水楊岸，登顧氏園〔十七〕，世傳吴故茂苑也〔十八〕。主人仲仁出御客〔十九〕，小酌梅花亭。素壁寫丹丘生風篁兩枝〔二十〕，主人徵予題。已而移尊錦雲亭，木芍藥有半開者，曰“御愛黄”云。復挈酒度橋，至壺中林壑亭。六出②結頂，頂製工甚，扁書米元暉〔二十一〕。主人云是吕保相舊池亭〔二十二〕，從蜀來者是也。登錫③石臺，憩松巖，扁書趙孟頫〔二十三〕。下穿石室，出流觴池，揭石封，令水湧，行羽觴酌客。復西，度橋，折入浮月橋。亭曰濟④月，張即之書也〔二十四〕。主人命作樂侑觴，曰：“南北詩人多留句於此。”復徵予作。題畢，過翠荷亭，觀元暉詩迹。入百客堂，手摩大⑤奇石十株，念忽感曰：“適何來何往，還從何去？”覺元即應聲曰：“無住⑥無去。”旁玩柚檜桂柏、方竹裸卉，及名盧俊鶻、錦雅仙驥之觀。未幾，主長孟貞來〔二十五〕，領□別院酌茗飲。移飐酒舟所，舟廻經虎阜，謁吴王光墓。再移尊酌劍池上〔二十六〕。下山，日已暮，景雲再治酒舟中，命小娃秦聲行酒令，用“是日也，天朗氣清，惠風和暢〔二十七〕”，分十一韻，各卷紙闘韻〔二十八〕。詩不成者，浮大白三。

明日，微雨早作。雨止，諸客將再買舟石湖上〔二十九〕，游靈巖、天平〔三十〕。余曰：“興已敗⑦矣。”景雲曰：“酒有餘罍，肉有餘豆。游可止，飲可止乎？”遂宴景雲家。景宜善作米畫〔三十一〕，起持筆曰：“山不必游。某請圖靈、平山也。"余目之曰"臥游"。景雲復出湘錦卷,請寫紀游一通[三十二]。侍研者曰曹笑春。

約而不至者三人:仲簡、孟思、季成也。

【校】

① 本文録自新陽趙氏叢刊本游志續編,以宛委別藏本游志續編作校本。

② 出:原本無,據宛委別藏本增補。

③ 錫:宛委別藏本作"觀"。

④ 按:鐵崖先生詩集甲集有游顧園詩,題作游横澤顧氏園題霽月亭,知"濟"又作"霽"。

⑤ 大:宛委別藏本作"夭"。

⑥ 住:宛委別藏本誤作"往"。

⑦ 敗:宛委別藏本作"盡"。

【箋注】

〔一〕文撰於元至正七年(一三四七)三月六日,即游横澤次日。其時鐵崖游寓姑蘇一帶,授學爲生。横澤:又稱横塘。明王鏊姑蘇志卷十水:"胥口之水,自胥口橋東行九里,轉入東西醋坊橋,曰木瀆,香水溪在焉。又東入跨塘橋,與越來溪會,曰横塘。"

〔二〕至正丁亥:即至正七年(一三四七)。

〔三〕張景雲:吴城(今江蘇蘇州)人。元至正年間在世,當爲姑蘇大户。

〔四〕張仲簡:即張簡,吴人。參見鐵崖先生古樂府卷二周郎玉笙謡注。

〔五〕吴孟思:即吴睿。嘉靖崑山縣志卷十二藝能:"吴睿(一二九八──一三五五)字孟思,自杭來居崑山。少好學,工翰墨,尤精篆、隸。師吾衍,得其書法,四方來求書者日衆……爲人外不爲物忤,而内甚剛介。所交多達官,而絶無求薦進意。卒於崑山。"按:吴睿先世河南濮陽,至正十五年三月卒。參見誠意伯文集卷八吴孟思墓志銘。

〔六〕孟季成:嘗從學於鐵崖。參見東維子文集卷六春秋百問序注。

〔七〕釋覺元:即釋照。其生平參見西湖竹枝集詩人小傳。

〔八〕張習之:習之當爲其字,其名或爲習,姑蘇人。元至正年間,張憲、周砥皆有詩贈張習之。參見玉笥集卷五、卷八,草堂雅集卷十二以及鐵崖撰題李薊丘秋清野思圖(載本書佚文編)。

〔九〕夏起元:疑爲西夏高起文之誤。參見本卷下一篇游石湖記。

〔十〕張守中：張大本。參見東維子文集卷十四修齊堂記注。

〔十一〕謝君舉：謝鈞，字君舉。從鐵崖游學十年。參見東維子文集卷八謝生君舉北上序注。按：謝君用、謝君舉均爲上饒人，當是兄弟。

〔十二〕張景宜：景宜當爲其字，其名不詳，毗陵（今江蘇常州一帶）人。擅長丹青，畫風似米芾。

〔十三〕吳近仁：吳毅。吳毅爲吳復子，其父子皆從學於鐵崖。參見大雅集卷七、東維子文集卷二十五吳君見心慕銘注。

〔十四〕周子奇：周琦。元至正七、八年間頗與鐵崖諸人游處。其笙妙絶，聞者飄然。參見鐵崖先生古樂府卷二周郎玉笙引注。

〔十五〕唐明遠：明遠當爲其字，其名不詳，三山（今福建福州）人。按：至正初年又有嘉禾武塘人唐明遠，或稱之爲武林人，與吳鎮、吳瓘等文人畫師交往密切。疑與本文所謂"三山唐明遠"屬同一人，或其祖籍三山。參見式古堂書畫匯考卷五十三元人八段圖卷之八、趙氏鐵網珊瑚卷十一揚補之墨梅圖吳鎮題跋。

〔十六〕閶門：蘇州古城門，西門之一。相傳吳王闔閭營建。

〔十七〕顧氏園：南村輟耕録卷二十六浙西園苑："浙西園苑之勝，惟松江下砂瞿氏爲最古……次則平江福山之曹、橫澤之顧，又其次則嘉興魏塘之陳。"

〔十八〕茂苑：又名長洲苑。乃春秋時吳王闔閭游獵處。參見江南通志卷三十一輿地志。

〔十九〕仲仁：姓顧。元至正年間橫澤顧園主人。

〔二十〕丹丘生：指柯九思。參見東維子文集卷二十四亡兄雙溪書院山長墓志銘注。

〔二十一〕米元暉：即米友仁。米芾之子。其字元暉，小字虎兒。傳附宋史米芾傳。

〔二十二〕吕保相：指南宋末衛國公吕文德。文德爲吕文煥兄，生平附見新元史吕文煥傳。

〔二十三〕趙孟頫：元史有傳。參見鐵崖先生詩集乙集題松雪雙松圖。

〔二十四〕張即之：生平見宋史文苑傳。按：當時楊維楨所作所題，即游橫澤顧氏園題霽月亭。其詩尚存，見鐵崖先生詩集甲集。

〔二十五〕主長孟貞：蓋爲當地道觀住持。

〔二十六〕吳王光：吳王闔廬，闔廬即公子光。吳王光墓及劍池。均參見鐵崖先生古樂府卷四虎丘篇注。

〔二十七〕“是日也”三句：出自王羲之蘭亭集序。

〔二十八〕“分十一韻”二句：鐵崖先生詩集甲集有分得和字韻，即屬此分韻之作。可參看。

〔二十九〕石湖：參見鐵崖先生古樂府卷三花游曲注。

〔三十〕靈巖、天平：下文稱靈、平山，即靈巖山、天平山，位於今蘇州西南木瀆一帶。

〔三十一〕米畫：指用宋人米芾筆法作畫。

〔三十二〕寫紀游一通：當指此游橫澤記。按：鐵崖又有詩記此橫澤之游，名曰紀游，載鐵崖先生詩集甲集。

游石湖記①〔一〕

蘇名山水，其魁者夫椒、震澤〔二〕，其次虎丘、劍池、靈岩、天平、石湖、楞伽諸山也〔三〕。白樂天守蘇，於虎丘一月一游〔四〕，至連五日夜遨游太湖，不以爲過〔五〕。以樂天之官守，不爲文法窘束，而肆志山水之樂如此，矧無窘於文法者乎？吾黨之將儔命匹，挾乎女伶如容、滿、蟬、態〔六〕，以迹夫樂天氏之游者，又何過乎！

至正七年三月五②日，予既得與吳中張景雲而下客凡十一人；越十有五日，又得與吳中顧伯敏〔七〕、張仲簡〔八〕，西夏高起文〔九〕、張俊德游石湖諸山〔十〕。一月載游，于樂天殆若過之。

朝步自鵲橋，過百花洲〔十一〕，登姑蘇臺〔十二〕。予賦詩臺上，曰：“橫洲草色綠裙腰，臺上春泥徑已消。祇有越來溪上水〔十三〕，聲聲猶帶伍胥潮〔十四〕。”仲簡和云：“梁燕低飛妬舞腰，春洲寂寂百花消。扁舟不見鴟夷子〔十五〕，空使江城響怒潮。”

午，登舟盤門下〔十六〕，主人以脼脯飯客梁糗。仲簡出禮部韻征聯句〔十七〕，而賣謳者來，曰周碧蓮氏、張錦錦氏，笙師周子奇出十二簧和謳者〔十八〕。主曰：“笙歌麻沸，冷生活。姑置。”遂割羔傳酒令行觴。過橫塘，至石湖。欲抵綠庵，石尤風急甚〔十九〕，回舟，泊行春橋下。換輿，登上方五王祠〔二十〕。少歇，楞伽寺寺僧晚堂領客觀冽泉〔二十一〕，登西崦石壇酌酒。偕至五王所，晚堂云：“吳王拜郊壇址也。”誦唐賢許渾詩〔二十二〕，且索予詩。予遂和渾詩曰："五茸青草野麋來〔二十三〕，城築金錐亦已摧。白髮老僧③談故事，五王宮殿是郊臺。"仲簡和云："湖上春雲挾雨來，楞伽山木盡低摧。吳王廢冢花如雪，猶自吹香上舞臺。"少時微雨東來，急返舟次。主再治酒舟中，杯行無算，以各闘果令爲多少飲數。予於客年最高，而飲量最少，輒頽然醉去。

酒散，子奇出紙諸客，求賦玉笙樂府。明日，予爲補玉笙謠一首云云〔二十四〕，且書遺仲簡同賦。是歲丁亥，三月十九日辛酉，會稽楊維貞述。

【校】

① 本文録自新陽趙氏叢刊本游志續編，以宛委別藏本游志續編作校本。

② 五：原本作"三"，據鐵崖撰游橫澤記（文載本卷）所述改。

③ 僧：宛委別藏本作"身"。

【箋注】

〔一〕本文撰於元至正七年（一三四七）三月十九日。其時鐵崖游寓姑蘇，授學爲生。石湖：參見鐵崖先生古樂府卷三花游曲注。

〔二〕夫椒：山名。即洞庭西山，在太湖中。又名包山。震澤：太湖古名。參見江南通志卷十二山川二蘇州府。

〔三〕虎丘、劍池、靈岩、天平、石湖、楞伽：參見上篇游橫澤記。

〔四〕"白樂天守蘇"二句：白居易集箋校卷二十四夜游西武丘寺八韻："不厭西丘寺，閑來即一過……領郡時將久，游山數幾何？一年十二度，非少亦非多。"據朱金城撰白居易年譜及本詩箋注，唐敬宗寶曆元年（八二五）三月，白居易出任蘇州刺史，次年九月罷官。夜游西武丘寺詩即作於寶曆二年，當時白居易五十五歲。

〔五〕"至連五日夜"二句：白居易泛太湖書事寄微之："報君一事君應羨，五宿澄波皓月中。"

〔六〕容、滿、蟬、態：白居易侍姬名。白居易夜游西武丘寺八韻："搖曳雙紅旆，娉婷十翠娥。自注曰：'容、滿、蟬、態等十妓從游也。'"又，宋龔明之撰中吳紀聞卷一白樂天："白樂天爲郡時，嘗攜容、滿、蟬、態等十妓，夜游西武丘寺，嘗賦紀游詩。"

〔七〕顧伯敏：伯敏當爲其字，其名不詳，姑蘇人。

〔八〕張仲簡:張簡。參見鐵崖先生古樂府卷二周郎玉笙謡注。

〔九〕高起文:昂吉。草堂雅集卷九:"昂吉,字啟文,西夏人。登戊子進士榜,受紹興録事參軍。多留吴中,時扁舟過余(顧瑛)草堂。其爲人廉謹寡言笑。非獨述作可稱,其行尤足尚也。"按:元詩選載顧瑛於聽雪齋以"夜色飛花合、春聲度竹深"分韵得"聲"字詩,附西夏昂吉起文至正九年十二月望日序。知昂吉字啟文之"啟",又作"起"。"西夏高起文"即昂吉,"高"當爲其漢姓。

〔十〕張俊德:其先西夏人,改從漢姓。元末任教諭。參見王逢梧溪集卷四贈張俊德教諭彦中録事。

〔十一〕百花洲:正德姑蘇志卷三十三古迹:"百花洲在西城下,胥、盤二門之間。"

〔十二〕姑蘇臺:參見鐵崖賦稿卷上姑蘇臺賦。

〔十三〕越來溪:參見鐵崖先生古樂府卷十吴下竹枝歌七首之二注。

〔十四〕伍胥潮:即錢塘江潮。此蓋泛指江潮。

〔十五〕鴟夷子:指春秋時人范蠡。參見鐵崖先生古樂府卷三五湖游注。

〔十六〕盤門:又稱蟠門,乃蘇州古城西南城門。

〔十七〕禮部韵:即禮部韵略。北宋仁宗時頒布,其後修訂多次。

〔十八〕周子奇:參見上篇游横澤記注。

〔十九〕石尤風:指逆風。容齋五筆卷三石尤風:"石尤風,不知其義意。其爲打頭逆風也,唐人詩好用之。"

〔二十〕上方:即楞伽山。五王祠:疑指五通廟,原爲吴王拜郊壇址。參見後文。正德姑蘇志卷九山:"楞伽山一名上方山,在吴山東北,其頂有浮圖,五通廟在其下……其北爲寶積山,寶積寺在焉。其北爲吴王郊臺。"

〔二十一〕楞伽寺:正德姑蘇志卷二十九寺觀:"楞伽講寺在楞伽山上,俗云上方寺。寺有浮圖七級,隋大業四年司户嚴德盛撰銘,司倉魏瑗書。"晚堂:當時楞伽講寺僧人。晚堂蓋其别號。

〔二十二〕唐賢許渾詩:指題楞伽寺。詩曰:"碧烟秋寺泛湖來,水浸城根古堞摧。盡日傷心人不見,石榴花滿舊歌臺。"(載丁卯詩集卷上。)

〔二十三〕五茸:相傳爲吴王田獵之地。參見鐵崖先生集卷三棲雲樓記注。

〔二十四〕玉笙謡:又名周郎玉笙謡,載鐵崖先生古樂府卷二。

桃源雅集圖志①〔一〕

右桃源②雅集圖一卷,淮海張渥用李龍眠白描體之所作也〔二〕。桃源主者，爲昆丘 顧德輝③氏〔三〕。其人青年好學，通文史，及音律、鐘鼎古器、法書④名畫品格之辨。性尤輕財喜客，海内名⑤士未嘗不造桃源所，其風流文采⑥出乎流輩者，尤爲傾倒。故至正戊子二月十有九日之會，爲諸集之冠。

　　主客凡十人，從者十三人，妓奴四人⑦。冠鹿皮，衣紫綺，坐案而探⑧卷者，鐵笛道人會稽 楊維禎也。持鐵笛而侍者⑨，翡翠屏也〔四〕。岸香几而雄辯者，野航道人 姚文奐也〔五〕。沉吟而癡坐，搜句於景象之外者，苕溪漁者郯韶也〔六〕。琴書左右，捉玉麈，從容而色笑者，即桃源主人也。姬之侍爲天香秀也⑩。舒⑪卷而作畫者，爲吳門 李立⑫〔七〕。旁侍而指畫者，即張渥也⑬。席皋比⑭，曲肱而枕石者，桃源之仲子⑮晉也〔八〕。冠黃冠，坐蟠根之上，皤然如矮瓠⑯者，匡廬山人 于立也〔九〕。美衣巾，束帶而立，頤指僕奴從治酒事⑰者，桃源之子元臣也〔十〕。捧肴核者，丁香秀也。持觴而聽白⑱者，小瓊英也。

　　一時人品疎通儁朗，侍姝執伎皆妍整，奔走童隸亦皆馴雅，安於矩矱之内。觴政流行，樂部諧暢。碧梧翠竹與青楊争秀，落花芳草與才情俱飛。登⑲口成句，落毫成文，花月不妖，湖山有發。是宜斯圖一出，爲一時名流所慕艷⑳也。

　　時期而不至者：句曲外史 張雨，永嘉徵君李孝光㉑，東海 吳克恭，毘陵 倪瓚，天台 陳基也〔十一〕。

　　夫主客交并㉒，文酒賞會，代有之矣，而稱美於世者，僅山陰之蘭亭〔十二〕，洛陽之西園耳〔十三〕。金谷〔十四〕、龍山而次〔十五〕，弗論也。然而蘭亭過於清，則隘；西園過於華〔十六〕，則靡。清而不隘也，華而不靡也，若今桃源之集者非歟？ 故予爲選述，綴圖尾，使覽者有攷焉。是歲三月初吉，客維禎記㉓。

【校】

① 本文録自新陽趙氏叢刊本游志續編，以臺灣圖書館藏傳鈔明 萬曆丁酉刊本玉山名胜集卷一所録此文，以及宛委別藏本游志續編作校本。桃源雅集圖志：玉山名胜集本題作雅集志。

② 桃源：玉山名胜集作“玉山”，下同。

③ 顧德輝：玉山名胜集作“顧瑛”。

④ 古器法書：玉山名胜集作“古器法帖”，宛委別藏本作“古器物書”。

⑤ 名：玉山名胜集作“文”。

⑥ 風流文采：原本作“風采”，據玉山名胜集改。

⑦ “主客凡十人，從者十三人，妓奴四人”三句凡十四字：玉山名胜集無。

⑧ 探：玉山名胜集作“伸”。

⑨ 持鐵笛而侍者：玉山名胜集作“執笛而侍者姬爲”。

⑩ “姬之侍爲天香秀也”八字：原本無，據玉山名胜集增補。

⑪ 舒：玉山名胜集作“展”。

⑫ 李立之“立”，原本作“雲”，據玉山名胜集改。

⑬ 侍：宛委別藏本作“視”。“舒卷而作畫者，爲吳門李立。旁侍而指畫者，即張渥也”四句：玉山名胜集作“展卷而作畫者，張渥。傍視而指畫者，吳門李立也”。

⑭ 皋比：原本作“幕北”，據玉山名胜集改。

⑮ 子：原本無，據玉山名胜集補。

⑯ 幡然如矮瓠：玉山名胜集無。

⑰ 僕奴從：玉山名胜集作“僕從”。酒事：玉山名胜集作“酒饌”。

⑱ 白：玉山名胜集作“令”。

⑲ 登：玉山名胜集作“開”。

⑳ 艷：玉山名胜集作“向”，宛委別藏本作“用”。

㉑ 光：宛委別藏作“先”。

㉒ 交并：玉山名胜集作“交拜”。

㉓ “是歲三月初吉客維禎記”十字：原本無，據玉山名胜集增補。

【箋注】

〔一〕文撰於至正八年（一三四八）三月一日，玉山雅集十日之後，題於張渥桃源雅集圖上。當時鐵崖寓居姑蘇，授學爲生，應邀至崑山顧瑛居所小住。

〔二〕張渥：字叔厚。參見鐵崖文集卷五夢鶴幻仙像贊注。李龍眠：即宋李公麟。李公麟字伯時，號龍眠居士。以白描人物見長。生平見宋史文苑傳。李龍眠繪有西園雅集圖。

〔三〕顧德輝：即顧瑛。參見東維子文集卷七玉山草堂雅集序注。

〔四〕翡翠屏：蓋與下文所謂天香秀、丁香秀、小璚英同爲當時顧瑛家中侍姬。

〔五〕姚文奐：參見鐵崖先生詩集甲集予與野航老人既登婁之玉峰應上人松憩來青閣見乞詩爲賦是章率野航共作注。

〔六〕郯韶：參見東維子文集卷七郯韶詩序注。

〔七〕吳門李立：崇禎吳縣志卷五十三人物藝事：“李立，畫法多效小李將軍。嘗爲顧氏作玉山雅集圖。”

〔八〕顧晉：字進道，後名元禮，顧瑛仲子。參見西湖竹枝集詩人小傳、列朝詩集小傳甲前集。

〔九〕于立：參見鐵崖先生古樂府卷三龍王嫁女辭注。

〔十〕顧元臣：字國衡，初名衡，顧瑛長子。“年少能讀書，作詩俊爽。世其家者也”。元至正十五年，官寧海所正千户。十七年，以功升水軍都府副都萬户。官至奉議大夫、湖廣行省理問。明洪武元年，以元官徙濠。參見玉山草堂集附録殷奎撰顧瑛墓志銘、列朝詩集甲前集顧元臣傳。按：列朝詩集曰顧元臣“（至正）十九年以功升水軍都府副都萬户”，誤，實爲至正十七年二月。參見顧瑛可詩齋以客從遠方來遺我雙鯉魚平聲字分韻得方字詩附袁華序（載元詩選）、玉山草堂集卷下金粟道人顧君墓志銘、强齋集卷四故武略將軍錢塘縣男顧府君墓志銘。

〔十一〕張雨：參見鐵崖先生古樂府卷二奔月厄歌注。李孝光：參見鐵崖先生古樂府卷六芝秀軒詞注。吳克恭、倪瓚：參見東維子文集卷七郯韶詩序注。陳基：參見東維子文集卷八送王公入吳序注。

〔十二〕山陰之蘭亭：指王羲之等衆多文士蘭亭上巳之會。

〔十三〕洛陽之西園：指王詵、蘇軾等人於洛陽西園之雅集。按：北宋文人蘇軾兄弟、秦觀、米芾、李公麟等十餘人，曾於駙馬王詵家聚宴。李公麟繪有西園雅集圖，米芾撰西園雅集圖記（文載全宋文卷二六三）。

〔十四〕金谷：指西晉豪富石崇金谷豪宅之酒宴。

〔十五〕龍山：東晉桓溫曾於重陽日設宴龍山，僚佐畢集。參見晉書孟嘉傳。

〔十六〕過於華：北宋之西園雅集，乃文人以王公貴族爲中心之聚會，沿襲三國曹魏公子聚宴之形式，故鐵崖認爲太過奢華。按：三國時洛陽西園之文酒賞會，因曹植公宴詩而著名。詩載文選卷二十。

團谿樂隱園①記〔一〕

至正八年歲在戊子，二月十有②九日，鐵笛道人楊維楨③過崑山，燕顧仲英氏桃源之所〔二〕。文士雅集④，觴詠交歡，凡美畢萃，蓋極一時之勝。興餘而返，忽思月蕉瞿先生逢祥，肥遯海東之團溪，不見者三年,遂偕野航姚文奐[三],揚帆以造問焉。

　　是日也,雲葉展空,烟花膩陌。循鳳溪而下,及門談笑,步自團溪之陽,顧瞻周遭,若環帶然。地固卑而隘,中有隱君子之風在焉。先生居是溪,歷宋咸淳[四],僅百五十年餘。予觀東南若震澤諸水[五],道經戚⑤浦[六],會歸於海,風濤激蕩⑥,沙岸日崩走,濱浦之人恒懼之,而先生則弗懼,且樂焉者。溪之左枕廛市⑦,障戚水[七],以便商者。右溯畎畝,引瀝水[八],以利⑧耕者。先生處商農之閒,筆耕墨莊,樂逾農也;文售大方,樂逾商也。乃若細雨浸沙,波流若縠,魚鳥沈浮⑨,天光上下,先生則投竿⑩而漁。涼月侵⑪軒,秋聲在樹,子鶴和鳴,人影相逐,先生則援琴而歌。於乎! 溪之樂⑫,人或見之而不知之,先生獨能知⑬而樂之,可謂得性情之正矣⑭,故先生之弗欲起也。使道而進焉,樂在廊廟;道而退焉,樂在山林。視桃源主者之樂樂矣,孰有過於先生之樂也乎!

　　顧予鬢未華,尚圖一集,以續"愛汝玉山草堂静"之句[九],俾後覽者復有考於兹焉。是歲三月朔日客維楨記⑮。

【校】

① 本文録自弘治太倉州志卷十下文,校以同治蘇州府志卷四十八第宅園林四常熟縣、臺灣圖書館藏清鈔本吳都文粹續集卷十七所載。按: 後者爲節文。團谿樂隱園: 原本、吳都文粹續集本皆作"團溪魚樂",據同治蘇州府志改。

② 有: 原本無,據同治蘇州府志補。

③ 楨: 同治蘇州府志作"禎"。

④ 燕顧仲英氏桃源之所文士雅集: 原本作"燕顧瑛氏桃源之雅集",據同治蘇州府志改補。

⑤ 戚: 同治蘇州府志作"七"。

⑥ 蕩: 原本作"若",蓋爲"宕"之訛寫,據同治蘇州府志改。

⑦ 廛市: 吳都文粹續集作"市廛"。

⑧ 瀝水: 吳都文粹續集作"戚水"。利: 同治蘇州府志作"便"。

⑨ 沈浮: 吳都文粹續集作"浮沉"。

⑩ 竿: 同治蘇州府志作"筆"。

⑪ 侵: 吳都文粹續集作"浸"。

⑫ 樂: 原本作"漁",據同治蘇州府志改。

⑬　知：原本作“之”，據同治蘇州府志改。

⑭　得性情之正矣：原本作“性情得矣”，據同治蘇州府志改。又，吳都文粹續集實爲摘録，且全文終結於此。文後附注：“團溪今在沙頭鎮，月蕉瞿逢祥隱居。楊廉夫爲記。”

⑮　“是歲三月”句：同治蘇州府志無。

【箋注】

〔一〕本文撰於元至正八年戊子（一三四八）三月一日，作者造訪瞿氏樂隱園之後。其時鐵崖寓居蘇州，授學爲生，不時應邀出游。繫年依據：參見本卷桃源雅集圖志。樂隱園：位於團谿（今屬江蘇太倉），主人爲瞿孝禎。弘治太倉州志卷七隱逸：“瞿孝禎字逢祥，號月蕉先生。裔出晉瞿硎先生後。始自昆陽徙居南沙之團溪，遂家焉。隱居，不樂仕進。天性夷曠，不染勢利。篤於孝友，恒以古人自期。常杜門，博極群書奥義。善吟詠，每得佳句，輒撫琴一曲，笑歌水涯，夷猶於魚鳥閒。課生徒數十人，惟事稼穡以自食。所著有月蕉稿，惜不傳於世。溪之上闢園，結屋數十楹，雜植梧竹花卉，蓄養魚鶴。往來交游，若會稽楊維楨、婁東野航姚文奐、句曲外史張伯雨、崑之顧瑛輩，無不與焉。園名樂隱，有鐵崖先生爲之記。”同治蘇州府志卷四十八第宅園林四：“團溪樂隱園，在沙頭鎮。瞿先生逢祥所居。”又，宣統太倉州鎮洋縣志卷四營建：“沙頭鎮，一名沙溪。爲州第一都會，城東北三十六里。……臨七浦塘。張采志云：此亦海也。沙頭者，沙之頭也。”

〔二〕顧仲英：即顧瑛。桃源：玉山草堂原名。按：至正八年二月十九日桃源雅集之盛況，詳見本卷上篇桃源雅集圖志。

〔三〕姚文奐：參見鐵崖先生詩集甲集予與野航老人既登婁之玉峰應上人松憩來青閣見乞詩爲賦是章率野航共作注。

〔四〕咸淳：南宋度宗年號，公元一二六五至一二七四年。

〔五〕震澤：太湖古名。

〔六〕戚浦：又名七浦、七鴉浦。同治蘇州府志卷八水：“七浦在（崑山）縣西北三十里，一名七浦塘，亦曰七鴉浦。自常熟縣界來，北通白茆港，西通陽城諸湖，東南出石橋圩，又東經太倉之直塘、沙頭入海，謂之七鴉口。自宋以來，爲常熟、崑山五大浦之一。”

〔七〕戚水：七浦別名。

〔八〕瀝水：即橫瀝。“南逕婁江，入吉涇塘。北逕七浦，入常熟”。參見嘉靖太倉州志卷一建置沿革。

〔九〕續"愛汝玉山草堂静"之韻後：意爲用此文接續桃源雅集圖志。按：玉山
名勝集卷一桃源雅集志之後有跋語，蓋顧瑛所撰，曰："是日以'愛汝玉山
草堂静'分韻賦詩，詩成者五人。"以下依次録有于立得愛字詩、姚文奂得
汝字詩、郯韶得玉字詩、顧晉得草字詩、顧瑛得静字詩。然無鐵崖詩作。
其後又有顧瑛跋曰："詩不成者二人，各罰酒二觥。"蓋當時鐵崖分韻詩未
成，心有不甘，故以此文頂替接續。

游汾湖記①〔一〕

至正九年三月②十有六日，吴江顧君遜既招客游東林〔二〕。明日，
復命釣雪舫載聲妓酒具游汾湖。客凡七人：會稽楊維禎、甫里陸
宣〔三〕、大梁程翼〔四〕、金陵孫焕〔五〕、青雲王佐〔六〕、吴郡陸恒〔七〕、汝南殷
奎〔八〕；妓二人：珠簾氏〔九〕、金粟氏。

朝出自武陵谿，過五子灘二里許〔十〕，北望，見鵲巢喬樹顛，杏桃花
與水③楊柳緋翠相間，長竿斾出緋翠頂。主人云："西顧村也。"又五里
所，見修篁喬木蔽虧亭臺於巖洞之上，遂解舟維來秀橋。不問主，徑
詣亭所。亭曰翠巖，主人爲陸君繼善④出肅客〔十一〕。憩樂潛丈⑤
室〔十二〕，設茗飲談。樂潛詩有"向夕群動息，時聞落葉聲"之句，予喜而
詠之。復引客至嘉樹亭⑥，觀先君手植百歲棠。飲堂上，出鐵笛一枝，
云江南後唐物也，有刻字云："七點明列星，一枝橫寒玉⑦。"予爲作清
江引一弄，聲勁亮甚。笛闋，陸君恒揳予二⑧弦琴〔十三〕，顧君遜亦自起
彈十四弦，命珠簾氏與孫君焕交作⑨十六魔舞〔十四〕。飲撤，妓躡歌引客
長堤上，度來秀橋，至南陸庵〔十五〕。班荆坐大堤上⑩，珠簾氏用白⑪蓮瓣
令行杯酌主客，舟中鼓吹交作，兩岸女婦馳逐而觀者繼履不絶。解纜
出汪涇五里而⑫至汾湖。

湖東西袤十八⑬里，南北如之。湖分一半，一屬嘉禾，一屬姑蘇，
故名汾湖。舟經龍王廟，酹酒龍王借順⑭風，果應，錦帆一開，即抵柳
谿。過吉祥寺〔十六〕，游鮑氏池⑮亭〔十七〕，亭有枯⑯松數十章，奇石數十
株。亭已廢，環翠池及石屋洞尚無恙。寺客徐柳邊出陪客，談興廢

事。云池亭爲前朝鮑節制舊墅也，今子孫無噍類，唯遺八十老媼不能主⑰，乞入寺云。登舟，出柳谿，過登瀛橋十里所，北至蘆墟⑱，爲巡官寨，寨官李某邀客啜茗。徐步過泗州⑲橋，月已在青松頂一丈矣。遂步月色歸蒼雪軒⑳〔十八〕，用主人顧君遂“武陵谿上花如錦”之句分韻賦詩〔十九〕。

夫水國之游衆矣，得名者鴟夷子〔二十〕，後唯陶水仙〔二十一〕、儋州禿翁耳〔二十二〕。鴟夷先幾去國，并挾西家施去，智矣，而客則未聞。禿翁赤壁之樂，客有吹洞簫者，清矣，而妓尚無聞。水仙與賓客聲妓俱載，客爲㉑焦、孟之流，酒徒耳，而觴詠之樂又未聞也。歌詠而至聲妓之娛㉒，又無流連之行，今汾湖之游是已，其可不有紀述，以爲後人之慕乎？於是乎書，俾主人刻諸蒼雪軒上。坐客各繫於後。

時期而不至者，茅山張君雨、界溪顧君瑛㉓也〔二十三〕。鐵笛道人楊維禎志。

【校】

① 本文録自適園叢書本珊瑚木難卷二，校以文淵閣四庫全書本珊瑚木難、宛委別藏本游志續編、光緒嘉善縣志卷一山川所録本文。

② 九年三月：原本作“十年三月”，宛委別藏本作“九年正月”。此文中描述景色，并非正月能有，“正”必爲“三”字之訛。又，崇禎嘉興縣志卷五建置志汾湖載鐵崖詩游汾湖分得武字，詩前引文曰此汾湖之游爲“至正九年三月十又六日”，故此從之。

③ 杏桃花與水：宛委別藏本作“桃杏與水邊”。

④ 爲：柳亞子認爲當作“與”，參見注釋。

⑤ 丈：原本作“文”，據文淵閣四庫全書本、嘉善縣志改。

⑥ 亭：宛委別藏本作“堂”，文淵閣四庫全書本作“亭堂”。

⑦ 七點明列星，一枝橫寒玉：宛委別藏本作“一枝橫寒玉，七點明瑞星”。

⑧ 二：原本作“三”，據宛委別藏本改。按：楊鐵崖先生文集全録卷二自便叟志曰“時時弄耦弦琴”，故此或當爲“二弦”。

⑨ 珠簾氏與孫君焕交作：宛委別藏本作“金粟氏與孫君焕作”。

⑩ 大堤上：宛委別藏本作“大樹下”。

⑪ 白：宛委別藏本作“王”。

⑫ 汪涇：嘉善縣志本作“汪港”。而：嘉善縣志本作“所”。

⑬ 湖：原本無,據嘉善縣志增補。十八：嘉善縣志作“八”。

⑭ 酹：原本作“酬”,據宛委別藏本、嘉善縣志、文淵閣四庫全書本改。龍王：宛
委別藏本作“龍君”。順：嘉善縣志作“便”。

⑮ 池：原本無,據宛委別藏本、嘉善縣志、文淵閣四庫全書本增補。

⑯ 枯：宛委別藏本作“栝”。

⑰ 遺：宛委別藏本作“餘”。主：原本作“生”,嘉善縣志作“立”。據宛委別藏
本、文淵閣四庫全書本改。

⑱ 北至：原本作“至至”,嘉善縣志作“北過”,據宛委別藏本、文淵閣四庫全書
本改。蘆墟：宛委別藏本作“蘆區”,誤。

⑲ 泗州：宛委別藏本、嘉善縣志作“馴通”。

⑳ 軒：宛委別藏本、嘉善縣志、文淵閣四庫全書本作“所”。

㉑ 客爲：原本闕兩字,據宛委別藏本、嘉善縣志補。

㉒ 歌詠而至聲妓之娛：宛委別藏本作“觴詠至而聲妓俱”。

㉓ 界溪顧君瑛：原本闕五字,據嘉善縣志補。

【箋注】

〔一〕文撰於元至正九年(一三四九)三月十六日游汾湖之後。汾湖：參見東維
子文集卷十七舊時月色記注。

〔二〕顧遜：吳江(今屬江蘇蘇州市)人。家頗富有。工詩,擅長彈十四弦箏。
按：元詩選癸集著録顧遜詩游汾湖二首,然無其小傳。東林：未詳。

〔三〕陸宣：甫里(今屬江蘇吳縣)人。元詩選癸集陸學正宣：“宣字復之,行直
子,號天游。官平江路儒學正。”崇禎嘉興縣志卷五建置志汾湖附録有陸
宣游汾湖詩,檇李詩繫卷三十八載其分得溪字詩。

〔四〕程翼：大梁(今河南開封)人。按：疑程翼字沖霄,參見鐵崖詩四月四日偕
蜀郡袁景文大梁程沖霄益都張翔遠雲間吕德厚會稽胡時敏汝南殷大章同
游錢氏別墅飲于菊亭僧舍賦此書于壁。(載元詩選)。崇禎嘉興縣志卷五
建置志汾湖附録有程翼游汾湖詩,檇李詩繫卷三十八載其分得上字詩。

〔五〕孫焕：金陵人。崇禎嘉興縣志卷五建置志汾湖附録有孫焕游汾湖詩,檇
李詩繫卷三十八載其分得如字詩。

〔六〕王佐：青雲人。按：疑指青雲里,青雲里位於嘉興。參見東維子文集卷十
九青雲高處記。又按檇李詩繫卷三十八載王佐分得花字詩,注曰“松江
人”。然此詩或綴於顧遜名下(見崇禎嘉興縣志卷五建置志汾湖)。

〔七〕陸恒：吳郡(今江蘇蘇州)人。崇禎嘉興縣志卷五建置志汾湖附録有陸恒

游汾湖詩,檇李詩繫卷三十八載其分得陵字詩。

〔八〕殷奎：參見東維子文集卷二十二木齋志注。檇李詩繫卷三十八："殷奎,汝南人。分得'錦'字,其詩不傳。"

〔九〕珠簾氏：妓女。其時多伴鐵崖等游賞。參見鐵崖先生詩集甲集五月廿日余偕姑胥鄭華卿吳興宇文叔方雲間馮淵如吕希顏柳仲渠過泖環詩注。

〔十〕伍子灘：光緒重修嘉善縣志卷三區域志三古迹："伍子灘,在分湖東南石底蕩口。相傳吳子胥渡河處。"

〔十一〕陸繼善：別號甫里道人。元詩選癸集甫里道人陸繼善："繼善字繼之,長洲人。甫里先生之裔也。讀書隱德,有志於學道,鄉里稱爲善人。"按：據柳亞子撰游分湖記,"陸君繼善"之前脱一"與"字。換言之："爲"當作"與","主人"和"陸繼善"實爲二人。柳亞子認爲,當時翠巖亭主人實即陸行直,而陸繼善爲陸氏別支,自海鹽來徙,其別業在分湖南岸陶莊一帶。此説有理。然柳氏斷言"主人"即陸行直,未必屬實。陸行直字季道,號壺天居士,吳江人。官任翰林典籍,至治元年辭官還鄉。陸行直生於公元一二七五年,如若至正九年尚在人世,已是七十五歲高齡。鐵崖等人造訪,"不問主"而"徑詣亭所",且文中對此"高貴主人"不作任何交代,皆不合情理。（柳亞子撰游分湖記載嘉善文史資料第二輯。）

〔十二〕樂潛丈室：位於汾湖之濱來秀里陸氏桃園之中,陸大猷建。又,翠巖亭、嘉樹亭皆陸氏園中建築。參見同治蘇州府志卷四十八第宅園林吳江縣。按：下文"樂潛"即指陸大猷。陸大猷號翠巖,吳江人。宋末任學官,元初隱居鄉里。參見梧溪集卷五題陸緒曾祖翠岩諱大猷自題佚老堂詩後。

〔十三〕二弦琴：二胡,即鐵崖所謂"斛律珠"。參見鐵崖文集卷三斛律珠傳。

〔十四〕十六魔舞：又稱天魔舞。參見鐵雅先生復古詩集卷六習舞注。

〔十五〕南陸庵：分湖小識卷一古迹六寺觀："南陸庵在來秀里,宋末陸氏所建。元楊維楨游分湖記云'過來秀橋至南陸庵'是也。今改名廣陽庵,明時修。"

〔十六〕吉祥寺：分湖小識卷一古迹六寺觀："吉祥寺在陶莊鎮。元時已有,見楊維楨游分湖記。今無考。"

〔十七〕鮑氏：即下文所謂宋朝鮑節制。按：其時鮑氏園墅已屬吉祥寺所有。

〔十八〕蒼雪軒：主人當爲顧遜。按：或以顧遜家有蒼雪軒,稱之爲蒼雪翁。參見清鈔鐵崖楊先生詩集卷上送蒼雪翁歸吳江注。

〔十九〕按：顧遜游汾湖原詩載吳都文粹續集卷二十四："武陵溪上花如錦，花氣薰人如酒濃。簫聲時倚鏌鋣鐵，雲影忽落玻璃鍾。小娃傳令覆蓮掌，游子掀篷看玉容。汾湖歸來夜何許？明月近挂青螺峰。"又，當時參與分韻賦詩者，鐵崖分得"武"字，陸恒分得"陵"字，陸宣分得"溪"字，程翼分得"上"字，王佐分得"花"字，孫焕分得"如"字，殷奎分得"錦"字，除殷奎外，詩皆存於橋李詩繫卷三十八。

〔二十〕鴟夷子：指春秋時人范蠡。參見鐵崖先生古樂府卷三五湖游注。

〔二十一〕陶水仙：唐袁郊撰甘澤謡陶峴："陶峴者，彭澤之子孫也。開元中，家於崑山。……自製三舟，備極堅巧。一舟自載，一舟致賓，一舟貯飲饌。客有前進士孟彥深、進士孟雲卿、布衣焦遂，各置僕妾共載。而峴有女樂一部，奏清商曲，逢奇遇興則窮其景物，興盡而行。……吳越之士號爲'水仙'。"

〔二十二〕儋州禿翁：蘇東坡。按：東坡游水國，參見宋趙德麟撰侯鯖録卷八所引黃庭堅建中靖國年復官職時所賦詩，及東坡赤壁賦。

〔二十三〕張君雨：參見鐵崖先生古樂府卷二奔月卮歌注。顧君瑛：參見東維子文集卷七玉山草堂雅集序注。

清真觀碑記①〔一〕

吾崑山清真觀者〔二〕，宋放生池之所也。乾道七年〔三〕，賜紫道士天台翟守真住其所〔四〕。守真斥大之，建堂皇其中，位玄武像〔五〕，上以祝釐一人，下以爲五方禜檜。得常熟縣清真觀梁普通時廢額〔六〕，觀②用以名。越二十年，觀營造十七八，相其力者，嗣師馬拱辰、劉道映也〔七〕。

大德壬寅〔八〕，崑山有陽侯之變〔九〕，災及觀。越四年，主觀事錢益謙更建玉皇、三清殿閣〔十〕，及治亭池廊廡之屬，登吕巖仙人所書閣扁"無恙"〔十一〕。益謙之徒曰日升③繼成之〔十二〕。創者方丈之室，靈星之閣，修者太乙、二聖、梓潼、祠山之祠，傍及石梁山門，無不完整。叢房複室，雲披霧隱，靈斿神塑，龍委蛟拄。襟以海峰之孤峻，帶以水木之靜深，實爲仙靈之所都，而吳支邑之所無也。大人長者輸金及土田相之，産且有籍，而徒且有養矣。

今年,日升持觀之圖,介予友袁華拜維禎雷湖之上[十三],曰:"清真自翟開山,距今凡二十五傳矣。乍興乍廢,迄獲全盛,歷凡三百有餘年,而紀載之筆未有所托。幸得子之文章,書之堅珉,副在典册,以詔我後之人於無窮也。"

維禎稽放生之説,出於流水長者[十四]。老氏之流以之推上帝好生之德,亦仁施一事也。今日升之徒嗣法於翟者,又以襘禳秘録致時休祥,弭物札喪,非廣是仁者與! 世之談老子法,類以爲齊彭殤、一死生[十五],又謂搥提仁義,可乎? 於戲,清真爲放生推仁、生成化育,與天地同,宜其寢廟門觀爲昊天上帝像設之崇者[十六],不爲僭也。然事關國典,適遇其人以興,又適藉其人以盛,嗣法如日升之徒,益有以大神休,壽祀典,是不可以不書。異日邀命頒上所賜璽書護宗門,以示龍光於汝前聞人,未晚也。

日升,字景明,吴之士族。益謙,其從父也。秋陽老人,其自號云。余既爲書顛末,復綴以詩。詩曰:

氣母一兮天之根[十七],窈冥冥兮清爲門。一生水兮玄武神[十八],神之亞兮昊天之仁[十九]。仁之生兮萬物始,流風霆兮零雨水。汎布濩兮無方,心周流兮四被。放生兮洲池,曰流水兮慈且悲。體不殺兮神武,開三網兮祝之[二十]。成廟兮奕奕,儼宸居兮南面以翼。斡陰陽兮翕闢,川嶽就理兮三辰順則。五種大有兮人康食眠[二十一],飛潛泳止兮四海其淵。維神司北兮相我后元[二十二],長歷服兮千萬年。

至正九年三月。

【校】

① 本文録自道光崑新兩縣志卷十寺觀,以同治蘇州府志卷四十三寺觀五所録此文對校。

② 觀:同治蘇州府志無。

③ 日升:或當作日昇。參見注釋。

【箋注】

〔一〕本文撰於元至正九年(一三四九)三月,其時鐵崖游寓太湖之濱,即文中所謂"雷湖之上"。

〔二〕清真觀：萬曆重修崑山縣志卷三寺觀：“清真觀在會僊橋東，即宋放生池也。乾道七年，道士翟守貞建真武道院。淳熙元年，移常熟縣清真觀廢額改置。嘉定八年建昊天閣，陳振記。元大德間毁。延祐間復建，楊維禎記。”

〔三〕乾道七年：公元一一七一年。乾道爲南宋孝宗年號。

〔四〕翟守真：“真”或作“貞”，天台（今屬浙江）人。道光琴川三志補記續卷八雜録三：“清真觀，舊在崑山縣北一里。乾道七年，道士翟守真來自天台，募爲真武道院。至□，民家有老嫗，緝麻於門，坐樟木一段。守真求焉，老嫗與之。守真歸，加斧鑿，而耳目口鼻之形隱然可考，竟斫爲像首。由是道院始興。淳熙初元，遷常熟縣。”

〔五〕玄武：即玄天真武大帝，道教供奉神靈之一。

〔六〕普通：南朝梁武帝年號，公元五二〇至五二七年。

〔七〕馬拱辰：清真觀主，於南宋嘉泰二年（一二〇二）繼任，即翟守真之後三十一年。劉道映：於馬拱辰任清真觀主九年之後繼任，即南宋寧宗嘉定四年（一二一一）。陳振撰昊天閣記：“（清真）觀有閣傑出，曰昊天閣。嘉定四年正月，知觀事馬拱辰、劉道映所建也。嵌空爲臺，三面扶闌……（翟守真後）閲三十一年而馬君嗣，又九年劉君嗣。至是棟宇之制十備八九矣，而閣又其高明壯麗者。”（載正德姑蘇志卷三十寺觀下崑山縣叢林。）

〔八〕大德壬寅：即大德六年（一三〇二）。

〔九〕陽侯之變：指水災。相傳大波之神爲陽侯。

〔十〕錢益謙：元延祐年間崑山清真觀主。

〔十一〕吕巖：即吕洞賓。參見鐵崖先生詩集甲集玄霜臺爲吕希顔賦注。

〔十二〕錢日升：其名或作旦昇，字景明，晚年自號秋陽老人。其先世爲吳地士族。爲崑山清真觀主錢益謙之侄，從錢益謙學道。元至順年間曾主持修建崑山泗橋鎮修真道院。後爲清真觀主。參見殷奎崑山復劉改之先生墓事狀（載强齋集卷三）、嘉靖崑山縣志卷四寺觀。按：嘉靖崑山縣志卷四寺觀著録有泗橋鎮修真道院，謂至元壬申年道士錢日升主持修建。然有可疑：至元壬申，乃元世祖至元九年（一二七二），其時較錢益謙主持清真觀尚早數十年。若此記録屬實，則錢日升必非延祐年間清真觀主錢益謙之侄。然崑山一地，幾十年間居然兩位道士同名同姓，似亦少見。故頗疑所謂“至元壬申”爲誤寫。因爲至元九年壬申，實即南宋咸淳八年，當時崑山尚屬南宋領地，不致用至元紀年。故所謂“至元壬申”，當作“至順壬申”。至順三年壬申即公元一三三二年，當時錢日升主持修建<u>修真道院</u>,想必年歲已然不小,與本文所謂<u>至正九年</u>前後自號<u>秋陽老人</u>也能吻合。

〔十三〕<u>袁華</u>:參見<u>鐵崖</u>撰<u>可傳集序</u>注。<u>雷湖</u>:蓋指<u>雷澤</u>。<u>雷澤</u>位於<u>太湖</u>中<u>大雷</u>、<u>小雷</u>二山之間。參見<u>同治刊光緒增補長興縣志</u>卷十山。

〔十四〕<u>流水長者</u>:據<u>金光明經　流水長者子品</u>記載,<u>流水長者</u>曾見一池枯涸,池中有魚上萬,遂率二子,以二十大象載皮囊,盛河水瀉置池中。又爲施食,解説十二因緣,并稱説<u>寶勝佛</u>名。十年後,池中之魚皆得以升天。

〔十五〕齊彭殤、一死生:見<u>莊子齊物論</u>。

〔十六〕昊天上帝:俗稱<u>玉皇大帝</u>。

〔十七〕氣母兮天之根:喻指道。氣母,指陰陽、天地未分時之元氣。<u>莊子集釋內篇大宗師</u>:"夫道有情有信,無爲無形……<u>狶韋氏</u>得之,以挈天地;<u>伏戲氏</u>得之,以襲氣母。"又,<u>文子</u>卷上<u>道德</u>:"夫道者,德之元,天之根,福之門。萬物待之而生,待之而成,待之而寧。"

〔十八〕一生水兮<u>玄武</u>神:"<u>玄武</u>"於五行中代表水,故有此説。又,"天一生水"語出<u>周易</u>。

〔十九〕神之亞:意爲<u>玄武</u>神地位在<u>玉皇大帝</u>之下。

〔二十〕開三綱:<u>商湯</u>故事。<u>史記殷本紀</u>:"<u>湯</u>出,見野張網四面,祝曰:'自天下四方皆入吾網。'<u>湯</u>曰:'嘻,盡之矣!'乃去其三面……諸侯聞之,曰:'<u>湯</u>德至矣,及禽獸。'"

〔二十一〕五種大有:意爲糧食豐收。五種,即五穀。

〔二十二〕維神司北:傳説<u>玄武</u>神爲統治北方之大神。

來德堂記①〔一〕

<u>松</u>之南,其鍾水曰<u>大泖</u>,有川谷導其和,陂塘污庫以産其美,其氣不沈越,故宅是者多殷饒。然其末也,易流淫靡,虞于湛樂而替于隸圉者,亦不少焉。惟植之以德,聳之於身,而儀之於子孫,如<u>昌氏 輔之</u>者,不能百一也。

<u>輔之</u>名其新堂曰<u>來德</u>,其貽後也遠矣。嘗謂予曰:"某視吾鄉富而惛者某某,今其宅已姓於它人;而豪者某某,今其氏已踣而不振。遠不二葉、三葉,近不二十、卅②年,吾懼焉,故堂以是名。某將日修吾

德,爲久久計,非一朝一夕計也。"予謂細人之爲歲計者,來之以穀;五歲十歲計者,來之以木,然不種則不能必其報於如期之後也。惟大人君子爲百歲計者,來之以德。種益大而來益遠,來益遠而享益豐,大人之必報於弗近者,又豈細民之所能識哉!然遠近不侔也,種而來其報一也。輔之,仁長者也,有仕才,不屑仕也,將遺之子若孫也。來德之日至,子孫其有名世者作已^③乎!

抑余聞黍不爲黍不能蕃廡,木不爲木不能蕃毓,德不爲德則不能蕃殖也。德之基爲來之期者,可不慎矣乎!吾觀輔之氏輕財好義,行若古人,棄貴而施舍,補乏而振滯,燕以事耆老,餞以勞賓旅,聚莊以仁乎舊族,設塾以淑乎賢才^{〔二〕},吾知輔之氏之爲德也至矣,期於來也遠矣。傳不云乎:興者有呂、申之功^{〔三〕}。以其功之來者遠也。輔之氏思承其後以繼其興者,尚以余言勉之哉!

【校】

① 本文録自正德松江府志卷十六第宅,以康熙二十三年刊于成龍等編江南通志卷六十九藝文所録爲校本。按:正德松江府志卷十六第宅著録此文,曰"來德堂,呂良佐居,楊維禎記"。全元文第三十九册據康熙江南通志録此文,誤以爲作者是來德堂主人呂良佐。

② 卅:康熙江南通志本作"三十"。

③ 已:康熙江南通志本無。

【箋注】

〔一〕本文撰於鐵崖初次寓居松江期間,當不遲於元至正十年(一三五○)七月。其時鐵崖受聘於呂良佐,授學璜溪義塾。繫年依據:其一,本文撰於來德堂主人呂良佐生前,其時鐵崖與呂良佐有直接往來,必爲元至正九、十年間。其二,文中謂呂良佐"設塾以淑乎賢才",卻未涉及其出資籌辦應奎文會。應奎文會當時聞名遐邇,設若本文撰於至正十年七月文會舉辦之後,必然提及。呂良佐,參見東維子文集卷二十四故義士呂公墓志銘。來德堂:呂良佐宅院中建築,位於松江呂巷鎮。嘉慶松江府志卷七十六名迹志道觀:"應奎道院,在呂巷鎮。相傳其地爲元季呂良佐别墅,嘗舉應奎文會於此,故名。"

〔二〕設塾以淑乎賢才:指呂良佐當時建璜溪義塾,聘鐵崖教授鄉里子弟。

〔三〕興者有呂、申之功：意爲呂氏、申氏昌盛，源於其祖先之仁德。毛詩注疏卷
六考證：“按鄭語云：當成周者，南有申、呂。周語云：齊、許、申、呂由太
姜。同四岳伯夷之後也。”

後齋記①〔一〕

予嘗讀淮南子之書，而愛其原道之文，足以發明老子“不先”之義
也〔二〕。其言曰：“先者難爲知，而後者易爲攻也。”“先者，後之弓矢質
的也。猶錞之與刃，刃犯難而錞無患者，何也？以其託於後位也。”又
曰：“後者，非謂其底滯而不發，凝竭而不流，周於數而合於時者
也〔三〕。”吁，淮南子之爲此言也，不知者以爲藏智之券，要之物勢當然
之故也。執其勢者，月不與日而出，火必續烟而焰。持棋者，若鞏、索
之距，莫敢先動〔四〕。反之於己，若蘧伯玉焉可也，伯玉不明四十九年
之非，則不明今年之是也〔五〕。

殷生奎椎魯而好學〔六〕，其受業予門，有所獨悟，不敢以多上於群
游，退然恒若有所不及，且名其書室曰“後”。自後者，人先之。人先，
情也，不知有“周於數而合於時”者也〔七〕。故予以淮南子之説推而語
之，生勉之，毋曰後以甘自後也，而先人者莫禦焉。生其勉之，周於數
而合於時，則千萬人吾往矣。至正十年二月初吉會稽楊維禎説。

【校】

① 本文録自强齋集卷十。

【箋注】

〔一〕文撰於元至正十年（一三五〇）二月一日，其時鐵崖攜妻兒寓居松江，在璜
溪呂氏義塾授學。

〔二〕老子“不先”：指老子謙讓之説。老子六十七章：“我有三寶，持而寶之：一
曰慈，二曰儉，三曰不敢爲天下先。……不敢爲天下先，故能成器長。”

〔三〕“先者難爲知”十二句：出自淮南子原道訓，然與通行本稍有出入。

〔四〕“持棋者”三句：應瑒奕勢：“持棋相守，莫敢先動，猶楚、漢之兵相拒索、鞏
也。”（載宋高似孫撰緯略卷二。）

〔五〕“反之於己”四句：淮南子原道訓：“先唱者窮之路也，後動者達之原也。何以知其然也？凡人中壽七十歲，然而趨舍指湊，日以月悔也，以至於死。故蘧伯玉年五十而有四十九年非。何者？先者難爲知，而後者易爲攻也。”注：“伯玉，衞大夫蘧瑗也。今年所行是也，則還顧知去年之所行非也。歲歲悔之，以至於死，故有四十九年非，所謂月悔朔，日悔昨也。”

〔六〕殷奎：鐵崖弟子。參見東維子文集卷二十二木齋志注。

〔七〕周於數而合於時：謂“後者”處世之道在於審時度勢、相機而動。淮南子原道訓：“所謂後者，非謂其底滯而不發，凝竭而不流，貴其周於數而合於時也。”

雪巢記①〔一〕

雪一也，而苦樂之情異焉。何也？清也，寒也。寒者不知其清，清者不知其寒，此苦樂之情辨也。上古未有室廬，則民有檜巢而居者。至陶唐氏之世，尚有巢父之流，以樹爲窟，與羽族同栖者。吾想其巢，當霰雪之集，與木稼同冰，是有雪之寒，無雪之清者也。後世乃②有借光於竇者，謂之“雪窗”；致爽於高者，謂之“雪樓”。而又有假屋于巢，假巢于雪者，謂之“雪巢”。是有雪之清，無雪之寒者也。

吾所謂雪巢者，崑之片玉山人治其栖客之舍〔二〕，在於梧竹堂之右偏者是也〔三〕。山人之居高門懸薄也，而無其華靡之習、炎赫之勢，蓋盛而能貧、腴而能清者也，則其名屋於“巢”、名巢於“雪”者，固宜。雖然，居其清③於主與客，山人接物之潔也。處巢於窮陰沍寒之際，一念之纊，衣吾衣以及人之卒歲無衣者，此又山人及物之慈之義也。余辱山人觴於巢，人固尚其潔己而接，而爲慈爲義者，或懼弗及焉。故因其請記而爲之言，且使賦雪巢者，不徒美於古人巢寒者④也。

山人爲顧仲瑛氏，予李黼榜進士會稽楊維禎也⑤。至正十年十二月初吉書。

【校】

① 本文録自上海圖書館藏鈔本玉山名勝集，校以文淵閣四庫全書本玉山名勝集。按：本文與東維子文集卷二十二雪巢志雷同，所贈對象不同而已。二文

差異主要在於：其一，雪巢志爲崑山洪用撰，雪巢記則爲顧仲瑛作。其二，雪巢志未詳撰期，本文則署有年月日。

② 乃：文淵閣四庫全書本作“或”。

③ 文淵閣四庫全書本於“清”字下空闕二十一字。

④ 文淵閣四庫全書本於“者”下多“之義”兩字。

⑤ 文淵閣四庫全書本到此結束。

【箋注】

〔一〕本文撰書於元至正十年（一三五〇）十二月一日，其時鐵崖客居顧瑛玉山草堂。按：此前鐵崖寓居松江，授學爲生。因新命爲杭州四務提舉，遂自松江前往杭州受職。此日途經崑山，於顧瑛宅第與于立、曹睿等友朋相聚。顧瑛芝雲堂分韻詩序述及鐵崖當時行程：“余與楊君鐵崖別兩年矣。庚寅嘉平之朔，君自淞泖過余溪上，適永嘉曹新民自武林至，相與飲酒芝雲堂。明日鐵崖將赴任，曹君亦有茂異之舉，同往武林。”（載玉山名勝集卷八。）又，此文與東維子文集卷二十二雪巢志雷同，相關注釋可參看。雪巢：顧瑛玉山草堂之客房。當在修建碧梧翠竹堂之後構築，即至正九年秋至至正十年之間。

〔二〕片玉山人：即顧瑛。參見東維子文集卷七玉山草堂雅集序注。

〔三〕梧竹堂：碧梧翠竹堂。參見東維子文集卷十七碧梧翠竹堂記。

有餘清記①〔一〕

錢塘富子明氏有草堂一所在吳山上，凡圖史壺觴瓠翰琴奕之具無不位置在列。早作，一開軒，西子湖如大圜鏡，在橫几下。四時朝暮、風烟雨月之狀，取之無窮，不知九衢中奔走黃塵於十丈高者，有權門勢閥也。因自扁其軒曰有餘清。予至錢塘，必館其所〔二〕。集賢趙雍既爲作古籀文書之〔三〕，而以記屬於予。予曰：“舉世皆濁而子欲獨清，其得乎？”子明曰：“某之清，人人之所共得，吾非奪彼以爲吾有也。人清不足，我清有餘，彼何加於我？我何損於彼哉？”予以其言爲知道。

雖然，子明季世有爲之才也。吾有進於子明者。其在永嘉時〔四〕，嘗以經略使命招諭山賊，身試虎口，人皆危之。不數語，開以逆順禍福，即投戈歸順。爲忌疾者損其功，才與位未直也。今嗣皇方有事於四方之征，天下秉志之士無不奔走先後，子明可以攬轡而起矣，以澄清之志②灑掃區夏，豈得事丈室之清以爲有餘乎？ 子明謝曰："此范孟博之清也〔五〕，於吾清乎何有！"

【校】

① 本文録自成化杭州府志卷六十二紀遺，乾隆杭州府志卷二十三古迹載有餘清記節文，據以校勘。按：全元文第四十二册據鉛印本杭州府志卷二九所録，題作有餘清軒記，亦爲節文。

② 志：原本作"清"，據乾隆杭州府志本改。

【箋注】

〔一〕文撰於元至正十九年（一三五九）春季至秋季之間，其時鐵崖暫寓杭州。繫年依據：文中曰"予至錢塘，必館其所。集賢趙雍既爲作古籀文書之，而以記屬於予"。可見此文撰於趙雍官任集賢之後，且鐵崖撰此文之際，爲臨時寓居杭州。據趙雍自述，其始任集賢待制，在至正十四年冬，至正十七年春返歸杭州。（參見鐵崖題趙魏公幼輿丘壑圖注釋，載佚文編。）故此文必撰於至正十年冬季以後。而至正十六年以前，鐵崖在杭州任税務官，并非"暫寓"。至正十六年秋出任建德理官，歷經戰亂，至正十九年春重返杭州，又於當年冬退隱松江。據此推之，本文當撰於至正十九年鐵崖暫居杭州期間。有餘清軒主人富子明，原籍姑蘇，徙居杭州。宋宰相鄭國公富弼之後。家居杭州吳山上，亭館有名於時。交游頗廣，劉基、鐵崖皆其好友。瞿佑少時爲其養婿。參見明都穆撰都公譚纂卷上"錢塘瞿宗吉著剪燈新話"一則、誠意伯文集卷七書善最堂卷後、東維子文集卷二十九送薛推官詩。

〔二〕"予至錢塘"二句：鐵崖自稱爲杭州富子明家中常客，二人交往很久。按：瞿佑撰歸田詩話卷下詠鐵笛："楊廉夫初居吳山鐵冶嶺，號鐵崖。後遷松江，又號鐵笛道人。"儘管其中"因居吳山鐵冶嶺而號鐵崖"之陳述有誤，但至正初年以前鐵崖經常客居吳山鐵冶嶺當屬事實。據鐵崖至正二年正月所撰麗則遺音自序，曰"余近至錢唐"；同書載胡助至正三年正月所作跋文，則謂題於"吳山鐵嶺"。"鐵嶺"即錢塘吳山之鐵冶嶺，蓋鐵崖當時即寓居富子明宅第。

〔三〕趙雍：趙孟頫仲子。參見東維子文集卷十六野亭記注。

〔四〕永嘉：今屬浙江溫州。

〔五〕范孟博：東漢范滂。後漢書范滂傳：“范滂字孟博，汝南征羌人也。少屬清節，爲州里所服。舉孝廉、光禄四行。時冀州饑荒，盜賊群起，乃以滂爲清詔使，案察之。滂登車攬轡，慨然有澄清天下之志。”

崇明州學先賢祠堂記①〔一〕

崇明州通守張侯翮②〔二〕，遣邑士秦約來致其言〔三〕，曰：“世教莫大於道統，自周、程、張、朱先後輩出〔四〕，而衍③其傳。然得二程之傳者〔五〕，龜山楊公也〔六〕。得④龜山之傳而啟朱子之學者，羅、李二公也〔七〕。聞濂、洛之學而貽南軒之傳者〔八〕，胡文定公也〔九〕。得朱子之傳而表章其學者，西山蔡公〔十〕、勉齋黃公〔十一〕、九峰蔡公也⑤〔十二〕。廓朱子之學而見於事業者，真文忠公也〔十三〕。八先生之真履實踐，皆足以紹往聖，開來學，其植立世教之功大矣。濂、洛諸公⑥，已得從祀廟學，而八先生者，曾未與焉，謂有司之缺典非與！於是白於上府，上府允之。又以邑之儒先⑦時齋李君〔十四〕、孝友秦君配八⑧先生之享〔十五〕。今年秋丁，肇行釋奠。祠雖有堂，而歲月未紀，敢請子筆之石。”

予惟⑨唐、虞、夏、商、周、孔之聖〔十六〕，顏、曾、思、孟之賢〔十七〕，以至濂、洛諸儒，下及八先生者，其道統相繼，學術相仍，德業相肖，上下三千餘年之一大源委，寔天運之所繫，世道之所關也。國家廟祀之或缺者，京學有所未講，而侯能於海隅之學講及之，一時鴻生碩儒其負媿也多矣，矧又能尊獎其邑之鄉先生如李如秦者乎！

吾聞李君操履純確，其施之家庭閭里之間，允爲可法。秦君與其先月山公〔十八〕，皆出於蛟峰方先生之學〔十九〕。方先生出於朱子，父子淵源統緒，傳諸先覺，淑諸後人，焯焯未泯也，侯之尊獎爲不誣也。烏乎，大道之行，天下爲公〔二十〕。初無古今之異，貴賤之等，前⑩聖後賢，所以得與廟祀之典，而⑪物議不能非者，亦以其道之傳者，異世而同符也。侯之是舉，豈惟致知⑫之本而繫諸天運世道者，其知所講矣。孔子曰：“文王既没，文不在兹乎〔二十一〕？”吾於後之繼先⑬賢者亦云。

　　侯字翼之,理齋其自號,清河大族。爲政專尚風化,其學一宗濂、洛云。至正庚子冬十一月己巳,李黼榜第二甲進士、奉訓大夫、江西等處儒學提舉會稽楊維禎⑭記。

【校】

① 本文録自清鈔本吴都文粹續集卷七,以文淵閣四庫全書本吴都文粹續集對校。

② 翩:原本誤作"翩",據文淵閣四庫全書本改。

③ 衍:原本作"盂",據文淵閣四庫全書本改。

④ 得:原本無,據文淵閣四庫全書本補。

⑤ 也:原本無,據文淵閣四庫全書本補。

⑥ 公:文淵閣四庫全書本作"儒"。

⑦ 儒先:文淵閣四庫全書本作"先儒"。

⑧ 八:原本誤作"入",據文淵閣四庫全書本改。

⑨ 惟:原本誤作"推",據文淵閣四庫全書本改。

⑩ 前:原本作"前前",據文淵閣四庫全書本删。

⑪ 而:原本作"萬",據文淵閣四庫全書本改。

⑫ 致知:文淵閣四庫全書本作"知教"。

⑬ 先:原本空闕一字,據文淵閣四庫全書本補。

⑭ 江西之"西",原本校本皆誤作"南",徑改。楊維禎之"禎",原本作"禎",據文淵閣四庫全書本改。

【箋注】

〔一〕文撰於元至正二十年庚子(一三六〇)十一月十六己巳日,其時鐵崖退隱松江已有一年。

〔二〕張翩:字翼之,自號理齋,清河(今屬江蘇淮安)人。元末爲張士誠屬官,任崇明州同知。按:本文所謂"通守",蓋指同知。鐵崖先生集卷三天理真樂齋記稱張翼之爲"別駕",東維子文集卷二十九用顧松江韻復理貳守并柬雪坡刺史詩,所謂"理貳守",當即張翩,據此可知理齋爲崇明州之佐官。參見上述諸文以及致理齋尺牘(載本書佚文編)。

〔三〕秦約:參見東維子文集卷二十五孝友先生秦公墓志銘。

〔四〕周、程、張、朱:指周敦頤、程頤、程顥、張載、朱熹。

〔五〕二程:指程顥、程頤。

〔六〕龜山楊公：指楊時。生平見宋史道學傳。

〔七〕羅、李二公：指羅從彥、李侗。二人生平見宋史道學傳。

〔八〕濂、洛：指周敦頤、程顥、程頤。南軒：指張栻。生平見宋史道學傳。

〔九〕胡文定公：指南宋胡安國，諡文定。生平見宋史儒林傳。

〔十〕西山蔡公：指南宋蔡元定。蔡元定乃朱熹門人，學者尊之曰西山先生。生平見宋史儒林傳。

〔十一〕勉齋黃公：指南宋黃幹。生平見宋史道學傳。

〔十二〕九峰蔡公：指南宋蔡沈。蔡沈乃元定子，隱居九峰。生平附見宋史蔡元定傳。

〔十三〕真文忠公：指南宋真德秀，諡文忠。生平見宋史儒林傳。

〔十四〕時齋李君：指南宋耆儒李重發，時齋蓋其別號。康熙重修崇明縣志卷十一孝友：“（宋）李重發，里人。性至孝，隱居姚劉沙。自甘淡薄，供母甚豐……母死，廬墓注孝經。壽八十四。祀於鄉。”

〔十五〕孝友秦君：指秦約之父秦玉。參見東維子文集卷二十五孝友先生秦公墓志銘。

〔十六〕周、孔：指周公、孔子。

〔十七〕顏、曾、思、孟：指顏淵、曾參、子思、孟子。

〔十八〕月山公：指秦約祖父秦庚。參見東維子文集卷二十五孝友先生秦公墓志銘。

〔十九〕蛟峰方先生：宋方逢辰。參見東維子文集卷二十五孝友先生秦公墓志銘。

〔二十〕“大道之行”二句：禮記禮運：“大道之行也，天下爲公，選賢與能，講信修睦。”

〔二十一〕“文王既没”二句：語出論語子罕。

文會軒記①〔一〕

士大夫能成天下之風俗，風俗不能病士大夫〔二〕，此天下之名言也。林宗之巾爲雨墊，人折角以效之〔三〕；安石之詠以鼻疾，人亦搹鼻而效之〔四〕。士大夫之聲服係於俗者如此，况其下者乎！

具區之東，瀕海之壤，其地卑薄，俗習多輕浮險急。民之秀，不入刀筆胥②，則養睚眦③，從游俠，習弧槊戎行閒者，不則寄迹老、釋氏，以陰結勢利。間有衣冠族子弟,與海內名臣④游,其行藝古茂,始一洗舊俗⑤,則知輕浮險急者,不能爲之病。

祁之大族爲嘉樹强氏〔五〕,强氏之秀而傑爲彦栗。自蚤歲有奇氣,游京國,見東閣大臣及一時搢紳先生。業將上書見天子,值兵變歸。歸遷先廬於城南,傍孔子廟學,觴豆燕集,日與佳士以唱和爲事。至却聲樂,繼筆剳以程之。又不遠道里,招致名師儒生,文評以課文會,其率作文風,非惟丕變陋俗,而賓賢能者,實於是乎資焉。士大夫之家若嘉樹氏者,其文雅嗜好,不成一時之風俗乎! 彦栗屢觴余爲尊客,觴徹,出所會文詩,請評於西軒。軒未名,請於余,遂命之曰"文會",而樂爲之記。

彦栗名珇,至正閒授從仕郎、平江路常熟州判官,以侍親弗行。親爲嘉樹老人云〔六〕。至正辛丑正月,進士楊維楨記。

【校】

① 本文録自清鈔本吳都文粹續集卷十八,以文淵閣四庫全書本吳都文粹續集對校。

② 胥:原本無,據文淵閣四庫全書本補。

③ 則養睚眦:文淵閣四庫全書本作"養則睚眦"。

④ 臣:文淵閣四庫全書本作"人"。

⑤ 俗:原本作"族",據文淵閣四庫全書本改。

【箋注】

〔一〕文撰於元至正二十一年辛丑(一三六一)正月,其時鐵崖退隱松江一年有餘。文會軒主人强珇,參見東維子文集卷八送强彦栗游京師序、卷十九移春亭記注。

〔二〕"士大夫"二句:語出送秦少逸李師尹序。宋釋覺範石門文字禪卷二十四送秦少逸李師尹序:"蓋士能成天下之風俗,而風俗有不能爲士之病明矣。"

〔三〕"林宗"二句:參見東維子文集卷十九安雅堂記注。

〔四〕"安石"二句:參見東維子文集卷十六書聲齋記注。

〔五〕祁:練祁市之略稱,代指嘉定(今屬上海市)。嘉樹强氏:强珇家有二百年之皂莢樹,遂建有嘉樹堂。參見東維子文集卷十八嘉樹堂記。

〔六〕<u>嘉樹老人</u>：指<u>强恕齋</u>，<u>强珇</u>之父。參見<u>東維子文集</u>卷十八<u>嘉樹堂記</u>注。

嘉定州重建儒學記^{①〔一〕}

<u>嘉定</u>，古<u>婁縣</u>之析也^{〔二〕}。國朝陞州^{〔三〕}，<u>孔子</u>宫亦從而大之^{〔四〕}，在州南一百九十五^②步，基于<u>宋</u>縣令<u>高衍孫</u>^{〔五〕}。<u>大德</u>辛丑^{〔六〕}，儀門圮於颶風^③。至<u>大</u>庚戌，州守<u>王鐸</u>改創<u>明倫堂</u>^{〔七〕}。<u>天曆</u>己巳^{〔八〕}，守<u>趙道泰</u>重建<u>大成殿</u>^{〔九〕}，移堂殿之南。士論病之，擬遷廟東，歷守數十而弗能更，閲三十餘年。

天將興之，固先廢之。<u>至正</u>丙申，堂燬^{〔十〕}。明年，兼攝州事者太尉府分帥<u>張元良</u>^{〔十一〕}，以教授<u>陳公禮</u>之請^{〔十二〕}，謂時論雖急兵，而吾庠序之教，綱常所係，不可以一日廢也。於是撙節浮費，及勸率力義之家，募貧丁，相什伍，填淤地^④成址若干畝，甃石堤捍水若干丈，搆新堂其上。前接軒榮^⑤，旁翼齋舍。立教官廳于西，舊西齋地也。遷學廩於東，舊東齋地也。與夫直廬庖湢之所，靡不新焉。惟先聖龕帳，與<u>大成</u>樂器、頖沼、儀門未具。教授<u>陳公禮</u>復請於貳守<u>鐵</u>侯、<u>張</u>侯、州倅<u>賀</u>侯^{〔十三〕}，遂相與完而成之。追理學租，以廩生徒。廣購書籍，以資經訓。禮致五經師，使日與弟子員討辯道義，磨勵忠孝。蓋實^⑥不鄙夷其民，將責成於作養之餘，以應賓賢者之所需也，豈徒輪奐其宫，以務觀美哉！

<u>張</u>侯於政，尤明治要，與予有疇昔好。使典書者<u>王友諒</u>走書幣請記^{〔十四〕}，且曰：“先生老文學，幸有一言以諗諸學者。”余辭弗獲，則告之曰：“<u>三代</u>之學之教，心而已。人心正，天下無不治，未有不正人心而能治天下者也。<u>堯</u>之授<u>舜</u>，<u>舜</u>^⑦之授<u>禹</u>，<u>成湯</u>、<u>武王</u>之建中建極，同此心也。當是時^⑧，比屋有可封之俗，人人有士君子之行。人同此心，心^⑨同此理也。上之人作之，下之人則之。以心感心，以理應理，固不俟夫威驅勢迫也。世教衰，人失其本心，至或淪於大憝。君子救之，亦曰治亂不一，而心無不一，尊君親上之出于天者，未嘗滅没也。言教者，教以聖賢之心；身教者，教以聖賢之行。況<u>吳</u>爲<u>州來子</u>故壤^{〔十五〕}，禮義遺風猶有漸漬之地乎！民不從治，吾不信已。請以是復

司教者,司教以復三侯。”

　　時助學田者,楊谿揚⑩仁〔十六〕。增益其所未備者,三山林震、林復也〔十七〕。鐵侯名鐵穆爾普華⑪,字德剛,國族也。張侯名經,字德常,世家金壇,宋中書舍人忞之後〔十八〕。賀侯名撝,字守謙,西山居士仲之子也〔十九〕。張帥字子讓,州人。教授字子約,河南人;兄祖仁〔二十〕,壬午科狀元。提控按牘盧以仁,都目宋思讓、陸元祐⑫〔二十一〕,皆有力於文教之事云。

　　　　至正二十一年辛丑春二月朔日,平江路嘉定州儒學教授陳公禮立石⑬。

【校】

① 本文録自江蘇金石志二十四,校以清鈔本吳都文粹續集卷六所録本文,以及殘碑拓本(嘉定碑刻集上册二六五頁照片)。吳都文粹續集題作嘉定州修學記。原本於篇首題下署有撰書者身份姓名,曰:“前進士、奉訓大夫、江西等處儒學提舉楊維禎撰,將仕郎、杭州路海寧州判官褚兗書,中奉大夫、江浙等處行中書省參知政事周伯琦篆額。”又,此三人署名,碑刻本分列三行,殘闕頗多。

② 九十五: 吳都文粹續集本作“五十九”。

③ “大德辛丑儀門圮於颶風”十字: 原本無,據吳都文粹續集增補。

④ 地: 吳都文粹續集作“池”。

⑤ 軒榮: 吳都文粹續集作“崇軒”。

⑥ 實: 吳都文粹續集置於下句“將”字之前。

⑦ 舜: 原本承上而脱,據碑刻本、吳都文粹續集增補。

⑧ 時: 原本空闕,據吳都文粹續集補。

⑨ 原本下一“心”字承上而脱,據吳都文粹續集增補。

⑩ 揚: 吳都文粹續集作“楊”。

⑪ 鐵侯名鐵穆爾普華: 吳都文粹續集作“邑侯名特穆爾布哈”。

⑫ 祐: 原本作“佑”,據吳都文粹續集改。

⑬ 至正二十一年: 碑刻本作“至正廿一年”。辛丑春二月朔日平江路嘉定州儒學教授陳公禮立石: 吳都文粹續集本作“辛丑歲二月朔旦會稽楊維禎記”。

【箋注】

〔一〕文撰於元至正二十一年(一三六一)二月一日,其時鐵崖退隱松江一年有餘,於是年年初游寓嘉定、崑山等地。參見鐵崖撰練川志序(載佚文編)。

嘉定州:今爲上海市嘉定區。又,此碑"原在嘉定孔廟大成門外,現在東
廡碑廊。高一八八釐米,寬一〇八釐米,座通高一七八釐米。碑額上浮雕
雲龍一對,碑體殘存大小不等七塊。"(嘉定碑刻集上册。)

〔二〕婁縣:西漢初年設置,隸屬於會稽郡。

〔三〕陞州:元史地理志:"嘉定州,本崑山縣地。宋置縣,元元貞元年升州。"

〔四〕孔子宫:即孔廟。

〔五〕高衍孫:字元長,一字洪緒,四明(今浙江寧波)人。南宋時先後任崑山縣
令、嘉定縣令。萬曆嘉定縣志卷三營建學宫:"宋嘉定十一年,縣始創。明
年,知縣高衍孫擇地,於縣治南一里建孔子廟、化成堂,博文、敦行、主忠、
履信四齋。"參見萬曆嘉定縣志卷八官師考上官師年表、卷九職官考下宦
迹,光緒嘉定縣志卷十三職官志名宦。

〔六〕大德辛丑:即大德五年(一三〇一)。

〔七〕王鐸:汴梁(今河南開封)人。元武宗至大三年庚戌(一三一〇)始任嘉定
州知州,擢户部主事。光緒嘉定縣志卷十一職官志上:"(至大)三年,王
鐸。汴梁人。承直郎,陞户部主事。"又,同書卷九學校志:"至大三年,知
州王鐸重建明倫堂。注:在殿前左偏。吳興牟巘有記,今佚。"

〔八〕天曆己巳:即天曆二年(一三二九)。萬曆嘉定縣志卷三營建學宫曰:"泰
定二年,知州趙道泰即(大成)殿南杏壇舊址改建明倫堂。明年至順改元,
重建大成殿。"萬曆嘉定縣志所述明顯有誤,"泰定二年"當作"天曆二
年",因爲天曆三年改元至順。據此可知,趙道泰於天曆二年改建明倫堂,
至順元年才重建大成殿。與本文所述不同。

〔九〕趙道泰:濟寧(今屬山東)人。奉政大夫。泰定四年始任嘉定州知州。參
見萬曆嘉定縣志卷八官師考上官師年表。

〔十〕"至正丙申"二句:指元至正十六年丙申(一三五六)春,張士誠軍攻占嘉
定州,與元軍交戰時,明倫堂損毀。

〔十一〕張元良:字子讓,嘉定州(今屬上海)人。張士誠太尉府分帥,元至正十
七年兼任嘉定州知事。參見後文及光緒嘉定縣志卷十一職官志。

〔十二〕陳公禮:字子約,潁川(今河南禹州)人。或稱汴梁人。元至正十七年
始任嘉定州學教授,至正二十一年九月離任。參見嘉定碑刻集第三編
教授題名記及光緒嘉定縣志卷十二職官志中教職。

〔十三〕貳守鐵侯、張侯、州倅賀侯:分別指鐵穆爾普華、張經、賀撝。鐵穆爾普
華:或作鐵穆爾普花、特穆爾布哈,字德剛,蒙古族人。元至正十四年

甲午始任嘉定州同知。參見萬曆嘉定縣志卷三營建學宮、卷八官師考
上官師年表。張經：鐵崖好友。至正十七年前後任嘉定州同知。參見
鐵崖先生集卷二歷代史要序注、萬曆嘉定縣志卷八官師考上官師年表。
賀撝：字守謙，太原（今屬山西）人。於元至正十七年前後任嘉定州判
官。參見萬曆嘉定縣志卷八官師考上官師年表。

〔十四〕王友諒：元至正二十年前後在嘉定州學任典書一職。

〔十五〕州來子：即春秋季札。季札始封延陵，後邑州來，故稱“延州來子”，或
稱“州來子”。

〔十六〕楊谿揚仁：“楊谿”蓋位於嘉定。揚仁之“揚”，或作“楊”。當爲元末嘉
定大戶。

〔十七〕三山林震、林復：蓋其原籍三山（今福建福州），遷徙至嘉定州。皆元末
嘉定大戶。

〔十八〕張忞：張經先祖，南宋時官至中書舍人。至順鎮江志卷十八人材科舉：
“張忞字處文，金壇人。政和二年登進士第甲科。五年，再中博學宏詞
科，入踐學館，終中書舍人。”

〔十九〕賀仲：賀撝父。西山居士蓋其別號。

〔二十〕陳祖仁：字子山。陳公禮兄。以春秋中河南鄉貢，元至正二年壬午（一
三四二）狀元。元史有傳。

〔二十一〕提控按牘盧以仁，都目宋思讓、陸元祐：據光緒嘉定縣志卷十一職官
志，盧以仁任嘉定州提控案牘，宋思讓、陸元祐任嘉定州都目，皆在至
正年間。具體任職時間不詳。

嘉定州重建學宮記① （節文）〔一〕

至正壬辰夏，知州郭良弼到任。次年，與教官朱孔昭勸率好義之
士林仁，翻瓦大成殿，增創挾殿前楹，專委黃澤董工。撤舊兩廡，高築
基址，改造廊廡，各十二間，及儀門挾廊，彩飾一新。重塑從祀一百單
五位。磚砌泮橋，石甃丹墀。又建櫺星門三座。閱明年，就廟南空
地，對創碑亭三間，凡祭祀，就爲幕次。選子弟少俊三十六人，教習大
成雅樂，樂器服飾，煥然一新〔二〕。立東西二坊，左賓興，右儒林。自天
曆間遺夫子舊像於西廡〔三〕，經今三十餘年。

　　至正乙未[四]，就大成殿後壘石築土，建燕居殿，妥安聖像。至治元年[五]，前任知州周思明今②權學事林疇撙節浮費[六]，復元額租米三百石，買廟東吕氏地，擬遷學宇，歷任數守力所不逮者，三十九年矣。至正丙申，堂軒俱毀。是時太尉分帥州人張元良兼知本州事，與教官陳公禮出米一百五十石，買嚴允恭水閣一所，拆歸於學，低隘弗稱，遂已。至正丁酉，鳩工斲木，度廟東空地，建堂於上。基地低窪，募人運土，不二月而基成。率力義之家，得米七百石供支費。至正戊戌，立明倫堂五間、軒三間，前建儀門五間[七]，左右齋舍各五間，扁曰志道、據德、依仁、游藝。設大小學，四齋生員。石牌東岸五十餘丈。舊學二齋，改造倉廒；儀門改造官廳，添蓋庖湢於東岸。至正辛丑，又遇本州官鐵侯、張侯、賀侯，勸率林震、林復，增建臨街儀門五間。教官廳東側，立土地祠。明倫堂及軒地面前後一帶，甬道齋檐階俱各磚砌，步廊週圍檻。楊谿楊仁助田二頃，贍學支用。文廟居右，儒學居左，規模宏大。

【校】

① 本文録自光緒嘉定縣志卷九學校志廟學，原本題作“楊維楨記略”，附録於“（至正）十六年明倫堂災”一則之後，今題爲校注者徑擬。按：今人編嘉定碑刻集第三編文化教育編亦據光緒嘉定縣志録有此篇，曰“此碑已佚”，題作重建明倫堂記。然細察文中所述，并非僅止於明倫堂。又，本文與上一篇嘉定州重建儒學記，乃同一時間所作，記述同一工程，然内容差異頗大。上一篇題爲“重建儒學”，故本文題作“重建學宫”，以示區別。參見注釋。

② 今：疑爲“令”之訛寫。

【箋注】

〔一〕本文蓋撰於元至正二十一年辛丑（一三六一）年初，與上篇嘉定州重建儒學記作於同時。繫年依據：文章末尾提及州官鐵侯、張侯、賀侯，皆爲當年嘉定儒學重建工程之主持者。按萬曆嘉定縣志卷三營建考上學宫：“（至正）十六年，明倫堂災。十七年，攝州事太尉府分帥張元良改建明倫堂及齋舍於（大成）殿東，更名志道、據德、依仁、游藝。沿河左岸，甃以石五十餘丈。同知鐵穆爾普華、張經，判官賀摿造龕帳，修大成樂器。”（康熙嘉定縣志卷九學校記録，與此引文相同，末附小字注曰“有楊維禎記”，然并未附録楊文。)上引文中所謂"改建明倫堂及齋舍","更名志道、據德、依仁、游藝"云云,分明出自本文,而嘉定州重建儒學記并未記載。由此推測,當時鐵崖撰有二文。凡上文已記内容,本文注釋從略。

〔二〕"至正壬辰夏"至"樂器服飾,焕然一新":按:嘉定州重修文廟記謂此工程由郭良弼、朱孔昭等主持,林仁、王文麟、黄澤等助資;本文則曰"專委黄澤董工",二文稍有不同。

〔三〕天曆:元文宗年號,公元一三二八至一三三〇年。

〔四〕至正乙未:即至正十五年(一三五五)。

〔五〕至治元年:公元一三二一年。

〔六〕周思明:興和(今河北張北一帶)人。朝列大夫。延祐六年(一三一九)始任嘉定州知州。周思明在任期間,不僅整修大成殿,且修復大成樂器,完善祭孔之禮樂。參見萬曆嘉定縣志卷八官師考上官師年表,及至治三年周仁榮所撰大成樂記(文載康熙嘉定縣志卷二十二碑記)。林疇:蓋於至治初年一度代理嘉定州學教授之職。按:康熙嘉定縣志卷十職官所録元代教職人員,首先爲"教諭",僅録林疇一人,并未交代具體任職時間。其次爲成宗以後歷任"教授"名録,相當完整,然并無林疇其人。其中有劉德載,至治二年始任嘉定州教授。與周仁榮大成樂記所述能够吻合。本文既稱林疇"權學事",究竟所任何職呢?按照元制,上中州設教授一員,下州設學正一員,縣設教諭一員。(參見元史選舉志一。)而嘉定早在元成宗元貞年間升格爲中州,當設教授,而非教諭。故此頗疑林疇曾任某縣學教諭,至治初年嘉定州學教授一職臨時空闕,一度由林疇代理。

〔七〕原本於文後注曰:"儀門,後改禮門。臨街儀門,後改儒學門。"

雲槎樓記①〔一〕

婁上張仲寬氏筑樓四檻,岸河之澬,以鼻祖漢使者騫故事名之〔二〕,曰雲槎。仲寬隱迹於市,而飄然有物外志。光風霽月之夕,手捉玉笛,參差吹秦樓引,自謂鳳凰可呼〔三〕。屢觴予樓之所,援予莫邪古雄〔四〕,作君山弄〔五〕,聲透廣寒府,神爽飛越,陆欲拔樓而去,若八月之槎,上天津而探機女之石也。樓名以"槎",亦宜哉!

抑聞王子年云,堯時有巨槎浮於海,槎有光,若星月。浮四海,十二年一周天,名貫月之槎,非羽仙不能乘也〔六〕。今關梁閉塞,天步險艱,貫月者化去已久,吾將有望于九重者。百萬蒼生,命隨鋒鏑之下,方未已也。帝當念下土,畀吾良弼,爲下土叙彝倫、開太平者,有期日也。吁,豈直效爾祖觀牛渚之蹤,探支機之石,爲蜀卜者之驚異哉!

仲寬壯予言,呼兩玉童,曰采鸞秀、青鳳仙,奉奔月卮〔七〕,歌予鐵龍十二引〔八〕,爲予壽。予亦自調斛律珠和之〔九〕。不覺大飲至醉,頹然卧槎所,不知東海落烏而翠羽喚起也〔十〕。

仲寬寵予以阿剌古青露〔十一〕,出錦縹緗,請録歲月,爲張氏雲槎樓記。至正二十一年二月二②十有二日爲清明,會稽鐵龍道人撰。道人者,李忠介公第二③甲進士,奉訓大夫,前江西等處儒學提舉楊維禎也。

【校】

① 本文録自康熙崑山縣志稿卷十一第宅園池,原文附録於"雲槎樓"一節,曰:"雲槎樓,在邑人張仲寬家。楊維禎雲槎樓記……"按:同治重修蘇州府志卷四十七第宅園林著録崑山縣"張仲寬雲槎樓",謂楊維禎撰有記文,然未録原文。

② "二月二"三字,原本脱,徑爲增補。按:原本作"至正二十一年十有二日爲清明",不通。此年清明乃二月廿二甲辰日。

③ 二:原本誤作"一",徑爲改正。按:楊維禎爲泰定四年李黼榜第二甲進士。

【箋注】

〔一〕文撰於元至正二十一年辛丑(一三六一)二月廿二日。其時鐵崖重返松江一年有餘,再次游寓崑山。雲槎樓:主人爲張仲寬,建於崑山濱水之地。張仲寬,崑山人,生平不詳。

〔二〕漢使者騫:指張騫。張騫乘槎故事,參見鐵崖先生古樂府卷三望洞庭注。

〔三〕"手捉玉笛"三句:寓蕭史吹簫引鳳故事。參見鐵崖先生古樂府卷十小游仙之二注。秦樓引,笛曲,蓋即秦樓三弄一類。參見東維子文集卷十一贈杜彥清序注。

〔四〕莫邪古雄:鐵崖自稱其所用鐵笛。按:相傳其鐵笛乃莫邪古劍鑄成。參見鐵崖文集卷三鐵笛道人自傳。

〔五〕君山弄:指神仙君山老父所奏笛子曲。參見東維子文集卷二十八跋君山吹笛圖。

〔六〕“抑聞王子年云”八句：轉述拾遺記中有關故事。參見東維子文集卷十六春水船記注。

〔七〕奔月厄：酒杯名。參見鐵崖先生古樂府卷二奔月厄歌。

〔八〕鐵龍十二引：指鐵崖所作散曲鐵龍引十二章。

〔九〕斛律珠：指胡琴。參見鐵崖文集卷一七客者志、卷三斛律珠傳。

〔十〕東海落烏：喻指日落。翠羽喚起：指清晨。用羅浮梅仙事，參見鐵崖先生古樂府卷三羅浮美人注。

〔十一〕阿剌吉青露：指燒酒。“阿剌吉”又常稱爲“阿吉”。參見鐵崖先生古樂府卷十春俠雜詞之十二。

虹月樓記①〔一〕

　　予與客登崑山片玉峰〔二〕，夜宿上方〔三〕。乘月起，步孟郊所憇石方牀下〔四〕，見小岑樓在廛市底，上有虹氣，影影貫月脇。予語客曰：“伊誰樓也？必有古神器伏其下。”翌旦，詢其樓，乃朱璧氏之所居也〔五〕。問其古神器，無有也，惟屋壁掛所畫紫霧龍宮、翠蓬神闕二②幅而已〔六〕。乃知虹光貫月者，畫墨之神耳。吁，山谷道人嘗以老米書畫船者當之〔七〕，不誣也。

　　璧善畫，蓋早師永嘉王振鵬氏〔八〕。其造妙殊迥絕，而不自衒燿。上所嘗聞其人，聘之，固辭不起。吁，此其畫罕得而筆愈重。

　　吾聞米畫多得于潤州海岳庵〔九〕。潤災，華樓傑閣盡炘，惟李衛公墻與米家海岳庵若有神護者〔十〕。人疑璧畫之神能動虹月，而東方之占鶃鵁者〔十一〕，方慮其祅未已。吾問璧：“當與誰墻共堅固乎？幸有以告我。”至正辛丑春三月初吉，奉訓大夫江西等處儒學提舉楊維楨撰③。

【校】

① 本文録自清人吳榮光輯辛丑銷夏記卷四元馮海粟虹月樓詩圖卷，原文録於馮海粟贈朱君璧詩後，明人衛靖抄録。原本卷末有清道光丙申年八月十八日吳榮光所書跋文，概述此圖卷内容及其形成始末，中曰：“此卷元泰定四年

丁卯馮海粟贈朱君璧詩。後卅五年,至正廿一年辛丑,楊鎮厓作虹月樓志,已失去。越六十八年,爲宣德三年戊申,衛靖補書。又越八十七年,爲正德九年甲戌,朱之裔孫拱辰補圖。又越二年,爲正德十一年,周倫記其始末。墨緣韻事,良足述也。"

② 二:原本誤作"一",徑爲改正。參見注文引録嘉靖崑山縣志卷十三雜記。

③ 原本於此有鈔録日期與書者姓名,曰:"宣德戊申秋七月望後中書舍人河東衛靖書。"今删。

【箋注】

〔一〕本文撰於元至正二十一年辛丑(一三六一)三月一日,即鐵崖重返松江之後,再次游寓崑山時期。嘉靖崑山縣志卷四第宅:"虹月樓,在元人朱君璧家。"按:此樓乃楊維禎命名,參見後注。

〔二〕片玉峰:又稱片玉山、玉峰,指崑山之馬鞍山。參見鐵崖先生詩集甲集予與野航老人既登婁之玉峰應上人招憩來青閣且乞詩爲賦是章率野航共作

〔三〕上方:古寺名,位於崑山之馬鞍山上。淳祐玉峰志卷上山:"馬鞍山在縣西北三里,高七十丈。山上下皆擇勝爲僧舍,雲窗霧閣,間見層出,不可形容繪畫。吳人謂真山似假山,最得其實。……登臨勝處:古上方爲冠,月華閣、妙峰庵次之……淳熙間月華先焚,上方次之。今或存或廢者不一。"按:鐵崖等所宿上方寺,并非古寺,當爲淳熙以後重建。或即指慧聚寺。參見佚詩編題慧聚寺追和孟郊詩。

〔四〕石方牀:孟郊詩馬鞍山上方有句曰:"昨日到上方,片霞封石牀。"參見鐵崖詩題慧聚寺追和孟郊詩。

〔五〕朱璧:朱君璧之略稱。其名玉,字君璧,其字又作均璧。崑山(今屬江蘇)人。嘉靖崑山縣志卷十二藝能:"朱玉字均璧,善繪事。聞佳山水,每翛然獨往,數千里不以爲難。永嘉王振鵬在仁宗朝以界畫稱旨,玉從之游,得其技。嘗奉命金圖藏經佛像,方不盈矩,曲盡其狀,而意度橫生,不束於繩墨。人言振鵬蓋不之過。"又,新元史朱玉傳:"至正中,清寧殿成。敕畫史圖其壁。趙雍以玉名聞,遣使召之。以道阻不果至。未幾,卒。"按:合以本文推之,朱玉蓋卒於元至正二十二年至二十六年之間。

〔六〕按:所謂朱玉畫能通神,鐵崖撰此文之前,崑山當地已有傳説。嘉靖崑山縣志卷十三雜記:"朱君璧善畫,嘗作紫霧龍宮、翠蓬神闕二圖,十年始就。人謂其妙入神品。元季,海寇犯境,邑人皆棄家避難。君璧獨抱二圖坐樓中,家人不能强其去。寇遥望城中,虹氣貫月,蹤迹而來,虹自樓中出也。

疑有至寶,登樓取觀。執不肯與,寇攘臂而得之,乃二圖耳。寇怒,裂爲碎紙而去。楊鐵崖名其樓爲虹月,且記其事。"

〔七〕山谷道人:北宋詩人黄庭堅。老米:北宋書畫家米芾。其字元章。黄庭堅詩戲贈米元章二首之一:"萬里風帆水著天,麝煤鼠尾過年年。滄江静夜虹貫月,定是米家書畫船。"

〔八〕王振鵬:字朋梅,元代著名畫家。參見東維子文集卷十八竹林七賢畫記。

〔九〕潤州:今江蘇鎮江。海岳庵:米芾宅名。大明一統志卷十一鎮江府:"海岳庵在府城東。宋米芾過潤,愛其江山之勝,因卜居焉,自書其額曰海岳庵。"又,式古堂書畫匯考卷四十三米元暉瀟湘奇觀圖并題卷:"先公居鎮江四十年,作庵于城之東高岡上,以海岳命名,一時國士皆賦詩。"按:米芾別號海岳外史。

〔十〕李衛公:晚唐重臣李德裕。李德裕封衛國公,故稱。李衛公塔指唐代寶歷年間李德裕所建鎮江甘露寺鐵塔。參見嘉定鎮江志卷八僧寺。螴精雋卷九米老庵:"吕居仁軒渠録云:米元章居鎮江,嘗於甘露寺榜其所寓曰米老庵。後大火,惟李衛公塔及米老庵獨存。元章作詩云:'神護衛公塔,天留米老庵。'"

〔十一〕占鵬鴉:意爲鵬鴉出現,預示有火災。按:"鵬鴉"或作"畢方"。山海經校注卷二西山經:"又西二百八十里,曰章莪之山,無草木,多瑶碧。……有鳥焉,其狀如鶴,一足,赤文青質而白喙,名曰畢方。其鳴自叫也,見則其邑有譌火。"

本一庵記①〔一〕

吾嘗愛金僊氏之徒〔二〕,虛己而能讓,去争而能群。人有善言行,即尊信悦服,若受業於其門者。無功緦袒免之戚而相膠結,若父子昆弟之慈順友愛出於天性者,無他,亦本於能讓能群之道而已。厥後有嫌忌之隙生、鬥争之敵立,無異於市人之合而離者,則其教亦衰矣②!

本一庵者,宋乾道中邑人沈氏之所建也〔三〕,歲久業廢。我朝③至元間〔四〕,昌公月麓復其見侵之田〔五〕,撤去④舊屋而一新之。又慮後之嗣者或相逾越也,定爲甲乙,使主庵事。延祐中⑤昌寂〔六〕,其徒存禮懼己弗克肩事〔七〕,求其才且賢者主焉。

時善應庵空林禪師果公行業峻茂[八]，有聲叢林間。禮延致之，推居己上⑥，事無鉅細，悉歸焉。果公度弟子曰净開、净譽、善實等凡十人[九]，乃命開以師事己者視⑦禮[十]，益相親睦，無間言。吾所謂金僊之徒能讓能群者不於兹見耶！四方參扣之士聞果公之賢，縢屨而至者踵相接也⑧。顧舊屋褊隘，無以館學者，由是拓易⑨舊制，貴富家以錢施者惟恐後。乃中爲殿，立大雄氏像⑩[十一]，其旁若僧堂、籌室、山門，圓通、玄⑪武之殿，燕居庖湢之屋⑫，靡不完具。是雖果公道化之所致，然亦譽、實佽相之力。乃⑬題曰本一院。果寂，開以次主席，謙讓不自任，一事之微，必譽、實同決焉，又可謂始終能讓能群者矣⑭。開之後，譽繼之，讓實。實介予方外友天目首座明公徵文以記顛末⑮[十二]。

予來松[十三]，值兵燹之後，求梵刹於城内外，不啻百餘區，匪夷爲焦土，則穿漏爲四虛之亭，而獨本一者巋然於瓦礫場中，椽瓦不動⑯。人以爲祖師願力所致，而亦實之才幹，山門柱石也。予信人言之不妄，而又重明之請，遂爲書諸石⑰，復喻其徒曰："農之爲田也，其始也墾治之，播種之，繼以薅芸之，灌溉之，則宜其田愈腴而愈大，有成利之獲焉。今昌之墾治播種亦勞矣，果之薅芸灌溉又勤矣，腴之大之而收秋獲之功，不在實乎？後之人享有成利者，宜思其所由來哉⑱！"

果字空林，雲間人。嘗參天目中峰本禪師[十四]，機鋒相直，遂超玄窟。實字性空，亦⑲雲間人，通内外典及世諦，人稱"蘭奢"云。至正廿一年夏六月楊維禎記⑳。

【校】

① 本文録自正德松江府志卷十八寺觀，校以嘉慶二十三年刊松江府志。按：嘉慶松江府志所録爲節本，今人編全元文據嘉慶松江府志本收録，故亦不全。

② 本文起首"吾嘗愛金僊氏之徒"至"則其教亦衰矣"凡一百三字，嘉慶松江府志無。

③ 我朝：嘉慶松江府志無。

④ 去：嘉慶松江府志作"其"。

⑤ 中：原本無，據嘉慶松江府志增補。

⑥ "禮延致之，推居己上"：嘉慶松江府志作"延致之，居己上"。

⑦ 視：嘉慶松江府志作“事”。

⑧ “無間言”四句四十字：嘉慶松江府志無。

⑨ 易：嘉慶松江府志無。

⑩ “貴富家”三句：嘉慶松江府志作“殿中立大雄氏像”一句。

⑪ 玄：嘉慶松江府志作“真”。

⑫ 屋：嘉慶松江府志作“室”。

⑬ “是雖果公道化之所致，然亦譽、實伙相之力。乃”十八字：嘉慶松江府志無。

⑭ “謙讓不自任”四句：嘉慶松江府志無。

⑮ 實介予方外友天目首座明公徵文以記顛末：嘉慶松江府志作“實介方外友天目明公徵文以記”。

⑯ 椽瓦不動：嘉慶松江府志無。

⑰ “而亦實之才幹”五句：嘉慶松江府志作“而亦譽、實之功，遂書諸石”兩句。

⑱ “復喻其徒曰”至“宜思其所由來哉”九十字：嘉慶松江府志無。

⑲ 亦：原本無，據嘉慶松江府志增補。

⑳ “廿一年”之“廿”，原本作“十”，徑改。按：文中曰“予來松，值兵燹之後”，顯然爲至正十九年鐵崖退隱松江之後，故原本篇末作“十一年”，必誤。“楊維禎記”四字，嘉慶松江府志無。

【箋注】

〔一〕本文撰於元至正二十一年（一三六一）六月，其時鐵崖退隱松江未滿二年，頗得松江守官顧逖等禮遇。本一庵：又名本一院。正德松江府志卷十八寺觀：“本一院，妙明橋西北，舊北道堂也。元至元末，趙道淵爲僧，易今名。”

〔二〕金僊氏：指佛祖釋迦牟尼。相傳東漢明帝夢見金人而致佛教東傳，故有此稱。

〔三〕乾道：南宋孝宗年號，公元一一六五年至一一七三年。按：本一院前身爲道觀，名爲真净道院，又稱北道堂，宋乾道中邑人沈氏所建，位於松江城西北隅。參見邵亨貞本一善應院記（載野處集卷一）。

〔四〕至元：元世祖忽必烈年號，公元一二六四年至一二九四年。

〔五〕昌公月麓：即趙孟僩，乃趙孟頫族兄，宋末元初在世。正德松江府志卷三十人物五節義：“趙孟僩（一二四五——？），號月麓，宋之宗室。其先家黄巖。景定辛酉，年十七，及胄舉，父訓遄赴南宫，遂得游謝南齋、歐陽巽齋、

劉須溪、朱約山諸公之門。文天祥見之曰：‘是子瑚璉器也！’咸淳乙亥，開
江東、浙西闈，天祥以□垣從事辟之，偕行……遂去吳，依親友以居。越十
年爲道士，名道淵，居松江北道堂。又五年爲僧，名順昌，因自號三教遺
逸，改道堂爲本一庵。子孫遂爲府人。所著詩文名湖山汗漫集，内有遥祭
文丞相文。臨終端坐，手辭以訣，有云‘文山之客，千古忠貞’。”按：趙孟
僴曾於浄慈禪寺掌書記，晚年或名汝昌，又號月麓子。延祐中坐化，年七
十餘。其主持本一禪院時，族弟趙孟頫數次來訪，因請天目山中峰禪師來
院，登堂説法。參見邵亨貞本一善應院記、陳繼儒本一禪院志叙（載崇禎
松江府志卷五十月麓公墓）。

〔六〕延祐：元仁宗年號，公元一三一四年至一三二〇年。按：趙孟僴辭世，當
　　　在延祐二年（一三一五）或稍後。

〔七〕存禮：趙孟僴弟子，元延祐前後松江本一禪院僧人。

〔八〕善應庵：位於松江，後世不存。嘉慶松江府志卷六十三方外傳：“滋果字
　　　空林，華亭人。從徑山南楚悦資法要，棲息郡之善應庵。會本一禪院月公
　　　遷化，推主院席。南楚來院，欸曰：‘融真俗於依正、流聲光而攝度者，公之
　　　謂也。’年七十餘而化。”按：或謂釋滋果號空林，戒律甚嚴。參見邵亨貞
　　　本一善應院記。

〔九〕浄開、浄譽、善實：皆釋滋果弟子。浄譽或作善譽。浄開繼滋果任本一庵
　　　住持，其後善實繼任。善實字性空，雲間人。元至正後期任本一禪院住
　　　持。參見邵亨貞本一善應院記。又，石渠宝笈續編御書房藏四雲間十一
　　　家山水卷載清人張照題跋：“吾鄉本一禪院，中峰本和上道場也。中峰，臨
　　　濟正支，詩文亦東南之美，趙承旨師事之，其子孫多以書畫作佛事。”

〔十〕命開以師事己者視禮：釋滋果命浄開等師事釋存禮，始於至正三年癸未
　　　（一三四三）。參見邵亨貞本一善應院記。

〔十一〕大雄氏：即釋迦牟尼佛。

〔十二〕天目首座明公：元至正二十年前後爲杭州天竺寺上座僧人。

〔十三〕予來松：指元至正十九年冬，鐵崖退隱松江。

〔十四〕天目中峰本禪師：即釋明本（一二六三——一三二三），號中峰，晚年又號
　　　　幻庵、幻住等，俗姓孫，錢塘人。年十五出家，曾任杭州天目山獅子院住
　　　　持。元仁宗賜予“佛日普明廣濟禪師”稱號。佛學精湛，人稱“大辯”，趙
　　　　孟頫拜以爲師。生平詳見明明河補續高僧傳卷十三中峰普應國師傳。

吴越兩山亭記^{①〔一〕}

　　蕭邑尹大夫性，作亭於北幹山嶺上之曰吴越兩山亭〔二〕，客登亭賦詩者，自廣陵成先生而下凡若干人〔三〕，而亭未有名能文者志之，介吾檇李貝闕氏來雲間徵余言②〔四〕。

　　按：古吴、越，東南百粤之國〔五〕，皆在斗、牛分野。淮、海之間爲吴分；自豫章東至③會稽，南逾嶺徼，爲越分。又按：夫差增越封，東勾甬，西檇李，南姑末，北平原，從橫八百里，悉以屬越〔六〕。後越并吴，則兼有其地。六世無彊，楚威王盡取吴故地〔七〕。考烈王以吴封其國相春申君〔八〕。秦并天下，以吴、越地爲會稽郡。項羽封英布九江王〔九〕，漢封淮南王長④及兄子濞〔十〕。以上三國盡揚州之地，吴興、會稽皆在封域中。至東漢永、建間〔十一〕，始以浙江西爲吴郡，以東爲會稽郡。今所名吴越兩山，僅以浙東西者言之耳，否則古吴、越際齊、楚而跨島夷蠻者，亭之目力能窮而盡之乎？若曰自天目南下支爲吴山〔十二〕，秦望東下支爲越山〔十三〕，飛江舞海，夸爲宇内絶景者，夫人得而攬而有者也，非慨古君子冥探遐慕於吴、越者之所遇也⑤。

　　若試與尹大夫談若名山於吴越者：東眺塗山〔十四〕，神禹氏走諸侯之玉帛，而猶有刑塘以誅者〔十五〕，何乎？惡不可以化率乎？宛委遁閣之閟⑥〔十六〕，今亦有玄夷使者之獻〔十七〕，而百川可理者乎？苗爲祖龍望蓬萊之所〔十八〕，其鞭石以駕海者〔十九〕，亦可以威力迫之乎？東山，晉文靖公之故居〔二十〕。小草一出〔二十一〕，微幼度八公草木之捷〔二十二〕，其能保江東正朔不繫秦乎〔二十三〕？西眺姑胥臺〔二十四〕，高見三百里，而猶不見洩庸之兵在來溪乎〔二十五〕？施、旦禍水〔二十六〕，果能沼吴⑦之國乎？陽山食稻⑧偷生〔二十七〕，比嘗⑨膽食蕺者〔二十八〕，何如也？石鼓鳴嘿⑩，以卜兵兆〔二十九〕，孫恩之亂〔三十〕，其果誰兆乎？包山石室之藏，孔子決之爲禹文〔三十一〕，聖人之言，亦不輕以詔人乎？窮窿秦魚吏託赤松子之蟬蜕〔三十二〕，吾將訪張留侯之所從者〔三十三〕，尚可得而迹⑪之乎？龍飛鳳舞之形勝，霸有十三州者〔三十四〕，未足以應之；而聚於炎運百五十年文物之盛者〔三十五〕，其遂衰歇已乎？是皆吾慨古君子之所遇者。

　　吾觀尹大夫登覽之餘，見於笑詠，類有感慨⑫悲歌之風。吾異時過越憩亭,相與灑酒賦詩,其於兩山悠然而得、愀然而感者,有以告我。

【校】

① 本文録自嘉靖蕭山縣志卷二建置志,校以康熙蕭山縣志卷六古迹志、民國二十四年印蕭山縣志稿卷三十二藝文所録此文。按:康熙蕭山縣志、蕭山縣志稿所録皆不完整,今人編全元文據蕭山縣志稿本收録,故亦爲節本。

② "蕭邑尹大夫性作亭"至"介吾檇李貝闕氏來雲間徵余言"凡六十二字,康熙蕭山縣志、蕭山縣志稿皆無。

③ 至:原本作"魯",據康熙蕭山縣志改。

④ 漢封淮南王長:原本作"漢淮南封皇子長",據蕭山縣志稿改。

⑤ "若曰自天目南下支爲吳山"至"於吳、越者之所遇也"凡五十六字,康熙蕭山縣志、蕭山縣志稿皆無。

⑥ 閟:康熙蕭山縣志作"秘"。

⑦ 沼吳:原本作"治水",據康熙蕭山縣志改。

⑧ 稻:原本誤作"櫓",據吳郡志改。參見注釋。

⑨ 嘗:原本作"常",據蕭山縣志稿改正。

⑩ 嘿:蕭山縣志稿作"默"。

⑪ 迹:康熙蕭山縣志作"延"。

⑫ 慨:原本作"概",據康熙蕭山縣志改。

【箋注】

〔一〕文撰於元至正二十二年(一三六二)冬,鐵崖應蕭山縣令尹性之請而作。其時鐵崖寓居松江,臨時作客姚桐壽居所。繫年依據,見姚桐壽撰樂郊私語:"楊廉夫寓雲間,及余到海上,時一過余。歲壬寅冬,楊從三泖來,宿余齋頭。適檇李貝廷臣以書幣爲蕭山令尹本中乞吳越兩山亭志,并選諸詞人題咏。"吳越兩山亭:位於蕭山縣北幹山上,至正二十二年或稍前,縣令尹性修建。康熙蕭山縣志卷十八名宦:"尹性字本中。至正末任邑令。邑經兵燹之餘,德刑并施,安輯流亡,歲登民和。筑吳越兩山亭於北幹山,公暇與士大夫登眺,以觀民風。一時名流有詩紀之,其集尚存。"

〔二〕北幹山:嘉靖蕭山縣志卷一地理志:"北幹山去縣北一里,屬由化鄉。其巔曰玉頂峰,東去三里曰去虎山。"

〔三〕成先生:指成廷珪。參見鐵崖先生集卷二淞泖燕集序注。

〔四〕貝闕:即貝瓊。參見東維子文集卷二十二讀書齋志注。按:貝瓊、成廷
　　珪,至正末年皆在松江府學任教。

〔五〕百粵:即百越。古時對於南方各民族之總稱,包括今越南北部。

〔六〕"夫差增越封"七句:吳王夫差被越王勾踐假象所迷惑,增以封地。詳見
　　吳越春秋勾踐歸國外傳第八勾踐七年。勾甬,今浙江鄞縣。姑末,即春秋
　　時越國姑蔑之地,今浙江衢州龍游。平原,今浙江海鹽縣。

〔七〕"後越并吳"四句:概述吳、越之衰亡。史記越王勾踐世家:"王無彊時,越
　　興師北伐齊,西伐楚,與中國爭彊。當楚威王之時,越北伐齊。齊威王使
　　人說越王曰……於是越遂釋齊而伐楚。楚威王興兵而伐之,大敗越,殺王
　　無彊,盡取故吳地,至浙江。北破齊於徐州,而越以此散。"

〔八〕考烈王:楚國君主。春申君:黃歇,戰國四公子之一。史記楚世家:"頃襄
　　王卒,太子熊元代立,是爲考烈王。考烈王以左徒爲令尹,封以吳,號春
　　申君。"

〔九〕英布:又稱黥布,秦、漢之交名將。原爲項羽帳下大將,封九江王。後叛楚
　　投漢,封淮南王。史記有傳。

〔十〕淮南王長:即厲王劉長,漢高祖少子,繼黥布之後爲淮南王。參見史記淮
　　南王列傳。劉濞:漢高祖兄劉仲之子,封吳王。參見史記吳王濞列傳。

〔十一〕永、建:指東漢明帝永平年號、章帝建初年號,即公元五八年至八四年。

〔十二〕吳山:又名胥山,乃天目山支脈,位於今浙江杭州市。參見陳善學序刊
　　楊鐵崖先生文集卷五吳山謠注。

〔十三〕秦望:會稽山別稱。相傳秦始皇登此山望海,故名。位於今浙江省中部
　　紹興、諸暨一帶。

〔十四〕塗山:位於今浙江紹興。相傳夏禹在此娶塗山氏,故名。

〔十五〕刑塘:世傳大禹於此築塘斬防風氏。會稽志卷十水:"刑塘在縣北一十
　　五里。舊經引賀循記,云防風氏身三丈,刑者不及,乃築高塘臨之,故曰
　　刑塘。"

〔十六〕宛委遁閟之閟:蓋指大禹於宛委山得金簡玉書處。宛委,山名。方輿勝
　　覽卷六紹興府:"宛委山,在(會稽)縣東南十五里。"參見麗則遺音卷二
　　禹穴注。

〔十七〕玄夷使者:明呂震等撰宣德鼎彝譜卷六:"魚龍圖云:昔神禹治水,天帝
　　遣玄夷使者乘龍秉節,授禹以四海真形之圖。然後能疏通衆水,共流
　　入海。"

〔十八〕苗:山名。即會稽山。會稽山本名苗山,相傳大禹葬此山後更名。詳見

會稽志卷六大禹陵。祖龍：指秦始皇。秦始皇曾"上會稽，祭大禹，望于南海"，欲尋海上蓬萊仙山。參見史記秦始皇本紀。

〔十九〕鞭石以駕海：相傳秦始皇架石橋觀海，有神人鞭石助之。參見鐵崖先生古樂府卷四夏駕石鼓辭注。

〔二十〕文靖公：即謝安。謝安字安石，謚文靖。晉書有傳。

〔二十一〕小草：指謝安。謝安出仕，有人借遠志又名小草諷謝安，云"在山爲遠志，出山爲小草"。見世說新語排調。

〔二十二〕幼度：謝玄字。晉書有傳。八公草木之捷：指謝玄率軍大破前秦苻堅，堅部疑八公山（位於今安徽淮南）草木皆兵。

〔二十三〕江東：指東晉。秦：指前秦。

〔二十四〕姑胥臺：即姑蘇臺。參見鐵崖賦稿卷上姑蘇臺賦。

〔二十五〕洩庸：吳國大夫。或謂即國語所謂舌庸，爲其時"五大夫"之一。勾踐曾與之密謀伐吳。參見漢書董仲舒傳。來溪：即越來溪。參見鐵崖先生古樂府卷十吳下竹枝歌七首之二注。

〔二十六〕施、旦：指西施、鄭旦。原爲苧蘿山鬻薪女，貌美，越王獻予吳王。詳見吳越春秋卷五勾踐歸國外傳。

〔二十七〕陽山食櫓偷生：指吳王夫差。"櫓"當作"穭"。指野生禾稻。宋范成大撰吳郡志卷十五山："秦餘杭山，即陽山也。越入吳，夫差晝夜馳走，達於秦餘杭。飢，得生稻而食之……有頃，越兵大至，遂擒之。"

〔二十八〕嘗膽食薦者：指卧薪嘗膽之勾踐。

〔二十九〕"石鼓鳴嘿"二句：參見鐵崖先生古樂府卷四夏駕石鼓辭注。

〔　三十　〕孫恩：字靈秀，琅琊人。世奉五斗米道。曾占據會稽，自號征東將軍。晉書有傳。

〔三十一〕"包山"二句：吳郡圖經續記卷中："舊傳禹治水過會稽，夢人衣玄繡，告治水法并不死方，在此山石函中。既得之，以藏包山石室。吳人得之，不曉，以問孔子。孔子曰：'此禹石函文，所謂靈寶經三卷，蓋即此也。'"

〔三十二〕窮窿：即穹窿山。秦魚吏：指赤松子。宋范成大撰吳郡志卷十五山："穹窿山，吳中山最高深處。赤松子取赤石脂於此。神仙傳：赤松子，秦穆公魚吏也。食桂實石脂，絕穀。後於吳山升仙去。"

〔三十三〕張留侯之所從者：即赤松子。張留侯：指漢初張良。張良曾欲隱逸，從赤松子游。參見史記留侯世家。

〔三十四〕霸有十三州者：指東漢光武帝劉秀。劉秀建立東漢王朝，分國土爲十三州,吳、越之地屬揚州。

〔三十五〕炎運百五十年:蓋指南宋。相傳趙宋王朝以"火德"而興,三字經曰"炎宋興,受周禪"。故此稱"炎運"。

重興超果講寺記①〔一〕

或問:"極樂界有佛乎?"列子曰:西方有聖人焉,其名曰佛〔二〕。文中子問佛,亦曰聖人也〔三〕。二子儒者,推佛爲聖。然聖莫聖於大士菩薩也,其現像變化,與天地通,節宣寒燠,興歛雨暘,使歲無凶荒,民無札瘥,國無三惡八難〔四〕。故千門萬户得通祀不□,□具稱號,若見此惚,不獨海中洛伽爲菩薩示現地也②〔五〕。

雲間超果寺有大士像,郡志以爲錢王時宮中所奉像也〔六〕。夢感於王,欲適雲間,王命慶依尊者奉像往〔七〕。時主寺者釋聰於像未至前曰〔八〕:"三日内,當有主公至。"至期果然。像初至李塔匯〔九〕,去寺十里近,髻上有光,貫於寺西井,井有金鰻,放光相接,若虹霓然,今名瑞光井者是也〔十〕。宋理皇書賜額〔十一〕,曰"超果靈感觀音教寺"。景定甲子〔十二〕,寺災,僧淨深者抱像投瑞光③井〔十三〕,得完。今至正丙申〔十四〕,寺載毀。先一月,像夢於老衲曰:"寺不焚者,廚堂之閣,可徙吾座。"僧行緣者抱之出郊〔十五〕,後廚閣果存。閱三年己亥夏,寺主僧澈自佘山輟席至〔十六〕,募檀施建殿,位置聖像。已而創山門,造橋亭,築垣鑿沼,樹藝花果。又復發田五十餘頃,招徠僧衆,修起翼廬。於是靈像具而法社成④,邑人士女暨境外緇素奔走歸敬,徼惠於水火雨暘,男女無虛日。

吾聞石晉時上竺僧道翊得奇木,刻大士菩薩像,白毫光煜乎晝夜〔十七〕。瑞相之託靈於錢王宮者,無足怪也。然辭去宮邸,必之雲間,白衣大士亦擇地而處乎? 得其所託,閱三災而像終弗隳⑤,則於地里亦有關乎〔十八〕? 不然,何海中洛伽特爲菩薩示現之所乎? 洛伽得天竺僧燔指拜相,始顯妙相⑥〔十九〕。今超果得人而靈迹益著,不在於澈矣乎! 雖然,不逃生滅者,世相然⑦也。瞿曇於世間相中,有不生不滅,玄黄不先,塵墨不後,雖有聖智,莫盡其際。若是則求迹於有像示現之際者,兒婦人之近也。像以幻出,幻以妄用,以幻用幻,以夢夢夢⑧,吾將於瞿曇乎叩其覺也。澈曰:“惟其幻也,淪我生滅,皇覺我幻,不生不滅。”吁!此未可與兒婦人道也。余以其言得象⑨外指,於是乎書。

澈字靈源,冰雪其窩號。耆宿僧有功於土木者,誠也,瑛也〔二十〕。

至正甲辰夏日⑩奉訓大夫、儒學提舉楊維禎撰,中奉大夫、行中書省左丞周伯琦書篆〔二十一〕。

【校】

① 本文録自正德松江府志卷十八寺觀,校以嘉慶二十三年刊松江府志。按:嘉慶松江府志所録爲節本,今人編全元文據嘉慶松江府志收録,故亦不全。

② “或問”至“不獨海中洛伽爲菩薩示現地也”凡一百十二字,嘉慶松江府志無。

③ 瑞光:嘉慶松江府志無。

④ 成:嘉慶松江府志作“存”。

⑤ 終:原本無,據嘉慶松江府志增補。隳:嘉慶松江府志作“墮”。

⑥ “不然”四句三十字:嘉慶松江府志無。

⑦ 然:嘉慶松江府志作“傳”。

⑧ 夢夢:嘉慶松江府志作“占夢”。

⑨ 象:原本作“像”,據嘉慶松江府志改。

⑩ 日:原本無,據嘉慶松江府志增補。以下“奉訓大夫、儒學提舉楊維禎撰,中奉大夫、行中書省左丞周伯琦書篆”凡二十九字,嘉慶松江府志無。

【箋注】

〔一〕文撰於元至正二十四年甲辰(一三六四)夏,其時鐵崖寓居松江,受聘於松江府學。超果講寺:又稱超果寺。紹熙雲間志中仙梵:“超果寺,在縣西三里。本名長壽寺。唐咸通十五年,心鏡禪師造。”又,正德松江府志卷十八寺觀:“超果講寺,府西南瑁湖橋之右……宋治平元年改今額。寺東爲天台教院。中有一覽樓、雨華堂、瑞光井、石假山、見遠亭等八景。元末毀於兵。”

〔二〕“列子曰”三句:列子轉述孔子之語,曰:“西方之人,有聖者焉。”似未明言此聖者即佛。詳見列子卷四仲尼篇。

〔三〕“文中子問佛”二句:引述文中子語。詳見中説卷四周公篇。

〔四〕三惡八難：柳宗元集卷二十八永州龍興寺修浄土院記：“中州之西數萬里，有國曰身毒，釋迦牟尼如來示現之地。彼佛言曰：‘西方過十萬億佛土，有世界曰極樂，佛號無量壽如來。其國無有三惡八難，衆寶以爲飾；其人無有十纏九惱，群聖以爲友。’”

〔五〕洛伽：指補陀洛伽山，即今浙江普陀山。相傳普陀山爲觀音菩薩説法之處。參見浙江通志卷十四山川六寧波府。

〔六〕錢王：吳越王錢鏐。

〔七〕“夢感於王”三句：謂慶依尊者奉大士像前往松江，是聽令於吳越王。按：或説與此記載不同，紹熙雲間志中仙梵：“（超果寺）有觀音大士像。寺有石刻云，本錢武肅王宮中所祈禱者。太平興國中，錢氏歸國，僧慶依得之，未知所適。一夕，夢白衣人告曰：‘吾與若偕之雲間。’既寤，乘舟而來，將至縣西，大士舒祥光，下貫超果，遂迎以祠焉。”

〔八〕釋聰：五代吳越王時超果講寺住持。

〔九〕李塔匯：位於今上海松江區。

〔十〕瑞光井：正德松江府志卷二十一古迹：“瑞光井在超果寺西廡下，宋太平興國中，僧慶依奉錢王宮中觀音像來雲間，艤舟李塔匯，像舒祥光，如虹經天，下貫此井，因名。其後浚淤，復睹金鰻之異，邦人病者多汲飲焉。”

〔十一〕宋理皇：指南宋理宗趙昀。

〔十二〕景定甲子：南宋理宗景定五年（一二六四）。

〔十三〕僧浄深：南宋末年理宗時期超果講寺僧人。

〔十四〕至正丙申：元至正十六年（一三五六）。按：至正十六年春，張士誠軍進攻松江等地，元軍、苗軍抵禦，期間生靈塗炭，損毀無算。

〔十五〕僧行緣：至正十六年前後爲超果講寺僧人。

〔十六〕僧澈：字靈源，齋名冰雪。原爲松江佘山僧人，至正十九年夏始任超果講寺住持，遂大興土木，重修寺廟。

〔十七〕“吾聞石晉時”三句：概述後晉時上天竺寺傳説。咸淳臨安志卷八十寺觀六上天竺靈感觀音寺：“後晉天福四年，僧道翊結廬山中，夜有光，就視，得奇木，命孔仁謙刻觀音像。會僧勳從洛陽持古佛舍利來，因納之頂間，妙相具足。錢忠懿王夢白衣人求治其居，王感悟，乃即其地創佛廬，號天竺看經院。”

〔十八〕“然辭去宮邸”六句：實寓鐵崖歸隱松江之理由。

〔十九〕“洛伽得天竺僧”二句：有關普陀山觀音傳説。元盛熙明補陀洛迦山傳應感祥瑞品第三：“唐大中，有梵僧來洞前燔十指。指盡，親見大士説法。授與七寶石,靈感遂啟。"

〔二十〕誠、瑛:皆當爲元末超果寺老僧。其中釋瑛有齋名石雲,鐵崖曾爲撰記,
　　　　并稱之爲"高德僧"。參見楊鐵崖先生文集全録卷二石雲志注。

〔二十一〕周伯琦:元末江浙行省左丞。參見東維子文集卷三送團結官劉理問
　　　　序注。

破窗風雨記①〔一〕

大名劉易性初氏,早從宣城汪先生游〔二〕,後值兵燹②,辟地吴中。
今年從吴興來,見予草玄閣,出玉坡周公所篆"破窗風雨"四大字〔三〕,
蓋書汪先生贈語也,求余文志之。

余聞破窗在錢唐時,夜半讀書,有颶挾怒潮③從海門來,肆其暴
烈,揚沙漂石,怪雨與之俱,若萬騎出祁連北,塵於大漠而矢石俱下;
若蟄龍決起千丈,而滄溟之水倒立;若黄河自天而落,束以龍門、吕
梁〔四〕,而雷鳴電噴也。崇城如山者圮,層觀如雲者墮④。其破窗如一
葉,漏篷下,寒磧上,人懼其有不可支者。明旦,天地清霽,賢郡長有
過而詰者曰:"劉子破窗尚無恙否? 吾饋酒醪解汝愠。"性初啟窗一
笑,曰:"吾由敬亭過武林〔五〕,入雲門〔六〕,下苕、霅〔七〕,遭風雨者凡幾,
吾皆安以爲常,子何置戚戚於其間哉!"已而呼酒共酌,歌老杜秋風破
屋辭〔八〕,以澆其中之磊塊者,亦亂世一奇士也。

雖然,少陵破屋不爲一己憂,而寓憂者天下之寒士⑤也。惟少陵
能安秋風破屋,而後能推大厦萬間之庇〔九〕。性初能安風雨破竇,而後
能居玉堂雲霧之窗。吁,處變而不失其常,居安而不忘乎危,是在
性初。

性初謝曰:"某不敏,敢忘先生之規!"至正甲辰嘉平初吉,東維叟
會稽楊維禎記。

【校】

① 本文録自適園叢書本珊瑚木難卷二,校以文淵閣四庫全書本珊瑚木難、趙氏
　鐵網珊瑚本、珊瑚網本、式古堂書畫匯考本。

② 燹：趙氏鐵網珊瑚作"亂"，珊瑚網、式古堂書畫匯考作"變"。

③ 潮：文淵閣四庫全書本作"浪"，珊瑚網作"濤"。

④ 墮：趙氏鐵網珊瑚作"隳"。

⑤ 寒士：文淵閣四庫全書本作"人"，趙氏鐵網珊瑚、式古堂書畫匯考作"寒"。

【箋注】

〔一〕文撰於元至正二十四年甲辰（一三六四）十二月一日，其時鐵崖寓居松江，受聘於松江府學。文爲劉易作。劉易，字性初，大名人。曾自命所居地爲蘭雪坡，亦以之爲別號。幼有奇氣，從宣城汪先生學春秋，讀書山中五年。元季戰亂，避至錢塘，張士信聘爲賓客。久之以疾辭，放浪九峰三泖與吳興等地。與鐵崖、陸居仁、錢鼐、錢惟善、張端、張昱等衆多江浙文人有交往。參見貝瓊蘭雪坡志（載清江貝先生文集卷六）、珊瑚木難卷二破窗風雨相關題跋。

〔二〕宣城汪先生：指汪澤民。汪澤民字叔志，家貧力學，通諸經。延祐五年戊午進士。元史有傳。

〔三〕玉坡周公：指周伯琦。參見東維子文集卷三送團結官劉理問序。

〔四〕龍門、吕梁：皆山名。吕梁山位於山西省西部。龍門山在吕梁山西南端，位於今山西河津西北、陝西韓城東北，黄河經此，兩岸峭壁對峙如門，故名。

〔五〕敬亭：山名。位於宣城（今屬安徽）北。武林：杭州别名。

〔六〕雲門：山名。在紹興（今屬浙江）南。

〔七〕苕、霅：兩溪水名，借指湖州。

〔八〕秋風破屋：指杜甫茅屋爲秋風所破歌。

〔九〕推大厦萬間之庇：指杜甫於茅屋爲秋風所破歌詩末所述胸懷："安得廣厦千萬間，大庇天下寒士俱歡顏，風雨不動安如山。嗚呼，何時眼前突兀見此屋，吾廬獨破受凍死亦足！"

古窩記①〔一〕

至正丙申，松郡燬於兵〔二〕，凡富貴家肥楹厚棟存者，什不能一。吾西鄰叟國寶氏之居，乃與古招提巋然而獨存。其題梁歲月，蓋創於宋咸淳初〔三〕，迨今百有餘年。其材皆文櫨赤杪，然不斷橡、不刻櫨，節梲無金圖碧綴、綺綰繡錯之華，材雖良，而制則示後人以儉者也。一日治酒食，延予於其居，請曰："某居幸竊②先生東壁，一弦一誦聲相聞，先生客賓至，至無坐立所，則折而入吾居。寔先生之行窩耳，其可無名？"

予以其構爲邑屋之古，遂以"古窩"名。雖然，窩之古，代不無也，而居其窩之人之古也爲難。叟清曠質直，平生無二言三行，蓋古之愚直人也。有子一：文東〔四〕，年未丁，延碩師與之處。時時謁吾門，閱③古籍，談古道，學爲古文章。則叟之尚古而拔流於市井之人者，非徒一棟宇之古者也。

吁！今之崇門奥室，金湯其垣池，鐵石其窖藏，文繡衣被，地居千金，子不下堂。而近不閱一世二世，矧能什百而世之也！今叟居繇宋迨今，凡歷世者五，而不夷於劫火④，不敚於勢家，夫豈偶然者？文正范公曰："祖宗積德百餘年而始發於吾〔五〕。"天其⑤或者陳氏後亦有興者乎？吾不辭，書之以示其子文東及其宗族婣友，皆知慕向叟之古心古行，世爲家則。邑之稱古者，曰秦王古馳道，曰吴王古獵場，曰二陸古書宅〔六〕，皆不足以專美於郡書矣。

叟再拜曰："某曷當，某曷當！"明日，持古錦卷來，請書爲古窩記。叟姓陳氏，名珍。

【校】

① 本文録自正德松江府志卷十六第宅，萬曆嘉興府志卷三十二藝文、崇禎松江府志卷四十六第宅園林亦載此文，據以校勘。

② 竊：原本作"切"，崇禎松江府志作"鄰"，據萬曆嘉興府志改。

③ 閱：萬曆嘉興府志作"問"。

④ 火：原本殘缺，崇禎松江府志作"人"，據萬曆嘉興府志補。

⑤ 天其：原本漫漶，據萬曆嘉興府志、崇禎松江府志補。

【箋注】

〔一〕本文當撰書於元至正二十五年（一三六五），或稍後，其時鐵崖寓居松江。繫年依據：其一，文中述及至正丙申兵亂，然未言及改朝换代，又謂其時與古窩爲鄰，故必爲鐵崖晚年退隱松江之後，松江歸屬朱元璋政權以前，即公元一三六〇至一三六六年之間。其二，文中曰古窩"蓋創於宋咸淳

初,迨今百有餘年",而咸淳元年爲公元一二六五年,據以推之,此文撰書
不得早於至正二十五年。古窩主人陳珍,字國寶。

〔二〕"至正丙申"二句:至正十六年丙申二月,張士誠弟士德攻克平江,旋即破
湖州、松江諸路。苗將楊完者率軍來攻,燒殺擄掠,破壞嚴重。

〔三〕咸淳:南宋度宗年號,公元一二六五至一二七四年。

〔四〕文東:名壁,陳珍之子。參見楊鐵崖先生文集全録卷一壺月軒記注。

〔五〕文正范公:即范仲淹,謚文正。宋劉清之撰戒子通録卷六范文正:"吳中
宗族甚衆,於吾固有親疏,然以吾祖宗視之,則均是子孫,固無親疏也。苟
祖宗之意無親疏,則飢寒者,吾安得不卹也? 自祖宗來積德百餘年,而始
發於吾,得至大官,若獨享富貴而不卹宗族,異日何以見祖宗於地下,今何
顏以入家廟乎?"

〔六〕二陸古書宅:指陸機、陸雲讀書室。參見東維子文集卷十二二陸祠堂
記注。

順寧庵記①〔一〕

弁山之西南二十里而近〔二〕,又爲吕山〔三〕,實爲長興之名山,而處
士吳成叔氏世家焉。山之靈,不爲龍蛇虎豹之神、梗楠豫章竹箭之
材、金錫丹砂之彩,乃獨屬之於人焉,孝友忠信以表其俗,蓋自梁駙②
馬十一世〔四〕,而處士出焉。處士生丁世運之衰,終身不仕,遂生卜所
居山東小崗,得貞幹。坐貞幹而西,按葛皐諸峰〔五〕、苕水爲之帶者〔六〕,
以爲真宅,且預治精舍真宅所。舍成,既以順寧命之,而又以志文請
於予。

夫"存順"而"没寧"者,横渠張子語也〔七〕。存則動順其宜,没則
静安其歸,而無所愧怍於兩間者,聖賢之能事也。吾嘗獲交處士,處
士動静云爲一委諸順,而無一毫喜怒計較之私。上有令子弟禪其家
政,左右賢友師講切聖人之學。處士優游眉壽之堂,以享其有餘年。
而復□□□順寧之中,非胸中洞然□人不能也。

夫人少而壯,壯而老,老而終,春秋之道也。畏終者往往謬用其
心,懷長調於千年,不少止足,錐營寸歆,焦然不得以一息。不寧爾
也,役聰明,招聲勢,雄才健力以鬬其鄉,而不知稅駕之所曷在也,不

亦□□□□。處士順寧之所爲始終者，吁，遠矣哉！故予樂爲之記，且使時之不處士者，有所風動焉云爾。

【校】

① 本文録自崇禎六年刊董斯張等輯吳興藝文補卷二十八，校以同治十三年刊湖州府志卷五十二金石略所載此文。

② 駙：原本作“附”，據同治湖州府志改。

【箋注】

〔一〕順寧庵：長興吳成叔建。吳成叔生平僅見本文。

〔二〕弁山：在長興縣東南四十里。參見鐵崖先生古樂府卷四弁峰七十二注。

〔三〕吕山：又名程山。參見鐵崖佚詩下編吕山注。

〔四〕梁駙馬：指吳僧永。嘉慶長興縣志卷十二古迹：“（梁）駙馬都尉吳僧永故宅在縣東南二十里吕山。”

〔五〕葛阜：即葛山。嘉慶長興縣志卷八山：“葛山在縣東北一十八里。入東記云，葛仙翁得仙之所。上有葛公壇。”

〔六〕苕水：又稱苕溪。位於湖州一帶。

〔七〕“夫存順而没寧者”二句：引述北宋張載語。張載曾居鳳翔郿縣（今陝西眉縣）横渠鎮，人稱横渠先生。張子全書卷一西銘：“存吾順事，没吾寧也。孝子之身存，則其事親者不違其志而已，没則安而無所愧於親也。仁人之身存，則其事天者不逆其理而已，没則安而無愧於天也。蓋所謂朝聞夕死，吾得正而斃焉者。故張子之銘以是終焉。”

野人居記①〔一〕

會稽隱君有吳轍氏者，博雅好古，業醫。值喪亂，家於淞之陳溪。溪之左右，皆曠埌之野，壘石爲阜，瀦水爲池，決溝灌花，荷鋤蒔藥，逍遥徜徉，惟意所適。或與樵牧友，或與麋鹿群，人因目之曰野人居。請予一言以爲志。

予謂：“野，非直郊外名也。聖人常以比仲由〔二〕，而又從先進之野〔三〕。蓋野而叛教，聖人所嫌；野而勝華，聖人所取。轍之野何居？”

轍曰:"某之野,郊外之名耳,烏知聖人所取哉! 聖人論野於質,某將論野於趣。趣乎趣乎,非樂處於曠垠之野能之乎? 蓋將尚友乎古之魏仲先輩之流歟[四]! 若李平泉、裴午橋、司馬獨樂[五],則我豈敢?"

　　因録以爲記。

【校】

① 本文録自光緒八年刊寶山縣志卷十三名勝志第宅,原本題作元楊維楨野人居記,徑爲删改。

【箋注】

〔一〕文當撰於鐵崖晚年歸隱松江之後,明朝建立之前,即元至正二十年(一三六〇)至二十七年之間。繋年依據:文中曰"值喪亂",且野人居位於淞之陳溪,故必爲鐵崖退隱松江以後之戰亂時期。野人居:光緒寶山縣志卷十三名勝志第宅:"野人居,在江東。元游寓吳轍故居。"吳轍,字中行,會稽(今浙江紹興)人。或曰錢塘人。善劍,早年以劍術游諸侯間。元末至正年間,隱居松江之濱陳溪。鑽研古聖賢醫藥書籍,又以醫術著稱於世。謝應芳與吳氏有通家之好,亦曾爲撰齋記。參見龜巢稿卷十五野人居記、卷十四贈醫士吳中行序、卷三爲吳中行題畫。

〔二〕仲由:孔子弟子子路。論語子路:"子曰:'野哉,由也!'"

〔三〕從先進之野:論語先進:"子曰:'先進於禮樂,野人也;後進於禮樂,君子也。如用之,則吾從先進。'"

〔四〕魏仲先:指宋人魏野。參見東維子文集卷十六野亭記注。

〔五〕李平泉、裴午橋、司馬獨樂:分別指唐代李德裕之平泉山莊,裴度之午橋莊,北宋司馬光之獨樂園,皆爲著名私家園林。

植芳堂記①[一]

　　余友生沈子復吉,授經予門,又究習岐黃氏之學于世之名能者。治其所居之堂,扁曰植芳,請記於余,欲大其説。

　　余謂夫取諸身者莫若喻諸物,取諸物者莫若驗諸身。故志潔矣,其稱於物也必芳;學博矣,其游於藝也必芳;行成矣,其發於言也必芳;言達矣,其流於後也必芳。今欲以植木之術而爲此身之喻,植得其地而生,生則芳且榮矣。然則此身之主宰者,在吾方寸之地,培之養之,蓁②穢净盡。其所得於取物之效者,近之事父③,又推之及人之效④,亦何莫非學也,豈世之所云小道者哉!

昔之語植芳者,曰董仙氏,曰蘇仙氏〔二〕。董氏治人疾,病止,俾人植一樹杏,計實易粟,以濟諸貧。蘇氏將仙去,語家人植橘鑿井,曰:"後此必有癘疫吾人者,與人橘一葉、水一器,即愈⑤。"後果驗。彼二人者,以仙術寓醫,然迹其心,亦可謂博施矣。故後之善植者,必稱董、蘇云。今生之植,將不在乎此而在乎彼。

生起謝曰:"名言也,書以爲記。"會稽鐵史楊維禎廉夫撰。

【校】

① 本文録自適園叢書本珊瑚木難卷四,校以文淵閣四庫全書本珊瑚木難、趙氏鐵網珊瑚、式古堂書畫匯考。

② 蓁:文淵閣四庫全書本作"榛"。

③ 父:文淵閣四庫全書本、式古堂書畫匯考無。

④ 又推之及人之效:文淵閣四庫全書本作"又推之及物,推之及人",趙氏鐵網珊瑚作"推之及人"。

⑤ 愈:原本作"驗",據文淵閣四庫全書本、趙氏鐵網珊瑚、式古堂書畫匯考改。

【箋注】

〔一〕本文當撰於鐵崖晚年歸隱松江之後,元亡以前,即元至正二十年(一三六〇)至二十七年之間。繫年依據:其一,文中曰沈復吉"授經予門",且自稱"鐵史",故必爲鐵崖晚年寓居松江期間。其二,明初沈復吉被迫移居臨濠,故知本文撰於明朝建立以前。沈復吉,家居華亭吳淞。沈鉉子。幼嗜書,長而精醫。明初徙居臨濠,仍以行醫爲生。參見珊瑚木難卷四孫作、王璞、鄭真等人所撰植芳堂記。按:鐵崖與復吉父沈鉉交好,參見東維子文集卷十六野亭記。

〔二〕董仙:指董奉。蘇仙:名耽,桂陽人。"杏林"、"植橘鑿井"故事,參見鐵崖先生古樂府卷六醫師行贈袁煉師注。

夢游海棠城記①〔一〕

　　己酉春正月十三夜,夢群女御,什伍冉冉,自絳雲西來,迎余至一所,見宮殿盤鬱,西之軒名紫極館,問其竟,曰:“海棠城也。”少選,城主者服雲羅褒,戴金星冠,帶流金之鈴,從者執節,出迓曰:“余友辰鈎子來也邪〔二〕? 人間文口業填已盡虜未!”延升館,諸侍設醴作東。席終,命一姝出胡麻飰一器,勸餐云:“此子四十年前在台所啖未盡餘糧也〔三〕。自茲十九年後,當至此。昔余主子其識之。”時余謝別以詩二絕,主者復命一姝出銀光紙索書,詩曰:

　　夜騎箕尾到西清,紫府仙官有我名。莫羨夫容城主好〔四〕,芙蓉不似海棠城。

　　二女溪頭客斷魂,鵑聲愁殺阮郎②昏。海棠城廓君須記,飰熟胡麻第二番。

　　余嘗謂天地無神仙則已,有則自是我輩人耳。陶弘景爲蓬萊都監〔五〕,李長吉爲玉樓詞客〔六〕,韓忠獻爲紫府真人〔七〕,石曼卿爲夫容主者,吕獻可爲群仙糾正〔八〕,黄伯思爲上帝典翰〔九〕,陳伯修爲凌波仙客〔十〕,朱希真爲大閣仙伴〔十一〕,方朝散爲玉華侍郎〔十二〕,誠何足怪! 吾今行年已七十又四,又十九年後爲海棠代主,則吾齡當上齊我祖楊佛子之年也〔十三〕。(佛子,會稽有傳。享年九十九。壯年病頹下瘤,遇仙,移在背。)是月望日,會稽抱遺老人楊維楨在雲間拄頰樓堇識,以遺吾鐵門諸弟子云。

【校】

① 本文録自鐵崖墨迹(載中國書店二○一三年出版王冬梅主編歷代名家書法經典之楊維楨)。夢游海棠城記:原本題爲夢游海棠詩卷,今題爲校注者徑改。
② 原本“昏”字上有一“魂”字,蓋承上句而衍,徑删。

【箋注】

〔一〕文撰書於明洪武二年己酉(一三六九)正月十三日,記夜夢之仙境奇遇。其時鐵崖寓居松江。過雲樓書畫記卷三書類三楊鐵崖海棠城詩卷:“行書二十七行,記己酉春正月十三夜夢至海棠城事,及詩二絕,有'海棠城廓君須記,熟到胡麻第二番'之句,仿佛王子高夢游芙蓉城故事。以後自識二十二行,稱'是月望日,會稽抱遺老人楊維楨在雲間拄頰樓筆識以遺吾鐵門諸弟子云'……其曰小蓬臺者,以紹興之山有蓬萊,示不忘鄉里云。即所稱拄頰樓,及卷首有小蓬臺印是也……末有天啟丙寅五月後七龍宮仙史詹景鳳跋:'往歲從歸安吳親家退樓見一卷,與此正同,而字體略小。當時書遺鐵門諸弟子,合有數本,良無可疑。'景鳳字東圖,休寧人。見書史會要。"按:過雲樓書畫記著録之卷爲四十九行,與今所見傳本顯然有異。今傳本正文十六行,鐵崖自識十六行,合計三十二行;卷首無"小蓬臺印";文字與過雲樓書畫記著録本亦有不同。

〔二〕辰鈎子:指楊鐵崖。按:此稱呼寓以鐵崖出生傳聞,蓋屬鐵崖杜撰。宋濂撰鐵崖墓志銘:"姒李氏,追封會稽縣君,宋丞相宗勉四世孫也。當縣君有妊,夢月中金錢墮懷,翼日而君生。"貝瓊鐵崖先生大全集序則謂"夢金鈎墜月中",合以此所謂"辰鈎子"觀之,貝瓊所述爲是。

〔三〕四十年前在台所啖未盡餘糧:台,指天台。鐵崖天曆元年任天台縣令,截止於洪武二年,整四十年。天台胡麻飯事,漢人劉晨、阮肇入天台山采藥而遇女仙,得食胡麻飯、山羊脯。參見鐵崖先生古樂府卷三莒山水歌注。

〔四〕夫容城主:指北宋文人石延年。石延年字曼卿,傳載東都事略卷一百十五。宋趙與旹撰賓退録卷六:"石曼卿卒後,其故人有見之者,云恍惚如夢中言:'我今爲仙也,所主者芙蓉城。'"

〔五〕陶弘景爲蓬萊都監:相傳陶弘景成仙之後,爲東海蓬萊仙島都水監,詳見宋王質撰紹陶録卷上華陽譜。

〔六〕李長吉:唐代詩人李賀,字長吉。白玉樓事,參見鐵崖先生古樂府卷十小游仙之九注。

〔七〕韓忠獻:指北宋韓琦,其謚忠獻。按:相傳後人於夢中見韓琦於紫府真人宮,"韓公坐殿上,衣冠若神仙,侍立皆碧衣童子"。詳見宋趙與旹賓退録卷六。

〔八〕呂獻可:指北宋呂晦,字獻可。傳載東都事略卷七十八。賓退録卷六:"呂獻可在安州,一日坐小軒,因合目見碧衣童。云:'玉帝南游炎洲,召子隨行,糾正群仙。炎洲苦熱,賜子清涼丹一粒。'呂拜而吞之,若冰雪然。自知不久於世。後朱明復見呂跨玉角青鹿於湘江道中,金甲吏從數百人。"

〔九〕黄伯思：北宋文人，宋史有傳。賓退録卷六：“（黄伯思）博學能文，好仙佛之説。政和七年在京師，夢人告：‘子非久在人間，上帝有命，典司文翰。’明年二月果卒。”

〔十〕陳伯修：字師錫；或曰名師錫，字伯修，建陽（今屬福建）人。傳載東都事略卷一百五。賓退録卷六：“陳伯修（師錫），宣和三年寓居京口，自稱閒適先生。一日晝寢，夢至帝所，如人間上殿之儀。帝曰：‘卿平生所上章疏，可叙録進呈。’……夜過半，命其子舉左足壓右足，手結彌陀印，端坐而絶。後七日，一僧云夜宿瓜州，夢官人服銀緋跨馬，導從數十，履江水如平地。心異之，問爲誰，從者曰：‘陳殿院赴召也。’”

〔十一〕朱希真：名敦儒。宋史有傳。按：朱希真曾撰記文，述紹興二十八年戊寅除夕夜，伴仙游歷之夢境。詳見賓退録卷六。

〔十二〕方朝散：其名不詳，莆田（今屬福建）人。相傳因病昏迷三日，醒後謂有道士引至天宫，帝召見白玉樓，試文一首。帝覽之大喜，拜爲玉華侍郎。詳見夷堅乙志卷十一玉華侍郎。

〔十三〕楊佛子：指鐵崖曾祖楊文脩，其傳載鐵崖文集卷三。

壺春丹房記①〔一〕

雲間醫學教諭克善先生何君，以醫名於郡。築丹房於所居，以壺春顔之，志所得也，命東維子爲之記。辭弗獲，乃捉筆而言。

夫壺春者，渾然太極，生之本也。静而朗，虚而靈，凡日之烜，雨露之滋，風霆之鼓蕩，草木之萌蘖，靡非壺春一功也。而先生迺取名之丹房，喻醫之仁，亦猶壺春之發生萬物，化育無窮焉。然則先生之仁心，盎然和煦，同於壺春，奚啻澤於一郡耶！繇是推之，其爲壺春豈不至矣乎。是爲記。至正丁酉②長至日，東維子會稽楊維禎撰③。

【校】

① 本文録自何時希編校清何平子著壺春丹房醫案。原本題作楊維楨壺春丹房記，今題爲校注者删改。

② 丁酉：疑有誤。參見本文注釋。

③ 原本卷末有何時希跋語曰：“丙寅春王正月十又五日，鐙月交輝之夕，七十二

叟以能占小真書而自憙,節此東維子集外之文,以爲先高祖平子先生醫案題後。雪齋何時希記。"據此,何時希所録乃删節之文,然未注明出處,今無從查考。又,何時希撰清代名醫何平子事略一文曰:"壺春丹房是何氏七世醫家、元代醫學教諭何天祥所署,他的學生松江高隱楊維楨爲之撰壺春丹房記(見姚椿樗寮文集)。"(載壺春丹房醫案卷首第六頁。)按:此説有誤,鐵崖於元末明初確實與何天祥有交往,但并非何天祥學生。參見楊鐵崖先生文集全録卷四壺春丹室志。其次,今查考姚椿樗寮文續稿等詩文集,未見與壺春丹房記有關文字。然其中文學何君墓志銘(載通藝閣文集卷六)、嶰山草堂詩續稿(載晚學齋文集卷四),記述嶰山何其偉、何世英、何其超等事迹,則與松江醫學世家何氏有關。

【箋注】

〔一〕文撰於明洪武二年己酉(一三六九)十一月十四日(冬至)。繫年理由:據文末作者自署,本文撰於元至正十七年丁酉(一三五七)歲末長至日。然有可疑:其一,至正十七年,鐵崖在建德理官任上。建德與松江相距遥遠,當時何氏似無緣"命東維子爲之記"。其二,東維子乃鐵崖晚年別號,始用於其退隱前後,即至正十九年以後。其三,明洪武元年(一三六八)七月,鐵崖應某經理官所請,爲何氏撰壺春丹室志,其中未言此前已爲何氏撰記,亦未言及何天祥官職。(文載楊鐵崖先生文集全録卷四。)故此頗疑本文撰於洪武元年七月之後,"丁酉"或爲"己酉"之訛寫。若此推測不誤,本文當撰於洪武二年己酉冬至日。參見本文校勘記。又,本文起首曰"雲間醫學教諭克善先生何君","醫學教諭"當屬元官,鐵崖於此蓋沿用舊稱。壺春丹房:即壺春丹室,元末明初松江名醫何天祥診所名。參見楊鐵崖先生文集全録卷四壺春丹室志。

卷一百五　鐵崖佚文編之四傳志碑銘

卷一百五　鐵崖佚文編之四傳志碑銘

金節婦傳①〔一〕

　　節婦姑胥人，名少安。生而警慧，長讀書，通大義。適義興橘洲參政孫姚大臨氏〔二〕。事姑孝謹，閫內雍睦精練。

　　至正壬辰，義興被兵〔三〕。大臨挈老稺將入太湖，賊迫之，前途又窒不可越。少安度不能免，與大臨訣曰："汝有老父，宜善保之，勿墜宗祀。我誓抱女死流水。遲且弗斷，均没草莽。"遂抱女死於水。

　　於乎！人之舍生而取義者，必其自負若泰山重，然後見義不輕於生，雖蛟鼉鯨鯢齘而不懼，雷霆霹靂於上而弗迷。此蓋大丈夫之定力，而女子氏能之，俾父子夫婦之道全，謂女丈夫非乎！不書其事，曷以愧世之降志辱身者？爲作金節婦傳。

　　大臨曾大父②〔四〕，希得橘洲子也〔五〕，德祐中守毘陵，與通判陳某并率民巷戰死〔六〕。修宋史者逸其事，因并及之，以見一門忠烈若是云。

【校】

① 本文録自明嘉靖二十四年刊荆溪外紀卷二十一節義傳。
② 按："父"字下疑脱一"豈"字，參見注釋。

【箋注】

〔一〕本文蓋撰於元至正十二年（一三五二）金節婦自盡以後。金節婦：名少安，姑蘇人。按：萬曆常州府志卷十五人物傳、嘉慶增修宜興縣舊志卷八人物志皆載金氏事迹，實節自本文。

〔二〕義興：即宜興（今屬江蘇）。橘洲參政：即姚希得。按：姚希得爲大臨曾祖姚豈父，大臨實爲姚希得玄孫，并非其孫。嘉慶宜興縣志卷八人物志文苑："姚臨，字大臨。豈曾孫。明敏好學，淹貫經籍，工吟咏。洪武初，徵爲萊州府同知。陞保定府知府。卒於官。"

〔三〕"至正壬辰"二句：指至正十二年秋，徐壽輝之紅巾軍攻佔宜興。南村輟耕録卷二十七忠孝里：“至正壬辰秋七月，紅巾陷錢唐。九月，陷吴興、延陵。冬十月，陷江陰州。”

〔四〕大臨曾大父：指姚訔。昭忠録姚訔：“德祐乙亥春三月，元兵攻破常州，將軍王安節被擒，不屈死之……夏四月，督府總統軍馬張世傑復常州，留劉師勇守之。即家起姚訔知府事。公，橘州第三子也。常自十月八日被圍，至十一月十八日城破……訔死之，諡忠毅。”

〔五〕希得橘洲：指姚希得。姚希得字逢原，一字叔剛。著有橘洲文集。宋史有傳。

〔六〕通判陳某：名炤。成化重修毗陵志卷十一職官三歷代宦迹：“姚訔知常州。先是元伯顏兵至，知州王宗洙遁，通判王虎臣以城降。既而都統劉師勇等復拒守，推訔爲守。城數月不下。伯顏攻陷，屠之。訔及通判陳炤等皆死之。”

朵那傳①〔一〕

杭城東偉兀氏奴曰朵那〔二〕，年十九。勤敏謹質，善事其主。主卒某郡官所，朵那誓弗出主户事他姓主，奉主婦日謹。主婦有機密，不以托諸侍，必朵那托。

至正壬辰秋，寇至杭〔三〕，劫官民帑藏。偉兀氏家掠貨不得，反接主婦柱下，拔刀礪頸上。諸侍婢皆逾墻壁走，獨朵那以身覆主婦，請代死。且請於寇曰：“將軍利吾貨，豈利殺人哉！吾主鑰，皆主婦弗知也，吾盡探藏與若，乞免吾主婦死。”寇允，解主婦。那乃悉探所藏珠玉寶器，散堂上。寇俘貨，且欲穢其身，朵那持刀欲自屠，曰：“我主二千石，誓死不辱他主，況非我同類乎？”寇義之去。已而泣拜主婦曰：“棄主貨，全主命，權也。妾受命主鑰，失貨而全軀，不義也。妾請從此死。”遂自殺。

楊子曰：紅巾寇杭，官守者往往棄官遁，否者佞事賊，名節大閑一蕩去弗顧。朵那，一婦奴爾，終其身事主，至以受命自劾，不貳②其主，非佞③之克④蹈忠節、識大閑乎！嘻，使若所爲，爲國男子，非盡臣道乎！故予爲之傳，如五代史録王凝氏之妻者云〔四〕。嘻！

【校】

① 本文録自清初鈔本陶宗儀輯草莽私乘,校以對樹書屋叢刊本草莽私乘。

② 貳:原本作"有",據對樹書屋叢刊本改。

③ 佞:對樹書屋叢刊本爲闕字,此字似誤。

④ 克:原本作"堯",據對樹書屋叢刊本改。

【箋注】

〔一〕本文或撰於元至正十八年(一三五八)以後。繫年依據:原本題下有注,曰"奉訓大夫、江西等處儒學提舉楊維禎"。故疑本文或非作於至正十二年秋朵那守節自殺之時,而撰於至正十八年鐵崖被任命爲江西行省儒學提舉之後。鐵崖晚年自號鐵史,常以詩文記録當時人事。

〔二〕偉兀氏:即維吾爾族。按:明人曾敷衍朵那事迹爲小説,名爲俠女散財殉節。載西湖二集卷十九。

〔三〕寇至杭:南村輟耕録卷二十八刑賞失宜:"至正十二年歲壬辰秋,蘄黃徐壽輝賊黨攻破昱嶺關,徑抵餘杭縣。七月初十日,入杭州城。"

〔四〕王凝氏之妻:李氏。參見鐵雅先生復古詩集卷四詠女史之王凝妻李氏注。

朱夫人傳①〔一〕

夫人姓費氏,諱元琇。漕運昭武將軍雄之女〔二〕,江陰知事朱道存之妻。江陰陷,存即偃〔三〕。夫人耻之〔四〕,悒悒不樂。

時番②兵至上海縣,淫虐甚,居民婦纍縛登通路,若豕狗然〔五〕。夫人獨坐堂上,亂兵抵堦下,引刀脅曰:"若妻我,帶金披繡,且爲内主君。"夫人聞其言,叱曰:"吾費將軍之女,朱江陰之婦,父舅皆元臣,吾寧死刃下,義不辱於賊③。"於是群獠刺之。未死,罵猶不絶口,遂臠其尸。

鐵史曰:殺身成義,大丈夫之烈也。大丈夫失之而得於夫人,若費氏者,不亦貞且烈哉!予游海東〔六〕,海東父老爲予哀夫人之行如是,遂録之以表於世云④。

【校】

① 本文録自清初鈔本陶宗儀輯草莽私乘,校以對樹書屋叢刊本草莽私乘。

② 番:對樹書屋叢刊本作“苗”。

③ 賊:對樹書屋叢刊本作“賤”。

④ “之以表於世云”凡六字,原本無,據對樹書屋叢刊本增補。

【箋注】

〔一〕本文當撰於鐵崖晚年歸隱松江之後,元至正二十年(一三六〇)或稍後。繫年依據:朱夫人死於鐵崖歸隱松江之前,而文中曰“予游海東,海東父老爲予”言夫人事迹,蓋爲鐵崖晚年徙居松江之後不久。按:新元史列女傳載朱夫人費元琇事迹,實節自本文。正德松江府志卷三十一人物十一列女:“費元琇,上海名家女,歸廣陵朱氏。至正間,從宦江陰。屬世亂盜偪,因歸寧以避侵暴。丙申,邑亦陷,苗軍平之。苗見元琇光燁,露刃欲同焉。元琇挺死拒,遂奮駡……苗怒,剚之。時義聲震吳下。妹元徽,有女德,歸華亭陶氏。執婦道,年幾三十而失所天……壽逾八十,竟遂其同穴之志。鄉里譽之,號爲‘雙節’。”按:費元琇乃趙孟頫外孫女,與陶宗儀妻元珍爲姐妹。參見後注及僑吳集卷十二白雲漫士陶君墓碣。

〔二〕漕運昭武將軍雄:即費雄。費雄曾任海道運糧萬户,其妻爲趙孟頫次女。參見歐陽玄撰趙文敏公神道碑(載圭齋文集卷九)。

〔三〕“江陰陷”二句:指費元琇夫朱道存於張士誠軍攻打江陰時,不戰而降。據嘉靖江陰縣志卷十兵衛記,“(張)士誠乃遣其弟士德,率高郵賊衆渡江攻常熟,遣其別將來擊江陰,知事朱道存遂以城降。”

〔四〕夫人耻之:朱道存投降時,朱夫人不在江陰,戰亂之前已回上海娘家。梧溪集卷三朱夫人詩序:“至正十六年,江陰亂。夫人依其父,居松江之上海。”

〔五〕“時番兵至上海縣”四句:實指元至正十六年丙申春,楊完者爲首之苗軍在松江一帶所犯惡行。南村輟耕録卷八志苗:“至正十六年春二月朔,淮人陷平江……是月,丞相又以王與敬攝元帥事,守松江,與敬據郡應平江。(楊)完者遣部將蕭亮員成來,與敬奔。苗有松江,火一月不絶,城邑殆無噍類。偶獲免者,亦舉剒去兩耳。掠婦女,劫貨財,殘忍貪穢,慘不忍言。”

〔六〕予游海東:元至正十九年冬鐵崖退隱之後,時常攜弟子周游松江各地。

玉帶生傳[一] 有序①

玉帶生者,宋文丞相家藏研也[二]。後傳於其客冬青謝先生翺[三]。翺歿,幸歸於予。研北籀文"紫之衣兮"云云②、"廬陵文天祥造",凡四十四字。

玉帶生石氏,名端,字正平,世居端溪[四]。性廉直,風裁方整,紫衣玉帶[五],以人品自貴重。時文文山提刑浙西[六],器而聘之,呼以玉帶生而不名。自是機防密議,一與生謀之。生緘默不泄,公益重之。嘗拊其背與之盟曰:"紫之衣兮綿綿,玉之帶兮卷卷,中之藏兮困困,外之澤兮日宣。於乎,磨爾心之堅兮,壽吾文之傳兮[七]。"文山既相[八],適罹國難,徵兵嶺海間,倉黄相失。閩謝翺,文山客也,間道攜生往來桐廬山中[九]。已而文山徇國死,翺登子陵臺[十],以竹如意擊石,歌招魂之辭曰:"魂來兮何極,魂去兮關水黑。化爲朱鳥兮,有喙焉食。"生賡載歌曰:"魂之化兮,喙於火兮。魂之泣(叶"隙")兮,血吾石兮,千秋其碧兮。"遂失聲,竹石俱碎。乃即月泉精舍[一一],共修南史帝紀及獨行傳、秦楚之際月表。翺之史學,類多資於生也。翺卒,益自韜閟者。

六十年後,會稽楊禎氏爲睦李官[十二],謁子陵祠,南望月泉間,見紫氣,曰:"佳哉,殆有端人焉!"訪之,得生,垢衣塵面,介如也。載與俱東,以上客居七者寮[十三],且爲歌之曰:"有客有客來文山,潤如玉兮堅匪頑。文山頹兮不可攀,留爾亦足銷群奸。靜以安兮方以直,帶蒼玉兮佩文石,星爛然兮守玄默[十四]。"迨盜起邗③城[十五],偕隱海上[十六],禎資之修鐵史若干卷。晚年禎客俱流離解散,獨生守其玄於七者寮云。

史氏曰:諸葛亮匡略未半,而天夭其年[十七];文山氏未及匡略,而大運已去,其遺千載英雄之痛也亦厚矣。石生者,以端方廉重輔孤憤激烈之節,表出師,檄勃虜,録北征;傳之義客,志東陵[十八],哭西臺[十九],傳獨行,足爲死友矣。於乎,血史之後有南史[二十],南史之後有鐵史,豈斯文之託於生乎,生託於斯文乎!嘻!

【校】

① 本文録自嘉靖初年刊明程敏政輯宋遺民録卷二,校以廣諧史卷二所録此文。題下兩小字注“有序”原本無,據廣諧史增補。

② 研北籀文紫之衣兮云云:廣諧史本作“研北籀文有‘紫之衣兮綿綿,玉之帶兮卷卷,中之藏兮困困,外之澤兮日宣。於乎,磨爾心之堅兮,壽吾文之傳兮’”,全録籀文,其實此乃文天祥所造銘文,已見於正文中。

③ 邗:廣諧史本作“邦”。

【箋注】

〔一〕文撰於元至正二十一年(一三六一)三月,其時鐵崖寓居松江。繫年依據:文中曰玉帶生“偕隱海上”,故當爲鐵崖晚年歸隱松江之後,蓋與玉帶生識文作於同時。參見鐵崖撰題玉帶生硯(載本書佚文編)。

〔二〕宋文丞相:指文天祥。文天祥字宋瑞,自號文山,宋史有傳。

〔三〕冬青謝先生翶:下文稱“閩謝翶”,文天祥門下客,曾“托廈詞作冬青引”。參見東維子文集卷二十六高節先生墓銘、陳善學序刊楊鐵崖先生文集卷四冬青冢注。

〔四〕端溪:位於端州(今屬廣東肇慶),以産硯石著稱。

〔五〕紫衣玉帶:乃宋末皇帝所賜。參見張憲玉帶生歌引(本書佚文編題玉帶生硯注文引録。)

〔六〕文文山提刑浙西:疑“浙西”當作“江西”。據宋史文天祥傳,南宋末德祐初年,文天祥被任命爲江西提刑安撫使,遂“提兵至臨安,除知平江府”。

〔七〕“紫之衣兮綿綿”七句:文天祥所造銘文。

〔八〕文山既相:德祐二年(一二七六),文天祥任右丞相兼樞密使。參見宋史文天祥傳。

〔九〕桐廬:今屬浙江。

〔十〕子陵臺:即嚴子陵釣魚臺。參見東維子文集卷七富春八景詩序注。

〔十一〕月泉精舍:當爲謝翶寓所。按:元初,謝翶與方鳳等人曾於浦江參與主持“月泉吟社”詩歌評選,故至桐廬後,謝翶仍以“月泉”爲齋名。參見四庫全書總目月泉吟社詩一卷。

〔十二〕會稽楊禎氏爲睦李官,元至正十六年秋,鐵崖被授予建德路總管府理官一職,由杭州前往睦州就任。睦李官,即睦州理官。建德路總管府位於睦州。

〔十三〕七者寮：鐵崖齋名。參見鐵崖文集卷一七客者志。

〔十四〕“有客有客來文山”七句：此歌又見於鐵崖文集卷一七客者志，稍有
　　　　差異。

〔十五〕邗城：位於今江蘇揚州東南。此蓋借指淮河流域。清傅澤洪行水金鑑
　　　　卷六十一淮水：“昔吳將伐齊，北霸中國。自廣陵城東南築邗城，城下掘
　　　　深溝。”

〔十六〕隱海上：指至正十九年冬，鐵崖自杭州歸隱松江。

〔十七〕“諸葛亮匡略未半”二句：意爲諸葛亮“出師未捷身先死”。

〔十八〕志東陵：蓋指謝翺所撰冬青引。參見陳善學序刊楊鐵崖先生文集卷四
　　　　冬青冢注。

〔十九〕哭西臺：謝翺撰有西臺慟哭記一卷。

〔二十〕“血史”句：南史，此語雙關，既指春秋時南史氏，亦指謝翺。左傳襄公
　　　　二十五年：“大史書曰：‘崔杼弑其君。’崔子殺之。其弟嗣書，而死者二
　　　　人。其弟又書，乃舍之。南史氏聞大史盡死，執簡以往。聞既書矣，乃
　　　　還。”按：鐵崖所謂“血史”，蓋指上述齊國大史兄弟，亦指文天祥。

骨鯁臣傳（節文）①〔一〕

　　會稽楊維楨嘗爲思齊作骨鯁臣傳〔二〕。
　　評曰：張之僚屬多伯嚭〔三〕，直而不阿獨思齊。諺有之：“千人諾
諾，不如一士諤諤。〔四〕”信哉！

【校】

① 本文録自明初盧熊撰洪武蘇州府志卷四十六考證，校以同治蘇州府志卷二
　　十八軍制引文。按：二本於文末附小字注“出稗史”，然所録皆爲傳末評語，
　　傳文則未見引録，蓋已佚失。

【箋注】

〔一〕文當撰於元至正二十三年（一三六三）冬，或稍後。繫年理由：據洪武蘇
　　　州府志卷四十六考證，至正二十三年九月，張士誠自立爲吳王。“骨鯁臣”
　　　與張王因此起争執，鐵崖贊其風骨而爲之作傳。骨鯁臣：指張士誠屬官

俞思齊。

〔二〕骨鯁臣：洪武蘇州府志卷四十六考證："（俞思齊，字中）孚，泰州人。從張士誠至吳，爲太尉參軍。士誠（之臣服于元）朝也，思齊實勸之。既而士誠不漕貢，左右詔諛之人實使焉。獨思齊語曰：'向爲賊，不貢宜也；今爲臣而不漕貢，猶欲爲賊耶？'士誠怒，抵案仆地而入。思齊即棄官稱疾，忍閉户終身。會稽楊維禎嘗爲思齊作骨鯁臣傳……"（按：括弧内文字，據同治蘇州府志卷二十八軍制引文增補。）參見東維子文集卷三俞公參政序。

〔三〕伯嚭：春秋時吳國太宰。收受越國重賂，慫恿吳王接受求和，導致吳國滅亡。

〔四〕"千人"二句：史記商君列傳："趙良曰：'千羊之皮，不如一狐之腋；千人之諾諾，不如一士之諤諤。'"

玉海生小傳①〔一〕

玉海生，錢塘人。名遅，字仲耋，姓張氏。自幼穎拔，日夜能記誦書數千言。六歲善屬對，十歲口占五字詩，二十能文。藩府才其人〔二〕，欲以刀筆史起之幕下，生笑曰："余豈刻木輩哉！"賦詩絶之。不遠數百里造請碩師〔三〕，益通經洽史，博及古今。異書閟案於耳物，恥一不知。其父東魯君私自慶曰〔四〕："是子不以功顯，當以藝文命世，度越吾先玉海公也〔五〕。"人遂以玉海生目之。

吾所著詩文，有唐宋大雅集、三史綱目、史論，不輕出②。於代之章句傳，積以成帙，必上鐵史楊維禎③氏。鐵史讀其文，輒奇之曰："真玉海龍駒也。"爲傳其人於高才生列。

鐵史曰："余嘗怪梁朱昇〔六〕，一時恩倖小流耳，而以'玉海千尋'欺於明山賓之表薦。侯景反〔七〕，乃以誅昇爲名。玉海之闒映不測者廼爾耶！玉海之名世者，顧得於陸脩静所指之異人。異人，張融氏是④也〔八〕。融仕宋，不過參軍，無大措注⑤，而玉海所著，至今與然宮室藏争珍。嘻，融吾不得見，而及見⑥其子姓如遅於喪亂之代，文墨議論不以時否而少輟，異時高文大册，尚有光吾鐵史氏者。余老未朽，尚及見汝海之玉如吕佐璜〔九〕，八百之誠不足當價也〔十〕。

鐵史者，有元李黼榜賜第二甲進士出身會稽楊維禎，在雲間草玄閣著并書。

【校】

① 本文録自四部叢刊初編縮印本東維子文集卷末所附傅增湘校勘記(傅氏據明鈔殘本東維子文集卷二十八補録),校以明佚名鈔本楊維禎詩集卷末所附此文。

② 按:"不輕出"以下,當述玉海生對於鐵崖著述之反應或態度,此處必有脱文。

③ 楊維禎:明鈔楊維禎詩集本作"楊禎"。下同。

④ 是:原本無,據明鈔楊維禎詩集本增補。

⑤ 措注:明鈔楊維禎詩集本作"注措"。

⑥ 融吾不得見,而及見:原本作"融吾不得而及見見",據明鈔楊維禎詩集本改。

【箋注】

〔一〕文撰於鐵崖退隱松江之後,元亡以前,即元至正二十年(一三六〇)至二十七年之間。繫年依據:本文撰於草玄閣,其時又爲"喪亂之代"。玉海生:張暹,字仲晉,號玉海生,錢塘人。生平見本文。

〔二〕藩府:當指張士誠太尉府。

〔三〕不遠數百里造請碩師:當指張暹專程從杭州來松江,從學於鐵崖。

〔四〕東魯君:張暹父。東魯蓋其別號,名字生平不詳。

〔五〕玉海公:南齊張融。張融自名其詩文集曰玉海,故人以玉海稱之。南齊書有其傳。

〔六〕朱异:字彦和,錢塘人。多才多藝,頗得梁武帝器重,官至侍中。權傾一時,貪財干政。侯景造反,與朱异有關。梁書朱异傳:"尋有詔求異能之士,五經博士明山賓表薦异曰:'竊見錢唐朱异,年時尚少,德備老成……金山萬丈,緣陟未登;玉海千尋,窺映不測。加以珪璋新琢,錦組初構,觸響鏗鏘,值采便發。觀其信行,非惟十室所稀,若使負重遥途,必有千里之用。'"

〔七〕侯景:北魏人。梁武帝太清初年,率部投降梁朝。後起兵攻梁,叛亂稱帝,史稱"侯景之亂"。梁書、南史皆有傳。

〔八〕"玉海之名世者"四句:南齊書張融傳:"融年弱冠,道士同郡陸脩静以白鷺羽塵尾扇遺融,曰:'此既異物,以奉異人。'"

〔九〕吕佐璜:相傳姜太公吕望曾釣得玉璜,上有刻文曰"姬受命,吕佐旍",遂輔佐周室。參見麗則遺音卷三太公璜。

〔十〕八百：指周朝延續八百年。

八磚血漬形①

　　吉州永新人譚節婦趙氏〔一〕，至元十四年〔二〕，江南既附，獨永新嬰城自守。元兵破城，趙氏抱嬰兒，與舅姑匿永新文廟中。被兵殺其舅姑。欲污趙氏，臨之以兵，曰："不從則死！"趙氏罵曰："吾舅姑皆死汝手，與其不義而生，寧從舅姑而死耳！"遂與嬰兒同遇害。血漬禮殿中八磚，爲婦人嬰兒狀，宛然如生。人或疑之，磨以沙石，煬以炭熾，其狀益顯。

【校】

① 本文録自青照堂叢書本楊鐵崖詠史卷末附録。

【箋注】

〔一〕永新：隸屬於吉州（元代改稱吉安路）。今爲永新縣，隸屬吉安市。參見元史地理志。趙氏：夫家姓譚，永新人。南宋端宗景炎二年（一二七七），元兵攻陷永新之際，誓死不受辱，遇害。

〔二〕至元十四年：即南宋端宗景炎二年。其時南宋都城臨安已被元軍佔領。

莫鍊師傳①〔一〕

　　莫鍊師，苕溪人〔二〕，宋慶元進士第一人子純後也〔三〕。生宋寶慶丙戌〔四〕。幼習舉子業，三詘於有司，遂棄功名，慕玄學，至青城山，見無極徐真卿〔五〕，授以雷術。又聞建昌鐵壁鄒先生得王侍宸斬勘法〔六〕，至委侍童，晝夜不離。鄒疾危，遣之，師泣告實。鄒將逝矣，雷書之全不能畀汝，已而書張使者一符，授之而逝。再見潯陽楊真卿〔七〕。精於持鍊，動與神合。然憤世嫉邪，時託狂直於酒，信筆塗墨符，出詭秘語，人莫能曉。寶祐秋，越守馬裕致之禱雨，雨應聲至，理宗賜宸書詩贊[八]。

　　入國朝,爲至元戊子[九],中丞崔彧奉詔江南[十],起師覲京祈禳,有異驗。賜命光禄,暨命典道教事。師力辭南歸。明年春,抵吳城,隱處光蕩巷,學者填門,至人以延館於家爲榮。然自吝其法,不輕以語人。嘗書鐵壁言於門曰:"百字動雷電,龍神拱手聽。不泄亦不秘,淵默有天聲。"癸巳冬[十一],嬰疾。其徒治藥餌,師笑曰:"明年正月某日,吾逝矣,豈藥餌所能留哉!"至期,索筆書曰:"六十九年明月,幾番陰晴圓缺。今朝無缺無圓,三界光明透徹。"書畢,問斂具,衆曰:"已具。"師搖首,曰:"待吾五事備。"須臾,天忽曖昧,風雲雷電雨交作[②],衆俟天霽斂焉。是月葬吳城東門外長洲縣洪荒圩,實至元三十一年甲午也。弟子得其道者:吳下張雷所[十二]、王繼華[十三]、金静隱[十四]、馬心吾[十五],江東許無心、陳静佳[十六]。今傳法曰周玄初[十七]。玄初得之步雲岡[十八],雲岡得之雷所,雷所得之師云。

　　鐵史曰:儒者諱言神仙事,孔子於怪神特不語爾[十九],非曰無也。然叱咤鬼神,爲人擊妖孽,神仙之技也,外[③]。曰體形虚,消息合於至道,至道合於至虚冥,至於乘雲氣、騎星芒,無極不能爲之先,八極不能爲之外,則神仙之神也,内也。求莫師者,當以伎乎? 神乎? 鐵史[④]者,會稽抱遺叟楊維禎也。

【校】

① 本文録自適園叢書本明李詡編續吳郡志卷下高士傳,以明鈔續吳郡志作校本。
② 交作:明鈔本作"作交"。
③ "外"字下似脱一"也"字。按:"神仙之技也,外也",適與以下"神仙之神也,内也"對舉。
④ 鐵史:明鈔本作"鐵師"。

【箋注】

〔一〕文撰於元至正後期。繫年依據:其一,文中稱元朝爲"國朝",故知撰於元代。其二,文末鐵崖自署"鐵史"、"抱遺叟",故知撰於鐵崖晚年,約爲元至正二十年(一三六〇)至二十六年之間。莫鍊師:指道士莫月鼎。宋濂莫月鼎先生傳:"莫月鼎,諱起炎,湖州月河谿人。高祖儔,宋政和壬辰進士第一。祖慶，父濛，連起爲顯官。月鼎生而秀朗……習科舉業，三試於有司，不利，乃絶去世故。從事於禪觀之學，脇不沾席者數年。已而著道士服，更名洞乙，自號爲月鼎。"（載秘殿珠林卷十九。）又按本文，莫月鼎生於南宋寶慶二年（一二二六），卒於元世祖至元三十一年（一二九四），享年六十九。

〔二〕苕溪：位於今浙江湖州一帶。

〔三〕宋慶元進士第一人子純：指南宋寧宗慶元二年（一一九六）狀元莫子純。子純乃莫月鼎先祖。宋張淏撰會稽續志卷五人物："莫子純，字粹中。……慶元二年禮部奏名，復爲第一……除秘書省正字……忤侂胄意，遂以事去知贛州……嘉定八年卒，年五十七。子純性姿聰悟，博聞强記。立朝之節，始終可考，士論歸之。"

〔四〕寶慶丙戌：南宋理宗寶慶二年（一二二六）。

〔五〕"至青城山"二句：宋濂莫月鼎先生傳："入青城山丈人觀，見徐無極，受五雷之法。"

〔六〕王侍宸：名文卿，字安道，南豐州人。北宋宣和初年渡江，遇異人，授以五雷法。後返鄉，殁於家。相傳其神頗有靈異，元人多往禱之。朝廷封爲靈惠沖虛通妙真君。參見道園學古録卷二十五靈惠沖虛通妙真君王侍宸記、正德建昌府志卷十八外志仙釋。

〔七〕楊真卿：潯陽（今江西九江）人。當爲宋末道士，生平不詳。

〔八〕"寶祐秋"四句：宋濂莫月鼎先生傳叙述較詳："寶祐戊午，浙河東大旱。馬廷鸞方守紹興，迎致月鼎。月鼎建壇場，瞑目按劍，呼雷神役之。俄天地晦冥，震霆一聲，大雨傾注。穆陵聞之，賜詩一章，謂其爲神仙云。"按：馬裕字廷鸞。

〔九〕至元戊子：元世祖至元二十五年（一二八八）。按：或曰爲"至元己丑"，參見後注。

〔十〕崔彧：字文卿。元史有傳。宋濂莫月鼎先生傳："元世祖至元己丑，遣御史中丞崔彧求異人江南，物色獲之。見帝於灤京内殿，帝詔近侍持果殽觴之。時天色爽霽，帝曰：'可聞雷不？'月鼎對曰：'可。'即取胡桃擲地，雷應聲而發，震撼殿庭，帝爲之改容。復命請雨，雨立至，如紹興時。"

〔十一〕癸巳：元世祖至元三十年（一二九三）。

〔十二〕張雷所：張善淵。明王鏊姑蘇志卷五十八人物："張善淵字深父，號癸復道人，吳之華山人。其伯父崇一始爲道士，得易真人如剛靈寶飛步法，稱之爲張雷師……善淵從之學，輒能捕逐鬼物，呼致雷雨……莫月

鼎、侯清谷時爲道門所宗,咸異重之,而樂授所秘。元世祖詔舉山林有
道嗣天師,以善淵薦,乃與其弟子步進德入朝。命召鶴及他,有禱皆應,
遂命爲平江道録,住持天慶觀。又改紹興昭瑞宮、鎮江道録。卒年九
十二。"

〔十三〕王繼華:吳人。莫月鼎自京南還,於至元二十七年二月回歸吳中。王繼
華盡禮招致,遂館其家,故得其所傳。參見吳全德莫法師行實(載秘殿
珠林卷十九)。

〔十四〕金静隱:吳人。乃莫月鼎入室弟子。

〔十五〕馬心吾:亦爲吳人。生平不詳。

〔十六〕許無心、陳静佳:皆江東人。按:吳全德莫法師行實謂莫月鼎擇人而
授,"獨吳中王繼華、金静隱,江東許無心、廉使陳静佳稱爲入室弟子"。

〔十七〕周玄初:即周玄真。明王鏊姑蘇志卷五十八人物:"周玄真,字玄初,嘉
興人。年十二,入紫虚觀,從李太無爲道士。太無,杜道堅弟子也。至
正戊子,來居葑門外報恩道院,能以符篆召鶴,名所居曰來鶴軒,自號鶴
林先生。雖身寓方外,事母至孝。其學受靈寶經法於曹谷神,又因顧養
浩受五雷秘文於步宗浩。洪武戊申,京師大旱,太師李韓公善長迎玄真
致雨,有應。"

〔十八〕步雲岡:名宗浩。明王鏊姑蘇志卷五十八人物:"步宗浩,字進德,號雲
岡。早習儒書,中歲始慕道,從張雷所于玄妙觀……延祐間,制授貞元
微妙弘教法師。"

〔十九〕"孔子"句:論語述而:"子不語怪力亂神。"

南樓美人傳①

　　葑溪劉天騏〔一〕,少嘗中秋夕獨卧小樓,窗忽自啟,視之,一美人靚
妝縞服,肌體嬌膩,真絶色也。天騏恍惚不敢爲語,已而攬其袪,乃莞
爾納之。天騏曰:"敢請姓氏,終當倩媒以求聘耳。"美人曰:"妾上失
姑嫜,終鮮兄弟,何聘乎? 汝知今夕南樓故事,只呼'南樓美人'便
已。"天曙,囑曰:"君勿輕泄,妾當終夕至。"語訖,越鄰家臺榭而去。
自是每夜翩翩而至,相愛殊切。

　　一日,天騏露其事於酒餘。人曰:"此莫非妖也? 君獲禍深矣!"

追夕,美人讓曰:"妾見君青年無偶,故犯律而失身奉君。何泄我樞機,至人有禍君之説!"遂悻悻而去,將歲杳然。天駟深忿前言,但臨衾拭淚而已。至明歲秋夕,嘗憶前事,樓中朗吟蘇子瞻前赤壁賦云:"桂棹兮蘭槳,擊空明兮溯流光;渺渺兮予懷,望美人兮天一方。"歌未罷,忽美人仍越臺榭而至,曰:"妾見君朝夕憂憶,又爲馮婦〔二〕。"相與至夜半,美人潸然泣曰:"風情有限,世事難遭。聞君新婚在邇,今將永別。不然,不直分愛於賢配,抑將不利於吾君。"天駟稍悟,猶豫間,美人不見矣。

天駟婚後,更無他異。

【校】

① 本文録自明秦淮寓客輯録綠窗女史卷八妖艷部幻妄。

【箋注】

〔一〕葑溪:位於姑蘇葑門。劉天駟:生平不詳。

〔二〕又爲馮婦:孟子盡心下:"齊饑。陳臻曰:'國人皆以夫子將復爲發棠,殆不可復?'孟子曰:'是爲馮婦也。晉人有馮婦者,善搏虎。卒爲善士。則之野,有衆逐虎,虎負嵎,莫之敢攖。望見馮婦,趨而迎之。馮婦攘臂下車,衆皆悦之。其爲士者笑之。'"

清苦先生傳①

先生名槮,字葬之。姓賈氏,別號茗仙。其先陽羨人也〔一〕,世系綿遠,散處之中州者不一。先生幼而穎異,於諸眷族中最其風致。卜居隱於姑蘇之虎丘〔二〕,與陸羽〔三〕、盧仝輩相友善〔四〕,號"勾吳三雋"。每二人游,必挾先生隨之,以故情諠日殷,衆咸目之爲死生交。

然先生之爲人,芬馥而爽朗,磊落而疏豁,不媚於世,不阿於俗。凡有請求,則必攝緘縢、固肩鐍,假人提攜而往。四方之士,多親炙之。雖窮簷蔀屋,足迹未嘗少絶。偶乘月大江泛舟,取金山中泠之水而瀹之,因品爲"第一泉"〔五〕,遂遨游不輟。尤喜僧室道院,貪愛其花

竹繁茂,水石清奇,徜徉容與,逌然不忍去。構小軒一所,匾曰松風深
處,中設鼎彝玩好之物,爐燒楜柿,煨芋栗而食之。因賦詩,有"松風
乍響匙翻雪,梅影初橫月到窗"之句。或琴弈②之間,樽俎之上,先生
無不价焉。又性惡旨酒,每對醉客,必攘袂而剖折之,客醉亦因之而
少解〔六〕。

　　少嗜詩書百家之學,誦至夜分,終不告倦。所至高其風味,樂其
真率,而無訛評之者。而世之枯吻者,仰之如甘露;昏瞑者,飲之若醍
醐。或譽之以嘉名,而先生亦不以爲華。或咈之非義,而先生亦不與
之較。其清苦狷介之操類如此。或者比倫之,以爲伯夷之亞〔七〕,其標
格具於黃太史魯直之賦〔八〕,其顛末詳諸蔡司諫君謨之譜〔九〕,茲故弗
及贊也。

　　太史公曰:賈氏有二出,其一晉文公舅子犯之子狐射姑〔十〕,食采
於賈,後世因以爲姓。至漢文時,洛陽少年誼〔十一〕,挾經濟之才,上治
安之策。帝以其深達國體,欲位之以卿相。絳、灌之徒扼之〔十二〕,遂
疏,出之爲梁王太傅,弗伸厥志。雖其子孫蕃衍,終亦不振。有僭擬
龍鳳團爲號者〔十三〕,又其疏逖之屬,各以驕貴誇侈,日思競以旗鎗。宗
人咸相戒曰:"彼稔惡不悛,懼就烹於鼎鑊,盍逃之?"或隱於蒙山〔十四〕,
或遁於建溪〔十五〕,居無何而禍作,後竟泯泯無聞。惟先生以清風苦節
高之,故沒齒而無怨言,其亦庶幾乎篤志君子矣。

【校】

① 本文録自明高元濬撰茶乘卷六傳。原本題下署名"楊維楨"。
② 弈:原本作"奕",徑改。

【箋注】

〔一〕 陽羨:今江蘇宜興。清劉源長撰茶史卷一:"唐茶品最重陽羨。"按:"清苦
　　　 先生"實指茶。鐵崖溯其源頭,直至陽羨。所謂"名㮸,字莽之。姓賈氏"
　　　 等等,皆屬杜撰。然既曰姓賈,故文末頗涉賈姓人士。
〔二〕 卜居隱於姑蘇之虎丘:蓋喻指虎丘茶。
〔三〕 陸羽:唐人,曾隱居苕溪,自稱桑苧翁。嗜茶,著茶經三篇。詳見新唐書陸
　　　 羽傳。

〔四〕盧仝：唐人。其走筆謝孟諫議寄新茶詩膾炙人口：“天子須嘗陽羨茶，百草不敢先開花……一碗喉吻潤，兩碗破孤悶。三碗搜枯腸，唯有文字五千卷。四碗發輕汗，平生不平事，盡向毛孔散。五碗肌骨清，六碗通仙靈。七碗喫不得也，唯覺兩腋習習清風生。”

〔五〕第一泉：指金山中泠之水。唐張又新撰煎茶水記，引其丈人行刑部侍郎劉伯芻語，將天下適宜煮茶之水分爲七等，而“揚子江南零水第一”。所謂揚子江南零水，即此“金山中泠水”，後人稱之爲“天下第一泉”。位於今江蘇鎮江。

〔六〕“又性惡旨酒”四句：概述茶之醒酒功能。

〔七〕伯夷：周初高隱之士。詳見史記伯夷列傳。

〔八〕黃太史魯直之賦：指宋人黃庭堅所撰煎茶賦：“洶洶乎如澗松之發清吹，皓皓乎如春空之行白雲。”

〔九〕蔡司諫君謨之譜：蔡襄所撰茶録。茶録論述茶色、茶香、茶味、藏茶、炙茶、碾茶、點茶等方法，并及茶器等等。蔡襄字君謨，宋史有傳。

〔十〕狐射姑：左傳文公六年：“晉殺其大夫陽處父。晉狐射姑出奔狄。”注：“射姑：狐偃子賈季也。”按：狐偃字子犯，晉文公重耳之舅。

〔十一〕洛陽少年誼：指漢初賈誼。漢書有傳。

〔十二〕絳、灌：指西漢絳侯周勃、太仆灌夫。

〔十三〕龍鳳團：一種福建貢茶。

〔十四〕蒙山：又名蒙頂山。位於今四川雅安市境内。元和郡縣志卷三十三劍南道雅州二嚴道縣：“蒙山在縣南十里，今每歲貢茶，爲蜀之最。”又，明陳絳辨物小志：“蒙山茶獨産頂石上，若苔。采而乾之，以入沸。色味香皆絶，真殊品也。世傳‘揚子江中水，蒙山頂上茶’之句。”

〔十五〕建溪：閩江北源，流經福建武夷山。

沈氏雍穆伯仲傳①〔一〕

丁未夏四月三日，淞島兵變，禍挺②城邑〔二〕。邑士沈騰氏挈妻孥走草野〔三〕，二子雍、穆守家廟不去。悍卒排闥入〔四〕，二子走。發二矢，穆中臂；雍中左髀，仆户外。卒復引刃擊其項背，穆以身障雍，跪訴③曰：“吾兄儒者，爲鄉社師，不可殺。某不才，請④以代兄死。”兄亦訴曰：“吾弟力田養吾親，不可殺。寧殺吾儒懦兒。”卒感而止，曰：“弟義兄友,殺之不祥。"遂兩舍去⑤。

　　前進士楊維禎録之,曰:在古,兄弟直盜,争死有伋、壽〔五〕,救戰有襄、萇〔六〕,庇幼有肱、江〔七〕,讓肥有孝、禮〔八〕。豈誠不愛其身哉? 身可滅,而天不可滅也。吾聞張氏亡〔九〕,其臣有相率而死曰滕氏棒、朳⑥也〔十〕。海獠弄兵,兄弟有争相死而不死曰沈氏雍、穆也。滕氏死以忠,沈氏生以義,忠義一天也。然⑦世有利害未一髮而遽以食其天,於乎⑧,吾不知其何心也! 於乎,吾不知其何心也!

【校】

① 本文録自鈔本梧溪集卷五贈沈氏雍穆伯仲詩後,校以文淵閣四庫全書本、知不足齋叢書本梧溪集。原本無題,於此傳前王逢詩題下,有小字注曰:"楊鐵崖傳附。"今題爲校注者徑擬。

② 挺:原本有小字注"挺,作延"。

③ 訴:文淵閣四庫全書本作"祈"。

④ 請:文淵閣四庫全書本作"願"。

⑤ 去:文淵閣四庫全書本作"之"。

⑥ 朳:文淵閣四庫全書本作"機"。

⑦ 然:文淵閣四庫全書本、知不足齋叢書本作"顧"。

⑧ 於乎:知不足齋叢書本作"嗚呼",下同。

【箋注】

〔一〕文撰於明初洪武元年、二年之間,其時鐵崖寓居松江。繫年依據:文中曰"張氏亡",則必爲元至正二十七年丁未(一三六七)九月張士誠政權覆滅之後;鐵崖又自稱"前進士",則當撰於明初。沈氏雍、穆兄弟:松江人。沈雍自號擊壤生,乃鐵崖晚年弟子。參見鐵崖先生集卷四擊壤生志、楊鐵崖先生文集全録卷四玄雲齋記注。

〔二〕"丁未夏四月三日"三句:指吳元年,即元至正二十七年丁未四月初,錢鶴皋起事導致鎮壓與騷亂。參見東維子文集卷一送祝正夫赴召如京序注。

〔三〕沈騰:字茂實,沈雍、沈穆之父。參見鐵崖先生集卷四擊壤生志注。

〔四〕悍卒:當指朱元璋軍卒。

〔五〕"兄弟直盜"二句:典出詩經二子乘舟。參見鐵雅先生復古詩集卷一前旌操。

〔六〕救戰有襄、萇：當指後秦姚襄、姚萇。姚襄曾“與高昌李歷戰於麻田，馬中流矢死，賴其弟萇以免”。參見晉書姚襄傳。

〔七〕肱、江：指東漢姜肱、姜季江兄弟。後漢書姜肱傳：“肱與二弟仲海、季江俱以孝行著聞，其友愛天至，常共臥起……肱嘗與季江謁郡，夜於道遇盜。欲殺之。肱兄弟更相爭死，賊遂兩釋焉。”

〔八〕孝、禮：指東漢趙孝、趙禮兄弟。後漢書趙孝傳：“及天下亂，人相食。孝弟禮爲餓賊所得，孝聞之，即自縛詣賊，曰：‘禮久餓羸瘦，不如孝肥飽。’賊大驚，并放之，謂曰：‘可且歸，更持米糒來。’孝求不能得，復往報賊，願就烹。衆異之，遂不害。”

〔九〕張氏亡：指元至正二十七年九月，朱元璋所遣徐達軍隊攻破平江（今江蘇蘇州），張士誠政權覆滅。

〔十〕滕楳、滕杦：當爲兄弟倆，皆曾爲張士誠屬官，且皆效忠張王而死。

澱山湖志①〔一〕

浙西水利，歸附後隸行大司農司。有曰營田者，屬司也，因領四省地方，無濟事功而罷。至元②二十八年〔二〕，江淮行省燕參政言，浙西諸郡之水聚於太湖，湖有幾處入海河道，有澱山湖者，富豪之家占據爲田，以致湖水漲漫，損壞田禾。由是都省奏命其左右司郎中都爾彌失相與開挑〔三〕。緣燕昔宿澱湖之山寺，寺之主僧一能詩，燕以“掃葉”命賦，一乃搦管遽書云：“階前掃落葉，明朝落更多。唯恐落盡了，無奈秋風何？”燕悅③感寤，第疏理其大都焉。

明年，江浙行省請諸都省，委前浙西鹽使沙的促之〔四〕。言水利人潘應武抵論〔五〕：“去冬今春，開浚溝浦三百餘處，并無一處通徹，僅有邇澱湖之曹家門百餘丈而已。”三十年，又值霖潦，都省復奏，命斷事官禿剌思、行院董僉院、浙東宣慰使哈剌歹，選知水利人吳伋、張桂榮、潘應武相視，到合修湖泖河港〔六〕，合置橋梁閘壩九十六處，總用夫匠一十三萬，可修一百日了畢。都省之張參議者挺議：“所占湖田，是宋係官田地。宋亡之後，富戶據之。合收糧米還官，爲挑河支用。”都堂然之。故即湖田開新港三條，闊約三十餘丈，及浚趙屯〔七〕、大盈二浦〔八〕，活疾湖流而水患④遂輟焉。

【校】

① 本文録自正德松江府志卷三“元至元末疏澱山湖”一則，明張國維撰吴中水利全書卷十八志、萬曆青浦縣志卷六水利下治法亦載此文，據以校勘。按：後者爲節本。又，原本以注文形式附録本文，無標題，亦未署作者。今題及作者名皆據吴中水利全書本著録。

② 至元：原本無，據吴中水利全書增補。

③ 悦：原本作“脱”，據吴中水利全書改。

④ 水患：原本及吴中水利全書皆無，據萬曆青浦縣志增補。

【箋注】

〔一〕澱山湖：位於今上海青浦區。

〔二〕至元二十八年：公元一二九一年。

〔三〕“江淮行省”八句：燕參政，蓋即元史河渠志所謂暗都剌，或稱燕仲南、燕公楠。元史河渠志二澱山湖：“世祖末年，參政暗都剌言：‘此湖在宋時委官差軍守之，湖旁餘地，不許侵占，常疏其壅塞，以洩水勢。今既無人管領，遂爲勢豪絶水築隄，繞湖爲田。湖狹不足瀦蓄，每遇霖潦，泛溢爲害。昨本省官忙古解等興言疏治，因受曹總管金而止。張參議、潘應武等相繼建言，識者咸以爲便。’”按：上引文中“參政暗都剌”，蓋即本文所謂“江淮行省燕參政”。然或謂燕參政當時并非江淮行省屬官，而是江浙行省參政。嘉慶松江府志卷十山川志水利：“元至元二十八年，詔開澱山湖。命江浙行中書省參知政事燕公楠同左右司郎中都爾彌失督濬治。”按：江浙參政燕公楠，江南通志卷六十四河渠志作“江淮行省燕仲南”。對此嘉慶松江府志編撰者參考浙江通志職官志以及元史，認爲江南通志所録有誤。燕公楠字國材，南康之建昌（今江西永修）人。宋禮部侍郎燕肅七世孫。歷官贛州同知，吉州路同知，江淮行省參政，江浙行省參政、右丞，官至湖廣行省右丞。元史有傳。

〔四〕沙的：元初任浙西鹽政使。

〔五〕潘應武：光緒南匯縣志卷十一選舉志：“（元）潘應武：大德間以治水功授淳安教諭。三墩人。”按：潘應武時任縣尉，參見元任仁發撰水利集卷三。其有關論説詳見元至元中知水人潘應武言決放湖水、應武復言治河便宜（載明王圻撰東吴水利考卷十上歷代名臣論奏）。

〔六〕吴伋、張桂榮：皆精通水利，元初參與吴淞江之治理。參見明人王圻撰開瀹吳淞江考略（載明張國維撰吳中水利全書卷十九）。

〔七〕趙屯：弘治上海志卷二山川志：“趙屯浦在四十九保，相傳宋高宗嘗駐蹕
於此，因名。前志：‘去縣八十里。南接澱山湖，北□松江。闊五十餘丈。’
嘉禾志：‘趙屯、大盈二浦，注洩湖水，最爲切要。’”

〔八〕大盈：弘治上海志卷二山川志：“大盈浦在四十五保。前志：‘去縣七十
里。南接澱山湖，北自白鶴匯以達於松江。闊三十餘丈。’”

三雲所志①〔一〕 有詩

吾聞茅山高士有三雲者，蓋本外兵子答詔問以雲〔二〕，而山中白
雲，遂爲後人傳道宗印，而不在白玉兔也。

其曰“臥雲”者，廼陳煉師宗儉號一榻之所也。師之臥雲，雖接外
兵之所自怡，而白雲先生實爲一榻之祖也〔三〕。鐵史過其所，師持論
曰：“吾家白雲先生，其才其氣，可以有天下而不有也。亥人一出，先
生之臥，始甘熟矣〔四〕。人以白雲先生爲渴睡漢物，可乎？不可也！鐵
史識之〔五〕，幸有以志吾所，非志外兵之得已，志吾祖氏之不得已者
也。”鐵史韙其言，録於其所。繫之以詩曰：

我懷扶搖子，高臥白雲窟。庚人龍已興〔六〕，先生睡方兀。至今有
耳孫，虬髯帶仙骨。學道大茅山，枕外無長物。尚夢一片雲，爐熏共
飄忽。雲兮素無心，嶺頭自出没。夜瞻夾馬營，佳氣尚鬱勃。且袖驢
背手，往拄西山笏〔七〕。

至正壬寅二月廿日，東維叟在挹翠堂試劉士先經貢墨書〔八〕。

【校】

① 本文録自清乾隆年間刊經訓堂法書第七册楊維禎手迹影刻本，校以石渠宝
笈三編延春閣藏四十一陸居仁楊維禎書一卷本。原本文末鈐有四印，依次
爲：“李黼榜弟二甲進士”、“廉夫”、“鐵笛道人”、“邊梅”，石渠宝笈三編延春
閣藏四十一陸居仁楊維禎書則著録曰：“鈐印四：‘李黼榜第二甲進士’、‘廉
夫’、‘鐵篴道人’、‘清白傳家’。”

【箋注】

〔一〕文撰書於元至正二十二年壬寅（一三六二）二月廿日，此時鐵崖退隱松江

已兩年有餘。三雲：當爲元季道士陳宗儉齋名,亦爲其別號。

〔二〕外兵子:指南朝道士陶弘景。參見陳善學序刊楊鐵崖先生文集卷二外兵
　　子注。詔問以雲:指齊高祖所問。參見東維子文集卷十八怡雲山房
　　記注。

〔三〕白雲先生:指宋初高士陳摶。實爲一榻之祖:喻指陳摶之酣睡。下文"人
　　以白雲先生爲渴睡漢",亦此意。宋史陳摶傳:"摶往(武當山九室巖)棲
　　焉,因服氣辟穀歷二十餘年,但日飲酒數杯。移居華山雲臺觀,又止少華
　　石室。每寢處,多百餘日不起。"參見鐵崖先生集卷三白雲窩記、陳善學序
　　刊楊鐵崖先生文集卷四華山隱者歌注。

〔四〕"亥人一出"三句:意爲趙匡胤一旦稱帝登基,陳摶才放心酣睡。亥人,指
　　宋太祖趙匡胤。趙匡胤生於丁亥年(九二七),故有此稱。受命錄:"唐明
　　宗登極,每夕於宮中焚香祝天,曰:'某胡人,因亂爲衆所推,願天早生聖
　　人,爲生民主。'明年丁亥二月十六日,宋太祖生于洛陽夾馬營。"又,東都
　　事略卷一百十八隱逸傳:"(摶)嘗乘白驢,欲入汴中。塗聞太祖登極,大
　　笑墜驢,曰:'天下於是定矣!'"

〔五〕鐵史:與署尾東維叟相同,皆爲楊維禎晚年別號。

〔六〕庚人龍已興:意爲庚申年(九六〇)宋太祖登基,建立宋朝。

〔七〕拄西山笏:東晉王徽之故事。參見鐵崖先生詩集甲集追和鮮于公寄山齋
　　先生釣石詩注。

〔八〕劉士先:宋代製墨高手,嘗造緝熙殿墨。參見南村輟耕録卷二十九墨、清
　　姜紹書撰韻石齋筆談卷下墨考。

巫峽雲濤石屏志①〔一〕

按夔州水經〔二〕:巫峽乃杜宇所鑿,以通江水。峽有三:曰西,曰
巫,曰歸。袤七百里,兩岸遒嶂連崖隱天日。至夏水漲,沿泝阻絕。
舟人朝發白帝,暮抵江陵,歷一千二百里,雖萬犇馬不逾其疾也。春
冬時,素湍綠濤,涵暉倒景,絕巘懸崖,飛灑瀑布,稱爲奇觀〔三〕。予生
未入蜀,徒於志籍慕其形勝之奇耳②。

吳江謝某氏出石屏一具〔四〕,文有峰十二,雲影蔽虧如輕練,厓根
怪石如犬牙,石罅濺波如馬馳,余因命之曰"巫峽雲濤"。某既受命,

遂謁海内名人〔五〕,作籀文書石之顏。無幾何日,又以志文請於予。

予因有所感也:"林中有地,峽外無天〔六〕",此唐詩人語。今全蜀形勝,越在化外,梯航隔截。峽之所開者,四千餘里,雲濤蕩激,人虎相半。予雖老,吊古之心尚思見時平,案山經,勘水志,登岷、峨〔七〕,訪所謂巫山十二〔八〕,浮薄青雲杪者。直造陽雲巔〔九〕,尋宋玉所賦之像〔十〕。回舟泊瞿塘口〔十一〕,觀像馬臽,釃酒江流,歌坡仙艷㵤辭〔十二〕,某者亦能從予否? 果爾,歸視屏文不在峽矣。

至正乙巳春三月十日,會稽抱遺老人楊維禎③在雲間小蓬臺試郭玘墨書〔十三〕。

【校】

① 本文録自趙氏鐵網珊瑚卷九,式古堂書畫彙考卷十九亦載此文,用作校本。

② 耳:原本作"且",據式古堂書畫彙考改。

③ 禎:式古堂書畫彙考作"貞"。

【箋注】

〔一〕 文撰於元至正二十五年乙巳(一三六五)三月十日,其時鐵崖隱居松江。

〔二〕 夔州水經:蓋指水經注中有關夔州部份。

〔三〕 "巫峽乃杜宇所鑿"二十句:水經注卷三十四江水:"江水又東逕巫峽,杜宇所鑿,以通江水也……其間首尾百六十里,謂之巫峽,蓋因山爲名也。自三峽七百里中,兩岸連山,略無闕處。重巖疊嶂,隱天蔽日,自非停午夜分,不見曦月。至於夏水襄陵,沿泝阻絶,或王命急宣,有時朝發白帝,暮到江陵,其間千二百里,雖乘奔御風,不以疾也。春冬之時,則素湍緑潭,迴清倒影,絶巘多生怪柏,懸泉瀑布,飛漱其間,清榮峻茂,良多趣味。"杜宇,即望帝,相傳爲古時蜀主。參見鐵崖楊先生詩集卷上送玉笥生往吳大府之聘兼東國寶樞相賓卿客省。

〔四〕 吳江謝某:顧瑛撰巫峽雲濤石屏志稱之爲"松陵謝氏伯仲"。其名字生平不詳。

〔五〕 謁海内名人:當時受謝氏邀請賦詩撰文者,鐵崖之外,又有鄭元祐、陸仁、馬琬、吳僧景芳、王國器、蘇大年、顧瑛等。所題詩文載式古堂書畫彙考卷十九。

〔六〕 "林中有地"二句:杜甫歸:"束帶還騎馬,東西却渡船。林中才有地,峽外絶無天。”

〔七〕岷、峨：兩山名，位於今四川一帶。

〔八〕巫山十二：即巫山十二峰，位於今重慶市巫山縣。參見鐵崖先生古樂府
卷一毛女注。

〔九〕陽雲：臺名。在楚地雲夢澤中。

〔十〕宋玉所賦之像：指宋玉隨楚襄王等游陽雲臺時，對於宏大氣象之描述。詳
見宋玉大言賦（載元陳仁子輯文選補遺卷三十一）。

〔十一〕瞿塘口：即瞿塘峽口。瞿塘峽又名夔峽，西起今重慶奉節之白帝城，東
至巫山縣大溪鎮。

〔十二〕坡仙艷瀕辭：指蘇軾灔瀕堆賦。

〔十三〕郭玘：著名製墨工匠，南宋理宗時人。元陸友撰墨史卷下宋：“郭忠厚，
以墨名家。忠厚子玘，玘子喜。忠厚墨至今尚有麝氣……會稽王宣子
家藏玘墨一挺，銘曰：‘復古殿製，端平乙未臣郭玘造。’”

大悲菩薩像志①

車溪廣福寺主僧竺隱道師〔一〕，得靈木三尺有六寸於古張騫祠
下〔二〕。質堅如石，色紺紫，文成金線。焚之，馨如栢。師命刻工爲大
悲菩薩千手眼像〔三〕，介其友訓求志於余〔四〕。

昔成都法師敏行以大栴檀作千手眼像〔五〕，求文於東坡道人〔六〕。
道人曰其所以然，以一髪一②毛爲言，曰：“舉一髪而頭爲之動，拔一毛
而身爲之變。”髪即毛爾，道人取喻過重。又以世人一手一足、一目一
耳不能兼運，而菩薩應之弗亂。則智人亦有五事俱用，伎人至有分面
笑哭。使菩薩分手爲執，於執伎中又分器動靜，勢③有必不可者。是
伎人高佛法，則佛法豈爲神也乎！

今夫髪一拔則頭爲之痛，焚一髪則髪未嘗痛；甲一搖則指爲之
痛，剪一甲則甲未嘗痛，何也？吾以質諸菩薩，菩薩亦不能喻於我，則
道人能應之説窮矣。師慧於文，如古契嵩〔七〕，必慧於道，吾敢申以問
之。頌曰：

禹不西流，稷不冬黍〔八〕。有能不能，物有定所。蜾呪而螟，蜣抱
而蟬。物轉如此，佛胡不然。犀以望月，角含月華〔九〕。象以聞雷，牙

生雷花〔十〕。物感如此，我胡不爾。感物轉物，佛大弟子。

【校】

① 本文録自明末心泰編佛法金湯編卷十六楊維禎，明末周永年纂集吳都法乘卷二十五敬佛篇楊維禎亦載此文，據以校勘。原本起首有“維禎，字廉夫，越之諸暨人。泰定間以宏辭奥學登高科，出令天台。累遷至江西提舉學校。通五經。晚年寓吳淞，築蓬臺、玄閣於鶴城東門外。肆意文酒，傲兀於九峰三泖間。嘗著大悲菩薩像志曰”凡七十四字。

② 一：吳都法乘無。

③ 勢：吳都法乘無。

【箋注】

〔一〕車溪：位於吳江（今屬江蘇）。弘治吳江志卷二山川：“車溪在縣治西南四十五里。北受鴛胿湖水，西南流入爛溪。”竺隱道師：即江左道上人，元季鐵崖僧友。參見東維子文集卷十竺隱集序。

〔二〕張騫：西漢時人，曾出使西域。參見鐵崖先生古樂府卷三望洞庭注。

〔三〕大悲菩薩千手眼像：即千手觀世音菩薩像。

〔四〕訓：蓋指雲間釋訓。釋訓乃鐵崖詩派中人，參見東維子文集卷十一漚集序注。

〔五〕敏行（一〇四四——一一〇〇）：彭州人。俗姓張，號無演，賜號圓明大師。其生平見黃庭堅圓明大師塔銘（載山谷全書正集卷三十二）、補續高僧傳卷二圓明大師演公傳。

〔六〕東坡道人：指蘇軾。按：蘇軾應釋敏行之請，撰大悲閣記。文載東坡全集卷三十八。

〔七〕契嵩（一〇〇七——一〇七二），字仲靈，自號潛子，俗姓李，藤州鐔津人。北宋慶曆間，居杭州靈隱寺。皇祐間，入京師。兩作萬言書，上之仁宗，賜號明教大師。尋還山而卒。博通内典，好與儒生爭。著述凡百餘卷，有鐔津集二十二卷傳世。參見四庫全書總目鐔津集、禪林僧寶傳卷二十七明教嵩禪師。

〔八〕“禹不西流”二句，意爲水往東流，黍乃夏種，聖賢如大禹、后稷，亦不能違背自然規律辦事。

〔九〕“犀以望月”二句：關尹子五鑑篇：“曰想曰識，譬如犀牛望月。月形入角，特因識生，始有月形，而彼真月初不在角。胸中之天地萬物亦然。”

〔十〕“象以聞雷”二句：大般涅槃經卷八如來性品第十二：“譬如虛空震雷起雲，一切象牙上皆生花。若無雷震，花則不生，亦無名字。衆生佛性亦復如是，常爲一切煩惱所覆，不可得見。”

吊謝翺文①〔一〕　并序

予讀謝翺西臺慟哭記〔二〕，爲之掩卷歎曰：“嗟乎，翺以至誠惻怛之心，發慷慨悲歌之氣。世知其爲盧陵王②慟也〔三〕，吾以翺慟夫十七廟之世主不食〔四〕，三百年之正統斯墜也。蓋是慟即箕子過故國之悲〔五〕，魯連蹈東海之憤〔六〕，留侯報韓〔七〕、靖節存晉之心也〔八〕。天經地義於是乎在。異日楊璉發陵事，翺又有陰移冥轉之功〔九〕。嗟乎，自箕、魯而下曠千載，有國士風者，非翺而誰？”翺，三山人，字皋羽，自號晞髮宋纍者〔十〕。詩似二李〔十一〕，文似太史公〔十二〕。盧陵客養之，拜爲弼友。至正丙申，予爲李官睦州，道出桐廬，過子陵釣臺〔十三〕。翺冢在臺之對山，因披榛上臺，祭以殽酒，而又爲文以吊之。明年，僚長魯侯忽都奉治書王公命〔十四〕，刻吾文於石，以表其墓。辭曰：

皇輿弗軌兮，宗社以屋（叶）。忠臣售殺兮，天綱罔仆。哀哀盧陵兮，罹此國屯。矢靈脩以俱逝兮，肯衆醜而胥淪！盧陵告凶兮，敬吊夫子。曰黄昏以爲期兮，羌中道而遽止。望靈脩於海涯兮（景炎③），念美人兮朔莽。天既裂於北維兮，地復陷乎南柱。三百年之統傾兮，十七廟其不食（叶“熟”）。過橋山之攢陵兮〔十五〕，重又罹彼璉毒〔十六〕。機不容於一髮兮，幸首丘之遄復〔十七〕。豈人力之我假兮，寔在天之遺靈。封柸土之手植兮，指冬青以爲徵。（復骨攢土，植冬青木爲記，自賦冬青引。）豈予身之後死兮，不碎首以截領也。誓冢穿而無從兮，天吾慟而莫之請也。登高臺以大招兮，涕與身兮共盡也。矢報韓之夙志兮，雖九死其猶未瞑（叶“泯”）也。

已焉哉，嚴之臺兮樓樓，桐之廬兮幽幽。江滔滔其東下兮，山宛宛兮相繆。邈千齡以尚友兮，登夫子之故丘。挹客星其汝鄰兮〔十八〕，招桐仙其汝游〔十九〕。交吾神以若面兮，晞汝髮兮陽之陬。儼靈衣之被被兮,道夫帝之九州。折疏麻以汝些兮,靈之來兮秋秋。

　　吾於三史義士傳不入謝先生[二十],抱此遺憾。今得鐵崖賦文,傳不作

可也。廬陵歐陽玄[二十一]。

【校】

① 本文録自嘉靖初年刊明程敏政輯宋遺民録卷二,校以江蘇廣陵古籍刻印社
　出版筆記小説大觀本宋遺民録。
② 廬陵王之"王",筆記小説大觀本作"公"。
③ 景炎:原本爲大字,徑改爲小字注。筆記小説大觀本無此二字。

【箋注】

〔一〕文始撰於元至正十六年丙申(一三五六)秋,當時鐵崖赴任建德路理官,途
　　經桐廬而吊唁謝翺。次年又補作序文。繫年依據參見本文序言及後注。
　　謝翺:文天祥門客。參見東維子文集卷二十六高節先生墓銘。
〔二〕西臺慟哭記:謝翺與其友人祭奠文天祥之後而作。
〔三〕廬陵王:指文天祥。
〔四〕十七廟:宋代總計有十七朝帝王。
〔五〕箕子過故國之悲:指箕子痛心於忠臣見棄而故國覆亡。漢書伍被傳:"臣
　　聞箕子過故國而悲,作麥秀之歌,痛紂之不用王子比干之言也。"箕子,商
　　紂王之叔,官任太師。商朝被西周取代後,避隱遁世。參見史記殷本紀、
　　周本紀。
〔六〕魯連蹈東海之憤:指魯連不忍見秦王稱帝,與秦勢不兩立之決心。魯連:
　　指魯仲連。詳見史記魯仲連列傳。
〔七〕留侯報韓:西漢張良事。張良於漢初封爲留侯,其先世爲韓人。史記留
　　侯世家:"秦滅韓,良年少,未宦事韓。韓破,良家僮三百人,弟死不葬,悉
　　以家財求客刺秦王,爲韓報仇,以大父、父五世相韓故。"
〔八〕靖節:指陶淵明。明崔銑撰松窗寤言六十二章:"陶靖節之不仕,存
　　晉也。"
〔九〕"異日楊璉發陵事"二句:參見陳善學序刊楊鐵崖先生文集卷四冬青冢
　　注。楊璉,即楊璉真珈,乃元初江南佛教總管。
〔十〕自號晞髮宋纍:明宋濂謝翺傳:"每慕屈平,託興遠游。自號晞髮子,遇談
　　勝國事,輒悲鳴煩促,涕泗潸然下。"(載文憲集卷十。)又,新安病士題語:
　　"望夫差墓,過越臺,登子陵臺,觸物悲慟,不能自已,固宜然。既自號晞髮

宋纍,又作爲歌詩,慷慨懷古。"（宋謝翱撰西臺慟哭記注附録。）

〔十一〕二李：當指李白、李賀。

〔十二〕太史公：即司馬遷。

〔十三〕"至正丙申"四句：指至正十六年丙申秋,鐵崖轉官建德路理官,從杭州前往睦州。途經桐廬時,曾與友人馮氏等游子陵釣臺。參見東維子文集卷二十六馮處謙墓銘。睦州,唐地名,元改稱建德路。參見元史地理志。桐廬,縣名,今屬浙江杭州。子陵釣臺：又稱嚴陵臺。參見東維子文集卷七富春八景詩序注。

〔十四〕魯侯忽都：不詳。按："僚長魯侯忽都奉治書王公命,刻吾文於石,以表其墓"云云,當指至正十七年,鐵崖再游富春釣臺,訪臺南謝翱冢,并爲立阡表事。參見東維子文集卷二十六高節先生墓銘。

〔十五〕橋山：黄帝墓所在地,此借指宋帝陵地。史記封禪書："乃遂北巡朔方,勒兵十餘萬,還祭黄帝冢橋山……上曰：'吾聞黄帝不死,今有冢,何也?'或對曰：'黄帝已仙上天,群臣葬其衣冠。'"

〔十六〕璉毒：指楊璉真珈毁掘宋陵。參見陳善學序刊楊鐵崖先生文集卷四冬青冢。

〔十七〕首丘之遄復：指唐珏保存宋帝遺骸而重新下葬。參見陳善學序刊楊鐵崖先生文集卷四冬青冢注。

〔十八〕客星：指漢光武帝與嚴子陵同床共卧事。此借指嚴子陵。參見鐵崖先生古樂府卷八覽古之十五注。

〔十九〕桐仙：相傳結廬桐君山之仙人。大明一統志卷四十一嚴州府："桐君山,在桐廬縣東二里,一名桐廬山。相傳昔有異人,於此山採藥求道,結廬於桐木下。人問其姓,則指桐以示之。因號爲桐君山。"

〔二十〕三史：指遼史、金史、宋史。歐陽玄曾任三史總裁官。

〔二十一〕歐陽玄：元史有傳。

周上卿墓志銘①〔一〕

上卿姓周,諱文英,字上卿,別號梅隱,又號紫華。漢將軍亞夫之後〔二〕。魏、晉之間,著爲望族。後有宦於吳中者,因家焉,國史家牒載之詳矣。其祖、父皆以醫鳴,有所著醫要删行世。母史氏懷娠時,有異僧入夢。及生上卿,果聰慧過人。九歲通經史,能文,一時詞人皆稱爲聖童。

會父患瘋疾，三年不愈，吳中醫人莫能療。上卿日夜涕泣，慨然嘆曰：“爲人子者不可不知醫，誠哉是言也！”乃盡屏所讀書，將父所藏素問、醫經等書翻閱不已。復供純易真人像於市南別業〔三〕，昕夕禮拜，逾年不怠，期以愈疾。一日，有一道人自北而來，筍冠褚衣，碧眼鶴髮，立上卿之門，徘徊良久。見者訝之，語於上卿。適上卿閱參同契，隨執以出。道人笑曰：“汝父病殆，何暇此爲？”上卿曰：“適檢閱方書，偶見之耳。然亦素所好者。余父誠病，先生何以知之？”道人曰：“貧道於世外事無所不知，況世間事哉！”上卿心知其爲異人，改容禮之，遂留宿，與之商略醫藥。道人曰：“吾所爲醫藥，非參苓芝术之謂也。子試辨之。”即出葫蘆中藥一粒，大如黍米，色丹而香。授於上卿，云：“今日午時可服，勿令人見。”上卿告於父，如法服之。至晚，忽躍起曰：“我疾已愈矣。頃所遇道人，必仙也。不然，何神異至此！”舉家以爲幸。上卿意欲供養於家，因叩其姓名居止。道人即指“幸”爲姓，而家則云“黃白雲山”也，今將過洞庭而西游矣〔四〕，留詩二首別去〔五〕。

噫嘻，上卿德至矣哉！夫以幼沖之年，知孝養之道，夙夜悲號，毋敢即安。殫精藥餌，敝屣功名，惟德動天，至誠感神。是以來餐霞之仙，試易骨之術，施一粒之神丹，起四年之痼疾，豈非至孝所至哉！

上卿爲人，醇厚蘊藉，周貧恤乏，與人款款多致。尤好神仙術，弱冠即折節問道，以故幸先生一遇之而即授以丹鼎，授以神訣，語以本心净明，制行忠孝〔六〕。清微秘旨，參授雷淵〔七〕；紫華瑞旛，夢自帝錫〔八〕。自遇幸先生以來，奇遇甚多，不可枚舉，已見龔青城傳中〔九〕。

上卿生於咸淳乙丑仲春六日〔十〕，卒於元統甲戌孟秋十有七日〔十一〕。八月甲申，子南奉柩葬於常熟虞山祖塋之次〔十二〕。越二十有六年，己亥夏五月，墓爲盜發，暴骸如生。復改葬於吳縣胥臺鄉星原之道山②〔十三〕。其子念上卿潛德弗傳，俾余爲銘。義不容辭，聊敍而銘之。銘曰：

胥臺蔥蔥，塋封隆隆，是惟紫華之宮。既固既完，尚後人之逢。
會稽楊維禎譔并書③。

【校】

① 本文録自鐵崖墨迹(黄山書社二○○八年出版歷代法書真迹萃編楷書周文英墓志銘),校以秘殿珠林三編所録延春閣藏元人爲周文英作詩志傳三種本。

② 山:原本無,據秘殿珠林補。秘殿珠林於"道"字下有小字注曰:"原脱'山'字。"

③ "會稽楊維禎譔并書"凡八字,原本置於題下,徑移於此。

【箋注】

〔一〕文當撰於元至正十九年己亥(一三五九)五月周氏墓被盜之後,改葬吳縣胥臺鄉之前。周文英(一二六五——一三三四):字上卿,別號梅隱、紫華,吳人。周敦頤後裔,周才之子。習儒業,著有澤物、親民二稿及庭芳集。其言水利書流傳頗廣。生平附見明王鏊姑蘇志卷五十周才傳。又,龔致虛周文英傳則曰:"上卿,姑蘇人,姓周氏,諱文英。内諱道昌,字紫華,別號梅隱。"(載秘殿珠林三編元人爲周文英作詩志傳三種。)周文英善詩,元詩選癸集載其題劍池詩一首。按:閔志亭、李養正主編道教大辭典(華夏出版社一九九四年版)載周文英小傳,稱"宋代道教徒",誤。

〔二〕周亞夫:生平見史記絳侯周勃世家。

〔三〕純易真人:指吕巖,字洞賓。

〔四〕洞庭:指太湖。

〔五〕留詩二首:周文英與幸道人相會,在元世祖至元二十五年戊子(一二八八)。幸道人留別周文英詩兩首,載秘殿珠林三編元人爲周文英作詩志傳三種。又,今人楊仁愷據幸先生草書墨迹釋出留言與詩歌,今照録如下:一、留言釋文:"梅隱周兄:火雲水虎,風雲間闊,亦一時之良遇也。源之深,流之注,不易則也。夜窗風雨,鸞和鳳鳴,不易聽也。□早別,因梅隱壁間韻賡二首,以字再會。爲意無文,乞不示人,幸甚幸甚!□頓首。"二、七律二首釋文:"(其一)倏來萍水克一會,巍崖秀谷泉流清。抱琴半世調不得,連榻一宵通此生。參到無今方自覺,草須有志竟然成。他年再可雲風際,忽懷天涯寄某名。(其二)晦負晦負月不損,朝到澄江江更清。有限炎涼宜静看,無閑日月且浮生。云邊覽鳳飛已倦,塵界蟠桃種不成。我向生前了身世,人於身後卻虛名。戊子仲冬書於存心堂。"(見略談故宫散佚書畫概况和對孫過庭千字文第五本諸作的初步考察,文載楊仁愷書畫鑒定集,河南美術出版社一九九九年版。)

〔六〕"語以"二句:龔致虛 周文英傳:"上卿愿從游,執弟子禮。(幸)先生曰:
'子之齒未也,方將嚮仕,功名自此升,進進未已,其可棄父母而他之? 况
吾之説,以本心净明爲要,而制行必以忠孝爲先。'"

〔七〕"清微秘旨"二句:龔致虛 周文英傳:"參授雷淵 黄真人 清微秘旨,埜愚 張
雷所師、月鼎 莫先生、癸復 張雷所紫皇上道碧潭雷書,及他家行持凡百十
類,各得所宗。"雷淵,指道士黄舜申。黄舜申(一二二四——?)號雷淵,
俗名應炎,建寧(今屬福建)人。清微派道士。南宋 理宗、元世祖時,皆獲
朝廷封賞。參見清微仙譜卷首黄舜申弟子陳采撰序文及卷末碧水雷淵真
人黄舜申傳。

〔八〕"紫華瑞旛"二句:大德癸卯孟秋四日庚申夜,周文英夢上帝錫以紫華瑞
旛之語。翼日,獲玉經舊本於玄妙觀東廡書肆。參見龔致虛 周文英傳。

〔九〕龔青城:即道士龔致虛。致虛號青城山人,師從九萬先生 廬陵 彭南起。
所撰周文英傳,載秘殿珠林三編元人爲周文英作詩志傳三種。參見道園
學古録卷五十九萬彭君之碑。

〔十〕咸淳乙丑:南宋 度宗 咸淳元年(一二六五)。

〔十一〕元統甲戌:元順帝 元統二年(一三三四)。按:周文英卒於元統二年七
月十七日,於八月二十九甲申日下葬。

〔十二〕南:周文英子。其名又作南老。元詩選癸集周照磨南:"南(一作南老)
字正道,其先道州人,宋末徙吴。至正間,以薦補信州 永豐學教諭,又檄
爲吴縣主簿。詣闕陳時政六事,進淮南省照磨。洪武初,徵赴太常,議
郊祀禮。禮成,發臨濠居住,放還卒。正道嘗和高啟 姑蘇雜詠,頗肆詆
訾前賢云。"按:周南老晚年號拙逸老人。與倪瓚交好,撰故元處士雲
林先生墓志銘。

〔十三〕胥臺鄉:以伍子胥得名,位於吴縣西。參見明 王鏊撰姑蘇志卷十八
鄉都。

崑山州重修學宮碑①〔一〕

崑山在唐、宋爲望縣,學宮在縣治西南一百九十步。元祐間〔二〕,
縣令杜采之所徙建也②〔三〕。國朝以生齒之庶陞州,徙治所③東倉〔四〕。
至正丙申,東倉毀④〔五〕。州復舊治所,招還流逖⑤民,重立宮寺及社稷

之壇,宓羲、神農、黃帝之廟。至是,遂新作⑥孔子廟。殿之址,拓其舊三之一⑦,學禮殿、倫堂、重門廣廡、齋廬直舍、庫庾庖湢,無不畢具。又爲堂以祀鄉先賢,鑿池倫堂前,以泮制⑧。像設先聖先師,繪從祀諸賢。範祭器,理大成樂,無不如法。實今費侯爲州三年之所成也〔六〕。民之居者,知有教;士之歸者,知有養。又侯之仁民禮士,一出於誠之所致也⑨。役始至正二十年夏四月,竣事於明⑩年冬十二月。侯既率文武僚友舍菜告成⑪,又命職於校者具書幣,狀顛末,走二百里外謁予文以志。

予方悼世變之劇,州縣鞠爲草棘,雖鄒、魯地不免〔七〕,矧阻江要海,與寇爭尺寸者哉!訖能保障其所如金湯,帡幪其居廬校室如按堵之故,非其人之得守將才⑫,曷致是耶? 若侯者是已。

傳曰:“守令者,民之師帥也〔八〕。”侯非師帥之殊尤者乎! 抑聞治暇即過黌舍,與爲弟子師者辨討名理,扶植綱常者,切切然恐不及人⑬,吾所以樂道也⑭。於乎,人之所以爲人,以有倫也;國之所以爲國者,綱常也⑮。叙焉斯治,斁焉斯亂。世降道微,邪説暴行⑯滿天下,馴致三綱淪,九法斁,人類無以別禽獸,然理出於天者,未嘗一息而可滅。予讀孟子書,知先王學校之教⑰矣。其言於戰國之君⑱,曰三代之學“皆所以明人倫也〔九〕”。時方崇功利,薄仁義,則又告之曰:未有仁而遺其親、義而後其君者,推其效,可使制梃以撻秦楚之堅甲利兵〔十〕。人心天理之可恃也如此。詩曰:“既作泮宮,淮夷攸服〔十一〕。”是其效已⑲。又曰:“在泮獻馘”,“在泮獻功⑳”。又知古者文武非二致㉑也。侯於用武之秋,不敢斯須忘文教,是可書已㉒。

費侯名復初,字克明,東平壽張人。世長千夫㉓於鎮江,蓋有文武才幹者。是役也,同知州事海陵㉔梅英寔贊其成〔十二〕,時判官齊陽㉕丁復初〔十三〕,教授陶植〔十四〕,提控案牘陳善〔十五〕,都目沈繼祖、謝宏道也〔十六〕。詩曰:

維吴支邑,崑在北東。東薄於海,捍海作邦。陵谷以變,井邑以遷。人民雞犬,往而復還。邑有庠序,鞠爲草莽。治必有教,復我黌宇。展也費侯,克帥克師㉖。文事武事,匪曰兩岐。在昔受成,獻功獻馘。我教既成,我戰必克。化民服敵,孰負孰荷? 侯曰噫嘻,豈不在我! 我部百里,我心一家。衣冠儼雅,籩豆静嘉〔十七〕。天經㉗不斁,國紀攸叙。如子從父,如弟子㉘聽傅。維崑有石,維石有銘。銘以著績,遹觀厥成。

　　有元至正廿一年,歲次辛丑,春正月上元日建。訓導陳增、殷奎〔十八〕,直學黄□、李詧,學吏夏苣竹、先仁。奉訓大夫、江西等處儒學提舉楊維禎撰,將仕郎、杭州路海寧州判官褚奂書并篆額㉙〔十九〕。

【校】

① 本文録自嘉靖崑山縣志卷十四集文,文淵閣四庫全書吳都文粹續集卷五、名迹録卷一亦載此文,用作校本。州:原本作"縣",據吳都文粹續集、名迹録改。重修:原本無,據名迹録補。

② "學宫在縣治西南一百九十步,元祐間,縣令杜采之所徙建也"凡二十四字,原本無,據吳都文粹續集、名迹録增補。按:"一百九十步"之"一",名迹録作"二"。

③ 所:原本無,據名迹録增補。

④ 東倉毁:吳都文粹續集作"海寇毁東倉"。

⑤ 迻:名迹録作"逸"。

⑥ 新作:吳都文粹續集作"大修"。

⑦ 殿之址,拓其舊三之一:原本無,據吳都文粹續集增補。

⑧ "又爲堂"三句:原本無,據吳都文粹續集增補。

⑨ "民之居者"至"一出於誠之所致也"凡二十九字,原本無,據吳都文粹續集、名迹録增補。

⑩ 明:誤,似當作"是"。鐵崖此文撰於至正二十年之明年,即辛丑年春,故竣工當在至正二十年冬日。

⑪ 侯既率文武僚友舍菜告成:名迹録作"侯既帥僚友將吏儒先生講舍菜禮先聖先師"。

⑫ 非其人之得守將才:吳都文粹續集作"苟非守將之得其人,雄才健政有以濟其民者"。

⑬ "抑聞治暇即過黌舍"四句:原本無,據吳都文粹續集增補。

⑭ 以:原本無,據名迹録增補。此句吳都文粹續集置於"綱常也"之後。

⑮ 國之所以爲國者,綱常也:原本作"有國有家者",據吳都文粹續集改。

⑯ 暴行:原本無,據名迹録增補。

⑰ 教:吳都文粹續集作"可美"。

⑱ 於戰國之君:原本無,據吳都文粹續集增補。

⑲ 是其效已：原本無，據名迹録增補。

⑳ 功：名迹録作"囚"。

㉑ 二致：吴都文粹續集作"兩岐"。

㉒ 是可書已：吴都文粹續集作"其不以是歟！昔魯作泮宫，國人有頌。竊取其義而繫之以詩云"。

㉓ 世長千夫：吴都文粹續集作"先是立功"。

㉔ 海陵：原本無，據吴都文粹續集增補。

㉕ 齊陽：原本無，據吴都文粹續集增補。名迹録作"濟陽"。又，吴都文粹續集於"丁復初"下多"字克明"三字，疑原爲小字注，誤入正文。

㉖ 克帥克師：吴都文粹續集作"克長克師"，名迹録作"樂師克師"。

㉗ 經：名迹録本作"綱"。

㉘ 弟子：吴都文粹續集作"弟"。

㉙ "有元至正廿一年"至末七十字，原本無，據名迹録增補。

【箋注】

〔一〕文撰於元至正二十一年（一三六一）正月，其時鐵崖退隱松江已一年有餘。

〔二〕元祐：北宋哲宗年號，公元一〇八六至一〇九四年。

〔三〕縣令杜采之：按嘉靖崑山縣志卷五官守，"宋知縣"一欄所録，皆無任職歲月，其中"杜"姓唯有一人，名操。或杜操字采之。

〔四〕東倉：今江蘇太倉。

〔五〕"至正丙申"二句：元至正十六年丙申春，張士誠軍攻佔嘉定、松江、姑蘇等地，江浙行省調遣苗軍與之抗衡，當地損毁嚴重。

〔六〕費侯：指崑山知州費復初。道光崑新兩縣志卷十八名宦傳："費復初字克明，壽張人。至正間爲崑山知州。剛直廉明，推心待人。自延祐元年州治遷太倉，至正丙申復移馬鞍山下。學宫久廢，復初拓舊址，爲之改築，黌宫一新。暇則與諸生講説書義，扶植綱常。柯九思爲政績詩以美之。明初，遷蘇州府同知。歷官福建按察司副使，歸老於崑。卒年九十六。"

〔七〕鄒、魯地：指孔子、孟子故里。

〔八〕"守令者"二句：漢書董仲舒傳："今之郡守、縣令，民之師帥，所使承流而宣化也。"

〔九〕"曰三代之學"句：孟子滕文公上："設爲庠序學校以教之，庠者，養也；校者，教也；序者，射也。夏曰校，殷曰序，周曰庠，學則三代共之，皆所以明人倫也。"

〔十〕“未有仁而遺其親”三句：出自孟子梁惠王。

〔十一〕“既作泮宮”二句：出自詩經泮水。下引二句同此。

〔十二〕海陵：泰州古名。參見元史地理志。梅英：至正二十年前後任崑山州
同知。按：梅英既爲張士誠泰州同鄉，又授予崑山同知之職，蓋爲張氏
親信。又，梅英至遲於至正十九年己亥任崑山州同知，當時曾遭張士誠
責罰。道光崑新兩縣志卷四十雜紀：“吳松父澤，贅尤氏。尤富埒王侯，
人皆呼爲尤家庫……至正己亥，朝廷以獲張士誠，來徵土貢物。值崑遭
方國珍剽掠之後，東倉州治毀，披荆棘始復舊，帑藏一無所儲。使者桔
州同知梅英於門。松聞而歎曰：‘州官父母。父母在患難，忍坐視不救
耶？’挾己資三千兩代輸之。英得釋。”

〔十三〕丁復初：字克明，齊陽（或作濟陽）人。至正二十年前後任崑山州判官。
按：丁復初之名字，皆同於知州費復初，參見本文校勘記。

〔十四〕陶植：或曰其名當作彥植。至正二十年前後任崑山州學教授。參見道
光崑新兩縣志卷十四職官表。

〔十五〕陳善：至正二十年前後任崑山州提控案牘。

〔十六〕沈繼祖、謝宏道：至正二十年前後任崑山州都目。按：謝宏道之“宏”，
或謂鐵崖此碑原本作“安”。參見民國崑新兩縣續補合志卷二十四光緒
志斠補。

〔十七〕籩豆靜嘉：出詩大雅既醉。

〔十八〕陳增、殷奎：至正二十年前後任崑山州學訓導。按：殷奎爲鐵崖弟子，
參見東維子文集卷二十二木齋志注。

〔十九〕褚奐：參見東維子文集卷三十煮茶夢注。

宋龍洲先生劉公墓表①〔一〕

先生名過〔二〕，字改之，廬陵人。宋南渡後②，以詩俠名湖海間，陳
亮、陸游、辛棄疾〔三〕，世稱人豪，皆折氣岸與之交。宰③相周必大聞其
人〔四〕，欲客之門下，不就。故人潘友文宰崑山縣〔五〕，延致先生。先生
雅志欲航海，因④抵縣，宿留⑤焉。先生卒，縣主簿趙希懋以友文所購
錢三十萬緡⑥，買地馬鞍山以葬〔六〕，遂立祠東齋。久而墓與祠皆廢。
更一百四十餘年，爲至正十三年，州人顧瑛、秦約、盧熊等聞之州〔七〕，

州下其事,徵諸圖籍,正其屬域,表大石其上,題曰"宋龍洲先生劉公之墓"。越六年,寺僧立塔⑦其所[八]。今知州費侯復初令下[九],僧遷塔⑧,復其墓,且表樹焉。遣客殷奎謁予[十],求表墓辭。

予昔往來婁間[十一],屢詢其遺墓弗得,今幸墓復,予何辭於言!或謂:"公一窮詩流耳⑨,其詩又局於季宋陋習,僅如五季羅昭諫爾[十二],何以表樹後人哉!"予曰:"不然,取人以辭,不若以節裁⑩。公嘗抗疏光宗,請過宮;屢與時宰陳恢復方略;勇請甲⑪兵,謂中原可一戰而取[十三]。不用,去。正類昭諫力勸錢尚父以春秋討賊⑫之義[十四],義士爲之激立,可以辭客少之乎!"吾以是復奎,使歸告費侯,刻石爲表。

大元至正二十一年冬十月五日,奉訓大夫、江西等處儒學提舉楊維禎撰,將仕郎、杭州路海寧州判官褚奐書[十五]。

復墓之明年⑬,費侯去官,石不果立。今守高昌偰侯既拜墓[十六],遂取其文,刻而樹之。廿三年夏五月十有一日,儒學教授蔡基識[十七]。平江路崑山州偰侯斯,判官丁復初[十八],儒學教授蔡基,提控案牘趙從周[十九],都目謝宏道[二十]。州人朱珪刻[二十一]。

【校】

① 本文録自明葉恭煥輯吳下冢墓遺文續,校以文淵閣四庫全書吳都文粹續集卷四十四、文淵閣四庫全書名迹録所録此文。宋龍洲先生劉公:名迹録本作"宋劉龍洲先生"。

② 南渡後:名迹録無此三字。

③ 宰:名迹録作"丞"。

④ 因:吳都文粹續集作"同"。

⑤ 宿留:名迹録作"留宿"。

⑥ 趙希懋之"懋",吳都文粹續集、名迹録皆作"棥"。緒:原本無,據名迹録增補。

⑦ 立塔:名迹録作"盜葬"。

⑧ 塔:吳都文粹續集、名迹録皆作"骼"。

⑨ 耳:名迹録作"且"。

⑩ 裁:吳都文粹續集作"義"。

⑪ 勇請甲:原本作"勇謂用"、吳都文粹續集作"請甲",據名迹録改。

⑫ "謂中原可一戰而取"至"以春秋討賊":吳都文粹續集作"謂中原討賊"。

⑬“復墓之明年”以下跋文,原本與名迹録皆無,據吳都文粹續集增補。

【箋注】

〔一〕文撰於元至正二十一年(一三六一)十月五日,其時鐵崖退隱松江兩年。

〔二〕劉過:宋詩紀事卷五十八劉過:“過字改之,號龍洲道人,吉州太和人。嘗伏闕上書,請光宗過宮,復以書抵時宰,陳恢復方略。不報,放浪湖海間。有龍洲集。”

〔三〕陳亮、陸游、辛棄疾:宋史皆有傳。

〔四〕周必大:宋史有傳。

〔五〕潘友文:明王鏊姑蘇志卷四十一宦迹:“潘友文,字文叔,東陽人。朱熹、呂祖謙皆與友善。開禧初,知崑山縣,寬慈愛人,人呼爲潘佛子。”

〔六〕馬鞍山:玉山別名。位於今江蘇崑山。强齋集卷三崑山復劉改之先生墓事狀:“故人潘友文尹崑山,先生來客其所,遂娶婦而家焉。既卒而友文爲真州,以私錢三十萬屬其友具凡葬事。直其友死,不克葬。後七年,主簿趙希梇乃爲買山,卒葬之。”

〔七〕顧瑛:生平參見東維子文集卷七玉山草堂雅集序注。秦約:參見東維子文集卷二十五孝友先生秦公墓志銘。盧熊:水東日記卷四盧公武兄弟:“崑山盧熊字公武,洪武初名儒,大通篆籀之學。嘗爲兗州知州,既視篆,即具奏,以印文‘兗’字誤類‘袞’字,上不怡,曰:‘秀才無禮,便道我袞哩。’幾被禍。弟熙字公曁,睢州同知……公武後卒坐累死。今其家尚存中書舍人告身,高皇聖製也。”按:或謂盧熊洪武初年因元季曾任教諭迫遣赴京,不久以善書擢中書舍人,遷兗州知州。其生平詳見高遜志大明故奉訓大夫知兗州事盧君墓志銘,文載明都穆編吳下冢墓遺文卷三。

〔八〕立塔其所:明殷奎强齋集卷三崑山復劉改之先生墓事狀:“崑山慧聚寺東齋之岡,實故宋劉先生之墓在焉。”

〔九〕費侯復初:至正二十年前後任崑山州知州。參見上篇崑山州學宫碑注。

〔十〕殷奎:參見東維子文集卷二十二木齋志注。

〔十一〕昔往來婁間:指至正七、八年間,鐵崖浪迹姑蘇、崑山、太倉一帶,與顧瑛、袁華、郭翼、殷奎等崑山文人交往頻繁。

〔十二〕羅昭諫:名隱,五代時人。舊五代史羅隱傳:“羅隱,餘杭人。詩名於天下,尤長于詠史。然多所譏諷,以故不中第。”按:羅隱生平事迹詳見唐才子傳。

〔十三〕“公嘗抗疏光宗”五句:概述劉過伏闕上書、參與北伐等事迹。參見鐵崖撰劉龍洲祠（載佚詩編）。

〔十四〕錢尚父：指吳越王錢鏐。四庫全書總目羅昭諫集：“隱不得志於唐。迨
　　　唐之亡也，梁主以諫議大夫召之，拒不應。又力勸錢鏐討梁，事雖不成，
　　　君子韙之。其詩如……皆忠憤之氣溢於言表，視同時李山甫、杜荀鶴
　　　輩，有鸞梟之分。雖殘闕之餘，猶爲藝林所寶重，殆有由矣。”

〔十五〕褚奐：參見東維子文集卷三十煮茶夢注。

〔十六〕高昌偰侯：指偰侯斯。道光崑新兩縣志卷十八名宦傳：“偰侯斯，高昌
　　　人。至正二十三年以治縣第一擢知崑山州事。政尚寬平，境内忠貞孝
　　　義之事多所旌白。以州爲張昭、陸遜故封，立廟以祀。又葺王葆、李衡、
　　　劉過及朱虎妻、茅節婦祠墓，置田給贍。邑士賦崑山五詠以美之。在州
　　　二年，以最遷知嘉定。”按：高昌，位於今新疆吐魯番地區。

〔十七〕蔡基：其任崑山州儒學教授，不遲於元至正二十三年。任職期間亦有
　　　善舉，鄉校師顧權卒，無子，遂偕知州偰侯斯爲買地安葬。參見正德姑
　　　蘇志卷五十四儒林傳顧權。

〔十八〕判官丁復初：參見上篇崑山州學宮碑注。

〔十九〕提控案牘趙從周：道光崑新兩縣志卷十四職官表列入“都目”一欄。

〔二十〕謝宏道：或謂當作謝安道。參見上篇崑山州重修學宮碑注。

〔二十一〕朱珪：參見鐵崖先生集卷四方寸鐵志注。

元故朝請大夫溫州路總管陳公墓志銘[①][一]

　　陳氏出舜後胡公滿，以國爲氏[二]。公之來裔，莫詳譜牒，世居崑
山者，祖諱信，亞中大夫、同知浙東道宣慰司事、輕車都尉，追封潁川
郡侯。父諱允恭，嘉議大夫、平江路總管、上輕車都尉，追封潁川郡
侯。皆公推恩所覃也。

　　公儀表魁壘，遇事沉密而果決。其開誠下士，則洞見肝膽。平居
好古，健游覽，嘗不遠千里登泰山日觀[三]，南上武當絕頂觀銅柱[四]，
東航海謁補[②]陀大士像[五]，皆若有所遇。至正五年間[六]，詔下輸粟於
邊者授官，公以粟授於潛縣稅使[七]。遷晉江[八]，陞牛田司丞[九]。十
五年，淮兵南下[十]，倖仕者相鳴而起，皆夗詬亡賴[十一]，公獨逃禍民
伍[十二]。越三年，間走京都，挾粟數萬斛濟國饟[十三]，大臣梯之見天

子,天子旌其義,授宣武將軍、同知韶州路總管府事[十四]。未行,明年薦授朝請大夫、溫州路總管兼勸農防禦事。又明年,到郡。

郡③方以民力捍城,飢死者相枕藉城下。公下令發廩及私帑,計丁雇④役,民趨者如市,城塹不日而成。前政督秋税,以家量收,病民甚。公亟易之,閲三月,政平頌作。秋九月,遽以疾終。二十二年夏五月,孫男經奉函骨航海歸[十五],是年八月十二日,葬於馬鞍山先塋之左[十六]。

公諱志學,字浚⑤卿。娶顧氏、蔣氏,并封潁川郡夫人。子男三人:長逢祥[十七],江陰州 申港巡檢;次逢吉,江浙行樞院都事;逢原[十八],水軍都府萬户。孫男九人,孫女七人,俱在穉。

逢祥衰衰來拜予門,曰:"士附青雲,屬之王公大人,而身没⑥聲光著白不朽,則必托於代之鉅公⑦手筆。先子幸附青雲,有禄位,不幸卒於海邦數千里外,不能如禮葬,乃子孫罪⑧。又不得鉅手筆如先生壽,吾存没非重不幸歟! 幸哀而賜之銘。"予與公爲同⑨甲庚友者二十年,辭不可,遂爲銘曰:

貴與富,不兩完,窖金匱玉褐冠蓋⑩。仁人富,不以私,補吾⑪國漕、賑我以歲飢。腰銀艾,佩銅虎,爾兵爾農子聽父。堡障立,梁柱傾,天不假以三年成。孫熒熒,齒未丁,護喪航海海⑫砥平。玉之龍,氣葱葱⑬,白鶴歸來語長松[十九]。城郭徙,井邑改,楊子作銘銘有在。

賜進士出身、奉訓大夫、前江西等處儒學提舉楊維禎撰,盧熊書⑭[二十]。

【校】

① 本文録自明 葉恭焕輯吴下冢墓遺文續,校以文淵閣 四庫全書本名迹録卷三所録此文。志:名迹録作"碣"。

② 補:名迹録作"普"。

③ 郡:原本脱,據名迹録補。

④ 雇:原本作"顧",據名迹録改。

⑤ 浚:名迹録作"俊"。

⑥ 没:名迹録作"後"。

⑦ 托於代之鉅公:名迹録作"托一代之鉅"。

⑧ 罪：原本作“自幸”，蓋誤將“辠”字鈔成兩字。據名迹録改。

⑨ 同：名迹録無。

⑩ 冠蓋：名迹録作“蓋棺”。

⑪ 吾：原本無，據名迹録補。

⑫ 護喪航海海：原本作“護□航海”，據名迹録補。

⑬ 葱葱：原本作“忽忽”，據名迹録改。

⑭ “賜進士出身、奉訓大夫、前江西等處儒學提舉楊維楨撰，盧熊書”凡二十五
　　字：原本無，據名迹録本補。

【箋注】

〔一〕文當撰於元至正二十二年（一三六二）八月十二日墓主下葬之前，其時鐵
　　崖寓居松江。陳公：陳至學（一二九六——一三六〇），字浚卿。崑山人。
　　元末官至溫州路總管，病逝於任上。按：鐵崖與陳志學相交“二十年”，蓋
　　初識於至正初年鐵崖游寓顧瑛玉山草堂之際。又，本文曰“予與公爲同甲
　　庚友”，則陳志學與鐵崖出生於同一年，其生年當爲元貞二年，卒於至正二
　　十年，享年六十五。乾隆刊民國補刻溫州府志卷十八名宦傳載陳志學事
　　迹，實摘自本文。

〔二〕“陳氏出舜後胡公滿”二句：胡滿爲舜帝後裔，封於陳。其後人以陳爲氏。
　　詳見史記陳杞世家。

〔三〕日觀：山峰名，位於泰山東隅。

〔四〕武當：武當山，位於今湖北十堰市。萬曆襄陽府志卷六山川均州：“天柱
　　峰，居（武當）七十二峰之上。高凌霄漢，俯視衆山皆卑小。”又，卷三十二
　　寺觀均州：“太嶽太和宫，在太和山天柱峰，銅殿金飾。”按：元大德年間，
　　於武當山主峰天柱峰頂建金殿，實爲銅柱仿木結構。

〔五〕補陀大士像：指普陀山（今屬浙江）觀世音菩薩。

〔六〕至正五年：公元一三四五年。

〔七〕於潛縣：隸屬江浙行省杭州路。位於今浙江臨安市。參見元史地理志。

〔八〕晉江：隸屬於泉州路。今屬福建。參見元史地理志。

〔九〕牛田：鹽場名，位於福建。鹽場設“司丞一員，從八品”。參見元史百官
　　志七。

〔十〕淮兵：指元末劉福通、朱元璋等江淮義軍。

〔十一〕戟詬：無羞無恥無節操。賈誼陳政事疏：“彼將官徒自爲也，頑頓無恥，
　　戟詬亡節。”

〔十二〕按：本文所謂"公獨逃禍民伍"，并不屬實。至正十五年十二月末，陳志學與顧瑛曾共同選率水軍數百，剿滅當地盜寇。參見玉山璞稿卷下安別駕殺賊紀實歌。

〔十三〕"間走京都"二句：當指陳志學督率海漕船進貢於大都。

〔十四〕韶州路：隸屬於江西行省。今廣東韶關。參見元史地理志。

〔十五〕陳經：蓋爲墓主陳志學長孫。按：據"孫男經奉函骨航海歸"一句推之，當時陳經蓋已成年。然後文又曰"孫男九人，孫女七人，俱在穉"，似自相矛盾。

〔十六〕馬鞍山：玉山別名。位於今江蘇崑山。

〔十七〕逢祥：陳志學長子，元末任江陰州申港巡檢。按：溫州路總管陳志學壙志，即陳志學長子陳逢祥於至正二十二年所撰，在崑山。參見續通志卷一百七十金石略。

〔十八〕逢吉：陳志學次子，元末任江浙行樞密院都事。逢原：陳志學三子，元末任水軍都府萬戶。按：據弘治溫州府志卷十七竊據，崑山陳逢原、逢吉等，元季皆在方國珍帳下任"同僉、闐帥、萬戶之職"。疑本文所謂陳逢吉之"都事"、陳逢原之"萬戶"，即方國珍所授。

〔十九〕白鶴歸來語長松：用丁令威化鶴後返鄉故事。參見鐵崖先生古樂府卷十小游仙之十注。

〔二十〕盧熊：參見本卷宋龍洲先生劉公墓表注。

邗殷處士碣銘①〔一〕

至正廿二年九月癸卯朔，十有②八日庚申，吳郡殷奎葬其父雍逸處士之柩於崑山先塋之次〔二〕。既葬，樹碣墓道，而請其師束維叟爲之銘。

處士名庠，字君叙③，其先華亭人。居崑山者再世矣。崑俗喜貨殖，類蓄高貲遺子孫，處士哂曰："貲多愚子孫，且賈禍，何用哉！聖賢之學，達可庇民物，窮可④善一身。"敕其子奎不遠數百里從余游，一州皆笑以爲迂。處士不爲變，益市書築室，使卒業。余已喜處士之志果確，而奎亦謙厚雅飭，刻意古學，予於是又喜處士之願克有遂也。

始處士少時，即以長子任家督，弗及於學。然其天質之美，孝友忠信,自有絕人者。既壯,間觀古書傳,求其人行事施諸家。父性嚴,處士事⑤之竭力,能得其歡心。遇二⑥弟恩意篤至,周人急無所吝,雖負之不校。其葬親,勿襲⑦夷鬼俗委水火,君子稱之。故其沒也,人多哭之哀。處士享年五十有七,士君子表⑧其行者,私謚之曰雍逸處士。

其曾祖萬宷⑨,嘉興節制幹官。王父澂,父子諲⑩〔三〕,皆抱德不仕。娶王氏,宣政院宣使忠仁女。子四人,女二人。孫男女⑪六人。奎,其冢子也。殷氏三世有德而無禄,四世而昌,意者其在奎乎!乃爲之銘以俟。銘曰:

生不穀,死不壽。德則富,惟其不有以遺後。

會稽楊維禎撰,豐城余詮書⑫〔四〕,彭城錢逵篆額〔五〕。至正廿三年十一月九日甲戌⑬,男奎、璧〔六〕、箕〔七〕、兀立石⑭〔八〕。

【校】

① 本文録自明葉恭焕輯吳下冢墓遺文續,校以文淵閣四庫全書本名迹録卷三、強齋集卷十所録此文。原本題作元故殷處士墓碣銘,據強齋集改。

② 十有:原本作“十月又”,據名迹録、強齋集刪改。

③ 叙:名迹録、強齋集作“序”。

④ 可:名迹録、強齋集作“亦”。

⑤ 事:原本脱,據名迹録、強齋集補。

⑥ 二:名迹録作“子”。

⑦ 襲:原本作“習”,據名迹録、強齋集改。

⑧ 表:名迹録、強齋集作“諜”。

⑨ 宷:名迹録作“采”,強齋集作“宋”。

⑩ 諲:名迹録作“湮”。

⑪ 孫男女:名迹録無“女”字。

⑫ “會稽楊維禎撰,豐城余詮書”兩句凡十一字,原本無,據名迹録增補。強齋集作“賜進士出身、奉訓大夫、江西等處儒學提舉楊維禎譔并書”。

⑬ “至正廿三年十一月九日甲戌”凡十二字,原本無,據名迹録增補。

⑭ 立石:名迹録作“等立”。

【箋注】

〔一〕文撰於元至正二十三年(一三六三)初春,其時鐵崖退隱松江已逾三年。

繫年依據：見墓主長子殷奎撰刻墓碣成告先考祝文（載強齋集卷五）。

邗：邗溝。相傳吳王劉濞開鑿，以通漕運，位於今江蘇揚州一帶。此借指揚州。按：據盧熊撰故文懿殷公行狀，殷氏原籍汝南（位於今河南南部駐馬店一帶）。祖父以上數代，皆居華亭，此稱"邗"，蓋曾徙居於此。殷處士：殷庠（一三〇六——一三六二），字君叙，卒諡雍逸處士。其父子諲始泛海經商。家居崑山東滄。參見東維子文集卷十六春水船記、強齋集卷十盧熊故文懿殷公行狀、袁華故咸陽縣儒學教諭文懿殷君墓志銘。又，殷庠爲殷奎之父，然按東維子文集卷二十四故處士殷君墓碑，稱殷奎父輩五人，其名分別爲尚質、尚節、尚白、尚功、尚賢，其中并無名庠者。然本文稱殷庠"以長子任家督"，則知殷庠即尚質，蓋尚質爲其原名。

〔二〕殷奎：字孝章，一字孝伯。參見東維子文集卷二十二木齋志注。

〔三〕殷澂：殷庠祖父。殷子諲："諲"或作"湮"，殷庠父，號柏堂。二人皆布衣終身。參見東維子文集卷十六春水船記注。

〔四〕余詮：元詩選補遺余提舉詮："詮字士平，豐城（今屬江西）人。至正間爲江浙儒學副提舉。洪武初，僑居崑山。年七十餘，與崇德鮑恂、高郵張長年，并以明經老儒可備顧問，使馳召命爲文華殿大學士，輔導東宮。以老疾辭，翼日放歸。"按：余詮之"詮"，或作"銓"；其遷居崑山當在元末，實居東滄。弘治太倉州志卷六仕宦："余銓字士平，江西豐城人，後居太倉。性敏，學識該博，工於詩文。至正間爲儒學提舉。"

〔五〕錢逵：元詩選三集錢員外逵："逵字伯行，良右子，詞翰有父風。丙申歲爲江浙行省管勾架閣，歷淮南行省員外郎。明初，選赴太常議禮。發鳳陽居住，尋放歸。洪武十六年，以事起遣入京，明年卒。"按殷奎刻墓碣成告先考祝文，元至正二十三年前後，錢逵官職爲"行省都事"。

〔六〕殷璧：字孝連。殷庠次子。參見強齋集卷四崑山殷璧妻曹氏墓志銘。

〔七〕殷箕：殷庠第三子，其字號不詳。箕亦能詩，明初殷奎北上，曾作送行詩。詩載強齋集卷十。

〔八〕殷亢：字孝延。殷奎幼弟。死於吳元年（一三六七），年僅二十。參見強齋集卷四亡弟殷孝延壙銘。

韓璧墓銘①〔一〕

公諱璧，字元璧，又字奎璘，芝山老樵，其別號也。其先南陽人〔二〕，避黄巢亂〔三〕，徙徽之黄墩〔四〕，後遷饒之樂平〔五〕。唐、宋子姓多科第起身，仕至郡守、令、丞、司户、理者數十人。宋靖康間，有名屏者中武舉〔六〕，戎服歸拜母，母蹙然曰："此非汝父教子之本心。"屏即辭母，游太學三年，尋登春秋經第，尹臨安，以廉能稱，陞左廂，爲公七葉祖。曾大父仲龍，婿丞相趙忠定公孫女〔七〕。大父如璋，隱居不仕，號菜山先生。父諱思恭[②]，人稱用軒先生〔八〕，邑大夫史公夢龍禮敬之如師〔九〕。

公自幼機悟，輒讀書了大義，長通經。試有司，不售。游廣東，留嶺南教授。以丁内憂歸，制闋，漕使李公舉漕吏。年勞滿，調金壇典史〔十〕。越四年，除錢塘清管長勾，繼升杭州路知事，取充浙江[③]省掾史，相府承制薦陞經歷。至正壬寅，勅授承仕郎、松江推官〔十一〕。丙午、丁未，松連兵變〔十二〕，同時守將往往尋密地，狐蹲狗踞觀成敗。公獨遣妻孥於外，曰："若輩去哉，吾已誓死，死將蹈彭咸之遺〔十三〕！"遂服北面再拜，投於河津，丁未之四月三日也〔十四〕，時年六十有八。

生大德庚子十一月八日〔十五〕。娶黄氏，繼娶陳氏，俱仕族女。子二：曰礽，幼卒；曰禄，弱冠卒，娶山東李推官女。女四：長適處州王憲，次適宣州阮文鋭，三適開化汪鉷，四贅鄱陽周貞。

在松時，公退輒過余舍次，曰："某爲貧仕，今老矣，徒送寒暑桴鼓間，何時可了也？願給長告，從鐵史先生游，勘往事，竊遂吾儒之願足矣。"言猶在耳，九原遽隔。其死也，吾弗獲吊。越十一月晦，夜夢公入座，請曰："吾不幸仕亂世，幸保骸骨，得入土於杭。子銘我先人墓〔十六〕，賴不朽。今又當銘我，我感萬世子孫感也。"明日，周貞將其猶子禮承重服來拜牀，曰："先伯父將以某日葬於杭之玉錢山，從命也。"余爲之泣然涙下。繼之以銘，銘曰：

仕遇時兮，駑以駸馳。非其時兮，梁以樵炊。嗟爾纍兮，命也罹之。死無二兮，吾又何悲。

有元李黼榜第二甲賜進士、會稽楊維禎撰并書。時十二月十有三日，雪霽勁冷。以九泉交義，不以指僵筆凍爲辭，韓氏子孫永其保哉！余齒今年七十有八矣[④]。

【校】

① 本文録自同治十年刊萬年縣志卷十二志銘。

② “號菜山先生父諱思恭”九字：原本脱，據東維子文集卷二十五元故用軒先生墓志銘增補。

③ 浙江：似當作“江浙”。

④ “有元李黼榜第二甲賜進士”以下，原本無，據嘉慶王朝瑞刊雲樵詩稿注釋附録韓公元璧墓志銘增補（轉引自羅鷺元人別集雲樵詩稿及其注釋的發現與文獻價值一文，載文獻二〇〇七年第四期）。按：“七十有八”之“八”，當屬清人引録之誤，鐵崖是年七十二歲。

【箋注】

〔一〕據文末鐵崖自識，本文撰書於元至正二十七年丁未十二月十三日（公元一三六八年一月三日），其時鐵崖寓居松江。按：元至正丁未，即吴元年。是年正月，松江守臣不戰而降，松江始受朱元璋政權管轄。至鐵崖撰此文之時，已有一年。韓璧（一三〇〇——一三六七）：參見東維子文集卷二十五元故用軒先生墓志銘。

〔二〕南陽：隸屬於河南江北等處行中書省河南府路，今屬河南省。參見元史地理志。

〔三〕黄巢：唐末農民軍首領。兩唐書皆有傳。

〔四〕黄墩：即篁墩。今屬安徽黄山市。

〔五〕樂平：“唐以來爲縣，元元貞元年升州”，隸屬於江浙行省饒州路。今屬江西省。參見元史地理志。

〔六〕韓屏、韓仲龍、韓如璋：依次爲韓璧七世祖、曾祖父、祖父。參見東維子文集卷二十五元故用軒先生墓志銘。

〔七〕趙忠定公：即趙汝愚。趙汝愚（一一四〇——一一九六）字子直，賜謚忠定。饒州餘干縣人。宋史有傳。

〔八〕韓思恭（一二六六——一三三二）：韓璧父，人稱用軒先生。生平詳見東維子文集卷二十五元故用軒先生墓志銘。

〔九〕史夢龍：樂平人。豪傑之士。參見東維子文集卷二十五元故用軒先生墓志銘。

〔十〕金壇：縣名，隸屬於鎮江路。今屬江蘇省。參見元史地理志。

〔十一〕至正壬寅：至正二十二年（一三六二）。按：韓璧其時任松江推官，實爲張士誠屬官。

〔十二〕“丙午、丁未”二句：“丙午”爲元至正二十六年。此年八月，吴王朱元璋命徐達率兵二十萬攻打張士誠。次年“丁未”正月，松江府、嘉定州守臣

　　王立中等降於徐達。三月末,上海錢鶴皋抗命起事。四月五日,徐達遣指揮葛俊率兵鎮壓平定。此即所謂"松連兵變"。參見鐵崖文集卷二上海知縣祝大夫碑注。

〔十三〕蹈彭咸之遺: 意爲投水自盡。漢王逸楚辭章句卷一離騷:"願依彭咸之遺則。"注:"彭咸,殷賢大夫也,諫其君不聽,自投水而死。"

〔十四〕丁未之四月三日: 即吳元年(元至正二十七年)之四月三日。按: 錢鶴皋於吳元年三月晦日起事,起兵之初,"斬關入淞城,首殺長吏",然數日後即遭明軍鎮壓。韓璧於四月三日投河自盡,蓋非爲錢鶴皋逼迫所致。疑當時韓璧依附於錢氏,後因明軍迫近而自殺。參見鐵崖文集卷二上海知縣祝大夫碑。

〔十五〕大德庚子: 元成宗大德四年(一三〇〇)。

〔十六〕子銘我先人墓: 指鐵崖曾爲韓璧父思恭撰元故用軒先生墓志銘。

簫銘①

　　截翠蛟於渤澥,吹紫鳳於崆峒〔一〕。起一緒之要妙,宣八風於神宮。東維叟製,王時篆〔二〕。

【校】

① 本文録自文淵閣四庫全書本名迹録卷五。

【箋注】

〔一〕"吹紫鳳"句: 參見鐵崖先生古樂府卷二簫杖歌。

〔二〕王時: 明方鵬撰崑山人物志卷八藝能:"(元)王時,字景南。博學好古,精於篆、隸、章草。用意深密,凡六書源委,靡不擇究,深爲盧熊之所稱美。"

鬻字窩銘①〔一〕

　　江都盛端明窮而有奇氣,棄去小走吏,從儒先生游。日以學古文爲事。自周太史籀、秦丞相斯、車府令高、太史令胡毋敬〔二〕,下逮程邈〔三〕、張敞、杜業、爰禮、揚雄〔四〕，崔瑗、賈逵、蔡邕、許慎〔五〕，張楫②、邯鄲淳〔六〕，呂悦③兄弟〔七〕、江瓊禠孫〔八〕，代號字學之流，端明蓋欲絶其古今，與處伯仲其中。

予識字頗有數，而又惑於俗造文，故余校壁書籀篆、石經古文，其援驗必資端明。端明爲余指奇難，則不必究埤倉、廣雅之勞也。然六書八體日工，圖史鈔帙積左右日富，而妻子日饑凍不已。端明方與好事者哥呼譚笑，不計甑有儲、爨有薪火無也。且大書其一窩曰“煮字”，求其游之善詩者哥永之，而又以其卷請銘言於余。余喜其窮而克固，固而不出儒者伎也，遂爲廣其意作銘，俾篆諸楣，曰：

王孫炮鳳，太官烹羊，足以戟人之肮，不如子之字旨且康兮。西鄰爨蠟〔九〕，東鄰負鼎〔十〕，足以輇人之頸，不如子之字雋且永兮。仁以畬之，義以植之，既植而籽，曰忠敬之。既籽而穫，而至於炊。墨突顔簞〔十一〕，其樂在兹。不幸餒也，與西山之人同傳〔十二〕；而其飫也，則將鼓天下之腹而與堯民同娛。故端明氏之鬲也，自謂過五鼎、煮七犧而人不知。

會稽楊維禎。

【校】

① 本文録自鐵崖墨迹（載中國書法全集第四十六册）。
② 楫：或當作“揖”。參見注釋。
③ 悦：蓋“忱”字之誤。參見注釋。

【箋注】

〔一〕鬻字窩：主人盛端明，江都（今江蘇揚州）人。曾爲吏，元末辭去。學古文，尤精字學。
〔二〕周太史籀：相傳爲周宣王時人，著大篆十五篇。秦丞相斯：即李斯，作蒼頡篇。車府令高：即中車府令趙高，作爰歷篇。太史令胡毋敬：作博學篇，爲小篆。參見説文解字序。
〔三〕程邈：秦、漢間人，相傳隸書爲其所創。
〔四〕張敞、杜業、爰禮、揚雄：皆西漢人。説文解字序：“孝宣皇帝時，召通倉頡讀者張敞從受之。涼州刺史杜業、沛人爰禮、講學大夫秦近亦能言之。孝平皇帝時，徵禮等百餘人，令説文字未央廷中。以禮爲小學元士。黄門侍郎揚雄采以作訓纂篇。”

〔五〕崔瑗、賈逵、蔡邕、許慎：皆東漢人士。崔瑗字子玉，崔駰子。師從杜度，工隸書章草，篆法尤妙。詳見書史會要卷二本傳。賈逵、蔡邕、許慎，後漢書皆有傳。

〔六〕張楫、邯鄲淳：皆三國時人。張楫之“楫”，或當作“揖”。書史會要卷二魏：“張揖，清河人。官至博士。著埤倉、廣雅、古今字詁，掇拾遺漏，增益事類，頗爲有補。然方之漢許慎説文，古今體用，或得或失。”邯鄲淳字子叔，三國魏人。師從曹喜，工篆、隸。傳見書史會要卷二魏。

〔七〕吕悦：“悦”當作“忱”。西晉吕忱作字林五卷，以補許慎説文闕漏。其弟吕靜著有韻集五卷。參見宋朱長文墨池編卷一字學門、陳寅恪撰從史實論切韻（載金明館叢稿初編）。

〔八〕江瓊禩孫：指江瓊及其後人。宋陳思撰書小史卷四：“江瓊字孟琚，仕晉，爲馮翊太守。善蟲篆訓詁，受學於衛覬。永嘉亂，棄官西投張軌，子孫因居涼土，世傳家業。”按：江瓊孫强、六世孫式，皆精通字學。江式撰集字書古今文字凡四十卷，尤有名。詳見書小史卷八。

〔九〕爨蠟：晉豪富石崇曾以蠟代薪。

〔十〕負鼎：相傳“伊尹負鼎俎而干湯”，此指從政。參見孟子萬章上。

〔十一〕墨突：“墨突不黔”之略，指墨翟無暇安居做飯而竈突不黑。顏簞：指顏回雖然生活清苦，一簞食、一瓢飲而仍保持快樂。參見論語雍也。

〔十二〕西山之人：指伯夷、叔齊。二人不食周粟而隱於首陽山，采薇而食。參見史記伯夷列傳。

鈕麟墓志（節文）①〔一〕

公祖號梅山，與邑大儒時齋沈義甫爲斯文通家〔二〕。義甫之祖儆，與郡之文正范公爲同年進士〔三〕，抑其源委有所自來。

【校】

① 本文録自弘治吳江志卷九鄉賢，乃沈義甫傳中節録。原文似已不傳。

【箋注】

〔一〕鈕麟：弘治吳江志卷十薦舉：“鈕麟字伯時，十九都麻溪人。其先爲吳興大姓……麟幼穎異不凡。爲僧，名廷珣。有詩名，趙松雪、貫酸齋、廉薊林、鄧巴西諸公皆稱賞之。延祐中游京師，有高昌顯宦希恒實理者，一見愛之，因己子不禄，羅致爲養子，更名鈕兀驎，返初服。蔭北津口羊馬司提舉，參遼東行省省掾，除翰林編修。贈其父月硐爲清隱處士。再除大都巡警院某官，遷御前尚衣局達古兒赤，出入宮禁，華莞寔繁。至元初，陞嘉興路達魯花赤，卒於臨清。楊維禎立傳，謂其題詠厭衆，如寄征人、繭隱、垂虹橋、自家意思諸詩，宏壯振厲，與唐人方軌并馳。”

〔二〕沈義甫：弘治吳江志卷九鄉賢：“宋南康山長時齋先生沈公義甫，字伯時，號時齋，震澤鎮人。少以文鳴。嘉定十六年領鄉薦，仕至南康軍白鹿洞書院山長。舉行朱文公學規。致仕歸，建義塾於震澤鎮，講學……年七十八以疾終。有遺世頌、時齋集刊行於世。元至元二十八年，教諭陳祐又繪公像於學云。按楊維禎撰鈕麟墓志云……”

〔三〕文正范公：即范仲淹。按：或謂此處有誤。清朱鶴齡撰愚庵小集卷十四雜著二：“邑志沈義甫傳云祖儼與范仲淹同舉進士。考義甫宋末人，嘉定中領鄉薦，爲南康軍白鹿洞書院山長。其祖去文正公時甚遠，安得與之同榜？此或其始祖耳。莫志採楊鐵崖所撰鈕麟墓志，而徐志據之，中必有誤。”

卷一百六　鐵崖佚文編之五書信題跋

復張太尉①〔一〕（節文）

閣下乘亂起兵〔二〕，首倡大順，以奬王室〔三〕。淮、吳之人〔四〕，萬口一詞，以閣下之所爲，有今日不可及者四：兵不嗜殺〔五〕，一也；聞善言則拜，二也；儉於自奉，三也；厚給吏禄而奸貪必誅，四也。此東南豪傑望閣下之可與有爲也。閣下孜孜求治，上下決不使相徇也，直言決不使遺棄也，毀譽決不使亂真也。

惟賢人失職、四民失業者，尚不少也。吾惟閣下有可畏者，又不止是：動民力以搖邦本〔六〕，用吏術以括田租，銓放私人不承制出，納國廩不上輸，受降人不疑，任忠臣而復貳也。六者之中，有其一二可以喪邦，閣下不可以不省也。況爲閣下之將帥者，有生之心、無死之志矣。爲閣下之守令者，有奉上之道，無恤下之政矣。爲閣下之親族姻黨者，無禄養之法，有奸位之權矣。某人有假佞以爲忠者，某人有託詐以爲直者，某人有飾貪虐以爲廉良者。閣下信佞爲忠，則臣有靳尚者用矣〔七〕；信詐爲直，則臣有趙高者用矣〔八〕；信貪虐爲廉良，則蹠、蹻者進〔九〕，隨、夷者退矣〔十〕。又有某繡使而拜虜乞生，某郡太守望敵而先遁，閣下禮之爲好人，養之爲大老，則死節之人少，賣國之人衆矣。是非一謬，黑白俱紊，天下何自而治乎！

及觀閣下左右參議贊密者，未見其砭切政病、規進閣下於遠大之域者。使閣下有可爲之時，有可乘之勢，而迄無有成之效，其故何也？爲閣下計者少，而爲身謀者多，則誤閣下者多矣。身犯六畏〔十一〕，釁闕多端，不有内變，必有外禍，不待智者而後知也。閣下狃於小安，而無長慮，此東南豪傑又何望乎！

僕既老且病，爵禄不干於閣下，惟以東南切望於閣下，幸采而行之，毋蹈群小誤人之域，則小伯可以爲錢鏐〔十二〕，大伯可以爲晉重耳、齊小白也〔十三〕。否則，麋鹿復上姑蘇臺〔十四〕，始憶東維子之言，於乎晚矣！

【校】

① 本文録自貝瓊鐵崖先生傳（載明初刊本貝清江先生文集卷二）。原文無題，今題爲校注者逕擬。

【箋注】

〔一〕本書信呈送張士誠，當撰於元至正十九年（一三五九）七、八月間，其時鐵崖寓居杭州，張士誠遣其弟士信求言，鐵崖遂撰"五論"，并附此書信。繫年依據參見東維子文集卷二十七馭將論。據貝瓊撰鐵崖先生傳："（至正）十八年，太尉張士誠知其名，欲見之，不往。繼遣其弟來求言，因獻五論及復書，斥其所用之人。其略曰……"所謂"五論"，指馭將論、人心論、總制論、求材論、守城論，皆載東維子文集卷二十七；而所謂"復書"，貝瓊引録之外，未見其餘傳世文獻記載，故據貝瓊所撰鐵崖先生傳鈔録，并冠以標題。又，貝瓊既稱"其略曰"云云，可知爲節録。按：貝瓊稱鐵崖堅拒張士誠，撰此書信以及五論"斥其所用之人"，并非完全屬實。張士誠當時已受招安，鐵崖對其屬下亦有好感。貝瓊如此措辭，可能是因爲鐵崖先生傳撰於明初。張太尉：即張士誠。張士誠投降元朝之後，朝廷詔授太尉之職。

〔二〕"閣下"句：張士誠於至正十三年聚衆起事，其時方國珍、劉福通、徐壽輝等已先後造反多年。故此曰"乘亂起兵"。

〔三〕"首倡大順"二句：指張士誠於至正十七年八月納降於元。

〔四〕淮、吳：指當時張士誠轄區。按：張士誠降元之後，將太尉府設於蘇州，且新設江浙、淮南二省。

〔五〕兵不嗜殺：至正十六年春，張士誠軍攻陷松江、湖州、蘇州等地，朝廷派遣楊完者爲首之苗軍抵禦。苗軍濫殺無辜，無惡不作，其時民怨沸騰，相反張士誠統治區域較爲安定。

〔六〕動民力以搖邦本：指張士誠、士信兄弟於至正十九年七月徵派平江、松江、嘉興、湖州四地百姓，修築杭州城牆。參見東維子文集卷二十七守城論。

〔七〕靳尚：戰國時楚懷王寵臣，曾陷害屈原。東漢王逸離騷經序："（屈原）入則與王圖議政事，決定嫌疑；出則監察群下，應對諸侯。謀行職修，王甚珍之。同列大夫上官、靳尚妒害其能，共譖毀之。"（載楚辭補注卷一離騷經章句。）

〔八〕趙高：秦二世時任丞相。曾"指鹿爲馬"，又與李斯等矯制立秦始皇少子胡亥爲太子。詳見史記秦始皇本紀。

〔九〕蹠、蹻：指盜蹠、莊蹻。盜蹠爲秦國大盜,莊蹻爲楚國大盜。參見漢書賈誼
　　　傳注。

〔十〕隨、夷：指卞隨、伯夷。卞隨爲商湯時著名廉士,伯夷爲商末周初著名義
　　　士。參見漢書賈誼傳注。

〔十一〕六畏：指本文所述“動民力摇邦本、用史術括田租,銓放私人不承制出,
　　　　納國廩不上輸,受降人不疑,任忠臣而復貳”等六種弊端。

〔十二〕錢鏐：即吴越王。生平詳見新五代史吴越世家。

〔十三〕晉重耳：即晉文公。齊小白：即齊桓公。二人皆屬春秋五霸中人物。

〔十四〕麋鹿復上姑蘇臺：相傳伍子胥諫吴王,吴王不聽,伍子胥遂有此預言。
　　　　參見鐵崖先生古樂府卷一金臺篇注。

復理齋①〔一〕

　　維楨再拜奉復理齋明府相公閣下：僕客雲間,每於别駕顧公座
上〔二〕,談及州縣之職,惇教厚俗,惠以及民,禮以加士,而明允以平獄
訟,未嘗不以閣下爲首稱。非特爲吾道喜,實爲世道慶也。未幾,文
仲録到先賢祠狀〔三〕,謁文爲志。於是樂書其事,實補盛朝軼典。伯融
涉海來〔四〕,出書稱謝,兼有潤毫之禮,登領不勝愧感。文齋真樂卷②
子〔五〕,嗣容續筆,付文仲的便送③上也。伯融回舟甚速,不可留,姑此
奉復,不宣。十月廿有六日,客松庠主文抱遺叟楊維楨再拜理齋明府
閣下。楊維楨謹緘④。

【校】

① 本文録自中國書法全集第四十六册所附鐵崖墨迹圖像,以文淵閣四庫全書
　式古堂書畫匯考、六藝之一録參校。式古堂書畫匯考題作楊鐵笛僕客雲間
　帖,六藝之一録題作楊鐵厓僕客雲間帖。今題爲校注者徑擬。又,六藝之一
　録於題下有小字注:“行草書。”

② 卷：式古堂書畫匯考、六藝之一録皆作“奇”。

③ 送：式古堂書畫匯考作“付”。

④ 楊維楨謹緘：原本漫漶,據式古堂書畫匯考補。

【箋注】

〔一〕本書信撰於元至正二十年(一三六〇)十月二十六日,其時鐵崖回歸松江已滿一年,受聘於松江府學"主文之席"。繫年依據:崇明通守理齋約請鐵崖撰寫崇明州學先賢祠堂記,且預付酬金,本書信即鐵崖收到"潤毫禮"後之回覆。崇明州學先賢祠堂記實際完成於至正二十年十一月十六日,本書信當撰於此前不久。參見鐵崖撰崇明州學先賢祠堂記(載本書佚文編)、鐵崖先生集卷二淞泮燕集序。理齋:張翮別號。參見鐵崖先生集卷三天理真樂齋記、本書佚文編崇明州學先賢祠堂記注。

〔二〕別駕顧公:指松江府同知顧逖。按:元至正十九年冬,應顧逖邀請,鐵崖自杭州退隱松江,之後二人交往頗多。參見楊鐵崖先生文集全録卷四哀辭敍注。

〔三〕文仲:指秦約。秦約字文仲,鐵崖友生,其家曾居崇明。參見東維子文集卷二十五孝友先生秦公墓志銘。

〔四〕伯融:指崑山盧昭。盧昭當時或任職於張翮帳下,故充當信使。嘉靖崑山縣志卷十二人物傳:"盧昭字伯融,閩人,寓居婁東。父鈞華,善於教子,鄉黨以爲楷式。昭從明師學,經史百家,靡不探究。長於詩,所作皆有法度,縉紳先生咸器重之。洪武初,爲揚州教授。"按:元季盧昭崑山家有觀雲軒,頗著名。參見郭翼林外野言附録與顧仲瑛書。

〔五〕真樂卷:指理齋約請鐵崖所撰天理真樂齋記,載鐵崖先生集卷三。

與德常①〔一〕

　　八月四日,老鐵禎②帖上德常相公:先生屢承問病,乏力不能接對。今日體力稍勝,忽老胥吳讓者泣拜牀下,自陳八年淹滯,相公憐之,欲行參補,而有③優游不斷者,阻之閣下窠缺④,告天無路,而惟有覓死地而已。其情可哀。今假老夫一言,欲相公補押一案,爲來官收録之階。公必⑤賜可此事,不徒協衆論,亦繫相公平日陰德事也。扶病爲布此楮,惟冀委察焉,不具。禎帖上悚恐,謹後空。

【校】

① 本文録自適園叢書本珊瑚木難卷八,以文淵閣四庫全書本珊瑚木難、趙氏鐵

網珊瑚、式古堂書畫彙考作校本。原本題爲楊廉夫一帖，式古堂書畫彙考題作楊廉夫與德常札，今題爲校注者徑擬。

② 禎：原本作“楨”，據文淵閣四庫全書本、趙氏鐵網珊瑚改。下同。

③ 有：原本無，據趙氏鐵網珊瑚、式古堂書畫彙考增補。

④ 窠缺：文淵閣四庫全書本作“不允”。

⑤ 公必：趙氏鐵網珊瑚、式古堂書畫彙考作“必公”。

【箋注】

〔一〕文當撰於元至正二十二年壬寅（一三六二）之後，其時鐵崖寓居松江。繫年依據：文中曰“先生屢承問病”，故知其時張德常與鐵崖同居一地。張德常於至正二十二年自嘉定州調任松江府判官，屢屢探病必在此後。德常：元季松江府判官張經，爲鐵崖多年好友。參見鐵崖先生集卷二歷代史要序注。

致松月軒主者①〔一〕

自兵火後〔二〕，故人都如隔世，別來契闊，邈不相聞。乙巳到莒城〔三〕，迤邐到太湖盛宅。滿擬過南潯諸使門〔四〕，吊烈問小，舟到盛港〔五〕，而風輒引之返也，迄今悵然。

徐捴馳書來〔六〕，甚慰耿耿懷，兼有土物之惠，珍重睊睊，予恩意無以爲喻。松月記久已脫稿〔七〕，必欲老夫親筆登卷。今日平旦，肺氣不壅〔八〕，眼亦不花。女郎洗硯勸書，急展縹卷。客來，皆稱老鐵秋來得意之帖。先府君墓文，則付之小兒，副墨録去〔九〕。中秋前後，想松月清涼界中，不妨補親筆也。立秋三日，抱遺老人楊楨②頓首。松月軒主者。

丁、趙兩生無一字附便伻來，當爲余詰其故。揭別駕〔十〕、曾貳尹侍次，幸道謝。

【校】

① 本文録自鐵玉軒藏宋元明清法帖墨迹（上海書畫出版社二〇〇八年版）。

按：徐邦達古書畫過眼要録元明清書法第一册亦載此文，題作兵火帖，稱

“該帖爲元人詩札合璧卷之一”，然僅録徐邦達釋文，未載墨迹圖像，故此僅作參考。

② 以徐邦達釋文與此本對照，兩本稍有不同：其一，楊楨，古書畫過眼要録本作“楊□禎”。其二，此本鈐朱文“鐵史”一印，古書畫過眼要録則謂“鈐白文‘鐵史’、‘廉夫’二印”。其三，兩本所鈐歷代鑒定收藏者之印章，完全不同。可知徐邦達先生所見，與截玉軒所藏并非一本。致松月軒主者爲普通書信，鐵崖本人似不至於重複抄寫，其中真相，尚待考索。

【箋注】

〔一〕文撰書於明洪武二年（一三六九）立秋三日，即此年六月二十八日，其時鐵崖寓居松江。繫年依據：本文乃鐵崖交付松月軒記時所附書信，收信人爲松月軒主南潯褚質，書信與松月軒記文書於同一天。參見東維子文集卷十四松月軒記。

〔二〕兵火：此指元至正二十七年朱元璋軍剿滅張士誠之戰爭。

〔三〕乙巳：元至正二十五年。

〔四〕南潯：鎮名。位於今浙江湖州市東，東鄰江蘇省。

〔五〕盛港：即盛家港，位於烏程縣東北三里。參見成化湖州府志卷六。

〔六〕徐捻：不詳。

〔七〕松月記：即松月軒記，載東維子文集卷十四。

〔八〕按：“今日平旦肺氣不壅”，可見鐵崖肺疾徵兆，此時已現。次年（洪武三年）四月，鐵崖因肺疾發作而離京返歸松江，旋即去世。

〔九〕先府君墓文：即鐵崖所撰元故樂閒先生墓志銘（載東維子文集卷二十五）。按：樂閒先生下葬，早在元至正三年。所謂“付之小兒，副墨録去”之元故樂閒先生墓志銘，乃鐵崖舊作。蓋因褚氏墳塋於元末戰亂損毀，此時重修墓葬所需。

〔十〕揭別駕：“別駕”指通判，此指湖州通判揭雲（揭傒斯之孫）。按萬曆湖州府志卷九守令著録本府明朝首任通判曰：“揭雲，洪武中任。勤敏有文，且擅漢隸。郡中匾額碑識，多其詞翰。”又，書史會要卷七大元：“揭雲字之德，文安孫。正書學智永。”文安，指揭傒斯。又據歐陽玄撰元翰林侍講學士中奉大夫知制誥同修國史同知經筵事豫章揭公墓志銘（載圭齋文集卷十），揭傒斯（一二七四——一三四四）有子二人，長子揭汯，幼子廣陽；孫男一人，名敬祖。按：廣陽生於至正元年（一三四一），揭傒斯去世時年僅四歲，即使洪武初年存活於世，且有子嗣，亦尚未成年。故明初出任湖州通判之"文安孫",只能是揭汯之子敬祖。然宋濂爲揭汯所撰碑文(宋學士文集卷六十三元故秘書少監揭君墓碑)所述有異。二文相較,主要分歧在於：歐陽玄僅提及揭傒斯孫男一人,當爲揭汯之子,其名敬祖；宋濂則謂揭汯有子四人,其中二人早夭,二人明初在世,其名分別爲揭樞、揭樂,并未提及揭汯有子敬祖,也未涉及前述"湖州通判揭雲"。又據宋濂所述,揭樞於元末伴隨其父北上大都,明初一同返歸慈溪(今屬浙江)。據此推之,歐陽玄所謂"孫男一人",當指揭樞,敬祖蓋其原名。不過,既然揭樞於明初返歸慈溪,當時出任湖州通判之"文安孫",只能是其庶弟揭樂,"雲"蓋其別名。然宋濂於元故秘書少監揭君墓碑中,僅曰"君之子樞、樂,復好學問,不失儒行,當可繼於君",并未述及官職,令人費解。俟考。又,鐵崖仰慕揭傒斯,曾撰文祭奠(參見鐵崖文集卷五祭揭曼碩先生文)；揭雲又擅長書法,故鐵崖與之交好。

跋蘇軾自書二頌卷後^{①〔一〕}

余讀蘇玉局在玉堂所寫維摩贊、虬冠頌二首^{〔二〕},而知是老游戲人間世。其所見卓然獨立乎造是物者之表,雖東方曼倩號爲滑稽之雄^{〔三〕},豈能及哉？玉堂瘴海,一升一沉^{〔四〕},世間以爲利害禍福者,又豈足以入其舍哉？世以是老之學溺般若^{〔五〕},而不知般若之學不能出其文字之妙也。吁,維摩欲以無語現不二門^{〔六〕},而是老欲以橫説竪説現妙熹。語默雖殊,三昧一也。故會是法者,所至爲玉堂净土。不然者,雖玉堂净土,惡海而已耳。至正三年冬十月朔,鐵心道人識於錢塘湖上^{②〔七〕}。

【校】

① 本文録自石渠寶笈卷二十四宋蘇軾自書二頌一卷,校以清乾隆十五年鐫刻三希堂石渠寶笈法帖民國三年拓本。原本於蘇軾識語之後,依次附録有杜本、張雨、楊維禎、王慶跋文各一,三希堂法帖本無王慶跋。原本跋文無題,今題爲校注者徑擬。

② 於錢塘：三希堂法帖本作"于錢唐"。又,三希堂法帖本於文後鈐有三印,皆爲朱文,由上到下,依次爲"鐵心道人""廉夫""會稽楊維禎印"。

【箋注】

〔一〕文撰於元至正三年（一三四三）十月一日，其時鐵崖闔家寓居杭州，欲補官而不得，授學爲生。又，此文前有杜本、張雨跋文各一，蓋當時鐵崖與張雨、杜本游處，同觀蘇軾墨迹而作。按：此二頌蘇軾撰於貶謫黄岡時，即北宋元豐三年至七年之間，書於元祐三年（一〇八八）八月廿九日。石渠寶笈著録曰：“宋蘇軾自書二頌一卷，素箋本，行楷書，石恪畫維摩讚、魚枕冠頌二篇。款識云：‘僕在黄岡時，戲作此等語十數篇，漸復忘之。元祐三年八月廿九日，同僚早出，獨坐玉堂，忽憶此二首，聊復録之。翰林學士眉山蘇軾記。’”二頌：維摩讚又名石恪畫維摩頌，魷冠頌即魚枕冠頌，二文皆載蘇軾文集卷二十。

〔二〕蘇玉局：指蘇軾。蘇軾曾任玉局觀提舉，故稱。玉局：道觀名，位於今四川成都。大明一統志卷六十七四川布政司寺觀：“玉局觀，在府城北二十里。相傳漢永壽初，老聃與張道陵至此，有局脚玉床自地而出，老聃昇坐，與道陵説南、北斗經。既去，而座隱地中。故以玉局名之。”按：其時鐵崖與張雨等道士交往甚多，稱蘇軾爲“蘇玉局”，亦有崇道之意。

〔三〕東方曼倩：即東方朔。西漢人，以滑稽善辯著稱。漢書有傳。參見鐵崖先生古樂府卷三五湖游注。

〔四〕“玉堂瘴海”二句：指蘇軾仕途多變，或擢爲翰林高官，或貶謫蠻荒海疆之地。

〔五〕般若：此指佛經、佛教。

〔六〕維摩：即維摩詰。維摩詰所説經卷中：“文殊師利曰：‘……何等是菩薩入不二法門？’時維摩詰默然無言。文殊師利歎曰：‘善哉，善哉！乃至無有文字語言，是真入不二法門。’”

〔七〕錢塘湖：指杭州西湖。按：鐵心道人爲至正初年鐵崖常用別號，或作鐵心子。參見鐵崖先生詩集丙集讀弁山隱者詩鈔殊有感發賦長歌一首歸之、顧仲瑛爲鐵心子買妾歌、謝吕敬夫紅牙管歌。

跋宋丘公岳家傳後[①][一]

　　右宋龍圖閣學士沿江制置使丘公岳山甫家傳，後有元文宗時龔璛子敬[二]、順帝時楊維禎廉夫跋。子敬云：公孫彦啓以時修宋、遼、金三史〔三〕，欲執筆者采入公傳。廉夫曰：

自公解闈〔四〕，不三十年，宋亡矣。予嘗怪宋史無公傳，因稽宋制，文臣自少卿、監，武臣自正刺史以上，必立附傳。公爲學士、制使，何不立附傳于理廟實録後乎〔五〕？豈在趙葵帥幕，弗能止其入洛之師而弗附耶〔六〕？抑史氏失職而失附邪？元初，董文炳命李磐取宋實録等五千册〔七〕，比上國史院，若有公附傳後，何弗録邪②？

【校】

① 本文節録自皇明文衡卷四十八明吳訥書宋丘公岳家傳後，題目爲校注者徑擬。按：鐵崖跋文前引文“右宋龍圖閣學士沿江制置使丘公岳山甫家傳”云云，乃吳訥原文。

② 按：下文述及至正初年修史，以及鐵崖撰三史正統辨事，曰：“元累朝欲修三史，以統紀弗定弗果。順帝至正元年，因授經郎危素請，始詔修之。命素乘傳至宋兩都，訪摭缺遺。彦啓名迪公四世孫，何不以此傳獻之邪⋯⋯”此段文字緊接本文之後，然既稱“順帝”，必在元惠宗死後，而明朝追謚元惠宗爲“順”之時，鐵崖已經病逝。據此推之，當屬吳訥自撰。

【箋注】

〔一〕本文當撰於元末。繫年依據：文中提及“宋史無公傳”，故必在元至正五年（一三四五）冬季宋史成書之後。丘岳：弘治常熟縣志卷四名臣傳：“丘岳字山甫，其先海州朐山人⋯⋯父松遂家常熟焉。岳中嘉定十年進士，授太湖尉，辟蘄州推官。從淮東安撫副使趙范平叛人李全有功，范進沿江制置使，辟爲參謀，通判黄州，知真州。韃兵大至，岳以孤城抗之，掩其不備，渠魁殲焉。改兵部郎中、淮東提刑，提舉常平倉。改知太平州，兼江東轉運，徙知江州，兼沿江制置副使。移鎮淮東，力求奉祠。淳祐十年，以工部尚書召，尋謝事歸常熟。寶祐初，授華文閣直學士、沿江制置使，兼知建康府、江東安撫，和州、無爲、安慶三郡屯田使。丞相移書，奉旨趣行。舟發京口，北方兵闚廬、和。岳遣新知和州印應雷出戍，應雷奮入，卒得和州。三年，授龍圖閣學士致仕，卒年六十九⋯⋯理宗嘗御書‘忠實’二大字賜之。官至正議大夫，封東海郡侯。累贈特進光禄大夫。”

〔二〕龔璛（一二六六——一三三一）：字子敬，高郵（今屬江蘇）人。歷和静、學道二書院山長，調寧國路學教授，遷宜春縣丞，以江浙提學致仕。有存悔齋稿。（引自全元文。）按：或曰龔璛爲鎮江人。參見新元史本傳。

〔三〕彥啓：丘岳孫。生平不詳。蓋元文宗時在世。

〔四〕解闡：指丘岳從淮東安撫制置使兼淮西制置使任上退下。按：丘岳"解闡"，不遲於宋理宗淳祐十年（一二五〇）。故下文曰："不三十年，宋亡矣"。參見前注引録丘岳傳。

〔五〕理廟：指南宋理宗趙昀，公元一二二五至一二六四年在位。

〔六〕"豈在趙葵帥幕"二句：當指端平元年事。宋史趙葵傳："端平元年，朝議收復三京，葵上疏請出戰，乃授權兵部尚書、京河制置使，知應天府、南京留守兼淮東制置使。時盛暑行師，汴堤破決，水潦泛溢，糧運不繼，所復州郡皆空城，無兵食可因。未幾，北兵南下，渡河，發水牐，兵多溺死，遂潰而歸。（趙）范上表劾葵，詔與全子才各降一秩。"按：趙范與趙葵為親兄弟，前引弘治常熟縣志卷四丘岳傳，曰丘岳追隨於趙范。據鐵崖所述，似又曾在趙葵帳下。

〔七〕董文炳：字彥明。元史有傳。李磐：曾任翰林學士。生平不詳。

題姚江吳氏三葉墓志①〔一〕

余讀姚江吳氏三葉墓志文，而因知世運之有高下也。始銘南堂老人者〔二〕，唐公震也〔三〕，其言雖仙②而猶清狷可喜，時蓋去乾道中興未遠也〔四〕。中銘雁峰隱人者〔五〕，陳公著也〔六〕，其言萎甚，蓋宋就衰矣。及觀銘天台賞官者〔七〕，臧公夢解也〔八〕，其言約以則，蔚乎有古章，時則聖元一統已五十年矣。

於虖，文章高庳與世運推移，豈不信哉！高庳弗傳，求事狀不朽，難矣！雖然，纘承義烈，使光遠而有耀，則在吳氏後人也。季章父爲三葉後也〔九〕，隱居行誼，無忝其先，其能光遠而有耀者哉！至正丁亥秋一日，鐵厓山人楊維禎書。

【校】

① 本文録自珊瑚網卷十二元名公翰墨卷，校以式古堂書畫匯考卷二十二所載此文。今題爲校注者逕擬。

② 仙：式古堂書畫匯考作"澀"。

【箋注】

〔一〕文撰書於元至正七年丁亥（一三四七）秋，其時鐵崖游寓姑蘇，授學爲生。姚江吳氏：指余姚吳自然祖孫數代。宋陳著撰吳誼甫墓志銘：“（越之余姚吳君誼甫）子埏，曳衰袖狀踵門曰：‘埏不孝，吾父死矣，非得當世君子銘無以葬。先生與前忠介唐公震、前太史黄公震爲三友，唐公既爲先祖銘其墓，黄公又爲吾父表其義，二公云亡，惟先生在，敢徵其所以敬請。’……誼甫諱自然，曾祖松年，祖某，父一之，迪功郎。君生於嘉定癸酉八月癸巳……上春官不利，即退處，自號雁峰隱人，日與朋舊觴咏盤礴。”（載本堂集卷九十一。）

〔二〕南堂老人：當指吳自然之父，名一之。

〔三〕唐震：字景實，會稽人。宋末任饒州知州，城破，不屈而死。贈華文閣待制，謚忠介，廟號褒忠。宋史有傳。

〔四〕乾道：南宋孝宗年號，公元一一六五至一一七三年。

〔五〕雁峰隱人：宋吳自然别號。

〔六〕陳著：四庫全書總目本堂集：“陳著，字子微，號本堂，鄞縣人。寶祐四年進士，官著作郎，出知嘉興府。忤賈似道，改臨安通判……宋代著作獲存於今者，自周必大、樓鑰、朱子、陸游、楊萬里外，卷帙浩博，無如斯集。”

〔七〕天台賞官：蓋指吳自然之子吳埏。

〔八〕臧夢解：元史臧夢解傳：“臧夢解，慶元人。宋末中進士第，未官而國亡……既老且病，乃納禄退居杭州，以亞中大夫湖南宣慰副使致仕。後至元元年卒。夢解博學洽聞，爲時名儒，然不少迂腐，而敏於政事。其操守尤爲介特。”按：本文曰“時則聖元一統已五十年矣”，可見臧夢解爲“天台賞官”撰墓銘，當在元泰定年間（一三二四——一三二八）。

〔九〕季章：即元代畫家吳太素。佩文齋書畫譜卷五十四元畫家傳據書畫史著録曰：“吳大素字季章，號松齋，會稽人。善畫梅，有梅譜傳世。尤能畫山礬水仙。”又，元黄玠弁山小隱吟録卷二有余姚吳季章松齋圖詩，曰“四明山中木千章，上有松樹生高岡”，蓋爲吳季章隱居處之描摹。按：吳大素又名太素，籍貫實爲餘姚，元至正年間游寓錢塘。有墨梅圖、梅松圖等傳世。其松齋梅譜十四卷，今有傳本。參見松齋梅譜卷首吳太素自序、卷末張雨至正九年跋文，以及程杰撰元代畫家吳太素應是浙江餘姚人一文（載南京師範大學文學院學報二〇〇四年第四期）。

跋鄧文肅公臨急就章①〔一〕

至正八年六月廿日,會稽楊維禎偕河南陸仁同展卷于東滄聽海閣〔二〕。仁嘗學章草者,以此卷入臨品之能云。

【校】

① 本文録自故宮博物院藏品大系書法編七所載楊維禎墨迹圖像,校以珊瑚網卷十法書題跋、明郁逢慶續書畫題跋記卷七、式古堂書畫匯考卷十七所録此文。諸校本皆題作鄧文肅公臨急就章,今題徑增一"跋"字。

【箋注】

〔一〕文撰書於元至正八年(一三四八)六月二十日,其時鐵崖游寓太倉(元代隸屬於崑山州)。鄧文肅公:名文原,元史有傳。按:鄧文原臨急就章,書於大德三年(一二九九)。楊維禎跋文附於鄧氏所臨急就章之後。

〔二〕陸仁:字良貴,河南人。寓居崑山。參見西湖竹枝集詩人小傳。東滄:即太倉,今屬江蘇。按:其時崑山州治在東滄。參見鐵崖撰崑山州重修學宮碑(載佚文編)。

天蓬贊①〔一〕

粵始天造,孰形以隆?範形一定,天協于公。維形匪形,萬有不同。帝所之聖,其魁曰蓬。作帝良能,賦此異躬。部以丁甲,雷聽風從。扶豎忠順,剔除妖兇。闢翕陽陰,和合雨風。斗應喉舌,彗伏梧衝。丹霏夾日,紫氛流龍。祝釐弟子,受法靈宮。畀汝心印,罔感不通。太上弟子張天雨發香〔二〕,藏宮弟子楊維禎造〔三〕,吳睿書〔四〕。

【校】

① 本文録自明朱珪編名迹録卷五雜刻。

【箋注】

〔一〕文撰於元至正八年(一三四八)前後,其時鐵崖游寓姑蘇、崑山一帶,授學爲生。繫年依據：文中曰“張天雨發香”，可見其時張雨在世，必爲至正十年以前。書者爲寓居崑山之吳睿。據此推之，蓋爲張雨應邀游崑山，與顧瑛、鐵崖、吳睿等聚會之際。參見鐵崖先生古樂府卷三花游曲。天蓬：文中簡稱“蓬”，道教神靈，或謂天蓬星，或謂天蓬將軍，與黑殺將軍、玄武將軍并列爲天之三大將。參見宋江少虞撰事實類苑卷四十六黑殺將軍。

〔二〕太上：指太上老君，即老子。張天雨：即張雨。參見鐵崖先生古樂府卷二奔月卮歌注。

〔三〕臧宮：東漢初年名將，“雲臺二十八將”中人物。後漢書有傳。道教奉爲“二十八宿神王”之一。參見道法會元卷二百三十五正一玄壇飛虎都督趙元帥秘法。

〔四〕吳睿：字孟思，擅長書法篆刻。參見鐵崖撰游横澤記（載佚文編）注。

跋張雨集太白語酹僧浄月①〔一〕

　予觀貞居子集句詩〔二〕，政如冶城銅像、捧額珠、蓮座於長干也〔三〕，可寶可玩。太白見之，當曰：“吾錦千萬機，衣被天下詩人，烏得割截如此？”貞居子其慎取之哉，勿俾責償也。會稽楊維禎跋。

【校】

① 本文録自清初抄十六卷本玉山草堂雅集卷七張雨集太白語酹僧浄月，原文附於張雨詩後，今題“跋張雨”三字爲校注者俓添。又，原本跋文前有“鐵崖先生跋曰”六字，今刪去。

【箋注】

〔一〕文撰於元至正八年（一三四八）前後，其時鐵崖游寓姑蘇、崑山一帶。繫年依據：其一，文中既曰“貞居子其慎取之”，故當撰於張雨生前。其二，本文收録於玉山草堂雅集，故當作於至正八年前後，鐵崖、張雨、顧瑛等衆多文人交游雅集之時。僧浄月：曾爲松江寶雲寺住持，與牟巘、趙孟頫等皆有交往。牟巘重修寶雲寺記言及浄月：“顧亭林湖在華亭東南三十五里，湖南有顧亭林。顧野王嘗居於此，因以爲名，具載圖志。其地今爲寶雲寺，本號法雲，在顧亭林市西北……元陞華亭爲松江府，歲久傾圮。浄月師素習台衡教,自雪慈濟侍香來歸,實爲住持,再加整葺……丁未臘八日,淨月因來求記……至大元年五月望日牟巘撰,趙孟頫書。”(載嘉慶松江府志卷七十五名迹志寺觀。)

〔二〕貞居子:指張雨。參見鐵崖先生古樂府卷二奔月巵歌注。按:張雨集太白語酹僧淨月乃其早年詩作,照録如下:“主人碧巖裏,爲予話幽栖。真訣自從茅氏得,風流還與遠公齊。滿堂空翠如何掃,而君解來一何好。白玉塵尾談重玄,琉璃硯水常枯槁。蒼蒼雲松,拂彼白石。世人聞此皆掉頭,就中與君心莫逆。袖拂紫烟去,空中聞天雞。借問蘇耽鶴,早晚向江西。”(載玉山草堂雅集卷七。)

〔三〕“政如”句:宋張舜民畫墁集卷七郴行録:“昔高魁得銅像冶城,張係網得金蓮座於江上,董城獲大額珠於合浦。三物并致於長干寺,大小適當。後有梵僧自天竺至鄴都,失銅像。中原擾亂,因渡江至長干。見銅像泣涕禮謁,即有光異,因言:‘此阿育王第四女所制,坐下有志。’驗之果然。”冶城,本指春秋吴國冶鑄之地,位於金陵朝天宫一帶。後多借指金陵。又,宋張敦頤撰六朝事迹編類卷下長干寺:“長干是秣陵縣東里巷名。江東謂山隴之間曰‘干’。建康南五里有山岡,其間平地,庶民雜居。有大長干、小長干、東長干,并是地名。小長干在瓦棺寺南,巷西頭出大江。梁初起長干寺。按塔記在秣陵縣東,今天禧寺乃大長干也。”

題①李伯時姑射仙像卷〔一〕

宋之龍眠居士,畫工②人物仙鬼,即唐之吴道子也〔二〕。筆法入妙,非庸史所能摹擬。此東山相家所藏姑射像〔三〕,人疑徽廟所臨〔四〕,然古茂簡要,非龍眠不能到。樂閒居士意爲龍眠真迹〔五〕,是也。紹興③至今二百有餘年,而墨迹若新,東山氏其寶之哉!至正己亥冬十月抱遺叟楊維禎識於璜溪書院〔六〕。

【校】

① 本文録自趙氏鐵網珊瑚卷十一李伯時姑射仙像卷,以式古堂書畫匯考卷四十二對校。題:原本無,校注者逕添。

② 畫工:式古堂書畫匯考作“工畫”。

③ 紹興：原本誤作"紹熙"，據式古堂書畫匯考、葛邲李伯時姑射仙像卷題跋
改，參見注釋。按：紹熙，南宋光宗年號，距元至正十九年己亥，僅一百六、七
十年。

【箋注】

〔一〕文撰書於元至正十九年己亥（一三五九）十月，是月鐵崖自杭州退隱松江。
蓋於返回松江之初，重游故地璜溪書院，并題此卷。姑射仙：姑射山上神
仙。參見莊子逍遥游。李伯時，名公麟，號龍眠居士，舒州人。北宋神宗、
徽宗年間在世，以人物畫著稱。生平見宋史文苑傳。

〔二〕吳道子：名道玄，唐開元年間著名畫師。生平詳見唐朱景玄撰唐朝名
畫録。

〔三〕東山相：本指東晉謝安，此借指松江謝氏，疑指謝伯理。參見東維子文集
卷十三知止堂記注。

〔四〕徽廟：指宋徽宗趙佶。

〔五〕樂閒居士：葛邲別號。葛邲於南宋紹熙年間任尚書左僕射。趙氏鐵網珊
瑚卷十一、式古堂書畫匯考卷四十二録有葛邲撰李伯時姑射仙像卷題跋，
位於鐵崖題跋之前，曰："伯時號龍眠居士，以書畫自重，當世咸推獎焉。
僕雖知名，未得目其真。假日因訪靖齋陳先生於雙桂堂，話間出示徽廟宸
翰，紹興初太上皇復賜朱勝非御卷，乃姑射真人遺像，乘龍駕雲，高古得
法，云即伯時筆也……紹熙三年尚書左僕射寶溪樂閒居士葛邲頓首
謹書。"

〔六〕璜溪書院：鐵崖老友松江呂良佐建。至正九、十年間，鐵崖曾應邀於此授
學，教授呂良佐二子等。

題①朱文公與姪手帖〔一〕

余記十年前〔二〕，與焕章氏題先譜〔三〕，推其六世祖爲考亭夫子。家
藏夫子手澤甚富，約至其家閱之。今年冬，予始至橫溪〔四〕，焕章仲子
厔出示夫子與其姪六十秀才書一紙〔五〕。兵燹之餘，僅留手澤者是帖
也。書中墓木事，丁寧告戒，望之至而責之顯；又言析居事，閔其失館
地，勉之以忍耐二字〔六〕，其家教之概如此。厔時時披玩②于讀書之室，

非朱氏子孫之座右銘乎！至正二十年冬十月八日會稽楊維禎謹識。

【校】

① 本文録自朱存理編鐵網珊瑚卷三,校以趙氏鐵網珊瑚卷四、式古堂書畫匯考卷十四所載此文。原本題作朱文公與姪手帖,式古堂書畫匯考題作朱文公與姪六十郎帖跋,今題爲校注者徑改。

② 玩:趙氏鐵網珊瑚、式古堂書畫匯考作"展"。

【箋注】

〔一〕文撰書於元至正二十年(一三六〇)十月八日,其時鐵崖退隱松江一年。朱文公與姪手帖:指朱熹宋寧宗慶元五年致仕後與其姪六十郎之書信。本文即題於朱熹書信之後。朱文公,即朱熹。朱熹謚文,下文稱之爲考亭。

〔二〕十年前:指至正九、十年間,鐵崖應聘於松江吕良佐,執教璜溪書院時。

〔三〕煥章:松江横溪人。朱熹六世孫。參見鐵崖先生集卷三西郊草堂記注。

〔四〕横溪:又稱横泖、横涇。當時位於松江府東南。

〔五〕昼:即朱昼,字叔重。煥章仲子,其時未滿二十。好學,交游甚廣,鐵崖、錢惟善等松江名人皆與之交往。參見朱存理編鐵網珊瑚卷三朱文公與姪手帖附録朱震跋文、鐵崖先生集卷三西郊草堂記注。

〔六〕"書中墓木事"六句:概述朱熹書信内容。鐵網珊瑚卷三朱文公與姪手帖:"又聞有析居之擾,想見諸事不易。此既納禄,又有嫁遣之累,窘不可言。想吾姪既無館地,亦如是模樣,無可奈何,只得忍耐耳。墓木摧倒,此合與小七郎及四九姪、五四姪諸人商議打并。"

題松江府學訓導胡師善遺迹後①〔一〕（節文）

兵興逾十年,疆場臣能以死節血食廟社者幾何人？而胡先生乃以道義守死庠序間,使有民社,不死疆場哉！有民社而不死疆場者,尚稱人哉！

【校】

① 本文録自正德松江府志卷二十三宦迹上胡存道傳,原文無題,今題據王逢同

名詩題擬定。按：此爲節文，原文當已佚失。

【箋注】

〔一〕文撰於元至正二十年（一三六〇），或稍後，其時鐵崖退隱松江不久。繫年
　　依據：其一，胡師善於至正十六年四月被楊完者苗軍殺害，本文必撰於此
　　後。其二，文中曰“兵興逾十年”，可見當時爲至正二十年之後不久。又，
　　鐵崖友人王逢詩題松江府學訓導胡師善遺迹後，作於至正十七年以後。
　　正德松江府志卷二十三宦迹上：“胡存道字師善，越諸暨人。泰定進士胡
　　弍中從弟也。至正丙申春，監司舉爲松江府學訓導。是年四月，苗寇至，
　　將焚學宫。存道曰：‘吾所以不去者，爲學守也。當與俱存亡。’遂叱之曰：
　　‘若寧殺吾，學不可毁也。’兵怒，殺之。先是，存道以死自許，題詩于壁曰：
　　‘領檄來司教，臨危要致身。’及難死，果不誣。楊維禎謂……今有司祀于
　　先賢祠。”按：上引文所謂“泰定進士胡弍中”，即鐵崖同年友胡一中。胡
　　存道乃鐵崖鄉人，通春秋、禮經。游吳二十年。元至正十五年冬，僉憲趙
　　承禧出使松江，知其賢，命知府崔思誠聘爲松江府學訓導。次年春，爲保
　　護學校，遭楊完者苗軍殺害。參見鐵崖先生詩集甲集題胡師善具慶堂注、
　　明王逢詩題松江府學訓導胡師善遺迹後之後序（載梧溪集卷二）。

題張雨自書雜詩①〔一〕

　　右句曲外史與袁子英所寫詩〔二〕，凡五十五篇。其首兩章，廼此老
道人效余鐵雅者也。如道言、清齋、澗阿諸詩，皆其道趣中流出者；若
奔月卮〔三〕，則又頑仙之横出者。吁，道人仙去已一紀矣〔四〕，鐵雅之友，
屬之何人？開卷愴然，不勝山陽之感云〔五〕。至正二十又②一年花朝
日，抱遺叟楊維禎在清真之竹洲館書〔六〕。

【校】

① 本文録自中國書法全集第四十六册所附鐵崖墨迹，校以趙氏鐵網珊瑚卷六、
　佩文齋書畫譜卷七十九所録此文。佩文齋書畫譜題作元道士張雨自書雜
　詩，今題爲整理者徑改。
② 又：趙氏鐵網珊瑚、佩文齋書畫譜作“有”。

【箋注】

〔一〕文撰書於元至正二十一年(一三六一)二月十五日(花朝日),其時鐵崖重
　　　游崑山,登玉峰頂,并訪道觀。參見鐵崖先生詩集壬集鳳凰石詩序。
〔二〕句曲外史:即張雨。參見鐵崖先生古樂府卷二奔月囷歌注。袁子英:即
　　　袁華。參見鐵崖撰可傳集序注。
〔三〕按:鐵崖亦有奔月囷歌,爲張雨賦。載鐵崖先生古樂府卷二。
〔四〕道人仙去已一紀:張雨卒於元至正十年,至此首尾十二年。
〔五〕山陽之感:參見鐵崖先生古樂府卷二篳篥吟注。
〔六〕清真:崑山道觀。光緒蘇州府志卷四十三崑山寺觀載明黃雲重建竹洲館
　　　記:"崑山清真觀,在前代住觀者多高道,而名人多所游歷。舊有竹洲
　　　館……至正辛丑,會稽楊公廉夫爲其侄子曰性者二母壽。"

題趙魏公幼輿丘壑圖①〔一〕

　　　伯常避難東徙〔二〕,家貲如山,委棄不復顧戀,獨珍惜此畫,不
忍使失去。客中時一展玩,輒欣然自慰。雅好異於流俗,深可敬
也。并書二絶於後:
　　萬金家產不復惜,特爲會稽山水來。行李只留松雪畫,時時展玩
旅懷開。
　　知君雅志在丘壑,況復風流如謝鯤。此景人間何處有,便堪避世
似桃源。
　　　咸亨侯風流任達,其自謂一丘一壑過庾亮〔三〕。今觀趙文敏用六朝筆
法作是圖,格力似弱,氣韻終勝。披卷之餘,令人遐想幼輿②公清歌鼓琴於
千載之上,王、阮之徒有不及者〔四〕。至正辛丑三月二十③有六日,會稽抱
遺老人楊維禎在春夢軒試郭玘墨④〔五〕。

【校】

① 本文録自適園叢書本珊瑚木難卷七,校以文淵閣四庫全書本珊瑚木難卷七、
　趙氏鐵網珊瑚卷十二所載此文。原本題作趙魏公畫,趙氏鐵網珊瑚題爲趙
　魏公幼輿丘壑圖,文淵閣四庫全書珊瑚木難本題作趙魏公畫卷題跋,今題爲

校注者徑改。按:趙氏鐵網珊瑚於趙魏公幼輿丘壑圖題下、鐵崖題跋之前,依次録有趙孟頫題識兩則,至正十七年趙雍、趙麟題跋各一則,佚名題詩一首,宇文公諒題詩一首。

② 幼輿:原本及趙氏鐵網珊瑚本皆作"缺裔",據文淵閣四庫全書珊瑚木難本改。

③ 二十:文淵閣四庫全書珊瑚木難本、趙氏鐵網珊瑚皆作"廿"。

④ 原本篇末有小字注:"乙巳十月八日録東原家鈔本。"趙氏鐵網珊瑚無此注。

【箋注】

〔一〕文撰於元至正二十一年(一三六一)三月二十六日,其時鐵崖退隱松江已一年半。趙魏公:即趙孟頫。封魏,謚文敏。幼輿:晉人謝鯤字。以功封咸亭侯。晉書謝鯤傳:"嘗使至都,明帝在東宮見之,甚相親重。問曰:'論者以君方庾亮,自謂何如?'答曰:'端委廟堂,使百僚準則,鯤不如亮。一丘一壑,自謂過之。'"

〔二〕伯常:姓鄒,常熟(今屬江蘇)人。按珊瑚木難卷七,於鐵崖此跋之前,録有趙孟頫之子趙雍至正十七年所撰題跋:"右先平章初年所作幼輿丘壑圖。雍至正十四年冬被召入京師,待制集賢。十六年秋,航海南還。十七年春,至錢唐。琴川鄒伯常復以見示,拜觀之餘,悲喜交集,展玩不能去手。伯常宜寶藏之。三月廿五日趙雍謹書。"又按道光琴川三志補記卷七拾遺:"鄒伯常,家有雲文閣,貯名人書畫。"王逢有題鄒伯常雲文閣詩,載梧溪集卷二;謝應芳有雲文閣爲鄒伯常賦詩,載龜巢稿卷九。

〔三〕庾亮:東晉名士。美姿容,善談論。性好莊、老而頗遵禮法。晉書有傳。

〔四〕王、阮:指晉王戎、阮籍等"竹林七賢"人物。

〔五〕郭玘:宋代著名製墨工匠。參見鐵崖佚文巫峽雲濤石屏志注。

題玉帶生硯①〔一〕

楊子七客者,有一客曰玉帶生。玉帶生者,廬陵宋丞相文天祥硯也。硯得於文丞相客冬青謝先生翱,黃太史溍嘗爲余記之〔二〕,李著作孝光又爲予歌之〔三〕。兵變中,余腰硯走富春山〔四〕,而詩卷則失之矣。玉笥生張憲爲硯補歌〔五〕,滄洲生朱芾打硯北籀文并釋音一通〔六〕,寫憲詩於左,與好事者傳之。至正二十一年春三月初吉,楊子維楨廉夫在带類村居試奎章賜墨謹識〔七〕。

【校】

① 本文録自康熙刊明葉盛撰水東日記卷七。原本無題,今題爲校注者徑擬。

【箋注】

〔一〕文撰書於元至正二十一年(一三六一)三月一日,其時鐵崖退隱松江一年有餘。玉帶生:水東日記卷七:"劉廷美主事求作乃翁合葬挽辭,以玉帶生軸爲贊。謹録如左:'紫之衣兮縣縣,玉之帶兮卷卷。中之藏兮淵淵,外之澤兮日宣。嗚呼,礭爾心之堅兮,壽吾文之傳兮。廬陵文天祥造。'此小篆書硯陰,拓本居首。下有朱孟辯楷書釋文,次則鐵崖真迹,其文曰……又其次,則孟辯所自隸玉帶生歌并引,後有'至正辛丑雲間朱带書一通'十一字。歌與玉笥集所載數字不同,文丞相銘亦有一二字與他本不同。此皆不重録。"據此可見,所謂"玉帶生軸",即玉帶生硯之拓本。又,本文原載此拓本,乃鐵崖手迹;拓本明代成化年間尚存於世。詳佚文編卷四玉帶生傳及鐵崖文集卷一七客者志。

〔二〕黄溍:參見東維子文集卷二十四故翰林侍講學士金華先生墓志銘。

〔三〕李孝光:參見鐵崖先生古樂府卷六芝秀軒詞注。按:所謂"硯得於文丞相客冬青謝先生翱,黄太史溍嘗爲余記之,李著作孝光又爲予歌之"云云,似乎其獲得玉帶生硯早在至正初年,且曾有黄溍、李孝光詩文予以證明,然此説與其玉帶生傳不合,且迄今未見楊維禎早年詩文述及此硯。據玉帶生傳(見佚文編),玉帶生硯得於其任建德路理官,"謁子陵祠"之際,即不得早於至正十六年秋。若玉帶生傳所述屬實,本文所謂黄溍、李孝光撰詩、詩卷遺失等等,皆爲誑語。

〔四〕"兵變中"二句:指至正十八年三月,朱元璋部將胡大海攻陷建德,睦州府推官楊維禎至富春山中避難。

〔五〕張憲:號玉笥生,鐵崖晚年弟子。張憲玉帶生歌引文曰:"玉帶生,端人也。事文丞相爲文墨賓,與同館謝先生翱友善。宋革,丞相殉國死,訃聞,生與翱哭于西臺之下。復愓宋諸陵暴露,私相蓋覆,識以冬青木而去。後翱道卒,生今歸于會稽抱遺老人,與秋聲子輩爲寮中七客。初,宋上皇以丞相恩賜以紫衣玉帶,至今不改其舊服。生爲人端厚,强記默識,不妄開口。丞相素重之,呼召不以名,但曰玉帶生。故作玉帶生歌。"(載玉笥集卷四。)

〔六〕朱芾：字孟辯，以字行，號滄洲生。參見本文前注及東維子文集卷九送朱
　　生芾蒲溪授徒序注。

〔七〕類村居：當爲朱芾齋名。

書評張宣公城南雜詠^①〔一〕

　　右張宣公城南雜詠廿首〔二〕，子朱子嘗所屬和者也〔三〕。南沙虞子
賢氏〔四〕，受朱子詩翰於其眷棣錢廣^②〔五〕，而宣公真迹逸矣。予來
婁〔六〕，賢介其友王師道持卷來徵余言〔七〕，余^③適於宣公集中得其元
唱，賢且躬至余邸次^④，請余追和，未及，先爲補書宣公詩。時至正壬
寅冬十二月，東維叟楊楨^⑤謹再拜書。

　　余既寫詩已，賢復索余評兩前哲詩。朱子之辭^⑥不敢評。不^⑦意
張荆州爲乾道道學君子〔八〕，而矢口小章亦有古風人思緻^⑧。如"岸花
有開落，水盈^⑨無淺深〔九〕"，"日暮飛鳥歸，門前長春水〔十〕"，又如"古井
轆轤鳴〔十一〕"等句^⑩，雖開元詩人不能到〔十二〕。至卷雲^⑪一章〔十三〕，惟許
晉處士〔十四〕，代之詞人不敢企^⑫也。楨贅評^⑬。

【校】

① 本詩録自故宫博物院藏品大系書法編八載楊維禎墨迹圖像，校以乾隆仁和
　黄易小蓬萊閣鈔本朱存理編鐵網珊瑚卷三、文淵閣四庫全書趙氏鐵網珊瑚
　卷四、式古堂書畫匯考卷十四所録此文。原本題作元楊維禎行書張南軒城
　南雜詠卷，著録曰："紙本，縱三一·六釐米，横二一六·六釐米。"鐵網珊瑚
　題作朱文公詩奉同張敬夫城南二十詠，式古堂書畫匯考題作補書宣公詩，今
　題爲整理者改定。

② 棣：式古堂書畫匯考無此字，注"闕"。受朱子詩翰於其眷棣錢廣：鐵網珊瑚
　作"愛朱子詞翰于其眷□錢伯廣□□"。

③ 余：趙氏鐵網珊瑚無。

④ 次：鐵網珊瑚、趙氏鐵網珊瑚、式古堂書畫匯考皆無。

⑤ 東維叟楊楨：趙氏鐵網珊瑚作"東維叟楊維禎"，鐵網珊瑚作"東叟楊維禎"。

⑥ 辭：鐵網珊瑚、趙氏鐵網珊瑚、式古堂書畫匯考皆作"詩"。

⑦ 不：趙氏鐵網珊瑚、式古堂書畫匯考皆作"其"。

⑧ 古風人思緻：鐵網珊瑚作"古人風致"。

⑨ 盈：原本作"流"，據鐵網珊瑚、趙氏鐵網珊瑚、式古堂書畫匯考，以及鐵崖抄録張宣公原詩城南雜詠墨迹本改。

⑩ 等句：原本無，據鐵網珊瑚增補。

⑪ 卷雲：鐵網珊瑚、趙氏鐵網珊瑚、式古堂書畫匯考皆作"卷尾"。

⑫ 詞人不敢企：鐵網珊瑚作"餘人不可企及"。

⑬ 楨贅評：鐵網珊瑚作"禎書"。

【箋注】

〔一〕文撰於元至正二十二年（一三六二）十二月，其時鐵崖重游崑山，拜訪老友。張宣公：即南宋張栻。謚宣，故稱宣公。

〔二〕城南雜詠廿首：載南軒集卷七。四庫全書總目南軒集："南軒集四十四卷，宋張栻撰。栻，字敬夫，廣漢人。丞相浚之子。以蔭補官。孝宗時歷左司員外郎，除秘閣修撰，終於荊湖北路安撫使。事迹具宋史道學傳。栻殁之後，其弟杓哀其故稿四巨編，屬朱子論定。朱子又訪得四方學者所傳數十篇，益以平日往還書疏，編次繕寫。"

〔三〕子朱子：指朱熹。

〔四〕南沙虞子賢：常熟（今屬江蘇）虞山人。參見鐵崖先生詩集壬集題倪雲林寫竹石寒雨贈錢自銘時爲虞子賢西賓注。嘉靖常熟縣志卷十名構志："城南佳趣堂，在虞山東芝溪上。邑人虞子賢嘗得朱文公和張宣公城南雜詠真迹，遂以居之。元學士周伯琦書扁，崑山秦約記。真迹今在武進工侍沈暉家。"參見弘治常熟縣志卷二居室摘録秦約記文。

〔五〕錢廣：又名伯廣，常熟人。道光琴川三志補記卷七拾遺："（虞子賢）藏朱子和張宣公城南雜詠墨迹，乃得之邑人錢伯廣，伯廣得之郡人干文傳。"據金華黃溍於元至正十四年甲午（一三五四）五月所撰城南齋記（載朱存理編鐵網珊瑚卷三），錢伯廣早年從尚書干文傳游，干文傳任婺源守令時，得此朱熹手書城南二十詠，後歸錢伯廣。伯廣遂於宅旁建城南齋以貯藏，并以城南自號。按：錢伯廣卒於至正十五年至二十二年之間，參見朱存理編鐵網珊瑚卷三所録干文傳孫干淵城南雜詠跋。

〔六〕婁：江名。爲太湖支流，經崑山東入長江。今稱瀏河。此借指太倉、崑山一帶。

〔七〕王師道：疑其名敬德，號尋雲子，無錫（今屬江蘇）人。明洪武年間任刑部員外郎。著有尋雲子集三卷。參見明錢福錢太史鶴灘稿卷六題敬德先生詩卷、光緒刊無錫金匱縣志卷三十九著述。

〔八〕張荆州：張杖。張杖曾任荆湖北路安撫使，故稱。乾道：南宋孝宗年號，公元一一六五至一一七三年。

〔九〕“岸花有開落”二句：出自張杖城南雜詠納湖。

〔十〕“日暮飛鳥歸”二句：出自張杖城南雜詠麗澤。

〔十一〕“古井轆轤鳴”句：出自張杖城南雜詠山齋。

〔十二〕開元詩人：蓋同盛唐詩人，以李白、杜甫爲代表。開元乃唐玄宗年號，公元七一三至七四一年。

〔十三〕卷雲：城南雜詠卷雲：“雲生山氣佳，雲卷山色静。隱几亦何心，此意相與永。”

〔十四〕晉處士：指陶淵明。

真鏡庵募緣疏①〔一〕

宓以真鏡庵百年香火，大啟教宗；高昌鄉景竈人烟〔二〕，均沾福利。率爾歷星霜之久，竭來見兵燹之餘。雖有天隱子手握空拳〔三〕，必仗富長者脚踏實地。青銅錢多多選中，只消筆下標題；黄金闕咄咄移來，便見眼前突兀〔四〕。棲宿四方雲水，修崇十地功勳〔五〕。近者悦，遠者來，咸囿法王無遮之大造；書同文，車同軌，仰祝天子一統之中興。謹疏募緣。天隱子撰疏并書。鐵道人〔六〕。

【校】

① 本文録自中國書法全集第四十六册所附鐵崖墨迹圖像。

【箋注】

〔一〕文當撰書於元末鐵崖歸隱松江之後不久，約爲元至正二十年（一三六〇）至二十三年之間。繫年依據：其一，真鏡庵地處上海，文中曰“竭來見兵燹之餘”，當在鐵崖晚年退隱松江之後。其二，文中又曰“仰祝天子一統之中興”，可見鐵崖其時對於元廷復興尚抱有幻想，當在至正二十三年九月張士誠自立爲王以前。真鏡庵：或作真境庵。嘉慶松江府志卷七十六名迹志寺觀：“（川沙撫民廳）真境庵，在二十二保。宋端平元年，邑人吴居四捨宅建,僧遠開山。今在高行鎮西北。舊志作珍敬,楊維禎疏作真鏡。萬曆元年里人蔡恒鼎改建。”又,佩文齋書畫譜卷七十九元楊維禎書真境庵疏:“浙西儒學提舉楊先生廉夫,元季寓於吳中,多往來僧廬道院,此真境庵疏之所由作也。庵在上海縣東北二十里。其曰‘募緣天隱子’者,唐司馬承禎,字子微,乃道家者流,而先生之書之者。大抵古人作疏,率多借重如是。(寓意編)”可見本文實爲鐵崖假借天隱子名義撰文并書寫。

〔二〕高昌鄉:元、明時隸屬於上海縣,位於縣南七十二里。參見正德松江府志卷九城池。

〔三〕天隱子:道教神仙之流。唐代道士司馬承禎撰有天隱子注一卷八篇。或曰天隱子即司馬承禎僞託。參見元吳萊撰淵穎集卷十二司馬子微天隱子注後序。司馬承禎,新、舊唐書均有傳。

〔四〕眼前突兀:杜甫茅屋爲秋風所破歌“何時眼前突兀見此屋”之略。

〔五〕十地:佛家謂菩薩修行經歷的歡喜地、離垢地等十個境界。參見華嚴經卷二十二。

〔六〕鐵道人:楊維禎自稱。

題姚澤古泉譜①〔一〕

華亭姚澤持一縹緣册,再拜晉於鐵先生,曰:“此澤平日好古博雅之功,曰古泉譜也,先生閱之。自三代以降,靡不搜奇獵異而集之,斯亦壘矣。先生嘗作孔方傳,每歎古今泉貨之變,而知世變之變,曰不古若也。近又作楮寶傳、楮交對、觀音楮辭〔二〕,而益慨世變之變,極於無可奈何而已也。”

澤哀古泉而册之,其亦痛世變之變,今不可以復古也歟！吾徒艾內生首爲文以引其集〔三〕,叙史有法,不出吾鐵史斷也。其言有謂:澤之稽古泉,孰與多識前言往行之爲古乎〔四〕！吾今知澤之前言往行,亦能如搜泉之搜,以極其微且遠矣。澤勗諸。先生者,李忠介公榜第二甲晉士楊維禎廉夫也。

【校】

① 本文録自中國書法全集第四十六册所附鐵崖墨迹圖像。石渠寶笈卷十著

録,題作元明人題錢譜襐文一册,然未録原文。參見注釋。

【箋注】

〔一〕文乃爲華亭姚澤輯録古泉譜所作題跋,當撰書於元至正二十年(一三六
○)至二十三年之間,即鐵崖退隱松江最初數年。繫年依據:其一,文中
曰“艾内生首爲文以引其集”,可見此譜錢盫序文最早。然按石渠寶笈卷
十元明人題錢譜襐文一册所録錢盫序文,未有撰期。參見後注。又,至正
二十五年乙未冬十一月,鐵崖友人孫作亦曾爲姚澤撰錢譜序(載明藍格鈔
本滄螺集補遺)。本文并未提及。據以推之,此跋當撰書於至正十九年冬
鐵崖退隱松江以後,至正二十五年孫作撰序之前。其二,本文署尾稱李黼
爲李忠介公。忠介乃李黼初謚,至正二十年前後,鐵崖常作如此稱呼;而
至正二十四年,則改稱爲李忠愍公。故此推斷,本文撰於至正二十四年以
前。參見東維子文集卷十五虚舟記、卷十六春遠軒記,楊鐵崖先生文集全
録卷二緑雲洞志。姚澤:字元澤,華亭(今上海松江)人。嗜古近癖,與鐵
崖、錢盫、孫作等皆有交往。參見孫作撰錢譜序。古泉譜:又稱爲錢譜。
同治上海縣志卷二十七藝文志譜録類:“錢譜,明姚元澤撰。孫作序。衷
歷代之錢,各疏時代由來。楊維禎、錢盫俱有論撰。亦博古之清玩也。”

〔二〕“近又”句:此所謂鐵崖孔方傳、楮寶傳、楮交對、觀音楮辭等,今皆不見傳
本。東維子文集卷二十八所録麴生傳、冰壺先生傳、白咸傳、璞隱者傳、竹
夫人傳等,立意風格或與孔方傳、楮寶傳類似,疑皆撰於元末隱居松江期
間。又,鐵崖所撰九府圜法賦亦述“古今泉貨之變”,載鐵崖賦稿卷上。

〔三〕艾内生:即艾衲生錢盫。參見東維子文集卷十九筆耕所記注。石渠寶笈
卷十元明人題錢譜襐文一册:“宋牋本。題姚元澤所集錢譜。第一幅至第
四幅,錢盫泉譜序,隸書。款云:‘水北山南筆耒生錢盫序。’下有‘錢盫德
鉉’一印。”

〔四〕多識前言往行:易大畜:“君子以多識前言往行,以畜其德。”

題余善追和張雨游仙詞①〔一〕

此予方外生余善追和張外史小游仙詩一十解。持稿來,予不②能
加點。讀至“長桑樹爛金③雞死”,座客有④繞牀三叫,以爲老鐵喉中語
也。又如“一壺天地小於⑤瓜”,雖老鐵無以著筆矣。故樂爲之書。至

正癸卯春王⑥正月上日,鐵龍道人在玉山高處試奎章賜墨書〔二〕。

【校】

① 本文録自鐵崖墨迹本(載劉正成主編中國書法全集四十六册),校以式古堂
書畫匯考卷二十二元人游仙詞卷、珊瑚網卷十一、明郁逢慶編續書畫題跋記
卷七所録此文。珊瑚網題作鐵崖書小游仙詩,續書畫題跋記題作小游仙詩,
今題爲校注者徑擬。

② 不:式古堂書畫匯考作"小"。

③ 金:珊瑚網、續書畫題跋記作"天"。

④ 有:原本無,據式古堂書畫匯考補。

⑤ 於:式古堂書畫匯考作"如"。

⑥ 王:式古堂書畫匯考無。

【箋注】

〔一〕文撰書於元至正二十三年癸卯(一三六三)正月,其時鐵崖重游崑山。按:
原本於元人游仙詞卷題下有鄭元祐序文,述及諸人唱和緣由:"向嘗次韻
信都趙君季文父游仙詞,亡友虎林張君伯雨父見而愛之,亦嘗倚韻以屬
和。崑山清真觀道士余君復初,伯雨愛友也,寫所和詩以遺復初。復初今
年冬款予於吳郡之城南,乞予寫昔所和,合張君之什并藏之。江空歲晚,
朋友間能詩如伯雨寥寥絶響,因寫舊作,不能不興感云耳。今年至正二十
年庚子歲之冬也。遂昌鄭元祐明德父。"余善:元季崑山清真觀道士。參
見鐵崖先生詩集辛集續青天歌注。張外史:即張雨。參見鐵崖先生古樂
府卷二奔月扈歌注。

〔二〕玉山高處:嘉靖崑山縣志卷四第宅:"玉山高處,在馬鞍山顛,邑人陳伯康
築。"又,謝應芳龜巢稿卷五有詩述及玉山高處,題曰:"崑山陳伯康築亭
山巔,楊鐵崖扁曰玉山高處,且爲賦詩。率予及郭義仲、劉景儀、殷孝伯、
盧公武同賦。"據此可知玉山高處匾額爲鐵崖所題。

題錢舜舉錦阜圖①〔一〕

朔客扳某氏攜吳興錢選畫來謁〔二〕,曰:"此俗所謂'錦灰堆'者是

也〔三〕。"披其卷,如蝥鈴蝦尾、雞翎蚌殼、笋籜蓮房,各極象物之妙〔四〕。至數百十蚼蟓扛扶兩撢末以歸大槐之穴,此一夢境亦可爲花房公子亡軀之警。書以歸其卷。老鐵在玉山高處書〔五〕。

【校】

① 本文録自清陸時化吳越所見書畫録卷三元錢舜舉錦阜圖卷。題目爲校注者徑擬。

【箋注】

〔一〕文蓋撰書於元至正二十三年(一三六三)正月前後,其時鐵崖重游崑山。繫年依據:文末自署"老鐵",乃鐵崖晚年自號,故其訪玉山高處,必在歸隱松江之後。又,鐵崖於元至正二十二年十二月重游崑山,次年正月於玉山高處爲道士余善詩册題語,本文蓋亦一時之作。參見上篇題余善追和張雨游仙詞。清人陸時化著録原本文末所鈐印章兩枚,一曰"廉夫",一曰"鐵笛道人"。又有注曰:"此跋另一宋紙,高七寸二分,長一尺一寸。"錢舜舉:名選。參見鐵崖文集卷四跋楊妃病齒圖注。

〔二〕扳某:蓋北方少數族人。名字生平不詳。

〔三〕錦灰堆:又稱"灰堆",指廢棄之物,即垃圾。原本題下有編者清人陸時化注曰:"宋紙,高七寸二分,長三尺零五分。所圖即俗云'灰堆'。棄積敗殘、蝦蟹雞毛等物,群蟻争銜入穴。"又録錢選題語曰:"世間棄物,余所不棄,筆之於圖,消引日月。因思明物理者,無如老莊。其間榮悴,皆本於初,榮則悴,悴則榮,榮悴互爲其根,生生不窮。達老莊之言者,無名公。公既知言,余復何言!吳興錢選舜舉。"

〔四〕文質題跋附於其後:"吳興錢舜舉業精於花草果蟲,其筆意追迹前輩,寓興戲作。殘卉敗葉、斷枝折穗、棄殼墮翎,蚌螺蜻蠓,諸物之形逼其真,可謂妙得染色之法矣。吾鄉老鐵兄既題,伯賢陳君浼僕跋之,以紀一時之玩也。大瀛魚者雁門文質書。"

〔五〕玉山高處:參見上篇題余善追和張雨游仙詞。

題錢雪川醉女仙卷①〔一〕

右舜舉繪諸醉女仙,其鴉鬢宮妝者,約是玉源夫人輩〔二〕。其披髮卉服者,殆是華陰宮人輩[三]。其炫晢暴膩者,或是女儿宛若輩[四]。至頮首舜姿,而袍而束而纖靴露其肬,殊不可解,豈天魔舞遺艷耶[五]?故相與沉酣紅翠耶?抑玉潭臨摹舊本耶[六]?此畫正如仙花示幻,觀者應作蒲團水月觀。錦窩老人題[七]。

【校】

① 本文録自珊瑚網卷三十一名畫題跋七錢雪川醉女仙卷。原文無題,今題爲校注者逕擬。

【箋注】

〔一〕文蓋撰於元至正二十六年(一三六六)三月前後,其時鐵崖寓居松江。繫年依據:本文署名"錦窩老人",與鐵崖香奩集序署名一致。鐵崖爲舊作香奩八咏所撰序文,書於至正二十六年三月一日,本文撰期蓋相距不遠。又,珊瑚網著録曰:"錢雪川醉女仙卷。人物在山水間,重著色絹素上。"以下所録,即鐵崖所撰此文。錢雪川:指錢選。

〔二〕玉源夫人:相傳爲上天神女。

〔三〕華陰宮人:"華陰山中秦始皇宮人"之略稱,又稱"毛女"。參見鐵崖先生古樂府卷三毛女注。

〔四〕女儿:蓋指女儿山女仙一類。前蜀杜光庭墉城集仙録卷六女儿:"女儿者,陳市上酒婦也。作酒常美,仙人過其家飲酒,即以素書五卷質酒錢。儿間視之,乃仙方養性長生之術也。儿私寫其要訣,依而修之,三年顏色更少,如二十許人。數歲,質酒仙人復來,笑謂之曰:'盜道無師,有翅不飛。'女儿遂隨仙人去,居山歷年,人常見之,其後不知所適。今所居即女儿之山也。"宛若:傳説中神女。見史記孝武本紀。

〔五〕天魔舞:又稱十六天魔舞。參見鐵雅先生復古詩集卷六習舞注。

〔六〕玉潭:錢選別號。

〔七〕錦窩老人:楊維禎別號。參見前注。

選評詩①[一]

選評示陳壁[二]。

至正乙巳春三月既望,會稽抱遺叟在雲間 草玄閣試奎章賜泚賦②
貴所縛鐵穎書〔三〕。

【校】

① 本文録自大觀録卷九下楊廉夫草書選評詩卷,題目爲校注者徑擬。

② 賦:疑爲"穎"之訛寫。參見注釋。

【箋注】

〔一〕元至正二十五年乙巳(一三六五)三月十六日,鐵崖爲弟子陳壁抄録部份
　　詩歌,且作評點,供其學習。此爲跋文。

〔二〕陳壁:字文東,鐵崖晚年弟子。參見楊鐵崖先生文集全録卷一壺月軒
　　記注。

〔三〕賦貴:疑當作"穎貴"。陸穎貴乃湖州著名筆工,元末明初與鐵崖交往頗
　　多。參見東維子文集卷九贈筆史陸穎貴序、本書佚文編畫沙錐贈陸穎貴
　　筆師序注。

跋李西臺六帖①〔一〕

李西臺書,與林和靖絶相類〔二〕,涪翁評之〔三〕,謂西臺傷肥,和靖傷
瘦〔四〕。和靖,清苦②之士也,瘦之傷謂③不誣。西臺之書類其爲人,典
重温潤,何肥之傷④也哉!莒溪 唐氏易安室所藏凡六⑤帖〔五〕,觀⑥者自
能評之,當以余言爲然。時至正二十五年夏六月朔,會稽抱遺老人楊
維禎在雲間 草玄閣試老陸⑦鐵穎書〔六〕。

【校】

① 本文録自珊瑚網卷三法書題跋,校以石渠寶笈卷三列朝人書册上等所録本
　　文。原本題作李西臺六帖,徑增一"跋"字。

② 苦:石渠寶笈作"枯"。

③ 謂:石渠寶笈作"爲"。

④ 傷:原本作"重",據石渠寶笈改。

⑤ 莒溪之"莒":石渠寶笈作"茗"。六:石渠寶笈作"三"。

⑥　觀：石渠寶笈作“覽”。

⑦　試：原本作“識”，據石渠寶笈改。老陸：石渠寶笈本作“花箋”。

【箋注】

〔一〕文撰於元至正二十五年乙巳（一三六五）六月一日，其時鐵崖寓居松江。
　　　李西臺：北宋李建中，曾掌西京留司御史臺，故稱。李建中“善書札，行筆
　　　尤工，多構新體，草隸篆籀八分亦妙，人多摹習争取，以爲楷法”。生平詳
　　　見宋史文苑傳。

〔二〕林和靖：指北宋林逋，其謚號和靖。生平見宋史隱逸傳。

〔三〕涪翁：黄庭堅。

〔四〕“西臺傷肥”二句：明郁逢慶續書畫題跋記卷六李西臺六帖：“黄太史嘗有
　　　跋云：李西臺書與林和靖極相類，但和靖傷瘦，西臺傷肥。蓋林處士清苦
　　　而李集賢重厚，各似其作人耳。”

〔五〕莒溪唐氏：名字不詳，元末與鐵崖、倪瓚等皆有交往。易安室蓋其齋名。
　　　按：倪瓚有詩題易安室，即爲莒溪唐氏所題，詩曰：“唐子易安室，怡然容
　　　膝寬。披圖聊諷詠，跬步足游觀。魚泳波光碧，鳥飛山影寒。猶嗤陶學
　　　士，煮雪一生酸。”（載珊瑚木難卷六。）

〔六〕老陸：指筆工陸穎貴。

題趙孟頫簡覺軒路教諸迹①〔一〕

　　余聞荆溪有覺軒王先生，縣文學起家，仕②至蘭溪州判官。生晚
不及識，聞之四十年。見其孫光大出松雪與先生手筆〔二〕，凡六紙，内
謂樓居仙人眺八極而自得者，真可企仰。光大乞書楮尾，於是乎書。
至正乙巳冬十月廿有四日，會稽抱遺叟楊禎③在卷素齋試沈先生
樂墨〔三〕。

【校】

①　本文録自珊瑚網卷九，校以佩文齋書畫譜卷七十九所録本文。原本題作趙
　　榮禄簡覺軒路教諸迹，佩文齋書畫譜題作元趙孟頫簡覺軒路教諸迹，今題爲
　　校注者逕擬。

② 仕：原本無，據佩文齋書畫譜增補。

③ 楊禎：佩文齋書畫譜作“楊維楨”，且全文到此結束。又，佩文齋書畫譜篇末有小字注，曰録自東維子集。然今所見諸種東維子文集無此文。

【箋注】

〔一〕文撰於元至正二十五年乙巳（一三六五）十月二十四日，題於王光大家藏趙孟頫書剳之後，其時鐵崖隱居松江。覺軒：指王天覺。晚年隱居荊溪（今江蘇宜興），覺軒當爲其齋名。嘉慶重刊宜興縣舊志卷八人物志文苑：“王天覺，字師尹。宋王審琦之後。稽古嗜學，以文藝知名。元初，與趙孟頫、鄧文原、牟應龍相友善，薦爲儒官，仕至蘭溪州判。詩文不事雕鏤，雅會天趣。有覺軒集十卷。及卒，鄧爲撰墓碑，趙爲書石。嘗築別墅於梅林，曰覺老山居，因葬焉。長子曰宣，博學嗜古，凡三代、兩漢彝鼎之器，皆能鑒識。次子曰新，三子曰晉，俱善詩文，倜儻尚氣節。”參見珊瑚木難卷二倪瓚撰荊溪圖記、珊瑚網卷九倪瓚於至正二十年二月望日所撰趙榮禄簡覺軒路教諸迹跋文。

〔二〕光大：王天覺孫，天覺長子曰宣之子。嘉慶重刊宜興縣舊志卷八人物志隱逸：“王令顯，字光大。能詩，善書畫。元季挈家避兵，居吳中十餘年始歸。視父所愛商彝獨存，遂以名齋。鄭元祐爲作記。倪瓚贈詩云……子仁，字允岡。以先世皆葬梅林，復於梅林筑室，名山齋。宋濂題詩有‘重修逸民傳’之句，盧熊亦贈之詩。其山齋記，王蒙作。”按：鄭元祐撰王氏彝齋記載僑吳集卷十。鐵崖又有詩寄宜興王光大二首，載佚詩編。元詩選癸集王光大：“光大字□□，號彝齋，□□人。”誤將其字作名。又，光大號彝齋，與其家藏商彝有關。南村輟耕録卷十鼎作牛鳴：“義興王子明，家饒於財，所藏三代彝鼎、六朝以來法書名畫，實冠浙右……家人以商賈至汴。夾谷郎中者，藏一商彝絶精妙，示之曰：‘恐爾主翁未必有此物也。’歸以白，即遣齎金購得之，比舊藏皆不能及。至正壬辰，寇起蘄黄，將由義興取道犯浙西。子明罄其所藏，鑿深窖以埋之，彝亦在列。既入窖，作牛鳴者七夜，頗可怪。取出，寄田家。其窖後遭發掘，獨此彝獲存。”按：疑王子明即王曰宣，名曰宣，字子明，名字正合，即光大父。又，倪瓚曾爲光大作畫撰文題詩。參見雲林集。

〔三〕沈先生樂：當爲元末製墨工匠。

如心堂題贈帖①〔一〕

　　光武之撥亂世而治者〔二〕,得於用人之誠,曰推赤心置人腹中耳〔三〕。唐醫君起病人爲愈者〔四〕,得於用藥之誠,亦推吾赤心而已耳。是心也,存我則爲仁,推彼則爲恕〔五〕,故以"如心"扁其丹房。徐夔爲之説〔六〕,志語已至〔七〕。余猶懼其本心之未純也,故以光武之撥亂致治,本於一片之赤誠者告之。

　　或哂曰:"區區唐醫②,亦有英君之道乎?"余曰:"上毉毉國〔八〕。"至正丙午夏四月初吉,會乩抱遺叟在雲間能有齋試老温新縛鐵心穎書③〔九〕。

【校】

① 本文録自木雁齋書畫鑒賞筆記書法四,中國書法全集第四十六册有鐵崖墨迹圖像,據以校勘。(按:此墨迹實爲殘本,僅存末尾數行。)原本題作楊維楨如心堂題贈帖,中國書法全集本題作論毉帖,今題爲校注者徑改。

② 墨迹本僅存"醫"字以下至文末一段,凡四十三字。

③ 原本於文末鈐有三印,自上而下,依次爲"李黼榜第二甲進士"、"楊廉夫"、"抱遺老人"。

【箋注】

〔一〕本文撰書於元至正二十六年丙午(一三六六)四月一日,其時鐵崖寓居松江。木雁齋書畫鑒賞筆記作者張珩著録此帖曰:"紙本,高(闕)公分,長(闕)公分。行草書,二十行。……此帖原在元、明人如心堂題贈卷内。"如心堂:"丹房"名號,實爲藥鋪兼診室。主人乃元末嘉興(今屬浙江)名醫唐彦雄(參見後注)。

〔二〕光武:東漢光武帝劉秀。

〔三〕推赤心置人腹中:謂光武帝劉秀待人以誠,推心置腹。語出東觀漢記卷一世祖光武皇帝。

〔四〕唐醫君:其名不詳,字彦雄,嘉興人。元末在世。唐彦雄家世代行醫,綿延七世,如心堂享譽當地。其友徐一夔曰:"(橋李)唐君敦實周慎,家世爲醫,而外氏又醫出也。以故郡人有疾者必趨其家,曰是家世醫也。"(始豐

稿卷二如心堂記。)又,楊維禎友人錢惟善與如心堂主唐彥雄亦有交往,其
如心堂贊曰:"維彥雄父,唐叔之裔。如心名堂,奕傳七世。"(見木雁齋書
畫鑒賞筆記書法四錢惟善如心堂贊。)據上引如心堂贊,彥雄當爲唐醫
師字。

〔五〕"是心也"三句: 朱熹中庸章句:"盡己之心爲忠,推己及人爲恕。"

〔六〕徐夔: 指徐一夔。徐一夔(一三一九——一三九三後)字大章,人稱始豐
先生,天台(今屬浙江)人。博學善屬文,元至正初年危素薦授建寧路儒學
教授。元末兵亂,徙居嘉興白苧里。吳元年,徵至金陵修禮書,書成還家。
明初徵修元史,託疾辭。洪武五年以儒士薦授杭州府學教授,次年召修大
明日曆,書成,授職翰林,復託疾辭官乞歸。卒於嘉興。其著述今存始豐
稿十四卷補遺一卷,藝圃蒐奇十八卷補闕二卷。生平參見嘉禾徵獻録卷
三十九徐一夔傳、曝書亭集卷六十四徐一夔傳、明史文苑傳、四庫全書總
目卷一百三十四藝圃蒐奇、始豐稿附録丁丙識文等。

〔七〕志語: 指徐一夔所撰如心堂記。其文曰:"檇李唐君善醫,其居在郡城東
隅,嘗燬于兵。已而更作之,亢爽可居也。用其兩楹之間爲居藥之室,而
名曰如心。既得今左丞鄱陽周公界之篆額,而未有記。一日過余請曰:
'子幸爲我廣如心之説,揭諸楹間以爲記。'"

〔八〕上醫醫國: 語出春秋名醫醫和。醫和與文子論醫,論及治國之道。詳見國
語卷十四晉語八。

〔九〕老溫: 蓋指吳興筆工溫國寶。參見鐵崖楊先生詩集卷上題竹。

跋丘文定手書後〔一〕

丘文定公六世孫基持公手帖視余〔二〕,且徵跋語。帖中事實,墻東
先生已述之〔三〕。余讀宋史,嘗慕公爲人,骨鯁①有大量。子朱子嘗偉
其廷爭。守蘇時,黜黜吏蘇師旦〔四〕,未足奇。至蜀日,調遣叛臣吳曦,
蜀父老稱慶者四年〔五〕。不幸權奸韓侂胄在廷,與曦相表裏。曦後入
蜀,公又薦故吏安丙制置四川,卒誅曦〔六〕。公辟位權奸者十年,而深
謀密算,訖能使有力者狙博浪之擊〔七〕,爲宋宗社削遺患。吁! 公之才
之謀之功烈如此,吾與同時,雖執鞭弗辭焉〔八〕。遂書於草尾而歸之。
會稽楊維禎書於雲間之草玄閣。

【校】

① 本文録自成化二十年刊重修毗陵志卷三十五詞翰雜著,校以萬曆重修常州府志卷二十文翰所載此文。骨鯁:原本脱,據萬曆常州府志本補。

【箋注】

〔一〕文撰書於鐵崖晚年歸隱松江時期,即元至正二十年(一三六〇)之後。繫年依據:鐵崖於文末稱"書於雲間之草玄閣",而鐵崖自取齋名草玄閣,不早於至正二十年。丘文定:即丘崈。丘崈字宗卿,江陰軍人。南宋孝宗隆興元年進士,致位樞府。卒謚文定。宋史有傳,參見全宋詩所附小傳。

〔二〕丘基:丘崈六世孫。元末在世,生平不詳。

〔三〕牆東先生:指元陸文圭。陸文圭牆東類稿卷十跋丘文定公手帖:"戊辰、己巳年,朝廷多故,方隅不靜……赤白囊警報無虚日。謡言煩興,民聽惶惑。夏秋旱虐,赤地千里,餓殍滿野。余老病臥家,祈死不能。適丘君立中攜示先太師文定公與其冰翁吳刑侍書,得之渭陽家。手澤如新,余讀之三歎。"

〔四〕蘇師旦:西湖游覽志餘卷四:"蘇師旦者,平江書吏也。爲韓侂胄腹心,以奸計歸誠於侂胄,侂胄愈益昵之。"

〔五〕"至蜀日"三句:概述丘崈抑制吳氏兵權。宋史丘崈傳:"崈素以吳氏世掌兵爲慮,陛辭,奏曰:'臣入蜀後,吳挺脱至死亡,兵權不可復付其子。臣請得便宜撫定諸軍,以俟朝命。'挺死,崈即奏'乞選他將代之,仍置副帥,別差興州守臣,并利州西路帥司歸興元,以殺其權。挺長子曦勿令奔喪……'"

〔六〕"公又薦"二句:詳見宋史安丙傳。

〔七〕博浪之擊:指張良募壯士,於博浪沙椎擊秦始皇。參見陳善學序刊楊鐵崖先生文集卷一赤松詞注。

〔八〕"吾與"二句:史記管晏列傳:"假令晏子而在,余雖爲之執鞭,所忻慕焉。"

<h2 style="text-align:center">跋處女詞①〔一〕</h2>

　　沈生曰〔二〕:至正末,杭有翁氏姊〔三〕、曹玉英②〔四〕,皆以處女不嫁,遭兵亂死。楊鐵崖以詩吊之,曰:

我作處女詞,用激城中三嫁婦[五]。彼徒奇服自許,非矢命所天[六],志士猶悲之。孰與節女之正,靡之若熱,虧之若月[七],歷六③年而卒畢其志,從容就義,難矣難矣。

【校】

① 本文録自明人沈守正撰周節女傳(載雪堂文集卷六)。原文蓋爲鐵崖處女詩末自跋,沈氏於周節女傳文末引録。原本無題,今題爲校注者逕擬。

② 曹玉英:疑有誤,或當作楊玉霙。然又有可疑:楊玉霙并非"杭"人,此處或有闕文。參見注釋。

③ 六:有誤,或當作"卅"。參見陳善學序刊楊鐵崖先生文集卷六處女冢注。

【箋注】

〔一〕據引文推斷,本文撰書於元至正末年,紅巾起事之後。蓋鐵崖以詩讚頌節婦烈女之後,意猶未盡,又撰跋語題於詩後。至於此"處女詞"究竟指哪首詩:翁氏姊,曹玉英,還是處女冢,尚難定論。參見後注。

〔二〕沈生:即周節女傳作者沈守正。四庫全書總目經部詩經說通十三卷:"(明沈守正)字允中,號無回,錢塘人。萬曆癸卯舉人,官國子監博士。"

〔三〕翁氏:杭州人。"年四十不嫁",元末戰亂,投井自盡。詳見陳善學刊本卷六翁氏姊注。

〔四〕曹玉英:不詳。按:疑"曹玉英"爲"楊玉霙"之訛寫。楊玉霙乃鐵崖堂妹,曾許配陳氏子,未娶而陳歿。遂守志不嫁,作處女冢以自勵。兵亂,閉門不出,遂餓死。鐵崖有處女冢詩(載陳善學序刊楊鐵崖先生文集卷六)。

〔五〕三嫁婦:鐵崖處女冢詩:"生作獨月娥,肯作城中三嫁婦?"按:據"我作處女詞"二句,本文所謂"處女詞",或即處女冢詩,或指當時所作處女冢等褒賞烈女之詩。

〔六〕天:此處喻指丈夫。

〔七〕"靡之若熱"二句:語出韓非子。韓非子集解卷二揚權第八:"虧之若月,靡之若熱。(注:)若明之漸虧也。亦取其既盛必衰,天之道也。……(王)先慎曰:'靡'與'糜'通,取糜爛之意。物之糜爛於熱,不見其消,有時而盡,故云'靡之若熱'。此與上'虧之若月'同意。"

章瑜妻傅氏贊①〔一〕（節文）

傅氏，紹興諸暨人。年十八，適同里章瑜。瑜爲苛吏脅軍興期會，迫死道上。訃至，傅氏蒲伏抱尸歸，號泣三日夜②，不忍入槭③。尸有腐氣，猶依尸呵玲，曰冀甦。既入棺，至嚙其棺成穴。及葬，投其身壙中，母④强挽以出。制未百日，母欲敚志，語聞，遂大慟，連日不食。母囑侍婢謹視之。閱數日，紿婢："吾當浴，若輩理沐具俟予。"既而失所在。明日，婢汲井，見二足倒植井中，乃傅氏也。楊鐵史維禎嘗贊之曰〔二〕：

余讀古節婦事，至青綾臺及祝英氏〔三〕，以爲後無繼者，世道降也久矣。今瑜妻乃爾，謂世降德薄者，吾信歟？夫婦倫與君臣等，世之稱臣子者，獨不能以瑜妻之義于夫者義其君歟？噫！

【校】

① 本文録自四部叢刊三編影元刊本南村輟耕録卷二十三，校以文淵閣四庫全書本輟耕録。原本無題，文淵閣四庫全書本題作傅氏死義，今題爲校注者徑擬。

② 夜：文淵閣四庫全書本作"猶"。

③ 槭：原本誤作"襯"，據文淵閣四庫全書本改。

④ 母：原本誤作"毋"，據文淵閣四庫全書本改。下同。

【箋注】

〔一〕章瑜：浙江諸暨人，鐵崖同鄉。按：據陶宗儀所述"瑜爲苛吏脅軍興期會，迫死道上"，以及文末數語推測，當爲元人，蓋死於元末紅巾軍起事之後。

〔二〕按：既稱鐵崖爲"鐵史"，其時當爲元至正後期。

〔三〕青綾臺：或作青陵臺，指韓憑夫婦故事。參見鐵崖先生古樂府卷二杞梁妻。按：青綾臺故事於元代十分流行。據録鬼簿記載，庾吉甫就撰有戲劇列女青綾臺。祝英氏：即祝英臺。天中記卷十九冥遇："同學梁山伯、祝英臺，皆東晉人。梁家會稽，祝家上虞，嘗同學。祝先歸，梁後過上虞尋訪之，始知爲女。歸乃告父母，欲娶之，而已許馬氏子矣。梁悵然若有所失。後三年，梁爲鄞令，病死，遺言葬清道山下。又明年，祝適馬氏，過其處，風濤大作,舟不能進。祝乃造梁冢,失聲哀慟。忽地裂,祝投而死焉。"

陶九成像贊①〔一〕

鐵崖贊陶九成畫像云:

信若納,而信孚乎衆人;機若杜,而勇奪乎三軍。經之明也,傳未傳於汲冢之秘〔二〕;翰之古也,補未補於石鼓之文〔三〕。人徒知其放者,有以納高風於羲皇之上〔四〕。又孰知其成者,可以致來儀於有虞氏之君者耶〔五〕!

【校】

① 本文録自明徐伯齡蟬精雋卷六。

【箋注】

〔一〕文撰書於鐵崖晚年歸隱松江時期,即元至正二十年(一三六〇)之後。繫年依據:鐵崖與陶宗儀交往,始於至正十九年冬歸隱松江。九成:陶宗儀字。參見東維子文集卷二十四白雲漫士陶君墓碣銘注。
〔二〕汲冢:指汲冢書,即西晉武帝時於汲郡(今河南汲縣)戰國古墓中出土之竹簡。
〔三〕石鼓:即石鼓文。參見鐵崖先生古樂府卷四夏駕石鼓辭注。
〔四〕羲皇:伏羲氏。
〔五〕"可以"句:書益稷:"簫韶九成,鳳凰來儀。"又,竹書紀年卷上:"(舜)即帝位,蓂莢生於階,鳳凰巢於庭。"

題李薊丘秋清野思圖①〔一〕

青龍集己酉春正月十有二日,會稽抱遺叟楊楨與吳郡張習〔二〕、古汲袁用〔三〕、雲間朱芾〔四〕、隴西李擴同覽于張氏麟②三味軒所〔五〕。

【校】

① 本文録自珊瑚網卷三十一李薊丘秋清野思,校以式古堂書畫匯考卷四十八

李仲賓秋清野思圖卷所録此文。今題據珊瑚網改擬。

② 麟：式古堂書畫匯考作“麒”。

【箋注】

〔一〕本篇撰書於明洪武二年己酉（一三六九）正月十二日，其時鐵崖寓居松江，此日蓋攜友人作客三味軒，爲其主人藏畫作跋。李薊丘：指李衎。字仲賓，號息齋道人，薊丘人。參見鐵崖先生詩集乙集題李息齋竹石注。按：原本録有李衎題款，秋清野思圖實爲仇遠而作：“大德庚子冬十二月，息齋居士爲友人仇仁父作嘉禾之寓舍。”後附小字注曰：“坡石上前作小枯木四株，小竹前後共六竿，石傍細竹叢，石大小五塊。”

〔二〕張習：吴郡人。或即姑胥張習之。參見鐵崖撰游横澤記（載本書佚文編）。

〔三〕袁用：古汲（今河南衛輝）人。元末從游於鐵崖。生平不詳。

〔四〕朱茆：參見東維子文集卷九送朱生茆蒲溪授徒序注。

〔五〕李擴：蓋松江李晉之子，隴西爲郡望。參見楊鐵崖先生文集全録卷二元故承事郎循州長樂縣尹朱君墓志銘。張氏麟：或作張麒，乃三味軒主人。參見楊鐵崖先生文集全録卷二張氏通波阡表、卷四三味軒志注。

跋任月山畫馬圖^①〔一〕

　　天馬權奇出西極，超越開元百萬匹。長楸落日步如飛，鳳臆龍鬐世無敵。當知此時天降精，苜蓿草前金水清。短毛濯雪白點點，隅目夾鏡青熒熒。黄金絡頭獻天子，天子見之無乃喜。愛之不寶玉麒麟，詔問群臣何用爾。鸞旗屬車相後先，車蓋蔽天光照水。漢文皇帝曾出之，一日毋庸一千里。趙公自是真龍媒，榻前落筆天顔開。憑軒看畫意慘愴，蕭蕭萬壑松風哀。

　　此余方外詩友袁希聖題文敏天馬歌〔二〕，余以竹筯擊案而歌之。適有持月山馬求題者，遂借馬卷帛地而爲之書，使南北士友知吴下叢林中有此郎也。冬十月初吉會稽鐵笛道人書。

【校】

① 本文原載鐵崖先生詩集辛集，題作任月山畫馬圖。其實任月山畫馬圖詩乃

袁希聖所作題文敏天馬歌,鐵崖抄録其詩,自撰跋文而已。故徑爲改題,移
入佚文編。

【箋注】

〔一〕任月山:參見東維子文集卷二十隆福寺重修寶塔并復田記注。

〔二〕袁希聖:當爲元末吳中道士,故鐵崖稱之爲"方外詩友"。生平不詳。

跋郊居生金銅仙人辭漢歌①

此乃郊居生題金銅仙人辭漢歌〔一〕。予謂此歌②,小李絶唱後,萬
代詞人不可著筆。此生膽大,而有是作也。呼天籟,裂地維,鼎定天
下,見於此矣。"銅臺折③","當塗高〔二〕",又豈爲卯金氏感慨也哉!

【校】

① 本文録自徐氏筆精卷五,此跋文又載錢謙益輯撰列朝詩集閏集第五,用作校
本。原本題作郊居生金銅仙人辭漢歌,今徑增一"跋"字。

② 此歌:原本無,據列朝詩集增補。

③ 折:徐氏筆精卷五録郊居生原詩作"拆"。

【箋注】

〔一〕郊居生:元季鐵崖門生,當爲松江人。參見楊鐵崖先生文集全録卷二石雲
志。兹將徐氏筆精卷五鐵崖跋文前後文字及郊居生詩照録如下:"余辛丑
客邵武,於友人徐梧家見楊廉夫手書一卷,字法蒼勁。其後跋云……其詩
(即題金銅仙人辭漢歌)云:'神明臺些茂陵鬼,六宮火滅劉郎死。芙蓉仙
掌擎高秋,雄雷掣碎銅蛟髓。魏官移盤天日昏,車聲轔轔繞漢門。鐵肝苦
淚滴鉛水,石馬尚載西風魂。青天爲客驚曉別,天籟啼聲地維裂。銅臺又
拆當塗高,夜夜相思渭城月。'郊居生,不知何人。讀此詩可泣鬼神,宜廉
夫愛而録之。第亡其姓名,可惜也。"按:金銅仙人辭漢歌乃李賀詩作,其
序曰:"魏明帝青龍元年八月,詔宮官牽車西取漢孝武捧露盤仙人,欲立置
前殿。宮官既拆盤,仙人臨載,乃潸然淚下。"參見麗則遺音卷三承露柈。

〔二〕當塗高:借指三國魏政權。參見青照堂叢書本楊鐵崖詠史縛虎行注。

跋三笑圖①

　　坡翁跋石恪所畫〔一〕，以爲三人皆大笑，至衣服冠屨皆有笑態，其後之童子亦罔知而大笑〔二〕。永叔②書室圖三笑于壁〔三〕，想見石恪所作與此無異。然坡翁所跋三笑，不言爲誰。山谷特實以遠公、陶、陸事〔四〕，陳賢良舜俞廬山記亦謂〔五〕，舉世信之。有趙彦通者〔六〕，作廬岳獨笑一篇，謂遠公不與脩靜同時。樓攻媿亦言脩靜元嘉末始來廬山〔七〕，時遠公亡已三十餘年，淵明亡亦二十餘年，其不同時信哉！後世傳訛往往如此，使坡翁見之，亦當絶倒也。

【校】

① 本文録自元刊本南村輟耕録卷三十三笑圖，校以文淵閣四庫全書本輟耕録。

　　按：本文乃陶宗儀轉引鐵崖語録，原本曰“楊鐵崖云”，然未注明具體出處。今題爲校注者逕擬。

② 叔：原本爲墨丁，據文淵閣四庫全書本輟耕録補。

【箋注】

〔一〕三笑圖：蘇軾書三笑圖後：“近於士人處見石恪畫此圖，三人者皆大笑，至於冠屨衣服手足皆有笑態。其後三小童，罔測所謂，亦大笑。世言侏儒觀優而笑，或問其所見，則曰：‘長者豈欺我哉！’此畫正類此。”（載宋祝穆撰古今事文類聚前集卷四十三藝術部。）

〔二〕石恪：圖繪寶鑒卷三宋：“石恪，字子專，成都人。性滑稽，有口辯。工畫佛道人物，始師張南本。技進，益縱逸，不守繩墨。多作戲筆人物，詭形殊狀，惟面部手足用畫法，衣紋皆粗筆成之。”

〔三〕永叔：歐陽修字。

〔四〕山谷：指黄庭堅。黄庭堅戲效禪月作遠公詠序：“遠法師居廬山下，持律精苦，過中不受蜜湯，而作詩换酒飲陶彭澤；送客無貴賤不過虎溪，而與陸道士行過虎溪數百步，大笑而别……”（載山谷内集詩注卷十七。）遠公：指惠遠。陶：指陶淵明。陶淵明曾參與廬山惠遠法師所結白蓮社。參見鐵崖先生詩集丙集題陶淵明漉酒圖。陸：指南朝宋人陸脩靜。太平寰宇記卷一百十一江南西道九江州：“簡寂觀，在州東南一百四十里。宋陸脩

静,吴興人也。少懷虚素,元嘉末,曾游京都,宋文帝欽風慕道,製停霞寶
輦,使僕射徐湛賜焉。先生因遠游江漢,還入廬山,即此其隱處。”

〔五〕陳舜俞:北宋人。其生平參見四庫全書總目廬山記三卷附廬山記略一
卷。又,陳舜俞撰廬山記卷二:“流泉匝寺下,入虎溪。昔遠師送客過此,
虎輒號鳴,故名焉。陶元亮居栗里,山南陸修静亦有道之士,遠師嘗送此
二人,與語合道,不覺過之,因相與大笑。今世傳三笑圖蓋起於此。”

〔六〕趙彦通:字叔達,宋宗室子弟。其有關評説參見攻媿集卷七十七又跋東坡
三笑圖贊。

〔七〕樓攻媿:即樓鑰。樓鑰號攻媿主人,南宋寧宗時任吏部尚書兼翰林侍講。
宋史有傳。元嘉:南朝宋文帝年號,公元四二四至四五三年。按:本文所
引樓鑰語,源自攻媿集卷七十七又跋東坡三笑圖贊。

題柳橋漁唱圖卷①〔一〕

渭水莊灘,此周、漢第一流漁父也〔二〕,而未聞漁唱。江上丈人誦
滄浪曲〔三〕,已落第二義,矧又淫其欸乃〔四〕,以爲韶鈞乎! 欸乃淫而漁
德始衰矣。嘻,直鈎來歸〔五〕,天下不以爲釣貪;披裘終往〔六〕,天下不以
爲釣廉。圖柳橋者,爲我問之:“其來歸②爲渭水乎? 將終往爲莊灘
乎?”鐵崖楊維禎書于錢清之優學堂③〔七〕。

【校】

① 本文録自日本京都國立博物館所藏鐵崖書迹(照片圖像見顧工撰鐵笛奇聲
絶人世——楊維禎獨特書風的生成邏輯,文載其論文集江流有聲),弘治嘉
興府志卷十(嘉興縣)詩文、橋李詩繫卷三十九劉基詩柳橋漁唱附考皆載此
文,據以校勘。弘治嘉興府志本題作柳橋漁唱。

② 橋李詩繫本於“來”字下多一“歸”字。

③ “鐵崖楊維禎書于錢清之優學堂”句,弘治嘉興府志本與橋李詩繫本皆無。

【箋注】

〔一〕柳橋漁唱:景點名。據弘治嘉興府志,此景點位於嘉興縣(今屬浙江)。
又,橋李詩繫卷三十九劉基詩柳橋漁唱附考曰:“柳橋在郡城東八里白蓮

寺旁，俗名常豐橋。元季劉基嘗館於此，作漁唱詩。楊鐵崖題其卷云……"按：據文中"圖柳橋者"一句，本文乃爲題畫而作，似與劉基詩無關。

〔二〕"渭水莊灘"二句：表彰西周呂尚、東漢嚴光。渭水：此指姜太公呂尚釣魚處。參見東維子文集卷十三三友堂記。莊灘：即嚴陵瀨，東漢嚴光漁釣之處。參見東維子文集卷七富春八景詩序。按：嚴光字子陵，故此稱"嚴陵瀨"。又，嚴光本姓"莊"，後世爲避東漢明帝諱，改作"嚴"。

〔三〕江上丈人誦滄浪曲：指江上漁父所唱"滄浪之水清兮"。詳見屈原漁父。

〔四〕欸乃：本爲船夫勞動號子。此借指民謠。

〔五〕直鈞：相傳姜太公呂尚釣魚所用。此借指呂尚釣玉璜而應徵從政。

〔六〕披裘終往：指嚴子陵以漁釣爲名，主動退隱。詳見後漢書嚴光傳。

〔七〕優學堂：據此跋尾，位於錢清。詳情不知。按：錢清位於浙江蕭山，元順帝元統、後至元年間，廉夫在此任鹽場司令。然此墨迹書體，與慣常所見鐵崖書迹差異很大，跋尾"鐵崖楊維楨書于錢清之優學堂"一句，未見前人著録。是否鐵崖書於任職錢清之際，是否鐵崖真迹，皆有待詳察。

題巨然晚岫寒林圖①〔一〕

巨然輕嵐淡墨，自爲一體。其下筆蒼古②，若不經意，而使文人巧夫再三摸索，終③不可到，其用心④真與凡遠耶！鐵篴叟⑤楊維楨。

【校】

① 本文録自臺北故宮博物院藏寒林晚岫圖（載臺北故宮博物院編故宮書畫圖録第一册），校以石渠寶笈續編御書房藏一巨然寒林晚岫圖、嶽雪樓書畫録卷一北宋巨然晚岫寒林圖軸。原本無題，今題爲校注者徑擬。
② 蒼古：嶽雪樓書畫録無。
③ 終：嶽雪樓書畫録無。
④ 其用心：原本無，據嶽雪樓書畫録增補。
⑤ 鐵篴叟：嶽雪樓書畫録作"鐵叟"。

【箋注】

〔一〕嶽雪樓書畫録本於北宋巨然晚岫寒林圖軸題下有小字注："紙本。高四尺九寸三分,闊一尺一寸九分。水墨畫,不著款。幅中略有殘損,然不傷畫。上方有宋、元、明人四跋。”石渠寶笈續編著録曰:“本幅素紙本,縱四尺三寸八分,横一尺七寸六分。墨筆畫高山深林。無名款,有黄宣等題。”按:楊維禎題跋位於黄伯思題跋之後,趙肅所題七絶一首,位於楊維禎題跋之後。巨然:圖繪寶鑑卷三宋:“僧巨然,鍾陵人。善畫山水,筆墨秀潤……得董源正傳者,巨然爲最也。少年時礬頭多,老年平淡趣高。”

跋陳仲美春游角技圖①〔一〕

仲美諱琳,高才博學,與趙魏公相友善〔二〕,多所資益。故其山水人物,種種臻妙,此卷尤所合作者。觀其舟車轇集,士女駢填,百技戲舞,爭妍鬥進,皆草草數筆取之,生意飛動。雲峰石室,樹態鳥情,咸有陽和之象〔三〕。非胸中具四時百物行生之趣者,未易窺測也。當與輞川、擊壤等圖并馳名不朽矣〔四〕。

【校】

① 本文録自味水軒日記卷四。原本無題,今題爲校注者徑擬。

【箋注】

〔一〕按:此跋文原題於陳仲美畫卷,明人李日華味水軒日記述其得畫經過,并作簡評,照録如下:“(萬曆四十年六月)十二日,客持陳仲美春游角技圖來玩。大略仿張擇端清明上河圖而爲之者。其筆意蒼勁,則變擇端之纖巧,而務臻古淡也。會□楊維禎跋云……”陳仲美:名琳。元代畫家,擅長山水。參見鐵崖先生詩集甲集題陳仲美山水注。

〔二〕趙魏公:指趙孟頫。

〔三〕陽和之象:莊子德充符:“使之和豫,通而不失於兑。使日夜無郤,而與物爲春,是接而生時於心者也。”

〔四〕輞川:相傳王維於清源寺壁上所畫。參見圖畫見聞志卷五故事拾遺王維。擊壤:又稱堯民擊壤圖,描摹上古百姓之和煦快樂,歷代畫家多有繪製。

跋宋蔡襄洮河石研銘^{①〔一〕}

作字要手熟,則神氣完固,而有餘韵,於静中自是一樂事。然常患少暇,豈於所樂常不足耶! 余聞蔡君謨書獨步當世,往往謙讓,不肯主盟,而蘇子瞻嘗謂君謨云:"學書如泝急流,用盡氣力,不離舊處^{〔二〕}。"君謨頗諾,以爲能取譬。由是觀之,君謨書法,自足冠一時有宋諸家。鄧副使之稱^{〔三〕},良不誣也。雲間老鐵楨在小蓬臺試老陸穎^{〔四〕}。

【校】

① 本文録自石渠寶笈三編乾清宮藏九宋蔡襄洮河石研銘。原文無題,今題爲校注者逕擬。

【箋注】

〔一〕文當撰於鐵崖晚年歸隱松江時期,即元至正二十年(一三六〇)以後。繫年依據:文末所署小蓬臺,乃鐵崖晚年松江居所,且所鈐印章自稱"老人"。蔡襄:字君謨,宋史有傳。洮河石研銘:蔡襄得老友瑞卿所贈洮河石硯而撰。石渠寶笈三編乾清宮藏九宋蔡襄洮河石研銘一卷:"(本幅)紙本。縱八寸二分,橫四尺七寸七分。行書……(後幅)題跋:……雲間老鐵楨在小蓬臺試老陸穎。鈐印七:'小蓬臺'、'鋠史'、'白雲蒼石佳處'、'會稽楊維楨印'、'楊廉夫'、'鋠笛老人'、'九山白雲居'。"

〔二〕蘇子瞻:蘇軾。按:此處所引"學書如泝急流"三句,或謂出自歐陽修之口。歐陽修蘇子美蔡君謨書:"自蘇子美死後,遂覺筆法中絶。近年君謨獨步當世,然謙讓不肯主盟。往年予嘗戲謂君謨:'學書如泝急流,用盡氣力,不離故處。'君謨頗笑,以爲能取譬。"(載文忠集卷一百三十試筆一卷。)又,或謂出自米芾之口,詳見明唐順之輯稗編卷八十三載米芾又論書。

〔三〕鄧副使:當指鄧文原。原卷鄧氏題跋位於鐵崖跋文之前,文中曰:"余論宋人書,以君謨爲第一。多以不然,然余終守此説也。"然按元史鄧文原傳,未見其任"副使"之職,唯有延祐五年"出僉江南浙西道肅政廉訪司事",與此官職接近。

〔四〕小蓬臺：約建於元至正二十年。參見鐵崖先生詩集癸集禁酒。老陸：蓋
　　　指製筆工匠陸穎貴。參見東維子文集卷九贈筆史陸穎貴序注。

跋宋白玉蟾尺牘①〔一〕

　　寶謨公以黄白之術謁神霄吏〔二〕，吏以“屏除天下之鬼群”爲
勉〔三〕，政如周至②以黄白之術問扶遥子〔四〕，子以治平天下爲對。孰謂
神仙者流，亦關憂於世間民社耶！余開合此書，深嘆儒言之不如。箕
尾叟在雲間舒眉處試老温鐵心穎〔五〕。

【校】

① 本文録自石渠寶笈三編延春閣藏十四宋白玉蟾尺牘。原文無題，徑爲擬定。
② 周至：蓋爲“周世宗”之訛。參見注釋。

【箋注】

〔一〕文當撰於鐵崖晚年歸隱松江時期，即元至正二十年（一三六〇）以後。繫
　　　年依據：石渠寶笈三編延春閣藏十四宋白玉蟾尺牘於鐵崖跋文後著録
　　　曰：“鈐印四：‘李黼榜第二甲進士’、‘廉夫’、‘九山白雲居’、‘鐵史藏
　　　室’。”其中印章“鐵史藏室”及“老温鐵心穎”，皆鐵崖晚年所用，參見論醫
　　　帖（載佚文編）。白玉蟾：指葛長庚。圖繪寶鑑卷四宋（南渡後）：“葛長
　　　庚，閩人。自號白玉蟾。嗜酒苦吟，善草書，畫竹石。游湘、沅，與葉天谷
　　　皆言得道。鄂州城隍廟壁林竹，是其真迹。嘗畫祖師張平叔、薛道光及自
　　　己像。”又，佩文齋書畫譜卷五十二畫家傳八宋：“葛長庚字白叟，福之閩清
　　　人。棄家游海上，號海瓊子。至雷州，繼白氏，改姓白，名玉蟾，字以閲，又
　　　字象甫，號海南，又號瓊山道人、蠙庵、武夷散人、神霄散吏、紫清真人。兼
　　　善篆隸，尤妙梅竹，而不輕作，間自寫其容，數筆立就，工畫者不能及。”
〔二〕寶謨公：白玉蟾書信中稱之爲“判縣寶謨郎中”。又，石渠寶笈三編延春
　　　閣藏十四宋白玉蟾尺牘録有明成化時人“知州周瑛”跋文，曰：“寶謨不知
　　　何人，然玉蟾稱其‘點黄變白’，‘吸電呼雷’，蓋亦好奇之士也。”神霄吏：
　　　指白玉蟾。
〔三〕屏除天下鬼群：宋白玉蟾尺牘：“風雲手段，屏除天下之鬼群；霖雨心胸，

行簡日邊之帝聽。"

〔四〕周至：蓋指周世宗。扶遥子：即扶搖子，陳摶別號。宋史陳摶傳："周世宗好黃白術，有以摶名聞者。顯德三年，命華州送至闕下，留止禁中月餘。從容問其術，摶對曰：'陛下爲四海之主，當以致治爲念，奈何留意黃白之事乎？'"

〔五〕箕尾叟：鐵崖晚年所取別號。老溫：蓋指吴興筆工溫國寶。參見鐵崖楊先生詩集卷上題竹注。

卷一百七　鐵崖佚文編之六選評詩跋

卷一百七 鐵崖佚文編之六選評詩跋

評李孝光箕山操和鐵厓先生首唱詩[①][〔一〕]

　　箕之陽兮其木翏翏,箕之冢兮白雲幽幽。彼世之人兮孰能遺我以憂? 雖欲從我兮其路無由,朝有人兮來飲其牛[②][〔二〕]。
　　評曰:善作琴操,然後能作古樂府。和余操者,李季和爲最[〔三〕],其次夏大志也[〔四〕]。

【校】

① 本文録自明洪武刊大雅集(元人選元詩五種影刊)卷一,校以國家圖書館藏清黃丕烈校鈔本大雅集,簡稱清鈔本。下同。原本題爲箕山操和鐵厓先生首唱,今題乃校注者逕改。鐵厓先生,清鈔本作"鐵雅先生"。下同。

② 原本以下有"附鐵厓先生首唱"云云,録有楊維禎詩作,即鐵崖先生古樂府卷一箕山操。今删。

【箋注】

　　按照本書體例,校箋對象限定於楊維禎作品,但是本卷比較特殊。楊維禎評點文字大多簡略,評點對象卻是紛繁多樣,設若一概不作解釋,評點内涵往往無從捉摸。因此本卷對於楊氏所評詩文,全部加以校箋。

〔一〕楊維禎於大雅集之點評,蓋作於元至正二十一年(一三六一),或稍前。下同。繫年依據:其一,元末賴良採集李孝光等東南文人詩作,輯爲大雅集,始於鐵崖歸隱松江之初。至正二十一年辛丑立秋日,楊維禎爲大雅集撰寫序文(載本書佚文編),評點或亦同時。其二,鐵崖撰序次年春日,錢鼐又有序文,曰"楊鐵厓先生批評而序之"。可見大雅集初刊本既有鐵崖評點,又有鐵崖序文。鐵崖點評,必在刊板之前,故不得遲於至正二十一年。李孝光:以下稱李季和,季和乃其字。其生平參見鐵崖先生古樂府卷六芝秀軒詞。鐵厓先生:指楊維禎。鐵厓先生首唱:指楊維禎所作箕山操,載吳復輯鐵崖先生古樂府卷一。

按：大雅集八卷，乃元末明初東南地區文人所作詩歌總集。卷首依次録有至正壬寅（一三六二）春錢鼒序文、至正辛丑（一三六一）立秋日楊維禎序文，以及王逢序文，後者未署撰期。各卷卷首署曰："天台賴良善卿編輯，會稽楊維禎廉夫評點。"其實鐵崖所撰評點文字，僅見於卷一李孝光、項炯、夏溥、陸居仁、陳樵、張雨，卷七顧瑛、郭翼詩作，其餘各卷，皆未見評點。楊維禎與錢鼒序文并未言及本書卷數，唯有王逢序文曰"類爲八卷"。又，錢鼒撰序時，大雅集已有刊本流行，"學者莫不購之，以爲軌式焉"。王逢則曰："且録且傳，會兵變止。"今考八卷本所録詩人，時有重複；所録詩作之中，偶見作於明初者，如卷六天台林洵送顧謹中赴國學二首，撰於洪武初年。由此可見王逢所謂"會兵變止"，亦非完全屬實。總之，大雅集類似後世活頁詩選，邊輯邊刊，初輯本始刊於元至正二十一年，不分卷。最終賴良將各輯本合爲一書，分爲八卷，則是明初。鐵崖撰序并評點之時，當屬最初輯本刊行。

〔二〕本詩相關注釋，參見鐵崖先生古樂府卷一箕山操。

〔三〕按：據鐵崖先生古樂府卷一箕山操詩後吴復跋語，鐵崖箕山操乃唱和之作，首唱是李孝光，并非楊維禎。

〔四〕夏大志：名溥。參見楊鐵崖先生文集全録卷四玉笥集叙。

評李孝光題太乙蓮舟圖詩①〔一〕

銀河跨西海，秋至天爲白。一片玉芙蓉，洗出明月魄。太乙真人挾兩龍，脱巾大笑眠其中。鳳麟洲西與天通，扶桑乃在碧海東。手把緑雲有兩童〔二〕，掣翙二鳥開金籠〔三〕。

評曰：此作又是李騎鯨也〔四〕，孰謂此老椎鈍無爽氣耶？二鳥，作日月看。

【校】

① 本文録自大雅集卷一。原題作題太乙蓮舟圖，今題乃校注者徑改。

【箋注】

〔一〕太乙：即詩中所謂太乙真人。參見鐵崖先生詩集甲集四月十六日偕句曲先生過彩真飲趙伯容所句曲出石室銘因賦是詩并簡太樸檢討先生。

〔二〕緑雲：指仙界之瑞雲。

〔三〕揫瓞二鳥：意爲玩弄太陽與月亮。參見楊維禎評語。

〔四〕李騎鯨：指李白。

評項炯公莫舞詩①〔一〕

　　龍蟠錦帳金奕奕②，虎旗無際人馬立。肉林垂盉③陵阜赤〔二〕，萬甕行酒晴虹濕。大蛇中斷狂魄滅，重瞳無光射寶玦。雷憤風愁三尺鐵，河山未必如瓜裂。老荒捽珥語公莫，頭上青天懸日月。

　　評曰：錦囊子有奇語〔三〕，無此奇氣〔四〕。

【校】

① 本文録自大雅集卷一。原題作公莫舞，今題乃校注者徑改。

② 奕奕：原本作“弈弈”，據清鈔本改。

③ 盉：原本作“盂”，據清鈔本改。

【箋注】

〔一〕項炯：鐵崖於元至正初年所交友人。其生平參見東維子文集卷七郯韶詩序。公莫舞：古樂府題。原爲舞曲名，表演項莊舞劍故事。後世樂府公莫舞多述此事，本詩亦不例外。晉書卷二十三樂志下：“公莫舞，今之巾舞也。相傳云項莊舞劍，項伯以袖隔之，使不得害漢高祖，且語項莊云‘公莫’！古人相呼曰公，言公莫害漢王也。”又，樂府詩集卷五十四舞曲歌辭三，載古辭巾舞歌、齊公莫舞辭、唐李賀公莫舞歌各一首。

〔二〕盉：指“血”。

〔三〕錦囊子：指唐代詩人李賀。相傳李賀“每旦日出，騎弱馬，從小奚奴，背古錦囊，遇所得，書投囊中”（新唐書李賀傳），故有此稱。李賀有公莫舞歌，其詩序曰：“公莫舞歌者，詠項伯翼蔽劉沛公也。會中壯士，灼灼於人，故無復書；且南北樂府率有歌引。賀陋諸家，今重作公莫舞歌云。”（李賀詩歌集注卷二）。

〔四〕按：鐵崖評詩，頗重氣勢，且以賦詩氣豪自傲。參見鐵崖先生古樂府卷一
鴻門會詩後其門生吳復跋語。

評項烱吳宫怨詩①

繡楣灑黄粉，椒壁漲紅青。倚簷樹如鬼，草深②蛇夜鳴。髑
髏已無淚，古恨埋石扃。

評曰：十字懵過牛鬼〔一〕。髑髏無淚，尤勝“無語”。

【校】

① 本文録自大雅集卷一。原題作吳宫怨，今題乃校注者徑改。

② 草深：清鈔本作“深草”。

【箋注】

〔一〕十字：此指五言詩體。牛鬼：當指唐代詩人李賀。李賀詩歌，想象豐富，
　　虛幻奇特，素有“詩鬼”之稱。楊維禎曾以詩句“牛鬼少年專盛名”譽之。
　　參見鐵崖先生古樂府卷十、小游仙二十首之九。按：李賀多七言詩，故此
　　強調項烱詩爲“十字”。

評夏溥鴻門歌吳山謡和鐵崖首唱二詩①〔一〕

大風揚兮赤雲屯〔二〕，楚人望氣皆龍文〔三〕。當時吾甚笑亞父，
幸至彭城疽背死〔四〕。誰云沐猴竟遭烹〔五〕，汝乃盛怒哈②孺子〔六〕。
嗟哉，拔山之力不可得〔七〕，扶義而西取天下者以三尺〔八〕。君看項
王重瞳舜重瞳〔九〕，天命迺在隆準公〔十〕。（鴻門歌）

中興過江笑諸人〔十一〕，二十三表哀老臣〔十二〕。倡和國事可斬
檜〔十三〕，馬上青衣竟何在〔十四〕。采石未靖瓜州驚〔十五〕，戰功今乃歸
儒生〔十六〕。第一峰前誰立馬，夜箭射血來帳下〔十七〕。（吳山謡和鐵
崖首唱）

評曰：二作不用二李〔十八〕，別有一種史斷③。

【校】

① 本文録自大雅集卷一。原本所録夏溥二詩，題作鴻門歌、吳山謡和鐵雅先生首唱。今題乃校注者徑爲擬定。鐵崖：清鈔本作"鐵雅先生"。
② 哈：原本作"唉"，據清鈔本改。
③ 原本以下還有"附鐵厓首唱曰"云云，録有楊維禎詩，有脱闕。今删。楊詩即吳山謡，載陳善學序刊楊鐵崖先生文集卷五。

【箋注】

〔一〕夏溥：字大志。參見楊鐵崖先生文集全録卷四玉笥集叙。按：夏溥與鐵崖結識，約爲元至正中期。鴻門歌，評述項羽、劉邦争霸之事。楊維禎有鴻門會詩（載鐵崖先生古樂府卷一），撰期不遲於至正初年。本詩主旨與之雷同，或受其影響而作。吳山謡和鐵厓首唱，則撰於元至正十六年春，其時鐵崖在杭州任税務官。參見陳善學序刊楊鐵崖先生文集卷五吳山謡。至於鐵崖評點二詩，應當是在賴良編輯大雅集之初，即至正二十年（一三六〇）前後。

〔二〕赤雲：喻指劉邦。相傳劉邦乃"赤帝子"。詳見史記高祖本紀。

〔三〕"楚人"句：范增謂劉邦有天子相，力勸項羽進擊。史記項羽本紀："范增説項羽曰：'沛公……今入關，財物無所取，婦女無所幸，此其志不在小。吾令人望其氣，皆爲龍虎，成五采，此天子氣也。急擊勿失。'"

〔四〕亞父：指項羽謀臣范增。范增後遭項羽猜忌，辭官歸里，尚未抵達彭城（今江蘇徐州），背部毒瘡發作而死。

〔五〕沐猴竟遭烹：指項羽烹殺諫言之人。參見陳善學序刊楊鐵崖先生文集卷五獨酌謡之"烏江猴"注。

〔六〕"汝乃"句：謂范增敢於斥責項羽。鴻門宴劉邦脱逃之後，范增盛怒，撞碎玉斗，斥曰："豎子不足與謀！"詳見史記項羽本紀。

〔七〕拔山之力：借指項羽。項羽臨終賦詩，有句曰"力拔山兮氣蓋世"。

〔八〕扶義而西取天下者：指漢高祖劉邦。參見史義拾遺卷上讖項羽狠羊之"寬大長者"注。

〔九〕重瞳：一目雙瞳。相傳舜與項羽皆雙瞳：史記項羽本紀："太史公曰：吾聞之周生曰'舜目蓋重瞳子'，又聞項羽亦重瞳子。"

〔十〕隆準公：指漢高祖劉邦。詳見史記高祖本紀。

〔十一〕中興過江：指宋高宗趙構等。

〔十二〕“二十三表”句：蓋指老臣宗澤。宗澤於宋高宗趙構登基之初，不斷上書，敦促收復失地，恭迎徽宗、欽宗回返。連續二十餘奏，無果，飲恨而亡。臨終長歎：“出師未捷身先死，長使英雄淚滿襟！”詳見宋史宗澤傳。

〔十三〕檜：秦檜。

〔十四〕馬上青衣：指北宋徽、欽二帝。按：此用晉孝懷帝“青衣行酒”故事，借指被俘之後擄往北方之宋徽宗與欽宗。參見鐵崖先生詩集癸集題宋徽宗畫狗兒圖。

〔十五〕采石：即採石磯，又稱牛渚磯，位於今安徽省馬鞍山市西南長江岸邊。瓜州：位於今江蘇省揚州市南，長江北岸。此句實指朱元璋軍已攻破元軍於采石。時爲至正十六年仲春，或稍後。參見陳善學序刊楊鐵崖先生文集卷五吳山謠注。按：南宋名將虞允文曾以少勝多，在採石磯大敗金軍。夏溥撫今追昔，故有此感慨。

〔十六〕儒生：當指虞允文。虞允文乃進士及第，其生平見宋史本傳。按：鐵崖原唱吳山謠有“中原四日一日東，東山草木無金風”語。頗疑夏溥“戰功”句就此而發，語義雙關，寓有期待楊維禎爲國立功之意。參見陳善學序刊楊鐵崖先生文集卷五吳山謠注。

〔十七〕“第一峰”二句：指完顏亮妄圖滅宋而被刺身亡。完顏亮乃金朝四世皇帝，率兵征宋，試圖稱王天下。曾賦詩南征至維揚望江左（又名題西湖圖），詩曰：“萬里車書盡會同，江南豈有別疆封。提兵百萬西湖上，立馬吳山第一峰。”（録自全金詩卷二八。）不料在採石磯被虞允文打敗，完顏亮被迫移師瓜洲渡，部下兵變，中箭後被刺身亡。其生平詳見金史海陵本紀。

〔十八〕二李：指大李（李白）和小李（李賀），二人都有評述楚、漢之爭的詩歌。按：楊維禎所撰鴻門會，模仿李賀詩體（參見鐵崖先生古樂府卷一鴻門會詩後吳復跋語），故此讚賞夏溥自創詩格。

評陸居仁楚人弓詩①〔一〕

楚人弓，懸兩石，五十萬矢陷强敵〔二〕。絳人弓，箭三隻，長歌入關成偉績〔三〕。多箭不如少箭力，制敵若在弓矢間，鳴條牧野高于山〔四〕。

評曰：史斷②人詩，箴警多矣〔五〕。

【校】

① 本文録自大雅集卷一。原題作楚人弓，今題乃校注者徑改。
② 史斷：清鈔本作“斷史”。

【箋注】

〔一〕陸居仁：鐵崖同年友。參見東維子文集卷三十用韻復雲松老人華陽巾歌。

〔二〕“楚人弓”三句：指項羽，項羽乃楚國人。

〔三〕“絳人弓”三句：指唐代大將薛仁貴，薛仁貴乃絳州（今山西臨汾、運城一帶）人。薛仁貴三箭定天山，參見麗則遺音卷三鐵箭。

〔四〕“多箭”三句：意爲戰争勝敗，主要不取決於武力與武器，否則商夏、周商之戰，箭矢將高過於山。鳴條：商湯征伐夏桀之地。其具體位置衆説紛紜。牧野：位於朝歌（今河南淇縣一帶）南。周武王伐紂，於此大戰而獲勝。

〔五〕按：陸居仁詩與鐵崖評語，蓋有所指。元末，張士誠屬官於轄區内征集弓箭，百姓不堪其苦。參見明佚名鈔本楊維禎詩集之華亭箭。

評陸居仁國馬足詩①

國馬足〔一〕，吉行五十彎如沃〔二〕。天馬足，一日千里更神速。國馬天閑飽芻粟，太行鹽車天馬哭〔三〕。

評曰：自託可悲〔四〕，句短而意無窮。

【校】

① 録自大雅集卷一。原題作國馬足，今題乃校注者徑改。

【箋注】

〔一〕國馬：指一國之中出類拔萃之良馬。語出莊子。莊子雜篇徐無鬼：“（徐無鬼曰：）吾相馬，直者中繩，曲者中鈎，方者中矩，圓者中規，是國馬也，而未若天下馬也。”

〔二〕吉行：趨吉而行。漢書王吉傳：“臣聞古者師日行三十里，吉行五十里。”

〔三〕“太行鹽車”句：寓伯樂相馬故事。戰國策楚策四：“夫驥之齒至矣，服鹽車而上大行，蹄申膝折，尾湛胕潰，漉汁灑地，白汗交流。中阪遷延，負轅不能上。伯樂遭之，下車，攀而哭之，解紵衣以冪之。”

〔四〕意爲陸居仁此詩有生不逢時、不遇伯樂之感慨。

評陳樵雁來紅狹斜行二詩①〔一〕

　　東朝一書成百戰，上林一書旌節返〔二〕。又傳驕子一函書，人不如禽解邊難。自從燕滅秦晉亡，是非直到空中雁。蘇郎寒絶雁來紅〔三〕，脚下胡姬殘綵線。願燕在北秦在西，雁去雁來無是非。

　　長安出狹斜，方駕秦中客。云是牛丞相，來自薄家宅〔四〕。薄家萬戶侯，朱門映椒壁。長秋車馬來，賓客御瑶席。金屋貯尹邢〔五〕，阿嬌淚霑臆〔六〕。燕燕慵來粧，繁華照春色。轉蕙光風翻趙帶〔七〕，徘徊月到班姬牀。班姬輟芳翰，紈扇從風揚〔八〕。明妃鬭百草〔九〕，玉環御雲裝〔十〕。向來温柔地，盡入白雲鄉。何以慰王孫，琵琶隨驪驪。何以奉燕燕〔十一〕，罷舞歌慨慷。何以奉明妃，緑珠奏清商〔十二〕。嫫母挾無鹽〔十三〕，搔頭愛宫粧。

　　評曰：襲格不襲語，善學小李者〔十四〕。雁來紅、狹斜行，匠意尤遠。

【校】

① 本文録自大雅集卷一。原本二詩分別題作雁來紅、長安有狹斜行，今題乃校注者徑擬。

【箋注】

〔一〕陳樵：參見東維子文集卷六鹿皮子文集序。狹斜行：全稱爲長安有狹斜行，乃漢樂府古題，蓋以古辭首句“長安有狹斜”得名。樂府詩集卷三十五相和歌辭十録有古辭一首，以及陸機、沈約等人所撰多首，多寫豪門家庭生活。

〔二〕"上林"句：指蘇武歸漢故事。參見鐵崖先生古樂府卷九牧羝曲。

〔三〕蘇郎：即蘇武。

〔四〕牛丞相：不詳。薄：疑指薄昭，漢文帝母薄姬之弟。參見史義拾遺卷下殺薄昭議。

〔五〕尹、邢：指同時獲得漢武帝寵倖之尹夫人與邢夫人。參見史記外戚世家。

〔六〕阿嬌：指漢武帝之陳皇后，後廢居長門宮。參見陳善學序刊楊鐵崖先生文集卷一長門怨注。

〔七〕趙：蓋指漢成帝皇后趙飛燕。參見鐵崖先生古樂府卷九妲己圖。

〔八〕班姬：即班婕妤，西漢成帝妃子，其名不詳。"班姬輟芳翰"二句，實指班婕妤賦團扇歌以抒寫憂鬱之情。參見鐵崖先生古樂府卷九團扇歌。

〔九〕明妃：即王昭君。

〔十〕玉環：指楊貴妃。

〔十一〕燕燕：即趙飛燕。參見陳善學序刊楊鐵崖先生文集卷五燕燕步躑躅注。

〔十二〕綠珠：晉豪富石崇愛妾。石崇獲罪，綠珠墜樓自盡。所謂"奏清商"，蓋指綠珠所作清商曲辭。樂府詩集卷四十六清商曲辭三，載綠珠所作懊儂歌十四首。參見鐵崖先生古樂府卷九綠珠辭。按："何以奉明妃"二句，有譏諷王昭君不如綠珠剛烈之意。

〔十三〕嫫母、無鹽：前者爲黃帝妃，後者乃戰國時齊宣王正妻，貌皆極醜，爲人最賢。參見史記五帝本紀注、鐵崖先生古樂府卷二鍾離春。

〔十四〕小李：指李賀。按：所謂"襲格不襲語"，蓋指李賀有難忘曲，源於長安有狹斜行而有所變化，既不用原題，且寫景而不寫人。參見樂府詩集卷三十四相和歌辭九古辭相逢行解題。

評張雨玉笙謡爲鐵門笙伶周奇賦詩①〔一〕

我有紫霞想，愛聞白玉笙。懸匏比竹無靈氣〔二〕，昆丘採此十二莖〔三〕。鳳咮啣明珠，鳳翼排素翎〔四〕。金華周郎妙宮徵〔五〕，子晉仙人初教成〔六〕。月下吹參差，群雛亦和鳴。緱氏山頭白雲起〔七〕，七月七日來相迎。長謝時人一揮手，漂下滿空鸞鶴聲。評曰：甚似太白〔八〕！

【校】

① 録自大雅集卷一。原題作玉笙謡爲鐵門笙伶周奇賦，今題乃校注者逕改。

【箋注】

〔一〕張雨：參見鐵崖先生古樂府卷二奔月巵歌。周奇：或作周琦,演奏玉笙爲
業。元至正七、八年間,鐵崖寓居姑蘇,周琦偕游,鐵崖曾爲賦詩,其詩序
曰：“予爲賦玉笙謠一首,且率諸君子同賦。”張雨此詩,即當時唱和之作。
參見鐵崖先生古樂府卷二周郎玉笙謠。

〔二〕縣匏：又稱“縣瓠”。晉崔豹撰古今注卷下草木：“匏,瓠也。……瓠有柄
者,曰縣瓠,可爲笙,曲沃者尤善。”

〔三〕昆丘：昆崙山。相傳昆崙山乃神仙居住。十二莖：蓋指其時笙爲十二管。

〔四〕“鳳咮啣明珠”二句：以鳳嘴鳳翼形容玉笙形狀。

〔五〕金華周郎：即周琦。周琦乃金華(今屬浙江)人。

〔六〕子晉：即王子晉。相傳爲周靈王太子,好吹笙,後成仙。參見鐵崖先生古
樂府卷二周郎玉笙謠。

〔七〕緱氏山：又稱緱山。相傳王子喬乘白鶴到此。參見鐵崖先生古樂府卷三
夢游滄海歌。

〔八〕太白：指李白。

評張雨延陵公承慶堂詩①〔一〕

　　大江蒼蒼兀龍虎〔二〕,輔元之家百神頫。望拜受釐若稽古,
太②清真人閲衆甫。新宫潔齋導天語,紛雲郁霞錯承宇。虚皇穆
然陽衛武,左飈右欻降軡羽。縣鐘鏗鏗迅擊鼓,赤金祭服赭朱
户。雙珠月明帶寶璐,挾以流黄玉欘具。既竣大禮私事舉,吉日
宗族奉爵俎。青紫繫地簪綬組,魏張代劍新捧土〔三〕。饒國開觀
治宿莽〔四〕,報君親師物咸睹。撫已一念或未溥,西壁考書玄範
府〔五〕。寒冰層陰發春煦③,日幽若明沐仁雨。道德大非方仙伍④,
月佩六印非適取〔六〕。持旌召趣迹旁午,下土滓堁寧久處。天關
會規足蹈矩,願天願地多黍秬。畢志萬年奉明主,小史作詩孰敢
侮,吁嗟厚德蕃之祖。
　　評曰：不蹈黄庭〔七〕,句意森滿〔八〕。

【校】

① 録自大雅集卷一。原題作延陵公承慶堂詩,今題乃校注者逕改。

② 太:清鈔本作"上"。

③ 煦:原本作"照",據清鈔本改。

④ 伍:原本作"五",據清鈔本改。

【箋注】

〔一〕延陵公:疑指道教宗師吳全節。據許有壬撰特進大宗師閑閑吳公挽詩序
　　（文載至正集卷三十五）,至正六年十月七日,吳全節薨於大都崇真萬壽宮
　　承慶堂。故此頗疑吳全節在龍虎山所居,亦稱承慶堂。按:吳全節爲饒
　　州路安仁縣人,年十三,於龍虎山學道。其生平參見東維子文集卷二十七
　　與吳宗師書。

〔二〕龍虎:山名。乃道教聖地,位於饒州路與信州路交界處,今屬江西鷹潭。

〔三〕魏、張:疑指魏伯陽、張平叔。魏伯陽:東漢道士。相傳入山修煉,服丹成
　　仙。著有周易參同契。生平參見神仙傳。張平叔:初名伯端,改名用成,
　　北宋道士,後世尊爲紫陽真人。所著悟真篇,參照周易參同契而作,二者
　　齊名。傳文見歷世真仙體道通鑑卷四十九。

〔四〕饒:指饒州路。饒州路隸屬於江浙行省。

〔五〕考:蓋指玄教大宗師張留孫。吳全節乃其高徒,故視同父子。玄範:堂
　　名。吳澄撰南山仁壽觀記曰:"至大辛酉,（開府張公）年七十四,翛然懸
　　解,嗣教子孫奉委蛻還故山。今聖上敕有司禮葬。泰定丙寅,嗣教宗師特
　　進、上卿吳全節將旨祠信州、建康、臨江三名山,既竣事,乃以十有二月甲
　　申藏公冠劍于貴谿縣南山之月嶠。……其地北距龍虎山十有五里……月
　　嶠西北,創仁靖觀,殿名混成,堂名玄範……凡特進之所以報事其師,悉如
　　孝子之于父。"（文載吳文正集卷四十七。）

〔六〕月佩六印:指西漢欒大。欒大獻方術於漢武帝,得寵,封爲五利將軍。
　　"數月佩六印,貴振天下"。詳見史記孝武本紀。按:吳全節亦曾獲元英
　　宗賜"玉印一、銀印二"。參見元史卷二百二釋老傳。

〔七〕黄庭:經名。黄庭經乃道教上清派主要經典。

〔八〕按:黄庭經爲七言韻語體,與詩歌類似。楊維禎詩評,蓋指張雨此詩無道
　　教詩歌之説教氣,蘊含豐厚,耐人尋味。

評顧瑛唐宫詞次鐵崖無題韻十首①〔一〕

其一〔二〕

天寶雞人②寵賈昌〔三〕，不教胡蝶上③釵梁。錦棚晝浴驕天子〔四〕，絳節朝看王大娘〔五〕。芍藥金開闡④内苑，蒲萄玉盞酌西涼〔六〕。月支十萬臙脂⑤粉〔七〕，獨有三姨素面粧〔八〕。

其二〔九〕

蓮花池畔暑風涼，玉竹迴文寶簟光。貪倚畫屏看⑥翡翠，誤開金鎖放鴛鴦。輕綃披霧誇新浴，墮髻敧雲街晚粧。笑指女生私語處〔十〕，長生殿下月中央〔十一〕。

其三〔十二〕

五色卿雲護帝城，春風無處不關情。小花静苑偷吹笛，淡月閑房背合筝。鳳爪擘柑封⑦鈿合，龍頭瀉酒下瑶罌。后宫學做金錢會〔十三〕，香水蘭盆浴化生。

其四

龍旗孔蓋擁鸞幢，步輦追隨幸曲江〔十四〕。鳥道正通天上路，羊車直到竹間窗〔十五〕。桃花柳葉元無恨，燕子鶯兒⑧各有雙。中貴向人言近事，風流陣裏帝先降。

其五

秘閣香殘日影移，燈分青玉刻盤螭。琵琶鳳結紅文木⑨，弦索蠶繅綠水絲。金屋有花頻賭酒，玉枰無子不彈碁。傳宣趨發明駝使〔十六〕，南海今年進荔枝。

其六

近臣諧謔似枚皋〔十七〕，侍宴承恩得錦袍。扇賜方空描蛺蝶，局看雙陸賭櫻桃。翰林醉進清平調〔十八〕，光禄新呈玉色醪。密奏君王好將息，昨朝馬上打圍勞。

其七

虢國來朝不動塵〔十九〕，障泥一色繡麒麟。朱衣小隊高呼⑩道，粉筆新圖遍寫真。寶雀玉蟬簪翠髻，銀鵝金鳳踏文茵。一從羯鼓催春後〔二十〕，不信司花別有神。

其八

五王馬上打毬歸[二十一]，贏得宮花獻貴妃。樂送閤門邊⑪奏少，禍因臺寺諫書稀。侍兒隨幸皆頒紫，骰子蒙恩亦賜緋。姊⑫妹相從習歌舞[二十二]，何人能製柘黃衣[二十三]。

其九

新製霓裳按舞腰[二十四]，笑他飛燕怕風飄[二十五]。玉螭倒卧蟠條脱，金鳳斜飛上步摇[二十六]。雲母屏前齊奏樂，沉香火底并⑬吹簫。只因野鹿銜花去[二十七]，從此君王罷早朝。

其十

宮衣窄窄小黃門[二十八]，蹢躅初開賜縹盆。夜月不窺鸚鵡冢[二十九]，春風每憶鳳皇園。愛收花露消心渴，怕解金珂⑭見爪痕。只有椒房老宮監，白頭一一話開元[三十]。

評曰：十詩綿聯縟麗，消得錦半臂也[三十一]。

【校】

① 録自大雅集卷七。原本題作唐宮詞次鐵厓無題韻，清鈔本題作唐宮詞次鐵雅先生無題韻十首，今題乃校注者逕改。

② 雞人：清鈔本作“雞坊”。

③ 不教胡蝶上：清鈔本作“宮中蝴蝶滿”。

④ 開闌：清鈔本作“闌開”。

⑤ 臙脂：清鈔本作“資□”。

⑥ 看：原本作“開”，據清鈔本改。

⑦ 柑封：原本作“金□”，據清鈔本改。

⑧ 兒：原本作“花”，據清鈔本改。

⑨ 木：原本作“水”，據清鈔本改。

⑩ 呼：清鈔本作“呵”。

⑪ 邊：原本作“身”，據清鈔本改。

⑫ 姊：清鈔本作“娣”。

⑬ 并：清鈔本作“坐”。

⑭ 珂：清鈔本作“呵”。

【箋注】

〔一〕顧瑛：生平參見東維子文集卷七玉山草堂雅集序。按：顧瑛唐宮詞十首，皆步鐵崖無題詩韻而作。鐵崖無題詩,大約賦於元至正二年至六年間,即鐵崖補官不成,浪迹錢塘、湖州等地,授學爲生時期。顧瑛次韻詩,則當作於至正七、八年間,即鐵崖游寓姑蘇、崑山時期。又據本詩題,鐵崖原作無題詩,當有十首。然今可考知者,僅存三首,即明佚名鈔本楊維禎詩集所録無題四首之後三首。

〔二〕本詩所步鐵崖原作,即無題四首之二。可參看。

〔三〕天寶:唐玄宗李隆基年號,公元七四二至七五六年。賈昌:長安人。擅長馴養鬥雞,深得唐玄宗寵幸,“當時天下號爲神雞童”。詳見唐陳鴻撰東城老父傳(載太平廣記卷四八五)。

〔四〕錦褓晝浴:安禄山故事。參見陳善學序刊楊鐵崖先生文集卷三點籌郎注。

〔五〕王大娘:當指西王母。杜甫玉臺觀二首之一:“中天積翠玉臺遥,上帝高居絳節朝。”(載杜詩詳注卷十三。)

〔六〕西涼:今甘肅西北涼州等地。按:當時西涼葡萄酒乃珍貴名品。

〔七〕月支:或作月氏、月氐。參見陳善學序刊楊鐵崖先生文集卷二月氏王頭飲器歌注。臙脂粉:參見鐵崖先生古樂府卷九望鄉臺之“燕支山”注。

〔八〕三姨:此指楊貴妃姐,封爲虢國夫人。

〔九〕本詩所步鐵崖原作,即無題四首之四,載明佚名鈔本楊維禎詩集。可參看。

〔十〕女、生:指神話人物織女與牛郎。

〔十一〕長生殿:唐明皇之寢宮。

〔十二〕本詩所步鐵崖原作,即無題四首之三。可參看。

〔十三〕金錢會:杜甫詩曲江對雨:“何時詔此金錢會,暫醉佳人錦瑟傍。顧注:舊唐書:開元元年九月,宴王公百寮於承天門,令左右於樓下撒金錢,許中書以上五品官及諸司三品以上官争拾之。”(杜詩詳注卷六)

〔十四〕曲江:又稱曲江池。位於今陝西西安。爲游樂勝地。

〔十五〕羊車:帝王入後宮時所乘。參見鐵崖先生詩集庚集題美人圖。

〔十六〕明駝:日行五百里。眼下有毛,夜能視,故稱。楊貴妃曾私發明駝使,將交趾所貢瑞龍腦賜予安禄山。詳見楊太真外傳卷下。

〔十七〕枚皋:西漢人。與司馬相如同時,以詼諧滑稽著稱。資治通鑑卷十七漢紀九:“(東方)朔、(枚)皋不根持論,好詼諧,上以俳優畜之,雖數賞賜,終不任以事也。”

〔十八〕“翰林”句:指李白。參見鐵崖先生詩集辛集唐明皇按樂圖詩注。

〔十九〕虢國:指楊貴妃姐虢國夫人,即本組詩之一所謂“三姨”。

〔二十〕羯鼓催春：又稱“羯鼓催花”。參見東維子文集卷十一杏林序注釋。

〔二十一〕五王：指唐玄宗兄弟五人。參見陳善學序刊楊鐵崖先生文集卷三五王毬歌注。

〔二十二〕姊妹：指楊貴妃姐妹。

〔二十三〕柘黄衣：柘木汁所染赤黄色衣，乃帝王服色。

〔二十四〕霓裳：指霓裳羽衣曲。參見鐵崖先生古樂府卷二奔月厄歌。

〔二十五〕飛燕怕風飄：相傳趙飛燕身輕。參見鐵崖賦稿卷上太液池賦。

〔二十六〕金鳳：釵名。步搖：此指步搖冠，將步搖首飾加於冠上而得名。步搖爲貴族婦女一種首飾，行步則動搖，故稱。

〔二十七〕野鹿銜花：相傳爲安禄山作亂前兆。參見明佚名鈔本楊維禎詩集題楊妃春睡圖。

〔二十八〕小黄門：明皇雜録卷下：“虢國每入禁中，常乘驄馬，使小黄門御。紫驄之駿健，黄門之端秀，皆冠絶一時。”

〔二十九〕鸚鵡冢：指楊貴妃爲其寵物白鸚鵡“雪衣女”所建墳塋。參見明佚名鈔本楊維禎詩集鸚鵡杯。

〔　三十　〕開元：唐玄宗李隆基年號，公元七一三至七四一年。此處泛指大唐盛時。

〔三十一〕消得：值得。

評郭翼送人游武當山懷鐵崖二詩[①][一]

　　武當諸峰何壯哉，大朵小朵青蓮開。玄聖中居天地户，赤日下照金銀臺。神龜六眼電[②]光走，山鬼一脚雲頭來。道人再拜望北極，應帶滿身星斗迴。

　　楊子十年官不調[二]，湖山不負謫仙才[三]。洞庭鐵笛龍吹得[四]，后土瓊花鶴寄來[五]。車子看花將一輛，雪兒勸酒拗蓮[③]臺[六]。時時對客理弦索，月色羅衫小衩[④]裁。

　　評曰：人呼老郭爲“五十六”，以其長于七言八句也。觀此二首詩，可知其大概矣[⑤]。

【校】

① 録自大雅集卷七。原本二詩分別題作送人游武當山、懷鐵厓，今題乃校注者

徑改。懷鐵崖：清鈔本作懷鐵雅先生。

② 電：原本作“霓”，據清鈔本改。

③ 蓮：清鈔本作“連”。

④ 清鈔本於“衩”字旁注一“樣”字。

⑤ 末二句：清鈔本作“觀此二律可知”。

【箋注】

〔一〕郭翼：參見東維子文集卷七郭羲仲詩集序。武當山：位於今湖北十堰市。

〔二〕楊子：指楊維禎。按：所謂“十年官不調”，指楊維禎丁憂服闕後，失去官職十年。其時約爲元至正九年（一三四九）前後。

〔三〕謫仙：多指李白、蘇軾等文豪。此指楊維禎。

〔四〕洞庭鐵笛：指太湖冶師緵長弓爲楊維禎所鑄鐵笛。參見鐵崖先生古樂府卷六冶師行。又，所謂“龍吹得”，寓洞庭湖君山老父吹笛故事。此處郭翼將鐵崖比作仙人。參見鐵崖撰湘竹龍詞贈杜清（載佚文編）。

〔五〕后土瓊花：指揚州后土廟中瓊花。此花曾被譽爲天下無雙。參見鐵雅先生復古詩集卷四宮詞之七。

〔六〕雪兒：當爲鐵崖侍女。鐵笛清江引之十五曰：“鐵笛一聲呼雪兒……扶起海棠嬌，喚醒酴醾醉。先生自稱花御史。”參見本書存疑編。

評陸樞上鐵崖先生詩①〔一〕

　　長律三十韻，敬上奉訓相公鐵崖先生師席前〔二〕。諸生陸樞頓首九拜〔三〕。謹呈。

　　間氣鍾神秀，雄才付碩儒。文章真冠世，禮樂信垂模。禹穴千巖拱，稽山萬壑趨〔四〕。師資傳上國，經術著東吳。星鳳人爭睹，璠嶼世重呼。班、楊元并駕〔五〕，馬、賈詎先驅〔六〕。樂道存尼父〔七〕，誅奸邁董狐〔八〕。麟經三傳熟〔九〕，鐵史萬言腴〔十〕。詩下唐供奉〔十一〕，騷卑楚大夫〔十二〕。鳳池明御錦，龍馬躍天衢。宣室宜前席②〔十三〕，風林好③舞雩〔十四〕。法言尊一代〔十五〕，麗則過三都〔十六〕。北闕丹心切〔十七〕，東維皓首孤〔十八〕。賓寮居七客〔十九〕，弟子反三隅。鐵篆黃鐘調，鷗弦斠律珠〔二十〕。春游行彩鷁，夜燕炷金鳧。清白思傳後，丹朱慮赤吾。全身猶郭泰[二十一]，著論即王符[二十二]。心似陶彭澤[二十三]，身同賀鑒湖[二十四]。詞源流鐵雅，墨瀋寫金壺。絲竹爲陶寫，杯觴避囁嚅。乾坤燕樹遠，雨露越山枯。憶拜璜溪館，承題蜀畫圖[二十五]。別來頻閱歲，亂後屢迷途。浮梗忘趨謁，專師實覯覦。先君嘗載贄，小子亦隨駒。所幸推無類，深祈賜砭愚[二十六]。斯文還有主，後輩辱④爲徒。月谷鳴霜鶻，雲山起□□。□□□□□，□此勵頑嵝。

　　鋪叙皆好，首尾亦□□。用事尚未倫，定韻尚□□。要知用事如三軍□□吾令。勿用三軍(以下殘闕)。

【校】

① 本文録自徐邦達撰古書畫過眼要録元明清書法貳，徐邦達著録曰："上鐵崖詩，小楷書。一頁。故宫博物院藏。""紙本，縱二八·三釐米，横六〇·五釐米。"原本無題，今題爲校注者徑擬。

② "宣室"句：此句鐵崖點去，改作"蘭渚時修禊"。

③ 好：鐵崖點去，改爲"或"。

④ 辱：鐵崖點去，改爲"賴"。

【箋注】

〔一〕本評語是鐵崖批閲弟子陸樞上鐵崖先生詩而作，當作於晚年退居松江不久，即至正二十年（一三六〇）前後。繫年依據：陸樞稱鐵崖爲"奉訓相公"，又稱"鐵史"，顯然在鐵崖受職江西等處儒學提舉之後；且詩中曰："憶拜璜溪館，承題蜀畫圖。別來頻閱歲，亂後屢迷途。"當在鐵崖重返松江之初。

〔二〕奉訓相公：鐵崖其時官職爲奉訓大父、江西等處儒學提舉，故稱。

〔三〕陸樞：松江人。元末在世，生平不詳。據其上鐵崖先生詩推知，元至正九、十年間，鐵崖授學松江璜溪時，其父與鐵崖交好，陸樞曾隨其父拜見，且從之受學。至正十九年冬鐵崖重返松江，又隨鐵崖學詩。

〔四〕"禹穴千巖拱"二句：以鐵崖家鄉名勝形容其崇高地位。禹穴，位於會稽山。參見麗則遺音卷二禹穴。稽山，即會稽山。位於今浙江省中部紹興、諸暨一帶。

〔五〕班：班固。楊：揚雄。

〔六〕馬：司馬相如。賈：賈誼。

〔七〕尼父：指孔子。孔子字仲尼，故稱。

〔八〕董狐：春秋時晉國太史，以秉筆直書著稱。

〔九〕麟經三傳：即春秋三傳（左傳、公羊傳、穀梁傳）。

〔十〕鐵史：楊維禎晚年別號之一。

〔十一〕唐供奉：指李白。

〔十二〕楚大夫：指屈原。

〔十三〕“宣室”句：將楊鐵崖比作西漢賈誼。賈誼曾被召至宣室講鬼神之事，
　　　漢文帝自愧不如，主動湊近賈誼。詳見史記賈生列傳。

〔十四〕“風林”句：指孔子曾經讚賞的一種生活志趣。論語 先進：“莫春者，春
　　　服既成，冠者五六人，童子六七人，浴乎沂，風乎舞雩，詠而歸。”

〔十五〕法言：又稱揚子法言，西漢揚雄撰。

〔十六〕麗則：指鐵崖賦集麗則遺音，至正初年刊行。三都：即三都賦，西晉左
　　　思所撰吳都賦、魏都賦、蜀都賦之合稱。當時聞名遐邇，人們競相抄寫，
　　　以致洛陽紙貴。

〔十七〕北闕：借指朝廷。

〔十八〕東維：即東維子，鐵崖晚年別號。

〔十九〕七客：指鐵崖及其藏品。參見鐵崖文集卷一七客者志。

〔二十〕斛律珠：樂器，指今之二胡。參見鐵崖文集卷三斛律珠傳。

〔二十一〕郭泰：“泰”或作“太”，字林宗，東漢名士。以善於保身聞名。後漢書
　　　有傳。

〔二十二〕王符：東漢人。曾隱居著書，針砭時弊，不欲彰顯其名，稱作潛夫論。

〔二十三〕陶彭澤：指陶淵明。

〔二十四〕賀鑒湖：指唐代文人賀知章。賀知章爲紹興人，自號四明狂客。唐玄
　　　宗時，乞爲道士還鄉，敕賜“鏡湖一曲”。故此稱賀鑒湖。兩唐書皆
　　　有傳。

〔二十五〕“憶拜璜溪館”二句：追憶當年拜見鐵崖於璜溪私塾，鐵崖還曾爲其
　　　家藏蜀畫題字。璜溪：位於松江（今屬上海市金山區吕巷鎮）。元至
　　　正九、十年間，吕良佐聘請楊鐵崖到其璜溪私塾，爲其二子授學。陸
　　　樞亦曾在此受教。

〔二十六〕“所幸推無類”二句：謂所幸楊鐵崖有教無類，故能追隨於後，希望批
　　　評教誨。

評陳樟空翠軒詩①〔一〕

□廣□維先生宴□□老人席上之什,乞②□□□載四月廿六日。侍生陳樟九拜。

華堂入夜酒行西,露下天清月在奎。僊老詩成探③彩筆,書生卷列照青藜。玉簫星粲麒麟角,金竽棱深天馬蹄④。自惜無從躋勝會,臨風想像謾成題。

又松雲老人命軒曰空翠〔二〕,因索鄙賦,爲歌長句一解。

天濃地濃樹無數,白晝清虛綠陰度。晴雲黟地濕團光,藹藹青葱泫清露。室中寶書三⑤萬軸,海綃紅文明爛目。氍毹香暖彈秋聲,月射緗簾金篋籢。主公⑥耉艾神骨寒,白鶴仙氅芙蓉冠。大夫封松擬秦□〔三〕,華星落字書天官。逍遥歲年不知久,鶗鳺啼春熟春酒。龍頭瀉酒邀鐵偓〔四〕,白玉鸞中折楊柳〔五〕。酒酣金壺汁狼籍,長歌短歌題滿壁⑦。

空翠一詩,探得錦囊骨董者也〔六〕。然得其骨董,不若得其氣習,又不若得其所未得者。作僕命騷也〔七〕。至正壬寅六月初吉,東維叟在草玄閣評〔八〕。

【校】

① 本文録自徐邦達撰古書畫過眼要録元明清書法貳,徐邦達著録曰:"虜和宴席詩、空翠軒詩,一頁,吉林省博物館藏。""紙本,縱三〇・九釐米,横三二釐米。"清李佐賢輯書畫鑒影卷十三册類録有陳樟詩(然未録鐵崖評語),據以校勘。原本無此標題,今題爲校注者徑擬。

② 乞:書畫鑒影本無。

③ 探:書畫鑒影本作"揮"。

④ 蹄:原本作"歸",據書畫鑒影本改。

⑤ 三:書畫鑒影本作"書"。

⑥ 公:書畫鑒影本作"翁"。

⑦ 書畫鑒影本詩後有小字注曰:"真書十三行。"又曰:"幅後至正壬寅六月東維叟跋一段不録。"

【箋注】

〔一〕此評語撰書於元至正二十二年壬寅(一三六二)六月一日,其時鐵崖寓居松江,於松江府學主持教席。陳樟:蓋其時爲鐵崖弟子,生平不詳。

〔二〕松雲老人:疑指雲松老人。雲松老人即陸居仁,泰定三年鄉貢進士,與鐵崖交好。參見東維子文集卷三十用韻復雲松老人華陽巾歌。

〔三〕"大夫封松"句:秦始皇曾於泰山一松樹下避雨,後封此樹爲"五大夫"。詳見史記秦始皇本紀。

〔四〕鐵僊:指楊維楨。

〔五〕折楊柳:笛曲名。參見鐵崖先生古樂府卷二篳篥吟。

〔六〕錦囊:借指李賀。

〔七〕僕命騷:形容文采超絕。杜牧李賀集序:"世皆曰:使賀且未死,少加以理,奴僕命騷可也。"

〔八〕按:其時所謂草玄閣,乃其齋名。楊維楨晚年固定居所草玄臺,亦稱草玄閣,建於至正二十三年三月。

評林世濟兩詩①〔一〕

其一

漫興一首奉懷草玄②先生〔二〕

噬牙不可摩,頷鱗不可嬰。所以明哲士,婉變逃其生。塯蛙既聒聒,陵苕亦榮榮。懷哉一壺酒,南山最高層〔三〕。

鐵崖評曰:三月不見石室生〔四〕,忽得此詩,如渴沃甘露,有數日餘味。第末句所懷,老夫不足當也。

其二

敬和草玄内翰先生臺字韻并呈世壽堂賢喬梓過目〔五〕

鐵史新移淞上屋〔六〕,子雲住蜀小亭臺〔七〕。窗涵九朵山尖出〔八〕,門對百花潭水開〔九〕。月下文簫騎虎去〔十〕,雲間青鳥送書來〔十一〕。高年自得養生術,政似嬰兒初未孩。

鐵崖評曰:末句道家語也。

【校】

① 本文録自元詩選癸集林世濟詩後附録,題目爲校注者徑擬。
② 草玄之“玄”,原本因避諱改作“元”。徑爲改正,下同。

【箋注】

〔一〕此録鐵崖所撰詩評兩首,當作於元至正二十三年(一三六三)三月,其時鐵崖寓居松江,授教於松江府學。繫年依據:林世濟第二首詩,實步鐵崖詩韻而作,當在鐵崖作草玄閣詩之後不久。元詩選癸集林世濟:“世濟字□□,三山人。”又據此漫興詩評,林世濟別號石室生。又,石渠寶笈卷二十八和楊維楨草玄閣詩著録有十八人二十一幅詩作(包括林世濟在内),林世濟書款曰:“諸生三山林世濟再拜。”蓋林世濟就學於松江府學。而鐵崖當時於府學“主文之席”,故二人有師生之誼。按:三山指今福建福州,元末林世濟從學於鐵崖,當居松江周圍,三山蓋其原籍。又據清王昶撰嘉慶直隸太倉州志卷六職官上,曰林世濟字才原,紹興(今屬浙江)人,徙嘉定(今屬上海)。洪武十四年任訓導,工詩文。未知王昶所謂“嘉定林世濟”,與本文所述“三山林世濟”是否同屬一人。

〔二〕草玄先生:指楊維楨。按:此稱呼有雙重意思,一是指鐵崖身爲草玄閣主人,二是指鐵崖效仿西漢揚雄變法。揚雄晚年放棄賦頌文之撰寫,擬易經而撰太玄經。

〔三〕“懷哉”二句:指陶淵明。借指鐵崖。故鐵崖於評語中自謙:“老夫不足當也。”

〔四〕石室生:當爲林世濟別號。

〔五〕草玄内翰先生臺字韻:實指鐵崖所撰草玄閣詩。草玄閣詩賦於元至正二十三年三月。參見鐵崖先生詩集甲集贈姚子華筆工詩注。世壽堂賢喬梓:意爲世壽堂主人爲父子二人。蓋皆林世濟好友。不詳。

〔六〕鐵史:指楊維楨。淞上屋:指草玄閣。

〔七〕“子雲”句:指揚雄晚年所居草玄堂。子雲:揚雄字。太平寰宇記卷七十二劍南西道一益州:“子雲宅,在少城西南角。一名草玄堂。”

〔八〕九朵山尖:指松江九峰。

〔九〕百花潭:位於草玄閣前。參見明鈔楊維楨詩集聽雨樓。

〔十〕文簫騎虎去:書生文簫與仙女吳彩鸞故事,出自唐人裴鉶撰傳奇文簫。參見鐵崖逸編注卷四洞天謠。

〔十一〕青鳥送書：相傳青鳥爲西王母信使。

評貢師泰赤烏碑詩①〔一〕

　　落日下石壁,秋聲響松枝。駐馬問老僧,何謂赤烏碑〔二〕。豈昔四百寺,東吳首創兹〔三〕。適當黃龍際,乃繫赤烏時〔四〕。斷碑久埋没,歲月勞爾思②。深慚十州牧,恢復未有期③〔五〕。

評曰：結亦忠厚④。

【校】

① 録自明刊本静安八詠詩集（四庫全書存目叢書影印）,參校臺灣（國家）圖書館藏元刊本。按：後者不清晰,故用作參校本。下同。原本題作赤烏碑,今題乃校注者徑擬。

　　元刊本卷首有楊維禎所撰静安八詠詩集序,序文前後殘闕。明刊本（四庫全書存目叢書影印）無此序文,録有楊維禎撰緑雲洞志（又見楊鐵崖先生文集全録卷二）,元刊本無此文。此後二本一致,依次爲錢鼒撰静安八詠事迹、釋壽寧輯静安八詠詩集。静安八詠詩集題下,自右向左依次署曰："吳淞釋壽寧 無爲衷輯,江陰王逢 元吉校正,會稽楊維禎 廉夫批評。"

　　按：静安八詠詩集依次收録有貢師泰、成廷珪、楊珤、鄭元祐、王逢、釋壽寧、韓璧、唐奎、馬弓、顧彧、錢岳、釋如蘭、趙覲、余寅、釋守仁、陸侗、孫作、張昱、吳益、錢惟善等共計二十人詩作,一景一詩,每人皆録八首。楊維禎評語附録於詩末或詩中。又,元刊本與明刊本所録諸人詩作,時有圈點,二本一致,圈點亦應出自"批評"者楊維禎之手。然楊維禎并未全部點評,不少詩作圈點批評皆無。此處收録楊維禎有評點文字者,按照原本順序依次排列。至於楊維禎未作點評,或僅有圈點而未作批評,或僅有"佳句""好句"等短評者,一概不收。

② "斷碑"二句,楊維禎逐字加點。

③ "深慚"二句逐字加圈。

④ 楊維禎評語原本附於詩末,爲雙行小字。今改作大字單列。又,楊維禎所評他人原詩,低兩格排列,以示區別。下同。

【箋注】

〔一〕楊維禎於静安八詠詩集所録詩作之點評,皆當撰於元至正二十四年(一三六四)夏,或稍後。其時鐵崖寓居松江。繫年依據:其一,至正二十四年五月二十日,鐵崖爲静安寺方丈釋壽寧撰緑雲洞志,當時并未言及評點之事,故楊維禎點評静安八詠詩集諸人詩作,必在此後。參見楊鐵崖先生文集全録卷二緑雲洞志。其二,鐵崖爲撰緑雲洞志之時,釋壽寧自題静安八詠已成,其邀集友朋爲静安八景題詩,亦當在此前後。貢師泰:參見鐵崖撰貢尚書玩齋詩集序(載本書佚文編)。

〔二〕赤烏碑:静安寺八景之一,建於重玄寺創立之初。"孫吴赤烏中,天竺康僧會始入建康,創寺曰建初。華亭繼有重玄,勒碑紀事。宋祥符間,敕名静安。至嘉定,依師以址薄江,遷是地。碑未及徙而水囓没之。"(錢鼐撰静安八詠事迹)

〔三〕"豈昔"二句:意爲南朝歷代皇帝佞佛,大建寺廟,或許是沿襲三國東吴時期所爲。四百寺:語出唐杜牧江南春絶句:"南朝四百八十寺,多少樓臺烟雨中。"

〔四〕"適當"二句:謂赤烏年間建寺時,地處黄浦江畔。黄龍:黄浦江别名。赤烏,三國時吴國孫權年號,公元二三八至二五一年。

〔五〕"深慚十州牧"二句:乃貢師泰感慨時事之語。按:貢師泰游寓松江,乃至正二十年前後。其時江淮、江西、荆楚以及東南沿海多地紅巾起事,貢師泰深表憂慮。故楊維禎特意拈出此二句,評曰"忠厚"。又,楊維禎點評之時,貢師泰已不在人世,貢氏於至正二十二年病逝。(參見玩齋集附録貢師泰年譜。)州牧:相當於刺史或太守,州郡一級最高長官。

評貢師泰陳檜詩[①][一]

　　山中兩檜樹,峙立當左右。雲廻蛟龍蟠,雨暝鬼神守。枝葉多再生,質理皆左紐[二]。秋風落蒼雪,歲月哀白首。嗟嗟創業人,永嘆禎明后[三]。莫説禎明事,臨春正花柳[四]。
評曰:結甚佳[五]。

【校】

① 録自明刊本静安八詠詩集。原本題作陳檜,今題乃校注者徑擬。

【箋注】

〔一〕陳檜: 静安寺八景之一,静安寺位於今上海市静安區。"陳禎明中,藝寺之殿墀。唐陸龜蒙、皮日休有重玄雙檜詩。宋政和間,媚臣朱勔圖以進,徽廟遣使求之。暴風雨雷,震拔其一,留其一。寺遷,復移植之。"(錢盙撰静安八詠事迹)又,崇禎松江府志卷五十二寺院静安教寺述及陳朝檜稍詳,曰:"宋政和間,朱勔畫圖以進,有旨遣中使取之。欲毁門而出,一夕風雨,震雷碎其一,其右者尚存。"

〔二〕左紐: 相傳老子於亳州太清宫手植八檜,根株枝幹皆左紐。後世遂以檜樹"左紐"爲吉祥之兆。參見鐵崖先生古樂府卷四陳朝檜。

〔三〕禎明后: 指陳後主皇后沈婺華。陳後主溺愛張貴妃,沈皇后失寵,日誦佛經爲事。陳亡,沈皇后與陳後主一同擄往長安。其生平詳見陳書後主沈皇后傳。禎明: 南朝陳後主最後一個年號,公元五八七至五八九年。又據"嗟嗟創業人"二句,雙檜蓋沈皇后栽種。

〔四〕"莫説禎明事"二句: 思古傷今,寓無限感慨。臨春: 樓閣名。南朝陳後主爲貴妃張麗華等修建,供其享樂。參見鐵崖先生古樂府卷四陳朝檜。

〔五〕楊維楨稱賞結語,謂詩末二句將悲情消散於景致之中,耐人尋味。

評貢師泰講經臺詩①〔一〕

淞江下落日〔二〕,微行講經臺。異香與靈響,颯杳松風來。人生固大夢,天地餘劫灰。功名亦何物,徒使身後哀。卓然依禪師〔三〕,創業何崔嵬。只今講經處,天花滿蒼苔。

評曰: 奇句②。

評曰: 誦之愴然③。

【校】

① 録自明刊本静安八詠詩集。原本題作講經臺,今題乃校注者徑擬。

② 此評語原本置於詩中“颯沓松風來”之後,徑移於此。“評曰”二字原本無,徑
　爲增添。

③ 此評語原本置於詩中“徒使身後哀”之後,徑移於此。

【箋注】

〔一〕講經臺: 静安寺八景之一。“宋嘉定間,仲依師既遷寺,筑土臺,日夕趺
　　坐,露誦梵典,哀衆講習。至淳祐,忽示寂。塔其骨於臺之陰,而臺址猶
　　存。”(錢鼐撰静安八詠事迹)

〔二〕淞江: 即吳淞江。

〔三〕依禪師: 指仲依禪師。南宋嘉定年間遷移重玄寺,創建此講經臺,并在此
　　傳道者。

評貢師泰滬瀆壘詩①〔一〕

　　避難吳淞江,出游滬瀆壘。世道苦變更,形勢總隳圮。我懷
晉外臣〔二〕,孰似袁内史〔三〕。深慚盛時守,無策正邦紀。日暮仰北
辰,天寒一星紫。尚想白登圍,無言淚如水〔四〕。
評曰: 非此老無此言。忠義之氣,鬱然動人〔五〕。

【校】

① 録自明刊本静安八詠詩集。原本題作滬瀆壘,今題乃校注者徑擬。

【箋注】

〔一〕滬瀆壘: 静安寺八景之一,位於寺之東北。據錢鼐撰静安八詠事迹以及晉
　　書虞潭傳,松江東瀉海,而滬瀆有靈怪。瀆有禦滬壘,東晉成帝年間,吳國
　　内史虞潭主持修建,用以防禦海潮侵襲。東晉隆安四年,吳郡太守袁崧復
　　修,用以防禦孫恩。

〔二〕晉外臣: 指陶淵明。按:“外臣”指高逸之士。北宋葛勝仲絶句跋陶淵明
　　歸去來圖:“小邑弦歌始數句,迷塗才覺便歸身。欲從典午完高節,聊與無
　　懷作外臣。”(載丹陽集卷二十二。)

〔三〕袁内史: 指吳國内史袁崧。或謂袁崧即袁山松。晉書袁山松傳曰:“山松

歷顯位,爲吳郡太守。孫恩作亂,山松守滬瀆,城陷被害。"又,清嚴可均校輯全晉文卷五十六袁崧:"崧字山松,喬孫,嗣爵湘西伯。安帝時,爲秘書丞。歷宜都太守、吳國内史。死孫恩之亂。有後漢書一百卷,集十卷。"

〔四〕"尚想"二句:貢師泰引古喻今,感歎元王朝之頽勢。白登圍:漢高祖劉邦曾遭匈奴圍困於白登。參見史記韓王信列傳。白登,臺名,一説高地。位於平城之東。

〔五〕按:楊維禎評語針對詩中"深慚盛時守,無策正邦紀"、"尚想白登圍,無言淚如水"諸句而發。

評成廷珪講經臺詩①〔一〕

　　聞道前朝講經者,七十露坐青蓮臺〔二〕。雨餘海客化龍去,夜半山精騎虎來。天風蕭蕭貝葉動,白月皎皎曇花開②。自笑江湖倦游客,幾時欲筑讀書堆③。

評曰:好句④。

評曰:妙句⑤。

評曰⑥:八句得名,非偶然也〔三〕。

【校】

① 録自明刊本静安八詠詩集。原本題作講經臺,今題乃校注者徑擬。

② 楊維禎於"雨餘海客化龍去,夜半山精騎虎來。天風蕭蕭貝葉動,白月皎皎曇花開"四句逐字加點。

③ "幾時欲筑讀書堆"一句逐字加點。

④ 此評語原本置於詩中"夜半山精騎虎來"一句之後,徑移於此。"評曰"二字原本無,徑爲增添。

⑤ 此評語原本置於詩中"白月皎皎曇花開"一句之後,徑移於此。"評曰"二字原本無,徑爲增添。

⑥ 原本此處空闕,脱二字,徑爲增補"評曰"二字。

【箋注】

〔一〕成廷珪:參見楊維禎撰静安八詠集序(載本書佚文編)。講經臺:參見本卷評貢師泰講經臺詩。

〔二〕"聞道"二句：當指南宋仲依禪師。蓋仲依坐臺講經，長達七十年。參見本卷評貢師泰講經臺詩、評唐奎講經臺詩。

〔三〕據此"八句得名"評語可知，成廷珪於元末東南文人之中頗有名氣，以擅長七律著稱。

評成廷珪滬瀆壘詩①〔一〕

　　重玄寺後滬瀆壘〔二〕，秋色荒涼地尚靈。鬼哭夜寒江雨入，雁啼天黑水雲腥。將軍經制名空在，內史孤忠血自青②〔三〕。老我一雙經歷眼，西風隨處泣新亭〔四〕。

評曰：好句③。

評曰：悼古傷今。

【校】

① 録自明刊本静安八詠詩集。原本題作滬瀆壘，今題乃校注者徑擬。

② 楊維楨於"鬼哭夜寒江雨入，雁啼天黑水雲腥。將軍經制名空在，內史孤忠血自青"四句逐字加點。

③ 此評語原本置於詩中"雁啼天黑水雲腥"一句之後，徑移於此。"評曰"二字原本無，徑爲增添。

【箋注】

〔一〕滬瀆壘：參見本卷評貢師泰滬瀆壘詩。

〔二〕重玄寺：乃静安寺前身。地處滬瀆，故又稱滬瀆重玄寺。元周弼撰静安寺記："華亭縣東北百里，淞江繞焉。有寺在滬瀆，曰重玄。大中祥符元年，因避聖祖諱，改今額爲静安。"（録自崇禎松江府志卷五十二寺院静安教寺。）

〔三〕內史：指晉人袁崧。參見本卷評貢師泰滬瀆壘詩。

〔四〕泣新亭：東晉初年周顗故事。宋張敦頤撰六朝事迹編類卷上新亭："晉初，元帝渡江，僕射周顗與群臣游宴，坐中歎云：'雖風土不殊，舉目有江山之異。'因而流涕。"

評楊瑀陳檜詩^{①〔一〕}

殿前雙檜鬱龍蛇,翠雨溟濛鎖綠霞。不逐後庭花片落^{〔二〕},托根卻在梵王家^②。

評曰:可見此老志節,非與紛紛者同日而語哉!

【校】

① 録自明刊本静安八詠詩集。原本題作陳檜,今題乃校注者徑擬。

② 楊維禎於"不逐後庭花片落,托根卻在梵王家"兩句逐字加點。

【箋注】

〔一〕楊瑀:參見東維子文集卷二十四元故中奉大夫浙東尉楊公神道碑。陳檜:參見本卷評貢師泰陳檜詩。

〔二〕後庭花片落:寓陳後主嬪妃結局。按:歌曲名有後庭花,又稱玉樹後庭花,南朝陳後主令宮女習唱,以此讚譽張貴妃、孔貴嬪容色。陳亡,貴妃張麗華遭斬殺,孔貴嬪不知所蹤。

評楊瑀蘆子渡詩^{①〔一〕}

路入西風十里秋,月明飛雪下汀洲。關山着處皆戎馬^{〔二〕},容得山人不繫舟^②。

評曰:此詩頗有興,趣亦佳。

【校】

① 録自明刊本静安八詠詩集。原本題作蘆子渡,今題乃校注者徑擬。

② 楊維禎給全詩各句逐字加點。

【箋注】

〔一〕蘆子渡:静安寺八景之一,位於滬瀆壘旁,寺之西北。錢盉撰静安八詠事迹曰:"寺之乾維,舊有蘆子二城。東城延袤萬餘步,有四門,盡囓於江。

西城差小,遺址猶存。渡淞江者必由是取道,故名。"

〔二〕按:所謂"皆戎馬",乃針對時事,有感而發。至正十七年,楊瑀辭去建德路總管一職,退隱至松江鶴沙,至正二十一年七月病逝。本詩當作於其隱居松江期間,其時天下業已大亂。參見東維子文集卷二十四元故中奉大夫浙東尉楊公神道碑。

評鄭元祐滬瀆壘詩①〔一〕

　　東吳内史晉長城〔二〕,滬瀆千年壁壘平。莫向月明悲往事,即今滄海已塵生②〔三〕。

評曰:悼古傷今。

【校】

① 録自明刊本靜安八詠詩集。原本題作滬瀆壘,今題乃校注者徑擬。
② 楊維禎給全詩各句逐字加點。

【箋注】

〔一〕鄭元祐:參見東維子文集卷二十四白雲漫士陶君墓碣銘。滬瀆壘:參見本卷評貢師泰滬瀆壘詩。
〔二〕"東吳内史"句:指吳國内史晉人袁崧。參見本卷評貢師泰滬瀆壘詩。
〔三〕滄海塵生:寓"滄海桑田"故事。參見鐵崖先生詩集庚集題林屋仙隱圖。

評鄭元祐湧泉詩①〔一〕

　　湧泉亭子小冰壺〔二〕,老胖胎寒露濺珠。只許蛟人弄明月,懶隨龍叟澤焦枯②〔三〕。

評曰:不凡俗。

【校】

① 録自明刊本靜安八詠詩集。原本題作湧泉,今題乃校注者徑擬。

② 楊維禎於"老胖胎寒露濺珠。只許蛟人弄明月,懶隨龍叟澤焦枯"三句逐字
　加點。

【箋注】

〔一〕湧泉: 静安寺八景之一,位於静安寺南。"廣袤者半尋,窘若温泉,突沸猶
　火鼎。俗呼爲沸井。有亭翼然其上。初,依師將遷寺,以爲龍湫,遂定厥
　址"(錢盅撰静安八詠事迹)。又,元周弼撰静安寺記曰:"嘉定九年,僧仲
　依以舊基迫近江岸,濤水衝匯,遷基於蘆浦之湧泉,即沸井浜也。中流數
　尺,獨深如井,晝夜騰沸,或指爲海眼,因寺遷而異其名焉。"(録自崇禎松
　江府志卷五十二寺院静安教寺。)

〔二〕湧泉亭: 崇禎松江府志卷五十二寺院静安教寺:"湧泉亭,舊志云,在静安
　寺前。晝夜騰沸,甃井作亭,佳其名曰應天湧泉亭。……今泉在寺内,浜
　爲平陸矣。"

〔三〕澤焦枯: 相傳湧泉有靈,"凡歲旱,禱于泉輒應"。參見錢盅撰静安八詠
　事迹。

評王逢赤烏碑詩①〔一〕

　　碑存赤烏年,僧指青燈夜②。風雨寒蕭蕭,黄旗儼來下③〔二〕。
　評曰: 詩人善想像〔三〕。

【校】

① 録自明刊本静安八詠詩集。原本題作赤烏碑,今題乃校注者逕擬。
② 楊維禎於"僧指青燈夜"一句逐字加點。
③ "風雨寒蕭蕭,黄旗儼來下"兩句逐字加圈。

【箋注】

〔一〕王逢: 參見東維子文集卷七梧溪詩集序。赤烏碑: 參見本卷評貢師泰赤
　烏碑詩。

〔二〕"黄旗"句: 寓三國東吳末帝孫晧結局。黄旗: 乃雲氣,呈現於斗、牛之
　間。古人視爲吉祥,稱作"王氣"。參見陳善學序刊楊鐵崖先生文集卷二

遇敵即倒戈。

〔三〕按：楊維禎評語所謂"善想像"，當指加圈"風雨寒蕭蕭，黄旗儼來下"
　　二句。

評王逢緑雲洞詩①〔一〕

　　　龍歸驟覺寒，雞遠不知午。長年四簷陰，颭颭竹疑雨②。
　　評曰：自有餘韻。

【校】

① 録自明刊本静安八詠詩集。原本題作緑雲洞，今題乃校注者逕擬。
② 楊維禎給全詩各句逐字加點。

【箋注】

〔一〕緑雲洞：静安寺八景之一，實爲静安寺方丈釋壽寧棲息場所。"檜竹桐
　　柏，環植廬外，其層陰疊翠，落人衣帽，游者疑爲華陽小有之境"。趙孟頫
　　書匾，楊維禎爲之撰記。參見錢鼐撰静安八詠事迹、楊鐵崖先生文集全録
　　卷二緑雲洞志。

評釋壽寧陳檜詩①〔一〕

　　　雙檜兮蒼蒼，藝重玄兮禎明〔二〕（叶"芒"）。蛟龍樛兮偃蹇，接
　　葉蒤兮翔鳳凰。皎瓈樹兮壁月夜流，望臨春兮使我心憂②〔三〕。
　　評曰：騷人感慨。

【校】

① 録自明刊本静安八詠詩集。原本題作陳檜，今題乃校注者逕擬。
② 楊維禎給"蛟龍樛兮偃蹇"以下各句逐字加點。

【箋注】

〔一〕釋壽寧：元季爲静安寺住持。參見楊鐵崖先生文集全録卷二緑雲洞志。

陳檜：參見本卷評貢師泰陳檜詩。

〔二〕 "藝重玄"句：謂此雙檜種植於重玄寺殿墀，乃是陳末禎明年間。參見本卷評貢師泰陳檜詩。

〔三〕 臨春：樓閣名。南朝陳後主曾構建臨春、結綺、望仙三閣，供貴妃張麗華等居住游賞，極盡奢華。參見鐵崖先生古樂府卷四陳朝檜。

評釋壽寧講經臺詩①〔一〕

有美人兮滬之渚②，徙神宮兮在蘆③野〔二〕（叶"序"）。筑高臺兮壘土，天花繽兮如雨〔三〕。倏淹没兮谷成陵，蹇予之仍兮續以成④。

評曰：多少涵蓄也，見後人不負山門。

【校】

① 録自明刊本静安八詠詩集。原本題作講經臺，今題乃校注者徑擬。

② 楊維禎給"滬之渚"三字加圈。

③ "在蘆"二字加圈。

④ "筑高臺兮壘土"以下至篇末凡四句，逐字加點。

【箋注】

〔一〕 講經臺：參見本卷評貢師泰講經臺詩。

〔二〕 "徙神宮"句：指南宋嘉定年間，仲依禪師將静安寺從重玄寺舊址遷徙至此。參見本卷評貢師泰赤烏碑詩注。

〔三〕 "筑高臺"二句：指仲依禪師壘土臺講經。參見本卷評貢師泰講經臺詩注。

評釋壽寧滬瀆壘詩①〔一〕

筑滬兮防海②（叶"喜"），蘆之東兮滬之水③〔二〕。崧潭兮千秋〔三〕，故壘岩岩兮枕江之流④，風淒淒兮竹蕭蕭⑤（叶）。

評曰：朱弦三⑥歎有餘音[四]。

【校】

① 録自明刊本静安八詠詩集。原本題作滬瀆壘，今題乃校注者徑擬。
② 楊維禎給"筑滬""防海"四字加圈。
③ "蘆之東""滬之水"六字加圈。
④ "崧潭兮千秋，故壘岩岩"逐字加點，"枕江之流"加圈。
⑤ "風凄凄""竹蕭蕭"六字加圈。
⑥ 原本"三"字下空闕一格，示脱一字。元刊本無此空闕。從元刊本。

【箋注】

〔一〕滬瀆壘：參見本卷評貢師泰滬瀆壘詩。
〔二〕蘆：當指蘆子渡。參見本卷評楊瑀蘆子渡詩。
〔三〕崧潭：蓋以袁崧得名。袁崧事迹參見本卷評貢師泰滬瀆壘詩。
〔四〕"朱弦"句：禮記樂記："清廟之瑟，朱弦而疏越，壹倡而三嘆，有遺音者
　　　矣。"又，蘇軾答仲屯田次韻："朱弦三嘆有遺音。"

評釋壽寧湧泉詩①[一]

　　　　坤之機兮下旋②，湧吾水兮泡溦③。一氣孔神兮無爲自然④，
吁嗟泉兮何千萬年⑤。
　　評曰：八題之中[二]，此題爲悟道之題。"坤機下旋"，便説得湧泉
活潑潑地。"一氣孔神"，又見寧之祖教滅而又不滅者[三]。

【校】

① 録自明刊本静安八詠詩集。原本題作湧泉，今題乃校注者徑擬。
② 楊維禎給"旋"字加圈。
③ "湧吾水兮泡溦"加點。
④ "一氣孔神""無爲自然"八字加圈。
⑤ "吁嗟泉""何"四字加點，"千萬年"三字加圈。

【箋注】

〔一〕湧泉：參見本卷評鄭元祐湧泉詩。

〔二〕八題: 指静安寺八景,即赤烏碑、陳檜、鰕子禪、講經臺、滬瀆壘、湧泉、蘆子渡、緑雲洞。

〔三〕寧之祖教: 指釋壽寧皈依之釋迦牟尼佛教。

評釋壽寧蘆子渡詩①〔一〕

蘆瑟瑟兮水溶溶,望美人兮袁之崧〔二〕。雁嚦嚦兮心忡忡,眺東城兮江之中②〔三〕,吾將踏葦兮歌清風③〔四〕。

評曰: 七縱七擒手,看用事〔五〕。

【校】

① 録自明刊本静安八詠詩集。原本題作蘆子渡,今題乃校注者徑擬。

② 楊維禎給以上各句逐字加點。

③ 末句逐字加圈。

【箋注】

〔一〕蘆子渡: 參見本卷評楊瑀蘆子渡詩。

〔二〕袁之崧: 即袁崧。參見本卷評貢師泰滬瀆壘詩。

〔三〕"眺東城"句: 蘆子渡原有東西兩城,東城大,西城小,然東城早已堙没於水下,西城則留有遺址。參見本卷評楊瑀蘆子渡詩。

〔四〕踏葦: 用菩提達摩"一葦渡江"故事。參見鐵崖先生詩集丙集題王叔明畫渡水僧圖。

〔五〕"七縱"二句評語,蓋指釋壽寧用事用典,舒放自如,毫不費力。猶如諸葛亮對付孟獲,七擒七縱。

評韓璧滬瀆壘詩①〔一〕

雨師蒺藜黑,天寒燐火青。將軍身殁後〔二〕,衮海毒蛟腥②。

評曰: 五字老辣。

【校】

① 録自明刊本静安八詠詩集。原本題作滬瀆壘,今題乃校注者徑擬。韓璧之
　 “璧”,原本誤作“壁”,徑改。下同。參見鐵崖撰静安八詠集序及韓璧墓銘
　 (皆載佚文編)。
② 楊維禎給前兩句逐字加點,後兩句逐字加圈。

【箋注】

〔一〕韓璧:生平家世參見鐵崖撰韓璧墓銘(見本書佚文編)、東維子文集卷二
　　　十五元故用軒先生墓志銘。滬瀆壘:參見本卷評貢師泰滬瀆壘詩。
〔二〕將軍:指東晉吳郡太守袁崧。參見本卷評貢師泰滬瀆壘詩。

評韓璧湧泉詩①〔一〕

　　　光摇星彩亂,聲散雹珠圓。不爲將軍拜②〔二〕,玄機極
　後先③〔三〕。
　　評曰:五字有餘,妙句〔四〕。

【校】

① 録自明刊本静安八詠詩集。原本題作湧泉,今題乃校注者徑擬。
② 楊維禎給“不爲將軍拜”一句逐字加點。
③ “玄機極後先”一句逐字加圈。

【箋注】

〔一〕湧泉:參見本卷評鄭元祐湧泉詩。
〔二〕將軍:指袁崧。
〔三〕按:此句蓋從所謂“海眼”現象,聯想到天機之奥妙。
〔四〕按:楊維禎評語,顯然針對“不爲將軍拜,玄機極後先”二句,既加圈點,又
　　　稱“妙句”,讚賞韓璧即景抒情,詩富深意。

評唐奎赤烏碑詩①〔一〕

河水初潤瓠子決〔二〕，東吳滬瀆復漫泄。重玄不見赤烏碑，悵惘波神心欲折〔三〕，玄龜抃舞蒼龍飛，江頭落日楓林稀。誰云杜公兩石在②〔四〕，安知陵谷千年非③。

評曰：句語超。

【校】

① 録自明刊本静安八詠詩集。原本題作赤烏碑，今題乃校注者徑擬。
② 楊維禎給“石在”二字加點。
③ “安知陵谷千年非”一句逐字加點。

【箋注】

〔一〕唐奎：參見楊維禎撰静安八詠集序（載本書佚文編）。赤烏碑：參見本卷評貢師泰赤烏碑詩。
〔二〕瓠子：古河名，黄河曾在此決口。參見鐵崖先生古樂府卷三廬山瀑布謡。
〔三〕“重玄”二句：意爲重玄寺與赤烏碑埋没於水，皆已不見。參見本卷評成廷珪滬瀆壘詩、評貢師泰赤烏碑詩。
〔四〕杜公兩石：疑指静安寺所存廬舍那佛像與北宋雍熙、宣和兩石碣。元周弼撰静安寺記曰：“寺之靈驗最顯著者，西晉建興元年，有兩石像浮于江浦，吳縣人朱膺迎置於寺，視其背則有銘，蓋七佛中之二，曰維衛，曰迦葉。後六年，漁者又獲兩石缽于沙際，大如臼，羶辛稍觸之，則變怪輒見，因以爲石像供具。……自佛法渡江而南，浙西信嚮特甚，精藍浄舍，所在布滿。究其從始，其最遠者，極天監、大同而止。孫吳赤烏十年，康僧會始至建業，建寺以居，謂之建初。此寺實相踵而成。……石像既遷于吳門開元寺，而錢氏瑜珈道場、廬舍那寶像與雍熙、宣和兩碣，屹然尚存。”（載崇禎松江府志卷五十二寺院静安教寺。）按：廬舍那佛俗稱“大日如來”，蓋吳語“大”與“杜”同音，以致混用。

評唐奎陳檜詩①

禎明老檜高百尺〔一〕，十畝蒼寒浸苔石。虬枝偃如東向松，霜

皮慘若西來柏②。金陵王氣當時誇③〔二〕，落日江村啼④亂鴉。璧
月滿天清夜靜，玉簫吹落後庭花⑤〔三〕。

評曰：一結尤見作手。

【校】

① 録自明刊本静安八詠詩集。原本題作陳檜，今題乃校注者徑擬。

② 楊維禎給"西來柏"三字加圈。

③ "金陵王氣當時誇"逐字加圈。

④ "日江村啼"四字加點。

⑤ "璧月滿天清夜靜，玉簫吹落後庭花"二句逐字加圈。

【箋注】

〔一〕禎明老檜：即陳檜。參見本卷評貢師泰陳檜詩。

〔二〕王氣：秦以前即風傳金陵有王氣。景定建康志卷十七山川志："金陵岡在
府城之西龍灣路上，耆老言乃秦厭東南王氣，鑄金人埋於此。"

〔三〕吹落後庭花：此語雙關，既説花落，又指陳王朝葬送於玉樹後庭花等。故
此結語頗得楊維禎讚賞，評曰"尤見作手"。參見本卷評楊瑀陳檜詩。

評唐奎鰕子禪詩①〔一〕

誰云儼師示化所〔二〕，餘香未絶天花雨。癡禪狡獪悉共知，嚼
碎紅鬚化龍舞②。癡禪化去鰕亦存，至今法門無盡燈。風雨幾度
驚山靈，庭前柏樹猶青青〔三〕③。

評曰：鍛句有點丹神奇④。

【校】

① 録自明刊本静安八詠詩集。原本題作鰕子禪，今題乃校注者徑擬。

② 楊維禎給"狡獪悉共知，嚼碎紅鬚化龍舞"逐字加圈。

③ "癡禪化去鰕亦存"以下四句逐字加點。

④ 此評語原本位於詩中"癡禪狡獪悉共知，嚼碎紅鬚化龍舞"兩句之後，徑移
於此。

【箋注】

〔一〕鰕子禪:静安寺八景之一,乃寺中佛閣,因智儼禪師傳説而得名。錢盉撰静安八詠事迹曰:"師諱智儼,性散逸,人或誕其爲,弗敬。一日,赴胥村大姓會,會渡江,直漁者,乃貰鰕一斗,匊水啖之。約酹以施貰,弗獲,漁者怒。仍吸水,吐活鰕還之,人皆驚異。越七日,趺坐而逝,肉身不壞,齒發如生。會兵難,神變而去。世名鰕子禪。"又,元周弼撰静安寺記曰:"佛閣則因異僧智儼而立。儼有異行駭俗,取蝦子爲僧號。常斂蒲草爲萬餘繩,掛諸廊廡,且曰:'吾將作大緣事。'繼即示寂。人競樂施以財,繩皆滿足,閣果成就。"(載崇禎松江府志卷五十二寺院静安教寺。)又,或稱静安寺爲鰕子道場。參見補續高僧傳卷十九鰕子和尚傳。

〔二〕儼師:指蝦癩衲,即智儼禪師。參見楊鐵崖先生文集全録卷二緑雲洞志。

〔三〕"庭前柏樹"句:寓禪宗話頭。宋釋惠洪撰禪林僧寶傳卷七南康雲居齊禪師:"昔有僧問趙州:'如何是祖師西來意?'答曰:'庭前柏樹子。'"

評唐奎講經臺詩①〔一〕

師遺臺石蒼苔厚〔二〕,兔葵燕麥生禪肘〔三〕②。當時公享七十年③〔四〕,石丈人中④誰首肯〔五〕。我來作志寫長文,可歎昔人諛墓金。自喜文章如謝朓,涅槃重問遠東林⑤〔六〕。

評曰:(生禪肘)三字奇⑥。

評曰:善調亦自好⑦。

評曰:自高妙不妨。

【校】

① 録自明刊本静安八詠詩集。原本題作講經臺,今題乃校注者逕擬。

② 楊維禎給"生禪肘"三字加圈。

③ "七十年"三字加點。

④ "石丈人中"四字加圈。

⑤ "可歎昔人諛墓金。自喜文章如謝朓,涅槃重問遠東林"逐字加點。

⑥ 此評語原本位於詩中"生禪肘"之後,逕移於詩後。"評曰"二字原本無,逕添。

⑦ 此評語原本位於詩中"石丈人中誰首肯"一句之後,徑移於詩後。"評曰"二
字原本無,徑添。

【箋注】

〔一〕講經臺：參見本卷評貢師泰講經臺詩。

〔二〕師：指仲依禪師。參見本卷評貢師泰赤烏碑詩注。

〔三〕"兔葵"句：喻指靜安寺講經臺荒涼景象。語出唐劉禹錫再游玄都觀絕句
引："重游玄都,蕩然無復一樹,唯兔葵燕麥動搖於春風耳。"(載劉禹錫集
箋證卷二十四。)

〔四〕公享七十年：蓋指仲依禪師講經七十年。參見本卷評成廷珪講經臺詩。

〔五〕"石丈人"句：蓋指無人爲仲依禪師立碑。石丈人：喻指石碑。

〔六〕"自喜"二句：意爲寧做詩人,不入佛門。謝朓,南齊詩人。其詩以"平淡
有思致"著稱。南齊書有傳。遠東林：蓋指陶淵明不入東林社。東林,指
東林法師慧遠。慧遠曾於廬山創建白蓮社。參見鐵崖先生詩集壬集題淵
明圖。

評唐奎滬瀆壘詩①〔一〕

　　吳淞江上袁公壘〔二〕,千年何處尋遺址。石犀半落江水中,秋
老蘆花三十里。五百馬塵今尚飛②〔三〕,啾啾赤子將安歸。月明古
堞急鼓鼙③,孤臣有淚④空沾衣。

評曰：書生憂國憂民語,有足感動人者,萬古而不磨者。

【校】

① 録自明刊本靜安八詠詩集。原本題作滬瀆壘,今題乃校注者徑擬。

② 楊維禎給"蘆花三十里。五百馬塵今尚飛"逐字加點。

③ 給"古堞急鼓鼙"五字加點。

④ 楊維禎給"孤""淚"二字加圈。

【箋注】

〔一〕滬瀆壘：參見本卷評貢師泰滬瀆壘詩。

〔二〕袁公壘: 即滬瀆壘。袁崧曾加以修筑,故有此稱。

〔三〕五百: 蓋指秦末田横五百門客。按: 松江海濱有古迹曰田横冢。相傳五百門客追隨田横逃亡海中,田横死後,衆門客一同於此殉死。參見鐵崖先生集卷四琅玕所志。

評唐奎蘆子渡詩①〔一〕

耶城東來蘆子渡②〔二〕,萬頃蘆花失江路。明月清秋作雪飛,村中不見將軍墓③〔三〕。只今海内風塵昏,移家來就漁樵論〔四〕。處處桑麻有閑地,紛紛桃李傍公門④。

評曰: 亦有感慨。

【校】

① 録自明刊本静安八詠詩集。原本題作蘆子渡,今題乃校注者逕擬。

② 楊維禎給"子渡"二字加點。

③ 給"明月清秋作雪飛,村中不見將軍墓"逐字加點。

④ "麻有閑地,紛紛桃李傍公門"逐字加點。

【箋注】

〔一〕蘆子渡: 參見本卷評楊瑀蘆子渡詩。

〔二〕耶城: 築耶城之簡稱。至元嘉禾志卷十二祠廟: "築耶將軍祠,在(松江)府東三十五里。考證: 築耶城,晉左將軍袁崧所築,遺址尚存。有築耶將軍祠,世傳祀袁崧。按晉隆安四年,崧以吴國内史築滬瀆壘,以備孫恩。明年,恩陷滬瀆,崧死。境内祠之宜也。'築耶'之義未詳。"

〔三〕將軍: 指袁崧。參見本卷評貢師泰滬瀆壘詩。

〔四〕"只今"二句: 所述爲時事及作者自身近況。其時南北多處戰火,唐奎避亂而隱居松江。

評馬弓陳檜詩①〔一〕

古木凌空百尺過,根盤如石鐵爲柯。濃陰不礙金蓮座,虛籟

猶傳玉樹歌②〔二〕。倦客解衣頻徙倚,老禪卓錫定摩挲。雲門寺裏
梁朝柏〔三〕,身上苔痕想更多③。

評曰:"金蓮座"對"玉樹歌",誠爲□對。

【校】

① 録自明刊本静安八詠詩集。原本題作陳檜,今題乃校注者徑擬。

② 楊維禎給"礙金蓮座,虛籟猶傳玉樹歌"逐字加點。

③ "雲門寺裏梁朝柏,身上苔痕想更多"逐字加點。

【箋注】

〔一〕馬弓:參見楊維禎撰静安八詠集序(載本書佚文編)。陳檜:參見本卷評
　　貢師泰陳檜詩。

〔二〕玉樹歌:即歌曲後庭花。後庭花又稱玉樹後庭花,故有此略稱。參見本卷
　　評楊瑀陳檜詩。

〔三〕雲門寺:不詳。按:本詩作者馬弓,會稽(今浙江紹興)人。紹興有雲門
　　寺,始於東晉,乃王獻之故居改建。或即本詩所指。紹興雲門寺之淵源,
　　詳見元人虞集撰雲門寺記(載全元文卷八五八,第二十七册)。

評顧或赤烏碑詩①〔一〕

我游重玄寺,爲感赤烏碑。僧康初創法〔二〕,吴權必有辭〔三〕。
河山久遷變,制作同棄遺。空成薦福嘆〔四〕,尚念峴首悲〔五〕。浯溪
中興頌〔六〕,石崖今何爲。

評曰:感慨跌宕②。

評曰:借此題發所蘊,非徒作也〔七〕。

【校】

① 録自明刊本静安八詠詩集。原本題作赤烏碑,今題乃校注者徑擬。

② 此評語原本位於詩中"尚念峴首悲"之後,徑移於此。

【箋注】

〔一〕顧或:參見楊維禎撰静安八詠集序(載本書佚文編)。赤烏碑:參見本卷

評貢師泰赤烏碑詩。

〔二〕僧康:指三國時期天竺僧人康僧會。其生平詳見高僧傳卷一魏吳建業建
　　　初寺康僧會。

〔三〕吳權:指三國時東吳大帝孫權。

〔四〕薦福嘆:有關北宋文人張鎬之傳説。相傳張鎬落魄潦倒,寄居薦福寺。廟
　　　中長老十分同情,欲令小和尚摹拓寺中顏真卿所書碑文,賣錢資助張鎬進
　　　京趕考。不料龍神發怒,半夜雷擊,轟碎薦福碑。故事詳見元人馬致遠雜
　　　劇半夜雷轟薦福碑。

〔五〕峴首悲:晉太傅羊祜故事。羊祜好游峴山。死後,襄人於峴首建碑立廟。望
　　　其碑者,無不流淚,人稱"墮淚碑"。參見鐵崖文集卷二晉太傅羊公廟碑。

〔六〕浯溪中興頌:唐人元結所作大唐中興頌,磨浯溪石崖書之,故名。參見麗
　　　則遺音卷二磨崖碑。

〔七〕"借此"二句:此評語蓋指詩末二句寓有作者對於時事之感傷,以及復興
　　　元朝之希冀。

評顧彧陳檜詩①〔一〕

　　　菀菀雙檜樹,傳聞自陳時〔二〕。陳時不可信,重此根株奇。下
有左紐文〔三〕,上有再生枝。天寒兩龍角,月白雙鳳儀。空山風吹
雨,木客夜題詩。
　　評曰:五字忽轉〔四〕、老樹精,都②從小李來〔五〕。

【校】

① 録自明刊本静安八詠詩集。原本題作陳檜,今題乃校注者逕擬。
② 都:原本作"卻",據元刊本改。

【箋注】

〔一〕陳檜:參見本卷評貢師泰陳檜詩。
〔二〕陳:指南朝陳王朝。
〔三〕左紐文:參見本卷評貢師泰陳檜詩。
〔四〕按:五字忽轉,即"忽轉五字",蓋指他人吟詠静安八景,多爲七言詩,顧彧

則轉用五言。楊維禎認爲，顧或此舉襲自李賀。李賀詩歌集注卷二申鬍子觱篥歌序：“申鬍子，朔客之蒼頭也。朔客李氏亦世家子，得祀江夏王廟，當年踐履失序，遂奉官北部。自稱學長調短調，久未知名。今年四月，吾與對舍于長安崇義里，遂將衣質酒，命予合飲。氣熱杯闌，因謂吾曰：‘李長吉，爾徒能長調，不能作五字歌詩，直強迴筆端，與陶、謝詩勢相遠幾里！’吾對後，請撰申鬍子觱篥歌，以五字斷句。歌成，左右人合噪相唱。朔客大喜……”

〔五〕小李：指唐詩人李賀。

評顧或鰕子禪詩①〔一〕

　　道心本無住，幻化亦已空。如何儼禪師，示迹驚群蒙。滄江一斗鰕，生死吞吐中②〔二〕。信有固可恨，苟無豈其朦。吾人尚窮理，佇目江流東。

　　評曰：五字精緊。

【校】

① 録自明刊本静安八詠詩集。原本題作鰕子禪，今題乃校注者徑擬。
② 此評語原本位於詩中“生死吞吐中”之後，徑移於詩後。

【箋注】

〔一〕鰕子禪：參見本卷評唐奎鰕子禪詩。
〔二〕“如何”四句：概述儼禪師神奇故事。詳見本卷評唐奎鰕子禪詩。儼禪師：即智儼禪師，或稱鰕子禪。參見楊鐵崖先生文集全録卷二緑雲洞志注。

評顧或講經臺詩①〔一〕

　　我懷依老禪〔二〕，筑臺夜翻經。風清貝葉動，月白雨花零。龍來白氊語，鬼走文貍聽。百年露遺址，雨冷秋冥冥。人生一大夢，鄙夫幾時醒。

評曰：十字奇語②。

【校】

① 録自明刊本静安八詠詩集。原本題作講經臺，今題乃校注者徑擬。
② 此評語原本位於詩中"龍來白髯語，鬼走文貍聽"之後，徑移於此。

【箋注】

〔一〕講經臺：參見本卷評貢師泰講經臺詩。
〔二〕依老禪：指仲依禪師。參見本卷評貢師泰講經臺詩注。

評顧彧滬瀆壘詩①〔一〕

江廻原野迥，海翻（去聲）波濤起。征客期門歸，吊古滬瀆壘。平疇麥草青，澀土箭鏃紫。月黑動北風，寒雁聲在水。丈夫澄清心〔二〕，俯仰在萬里。

評曰：有餘不盡之味②。

【校】

① 録自明刊本静安八詠詩集。原本題作滬瀆壘，今題乃校注者徑擬。
② 此評語原本位於詩中"寒雁聲在水"之後，徑移於此。

【箋注】

〔一〕滬瀆壘：參見本卷評貢師泰滬瀆壘詩。
〔二〕澄清心：指澄清天下、造福國人之志。

評錢岳赤烏碑詩①〔一〕

名剎高關滄海邊，豐碑新建赤烏年。悲涼斷刻三江底②〔二〕，想像雄文六代③前〔三〕。潮落雁沙看古篆，月明鰕渚吊枯禪〔四〕。

中興賴有周郎記，回首吴陵惨暮烟④。

評曰：周郎謂周弼〔五〕。

【校】

① 録自明刊本静安八詠詩集。原本題作赤烏碑，今題乃校注者逕擬。

② 楊維禎給"底"字加點。

③ "想像雄文六代"六字加點。

④ "中興賴有周郎記，回首吴陵惨暮烟"逐字加點。

【箋注】

〔一〕錢岳：參見楊維禎撰静安八詠集序（載本書佚文編）。赤烏碑：參見本卷評貢師泰赤烏碑詩。

〔二〕三江：指松江、婁江、東江。參見王鏊撰姑蘇志卷十水。

〔三〕六代：即六朝，指東吴、東晉以及宋、齊、梁、陳。

〔四〕枯禪：指智儼禪師，即鰕子禪。參見楊鐵崖先生文集全録卷二緑雲洞志注。

〔五〕周弼：撰有静安寺記，崇禎松江府志卷五十二寺院静安教寺目下全文引録。其生平不詳。按：周弼静安寺記文末曰，其外氏居華亭，故自幼聽聞静安寺掌故不少。據此推測，周弼家距離華亭不遠，或即松江府人。又，周弼究竟爲何時人士，亦未見記載。周弼記文中述及南宋嘉定年間事，崇禎松江府志引録此文，題曰"周弼寺記"，未署朝代。楊維禎本詩評語曰"周郎謂周弼"，可見周弼爲時人所熟知。合以推測，頗疑周弼爲元末明初人士。

評錢岳陳檜詩①〔一〕

上方雙檜鬱岩嶢〔二〕，不逐禎明玉樹凋〔三〕。雲擁鶴巢溟海暗②，火枯龍骨艮宫摇〔四〕。深根入③地應千尺，老幹擎天已十朝。夜半木精聽説法，昔年亡國恨都消④。

評曰：此章全美。

【校】

① 録自明刊本静安八詠詩集。原本題作陳檜，今題乃校注者逕擬。

② 楊維禎給“不逐禎明玉樹凋。雲擁鶴巢溟海暗”二句逐字加點。

③ 給“火枯龍骨艮宮搖。深根入”逐字加圈。

④ “老幹擎天已十朝。夜半木精聽説法,昔年亡國恨都消”逐字加點。

【箋注】

〔一〕陳檜:參見本卷評貢師泰陳檜詩。

〔二〕上方:當指静安寺前身重玄寺。按:宋真宗祥符年間,改重玄寺爲静安寺。徽宗宣和以後,雙檜僅存一檜。參見本卷評貢師泰陳檜詩。

〔三〕玉樹:雙關語。又指歌曲玉樹後庭花。參見本卷評楊瑀陳檜詩。

〔四〕“火枯龍骨”句:意爲震雷轟毀陳檜,預示北宋王朝行將覆滅。按:宋徽宗建艮岳,欲得此陳檜,一夕雷擊,樹毀其一。艮宮:指宋徽宗所建皇家別墅艮岳,此處借指北宋王朝。參見本卷評貢師泰陳檜詩。

評錢岳講經臺詩①〔一〕

潮打彎碕半欲摧,老禪稱土筑高臺〔二〕。旃檀林下談經坐,舍衛城中乞食回②〔三〕。江月夜摇金篆冷③〔四〕,天風時散寶花來。惟餘石塔殘陽裏,長使登臨過客哀。

評曰:(稱土)二字,人未用到處④。

【校】

① 録自明刊本静安八詠詩集。原本題作講經臺,今題乃校注者逕擬。

② 楊維禎給“旃檀林下談經坐,舍衛城中乞食回”二句逐字加點。

③ 冷:原本及元刊本皆誤作“泠”,逕改。

④ 此評語原本位於詩中“稱土”二字之後,逕移於此。

【箋注】

〔一〕講經臺:參見本卷評貢師泰講經臺詩。

〔二〕老禪:指仲依禪師。參見本卷評貢師泰講經臺詩注。

〔三〕舍衛:中印度古王國名,釋迦牟尼曾長期居此。

〔四〕金篆:當指用於燃燒香篆的銅製器具。

評錢岳滬瀆壘詩^{①〔一〕}

袁公筑壘吳淞口^{〔二〕}，廢址猶存滬瀆名。先駐孤軍防險地，已勝癡將假陰兵。濤春海岸喧鼙鼓，雲合江天擁^②旆旌。豪傑不將成敗論，千年青史見忠貞。

評曰：知豪傑之不懼者，其岳乎！

【校】

① 録自明刊本靜安八詠詩集。原本題作滬瀆壘，今題乃校注者徑擬。

② 楊維禎給"濤春海岸喧鼙鼓，雲合江天擁"逐字加點。

【箋注】

〔一〕滬瀆壘：參見本卷評貢師泰滬瀆壘詩。

〔二〕袁公：指袁崧。參見本卷評貢師泰滬瀆壘詩。吳淞口：位於今上海寶山區。

評錢岳湧泉詩^{①〔一〕}

靈火暗通滄海脈，虛亭新搆白雲隈。潭心象踏天花出，沙際龍噴石鉢來^{②〔二〕}。袞月浪花翻玉乳，濺空霜沫迸珠胎。我來分得軍將滴，散作甘霖遍九垓^③。

評曰：亦善形容^④。

【校】

① 録自明刊本靜安八詠詩集。原本題作湧泉，今題乃校注者徑擬。

② "沙際龍噴石鉢來"一句之後，原本有小字"評曰"，然評語空闕。元刊本同。又，楊維禎給"潭心象踏天花出，沙際龍噴石鉢來"二句逐字加圈。

③ "袞月浪花翻玉乳"以下四句逐字加點。

④ 此評語原本位於詩中"濺空霜沫迸珠胎"一句之後，徑移於此。原本無"評曰"二字，徑添。

【箋注】

〔一〕湧泉：參見本卷評鄭元祐湧泉詩。

〔二〕"潭心"二句：實指西晉年間海上飄至重玄寺的石像、石鉢。參見本卷評唐奎赤烏碑詩。

評釋如蘭陳檜詩①〔一〕

昔聞後庭花〔二〕，今見禎明檜。雙劍列雌雄，每與風雨會。艮岳莫可移〔三〕，夜挾驚霆壞。至今左紐枝〔四〕，老氣發光彩。評曰：僧中此郎，不愧鐵門的派。林塘何可到〔五〕？

【校】

① 録自明刊本静安八詠詩集。原本題作陳檜，今題乃校注者徑擬。

【箋注】

〔一〕釋如蘭：楊維楨友生。參見東維子文集卷十送蘭仁二上人歸三竺序。陳檜：參見本卷評貢師泰陳檜詩。

〔二〕後庭花：參見本卷評楊瑀陳檜詩。

〔三〕艮岳：北宋徽宗建於汴京（今河南開封）之名園，金兵南侵時被毀。按：宋徽宗建造艮岳，大肆搜羅珍樹奇石，此陳檜亦在其名單之列，然最終一無所得。參見本卷評貢師泰陳檜詩。

〔四〕左紐枝：參見本卷評貢師泰陳檜詩。

〔五〕林塘：疑指崑山文人施林塘。郭翼撰與顧仲瑛書："竊見崑山人物之盛，非他州可及……有文章之流，若俞翠峰之超逸，施林塘之風騷，秦德卿之厚重，汪德載之深沉，文學古之奇放，馬敬常之秀麗，皆士林尤著者也。"（載林外野言卷下。）

評釋如蘭鰕子禪詩①〔一〕

長懷鰕子儼〔二〕，有如法華言〔三〕。混凡人莫識，應供入胥村[四]。斗鰕示神變,生死同一源。影堂見遺像,稽首重玄門[五]。

評曰:言法華,無人用到此,正切本題。

【校】

① 錄自明刊本静安八詠詩集。原本題作鰕子禪,今題乃校注者徑擬。

【箋注】

〔一〕鰕子禪:即智儼禪師。參見本卷評唐奎鰕子禪詩。

〔二〕鰕子儼:指智儼禪師。

〔三〕法華言:指狂僧言法華。補續高僧傳卷十九言法華傳:“言法華者,莫知其所從來。梵相奇古,語言無忌,出没不測。多行市里,褰裳而趨。或舉指畫空,佇立良久。與屠沽者游,飲啖無所擇,道俗共目爲狂僧。……河南志曰:志言,姓許氏。自壽春來,居東京景德寺。爲人卜休咎,書紙揮翰甚疾,字體遒勁。初不可曉,後多驗。有具齋薦饌者,則并食之,臨流而吐,化爲小鮮,群泳而去。海客遇風且没,見僧操絙引舶而濟。客至都下,志言謂客曰:‘非我汝奈何!’客猶記其貌,真引舟者也。後卒,(宋)仁宗以真身塑像置寺中,榜曰顯化禪師。”

〔四〕胥村:與静安寺一江之隔,當位於松江府境内。參見本卷評唐奎鰕子禪詩。

〔五〕重玄:静安寺前身,此處實指静安寺。

評釋如蘭滬瀆壘詩①[一]

內史晉袁崧,爲國作藩屏。孤忠禦强寇,不得全首領。滬瀆春草平,血青土花泠[二]。水仙葬重淵,天誅付辛景[三]。

評曰:亦釋門中果報也。

【校】

① 錄自明刊本静安八詠詩集。原本題作滬瀆壘,今題乃校注者徑擬。

【箋注】

〔一〕滬瀆壘:參見本卷評貢師泰滬瀆壘詩。

〔二〕“内史”六句：讚頌袁崧爲國捐軀之壯舉。參見本卷評貢師泰滬瀆壘詩。

〔三〕“水仙”二句：概述孫恩結局。東晉末年，孫恩進犯臨海，爲太守辛景所破，“恩窮蹙，乃赴海自沈，妖黨及妓妾謂之水仙，投水從死者百數”。詳見晉書孫恩傳。

評趙覲赤烏碑詩①〔一〕

　　僧來天竺國，寺創赤烏年。碑碣前朝重，文章後世憐。秋風生大野，斜月墮重淵。有待龜龍負，圖書得共傳〔二〕。

評曰：此一結方是作者。

【校】

① 録自明刊本静安八詠詩集。原本題作赤烏碑，今題乃校注者徑擬。

【箋注】

〔一〕趙覲：參見楊維禎撰静安八詠集序（載本書佚文編）。赤烏碑：參見本卷評貢師泰赤烏碑詩。

〔二〕“有待”二句：將赤烏碑比作河圖洛書。按：相傳伏羲時有龍馬衔河圖而來，大禹時有玄龜負洛書而出。

評趙覲陳檜詩①〔一〕

　　不識陳朝檜，相傳故老言。理文俱左紐〔二〕，后土自蟠根。氣迥青山暝，陰寒玉殿昏。何須埜王筆〔三〕，圖畫至今存。

評曰：用事正切本題。

【校】

① 録自明刊本静安八詠詩集。原本題作陳檜，今題乃校注者徑擬。

【箋注】

〔一〕陳檜：參見本卷評貢師泰陳檜詩。

〔二〕左紐：參見本卷評貢師泰陳檜詩。

〔三〕坔王：蓋指南朝梁、陳年間著名文人顧野王。顧野王字希馮，吳郡人。著作豐富，亦擅長書畫。陳書有傳。

評趙覲蘆子渡詩①〔一〕

　　蘆花十里塘〔二〕，野色正荒涼。明月秋無際，西風雪有香。漁郎茅屋小，估客棹歌長。自愧無家別，經行百感傷。

　　評曰：雖無□意，亦自②可誦。

【校】

① 録自明刊本静安八詠詩集。原本題作蘆子渡，今題乃校注者徑擬。

② 自：原本作“有”，據元刊本改。

【箋注】

〔一〕蘆子渡：參見本卷評楊瑀蘆子渡詩。

〔二〕“蘆花”句：蘆子渡周邊蘆葦塘面積巨大，頗爲壯觀，故有“萬頃蘆花失江路”之説。參見唐奎蘆子渡詩。

評余寅陳檜詩①〔一〕

　　海波浮玉殿，寶網拂珊瑚。座上來聽法，龍精即老夫②。

　　評曰：五字善融化。

【校】

① 録自明刊本静安八詠詩集。原本題作陳檜，今題乃校注者徑擬。

② 楊維禎給“座上來聽法，龍精即老夫”二句逐字加點。

【箋注】

〔一〕余寅：參見楊維禎撰静安八詠集序（載本書佚文編）。陳檜：參見本卷評貢師泰陳檜詩。

評余寅鰕子禪詩①〔一〕

老禪不解事,眉白鬢莖稀。曹溪一滴水〔二〕,鰕子作龍飛〔三〕。
評曰:□字與□□尚意。

【校】

① 録自明刊本静安八詠詩集。原本題作鰕子禪,今題乃校注者徑擬。

【箋注】

〔一〕鰕子禪:即智儼禪師。參見本卷評唐奎鰕子禪詩、楊鐵崖先生文集全録卷
　　二緑雲洞志。
〔二〕曹溪一滴水:乃佛教禪宗悟道之"話頭"。曹溪:位於今廣東韶關。六祖
　　慧能曾在此講法,故世人常以曹溪借指慧能或南宗禪。
〔三〕鰕子:亦指智儼禪師。

評余寅滬瀆壘詩①〔一〕

我過袁崧宅〔二〕,重尋滬瀆津。英雄千載下〔三〕,遺壘大
江濱②。
評曰:二十字□全美。

【校】

① 録自明刊本静安八詠詩集。原本題作滬瀆壘,今題乃校注者徑擬。
② 楊維楨給"滬瀆津""英雄千載下,遺壘大江濱"逐字加點。

【箋注】

〔一〕滬瀆壘:參見本卷評貢師泰滬瀆壘詩。
〔二〕袁崧:參見本卷評貢師泰滬瀆壘詩。

〔三〕英雄：指袁崧。按：袁崧卒於東晉安帝隆安五年（四〇一），距元末九百餘年。故此稱“千載下”。

評釋守仁陳檜詩①〔一〕

　　吴楓楚柳逐烟空，陳檜依然護梵宫。可惜禎明歌舞地，後庭無樹着春風②〔二〕。

評曰：集中陳檜諸作，多用後庭花事，然惜雷同泛常，未甚有新意。鶴夢立此作〔三〕，始似可誦矣。

評曰：篇首起吴楓、楚柳比，入來尤别。

【校】

① 録自明刊本静安八詠詩集。原本題作陳檜，今題乃校注者徑擬。
② 楊維禎給本詩前三句逐字加點，末句逐字加圈。

【箋注】

〔一〕釋守仁：參見東維子文集卷十送蘭仁二上人歸三竺序。陳檜：參見本卷評貢師泰陳檜詩。
〔二〕“後庭”句：乃雙關語。既指後庭樹木皆無绿意，又喻指後庭花曲導致朝廷敗落。故楊維禎褒獎，曰“有新意”。
〔三〕鶴夢立：當爲釋守仁别號。

評釋守仁绿雲洞詩①〔一〕

　　绿雲尊者绿雲堆〔二〕，十畒清陰護紫苔。彈徹松風琴一②曲〔三〕，華陽峰頂鶴飛來③〔四〕。

評曰：華峰句貼題。

【校】

① 録自明刊本静安八詠詩集。原本題作绿雲洞，今題乃校注者徑擬。

② 楊維楨給"彈徹松風琴一"六字加點。

③ 給"陽峰頂鶴飛來"六字加圈。

【箋注】

〔一〕緑雲洞：參見本卷評王逢緑雲洞詩。

〔二〕緑雲尊者：指緑雲洞主人，當時靜安寺住持釋壽寧。參見楊鐵崖先生文集
　　　全録卷二緑雲洞志。

〔三〕松風：古琴曲名。或謂即嵇康所創風入松曲。

〔四〕華陽：指道教聖地茅山。茅山又稱華陽洞天。

評陸侗赤烏碑詩①〔一〕

　　　金人②入夢興梵宗〔二〕，重玄始創滬瀆東〔三〕。紫髯紀年石且
豐〔四〕，大書赤烏卻黄龍③〔五〕。維松潮汐地不同，文章忽瘝洪濤
風，黿趺螭首潛無蹤④〔六〕。川后河伯還會通，奎星下燭娑竭
宫⑤〔七〕。方信人間談色⑥空，江水自白江花紅⑦。

評曰：結益精神。

【校】

① 録自明刊本靜安八詠詩集。原本題作赤烏碑，今題乃校注者逕擬。

② 楊維楨給"金人"二字加圈。

③ "髯紀年石且豐，大書赤烏卻黄龍"逐字加點。

④ "黿趺螭首潛無蹤"逐字加點。

⑤ "奎星下燭娑竭宫"逐字加點。

⑥ "方""談色"三字加點。

⑦ "江水"二字加點，"自白江花紅"五字加圈。

【箋注】

〔一〕陸侗：參見楊維楨撰靜安八詠集序（載本書佚文編）。赤烏碑：參見本卷
　　　評貢師泰赤烏碑詩。

〔二〕"金人入夢"句：概述佛教傳入中土之緣起。按：相傳佛教傳入中國，始於

東漢明帝。後漢書西域傳："世傳明帝夢見金人，長大，頂有光明，以問群臣。或曰：'西方有神，名曰佛，其形長丈六尺而黄金色。'帝於是遣使天竺問佛道法，遂於中國圖畫形像焉。"

〔三〕重玄：佛寺名，静安寺前身。

〔四〕紫髯：指三國孫權，人稱孫權爲"紫髯將軍"。此處借指東吴帝國。

〔五〕赤烏：東吴孫權年號。黄龍：黄浦江别名。

〔六〕"維松潮汐地不同"三句：指赤烏碑遭水吞没，從此杳無蹤迹。參見本卷評貢師泰赤烏碑詩。

〔七〕娑竭宫：佛教傳説中的海龍王宫。

評陸侗陳檜詩①〔一〕

鐵幹屈左紐，苔枝鎖空青。雨露承十朝，根心自禎明②。願仗千佛蔭，羞向三閣榮〔二〕。水月照纓絡③，儼矣大士形④。秋風動石頭，不雜玉樹聲〔三〕。泰媪永呵護〔四〕，恐化蒼龍精⑤。

評曰："水月照纓絡""恐化蒼龍精"，諸作未能如此想像。

【校】

① 録自明刊本静安八詠詩集。原本題作陳檜，今題乃校注者徑擬。

② 楊維禎給"鐵幹屈左紐，苔枝鎖空青。雨露承十朝，根心自禎明"逐字加點。

③ "願仗千佛蔭，羞向三閣榮。水月照纓絡"逐字加圈。

④ "儼矣大士形"五字加點。

⑤ "泰媪永呵護，恐化蒼龍精"逐字加點。

【箋注】

〔一〕陳檜：參見本卷評貢師泰陳檜詩。

〔二〕三閣：指南朝陳後主爲張貴妃、孔貴嬪所建臨春、結綺、望仙三閣。參見鐵崖先生古樂府卷四陳朝檜。

〔三〕玉樹聲：即歌曲玉樹後庭花。參見本卷評楊瑀陳檜詩。

〔四〕泰媪：土地神名。

評陸侗湧泉詩①〔一〕

　　元氣斡坤軸,不舍晝夜旋。四五窮其土②〔二〕,趵突萬劫泉。寧隨月盈縮,滾滾常自然。沸如沃焦起〔三〕,汨若尾閭連〔四〕。神虎耻來跑,驪龍懼爲淵。自天一數生〔五〕,在理合後先。荒哉博望侯〔六〕,空去求河源。美彼西方人〔七〕,卓錫良有緣。

　　評曰:“沃焦”“尾閭”,句好。“一數”“後先”,尤見道體。

【校】

① 録自明刊本靜安八詠詩集。原本題作湧泉,今題乃校注者徑擬。

② 土:原本誤作“上”,據元刊本改。

【箋注】

〔一〕湧泉:參見本卷評鄭元祐湧泉詩。

〔二〕四五窮其土:蓋指湧泉入地,僅僅四五尺深。

〔三〕沃焦:傳説東海中大石山。參見陳善學序刊楊鐵崖先生文集卷二些月氏王頭歌注。

〔四〕尾閭:相傳爲海底洩水之處,位於海東。語出莊子秋水。

〔五〕天一:天一生水,語出周易。詳見周易注疏卷十一繫辭上注疏。

〔六〕博望侯:指西漢張騫,張騫封爲博望侯。相傳張騫曾乘槎出游,窮河源,歷崑崙。

〔七〕西方人:指佛祖釋迦牟尼。

評陸侗蘆子渡詩①〔一〕

　　蘆村胥村南北路〔二〕,舟往舟還古今渡。一笠天垂紫鳳飛,百枝水落青龍步。鯉魚風起夜未收〔三〕,雪色葦花零亂秋。借得君山第三管〔四〕,月中吹過滄浪洲。

　　評曰:“鯉魚風起”,忽然出一奇句。

【校】

① 錄自明刊本静安八詠詩集。原本題作蘆子渡,今題乃校注者徑擬。

【箋注】

〔一〕蘆子渡:參見本卷評楊瑀蘆子渡詩。

〔二〕蘆村:不詳。蓋位於蘆子渡附近。胥村:參見本卷評唐奎鰕子襌詩。

〔三〕鯉魚風:深秋九月之風。

〔四〕君山第三管:指君山老父三枝神笛之中最小、用於人間娛樂的一枝。參見湘竹龍詞贈杜清(載本書佚文編)。

評孫作赤烏碑詩①〔一〕

夢游重玄寺,與訪重玄碑〔二〕。僧云寺顛末,始自孫吳時②。有碑赤烏年,歲月略可稽。篆隸迹已瘢③,追④蟲制不遺。歷宋嘉定間〔三〕,住持者依師〔四〕。寺崩脇江濤。潮汐囓渺⑤灞。改邑不改井,此理真共之。一朝驚善幻,去彼歘在兹。龍君與海伯⑥,錯愕了不知⑦。驅蛟挽金繩⑧,没此千歲螭。螭斷石⑨爛,漂流詎東西。勿憂泗鼎⑩淪〔五〕,會與漢鼎期。桑田有時復,神物更護持⑪。我來恨不早,不見庸何悲。

評曰:讀“漂流詎東西”至“神物更護持”句,起予者,其孫澄江乎〔六〕!

【校】

① 錄自明刊本静安八詠詩集。原本題作赤烏碑,今題乃校注者徑擬。

② 楊維禎給“僧云寺顛末,始自孫吳時”逐字加點。

③ “月略可稽。篆隸迹已瘢”逐字加點。

④ “追”字加點。

⑤ “崩脇江濤”“潮汐囓渺”逐字加點。

⑥ “去彼歘在兹”“龍君與海伯”逐字加點。

⑦ “錯愕了不知”五字加圈。

⑧ "驅""挽金繩"四字加點。

⑨ "没此千歲螭。螭斷石不"逐字加點。

⑩ 給"漂流詎東西。勿憂泗鼎"逐字加圈。

⑪ "與漢鼎期。桑田有時復,神物更護持"逐字加圈。

【箋注】

〔一〕孫作:參見楊維禎撰静安八詠集序(載本書佚文編)。赤烏碑:參見本卷評貢師泰赤烏碑詩。

〔二〕重玄碑:指赤烏碑。

〔三〕嘉定:南宋寧宗年號,公元一二○八至一二二四年。

〔四〕依師:仲依禪師。參見本卷評貢師泰講經臺詩注。

〔五〕泗鼎淪:周鼎没於泗水。喻指周朝滅亡。史記封禪書:"櫟陽雨金,秦獻公自以爲得金瑞,故作畦畤櫟陽而祀白帝。其後百二十年而秦滅周,周之九鼎入于秦。或曰宋太丘社亡,而鼎没于泗水彭城下。"

〔六〕孫澄江:指本詩作者孫作。按:孫作爲江陰(今屬江蘇)人,澄江乃江陰別稱。

評孫作鰕子禪詩①〔一〕

蛟螭與螻蟻,萬生誰不然。被褐懷瑾瑜,肯受衆目憐。一朝將蛻去②,始識愚與賢③。舉手謝世人,化人本幽禪。幽禪本一默④,變幻紛百千⑤。默幻兩俱失,六鑿乃其天⑥〔二〕。致令四海水⑦,出入毛孔⑧間。西江不滿汲,此鰕誰云旋⑨。雖死身如生⑩,爪髮口包纏⑪。公言本無死,無生回天全。嗟嗟異死生,一一同憂煎。憂煎不能去,生死⑫何由捐。一鰕死則已,百鰕死可歎。焉知鰕死生,視我一吐吞。不聞儼公死〔三〕,尚作不死論。今來儼公隱〔四〕,寧與隱者傳。

評曰:鰕禪詩起最好〔五〕。

【校】

① 録自明刊本静安八詠詩集。原本題作鰕子禪,今題乃校注者徑擬。

② 楊維禎給"一朝將蛻去"五字加點。

③ "始識"二字加點，"愚與賢"三字加圈。

④ "舉手謝世人。化人本幽禪，幽禪本一默"逐字加點。

⑤ "變幻紛百千"五字加圈。

⑥ "鑿乃其天"四字加點。

⑦ "海水"二字加點。

⑧ "出入毛孔"四字加圈。

⑨ "西江不滿汲，此鰕誰云旋"逐字加點。

⑩ "身如生"三字加點。

⑪ "爪髮口包纏"五字加圈。

⑫ "生死"二字加點。

【箋注】

〔一〕鰕子禪：參見本卷評唐奎鰕子禪詩。

〔二〕六鑿乃其天：意爲六情乃人之天性。六鑿，指喜、怒、哀、樂、愛、惡六情。莊子集釋雜篇外物："室無空虛，則婦姑勃谿；心無天游，則六鑿相攘。（注）司馬云：謂六情攘奪。"

〔三〕儼公：指智儼禪師。參見楊鐵崖先生文集全録卷二緑雲洞志。

〔四〕儼公隱：此指智儼禪師隱居地，即靜安寺。

〔五〕詩起最好：蓋楊維禎認爲，本詩起首二句"蛟螭與螻蟻，萬生誰不然"，道出世間萬物自然平等之法則。

評張昱滬瀆壘詩①〔一〕

虞潭滬瀆存荒壘〔二〕，傳是袁崧再筑來〔三〕。不盡孤臣今墮淚，露華清夜濕蒼苔②。

評曰：極有感慨。

【校】

① 録自明刊本静安八詠詩集。原本題作滬瀆壘，今題乃校注者逕擬。

② 楊維禎給"不盡孤臣今墮淚，露華清夜濕蒼苔"二句逐字加點。

【箋注】

〔一〕張昱：參見東維子文集卷十三一笑軒記。滬瀆壘：參見本卷評貢師泰滬瀆壘詩。

〔二〕“虞潭”句：謂虞潭所創滬瀆壘已經荒廢。虞潭：字思奧，會稽餘姚人。東晉成帝時，歷官吳興太守、吳國内史等。任吳國内史期間，爲防禦海潮，曾主持修築滬瀆壘。晉書有傳。

〔三〕袁崧：參見本卷評貢師泰滬瀆壘詩。

評張昱湧泉詩①〔一〕

陰火外然湯井沸〔二〕，陽精内畜毒蛇藏②。湧泉自咒依師後〔三〕，無限涼雲布上方。

評曰：起得奇！

【校】

① 録自明刊本静安八詠詩集。原本題作湧泉，今題乃校注者徑擬。

② 楊維禎給“陰火外然湯井沸，陽精内畜毒蛇藏”二句逐字加點。

【箋注】

〔一〕湧泉：參見本卷評鄭元祐湧泉詩。

〔二〕湯井：喻指湧泉水汽蒸騰。

〔三〕依師：指仲依禪師。參見本卷評貢師泰講經臺詩注。

卷一百八　存　疑　編

春日湖上有感五首①〔一〕

其一

庾信哀多賦漫成〔二〕,江山文物久晨星。市衢火後蒿橫目,民舍春來草滿庭。浪齧湖堤官柳盡,潮生江浦夜濤生②。歸來何異遼東鶴〔三〕,只有西山慰眼青〔四〕。

其二

湖水西邊舊是家〔五〕,春風遶屋種梅花。傳呼故老談遺事,受教仙翁服曉霞。鶴髮③離巢松化石,鷺孤照水竹穿沙。只今重到經行處,顦顇蕭蕭兩鬢④華。

其三

潮落空亭誰重過,猶餘里耳⑤聽鳴珂〔六〕。襄陽耆舊知誰在〔七〕,江左風流不厭多〔八〕。自見石麟眠枳棘〔九〕,長聞蜀魄叫松蘿〔十〕。野梅開盡西湖雪,萬斛閒愁奈爾何。

其四

湖水荒荒寒食天,相逢猶話國初年。紅樓夜唱花間席⑥,翠管春吹月下船。玄圃自應留富麗〔十一〕,湘雲誰爲惜青⑦妍。可憐頭白歸來日,井邑荒⑧涼生暮烟。

其五

青苔寺裏客來稀〔十二〕,烏石岡頭⑨僧自歸。金雁叫⑩雲春不去,玉魚衝水⑪夜曾飛。出門每歌月皎皎,製珮莫惜芳菲菲。人世何由比金石,嗟我⑫欲把東皇衣〔十三〕。

【校】

① 本組詩原載鐵崖先生詩集庚集,又見於清初印溪草堂鈔本東維子集卷八,據以校勘。按:本組詩作者有兩説,文淵閣四庫全書本草堂雅集卷三將此組詩納入鄭元祐名下,題作次韻劉憲副春日湖上有感五首,與此本對校,僅個別

文字有出入。此外，鄭元祐僑吳集卷五、元詩選初集卷五十二，以及清初鈔
本十六卷本玉山草堂雅集卷四，皆載組詩次韻劉憲副春日湖上有感，作者皆
署鄭元祐，然所録并非五首，而是此本一至四首。本組詩作者究竟屬誰，尚
難斷言，存疑俟考。

② 生：印溪草堂鈔本作“腥”。

③ 髮：印溪草堂鈔本作“老”，當從。

④ 鬢：印溪草堂鈔本作“髯”。

⑤ 里耳：原本作“耳裏”，據印溪草堂鈔本改。

⑥ 席：原本作“集”，據印溪草堂鈔本改。

⑦ 青：印溪草堂鈔本作“清”。

⑧ 荒：印溪草堂鈔本作“凄”。

⑨ 頭：印溪草堂鈔本、文淵閣四庫全書本草堂雅集作“邊”。

⑩ 叫：文淵閣四庫全書本草堂雅集作“嘈”。

⑪ 水：印溪草堂鈔本作“面”，文淵閣四庫全書本草堂雅集作“雨”。

⑫ 嗟我：原本作“嵯峨”，據印溪草堂鈔本、文淵閣四庫全書本草堂雅集改。

【箋注】

〔一〕據組詩之一“市衢火後蒿橫目”、“歸來何異遼東鶴”，組詩之三“襄陽耆舊知誰
在，江左風流不厭多”、“野梅開盡西湖雪”，組詩之五“青苕寺裏客來稀”等句
推斷，本組詩當撰於作者重返杭州之初，其時杭城遭遇戰火不久，且爲張士信
軍隊所佔據，當作於元至正十八年（一三五八）八月以後不久，某年春日。

〔二〕庾信：南陽新野（今屬河南）人。曾輔佐梁元帝，奉命出使西魏，被迫滯留
北方，後爲北周高官。“雖位望通顯，常作鄉關之思，乃作哀江南賦以致其
意”（北史庾信傳）。

〔三〕遼東鶴：指丁令威故事。參見鐵崖先生古樂府卷十小游仙之十注。

〔四〕西山：蓋指杭州西山。

〔五〕“湖水”句：楊維楨、鄭元祐皆曾寓居杭州。

〔六〕里耳：俗人之耳。語出莊子天地“大聲不入於里耳”。

〔七〕“襄陽耆舊”句：源於晉人羊祜之感慨。此處蓋借指故舊官僚。參見鐵崖
先生詩集甲集一峰道人入吳，不相見，約見於夏義門。倥侗子歸松，附是
詩達之注。

〔八〕江左風流：蓋指張士誠屬官。按：元末江浙一帶由張士誠控制，陳基曾有
詩讚譽張士誠屬下杭州太守謝節：“江左風流謝使君，賦詩渾是鮑參軍。”

（夷白齋稿卷八寄謝從義參軍兼柬唐伯剛斷事）。又，<u>至正</u>十八年八月，<u>張</u>
<u>士誠</u>兵圍<u>苗</u>軍<u>杭州</u>兵營，<u>苗</u>軍元帥<u>楊完者</u>自縊而死。自此<u>張士誠</u>小弟<u>張</u>
<u>士信</u>入據<u>杭州</u>。

〔九〕石麟眠枳棘：指皇帝陵墓已成廢墟。石麟，麒麟石雕，多置於皇陵。

〔十〕蜀魄：喻指杜鵑鳥。參見<u>鐵崖先生詩集丙集題浣花老人圖</u>注。

〔十一〕<u>玄圃</u>：仙人所居。相傳“<u>昆侖</u> <u>玄圃</u>五城十二樓，仙人之所常居”。參見
<u>漢書郊祀志</u>下<u>應劭</u>注。

〔十二〕<u>青苔寺</u>：蓋位於<u>杭州</u> <u>青苔山</u>。宋<u>鄧牧</u> <u>洞霄圖志</u>卷一<u>洞霄宫</u>：“在<u>杭州餘</u>
<u>杭縣</u>南一十八里。”又，同書卷二<u>青苔山</u>：“在宫西<u>青梓山</u>下，東達<u>上塢</u>
<u>路</u>，西達<u>棲真洞</u>側。”

〔十三〕<u>東皇</u>：即<u>東皇太一</u>，傳説中的天神。<u>屈原</u> <u>九歌</u>之一<u>東皇太一</u>：“浴蘭湯
兮沐芳華，采衣兮若英。”

鍾山詩①〔一〕

<u>鍾山</u>突兀<u>楚天</u>②〔二〕西，玉柱曾經御筆題。雲擁<u>金陵</u>龍虎帳③，月明
珠樹鳳凰棲。氣吞江海<u>三山</u>④小〔三〕，勢壓乾坤⑤五嶽低。華祝聲中人
仰祉⑥〔四〕，萬年帝業⑦與天齊。

【校】

① 本詩原載<u>鐵崖先生詩集癸集</u>，又見於明佚名鈔本<u>楊維禎詩集</u>、<u>列朝詩集甲集</u>
<u>前編第七上</u>、清初<u>印溪草堂</u>鈔本<u>東維子集</u>卷八、<u>樓氏</u> <u>鐵崖逸編注</u>卷七，據以
校勘。明鈔<u>楊維禎詩集</u>本、<u>印溪草堂</u>鈔本題作<u>鍾山</u>，<u>列朝詩集</u>本題作<u>上大明</u>
<u>皇帝</u>，<u>樓氏</u> <u>鐵崖逸編注</u>本題作<u>鍾山應詔</u>。按：<u>檇李詩繫</u>卷七載明初徵士<u>朱繩</u>
詩題<u>金陵萬壽山</u>，題下注曰：“<u>繩</u>字<u>仲綱</u>，號<u>古庵</u>，邑居未詳。<u>洪武</u>初以人材
起，卒於京。一詩見<u>檇李英華</u>。<u>楊鐵崖</u>集中亦有此作。”詩曰：“奠安天闕五
雲西，玉柱曾經御筆題。日映金根龍虎踞，月明珠樹鳳凰棲。氣吞江海<u>三山</u>
小，勢壓乾坤<u>五嶽</u>低。睹此昇平民樂業，萬年聖壽與天齊。”所録與本詩雷
同。其真實作者尚難斷言，待考。

② 突兀：明鈔<u>楊維禎詩集</u>本作“萬仞”。<u>列朝詩集</u>本於“天”字下注曰：“一作
‘江’。”突兀楚天：<u>樓氏</u> <u>鐵崖逸編注</u>本作“兀立<u>楚江</u>”。

③ 擁：<u>樓氏</u> <u>鐵崖逸編注</u>本作“護”。帳：明鈔<u>楊維禎詩集</u>本、<u>樓氏</u> <u>鐵崖逸編注</u>本

作"壯",印溪草堂鈔本作"障"。此句列朝詩集本作"日照金陵龍虎踞"。

④ 氣: 樓氏鐵崖逸編注本作"雄"。吞: 明鈔楊維禎詩集本作"凌"。江海三山:
樓氏鐵崖逸編注本作"古甸三秦"。

⑤ 勢壓乾坤: 樓氏鐵崖逸編注本作"峻入層霄"。

⑥ 人仰祉: 明鈔楊維禎詩集本作"長拜賀"。此句列朝詩集本作"百世昇平人
樂業",樓氏鐵崖逸編注本作"願效華封歌聖壽"。

⑦ 帝業: 明鈔楊維禎詩集本作"福壽",列朝詩集本作"帝壽",樓氏鐵崖逸編注
本作"王氣"。

【箋注】

〔一〕本詩若真爲鐵崖所作,當撰於明洪武三年(一三七)春,即鐵崖應徵修禮樂
書,抵達金陵之初。繫年依據: 其一,洪武三年以前,鐵崖未曾游寓金陵。
其二,詩中所謂"氣吞江海"、"勢壓乾坤"、"萬年帝業"等等,分明指金陵
爲當時帝都。

〔二〕鍾山: 位於金陵(今江蘇南京)。按: 相傳明太祖朱元璋曾召見鐵崖,鐵崖
面獻本詩。七修類稿卷十二國事類楊鄧鍾山詩:"太祖初召會稽楊廉夫見,
令賦鍾山詩,廉夫援筆立就,曰:'鍾山千仞楚天西,玉柱曾經御筆題。雲護
金陵龍虎壯,月明珠樹鳳凰棲。氣吞江海三山小,勢壓乾坤五岳低。願效華
封陳敬祝,萬年聖壽與天齊。'太祖曰:'此詩值一千貫。今日庶事方殷,姑賜
五百貫。'過日,涂人鄧伯言見,亦命賦鍾山詩。稿既呈,中一聯云'鰲足立四
極,鍾山蟠一龍',上大喜,以手拍案高誦之。鄧以爲怒,驚死於墀下,扶出東
華門始甦。然二人後俱以布衣卒。"此乃民間傳言,荒誕不足信。

〔三〕三山: 傳說中瀛洲、蓬萊、方丈三座神山。

〔四〕華祝: 華封人稱賀於帝王之辭。莊子集釋天地:"堯觀乎華,華封人曰:
'嘻,聖人。請祝聖人,使聖人壽!'堯曰:'辭。''使聖人富!'堯曰:'辭。'
'使聖人多男子!'堯曰:'辭。'封人曰:'壽、富、多男子,人之所欲也。'"

針線婦①〔一〕

針線婦,針線婦,黃塵滿面蓬滿首②。少年嫁夫甚分明,夫死猶存
舊箕帚。南山阿妹北山姨,勸予再嫁一力③辭。涉水④採蓮,上山採
薇⑤〔二〕。採蓮採薇,可以療饑。昨日偶過閶門口⑥〔三〕,閶門喧然嗤⑦老

醜。老醜養身自有能⑧,萬兩黄金在纖手。上天繡出⑨雲錦章,繡成玄黼⑩舜衣裳。舜衣裳,與妾立古節⑪,揚清光,辨妾不是邯鄲娼⑫〔四〕。

【校】

① 本詩録自明佚名鈔本楊維楨詩集,列朝詩集甲集前編第七之上、元詩選初集卷五十六、樓氏鐵崖逸編注卷三亦載此詩,據以校勘。列朝詩集本題作老客婦謡,題下又有小字注曰:"臣會稽楊維楨上。"按:本詩别名老客婦謡,後世流傳頗廣,且爲明史本傳採納,用以表彰鐵崖之忠節。明史楊維楨傳:"洪武二年,太祖召諸儒纂禮樂書,以維楨前朝老文學,遣翰林詹同奉幣詣門,維楨謝曰:'豈有老婦將就木,而再理嫁者邪?'明年,復遣有司敦促,賦老客婦謡一章進御,曰:'皇帝竭吾之能,不强吾所不能則可,否則有蹈海死耳。'帝許之,賜安車詣闕廷……"明史影響極廣,鐵崖因此被後人尊爲元朝遺老。然此説實屬杜撰。據目前所見資料,老客婦謡,以及詹同老客婦傳、宋濂送楊維楨還吳淞詩等,始見於明人朱存理所輯珊瑚木難卷八,誤説蓋基於此。其實鐵崖於洪武二年歲末欣然應徵,并未拒召。(參見楊鐵崖先生文集全録卷四緑筠軒志。)所謂賦老客婦謡拒絶朱元璋徵聘,實爲謡傳附會。所謂詹同撰老客婦傳、宋濂撰送楊維楨還吳淞詩,皆爲僞作。詳見孫小力楊維楨年譜"洪武三年正月"譜文。筆者斷定上述鐵崖賦詩拒聘傳説純屬虚妄,所謂詹同老客婦傳、宋濂送楊維楨還吳淞詩,則屬僞作,因爲上述詩文所述,與楊維楨事迹不能吻合。然而不能以此類推,直接認定針線婦亦屬僞作,因爲尚無充分證據可以如此斷言。存疑俟考。

② "針線婦"三句,列朝詩集本作"老客婦,老客婦,行年七十又一九"。

③ 予再嫁一力:列朝詩集本作"我再嫁我力"。

④ 水:列朝詩集本作"江"。

⑤ 薇:列朝詩集本作"蘼"。下同。

⑥ 昨日偶過閶門口:列朝詩集本作"夜來道過娼門首"。

⑦ 閶門喧然嗤:列朝詩集本作"娼門蕭然驚"。

⑧ 養身自有能:列朝詩集本作"自有能養身"。

⑨ 繡出:列朝詩集本作"織得"。

⑩ 玄黼:列朝詩集本作"願補"。

⑪ 與妾立古節:列朝詩集本作"爲妾佩古意"。

⑫ 列朝詩集本詩末又有注曰:"翰林侍讀學士詹同文作老客婦傳。别本又作針線婦。"

【箋注】

〔一〕本詩表彰節婦，作者有借此自詡表白之意。若果真爲楊維楨所作，則當撰於元至正十九年（一三五九）至二十六年之間，即楊維楨退隱松江期間，旨在謝絶張士誠屬官召請。

〔二〕“涉水採蓮”二句：寓清節、隱逸之意。相傳伯夷、叔齊不食周粟，隱於首陽山，采薇而食。參見史記伯夷列傳。

〔三〕閶門：在姑蘇。相傳吳王闔閭始建。

〔四〕邯鄲娼：蓋指秦始皇生母邯鄲姬。邯鄲姬起先委身於吕不韋，後又被吕氏贈予秦國公子楚。故鐵崖視之爲不忠不節。邯鄲，戰國時趙國都城，當時邯鄲女以美麗善舞著稱。詳見史記吕不韋列傳。

月中桂二首①

其一

金粟如來夜化身〔一〕，姮娥留得護冰輪〔二〕。枝橫大地山河影，根老層霄雨露春。長有天風飄碧落，不教仙子種紅塵。折來何必吳剛斧〔三〕，還我凌雲第一人。

其二

仙桂廣寒高萬丈，老根未審若人栽。冰壺浸影騰千里，金粟香飄遍九垓。舉子高攀秋正美，姮娥多折夜方開。玉堂學士今唯應，就帶天香萬斛來。

【校】

① 本組詩原載明佚名鈔本楊維楨詩集，然其中第一首又見於元謝宗可詩集之中，題月中桂花，故此存疑，俟考。

【箋注】

〔一〕金粟如來：指維摩詰。

〔二〕姮娥：“姮”或作“恒”，指嫦娥。冰輪：喻指月亮。

〔三〕吳剛：神話人物。相傳於月宮斫桂。參見鐵崖先生古樂府卷三道人歌注。

雪米二首①

其一

六出三飡可療飢[一]，瓊田萬頃稻花垂。銀河車水牽生種，玉宇篩珠織女炊。塵世黃粱虛夢枕[二]，天廚白粲軟翻匙。豐年降瑞非周粟，惜死夷齊餓不知[三]。

其二

萬斛珠璣瀉大荒，六丁誰爲發天倉[四]。雲孫捧出南箕簸，月娣春來北斗量[五]。狼戾也知逢稔歲，貯儲元不濟饑腸。風流灞上尋詩客[六]，千古無人説秕糠。

【校】

① 本組詩兩首原載明佚名鈔本楊維禎詩集，然第二首又載弘治刊本薩天錫詩集，謂元薩都剌所作。故此存疑，俟考。

【箋注】

〔一〕六出：藝文類聚卷二引韓詩外傳曰：“凡草木花多五出，雪花獨六出。”

〔二〕黃粱虛夢枕：指黃粱夢故事，又稱邯鄲夢。詳見唐沈既濟撰枕中記。

〔三〕夷、齊：指伯夷、叔齊。二人不食周粟，隱於首陽山，采薇而食。參見史記伯夷列傳。

〔四〕六丁：六位天神，爲天帝所驅使，能駕風雷。參見鐵崖先生古樂府卷十小游仙之八注。

〔五〕“雲孫捧出”二句：參見鐵崖先生古樂府卷五箕斗歌注。

〔六〕灞上尋詩客：指唐代詩人孟浩然，孟浩然曾在風雪中、灞橋上苦吟。參見楊鐵崖先生文集全録卷二卧雪窩志。

雪珠①

萬斛明珠滿地圓，瑤龍吞蚌入雲邊。暈含曉雨光猶濕，聲碎天風孔未穿。寒綴松腰懸玉珮，冷攢梅萼結花鈿。阿滕撒盡難收拾[一]，爲買豐年不用錢。

【校】

① 本詩原載明佚名鈔本楊維禎詩集。然元人謝宗可詠物詩有同題詩："萬斛明璣滿地圓，瑤龍吞蚌入雲邊。淚含曉雨光猶濕，聲碎天風孔未穿。寒綴松腰聯玉珮，冷攢梅臉結花鈿。阿滕撒盡難收拾，爲買豐年不用錢。"與本詩相較，僅個別字詞出入。本詩作者尚難斷言，存疑俟考。

【箋注】

〔一〕阿滕：指滕六，傳説中之雪神。參見幽明録滕六降雪巽二起風（載宋曾慥編類説卷十一）。

雪獅三首①

其一

不假胞胎出世來，渾身潔白絶塵埃。太陽影裏翻身轉，空悮文殊下五臺〔一〕。

其二

幻出狻猊雪一團，玉光如焰起毫端。稜稜冰霰藏鋒鋭，颯颯霜風透肺肝。氣逼熊羆應腿睞，威臨犀象亦心寒。從人錯認鹽形虎〔二〕，莫向朝陽仰鼻看。

其三

團雪爲獅光兩眸，分明神立在林丘。冰鎔初日懸銀索，風轉飛花滾玉毬。曉色擎盤當舞席，寒光呵手隔簾鈎。相看莫作河東吼〔三〕，金帳傳杯正醉謳。

【校】

① 本組詩三首，原載明佚名鈔本楊維禎詩集，因第二首又見於元人謝宗可詠物詩中，詩題亦作雪獅。故此存疑，俟考。

【箋注】

〔一〕文殊下五臺：相傳文殊菩薩常以獅子爲坐騎，山西五臺山是其道場。

〔二〕鹽形虎：又稱"鹽虎"，指鹽之形狀似虎。古人用作祭品。參見鐵崖先生詩集已集雪山圖注。

〔三〕河東吼："河東獅子吼"之略。容齋三筆卷三陳季常："陳慥字季常，公弼之子，居於黄州之岐亭，自稱龍丘先生，又曰方山子。好賓客，喜畜聲妓，然其妻柳氏絶兇妒，故東坡有詩云：'龍丘居士亦可憐，談空説有夜不眠。忽聞河東師子吼，拄杖落手心茫然。'河東師子，指柳氏也。"

霜花①

粲粲瓊花借露浮，日高還逐水東流。剪裁應費金神巧，開落從教玉女愁。有艷淡粧宮瓦曉，無香寒壓板橋秋。五更不怕樓頭角，吹到梅花特地羞。

【校】

① 本詩原載明佚名鈔本楊維禎詩集，然元人謝宗可詠物詩有同題詩："粲粲璚英借露浮，日高還付水東流。剪裁應費金神巧，開落從教玉女愁。有艷淡粧宮瓦曉，無香寒壓板橋秋。五更不怕樓頭角，吹到梅花特地稠。"與本詩相較，僅個别字詞出入。故此存疑，俟考。

醒酒石①〔一〕

子孫猶自問監軍，狼藉千年迹已陳〔二〕。蒼骨冷侵酣枕夢，苔痕清逼醉鄉春。西風别墅啼山鬼，落日危崖泣海神〔三〕。牛李相傾果何得，太湖甲乙更愁人〔四〕。

【校】

① 本詩原載明佚名鈔本楊維禎詩集，然其作者至少三説，鐵崖以外，又有元人

謝宗可、薩都剌。謝氏詠物詩同題詩:"子孫猶自問監軍,醒籍千年迹已陳。蒼骨冷侵酣枕夢,苔痕清逼醉鄉春。西風別墅啼山鬼,落日朱崖泣海神。生李相傾果何得,太湖甲乙更誰人。"與本詩相較,僅個別字詞出入。此詩又見於永和本薩天錫逸詩。故此存疑,俟考。

【箋注】

〔一〕醒酒石:唐李德裕收藏,置於其平泉山莊之中。李德裕收藏奇石怪石甚多,然尤其愛惜此石,"醉即踞之"。參見舊唐書李德裕傳、舊五代史李敬義傳。

〔二〕"子孫"二句:指李德裕孫敬義索討醒酒石事。元佚名纂修、清徐松輯河南志宋城闕古迹:"殿有柱廊。後殿以西,即十字池亭。其南砌臺、冰井、娑羅亭。"注:"貯奇石處,世傳是李德裕醒酒石。按五代通録,德裕孫敬義,本名延古,居平泉舊墅。唐光化初,洛中監軍取其石,置之家園。敬義泣謂張全義,請石於監軍。監軍忿然曰:'黄巢賊後,誰家園池完復,豈獨平泉有石哉!'全義嘗被巢命,以爲訴己,即奏斃之。得石,徙置於此。其石以水沃之,有林木自然之狀。今謂之娑羅石,蓋以樹名之,亭宇覆焉。"

〔三〕"西風別墅"二句:指李德裕精心構建平泉山莊卻沒能享用,最終別墅衰敗;李德裕貶爲崖州司户,病逝崖州(位於今海南三亞)。別墅,指平泉山莊。危崖,借指崖州。

〔四〕"生李相傾果何得"二句:意爲生、李相争數十年,最終生黨獲勝;若論園林藏石之品評,李氏同樣懊喪,因爲醒酒石輸於生僧孺家太湖石。生、李相傾,指唐代中後期"生黨"(生僧孺爲首)與"李黨"(李德裕爲首)之間相互傾軋。又,宋范成大撰吳郡志卷二十九土物:"太湖石出洞庭西山,以生水中者爲貴……極不易得。石性温潤奇巧,扣之鏗然如鐘磬,自唐以來貴之。其在山上者,名旱石,亦奇巧,枯而不潤,不甚貴重。白居易品生僧孺家諸石,以太湖石爲甲。"

玉壺冰①

　　自似中乾滿不傾,是空是色凍無聲。十分瑩潔瑕疵净,一片光輝表裏清。雲母夜藏珠暈冷,水晶寒孕月華明。美人睡起銷金帳,折得梅花插未成。

【校】

① 本詩原載明佚名鈔本楊維禎詩集,然元人謝宗可詠物詩有同題詩:"白似中乾滿不傾,是空是色凍無聲。十分瑩潔瑕疵净,一樣光輝表裏明。雲母夜藏珠暈冷,水晶寒孕月華清。美人睡起銷金帳,折得梅花插未成。"與本詩相較,僅有個別字詞出入。故此存疑,俟考。

紅菊①

錦爛重陽節到時,繁華夢裏傲霜枝。晚香帶冷凝丹顆,秋色知寒點絳葳。淡映殘霞迷老圃,濃拖斜照滿東籬。靈砂換卻淵明骨〔一〕,倦倚西風醉不知。

【校】

① 本詩原載明佚名鈔本楊維禎詩集,然元人謝宗可詠物詩有同題詩:"錦爛重陽節到時,繁華夢裏傲霜枝。晚香帶冷凝丹粒,秋色封寒點絳葳。淡映殘虹迷老圃,濃拖斜照落東籬。靈砂換却淵明骨,倦倚西風不自知。"與本詩相較,僅個別字詞出入。故此存疑,俟考。

【箋注】

〔一〕靈砂:指硃砂,點染紅菊所用。淵明:即陶淵明。

鴛鴦菊①

秋入金塘脱錦裳,芳心并倚紫綃裳。韓憑冢上情難解〔一〕,陶令門前夢更長〔二〕。深院霜清宮瓦冷,東籬日落縷衾涼。誰知連理枝頭恨〔三〕,猶有西風晚節香。

【校】

① 本詩原載明佚名鈔本楊維禎詩集,然元人謝宗可詠物詩有同題詩:"秋入金

塘脱錦裳,芳心并倚紫紗囊。韓憑枕上情難了,陶令門前夢更長。深院霜清宮瓦冷,東籬月落繡衾涼。誰知連理枝頭恨,還有西風晚節香。"與本詩相較,僅個別字詞出入。故此存疑,俟考。

【箋注】

〔一〕韓憑冢:指韓憑夫婦之青陵臺。參見鐵崖先生古樂府卷二杞梁妻注。

〔二〕陶令:即陶淵明。

〔三〕連理枝頭恨:源出孔雀東南飛"枝枝相覆蓋,葉葉相交通",以及白居易長恨歌:"在天願作比翼鳥,在地願爲連理枝。天長地久有時盡,此恨綿綿無絕期。"

木芙蓉①〔一〕

班簾十二捲輕碧,秋水芙蓉隔畫欄。彩扇迎風香遞影,錦袍弄月影生寒。湘魂翠袖來江浦,仙掌紅雲濕露盤。袛恐淮南霜信早,絳紗籠燭夜深看。

【校】

① 本詩原載明佚名鈔本楊維楨詩集。然又載元音卷七,題作芙蓉;又載元詩選初集卷三十五、佩文齋詠物詩選卷三百五十六、(康熙)御選元詩卷四十九,皆題作三益堂芙蓉,且皆署作者爲薩都剌。又按雁門集卷二詠芙蓉:"班簾十二卷輕碧,秋水芙蓉隔畫欄。綵扇迎風霞透影,錦袍弄月酒生寒。湘魂翠袖留江浦,仙掌紅雲濕露盤。袛恐淮南霜信早,絳紗籠燭夜深看。"與本詩相較,僅個別字詞有出入。暫且存疑,俟考。

【箋注】

〔一〕木芙蓉:即芙蓉花。又名木蓮、拒霜花等。

鴛鴦梅①〔一〕

兩兩魁春簇錦機,翠禽偶夢月分輝〔二〕。枝頭交頸棲香暖,花底同心結子肥。金殿銷烟粧粉額〔三〕，玉堂環水浴紅衣。有情一處歸南浦〔四〕，莫被風飄各自飛。

【校】

① 本詩原載明佚名鈔本楊維禎詩集，然元人謝宗可詠物詩有同題詩：“兩兩魁春簇錦機，文衾夢覺月分輝。枝頭交頸棲香暖，花底同心結子肥。金殿鑠烟粧粉額，玉堂環水浴紅衣。有情一種隨流去，莫被風飄各自飛。”與本詩相較，僅個別字詞出入。故此存疑，俟考。

【箋注】

〔一〕鴛鴦梅：宋范成大撰范村梅譜：“鴛鴦梅，多葉紅梅也。花輕盈，重葉數層。凡雙果必并蒂，惟此一蒂而結雙梅，亦尤物。”

〔二〕翠禽偶夢：用羅浮梅花事，參見鐵崖先生古樂府卷三羅浮美人注。

〔三〕粧粉額：太平御覽卷九七〇引宋書：“武帝女壽陽公主人日卧於含章簷下，梅花落公主額上，成五出之華，拂之不去，皇后留之。自後有梅花粧，後人多效之。”

〔四〕南浦：此處泛指有情人分手送別之地。太平寰宇記卷一百十二江南西道十鄂州：“南浦，在(江夏)縣南三里。離騷云：‘送美人兮南浦。’其源出景首山，西入江。春冬涸竭，秋夏泛漲。商旅往來，皆于浦停泊。以其在郭之南，故曰南浦。”又，江淹別賦：“春草碧色，春水淥波。送君南浦，傷如之何！”

雪月梅①

苔枝擎重半朦朧，漠漠梨雲夢不同〔一〕。香護姮娥眠玉洞〔二〕，影隨姑射下珠宮〔三〕。冰蟾光映南枝夜〔四〕，翠羽聲棲古樹風〔五〕。天下人間渾一色，幾分春色有無中。

【校】

① 本詩原載明佚名鈔本楊維禎詩集，然元人謝宗可詠物詩有同題詩：“苔枝擎重半朦朧，漠漠梨雲夢不同。香護姮娥眠玉鑑，影隨姑射下瑶宮。冰蟾光透南枝夜，翠羽聲凄古樹風。天上人間渾一色，幾分春意有無中。”與本詩相

較,僅個別字詞出入。故此存疑,俟考。

【箋注】

〔一〕梨雲夢:參見陳善學序刊楊鐵崖先生文集卷五素雲引爲玄霜公子賦注。

〔二〕姮娥:即嫦娥。

〔三〕姑射:指姑射山上仙子。參見莊子逍遥游。

〔四〕冰蟾:喻指月亮。

〔五〕翠羽:用羅浮梅花事,參見鐵崖先生古樂府卷三羅浮美人注。

緑陰①

萬樹東風擁翠欄,遮殘芳恨料應難。入簾蒼靄暮春曉,滿地碧雲清晝寒。柳暗池塘烟乍濕,槐深門巷雨初乾。階前花落無人掃,又染苔痕上石闌。

【校】

① 本詩原載明佚名鈔本楊維禎詩集,然元人謝宗可詠物詩有同題詩:“萬樹東風湧翠瀾,遮藏芳恨料應難。入簾蒼靄暮春晚,滿地碧雲清晝寒。柳暗池臺烟乍濕,槐深門巷雨初乾。階前花落無人到,又染苔痕上石欄。”與本詩相較,僅個別字詞出入。故此存疑,俟考。

紅葉①

楓塢梨園醉晚霜,縷衣零落剪金商〔一〕。半山留日樹無影,一徑有風花不香。蕭寺晴烟秋易老〔二〕,御溝水急恨空長〔三〕。詩人自愛停車坐〔四〕,還臥清陰六月涼。

【校】

① 本詩原載明佚名鈔本楊維禎詩集,然元人謝宗可紅樹詩與之相似:“楓塢梨園醉曉霜,縷衣零落舞金商。半山留日樹無影,一徑有風花不香。蕭寺烟晴

秋易老,御溝水急恨空長。詩人自愛停車晚,還記清陰六月涼。"(載詠物詩。)故此存疑,俟考。

【箋注】

〔一〕緅衣:喻指楓葉猶如綵衣。金商:指秋風秋氣。

〔二〕蕭寺:唐國史補卷中:"梁武帝造寺,令蕭子雲飛白大書'蕭'字,至今一'蕭'字存焉。"按:故此後世稱佛寺爲蕭寺。

〔三〕"御溝"句:指盧渥於御溝得紅葉,葉上有宮女題詩述寂寞之情。參見鐵雅先生復古詩集卷四宮詞之十注。

〔四〕"詩人"句:源自杜牧山行詩句"停車坐愛楓林晚"。

琉璃觀音①

化身千百億無窮〔一〕,却入琉璃世界中。太極圖中觀自在,光明影裏現圓通。一塵不染慈悲相,萬劫難逃幻化工。欲識本來真面目,除非打破太虛空。

【校】

① 本詩原載明佚名鈔本楊維禎詩集,然元音卷十二載虞集琉璃觀音:"化身千百億無窮,却入琉璃世界中。金色光中觀自在,玉毫影裏現圓通。一塵不染慈悲像,萬劫難逃幻化工。要識本來真面目,除非打破大虛空。"與本詩相較,出入不大。元音乃明初編輯,所録當有所本。謹慎起見,存疑俟考。

【箋注】

〔一〕"化身"句:蘇軾成都大悲閣記:"觀世音由聞而覺。始於聞而能無所聞,始於無所聞而能無所不聞。能無所聞,雖無身可也;能無所不聞,雖千萬億身可也,而況於手與目乎!"

龍涎香①〔一〕

瀛島蟠香玉唾凝〔二〕,輕氛飛遶博山青〔三〕。暖浮蛟窟潮聲怒,清徹驪宮蟄睡醒〔四〕。碧腦杵霜收海氣,紅薇滴露洗雲腥。雨窗篝火濃破夢,駕蒼龍上帝庭薰。

【校】

① 本詩原載明佚名鈔本楊維禎詩集。然元人謝宗可有同名詩載詠物詩:"瀛島蟠龍玉吐零,輕氛飛繞博山青。暖浮蛟窟潮聲怒,清徹驪宮蟄睡醒。碧腦貯箱收海氣,紅薇滴露洗雲腥。雨窗篝火濃熏破,夢駕蒼鱗上帝庭。"(按:天啟刊本合刻詠物詩之謝宗可集所載,稍有出入。)本詩與之雷同,存疑俟考。

【箋注】

〔一〕龍涎香:此香産自龍涎嶼,故名。新元史卷二百五十三外國五島夷諸國:"有龍涎嶼,群龍出没海濱,故其地産龍涎香。一名撒八兒也。"

〔二〕瀛島:指瀛洲,東海三神山之一。

〔三〕博山:指香爐,"象海中博山,下有槃貯湯,使潤氣蒸香,以象海之回環"(宋吕大臨編考古圖卷十)。

〔四〕驪宮:指龍宮。莊子列御寇載,千金之珠,必在驪龍頷下,龍蟄睡時方能取得。

釣絲二首①

其一

漁家藻雪褭輕柔,稚子敲針試小鈎〔一〕。四海徒牽營計網,五湖不掛利名鈎。雨垂渭水長竿晚〔二〕,風弄桐江一縷秋〔三〕。暫把絲綸天地手,龍門高舉掣鼇頭〔四〕。

其二

臨流纖影衆鱗驚,消得長繅一縷輕。鈎墜亂縈春水碧,竿垂斜褭晚風清。牽回江上烟波夢,掣斷人間富貴情。我欲笑攜千尺去,桃花浪裏釣鯤鯨。

【校】

① 本組詩原載明佚名鈔本楊維禎詩集,然第二首詩或納入謝宗可名下,載其詠

物詩中。故此存疑俟考。

【箋注】

〔一〕"稚子"句：化用杜甫江村："老妻畫紙爲棋局，稚子敲針作釣鈎。"

〔二〕渭水長竿：指吕尚於渭水之濱垂釣。參見麗則遺音卷三太公璜。

〔三〕桐江一縷：喻指東漢初年嚴光隱居垂釣於富春江畔。參見鐵崖先生古樂府卷八覽古之十五注。

〔四〕龍門：位於今山西河津西北、陝西韓城東北。黄河流經此地，兩岸峭壁對峙如門，故名。相傳魚躍龍門即化爲龍，故稱考中進士爲躍龍門。參見鐵崖先生古樂府卷七龍虎辭注。

漁簑①

翠結香莎付釣舟，一竿風雨不須憂。苔磯夜泊披寒去，葦岸風歸帶濕收。月冷籠衣眠棹尾，天晴隨網曬船頭。羊裘莫嘆狂奴錯〔一〕，也著烟波萬頃愁。

【校】

① 本詩原載明佚名鈔本楊維楨詩集，然元人謝宗可詠物詩有同名詩："翠結香莎付釣舟，一竿風雨不須愁。苔磯夜泊披寒去，葦岸昏歸帶濕收。月冷籠衣眠舵尾，天晴隨網曬船頭。羊裘莫笑狂奴錯，也著烟波萬頃秋。"與本詩相較，僅個別字詞出入。故此存疑，俟考。

【箋注】

〔一〕羊裘、狂奴：皆指東漢初年隱士嚴光。參見鐵崖先生古樂府卷八覽古之十五注。

圓枕①〔一〕

圓木高欹類轉丸，寢中關捩暗防奸。貙貅帳底機先覺，蝴蝶床頭夢不安。破虜忽驚亡赤壁^{〔二〕},游仙宜更悟邯鄲^{〔三〕}。枕戈六月宵衣士,臥聽鶴聲枕易旋。

【校】

① 本詩原載明佚名鈔本楊維楨詩集,原本題爲圓枕二首,此爲第一首。第二首實爲元人黄庚枕易詩,故移入僞作編。本詩或亦屬張冠李戴,存疑俟考。

【箋注】

〔一〕圓枕:吳越王錢鏐曾以圓木爲枕,名爲"警枕"。參見陳善學序刊楊鐵崖先生文集卷四警枕辭注。

〔二〕破虜忽驚亡赤壁:蓋指蘇軾前、後赤壁賦所述景象。

〔三〕悟邯鄲:指黄粱夢醒。詳見唐沈既濟撰枕中記。

雪燈三首①

其一

粧點寒燈六出中^{〔一〕},寸心明徹漸春融。晴光滿席生虛白,瑞氣一團圍暖紅。玉杵丹藏真火煉,冰壺花結碧烟籠。書窗素愛相輝映,銀燭高燒立下風。

其二

何處飛來一鶴雛,漸看頂上露珊瑚。花開玉洞春生早,影落湖天月上初。露冷瑶臺炊木火,光搖銀海泣蛟珠^{〔二〕}。孫康千古高風遠^{〔三〕},若箇同盟夜讀書。

其三

一炬燒寒銀漏長,玉蟲飛入白紗囊^{〔四〕}。冰壺吞月涵秋影,海蚌懷珠吐夜光。六出自隨飛處落,寸輝不受積陰藏。深凝凍壑寒崖底,忽見東風轉太陽。

【校】

① 本組詩原載明佚名鈔本楊維楨詩集,然第三首又見於元謝宗可詠物詩

中,謝詩曰:"一炬燒寒照夜長,玉蟲飛入白紗囊。冰壺吞月涵秋影,海蚌懷珠吐夜光。六出自隨飛燼落,寸輝不受積陰藏。渾疑凍壑寒崖底,忽見東風轉太陽。"與本詩相較,僅個別字詞出入。故此難以認定組詩作者,存疑俟考。

【箋注】

〔一〕六出:指雪花。因雪花呈六瓣,故名。藝文類聚卷二引韓詩外傳曰:"凡草木花多五出,雪花獨六出。"

〔二〕蛟珠:洞冥記卷二:"吠勒國……去長安九千里,在日南。人長七尺,被髮至踵,乘犀象之車。乘象入海底取寶,宿於鮫人之舍,得淚珠則鮫所泣之珠也,亦曰泣珠。"

〔三〕"孫康"句:參見東維子文集卷二十二雪巢志注。

〔四〕"玉蟲"句:蓋指晉人車胤囊螢苦讀故事。玉蟲,即螢火蟲。晉書車胤傳:"胤恭勤不倦,博學多通。家貧不常得油,夏月則練囊盛數十螢火以照書,以夜繼日焉。"

鏡中燈①〔一〕

　　二尺銀臺百鍊銅,交輝燧蠟煖烟籠。寸心徹曉明金闕,一火乘陰過月宮。蛾撲菱花光弄粉〔二〕,鸞分蓮炬影搖紅。臨粧對鏡眉堪畫,就把金釵剪玉蟲〔三〕。

【校】

① 本詩原載明佚名鈔本楊維禎詩集,原本題爲鏡中燈二首,然第一首實爲元張周卿詩作,移入僞作編。本詩或亦非楊維禎所作,存疑俟考。

【箋注】

〔一〕"鏡中燈"之類詠物詩,元季風行,或謂始於薩都剌。静齋至正直記卷一薩都剌:"京口薩都剌字天錫,本朱氏子,冒爲西域回回人。善詠物賦詩,如鏡中燈云'夜半金星祀太陰'……之類,頗多工巧。金陵謝宗可效之,然拘于形似,欠作家風韻,且調低,識者不取也。"按:元季熱衷詠物詩者,絕不止薩都剌、謝宗可二人,楊維禎、張周卿、何孟舒、瞿佑皆有此類詠物詩傳世。

〔二〕菱花:鏡名。

〔三〕玉蟲:喻指燈花。韓愈詠燈花同侯十一:“黃裏排金粟,釵頭綴玉蟲。”

走馬燈三首①〔一〕

其一

偽將疑兵百戰雄,夕烽高照玉關空〔二〕。驪山突騎衝烟陣〔三〕,赤壁飛龍進火攻〔四〕。甲冑耀光成敗際,干戈橫影有無中。火牛赫赫流芳遠〔五〕,半紙功名一夢同。

其二①

颷輪擁騎駕炎精,飛遶人間不夜城。風鬣追星微有影,霜蹄逐電去無聲。秦軍夜潰咸陽火〔六〕,吳騎宵馳赤壁兵〔七〕。更憶雕鞍少年日,章臺踏碎月華明〔八〕。

其三

千乘萬騎逐炎蒸,左右循環附火城。八駿銜枚追落月〔九〕,六龍分首逐明星〔十〕。戎師夜襲驪山燧,牛陣宵攻即墨兵。會起鳳城三五夜〔十一〕,絳紗影裏四蹄輕。

【校】

① 本組詩原載明佚名鈔本楊維禎詩集,然第二首同於元謝宗可同名詩,載其詠物詩中:“颷輪擁騎駕炎精,飛繞人間不夜城。風鬣追星低弄影,霜蹄逐電去無聲。秦軍夜潰咸陽火,吳炬宵馳赤壁兵。更憶雕鞍年少夢,章臺踏碎月華明。”兩詩相較,僅個別字詞出入。按:謝宗可走馬燈詩曾獲瞿佑讚賞,歸田詩話卷下賣花聲:“謝宗可百詠詩,世多傳誦,除走馬燈、蓮葉舟、混堂、睡燕數篇外,難得全首佳者。”然未錄詩句,未知瞿氏所見,是否即本詩。又,明人徐應秋則謂此詩作者爲郭矮梅。參見玉芝堂談薈卷八蘆花被詩。本組詩作者究竟屬誰,難作定論,存疑俟考。

【箋注】

〔一〕走馬燈:中有輪軸,懸掛紙人紙馬,以燭火運之轉動。

〔二〕玉關：即玉門關。

〔三〕驪山：位於今陝西臨潼東南。相傳周幽王爲博得美女褒姒一笑，以燃烽火爲兒戲。其後“西夷犬戎攻幽王，幽王舉烽火徵兵，兵莫至。遂殺幽王驪山下”。以下“戎師夜襲驪山燧”一句，亦述此事。詳見史記周本紀。

〔四〕“赤壁飛龍”句：指三國時吳、蜀聯手，火燒赤壁，大破曹軍。

〔五〕火牛：指火牛陣。戰國時，燕國樂毅率軍攻打齊國，齊將田單固守孤城即墨，又採用火牛陣大破燕軍。詳見史記田單列傳。

〔六〕咸陽火：史記項羽本紀：“項羽引兵西屠咸陽，殺秦降王子嬰，燒秦宮室，火三月不滅。”

〔七〕“吳騎”句：即所謂“赤壁飛龍進火攻”。參見前注。

〔八〕章臺：漢代長安街名，爲妓院聚集地。

〔九〕八駿：相傳周穆王有駿馬八匹，或日行萬里，或“逐日而行”。參見拾遺記。

〔十〕六龍：初學記卷一天部：“爰止羲和，爰息六螭，是謂懸車。（注：）日乘車，駕以六龍，羲和御之。”

〔十一〕鳳城：泛指京城。唐沈佺期奉和立春游苑迎春：“歌吹衛恩歸路晚，棲烏半下鳳城來。”

香羅帕①

一幅生綃對角裁，出懷先有暗香來。秋遷架上扶絨索，玳瑁筵前捧玉盃。塵拂鳳箏籠筍指，醉欹鴛枕襯桃腮。班班多少傷春淚，褪袖長防阿母猜〔一〕。

【校】

① 本詩原載明佚名鈔本楊維禎詩集。然又見於菊坡叢話卷二十一、堯山堂外紀卷七十二，皆題作手帕，作者署名薩都剌。菊坡叢話卷二十一服飾類：“薩都剌手帕詩曰：一幅生綃對角裁，出懷風送粉香來。秋千架上扶絨索，玳瑁筵前捧玉盃。塵拂鳳箏籠筍指，夢回鴛枕襯桃腮。斑斑多少傷春淚，袖褪長防阿母猜。”與本詩差異不多。故此存疑俟考。

【箋注】

〔一〕褪袖：臂上守宮滅失，舒袖掩蓋。參見鐵崖先生古樂府卷十西湖竹枝歌
　　之九注。

鶯梭二首^{①〔一〕}

其一

黃栗留題正好音^{〔二〕}，如梭不定綠楊深。上林開遍千花錦^{〔三〕}，小羽
飛來三寸金。輕□游絲迷別眼，亂繁芳緒織春心。閨中挑得回文
字^{〔四〕}，游子歸時正綠陰。

其二

自織春風金縷衣，穿紅度翠往來飛。柳條暗捲絲千尺，花塢橫拖
錦萬機。時見枝頭捎蝶去，不愁壁上化龍歸。羞同杼軸勞紅女，一擲
遷喬願肯違^{〔五〕}。

【校】

① 本組詩原載明佚名鈔本楊維禎詩集，然第二首又見於元人謝宗可詠物詩
　　中同名詩作：“自織春風金縷衣，穿紅度翠往來飛。柳堤暗捲絲千尺，花塢
　　橫拋錦萬機。時見枝頭捎蝶去，不愁壁上化龍歸。羞同杼柚勞紅女，一擲
　　遷喬願有違。”本詩與之相較，僅個別字詞出入。其真實作者一時難辨，存
　　疑俟考。

【箋注】

〔一〕鶯梭：描摹穿梭飛行之黃鶯鳥。南宋劉克莊有同名詩。
〔二〕黃栗留：或作黃鸝留，即黃鳥。參見吳陸璣撰毛詩草木鳥獸蟲魚疏卷下
　　黃鳥于飛。
〔三〕上林：苑名。此處泛指宮苑。
〔四〕回文字：即回文詩，或稱回文錦。參見鐵崖先生古樂府卷九回文字注。
〔五〕遷喬：即喬遷，從低處遷往高處。此處喻指攀上高枝。毛詩正義小雅伐
　　木：“伐木丁丁，鳥鳴嚶嚶。出自幽谷，遷於喬木。”箋云：“遷，徙也。謂鄉

時之鳥出從深谷,今移處高木。"按:此句源自劉克莊鶯梭詩句"擲柳遷喬太有情"。

失題①〔一〕

玉户金缸夜未央,邯鄲宮裏奏絲簧〔二〕。吳妃睡卻韓妃倦,誰拂君王白象牀〔三〕。

【校】

① 本詩原載清佚名鈔本鐵崖楊先生詩集卷上,原本詩題脱闕,題作"□□",今題爲校注者徑擬。按:本詩又見於列朝詩集甲集第二、清曹炳曾校刻海叟集卷四,題作題趙王夜宴圖,皆署作者姓名爲袁凱。與本詩相較,僅第三句稍異,袁詩作"鄭姬已醉韓姬倦"。然按明正德元年刊海叟集三卷本,則未録此詩。故此存疑俟考。

【箋注】

〔一〕本詩源自全唐詩卷八百六十六載夷陵女郎之空館夜歌:"玉户金缸,願陪君王。邯鄲宮中,金石絲簧。衛女秦娥,左右成行。紈綺繽紛,翠眉紅妝。王歡顧盼,爲王歌舞。願得君歡,常無災苦。"

〔二〕邯鄲:戰國時趙國都城。今屬河北。

〔三〕象牀:拾遺記卷九晉時事:"石季倫愛婢名翔風,魏末於胡中得之。年始十歲,使房内養之。至十五,無有比其容貌,特以姿態見美……又屑沉水之香,如塵末,布象牀上,使所愛者踐之,無迹者賜以真珠百琲;有迹者節其飲食,令身輕弱。故閨中相戲曰:'爾非細骨輕軀,那得百琲真珠?'"

應制題趙大年翎毛小景①〔一〕

碧玉溪邊桃李花,水禽相對浴晴沙。王孫長日多清思〔二〕,不管芳菲換歲華。

【校】

① 本詩原載清佚名鈔本鐵崖楊先生詩集卷上。按：鐵崖平生似無在京應制作詩機會，且元朝科舉不考詩歌。疑詩題有誤，或屬誤入，存疑俟考。

【箋注】

〔一〕趙大年：名令穰，宋代畫家。參見鐵崖先生詩集丙集趙大年鵝圖注。
〔二〕王孫：趙令穰爲宋宗室子弟，故稱。

和馬伯庸尚書海子上即事四絶①〔一〕

其一

夾堤楊柳蔭金溝〔二〕，拂水含烟緑更柔。日暮東風太情薄，飛花撩亂使人愁。

其二

金溝清淺玉潺潺，繚繞深宮似轉環。度得新翻天上曲，卻隨風雨到人間。

其三

廣寒宮闕迥無塵，近水樓臺面面春。昨夜嫦娥晴照影，分明猶是鏡中人。

其四

纈雲穿日散琉璃，海子輕陰過雨時〔三〕。堤上家家楊柳樹，東風一度一參差。

【校】

① 本組詩原載清佚名鈔本鐵崖楊先生詩集卷上，然有可疑。按：楊維楨與馬祖常交游唱和，唯一機緣在於元泰定四年或天曆元年春日，即楊維楨赴大都考進士期間。然楊維楨乃普通進士，似無緣結識西夏高官馬祖常。設若當日有此機緣，後日勢必有所炫耀。據此推斷，本組詩若屬與馬祖常直接交游唱和，則必非出自楊維楨之手。當然還有一種可能，即追和之作。馬祖常乃泰定四年廷試讀卷官，於楊維楨可謂有師生之誼。楊維楨視馬祖常爲同道，亦

確有實據。至正初年楊維禎編輯西湖竹枝詞,收録有馬祖常詩作,且譽之曰:"詩名敵虞(集)、王(士熙),西夏氏之詩,振始於石田集也。竹枝蓋和王繼學之作,其音格矯健,類山谷老人。"因此,楊維禎仰慕追和,亦不無可能。詳情俟考。

【箋注】

〔一〕馬祖常:參見西湖竹枝集詩人小傳及注。

〔二〕金溝:即金溝河,位於大都永定河北。參見清陳琮撰永定河志卷四今河考。

〔三〕海子:位於大都皇城北。元史地理志大都路:"海子在皇城之北,萬壽山之陰,舊名積水潭,聚西北諸泉之水,流入都城而匯於此,汪洋如海,都人因名焉。恣民漁採無禁,擬周之靈沼云。"

宮怨二首①

其一

龍虎臺前萬幕屯〔一〕,得陪巡幸是承恩。如今扶病看秋苑,疎雨梧桐獨掩門。

其二

上苑新秋一雁過〔二〕,長門夜夜看天河〔三〕。玉橋深鏁芙蓉殿,霜葉何源出御波〔四〕。

【校】

① 本組詩原載清佚名鈔本鐵崖楊先生詩集卷上,然有可疑,所謂"龍虎臺前萬幕屯,得陪巡幸是承恩"云云,并非鐵崖所能經歷。蓋屬誤入,存疑俟考。

【箋注】

〔一〕龍虎臺,位於居庸關南口。參見陳善學序刊楊鐵崖先生文集卷六阿荤來操注。

〔二〕上苑:上林苑之略稱。此處泛指宮苑。

〔三〕長門:宮名,漢武帝陳皇后所居。參見陳善學序刊楊鐵崖先生文集卷一長門怨注。

〔四〕霜葉出御波：即紅葉故事。參見鐵雅先生復古詩集卷四宮詞之十注。

雲夢道中①〔一〕

綠草春陰曉不開，桃花流水似天台〔二〕。一雙白鳥背人去，無數青山迎馬來〔三〕。

【校】

① 本詩原載清佚名鈔本鐵崖楊先生詩集卷上，然有可疑，鐵崖似未曾涉足雲夢。本詩或爲題畫之作，或屬誤入，存疑俟考。

【箋注】

〔一〕雲夢：即雲夢澤。位於今湖北、湖南一帶。

〔二〕"桃花流水"句：寓漢人劉晨在天台山遇仙女故事。參見鐵崖先生古樂府卷三茗山水歌注。

〔三〕"一雙白鳥背人去"二句：此截自他人詩作。元黃鎮成舟過石門梁安峽："書畫船頭載酒迴，滄洲斜日隔風埃。一雙白鳥背人去，無數青山似馬來。天際雨帆梁峽出，水心雲寺石門開。同游有客如高李，授簡惟慚賦峴臺。"（載元詩選初集卷五十一。）

經梁王鼓吹臺①〔一〕

漢家帝子愛繁華，曾築高臺競鼓笳。回首故園芳草合，荒城落日起寒鴉。

【校】

① 本詩原載清佚名鈔本鐵崖楊先生詩集卷上，然其所述内容與鐵崖經歷不合，梁王鼓吹臺位於河南開封，鐵崖似未曾涉足。本詩或屬誤入，存疑俟考。

【箋注】

〔一〕梁王鼓吹臺：青箱雜記卷八：“天清寺繁臺本梁王鼓吹臺，梁高祖常閱武
　　於此，改爲講武臺。其後繁氏居其側，里人乃呼爲繁臺。”又，癸辛雜識別
　　集卷上汴梁雜事：“梁王鼓吹臺、徽宗龍德宮，舊基尚在。”

宿岳陽樓二絶①〔一〕

其一

朝辭鶴磯鸚鵡洲〔二〕，夜宿洞庭湖上樓。萬里天風吹海月，銀牀冰
簟不勝秋。

其二

一點君山萬頃湖〔三〕，驪龍夜半吐明珠。髯翁笛罷淩空去，碧海蓬
瀛是有無。

【校】

① 本組詩原載清佚名鈔本鐵崖楊先生詩集卷上，然有可疑：鐵崖平生似未曾涉
　　足湖湘之地。此組詩或屬誤入，俟考。

【箋注】

〔一〕岳陽樓：方輿勝覽卷二十九岳州樓閣：“岳陽樓，在郡治西南。西面洞庭，
　　左顧君山，”岳陽樓位於今湖南岳陽。
〔二〕鶴磯：即黄鶴磯，位於湖北武昌蛇山。鸚鵡洲：位於湖北武昌黄鶴樓前。
　　今已不存。
〔三〕君山：位於洞庭湖。

過興安放舟湘水①〔一〕

百疊湘灘瀉碧流，一天明月載虛舟。錦袍涼動蕭蕭髮，便欲乘槎
泛斗牛〔二〕。

【校】

① 本詩原載清佚名鈔本鐵崖楊先生詩集卷上。按：鐵崖平生似未曾涉足興安等地，此詩或屬誤入。俟考。

【箋注】

〔一〕興安：縣名。興安爲湘江、灕江之發源地，位於今廣西北部，屬於桂林市管轄。

〔二〕乘槎：參見鐵崖先生古樂府卷三望洞庭注。

題伯庸中丞詩後①〔一〕

東山清賞已蹉跎〔二〕，歲晚西州忍獨過〔三〕。白髮將軍持墨妙，天涯相見淚還多。

【校】

① 本詩原載清佚名鈔本鐵崖楊先生詩集卷上，然有可疑：本詩作於伯庸中丞去世之後（參見注釋），卻有“歲晚西州忍獨過”之句。後至元以後，楊維禎似未曾涉足河南等地，故此存疑俟考。

【箋注】

〔一〕本詩當作於元順帝至元四年（一三三八）以後。繫年依據：伯庸中丞指馬祖常，馬祖常官至御史臺中丞。按本詩有“天涯相見淚還多”之句，可見作於馬祖常去世之後（馬祖常卒於元順帝後至元四年）。參見本卷和馬伯庸尚書海子上即事四絶。

〔二〕東山：指東晉謝安丞相。謝安曾隱居東山，人稱謝東山。晉書有傳。此處借指馬祖常中丞。

〔三〕西州：古城名，位於今江蘇南京。詳見景定建康志卷一城闕志。晉書謝安傳：“羊曇者，太山人，知名士也，爲安所愛重。安薨後，輟樂彌年，行不由西州路。嘗因石頭大醉，扶路唱樂，不覺至州門。左右白曰：‘此西州門。’曇悲感不已，以馬策扣扉，誦曹子建詩曰：‘生存華屋處，零落歸山丘。’慟哭而去。”按：本詩西州蓋指馬祖常墓地。馬祖常晚年歸老并謝世於光州（今河南潢川），其墓碑迄今尚存潢川。參見元史馬祖常傳，以及今人楊鐮撰在書山與瀚海之間第五章尋找馬祖常與雍古人進出歷史的遺迹一節。

吴詠二首①

其一

手持刀尺走諸方，線去針來日日忙。量盡別人長與短，自家長短幾曾量。

其二

翡翠雙飛不待呼，鴛鴦并宿幾曾孤。生憎寶帶橋頭水[一]，半入吴江半太湖[二]。

【校】

① 本組詩原載清佚名鈔本鐵崖楊先生詩集卷上，然第一首又見於元代詩僧釋清珙詩集，題爲送針工（見明萬曆刊宋元四十三家集本石屋禪師山居詩卷六）。與本詩相較，僅首句“持”作“攜”，其餘全同。釋清珙（一二七二——一三五二），字石屋，俗姓温，常熟（今屬江蘇）人。元代中後期於嘉興、湖州等地修行説法。其生平參見南宋元明禪林僧寶傳卷十、補續高僧傳卷十三。鐵崖與之當有交往。第二首又同於薛蘭英、蕙英姐妹蘇臺竹枝詞十首之八（載列朝詩集甲集前編第七下）。存疑俟考。

【箋注】

〔一〕寶帶橋：位於蘇州。明王鏊撰姑蘇志卷十九橋梁上：“寶帶橋，去郡城十五里，跨澹臺湖，南北長三十餘丈。今呼爲小長橋。相傳爲唐王仲舒建，捐帶助費，故名。”

〔二〕吴江：即吴淞江。

守婦卷

寒窗機杼泣秋風，鏡裏鉛雲不汝同。明月有光生夜白，貞松無夢妬春紅。羅襦舊繡天吴拆〔一〕,緑綺離弦海岳封〔二〕。陌上行人指華表,閉門疎雨落梧桐。

【校】

① 本詩原載清鈔鐵崖楊先生詩集卷上,然與王士熙題節婦(載元音卷七)雷同,全詩僅一處有異,即第六句“海岳封”,王士熙詩作“海鶴空”。故此存疑俟考。

【箋注】

〔一〕天吴:相傳爲水神名。

〔二〕緑綺:琴名。曾爲西漢司馬相如所有。

送吴主簿①

三月江南飛柳花,松間童子臉如霞。旋沽采石神仙酒〔一〕,來飲山陰道士家〔二〕。落日下城人影散,東風吹馬帽簷斜。吴郎今夜瓜州渡〔三〕,回首江心月滿沙。

【校】

① 本詩原載清鈔鐵崖楊先生詩集卷上,然與明弘治刊本薩天錫詩集卷下同吴郎飲道院詩雷同,兩詩差異在於:頷聯上句“旋沽采石神仙”、下句“飲”,頸聯上句“落日”以及末句“江心”,同吴郎飲道院詩分別作“旋呼采石仙人”、“醉”、“西日”、“江頭”。本詩作者存疑,俟考。

【箋注】

〔一〕采石:即采石磯。位於今安徽馬鞍山市西南長江岸邊。

〔二〕山陰道士:暗指此道士嗜好詩文書畫。按:王羲之曾以所書道德經換取山陰道士之鵝。參見鐵崖先生詩集丙集趙大年鵝圖注。山陰,指今浙江紹興一帶。

〔三〕瓜州:又稱瓜步洲,位於今江蘇揚州市南。

題畫①

江氣矗矗如蛟龍，曉風吹落金芙蓉。神女淩波洗雲走，暮雨行雲陽臺東[一]。朝來青烟散白石，小姑蛾眉青欲滴[二]。老蛟化作千載翁，彭郎磯頭夜吹笛[三]。

【校】

① 本詩原載清鈔鐵崖楊先生詩集卷上，然又見於乾坤清氣集卷六、元詩選二集，皆題爲舟中爲人題青山白雲圖，作者署名李孝光。故此存疑俟考。

【箋注】

〔一〕"神女淩波"二句：寓"巫山雲雨"故事。參見鐵崖先生古樂府卷九陽臺曲注。
〔二〕小姑：指小孤山。
〔三〕彭郎磯：位於今江西九江。參見鐵崖先生古樂府卷三彭郎詞注。

秋晚醉書雲夢縣于學究山房①[一]

楚國秋來樂事多，黃花紫蟹稱金螺。池開十畝皆菱茨，屋結三間半薜蘿。人散酒酣猶問月[二]，客來書罷不籠鵝[三]。湖邊有個扁舟子，學得漁家欸乃歌。

【校】

① 本詩原載清佚名鈔本鐵崖楊先生詩集卷下。按：鐵崖似未曾涉足雲夢之地。頗疑本詩爲誤入。存疑俟考。

【箋注】

〔一〕據元史地理志，雲夢縣隸屬於河南江北等處行省德安府。
〔二〕酒酣猶問月：蓋寓李白把酒問月詩意。
〔三〕籠鵝：指王羲之以其墨迹換鵝故事。參見鐵崖先生詩集丙集趙大年鵝圖注。

送欒孝迪赴湘州別駕^{①〔一〕}

惆悵殘春酒一壺，沙頭欲別重踟躕。草生江漢迷鸚鵡，花落瀟湘啼鷓鴣。騎竹郊原童稚有，揮桐庭館簿書無。王孫家世元通籍，不似終軍蚤起繻^{〔二〕}。

【校】

① 本詩原載清佚名鈔本鐵崖楊先生詩集卷下。按：原本此詩位於汴梁懷古詩後，汴梁懷古乃雅琥詩作，誤入鐵崖名下。本詩送別丞相之子，又言及江漢、瀟湘，或亦雅琥詩作，存疑俟考。

【箋注】

〔一〕欒孝迪：當即欒里吉思，孝迪蓋爲其字。其父丞相，孝迪爲家中幼子。參見本卷哭欒里吉思孝迪。按元史地理志，湘鄉州、湘潭州、湘陰州皆隸屬於天臨路（今湖南長沙）。

〔二〕終軍：西漢人。漢書終軍傳："初，軍從濟南當詣博士，步入關，關吏予軍繻。軍問：'以此何爲？'吏曰：'爲復傳，還當以合符。'軍曰：'大丈夫西游，終不復傳還。'棄繻而去。軍爲謁者，使行郡國，建節東出關，關吏識之，曰：'此使者乃前棄繻生也。'"

秋日懷欒孝迪^{①〔一〕}

雁叫君山湖上雲^{〔二〕}，湘川如黛碧鄰鄰。天秋南浦落黃葉，日暮西風吹白蘋。壯歲難尋勾漏令^{〔三〕}，明時莫吊汨羅人^{〔四〕}。可憐吏役沉英俊，未暇摛文筆有神。

【校】

① 本詩原載清佚名鈔本鐵崖楊先生詩集卷下。移入存疑編理由，參見上篇送欒孝迪赴湘州別駕校記。

【箋注】

〔一〕欒孝迪：參見上篇。

〔二〕君山：在洞庭湖。相傳湘夫人（堯帝二女）居之。湘夫人又稱湘君，故曰君山。參見博物志卷六地理考。

〔三〕勾漏令：晉書葛洪傳：“以年老，欲煉丹以祈遐壽，聞交阯出丹，求爲句漏令。帝以洪資高不許。洪曰：‘非欲爲榮，以有丹耳。’帝從之。”按：勾漏爲安南古縣名，參見元黎崱撰安南志略卷一古縣名。

〔四〕汨羅人：指屈原。

贈安南陳善樂①〔一〕

世皇一視萬方同〔二〕，玉帛塗山奠禹功〔三〕。人見風存曹檜後〔四〕，誰知王在魏梁中〔五〕。輪光日月歸臨照，帶礪山河誓始終〔六〕。天暮南雲重回首，摩挲銅柱意無窮〔七〕。

【校】

① 本詩原載清佚名鈔本鐵崖楊先生詩集卷下，然有可疑。按：詩末“天暮南雲重回首，摩挲銅柱意無窮”兩句，若爲作者自述，則鐵崖無游安南經歷，本詩必非鐵崖手筆。若指陳善樂，則又另當別論。然原本排列於本詩前後多篇詩歌或爲偽作，或者存疑，故頗疑本詩亦屬誤入。又，傅若金曾出使安南（參見安南志略卷十七廣州教授傅若金佐尚書鐵柱等使安南），未知與陳善樂是否有交往。詳情俟考。

【箋注】

〔一〕安南：古時爲交阯之地，宋、元時爲附屬國。位於今越南北部。

〔二〕世皇：元世祖忽必烈。

〔三〕塗山：位於今浙江紹興。相傳夏禹在此娶塗山氏，故名。大禹又於此會諸侯，執玉帛者萬國。

〔四〕曹、檜：指曹國之風與檜國之風，皆屬詩經國風。按：曹、檜位於今山東、河南一帶，此處借指中原。

〔五〕“誰知”句：意爲安南國王之更替，如南北朝時期。魏指北魏，梁即蕭梁。元黎崱安南志略卷一郡邑：“孝武遣伏波將軍路博德平南越，滅其國，置九郡，設官守任，今安南居九郡之内，曰交阯、九真、日南是也。後歷朝沿革，郡縣不一。五季間，愛州人吳權領交阯，後丁、黎、李、陳相繼篡奪，宋因封王爵，官制刑政，稍效中州。”

〔六〕帶礪山河：史記高祖功臣侯者年表序：“封爵之誓曰：‘使河如帶，泰山若礪，國以永寧，爰及苗裔。’”

〔七〕銅柱：安南志略卷一古迹：“漢馬伏波平交阯，立銅柱爲漢界。唐馬總爲安南都護，又建二銅柱，以總爲伏波之裔。昔傳欽州古森洞有馬援銅柱，誓云：‘銅柱折，交阯滅。’交人每過其下，以瓦石擲之，遂成丘。”

御賜受卷鑾坡即事①〔一〕

一百五日天氣佳〔二〕，玉堂人静風簾斜。晴烟偏着水楊柳，煖日欲醉紅梨花。周室成康興俊人〔三〕，漢廷董賈擅才華〔四〕。明朝臚唱天門上，五色卿雲護曉霞〔五〕。

【校】

① 本詩原載清佚名鈔本鐵崖楊先生詩集卷下。按：“御賜受卷鑾坡”，於鐵崖而言，唯有明洪武三年應徵入京時才有可能。然若真有其事，宋濂所撰鐵崖墓志銘應當提及。此詩或非鐵崖詩作，存疑俟考。

【箋注】

〔一〕鑾坡：唐德宗時，曾將學士院移於金鑾殿旁金鑾坡上，故後世稱翰林院爲鑾坡，或稱金鑾坡。

〔二〕一百五日：指寒食日。

〔三〕“周室成康”句：西周成王、康王執政時期，爲太平盛世，人稱成康之治。

〔四〕董、賈：指西漢董仲舒、賈誼。

〔五〕五色卿雲：即五彩祥雲。古人視爲祥瑞之氣。

哭爕里吉思孝迪^{①〔一〕}

丞相諸郎小最優,南宮平沙占鼇頭。人間未鑄黄金印,天上先成白玉樓。嶺海病來無尺素,<u>瀟湘</u>別後有孤舟。平生知己<u>吳鈎</u>在,未掛孤墳淚已流^{〔二〕}。

【校】

① 本詩原載<u>清</u>佚名鈔本<u>鐵崖楊先生詩集</u>卷下。然詩中所謂"<u>瀟湘</u>別後"云云,與<u>鐵崖</u>經歷不合,存疑俟考。參見本卷<u>送爕孝迪赴湘州別駕</u>校記。

【箋注】

〔一〕<u>爕里吉思 孝迪</u>:即<u>爕孝迪</u>。參見本卷<u>送爕孝迪赴湘州別駕</u>、<u>秋日懷爕孝迪</u>。

〔二〕"平生知己"二句:用春秋時人<u>季札</u>掛劍酬知己之典。<u>史記 吳太伯世家</u>:"<u>季札</u>之初使,北過<u>徐君</u>。<u>徐君</u>好<u>季札</u>劍,口弗敢言。<u>季札</u>心知之,爲使上國,未獻。還至<u>徐</u>,<u>徐君</u>已死,於是乃解其寶劍,繫之<u>徐君</u>冢樹而去。"

送易君美還長沙^{①〔一〕}

短棹孤帆若箇邊,洞庭波渺正秋天。<u>湘娥</u>鼓瑟雲凝野,<u>楚</u>客吹簫月滿船。萬里還家無白髮,十年爲客有青氈^{〔二〕}。<u>漢</u>廷玉帛徵賢急,莫擬<u>長沙</u>賦鵩篇^{〔三〕}。

【校】

① 本詩原載<u>清</u>佚名鈔本<u>鐵崖楊先生詩集</u>卷下。按:原本此詩位於<u>送吳子高還江夏</u>詩後,<u>送吳子高還江夏</u>乃<u>雅琥</u>詩作,誤入<u>鐵崖</u>名下。本詩所謂洞庭、<u>楚</u>客,亦與<u>鐵崖</u>經歷不能吻合。存疑俟考。

【箋注】

〔一〕<u>易君美</u>:<u>長沙</u>(今屬<u>湖南</u>)人。按:<u>傅若金</u>與<u>易君美</u>有交往,有<u>東皋</u>詩題<u>長</u>

沙易君美存耕卷,載傅與礪詩集卷一。

〔二〕青氈:借指珍藏之傳家舊物。參見晉書王獻之傳。

〔三〕長沙賦鵩篇:指西漢賈誼鵩鳥賦。

武清口楊村道中①〔一〕

細雨輕颸出潞沙,楊村欹樹亂鳴鴉。菰蒲水落岸千尺,雞犬日斜人幾家。去國鴟夷甘把釣〔二〕,窮源博望海乘槎〔三〕。楚鄉到日秋應老,何處東籬無菊花〔四〕。

【校】

① 本詩原載清佚名鈔本鐵崖楊先生詩集卷下,然有可疑。按:武清在河北境内。鐵崖似無此游歷,且按“楚鄉”一句,作者似爲楚人,其時乃返鄉途中。本詩或亦爲誤入,存疑俟考。

【箋注】

〔一〕武清:在河北幽州境内。參見太平寰宇記卷六十九河北道。

〔二〕鴟夷:鴟夷子皮范蠡。

〔三〕博望:指西漢張騫,張騫封博望侯。張騫乘槎事參鐵崖先生古樂府卷三望洞庭注。

〔四〕“何處”句:用陶淵明詩事,寓歸隱之意。

過豐沛望東魯懷古①〔一〕

山掩龜蒙入望疑〔二〕,雲連芒碭復東馳〔三〕。秦家鹿走龍先起〔四〕,魯國麟亡鳳始悲〔五〕。世代我來傷往昔,乾坤孰與係安危。浩歌未了西陽下,濁酒臨風便一撝。

【校】

① 本詩原載清佚名鈔本鐵崖楊先生詩集卷下,然有可疑。按:鐵崖似未曾游歷

豐、沛之地,本詩或屬誤入,詳情俟考。

【箋注】

〔一〕豐、沛：豐縣與沛縣,今皆屬江蘇徐州。
〔二〕龜、蒙：龜山與蒙山,位於今山東臨沂、新泰一帶。
〔三〕芒、碭：芒山與碭山,位於今河南永城與安徽蕭山、碭山交界處。
〔四〕龍先起：指沛縣人劉邦(或曰出生於今豐縣)起義抗秦。
〔五〕鳳：借指孔子。亂世獲麟而孔子泣,參見公羊傳哀公十四年。

登承天寺水心樓閣和友人韻①〔一〕

武帝凌波築梵宮,攝呵山鬼相神功。蛟龍窟宅移泉底,翡翠樓臺出鏡中。飲酒石鯨噴雪浪,拂雲金鐸振天風。鼎成滿目孤臣淚,重到闌干御榻東〔二〕。

【校】

① 本詩原載清佚名鈔本鐵崖楊先生詩集卷下。按：本詩是否鐵崖所作,尚難斷言。參見注釋。存疑俟考。

【箋注】

〔一〕承天寺：未詳確指。蘇州有承天能仁禪寺。吳都文粹續集卷二十九寺院：
"承天能仁禪寺,在府治北甘節坊,梁衛尉卿陸僧瓚捨宅建。初名廣德通玄寺,宋改承天,宣和中禁稱天、聖、皇、王等字,遂改能仁。寺前有二土皁,内有無量壽佛銅像及盤溝祠、靈祐廟、萬佛閣。寺屢燬,至元間僧悦南楚重建。黄溍、鄭元祐記。"然本詩曰"武帝凌波築梵宮"、"重到闌干御榻東",似乎作者曾爲帝王身邊近臣,所游承天寺水心樓閣,位於京城。
〔二〕"鼎成滿目孤臣淚"二句：寓緬懷先帝之意。參見鐵崖先生古樂府卷一湘靈操注。

寄尹子元張雄飛二御史①〔一〕

煌煌使節接炎州,曾送歸驄到嶺頭。湘水無情竟東去,灘江有恨卻南流〔二〕。文輝徹夜聯奎壁〔三〕，寶氣經年仗斗牛〔四〕。到海恩波肯回春，相逢咫尺是瀛洲。

【校】

① 本詩原載清佚名鈔本鐵崖楊先生詩集卷下。按：本詩是否鐵崖所作，尚難斷言。參見注釋。存疑俟考。

【箋注】

〔一〕尹子元：未詳。張雄飛：元史有傳，然與本詩所贈并非同一人。元史曰張雄飛字鵬舉，琅琊臨沂人。元世祖至元年間任御史中丞，官至燕南湖北道宣慰使。既然爲元初人士，鐵崖無緣與之交往。又按元王沂撰寶雞縣壁見張雄飛杜德常二御史詩，曰："嘉陵江水浄無泥，江上青山是寶雞。古驛荒凉誰與語，故人詩向壁間題。"（載伊濱集卷十二。）王沂友人張雄飛御史，與本詩所述當爲同一人，雄飛當爲其字。

〔二〕灕江：位於今廣西東北。

〔三〕"文輝"句：即"奎壁聯輝"之意，指文運昌盛。參見鐵崖先生詩集甲集五月廿日予偕客姑胥鄭華卿……注。

〔四〕"寶氣"句：用豐城劍氣典，參見鐵崖先生古樂府卷四古憤注。

贈醫士張磵泉歸隱天台〔一〕

收拾青囊罷遠游，瀟湘春水送歸舟。雲山有處怡弘①景〔二〕，城市無人識伯休〔三〕。杞菊泉中滋白髮，芙蓉水裹種丹頭。天台不比三山遠〔四〕，黄鶴來時得信不。

【校】

① 本詩原載清佚名鈔本鐵崖楊先生詩集卷下。弘：原本因避諱作"宏"，徑改。按：詩中曰"瀟湘春水送歸舟"，作者似居湘江之畔。本詩或非鐵崖詩作，存疑俟考。

【箋注】

〔一〕張磵泉：磵泉蓋其别號，名字不詳，天台（今屬浙江）人。行醫爲業。元季曾浪游湖湘一帶。

〔二〕弘景：即陶弘景。參見東維子文集卷十八怡雲山房記。

〔三〕伯休：韓康字。韓康爲京兆霸陵人，家世著姓，然無意仕途，常采藥名山
　　　而賣於長安市。後爲人所知，遂遁入霸陵山中。參見後漢書逸民列傳。

〔四〕三山：指蓬萊、方壺、瀛洲三仙山。

清湘即事①

迅雷挾雨過江皋，湘水遥添一尺高。岩上漁家迷翠塢，灘頭露石
起銀濤。新涼對酒難辭醉，晚霽登山不憚勞。珍重故人留倦客，維舟
東望興滔滔。

【校】

① 本詩原載清佚名鈔本鐵崖楊先生詩集卷下，然有可疑。按：本詩題曰“清湘
即事”，詩中有“湘水遥添一尺高”語，作者似居湘江之畔，與鐵崖經歷不能吻
合。本詩或非鐵崖詩作，存疑俟考。

九月六日寄壽許可翁參政①〔一〕

霜滿銀河欲曙天，壽星光動紫微躔〔二〕。八階台席方虛左，三日重
陽又占先。楚澤黄花勞遠思，燕山丹桂屬芳年〔三〕。東封西祀猶多事，
未許優游謝傅還〔四〕。

【校】

① 本詩原載清佚名鈔本鐵崖楊先生詩集卷下，然有可疑。按：本詩題稱許有壬
“參政”，顯然當時許有壬在京城任中書參知政事。許有壬曾兩度出任中書
參知政事，初次爲元統年間，再次爲元順帝至元末年。其時楊維禎皆僻處浙
東，似無緣結交許有壬。（參見注釋。）本詩或非出自鐵崖手筆，存疑俟考。

【箋注】

〔一〕許可翁：指許有壬（一二八七———一三六四），元史有傳。按：許有壬字可

用,或尊稱爲"可翁",如佩文齋詠物詩選卷二十八載許有壬詩新秋即事,其弟許有孚詩則題爲次和可翁新秋即事。據元史本傳,許有壬曾兩度出任中書參知政事,初次爲元統年間,再次爲元順帝至元末年。本詩既曰"東封西祀猶多事,未許優游謝傅還",蓋許有壬已入老年。據此推之,本詩當作於元順帝至元末年,其時許有壬五十餘歲。又據本詩詩題,許有壬生日爲九月六日。

〔二〕紫微:星名。借指中書省。參見鐵崖賦稿卷上紫微垣賦。

〔三〕燕山丹桂:借用燕山竇氏五桂事,參見鐵崖先生詩集甲集題吳中陳氏壽椿堂注。此指許有壬與弟許有孚均考中進士。

〔四〕謝傅:指東晉謝安。

晚發徐州①〔一〕

四圍疊嶂抱孤城〔二〕,一派黄河似建瓴〔三〕。石壓波濤鮫室暗,烟浮雉堞蜃樓腥。楚降慷慨歌炎德〔四〕,秦業荒涼泣素靈〔五〕。不用登臨重懷古〔六〕,桑田吳冢是滄溟。

【校】

① 本詩原載清佚名鈔本鐵崖楊先生詩集卷下,然有可疑。按:迄今所知楊維禎生平蹤迹,唯有泰定四年赴進士考時渡江北上。本詩既曰"晚發徐州",當屬其泰定四、五年間詩作。然觀此詩意,似非出自青年舉子筆下。本詩未必鐵崖所作,存疑俟考。

【箋注】

〔一〕徐州:今屬江蘇省。

〔二〕"四圍疊嶂"句:意爲徐州四周山巒重疊。

〔三〕"一派黄河"句:當時黄河流經徐州,水勢洶湧下瀉。按:黄河於清朝改道北徙,今徐州境内僅存黄河故道。

〔四〕炎德:指漢德。漢自稱以炎德王,故又稱炎漢。按:西楚霸王項羽曾經定都彭城(今江蘇徐州)。

〔五〕素靈:白靈,喻指秦朝。相傳秦帝爲白帝子,故稱。詳見史記高祖本紀。

〔六〕按：所謂"不用登臨"，蓋指不必登上戲馬臺懷古。戲馬臺在彭城（今江蘇徐州）城南，高十仞，廣袤百步，項羽構築。

送道童太常捧香赴上都①〔一〕

法駕時巡駐上京，傳香宗廟薦精誠。卿雲偏護堯階草〔二〕，靈雨多隨漢使旌〔三〕。白海波濤暗見雪，黑山沙磧晚連城〔四〕。龍緘遠邇秋祠侯，羽仗中天百辟迎。

【校】

① 本詩原載清佚名鈔本鐵崖楊先生詩集卷下。按：道童太常捧香赴上都，無需繞道江南。本詩或非鐵崖所作，存疑俟考。

【箋注】

〔一〕道童：元詩選癸集僉事道童："道童字□□，□□人。官太常禮儀院僉事。"上都：元代兩京之一，詩中又稱上京。位於今内蒙古自治區錫林郭勒盟。

〔二〕堯階草：即蓂莢，相傳爲堯時瑞草。帝王世紀曰："……又有草夾階而生，隨月生死，王者以是占日月之數。惟盛德之君，應和而生，故堯有之，名曰蓂莢。"（藝文類聚卷十一帝王部一帝堯陶唐氏引録。）

〔三〕"靈雨"句：即所謂"靈雨隨車"，指東漢鄭弘、百里嵩故事。後漢書鄭弘傳注引録謝承書曰："弘消息縣賦，政不煩苛。行春天旱，隨車致雨。"又，藝文類聚卷五十職官部六刺史引録謝承後漢書曰："百里嵩爲徐州刺史，州境遭旱。嵩行部，傳車所經，甘雨輒注。"

〔四〕黑山：即小罕山，位於今内蒙古自治區赤峰市巴林右旗。唐代名將薛仁貴等率軍進入草原攻伐契丹，曾戰於此。

贈昭①武路李遵道推官〔一〕

延祐君王坐石渠〔二〕，大開文軌納群儒〔三〕。曾披威鳳巢中璞，竟探癡龍穴底珠。丘壑有緣成拙宦，廟廊無薦失良謨。滿頭白髮丹心在，健筆猶堪賦兩都[四]。

【校】

① 本詩原載清佚名鈔本鐵崖楊先生詩集卷下。按：昭：疑爲“邵”字之誤。元代無“昭武路”，當指閩地邵武路。參見注釋。又，李遵道卒於天曆元年北歸途中，楊維禎與之結識并贈詩，唯一機會在於天曆元年科考結束之後，南返途中相遇。然詩中所謂“滿頭白髮”，又與當時李遵道或楊維禎之年齡不能吻合。本詩或屬誤入。若果真爲鐵崖詩作，當是其晚年追賦。存疑俟考。

【箋注】

〔一〕李遵道：指元代畫竹名家李衎之子士行。元蘇天爵李遵道墓志銘：“君諱士行(一二八二——一三二八)字遵道，姓李氏，故集賢大學士薊文簡公之子。聰敏過人，少從文簡公官吳越，及見故國遺老，而吳興趙公孟頫、漁陽鮮于公樞，則又從學朝夕者也。故其歌詩字畫，悉有前輩風致……文簡公歸老維揚，特命君爲泗州守侍行，再調知黃巖州……省檄錄囚閩州，歲餘方歸。適按部者至郡，務爲苛刻，君不樂，移疾去。聞文皇潛藩在建業，善接納文士，將往見焉。行至上元縣界，卒，年四十七，天曆元年六月一日也。”(載滋溪文稿卷十九。)按：蘇天爵所撰墓志謂李遵道所畫大明宮圖獲延祐皇帝賞識，“與五品官”，官至黃巖知州。然又謂“省檄錄囚閩州歲餘”。疑錄囚閩州之時，李遵道官職即本詩題所謂“邵武路推官”。按元史地理志，邵武路隸屬於江浙行省，今屬福建。又，李遵道繼承家學，亦善畫。圖繪寶鑑卷五元：“李士行字遵道，文簡子。官至黃巖知州。畫竹石得家學，而妙過之。尤善山水。”

〔二〕延祐君王：指元仁宗。石渠：西漢宮中閣名，中秘書藏於此。參見漢書劉向傳引録三輔舊事。

〔三〕“大開”句：蘇天爵李遵道墓志銘：“仁廟在御，崇尚藝文，近臣以君名薦，遣使召之，君以所畫大明宮圖入見。上嘉其能，命中書與五品官，偕集賢侍讀商公琦同在近列。”又，元代科舉取士，始於延祐初年。

〔四〕賦兩都：指兩都賦(即西都賦、東都賦)，班固所作。

寄吐蕃宣慰使蕭存道①〔一〕

　　大父銘勛瀚海陬,公孫建節復西游。繩橋火井終歸禹〔二〕,鳥道龍江捻入周。倚劍山前秋月小,吹笳隴上暮雲稠。功成定遠歸來日〔三〕,麟閣丹青未白頭〔四〕。

【校】

① 本詩原載清佚名鈔本鐵崖楊先生詩集卷下。按:鐵崖未必有機會與蕭存道結交,本詩或非鐵崖所作,存疑俟考。參見注釋。

【箋注】

〔一〕蕭存道:吐蕃宣慰使,據詩末"麟閣丹青未白頭"一句,作者書贈此詩時,蕭存道當爲壯年。吳師道、胡助、達兼善等皆曾有詩贈蕭氏,稱"蕭存道元帥"。吳師道蕭存道元帥去冬行後題曰:"昔在天曆初,狂寇俄震驚。將軍疾驅馬,蕭蕭出神京。"(禮部集卷三)可見蕭存道早在天曆初年已率軍出征雲南。

〔二〕繩橋火井:杜甫入奏行贈西山檢察使竇侍御:"運糧繩橋壯士喜,斬木火井寒猿呼。"

〔三〕定遠:指東漢班超。班超曾北征匈奴,出使西域。封定遠侯。後漢書有傳。

〔四〕麟閣:指麒麟閣。漢宣帝於麒麟閣畫功臣像,作爲表彰。參見麗則遺音卷二麒麟閣。

豫章舟中逢畫師王若水①〔一〕

其一

　　寰海聲名三十秋,豫章城下一扁舟。臘前雨雪攪新歲,湖上雲山阻舊游。國論丹青人不識,天機錦繡世難酬。相逢莫話奎章事〔二〕,年少參書已白頭。

其二

　　憑君位置無聲畫,寫我江行即事詩。丘壑不嫌雲晻靄,嵓崖須着樹參差。柳邊古渡宜漁艇,竹外疏籬映酒旗。賦就淵明松菊徑[三],好添西子伴鴟夷[四]。

【校】

① 本組詩原載清佚名鈔本鐵崖楊先生詩集卷下。按:詩題曰"豫章舟中逢王若水",然楊維禎似未曾涉足豫章。本組詩或非鐵崖所作,存疑俟考。

【箋注】

〔一〕王若水:王淵,字若水,錢塘(今浙江杭州)人。參見鐵崖先生詩集辛集王若水綠衣使圖注。豫章:今江西南昌。

〔二〕奎章事:元文宗登基後,頗用文士,於天曆二年二月立奎章閣學士院於京師。王淵或亦於此時成爲宮廷御用畫師。參見鐵崖先生詩集辛集王若水綠衣使圖。

〔三〕淵明:即陶淵明。

〔四〕西子:指西施。鴟夷:指范蠡。相傳范蠡攜西施遁隱太湖。參見鐵崖先生古樂府卷三五湖游注。

經福城東郊倪氏葬親所①[一]

金雞山下牛眠處[二],三子辛勤葬二親。司侯蓐收諧歲德,效靈富蘊闡坤珍。松門葱鬱蒼蘿帶,石徑蒙茸紫蕙茵。孝義感天鍾瑞慶,霜臺辟剡正前陳。

【校】

① 本詩原載清佚名鈔本鐵崖楊先生詩集卷下。按:詩題曰"經福城東郊",與楊維禎行蹤不能吻合,楊維禎平生似未曾南下福建。本詩或非鐵崖所作,存疑俟考。

【箋注】

〔一〕福城:今福建福州。

〔二〕金雞山:據太平寰宇記卷一百二江南東道十四泉州,金雞山在南安縣西南六里。位於今福建福州晉安區内。牛眠處：指下葬之風水寶地。參見東維子文集卷十八張氏瑞蘭記注。

田婦歌①

江南婦，何辛苦。敝衣零落裙無腰，赤脚蓬頭面如土②。日間力田③隨夫郎，夜聞績④蔴不上牀。績⑤蔴成布抵官税，力田得米歸官倉。官輸未了憂鬱腹⑥，門外又聞⑦私債促。大家揭帖出陳欠⑧，生穀十年還未足。大⑨兒五歲方離手，小兒⑩三週未能走。社長呼名數⑪户由，夏季官鹽增⑫兩口。舅姑老病毛骨枯〔一〕，忍凍忍寒⑬蹲破廬。殘年無物做慈孝，對面冷淚空⑭流珠。燕趙女兒顔如⑮玉〔二〕，能撥琵琶調新曲。珠翠滿頭金滿臂，日日春風嫌酒肉。五侯七相⑯争取憐，一笑可博⑰十萬錢。歸來酒醉錦被⑱眠，不信江南婦人單被穿⑲。

【校】

① 本詩原載清佚名鈔本鐵崖楊先生詩集卷下，元詩選二集卷十八、嘉慶邵武徐氏刊竹齋詩集卷二、文淵閣四庫全書本竹齋集卷下亦收録此詩，據以校勘。按：諸校本皆題作江南婦，署作者名爲王冕。又，全明詩第一册將本詩納入竹齋詩集附録，注曰原載嘉惠堂丁氏藏清抄本竹齋詩集補遺卷。由此可知竹齋詩集原本未録此詩。本詩究竟出自何人之手，未能斷言，存疑俟考。

② 無腰：元詩選本作"斷腰"。"敝衣零落裙無腰，赤脚蓬頭面如土"二句，邵武徐氏刊本作"田家澹泊時將雨，敝衣零落面如土"。

③ 日間力田：邵武徐氏刊本作"饁彼南畝"。

④ 聞績：元詩選本作"間緝"，邵武徐氏刊本作"間績"。

⑤ 績：元詩選本作"緝"，邵武徐氏刊本作"績"。

⑥ 未：原本作"來"，據元詩選本、邵武徐氏刊本改。憂鬱腹：邵武徐氏刊本作"憂心觸"。

⑦ 聞：原本作"間"，據元詩選本、邵武徐氏刊本改。

⑧ 出陳欠：元詩選本作"出陳帳"，邵武徐氏刊本作"播通衢"。

⑨ 大：邵武徐氏刊本作"長"。

⑩ 兒：元詩選本、邵武徐氏刊本作"女"。

⑪ 數：元詩選本、邵武徐氏刊本作“散”。

⑫ 夏季官鹽增：元詩選本作“下季官糧添”，邵武徐氏刊本作“下季官鹽添”。

⑬ 忍凍忍寒：元詩選本作“忍凍忍饑”，邵武徐氏刊本作“忍饑忍寒”。

⑭ 空：元詩選本作“如”。

⑮ 如：元詩選本、邵武徐氏刊本作“似”。

⑯ 相：元詩選本、邵武徐氏刊本作“貴”。

⑰ 博：原本作“傳”，邵武徐氏刊本作“得”。據元詩選本改。

⑱ 酒醉錦被：元詩選本、邵武徐氏刊本作“重藉錦繡”。

⑲ 單被：原本作“車被”，據元詩選本改。不信江南婦人單被穿：邵武徐氏刊本作“羅幬暖擁沈麝烟”。

【箋注】

〔一〕舅姑：指田婦公婆。

〔二〕燕趙女兒：此指藝妓。

題鍾馗①〔一〕

　　老日無光霹靂死，玉殿啾啾叫陰鬼。赤脚行天踏龍尾，偷得紅蓮出秋水。鍾南老道髮指冠，綠袍束帶烏靴寬。赤日淋漓吞鬼肝，劍聲剥剥秋風寒。大鬼跳梁小鬼哭，豬龍餓嚼黃金屋〔二〕。至今怒氣猶未消，髯戟參差怒雙目。

【校】

① 本詩原載清初印溪草堂鈔本東維子集卷二，然又載元詩選初集卷三十四，亦見於雁門集卷四，置於薩都剌名下，題作終南進士行和李五峰題馬麟畫鍾馗圖。與本詩相校，僅個別字詞有出入。其作者存疑，俟考。

【箋注】

〔一〕本詩乃題畫詩，所畫當爲“鍾馗捉鬼”，畫作者爲南宋馬麟（馬遠之子）。參見校勘記。鍾馗：相傳爲唐人，善於捉鬼。參見鐵崖先生古樂府卷三大唐鍾山進士歌注。

〔二〕“豬龍”句：蓋喻指安禄山反叛。豬龍：指安禄山。宋曾慥編類説卷一重三百五十斤：“（玄宗）嘗夜宴，禄山卧，化爲一豬而龍首，左右遽告。帝曰：‘豬龍，無能爲也！’終不殺之，卒亂中國。”

虞美人①〔一〕

將軍氣概世，號□力拔山，七十二戰龍蛇間〔二〕。得人爲王失人虜，有妾如花死無所〔三〕。夜寒蒼蒼星斗高，不惜傾身帳中舞。將軍恩深淺東海，碧血熒熒青山在。美人身化雙劍飛〔四〕，四面楚歌那慷慨。芒碭天開五色雲〔五〕，雌龍竟與雄龍群。嗚呼美人嗟失身，非君擇臣臣擇君。

【校】

① 本詩原載清初印溪草堂鈔本東維子集卷二，然與王逢梧溪集卷一虞美人行贈邵倅相近。其作者究竟楊維禎還是王逢，難作定論，存疑俟考。

【箋注】

〔一〕虞美人：指項羽寵姬虞氏。參見鐵崖先生古樂府卷二虞美人行。
〔二〕“將軍氣概世”三句：概述項羽之驍勇。詳見史記項羽本紀。
〔三〕“有妾如花”句：指虞姬。
〔四〕“美人”句：蓋源自虞姬傳説。宋許彦國撰虞美人草：“香魂夜逐劍光飛，青血化爲原上草。”（詩載明李蓘編宋藝圃集卷十二。）按：此虞美人草詩作者有多説。
〔五〕芒碭天開五色雲：相傳劉邦早年隱匿芒山、碭山之間，天上常伴有五色雲。參見鐵崖賦稿卷上未央宮賦注。

縛虎行〔一〕　呂布①

白門樓下兵合圍，白門樓上②虎伏威。戟尖下掉丈二尾，袍花已脱斑斕衣。捽虎腦，截虎爪，眼中看虎如貓小。猛跳不越當塗高〔二〕，血吻空腥千里草〔三〕。養虎肉不飽,虎飢能噬人。縛虎繩不急,繩寬虎無親。平生叵信劉將軍〔四〕,不縱猛虎食漢賊,反殺猛虎生賊臣,食原食卓何足瞋!

【校】

① 本詩原載青照堂叢書本楊鐵崖詠史,原本爲組詩兩首,第一首同於陳善學序刊楊鐵崖先生文集卷二赤兔兒,本詩爲第二首,或納入鐵崖弟子張憲名下,録於粤雅堂叢書本玉笥集卷一。兩本相校,差異不大:第二句玉笥集作"白門樓上伏虎威";第三句"下掉",玉笥集作"不掉";第七句"看虎",玉笥集作"視虎";第十四句"平生",玉笥集作"座中"。其餘全同。張憲曾經追隨於鐵崖,與之唱和詠史詩頗多,題材風格皆相近。本詩作者究竟屬誰,存疑俟考。

② 上:原本作"下",據懺華庵叢書本改。

【箋注】

〔一〕縛虎:指吕布於白門樓被縛。按:本詩所述史實,多已見於陳善學序刊楊鐵崖先生文集卷二赤兔兒詩注,可參看。

〔二〕當塗高:指魏政權。後漢書公孫述傳:"述亦好爲符命鬼神瑞應之事……又引録運法曰:'廢昌帝,立公孫。'括地象曰:'帝軒轅受命,公孫氏握。'……帝患之,乃與述書曰:'圖讖言"公孫",即宣帝也。代漢者當塗高,君豈高之身邪?'"注:"東觀記曰:'光武與述書曰:承赤者,黄也;姓當塗,其名高也。'"又,後漢書袁術傳:"少見讖書,言'代漢者當塗高'。"注:"當塗高者,魏也。"

〔三〕千里草:指董卓。參見陳善學序刊楊鐵崖先生文集卷二千里草注。

〔四〕劉將軍:指劉備。

鴆酒來①〔一〕 隋煬帝

鴆酒來,酒不來,白練來〔二〕。雍州破木不可住〔三〕,龍船萬里浮尸骸〔四〕。丹陽築宮事已晚〔五〕,流珠堂下凶門開。佳城不受漆牀版,臭土竟埋吴公臺〔六〕。騎牛小兒空有意〔七〕,盜鍾老父徒興哀〔八〕。鴆酒來,白練冷,蕭娘不墮燕支井〔九〕,玉掌空摩長短②頸,三尺天戈全項領。

【校】

① 本詩原載青照堂叢書本楊鐵崖詠史,與陳善學序刊楊鐵崖先生文集卷二鴆
酒來題同詩異。然本詩又見於張憲玉笥集卷一,兩本相較,文字稍有差異:
二、三兩句"酒不來,白練來",玉笥集作"鴆酒不來白練來。夜觀天象文,帝
座疑有灾"三句;第四句"住",玉笥集作"作";第五句"尸骸",玉笥集作"龍
骸";第九句"埋",玉笥集作"污";第十一句"盜鍾",玉笥集作"龍鍾"。本
詩作者究竟屬誰,尚難定論,存疑俟考。

② 短:疑爲"脰"之訛。

【箋注】

〔一〕鴆酒來:述隋煬帝死事。本篇有關史事未注者,參陳善學序刊楊鐵崖先生
文集卷二同題詩注。

〔二〕白練來:通鑑紀事本末煬帝亡隋:"賊欲弑帝,帝曰:'天子死自有法,何得
加以鋒刃! 取鴆酒來!'文舉等不許,使令狐行達頓帝令坐。帝自解練巾,
授行達,縊殺之。"

〔三〕"雍州"句:資治通鑑卷一百八十隋紀四:"(文帝仁壽四年)冬十月己卯,
葬文皇帝於太陵,廟號高祖……章仇太翼言於帝曰:'陛下木命,雍州爲破
木之衝,(注:本旺在卯;雍州在西,酉位也,故爲破木之衝。)不可久居。
又讖云"脩治洛陽還晉家"。'帝深以爲然。十一月乙未,幸洛陽。"

〔四〕龍船:資治通鑑卷一百八十隋紀四:"(煬帝大業元年)八月壬寅,上行幸
江都,發顯仁宮,王弘遣龍舟奉迎。乙巳,上御小朱航,自漕渠出洛口,御
龍舟。龍舟四重,高四十五尺,長二百丈。"

〔五〕"丹陽"句:隋書煬帝本紀下:"(大業十三年)十一月丙辰,唐公入京師。
辛酉,遙尊帝爲太上皇,立代王侑爲帝,改元義寧。上起宮丹陽,將遜于江
左。有烏鵲來巢幄帳,驅不能止。熒惑犯太微。有石自江浮入于揚子。
日光四散如流血。上甚惡之。"

〔六〕吳公臺:隋書煬帝本紀下:"上崩于溫室,時年五十。蕭后令宮人撤牀簀
爲棺以埋之。(宇文)化及發後,右禦衛將軍陳稜奉梓宮於成象殿,葬吳公
臺下。"

〔七〕騎牛小兒:隋末瓦崗軍首領李密,年少時以漢書掛於牛角,邊行邊讀。參
見新唐書李密傳。

〔八〕盜鍾老父：指李淵。通鑑紀事本末高祖興唐：“劉文静勸李淵與突厥相結……裴寂、劉文静等皆曰：‘今義兵雖集，而戎馬殊乏。胡兵非所須，而馬不可失。若復稽回，恐其有悔。’淵曰：‘諸君宜更思其次。’寂等乃請尊天子爲太上皇，立代王爲帝以安隋室；移檄郡縣，改易旗幟，雜用絳白，以示突厥。淵曰：‘此可謂掩耳盜鐘，然逼於時事，不得不爾。’”

〔九〕燕支井：即胭脂井，一名景陽井，在金陵城内。南朝陳後主與張麗華、孔貴嬪曾投其中以避隋兵。參見景定建康志卷十九井泉。

五父①〔一〕

靈武儲君奮潛邸，飛龍小兒乘勢起。大權世襲脫靴翁，從此門生視天子。李五父，黃門郎。中書狡計死張后，西内禁兵移上皇。李五父，唐之悖，天闕不正市曹誅，半夜盜兒偷首骨。嗚呼，門生不忍醜尸磔，賜葬隆恩酬定策。

【校】

① 本詩原載青照堂叢書本楊鐵崖詠史，校以懺華庵叢書本。懺華庵叢書本題作李五父，然陳善學序刊楊鐵崖先生文集卷三李五父與此迥異。按：本詩與鐵崖弟子張憲所賦李五父詩（載玉笥集卷二）近似，兩本對校：五、六兩句“李五父，黃門郎”，玉笥集作“閹佞職本黃門郎，抵用收權生禍殃”；第七句“中書狡計死”，玉笥集作“中宮狡計殺”；第八句“移”，玉笥集作“遷”；第十一句“天闕”，玉笥集作“天刑”；末尾二句，玉笥集作“門生不忍醜尸分，賜葬恩酬定策勳”。本詩作者究竟屬誰，尚難定論，存疑俟考。

【箋注】

〔一〕本篇所詠李輔國事，均參見陳善學序刊楊鐵崖先生文集卷三李五父注。

奴材篇①〔一〕

天子襲家公②（代宗〔二〕），將軍軟節度（白孝德〔三〕）。汾陽王福人莫如[四]，猶愧西平生阿愬[五]。令公能以功名終,膏粱遺蔭飛八雄[六]。幸有曜兒稱孝謹,如晞如昕皆妄庸[七]。郭家子,雖奴材;都虞侯,戴頭來[八],尚書留後轅門開。尚不③若斷老兵首,郭家之子真奴材。

【校】

① 本詩原載青照堂叢書本楊鐵崖詠史,原本爲組詩兩首,第一首見陳善學序刊楊鐵崖先生文集卷三,本篇爲第二首。按:本詩與署名張憲之奴材詩(載玉笥集卷二)雷同,兩本對校:首句"襲",玉笥集作"聾";第三句"王",玉笥集作"五";第四句"愧",玉笥集作"恨";第六句"飛",玉笥集作"生";第八句"昕",玉笥集本作"曖";第十四句"尚不",玉笥集作"尚書"。本詩作者究竟屬誰,尚難定論,存疑俟考。

② 公:懺華庵叢書本作"翁"。

③ 尚不:懺華庵叢書本作"當時"。

【箋注】

〔一〕奴材:指郭子儀子。本詩所詠史事參見陳善學序刊楊鐵崖先生文集卷三同名詩作。

〔二〕代宗:唐肅宗長子,繼肅宗登基。

〔三〕軟節度:白孝德時任節度使,郭晞部下胡作非爲,"孝德不敢劾"。詳見新唐書段秀實傳。

〔四〕汾陽王:郭子儀封汾陽王。

〔五〕西平:指李晟。李晟於唐德宗時官至太尉兼中書令,封西平郡王。有十五子,其中"愿、愬、聽最知名"。詳見舊唐書李晟傳。

〔六〕八雄:郭子儀有子八人:曜、旰、晞、昢、晤、曖、曙、映,詳見新唐書郭子儀傳。

〔七〕昕:郭子儀母弟幼明之子。生平附見新唐書郭子儀傳。

〔八〕都虞侯:指段秀實。新唐書段秀實傳:"因請曰:'秀實不忍人無寇暴死,亂天子邊事。公誠以爲都虞侯,能爲公已亂。'(白)孝德即檄署付軍。俄而晞士十七人入市取酒,刺酒翁,壞釀器,秀實列卒取之,斷首置槊上,植市門外。一營大譟,盡甲,孝德恐,召秀實曰:'奈何?'秀實曰:'請辭於軍。'乃解佩刀,選老躄一人持馬,至晞門下。甲者出,秀實笑且入,曰:'殺一老卒,何甲也! 吾戴頭來矣。'甲者愕眙。"

白衣山人^{①〔一〕}

　　白衣人，鬼谷子^{〔二〕}。學仙本不爲長生，且向牝雞逃一死。黄瓜臺下黄瓜稀^{〔三〕}，黄衣覆國青騾歸。飛龍廄使交鑰匕，天下之事無可爲。白衣不復入京國，歸食衡陽三品食。芋頭飽啖嬾殘僧^{②〔四〕}，留取遺謀匡代德^{〔五〕}。

【校】

① 本詩原載青照堂叢書本楊鐵崖詠史，原本爲組詩兩首，第一首已見陳善學序刊楊鐵崖先生文集卷三，本篇爲第二首。按：本詩與署名張憲之白衣山人詩（載玉笥集卷二）雷同，兩本對校，差異在於：起首“白衣人，鬼谷子”二句，玉笥集本作“白衣者山人，黄衣者聖人。聖人起作中興主，山人出爲謀略臣。王師尚未誅安史，何事山人先納履”六句。以下則基本相同，第七句“鑰匕”，玉笥集作“鏁鑰”；第十一句“嬾留殘”，玉笥集作“嬾瓚殘”。本詩作者究竟屬誰，存疑俟考。

② 嬾殘僧：原本作“嬾留殘”，張憲詩作“嬾瓚殘”，據懺華庵叢書本改。

【箋注】

〔一〕白衣山人：指中唐李泌。本詩所詠有關史事，參見陳善學序刊楊鐵崖先生文集卷三同名詩作。

〔二〕鬼谷子：指李泌。參見陳善學序刊楊鐵崖先生文集卷三同名詩作。

〔三〕黄瓜臺：因唐章懷太子所作摘瓜辭而得名，李泌以此爲説辭。參見新唐書李泌傳、鐵崖先生古樂府卷九摘瓜詞、明曹學佺撰蜀中廣記卷一百唐章懷太子摘瓜辭。

〔四〕“芋頭”句：參見明鈔楊維楨詩集卷下木屑數珠注。

〔五〕代德：指唐代宗李豫、唐德宗李适。

塔寺西軒洗竹^{①〔一〕}

　　華嚴寺裏斷雲師，許我來題洗竹詩。未論竿頭能進步，且教節外莫生枝。定回午夜秋聲減,經罷西軒暝色遲。從此一塵無染著,歲寒惟有此君知。

【校】

① 本詩録自弘治吴江志卷二十一七言律,校以嘉靖吴江縣志卷十六典禮志六寺觀、清鈔本吴都文粹續集卷三十四寺院所録此詩。嘉靖吴江縣志題作楊維禎西軒洗竹詩,吴都文粹續集本題作西軒洗竹。按:此詩又載元人成廷珪居竹軒詩集卷二,題作吴江華嚴寺西軒洗竹因賦詩一首,詩中除"定回午夜"之"午",居竹軒詩集作"獨",其餘無異文。本詩作者存疑,俟考。

【箋注】

〔一〕本詩當作於元至正二十四年(一三六四)華嚴寺毀於兵火之前。塔寺:指吴江寧境華嚴講寺。西軒:在華嚴寺内。嘉靖吴江縣志卷十六典禮志六寺觀:"寧境華嚴講寺,在(吴江)東門外。東晉大明元年,梁衛尉卿陸僧瓚捨莊,僧嚴建,名華嚴院。東魏太平元年姚製重建。晉開運三年,僧弘佐增修。宋元祐四年,邑人姚得瑄施錢四十萬緡,建浮圖七級,高十三丈。其鄰舊有寧境院,紹興五年僧從了捨并爲一,賜今額,并存二院之舊也……元至正二十四年毀於兵,二十七年僧繼重建。"斷雲師:元季吴江寧境華嚴講寺僧人。生平不詳。成廷珪有宿華嚴寺斷雲院詩:"斷雲老師如斷雲,無心舒卷自氤氲。空山與之結爲侣,遠道也堪持贈君。黑夜雨隨龍聽法,青山風引鶴同群。江湖我亦忘機者,半榻今宵喜見分。"載嘉靖吴江縣志卷十六典禮志六寺觀。

游松陵湖望洞庭諸山是日寒食有感①〔一〕

湖上春來數往還,亂中寧放老夫閒。一百五日又寒食〔二〕,七十二峰非故山〔三〕。行李只留詩卷在,落花應怪酒杯慳。竹西拜掃知何日〔四〕,目斷歸鴻夕照間。

【校】

① 本詩録自弘治吴江志卷二十一七言律。按:此詩又載元人成廷珪居竹軒詩

集卷二,題作春日同王仲遠偕游松林湖之上西望洞庭東西兩山是日寒食有感,詩中字句無異。本詩作者難作定論,存疑俟考。

【箋注】

〔一〕據"亂中寧放老夫閒"、"行李只留詩卷在"等句,本詩當作於元末戰亂時期。松陵湖:當指吳江之東湖。江南通志卷二十五輿地志:"垂虹橋,本名利往橋。橋上有亭曰垂虹,故名。前臨具區,橫絶松陵,湖光海氣,蕩漾一色,三吳之絶景也。……宋錢公輔垂虹橋記:'出姑蘇城南五十里,民居數百,攘攘沙渚之上者,吳江縣也。東湖之流,貫城之中,隔限南北……'"

〔二〕一百五日:冬至到寒食,爲一百零五日。

〔三〕七十二峰:太湖及沿湖山峰之總稱,此指太湖。

〔四〕竹西拜掃:或指祭奠楊謙。楊謙別號竹西,華亭人。世居浦東赤松溪上。

贈王子初雙鈎墨竹歌①〔一〕

君不見古來寫竹知幾人,幾人寫之能逼真。請君爲我側耳聽,我今作歌歌具陳。唐人品竹誰第一,精妙獨數王摩詰。深知篆籀古書法,却對篔簹寫蕭瑟〔二〕。後來復出蕭協律〔三〕,瘦莖聳節稱絶筆。香山居士欣得之,爲作長歌更飄逸〔四〕。蕭後畫者寂不聞,賴有湖州文使君〔五〕。使君相去數百載,繼與此竹傳其神。自言平生少知者,惟有蘇子嗟云云〔六〕。東坡得意下筆親,筆底葉葉皆凌雲。當時好事刻諸石,雪堂之墨今猶存〔七〕。其餘諸子不暇論,載之畫譜何紛紛。我朝豈亦無作者,國初以來誰復寫。尚書高公生古燕〔八〕,風致不在蘇文下。吳興復出松雪翁〔九〕,飛白之石尤瀟灑。息齋父子俱解此〔十〕,藉藉聲名在朝野。丹邱先生典秘閣〔十一〕,閱盡古迹天所假。高畫竹葉葉葉小,要比湘江②之竹瘦而少。趙畫竹葉葉葉翻,要比懸崖之竹曲而矯。柯畫竹葉葉葉長,要比薑葉之竹肥而老。李畫竹葉葉葉繁,要比桃枝之竹秀而好。乃知竹本無一類,作者隨機奪天造。嗚呼數子各枯槁,我欲從之生不早。清風散落天地間,遺墨蕭條已如寶。往時復有張溪雲〔十二〕,書法臨池常草草。脩葉長梢出塵表,燥筆濕筆縱橫掃。至今姓字③留三吳,尚覺秋聲在蒼昊。約齋先生今更能〔十三〕,胸次竹石俱崢嵘。魯公相國家世好[十四]，况是摩詰之雲仍。爛研細墨工畫竹，不問雪楮連冰繒。平生博古耻沿襲，要與數子争聲名。他人畫竹一筆生，君獨畫竹雙鈎成。他人筆弱徒費墨，君獨墨少由筆精。每爲一竿蒼石根，興來寬作一日程。雖云不受相促迫，腕指曲折無時停。君家本在金華城[十五]，城南結屋幽而清。軒窗六月聞商聲，時有野客兼山僧。坐中每染松麝黑，竹外不絶茶烟清。今年我亦來卜鄰，親見落筆紛縱橫。縱橫何所似，揮禿千兔毫。年光不知老將至，筆力豈憚心之勞。開圖總是白雪操，滿紙盡得清風標。或如青田素鶴之影[十六]，或如丹邱白鳳之毛[十七]。或如鐵鈎鎖[十八]，或如金錯刀[十九]。或如鼉頭之攢，或如燕尾之交[二十]。或如瓊瑶之剪刻，或如木葉之蟲雕。或如瀟湘江頭帝子之羽葆，或如連昌宮中美人之翠翹[二一]。或如節士皓首於山谷，或如狂夫白戰於林皋。迺知用心苦，由來非一朝。幾番見月時，坐聞紫璃簫。見月復見竹，皓興飛雲霄。幾番見雪時，醉攬黑色貂。見雪不見竹，長嘯通林梢。譬猶履豨知瘠肥[二二]，豈不曰良賈；解牛識綮肯[二三]，豈不爲良庖。誰能調朱弄粉巧作没骨畫，顔色艷如兒女嬌。彼畫史者，雖立於萬里之下風，亦不足以④仰視其扶揺。當知王君之竹乃非竹，王君之竹如其人，王君之人如其竹⑤。君之性沖澹，竹亦無繁縟。君之性蕭爽，竹亦無塵俗。直節竹所有，王君之節不少曲。虚心竹所有，王君之心虚且肅。他人無過但寫竹，豈解與竹之風無不足。王君王君人共知，當今畫竹真畫師。後來一筆豈易得，價重不減珊瑚枝。四方載酒來求之，王君不衒亦不辭。屏障得此物，屏障生清暉。篋笥得此物，篋笥生風漪。如何王君不我嗤，有竹輒來求我詩。我詩一題數百首，惱殺雙鬢幾成絲。近方閉户不敢作，君復怪我詩窮爲。我詩亦有名，君竹亦有情，每寫贈我酬詩評。昨朝又惠雪色紙，東西兩叢三五莖。東叢三莖初雨晴，葉葉尚倒枝枝傾。西叢五莖含風生，葉葉俱動枝枝迎。下有郭熙所畫磊落之白石[二四]，上有過於脩竹之棘參青冥。使我素壁懸此畫，讀書之眼爲之醒。感君此意何以報，索紙爲作長歌行。報以雙南金，南金非我有。報以錦繡段，錦繡不可久。贈君相交期白首，此畫此詩傳不朽。

　　此鐵崖楊先生贈王子初雙鈎墨竹歌，今爲族弟以則書於張溪雲竹卷後[二五]，蓋以其中稱許溪雲雙鈎法妙絶當世，觀此卷，則知鐵崖先生非溢美也。成化二年歲在丙戌春,仲長珏廷美識。

【校】

① 本詩録自明郁逢慶編續書畫題跋記卷十,校以六藝之一録卷四百二歷朝書譜九十二所録此詩。原本與校本皆題作張溪雲偃松鈎勒竹長卷,今題據抄録者仲長珏明成化二年跋文改。按:詩中有“君家本在金華城,城南結屋幽而清……今年我亦來卜鄰,親見落筆紛縱橫”等句,知本詩作者曾移寓金華城南,與王子初比鄰而居。然楊維禎似未曾有移居金華之經歷。且詩詠及丹邱生柯九思,而云“我欲從之生不早”,顯與事實不符。本詩作者或非鐵崖,存疑俟考。

② 湘江:六藝之一録作“懸崖”。

③ 字:六藝之一録作“氏”。

④ 以:六藝之一録無。

⑤ 竹:六藝之一録作“玉”。

【箋注】

〔一〕據本詩,王氏字子初,號約齋,金華(今屬浙江)人。先世有封魯國公者,或曾任丞相。王子初曾在金華城南構屋而居,以畫竹著稱於世。

〔二〕“唐人品竹”四句:謂王維繪畫採用書法用筆,以篆籀筆法畫竹。品竹,此指畫竹。王摩詰,唐代王維,其字摩詰。傳見新唐書。

〔三〕蕭協律:指蕭悦。歷代名畫記卷十唐朝下:“蕭悦,協律郎。工竹一色,有雅趣。”按:蕭悦曾畫筍竹圖,參見李衎竹譜卷一。

〔四〕“香山居士”二句:指白居易賦詩讚美蕭悦竹。白居易畫竹歌:“協律郎蕭悦善畫竹,舉時無倫,蕭亦甚自秘重,有終歲求其一竿一枝而不得者。知予天與好事,忽寫一十五竿,惠然見投。予厚其意,高其藝,無以答貺,作歌以報之,凡一百八十六字云……蕭郎蕭郎老可惜,手顫眼昏頭雪色。自言便是絶筆時,從今此竹猶難得。”

〔五〕湖州文使君:指文同。文同字與可,曾任湖州知府。人稱文湖州。參見東維子文集卷十五文竹軒記注。

〔六〕蘇子:指蘇軾。蘇軾題文同竹詩文不少,文與可畫篔簹谷偃竹記一文尤其著名。

〔七〕雪堂之墨:指蘇軾所畫墨竹。雪堂,蘇軾在黃州所築。按:宋人謂文同是“竹之左氏”,蘇軾竹“却類莊子”。參見明孫鑛撰書畫跋跋卷三文與可畫竹蘇子瞻詩。

〔八〕尚書高公：指高克恭。參見東維子文集卷二十四有元文靜先生倪公墓碑
　　　銘注。

〔九〕松雪翁：指趙孟頫，吳興（今浙江湖州）人。元史有傳。

〔十〕息齋父子：指李衎、李士行。李衎號息齋道人，封薊國公，謚文簡。著竹譜
　　　二十卷（今傳十卷本）。參見鐵崖先生詩集乙集題李息齋竹石注。李士
　　　行：字遵道，李衎子。亦善畫。參見鐵崖楊先生詩集卷下贈昭武路李遵
　　　道推官注。

〔十一〕丹邱先生：指柯九思。參見東維子文集卷二十四亡兄雙溪書院山長墓
　　　　志銘注。

〔十二〕張溪雲：指張遜。圖繪寶鑑卷五元：“張遜字仲敏，號溪雲，吳郡人。善
　　　　畫竹，作鈎勒法，妙絶當世。山水學巨然，則不逮竹。”

〔十三〕約齋先生：指王子初。參見前注。

〔十四〕魯公相國家世好：當指王子初先人曾封魯國公，任宰相。按：魯公相
　　　　國，疑指北宋王旦及其祖先。王旦曾任宰相，其父王祐追封晉國公。宋
　　　　史有王旦傳，參見東維子文集卷十五槐陰亭記。

〔十五〕金華：今屬浙江。

〔十六〕青田素鶴：相傳仙人所養。太平御覽卷九百十六羽族部三鶴：“永嘉郡
　　　　記曰：沭溪野青田中有雙白鶴，年年生伏，長大便去，只餘父母一雙在
　　　　耳。精白可愛，多云神仙所養。”

〔十七〕丹邱白鳳：即鳳凰。參見鐵崖先生古樂府卷四丹山鳳注。

〔十八〕鐵鈎鎖：國畫筆法，相傳南唐後主李煜首創。

〔十九〕金錯刀：書法用筆，相傳南唐後主李煜首創。

〔二十〕“或如蠶頭”二句：意爲用隸書筆法作畫。按：蠶頭、燕尾，隸書用筆
　　　　特徵。

〔二十一〕連昌宮：唐代行宮。唐玄宗、楊貴妃曾到此游玩。詳見元稹連昌
　　　　　宮詞。

〔二十二〕履豨知瘠肥：莊子知北游：“正獲之問於監市履豨也，每下愈況。”注：
　　　　　“豨，大豕也。夫監市之履豕以知其肥瘦者，愈履其難肥之處，愈知豕
　　　　　肥之要。”

〔二十三〕解牛識綮肯：莊子養生主：“文惠君曰：‘嘻，善哉！技蓋至此乎！’庖
　　　　　丁釋刀對曰：‘……因其固然，技經肯綮之未嘗，而況大軱乎！”注：
　　　　　“肯，著骨肉也。綮，猶結處也。’”

〔二十四〕郭熙：圖繪寶鑑卷三宋："郭熙，河陽溫縣人。爲御畫院藝學。善山水寒林，宗李成法，得雲烟出没、峰巒隱顯之態。布置筆法，獨步一時。"

〔二十五〕張溪雲竹卷：又名張溪雲勾勒竹卷，元人張遜畫於至正九年（一三四九）四月廿日。趙氏鐵網珊瑚卷十四著録，且全文抄録作者自跋。

題王蒙魯男子閉户圖二首^①〔一〕

其一

雨傾風吼黑漫漫，半死花枝失檻欄。肉顫不禁珠淚迸，全無惻隱不相看〔二〕。

其二

嫂溺手援尚可爲〔三〕，坐懷不亂是吾師〔四〕。顔家叔子亦魯産，難婦相隨執燭慈〔五〕。鐵笛道人題。

【校】

① 本詩録自明汪砢玉編珊瑚網卷三十五名畫題跋十一。原本題爲魯男子閉户圖，今題爲校注者徑改。序號"其一""其二"，亦爲校注者徑添。原本題下有小字注曰："着色人物卷，叔明筆。"按：叔明即王蒙。元至正年間，王蒙與鐵崖確有交往，然此畫僅此一跋，詩後所署"鐵笛道人"是否楊維禎，未敢斷言。故暫將此二詩置於存疑編，俟考。又，珊瑚網所録確有僞作，例如同卷著録王蒙畫作長林話古圖，就有可疑。長林話古圖上有所謂王蒙自題，曰："鐵笛道人從山陰來，余值之有余清齋……至正八年春二月四日黄鶴樵者王子蒙。"而至正八年二月，鐵崖寓居姑蘇，有多篇詩文可以證明。上引題跋所謂"從山陰來"，純屬妄説。

【箋注】

〔一〕王蒙：字叔明，趙孟頫外孫。據目前所見資料，鐵崖與王蒙交往，始於元至正初年。參見鐵崖先生詩集丙集題王叔明畫渡水僧圖。魯男子閉户：春秋故事。按：以下二詩，前者述"魯男子"事，後者評"顔叔子"之行爲。作者傾向鮮明，貶魯男子而褒顔叔子。

〔二〕本詩評述魯男子不肯接納落難鄰婦之行爲。毛詩正義卷十二小雅巷伯：

"魯人有男子,獨處于室。鄰之釐婦又獨處于室。夜,暴風雨至而室壞。婦人趨而託之,男子閉户而不納。婦人自牖與之言曰:'子何爲不納我乎?'男子曰:'吾聞之也:男子不六十不間居。今子幼,吾亦幼,不可以納子。'婦人曰:'子何不若柳下惠然?嫗不逮門之女,國人不稱其亂。'男子曰:'柳下惠固可,吾固不可。吾將以吾不可,學柳下惠之可。'"

〔三〕"嫂溺手援"句:意爲小叔見嫂子溺水而伸手救援,合乎禮義。孟子注疏卷七下離婁章句上:"淳于髡曰:'男女授受不親,禮與?'孟子曰:'禮也!'曰:'嫂溺,則援之以手乎?'曰:'嫂溺不援,是豺狼也。男女授受不親,禮也。嫂溺援之以手,權也。'"

〔四〕坐懷不亂:指柳下惠,即前注引録毛詩正義所謂"嫗不逮門之女,國人不稱其亂"者。嫗,意爲擁抱、懷抱。不逮門之女,指無處安身或無家可歸的女子。

〔五〕第二首詩評述顏叔子接納難婦之行爲,亦出自詩經注。毛詩正義卷十二小雅巷伯:"昔者顏叔子獨處于室,鄰之釐婦又獨處于室。夜,暴風雨至而室壞,婦人趨而至。顏叔子納之,而使執燭。放乎旦而蒸盡,縮屋而繼之。"

題曹知白貞松白雪軒圖①〔一〕

雪作寒花滿院開,亭亭勁質倚天裁。曹君用筆能瀟灑,獨鶴飛來印緑苔。鐵篴道人。

【校】

① 本詩録自石渠寶笈卷二十六貯。原本題爲元曹知白貞松白雪軒圖一軸,今題爲校注者徑改。按:此畫今存臺北故宫博物院,畫面右上有張雨題識,曰:"至正十二年正月,句曲張雨與雲林會於貞松白雪軒……雲西作圖,各賦詩以贈……方外張雨。"然張雨卒於至正十年秋,故此畫上所謂張雨題識必爲冒名之作。而鐵篴道人詩題於畫面左上方,其真僞一時難辨,存疑俟考。

【箋注】

〔一〕本詩如確屬楊維禎所作,當撰書於元至正十二年(一三五二)之後不久,其時楊維禎在杭州任税務官。繫年理由:其一,曹知白於畫面左上方自題曰:"至正十二年春正月,雲西子畫貞松白雪軒圖。"由此可見鐵篴道人楊

維禎題詩必在此後。其二,曹知白卒於至正十五年二月五日,而本詩曰
"曹君用筆能瀟灑",知其時曹知白在世。其三,詩末所署"鐵篴道人",乃
至正初年鐵崖常用別號。曹知白:別號雲西,人稱貞素處士。松江人。參
見東維子文集卷十九安雅堂記注。

鐵笛清江引①〔一〕

其一
鐵笛一聲吹破秋,海底魚龍鬥。月湧大江流,河瀉清天溜。先生
醉眠看北斗。

其二
鐵笛一聲雲氣飄,人在三山表〔二〕。濯足洞庭波,翻身蓬萊島。先
生眼空天地小。

其三
鐵笛一聲嘶玉龍,喚起秦樓鳳〔三〕。珠調錦篩箕,花鎖香烟洞。先
生醉游明月宮。

其四
鐵笛一聲天上響,名在黃金榜。金釵十二行,豪氣三千丈。先生
醉眠七寶牀。

其五
鐵笛一聲秋滿天,歸自金鑾殿。曾脫力士靴,也捧楊妃硯〔四〕。先
生醉書龍鳳篆。

其六
鐵笛一聲江月上,濯足銀河浪。山公白接䍦〔五〕,太乙青黎杖〔六〕。
先生醉騎金鳳凰。

其七
鐵笛一聲天地秋,白雁啼霜後。塵生滄海枯,木落千山瘦。先生
醉游麟鳳洲。

其八
鐵笛一聲閶闔曉,走馬長安道。酒淹紅錦袍,花壓烏紗帽。風流

玉堂人未老。

　　其九

　　鐵笛一聲秋月朗,露泠仙人掌。三千運酒兵,十萬馱詩將。扶不起鐵仙人書畫舫。

　　其十

　　鐵笛一聲天作紙,筆削春秋旨。千年鬼董狐[七],五代歐陽子[八],這的是斬妖雄楊鐵史。

　　其十一

　　鐵笛一聲天禄山[九],奇字都識遍。一雙彤管筆,三萬牙籤卷。這的是鐵仙人楊太玄[十]。

　　其十二

　　鐵笛一聲華滿船,棟退烟花選。留一枝楊柳腰,伴一個芙蓉面。這的是鐵仙人歡喜冤。

　　其十三

　　鐵笛一聲情最多,人似磨合羅[十一]。攢得滿滿弓,捱得沉沉磨。這的是鐵仙人花月魔。

　　其十四

　　鐵笛一聲春夜長,睡起銷金帳。温柔玉有香,嬌嫩情無恙。天若有情天亦癢。

　　其十五

　　鐵笛一聲呼雪兒[十二],筆掃龍蛇字。扶起海棠嬌,唤醒酴醾醉。先生自稱花御史[十三]。

　　其十六

　　鐵笛一聲花醉語,不放春歸去。踏翻翡翠巢[十四],擊碎珊瑚樹[十五]。由不得鐵仙人身做主。

　　其十七

　　鐵笛一聲吹落霞,酒醉頻頻把。玉山不用推,翠黛重新畫。不記得小淩波扶上馬[十六]。

　　其十八

　　鐵笛一聲吹未了,扇底桃花小。吹一會紅芍藥[十七],舞一個河西跳[十八]。消受的小香錦楊柳腰[十九]。

其十九

鐵笛一聲星散彩，夜宴重新擺。金蓮款款挨，玉盞深深拜[二十]。消受的小姣姣紅繡鞋[二十一]。

其二十

鐵笛一聲紅錦堆，夜宴春如醉。雙雙楊柳腰，可可鴛鴦會。消受的小蓮心白玉臺[二十二]。

其二十一

鐵笛一聲花亂舞，人似玲瓏玉。龍笛謾謾吹，象板輕輕句。消受的小黃鶯一串珠[二十三]。

其二十二

鐵笛一聲香篆消，午夢歌商調。黃鶯月下啼，紫鳳雲中嘯。消受的小紅蠻碧玉簫[二十四]。

其二十三

鐵笛一聲人事晚，人過中年限。入不得鬼門關，走不得連雲棧[二十五]。因此上鐵仙人推個懶。

其二十四

鐵笛一聲翻海濤，海上麻姑到[二十六]。龍公送酒船，山鬼燒丹竈。先生不知天地老。

【校】

① 此二十四首小令原載陳善學序刊楊鐵崖先生文集卷八之後，題爲“鐵笛清江引（附）”，題下注曰：“是鐵老一生年譜。”按：本組散曲作爲附錄，未署作者。文獻一九九三年第一期發表黃仁生新發現楊維楨散曲二十八首一文，認定其作者爲楊維楨本人。文中援引楊鐵崖先生文集全錄卷二自便叟志一文：“好事者多載旨酒樂，且來與連驪。連驪劇，則撤琴，出鐵龍笛，吹所自度清江引調，命小娃踮躍倚之。”認爲其中“自度清江引調”，當即指此二十四首小令。然此推論證據不夠充分，疑點有三：其一，清江引并非楊維楨獨創，元前期文人王惲、後期文人錢霖，皆撰有清江引。其二，此二十四首清江引小令中，或稱楊維楨爲“先生”，或稱“鐵仙人”、“楊鐵史”、“楊太玄”，并無明顯自述色彩，無法據此確定出自楊維楨本人之手。其三，陳善學所刊楊鐵崖先生文集十一卷，源自楊維楨弟子輯本，故詩歌前後，時或附錄其弟子所撰序跋，其中皆稱楊維楨爲

"先生"。如卷一真仙謡跋語"先生又有一首和狄仙人云"、"先生自言夜夢擊壤老人談詩"等等。據此推之，此二十四首清江引出自楊維禎弟子之手，并非没有可能。然而，若據上述材料斷言此二十四首小令絕非鐵崖作品，亦屬草率。首先，楊維禎撰文，確曾自稱"先生"，如東維子文集卷一送陳錢趙三賢良赴京序、卷九贈櫛工王輔序等。其次，鐵崖詩文中自稱鐵仙、鐵史者，亦不乏一二。最後，按東維子文集卷十一沈氏今樂府序，其中曰吴興沈子厚擅長今樂府，"記余數年前客太湖上賦鐵龍引一章，子厚連和余四章，皆傚鐵龍體"。所謂"數年前客太湖上"，指至正五、六年間楊維禎寓居湖州授學期間；所謂"鐵龍引"雖已不傳，然鐵龍引屬於"今樂府"一體，應無疑問。由此可見，楊維禎創作今樂府，不遲於至正初年，且其在世時就有友人弟子追和其所作散曲。以此類推，鐵笛清江引二十四首，究竟是鐵崖自作，或者其弟子所作，還是自作與他人作品混雜，還需進一步考索。總之，在尚無資料可以證實鐵笛清江引二十四首真實作者以前，暫時置於存疑卷，較爲穩妥。

【箋注】

〔一〕本組曲蓋作於元至正七年（一三四七）前後，即鐵崖年逾五十，浪迹於湖州、蘇州、崑山、太倉、松江等地，授學爲生期間。繫年依據：其一，組曲第二十三首曰："鐵笛一聲人事晚，人過中年限。"其二，組曲第二首曰："濯足洞庭波。"可見當時浪迹太湖周邊城鎮。其三，組曲十七首所謂"小淩波"，曾於至正初年侍奉過鐵崖。

〔二〕三山：指蓬萊、方丈、瀛洲三山。

〔三〕秦樓鳳：用弄玉、蕭史事。參見鐵崖先生古樂府卷十小游仙之十五注。

〔四〕"曾脱力士靴"二句：相傳李白醉酒吟詩，令高力士脱靴，命楊貴妃捧硯。

〔五〕山公：指晉人山簡。白接籬之"籬"，或當作"羅"，接羅乃一種氈帽。參見鐵崖先生古樂府卷十漫興之二注。

〔六〕太乙青黎杖：西漢劉向故事。黎，或當作"藜"。參見麗則遺音卷四杖賦注。

〔七〕鬼董狐：指晉人干寶。干寶廣搜神怪故事，撰搜神記。參見鐵崖撰説郛序（載佚文編）注。

〔八〕歐陽子：指歐陽修。歐陽修撰新五代史。

〔九〕天禄山：蓋爲虛擬之山，借指天禄閣，西漢劉向校書處。

〔十〕楊太玄：本指西漢揚雄，揚雄晚年撰太玄經。此借指鐵崖。

〔十一〕磨合羅：或作魔合羅、摩睺羅，一種玩偶。天中記卷五化生：“七夕，俗以臘作嬰兒，浮水中以爲戲，爲婦人女子之祥。謂之化生。本出於西域，謂之‘摩睺羅’。俗云‘摩喝樂’。”

〔十二〕雪兒：當爲鐵崖侍女。

〔十三〕花御史：酒席宴上執法，多由侍女擔任此職，故稱。按：據此詩句推斷，楊維楨亦曾主動承擔此職。

〔十四〕翡翠巢：崑山顧瑛玉山草堂中景觀之一。參見鐵崖撰翡翠巢詩，載明佚名鈔本楊維楨詩集。

〔十五〕擊碎珊瑚樹：指石崇與王愷争豪斗富。參見鐵崖先生古樂府卷三夢游滄海歌注。

〔十六〕小淩波：侍姬名。至正初年鐵崖在快雪樓作書，小淩波曾爲捧硯。參見鐵崖先生古樂府卷三廬山瀑布謡注。

〔十七〕紅芍藥：樂曲名。據中原音韻記載，中吕三十二章、南吕二十一章中都有紅芍藥。

〔十八〕河西跳：當指西域舞蹈。河西，即黄河以西，元人多指原西夏國。

〔十九〕小香錦：當爲侍姬，以細腰柔軟得此名。

〔二十〕“金蓮款款挨”二句：指以金蓮杯行酒。南村輟耕録卷二十三金蓮杯：“楊鐵崖耽好聲色，每於筵間見歌兒舞女有纏足纖小者，則脱其鞋，載盞以行酒，謂之金蓮杯。”

〔二十一〕小姣姣：當爲侍姬，蓋以脚小異常得此名。

〔二十二〕小蓮心：當爲侍姬，蓋以膚白得此名。

〔二十三〕小黄鶯：侍姬，蓋以歌喉美妙得此名。

〔二十四〕小紅鸞：侍姬，蓋擅長吹簫。

〔二十五〕連雲棧：位於陝西漢中、川陝通道。四川通志卷二十二下驛傳：“蜀中去神京數千里而遥，水則有瞿塘、灩澦之湍急，陸則有連雲棧閣之嵯峨，行路之難，莫斯爲甚。”

〔二十六〕麻姑：女仙名。參見鐵崖先生古樂府卷十小游仙之五注。

楊佛子傳①

　　佛子名文脩②，字中理〔一〕。其先出浙院楊吴越相巖〔二〕，巖孫都知兵馬使洋〔三〕，爲佛子六世祖，繇浙院徙越之諸暨〔四〕，遂爲諸暨人。

佛子生而性淳固篤孝[五]，鍾於至情。年六歲，視母食多寡爲飢飽。母病艱食，輒不食。得果必遺母，俟母啖之，心始已。年十五，以母多病，遂棄舉子業，舉歧黃氏書。父譴之，從容答曰："我母多病，忍能一日去母從師？借舉業有利，不足自貰。即便母侍，雖服農終養，吾志周滿。"母病革，藥罔功，即齋禱密室，刀股肉，和饘粥以進，母食即起。

佛子頦下生瘤，大如覆琖。一日，鬻市歸，中途值一操瓢者，穢癩不可近。時暴雨至，瓢者就③佛子雨蓋。既與，俱無難也。行一里餘，瓢者用左手搯佛子瘤，右手拊背，曰："患可醫，汝何報？"佛子笑曰："勿欺我！"瓢者曰："吃我一醉，三日後當過君治瘻。"先口授折骨方。佛子未心信，別去數步，顧瞻其人，邈不知所之矣。佛子歸，語家人，痛悔不得治瘻方。明旦，視頦下，瘻忽不見。家人驚怪，捫其背，則瘤遷④在背矣。人始悟佛子遇異人。母没⑤，佛子躬捧土成墳，種木，築廬墳左介。廬上恒有群鳥數十，隨佛子起止。

佛子純孝異遇，縣以狀白府。府將表樹其宅里，佛子走府曰："某之事親，不知有身，豈知有名哉！"事寢，益器異之。童子婦人瞻其儀形，咸手加額，曰："佛子，佛子！"尊官鉅人入其鄉，必過其廬。晦庵朱公嘗以常平使者道過楓⑥橋[六]，（楓橋乃佛子所居里，至今有紫陽精舍[七]。）聞佛子善名，特就見，與談名理及醫學⑦天文地理之書，竟夕去。子得名也⑧。晚年著醫衍二十卷，編地理撥沙圖，藏於家云。年九十有九終。

　　胡先生曰[八]：世儒以刲股事爲非孝，予謂孝子之心篤於親，雖百磔其身，足以贖親，不計也⑨。嘻，此天與之至情乎！故刲股者多愈親，而喪生者絕少，非其至情足以動天乎！夫理至於天而定，天且不違，而人得而非之乎？楊佛子刲股救母，而母病立愈，所謂純孝動天者非歟？世又以神仙事爲荒唐不可信，予親識楊佛子，觀移瘤真迹，將不信乎！

【校】

① 本文原載弘治刊本鐵崖文集卷三，校以陳于京刻本、楊鐵崖先生文集全録本。按鐵崖文集卷二先考山陰公實録，曰楊佛子"邑志有傳"。吳復所輯鐵崖先生古樂府卷六載陳敢楊佛子行，題下注曰"安陽韓性既爲佛子作傳，同

里陳敢復作楊佛子行”,則楊佛子傳作者當爲韓性。然鐵崖文集所載楊佛子傳是否即韓性所撰,未見説明。乾隆諸暨縣志卷二十七載楊文修小傳,又曰楊佛子傳作者爲楊維禎。故此存疑,俟考。

② 脩:陳于京刻本作“修”。

③ 就:原本作“爲”,據陳于京刻本改。

④ 遷:原本作“還”,據楊鐵崖先生文集全録本改。

⑤ 没:楊鐵崖先生文集全録本作“殁”。

⑥ 楓:原本作“風”,據陳于京刻本、楊鐵崖先生文集全録本改。下同。

⑦ 醫學:楊鐵崖先生文集全録本作“醫藥”。

⑧ 子得名也:陳于京刻本無,爲四字闕文。按:此四字突兀,疑有脱誤。

⑨ 也:原本無,據楊鐵崖先生文集全録本增補。

【箋注】

〔一〕楊佛子:鐵崖所撰先考山陰公實録(載鐵崖文集卷二)曰文修字中里。

〔二〕巖:楊巖,傳見十國春秋吴越。參見鐵崖撰先考山陰公實録。

〔三〕洋:楊洋,參見鐵崖撰先考山陰公實録。

〔四〕“巖孫”三句:按鐵崖所撰先考山陰公實録,所述與此稍異。謂徙居諸暨并非始於楊洋,而是楊洋第五子楊成。

〔五〕按:楊佛子生於南宋高宗初年以前。

〔六〕晦庵朱公:指朱熹。按束景南撰朱熹年譜長編,朱熹於南宋淳熙八年薦爲兩浙東路常平茶鹽提舉,十二月六日到任,次年兩度巡察浙東各地,九月棄官南歸。故朱熹過楓橋會楊佛子,當在淳熙九年(一一八二)正月至八月間。按:樓注本於陳敢詩楊佛子行(載鐵崖樂府注卷六)附小字注曰:“生宋淳熙光宗朝。”然據本文,淳熙九年朱熹拜訪,當時朱熹五十三歲,楊佛子年齡應與之相仿,或更爲年長。據此推斷,楊佛子出生不得遲於公元一一三〇年,即當生於南宋高宗初年,或以前。

〔七〕紫陽精舍:在楓橋北。據清樓黎然考述:“楓北半里有紫陽宫,即精舍遺址,佛子讀書處。朱文公訪之於此。”(鐵崖詩集三種卷首鐵崖先生里居考)

〔八〕胡先生:名字生平不詳。據其跋文“予親識楊佛子,觀移瘤真迹”等語,當爲鐵崖長輩。